W0188538

Amanda Cross ──────────────────────────────

Die Tote von Harvard

Süßer Tod

Amanda Cross ────────────

Die Tote von Harvard
Süßer Tod

Aus dem Amerikanischen von Helga Herborth

──────────────────────── Büchergilde Gutenberg

Lizenzausgabe für die Büchergilde Gutenberg,
Frankfurt am Main und Wien,
mit freundlicher Genehmigung
der Vito von Eichborn GmbH & Co. Verlag KG, Frankfurt am Main

Die Tote von Harvard

Titel der Originalausgabe: »Death in a Tenured Position«
© 1981 Amanda Cross
© für die deutsche Ausgabe:
Vito von Eichborn GmbH & Co. Verlag KG, Frankfurt am Main, 1991

Süßer Tod

Titel der Originalausgabe: »Sweet Death, Kind Death«
© 1984 Amanda Cross
© für die deutsche Ausgabe:
Vito von Eichborn GmbH & Co. Verlag KG, Frankfurt am Main, 1991

Alle Rechte vorbehalten
Lektorat: Doris Engelke
Herstellung: Thomas Pradel, Frankfurt am Main
Umschlag- und Einbandgestaltung: Elisabeth Hau, Nürnberg
Satz: Reinhard Amann, Aichstetten
Druck und Bindung: Clausen & Bosse, Leck
Printed in Germany 1997
ISBN 3 7632 4605 3

Inhalt

Die Tote von Harvard

Prolog ————————————————————————

> *Sollte es unter Ihnen, was ich hoffe, leidenschaftliche*
> *Verfechter der Bildung von Frauen geben, kann ich mir*
> *keinen besseren Weg denken, die Sache zu befördern, als*
> *Radcliffe-Lehrstühle in Harvard zu errichten. In welcher*
> *Fakultät die Lehrstühle eingerichtet werden, spielt keine*
> *Rolle, Hauptsache, sie werden von einer Frau besetzt.*
> (Giles Constable, »Radcliffe Centennial News«)

Andrew Sladovski, Anglistikdozent, Harvard University, an Peter Sarkins, Anglistikdozent, Washington University, St. Louis:

Lieber Peter,

wahrscheinlich hast Du, als Du den Umschlag in der Hand hieltest, gerätselt, was Deinen alten Andy dazu inspiriert haben könnte, Dir zu schreiben. Gib die Raterei auf. Du kommst eh nicht darauf: Harvard wird im Fachbereich Anglistik einen Lehrstuhl an eine Frau vergeben! Und jetzt summen hier alle so aufgeregt herum wie Tennysons (oder waren es Poes?) Bienen. Versteht sich von selbst, daß Hopkins, unser allseits geliebter Präsident, außer sich ist. Noch vor kurzem hat er vor dem versammelten Fachbereich verkündet, seiner Meinung nach sei das Frauenproblem so gut wie aus der Welt, und man brauche sich keine Sorgen mehr um die Frauenquote an den Fakultäten zu machen. Und nun trifft ihn dieser Schlag! Wäre er nicht solch ein Scheißkerl, ich hätte vielleicht sogar Mitleid mit ihm. Jetzt machen sich alle Sorgen wegen der Menopause – das scheint absolut das einzige zu sein, woran sie denken können, wenn eine Frau ihre männlichen Domänen zu penetrieren droht – wie entlarvend die Sprache

———9

doch ist! Bisher weiß niemand, wer diese Frau sein wird. Ich jedenfalls hoffe auf eine knallharte Feministin, die ihnen die Hölle heiß macht. Aber das ist ziemlich unwahrscheinlich. Lizzy meint, daß sie es schaffen werden, eine renommierte Professorin zu finden, die dem naiven Glauben anhängt, Qualifikation sei wichtiger als das Geschlecht. Ich überlasse es Lizzy, diesen Brief mit kritischen Anmerkungen zu schmücken ...

Allen Adam Clarkville, Anglistikprofessor, Harvard University, an Mark Peterson, Anglistikprofessor an derselben Universität, derzeit in Ferien:

Lieber Peterson,
    sollte es möglich sein, daß die Neuigkeiten noch nicht bis zu Dir nach Bellagio vorgedrungen sind? Da noch keine erschütterten Telegramme eingetroffen sind, nehme ich also an, daß Du im Gebirge herumkraxelst und völlig ahnungslos bist. Bitte, Peterson, stürze in keine Schlucht, denn ich brauche jede nur denkbare Unterstützung. Irgendein niederträchtiger Millionär hat Harvard eine Million Dollar für einen neuen Lehrstuhl im Fachbereich Anglistik angeboten – unter der Voraussetzung, daß er mit einer Frau besetzt wird. Die erfreuliche Tatsache, daß bei uns noch nie eine Frau einen Lehrstuhl hatte, macht uns zweifellos zum geeigneten Opfer seiner Wohltätigkeit. Und keine Chance, sie zu den Historikern oder Literaturwissenschaftlern abzuschieben! Ich glaube wirklich, diese Hetero-Typen haben mehr Angst vor Frauen als wir. Hopkins meinte neulich doch allen Ernstes, daß man bei Abendgesellschaften nach dem Essen wieder die Geschlechtertrennung einführen sollte. Ich will jetzt nicht zitieren, was Sam Johnson über lehrende Frauen zu sagen hatte, das überlasse ich lieber dem guten Fronsy. Wenn es ja nicht hieße, daß ich für den Rest meines Berufslebens bei jeder Sitzung diese Frau anstarren muß, dann hätte ich meine helle Freude an der Aufregung,

die hier herrscht. Aber trotz allen hysterischen Gezeters – Harvard hat offensichtlich nicht die Absicht, eine Million Dollar auszuschlagen. Und noch mehr: Wer der Spender auch sein mag (hat sich übrigens je einer mit dem Phänomen des männlichen Feministen befaßt? Natürlich denkt man sofort an John Stuart Mill) –, es kursiert das Gerücht, falls dieser Lehrstuhl erfolgreich ist, wolle er eine weitere Million für eine zweite weibliche Professur springen lassen. Man weiß wirklich nicht, ob man Beifall klatschen oder sabotieren soll. Dir brauche ich wohl nicht zu erzählen, was meiner Meinung nach einigen unserer würdigen und gesetzten Kollegen durch den Kopf geht ...

Frank Williams, Anglistikprofessor, Harvard University, an Frederick Held, Anglistikprofessor, Columbia University:

Lieber Fred,

Du wirst erraten, warum ich Dir schreibe. Betrachte diesen Brief als offizielle Bitte und schlage uns jemanden vor, eine Frau, die die nötigen Voraussetzungen mitbringt und sich für den Lehrstuhl, der inzwischen wohl in aller Munde ist, eignet. Unser Präsident denkt nicht daran, das Geld abzulehnen, obwohl er von vielen Seiten unter Druck gesetzt wurde, es zu tun. Meine Meinung zu dem Ganzen werde ich Dir bei nächster Gelegenheit lieber mündlich mitteilen. Da ich – Gott will mich für meine Sünden strafen – der Vorsitzende des Berufungskomitees bin, muß ich einen Vorschlag machen. Ich wende mich also an Dich, weil es bei Euch mehr Frauen gibt und Du außerdem Frauen an anderen Universitäten kennst – dank Deines natürlich zu Recht gerühmten liebenswerten und unvoreingenommenen Charakters. Die Dame, die wir suchen, sollte sich einen guten wissenschaftlichen Ruf gemacht haben und, wenn möglich, nicht zu hysterischen Szenen neigen. Wir wurden strengstens instruiert, die Sache zügig anzugehen, und dafür, daß ich mich auf einen Termin festgelegt

habe, hat man mir gnädig erlassen, eine Frau in das Berufungskomitee aufzunehmen. Am Radcliffe wird sich großes Geheul erheben – denn schließlich hat man ihnen bei *allen* Fragen, die mit
Frauen zu tun haben, ein Mitspracherecht zugesichert (Könnten
die Frauen doch nur unter sich bleiben!) – aber ich bleibe hart.
Diese Fakultät fällt ihre letzte nur von Männern verantwortete
Entscheidung!

All die Leichen, die in ihren Gräbern rotieren werden! Ich
weiß schon, warum ich mich für die Feuerbestattung entschieden
habe. Daß Hopkins außer sich ist, brauche ich wohl kaum zu erwähnen. Fran hat in einem neuen Roman von Iris Murdoch die
ideale Beschreibung der Situation gefunden: *Sic biscuitus disinte-
grat* – so schwinden alle Hoffnungen dahin. Mir kommt gerade
eine wunderbare Idee. Meinst Du, wir können Iris Murdoch
bekommen? Dann würden wir ihren verehrten Gatten, John
Bayley, den *hervorragenden* Literaturkritiker, gleich dazunehmen.
Er könnte die Vorlesungen halten (schließlich müssen Ehemän-
ner ja auch noch ein paar Rechte haben), und sie könnte in Ruhe
ihre Romane schreiben. Das ist der angenehmste Gedanke, der
mir gekommen ist, seit diese lästige Geschichte passiert ist . . .

> *Desillusionierung im Leben ist das Herausfinden,*
> *daß niemand mit dir übereinstimmt... Das Ausmaß, in dem*
> *sie übereinstimmen, ist wichtig für dich, bis das Ausmaß,*
> *in dem sie nicht mit dir übereinstimmen, von dir völlig erkannt*
> *wird. Dann sagst du, du willst für dich selbst und Fremde*
> *schreiben, du willst für dich selbst und Fremde sein, und das*
> *macht dann einen alten Mann oder eine alte Frau aus dir.*
>
> *(Gertrude Stein, »Making of Americans«)*

Kate Fansler betrachtete die Reihe von Männern auf der anderen Seite des breiten Konferenztisches und dann die Männer zu ihrer Rechten und Linken. Außer ihr hatte man, um den Schein von Gleichberechtigung zu wahren, noch eine Frau ins Komitee berufen; sie war schwarz und heute nicht anwesend. Sie hatte so viele Verpflichtungen, daß diese, obwohl die Mitgliedschaft in diesem Komitee ein hohes Privileg bedeutete, sich gelegentlich in die Quere kamen. Kate hatte gelernt, Ärger zu verbergen. Es sich nicht anmerken zu lassen, wenn sie sich langweilte, gelang ihr weniger gut. Während sie also ihren Blick über die Männer schweifen ließ, stellte sie fest, daß die gegenwärtige Dekade sich für sie dadurch auszeichnete, in der Gesellschaft vieler Männer und einiger weniger Frauen an hochglanzpolierten Konferenztischen zu sitzen und über die akademischen Probleme der siebziger Jahre zu debattieren. Manchmal sah Kate in Gedanken ihren Grabstein vor sich, mit der in Marmor gemeißelten Inschrift: »Die Alibi-Frau«. Und über der Inschrift schwebten gleichgültige androgyne Engel.

Um fünf Uhr stand sie auf, fest entschlossen, sich aus dem Raum zu schleichen. Sie wußte, bald würde einer der Männer aufstehen, um seine Fahrgemeinschaft nicht warten zu lassen. Wenn sie ein paar Minuten vor ihm ging, konnte ihr niemand einen Vorwurf machen. Keine Minute länger ertrug sie das männliche Gepluster und umständliche Getue. Sie mußte entweder verschwinden, oder sie würde laut schreien. Natürlich nahm kaum jemand von ihrem Abgang Notiz, obwohl einige Männer ihr mechanisch zuwinkten. Wodurch sich die achtziger Jahre auszeichnen würden, wußte Kate nicht. Sie hoffte jedenfalls inständig, es möchten keine Komiteesitzungen sein, sondern etwas wenn schon nicht Aufregenderes, so doch zumindest . . . weniger Alibihaftes.

Sowie sie den Raum verlassen hatte, kehrten ihre Lebensgeister zurück. Sie beschloß heimzugehen, sich einen Drink zu mixen und die Füße hochzulegen. Vielleicht hatte Reed, der um die Welt tingelte und Vorträge über Polizeimethoden hielt, ihr geschrieben. Oder besser, die Post hatte sich vielleicht dazu bewegen lassen, seine Briefe zuzustellen. In der Damentoilette im Erdgeschoß blickte Kate amüsiert auf eine kleine runde Plakette, die am Spiegel klebte: »Vertrau auf Gott: *Sie* wird für dich sorgen.« Kate lächelte und machte sich auf den Heimweg.

Kate trank ihren Martini und versuchte abzuschalten und dachte, daß Gott – egal welchen Geschlechts – nach Meinung vieler Leute sehr gut für sie gesorgt hatte. Kate konnte dem nicht widersprechen. Sie hatte all die Vorteile ihrer mit Reichtum und gesellschaftlicher Stellung gesegneten Familie genossen, und gleichzeitig war es ihr gelungen, dem zu entgehen, was sie als überwältigende Nachteile einer solchen Herkunft empfand. Soll heißen: Kate wußte ihre Privilegien zu schätzen – was sie nicht schätzte, waren die Ansichten und gesellschaftlichen Konventionen ihrer Kaste. Schon zu einem Zeitpunkt, als solch ein Vorhaben in ihren Kreisen als höchst exzentrisch galt, hatte sie sich entschlossen, Karriere zu machen und war Literaturprofessorin an einer der größten und angesehensten Universitäten New Yorks geworden. Erst spät, zumindest nach dem gängigen Urteil, hatte sie einen Mann geheiratet, der ihr eher Kameradschaft bot als Taumel der Sinne. Sie betrachteten beide die Ehe nicht als ununterbrochene Kette von erotischer Lust und Diners in den besten Restaurants. Reed Amhearst war als Bezirksstaatsanwalt in ihr Leben getreten. Er agierte noch immer in den höheren Rängen staatlicher Gerichtsbarkeit, hatte aber in den letzten Jahren seine Aktivitäten deutlich zugunsten eines humanen Strafvollzugs verlagert. Sein momentaner Aufenthalt in Afrika galt einer Sache, die ihm sehr am Herzen lag. Obwohl er schon seit Wochen fort war, lauschte Kate immer noch um diese Zeit auf seinen Schritt.

Kate wußte, daß ihr Desinteresse Folge ihres wohleingerichteten Lebens war. Oder, um es etwas hochtrabender und Kates Beruf angemessener auszudrücken: Ein Mensch, dem keine neue Herausforderung mehr gestellt wird, versinkt in die Todsünde der geistigen und moralischen Trägheit. Eigenartig, dachte Kate, daß es so viele Jahre dauert, bis man eine simple Tatsache begreift: Immer scheint das gerade vor einem liegende Ziel – der nächste Job, die nächste Veröffentlichung, Liebesaffäre, Ehe – alles Glück der Welt bereitzuhalten. Aber ist das Ziel einmal erreicht, stellt sich diese Befriedigung nicht ein, zumindest nicht auf lange Sicht. Egal, wie sehr man auch versucht, alle Segnungen zu genießen – Muße, Gesundheit, Geld, ein Zimmer für sich allein –, immer kommt man an den Punkt, wo man wieder nach vorn starrt, aufs nächste Ziel. In ihrer Kindheit hatte Kate dieses Phänomen bei den Freundinnen ihrer Mutter beobachtet, die ständig umzogen und irgendwelche Häuser oder Appartements neu einrichteten. Wo es keine wirkliche Not zu überwinden gilt, schafft man sich künstliche Nöte. Vielleicht ist das die Hauptkrankheit unserer Zeit. Deshalb fragt sich jeder: Was jetzt, welchem neuen Ziel, welchem Vorhaben soll ich mich als nächstem verschreiben?

Während Kate sich einen zweiten Martini mixte und den Gedanken ans Abendessen aufschob, fragte sie sich, ob sie nicht vielleicht durch irgendwelche dunklen Mächte, gegen die, wie die Eklektiker sagen, menschlicher Wille nichts ausrichtet, verlockt worden war, Verbrechen aufzuklären. Mit Reeds Hilfe natürlich. Hatten eigentlich alle Menschen Freunde oder Bekannte, die ständig in Dramen von Tod und Leidenschaft verstrickt waren? Doris Lessing hatte kürzlich geschrieben, der Roman sei dabei, die Fessel des Realismus abzuschütteln, »denn das, was um uns herum geschieht, wird täglich wilder, phantastischer und unglaublicher«. Kate glaubte ihr.

Es war jedoch schon lange her, seit sie das letzte Mal Detektivin gespielt hatte. Keiner wünschte sich Leichen herbei. Es gab weiß Gott genug Gewalt in der Welt. Was wollte sie also? Vielleicht das Gefühl haben, daß sie noch in den Lauf der Dinge eingreifen und die Welt, wenn auch nur minimal, menschlicher machen konnte. Reed und Kate waren zwar durch Kontinente voneinander getrennt, verfolgten aber das gleiche Ziel. Während er aktiv eingriff, saß sie an Konferenztischen, umgeben von aufgeblasenen Männern. Zum ersten Mal in ihrem den Geisteswissenschaften gewidmeten Leben fragte sie sich, welcher Sinn darin lag.

Immerhin schaffte sie es, sich aufzuraffen. Sie nahm das Glas mit in die Küche und beschloß zu essen. Nein, um die Todsünde geistiger und moralischer Trägheit ging es nicht, dachte sie, während sie mit einer Gabel die Eier verrührte; viel eher um das, was die Franzosen *aboulie* nennen: *l'absence morbide de volonté.* Unsinn, murrte Kate, und stellte die Omelettpfanne auf den Herd. Wenn du nicht aufpaßt, hörst du dich bald an wie eine von George Eliots entschlußlosen Heldinnen, über die du endlose Vorlesungen hältst. Mir wenigstens, dachte Kate, hat man beigebracht, auf Gott zu vertrauen und darauf zu warten, daß *Sie* sich meiner annimmt.

Als Kate am nächsten Nachmittag vor ihrem Büro ankam, um ihre Studentensprechstunde abzuhalten, stand eine Frau gegen die Tür gelehnt. Neben ihr saß, auf den Hinterbeinen kauernd, die Vorderpfoten nach vorn gestreckt und so, als koste ihn diese Ruhestellung all seine Willenskraft, ein großer weißer Bullterrier, die Sorte Tier, die Kinder als Vorbild nehmen, wenn sie einen Hund malen sollen. Kate erinnerte sich vage an das Schild neben der Eingangstür zur Baldwin Hall: »Hunde nicht erlaubt.«

»Sie sind Kate«, sagte die Frau. Ob das eine Frage oder Feststellung sein sollte, war unklar. Kate kramte nach ihrem Schlüssel und nickte. Mit einem Ruck, der drohend aussah, erhob sich der Hund. »Sitz, du Luder«, sagte die Frau leise. »Kann ich Sie einen Moment sprechen? Haben Sie Angst vor Hunden? Ich kann Iokaste auch draußen lassen.«

»Kommen Sie herein«, sagte Kate. »Und bringen Sie Iokaste mit.« Zusammen betraten sie den Raum. Kate fand, daß Iokaste nicht so aussah, als wüßte sie die Einladung zu schätzen.

»Danke«, sagte die Frau. Sie zog ihre Daunenjacke aus; darunter kamen ein T-Shirt mit einem Bild von Virginia Woolf und eine Arbeitshose zum Vorschein. Ihr langes Haar hing glatt bis auf die Schultern. Sie trug eine große Brille und hatte die Bewegungen einer Frau, die all die vorsichtigen kleinen Gesten, die gemeinhin als weiblich gelten, endgültig hinter sich gelassen hatte. Ende Dreißig, dachte Kate, vielleicht auch Anfang Vierzig; zum Teufel, welche Rolle spielte das?

»Setzen Sie sich doch.«

»Ich heiße Joan Theresa«, sagte die Frau und ließ sich auf den Stuhl vor Kates Schreibtisch fallen. »Sitz, Iokaste, sitz und bleib sitzen.« Iokaste ließ sich erneut widerwillig auf die Hinterbacken nieder und rutschte mit den Vorderpfoten so weit nach vorn, daß sie, selbst bei strengster Interpretation des Wortes sitzen, eben noch saß. Jeder Muskel verriet ihre Anspannung; ihr Blick ruhte auf Kate.

»Sie kennen mich nicht«, sagte Joan Theresa. »Ich lebe in Cambridge, Massachusetts. Wir sind mehrere Frauen und haben dort ein Café. In der Hampshire Street. Es heißt ›Vielleicht nächstes Mal‹ – Iokaste, du Luder, sitz! Oder ich setz dich auf Dosenfutter. Entschuldigung«, sie wandte sich wieder an Kate. »Ich fürchte, Sie machen sie nervös. Nein, nicht Sie natürlich, die Umgebung hier. Sie wundern sich bestimmt, warum ich hier bin.«

Wundern, dachte Kate, ja, ich wundere mich, aber so sehr auch wieder nicht. Worüber soll man sich heutzutage noch wundern? »Haben Sie vor, nach New York zu ziehen?« fragte Kate. »Wollen Sie hier studieren?«

»An dieser Universität? Diesem Stall! Entschuldigung, aber Sie haben mir einen Schreck eingejagt. Nein. Ich bin hergekommen, um mit Ihnen zu reden.«

»Macht es Ihnen etwas aus«, fragte Kate, »wenn ich rauche?«

»Ja, es macht mir etwas aus«, sagte Joan Theresa. »Mir wird übel davon.«

Kate steckte ihre Zigarette wieder in die Packung. »Was kann ich für Sie tun?« fragte Kate (wie sie hoffte, nicht ungeduldig), »außer, daß ich weder rauche noch Iokaste nervös mache?«

»Ich wollte nicht unhöflich sein. Man hat mir zwar gesagt, daß Sie ziemlich direkt und streng sind, aber nicht wie straight. Sie heißen Kate Fansler. Ist Fansler der Name Ihres Mannes?«

»Nein, der meines Vaters. Theresa, nehme ich an, ist der Name Ihrer Mutter?«

»Na, das ist gut«, sagte Joan Theresa. »Gefällt mir, daß Sie das sagen.« Kate spürte, wie sich Joan Theresa und Iokaste plötzlich entspannten, kaum merkbar zwar, aber doch schienen beide ein wenig von ihrem Mißtrauen aufzugeben. Iokaste legte den Kopf auf den Boden. Trotzdem war Kate sich bewußt, daß sie genau beobachtet wurde. Der Regenmantel, den sie am Haken aufgehängt hatte, war ein modischer Regenmantel. Ihre Schuhe waren zwar flach, aber modern. Ihre Strumpfhosen bedeckten rasierte Beine.

Zu dem Hosenanzug aus weichstem Wildleder trug sie einen Kaschmirpullover mit Rollkragen, und auf dem Revers ihrer Jacke steckte eine Nadel, eine goldene. Kein Zweifel, Kate war fürs Patriarchat ausstaffiert.

»Meine Kleidung«, sagte Kate, »macht mir mein Leben leichter – so wie die Ihrige Ihnen das Leben erleichtert. Möchten Sie etwas Bestimmtes von mir?«

»Ja. Aber nicht für mich«, sagte Joan. »Für Janet Mandelbaum. Sie sagte, Sie würden sich an sie erinnern. Mandelbaum ist der Name ihres Mannes, aber sie sind geschieden.«

»Ich weiß«, sagte Kate.

»Ich hatte auch mal einen Mann«, sagte Joan. Sie rutschte auf ihrem Stuhl herum, und der Hund setzte sich zögernd auf. »Sitz, Mädchen. Wissen Sie, woran meine Ehe endgültig in die Brüche ging? Damals war ich gerade in meiner ›Gib-dir-Mühe-und-sei-eine-gute-Ehefrau-Phase‹; das war, ehe ich den Vornamen meiner Mutter zu meinem Nachnamen machte. Mein Mann, der es ziemlich schwer hatte und mit der Welt nicht zurechtkam, fand eines Tages Pferdemist im Schlafzimmer. Er bildete sich allen Ernstes ein, ich hätte mir die Mühe gemacht, den dorthin zu schaufeln oder vielleicht sogar ein Pferd ins Zimmer zu bugsieren, nur damit er in Pferdemist treten konnte. Die Wahrheit, die er nie hören wollte, war ganz einfach und ohne jede Bösartigkeit. Iokaste war damals noch klein und hatte die Angewohnheit, alles, was interessant roch, zu verschlingen. Ich war mit ihr im Park spazieren gegangen, und dort hatte sie Pferdeäpfel verschluckt. Als wir wieder zu Hause waren und ich, die Lust meines Mannes befriedigend, im Bett lag, kam Iokaste offenbar zu dem Schluß, daß die Pferdeäpfel nicht an der richtigen Stelle saßen, und sie spuckte sie, rund und unversehrt, auf den Schlafzimmerboden. Ich stell mir gern vor, daß Iokaste die Pferdeäpfel genau in dem Moment herauswürgte, als mein Mann ... na, egal. Und die Moral von der Geschichte hat mit dem zu tun, warum ich hier bin. Männer sind immer davon überzeugt, daß man ihnen absichtlich Pferdemist in den Weg legt, um sie zu ärgern.«

Stille trat ein, während der Kate über Janet Mandelbaum nachdachte, die, wie es aussah, der Grund für diesen außergewöhnlichen Besuch war. Kate hatte kürzlich gelesen, daß Janet als erste Professorin an die anglistische Fakultät von Harvard berufen worden war. Natürlich war Janet keine Jüdin; der Name Mandelbaum stand für die einzige liberale Phase in ihrem Leben. Sie hatte den Namen beibehalten, denn mit diesem Namen hatte sie sich ihren wissenschaftlichen Ruf gemacht, einen beachtlichen Ruf. Ihre Arbeit über die Poesie des siebzehnten Jahrhunderts war zweifellos das beste, was seit T. S. Eliot auf diesem Gebiet geschrieben worden war, und damals in den 50ern stürzten sich alle auf die Poesie des 17. Jahrhunderts. Auch ihre späteren, weniger spektakulären Veröffentlichungen hatten Beachtung gefunden. Aber es war wohl vor allem ihr erstes Buch, das ihr den Ruf nach Harvard eingebracht hatte.

»Janet war nie Feministin«, sagte Kate.

»Was Sie nicht sagen! Nun, ich würde es anders ausdrücken«, Joan machte eine ausholende Geste. »Sie war nie eine *Frau*, jedenfalls was ihre Arbeit angeht.«

»Ich weiß«, sagte Kate. »Deshalb hat sich Harvard wohl für sie entschieden. Außerdem hat sie sich schon mit Mitte Zwanzig die Gebärmutter herausnehmen lassen und wird also nie in die Wechseljahre kommen, in der, wie jedermann weiß, alle Frauen durchdrehen. Ehrlich gesagt, kann ich mir einfach nicht vorstellen, daß Sie und Janet etwas miteinander zu tun haben. Eine höchst unwahrscheinliche Kombination«

»Stimmt! Aber Tatsache ist, daß Janet in Schwierigkeiten steckt. Und sie hat die Schwestern mit hineingezogen.«

»Die Schwestern?«

»Unsere Kommune. Nichts Religiöses. Wir sind einfach eine Gruppe von Frauen, die einander unterstützen.«

»In der Hampshire Street.«

»Sie begreifen schnell. Ich seh schon, daß man Köpfchen braucht, um es im Establishment zu was zu bringen. Janet wurde völlig betrunken im antiquierten Badezimmer eines Holzhauses auf dem Campus aufgefunden, das zur anglistischen Fakultät gehört. Man hat die Schwestern in die Sache hineingezogen. Wir haben aber nichts damit zu tun.«

In diesem Augenblick klopfte es an der Tür. Kate öffnete, und vor ihr stand ein Student. Seine Augen hefteten sich auf Iokaste, die seinen Blick mit einem Knurren erwiderte und sich drohend erhob. Kate trat vor die Tür und schloß sie hinter sich. »Mr. Marshall«, sagte sie. »Ich weiß, Sie haben einen Termin. Könnten Sie noch ein paar Minuten warten? Bleiben Sie unten in der Halle, bis Sie meine, äh, Gäste herauskommen sehen, ja?« Mr. Marshall nickte, ohne den Blick von Kate zu wenden. In zehn Minuten wird die ganze Fakultät von der Geschichte wissen, dachte Kate. Aber welcher Geschichte?

Am Abend trafen sich alle drei in Kates Appartement. Kate hatte die Füße hochgelegt. Joan Theresa saß mit gekreuzten Beinen auf dem Boden, und Iokaste schlief auf der Couch. Kate trank Scotch, Joan Kaffee, und Kate rauchte. Sie hatte einen Tischventilator aufgestellt, um den Rauch von Joan Theresa wegzublasen.

»Sagen Sie bloß nicht, ich sollte aufhören«, sagte Kate. »Ich habe es oft versucht und finde mich schrecklich, weil ich rauche, aber wenn ich nicht rauche, finde ich mich noch schrecklicher. Was um Himmels willen passiert mit Janet in Harvard?«

Iokaste drehte sich mit zufriedenem Schnaufen auf die andere Seite. Joan verlagerte ihr Gewicht von einem Bein aufs andere. »Daß Janet Mandelbaum und eine der Schwestern gemeinsame Sache machen, ist genauso unwahrscheinlich wie Nixon als Wahlkampfleiter für Ted Kennedy. Ausgeschlossen! Aber – trotzdem. Ich hab mir schon gedacht, daß Sie nicht wissen, was eine Schwester wirklich ist.«

»Nein, nicht wirklich. Sie halten ja offenbar nicht alle Frauen für Schwestern, in dem Sinne, wie die Franzosen von Brüderlichkeit sprechen.«

»Ich bezweifle, daß alle Männer Brüder sind oder je waren, auch wenn sie alle unter einer Decke stecken. Frauen, die Schwestern sind, haben dem männlichen Establishment den Rücken gekehrt und nichts mit den patriarchalischen Institutionen zu tun. Und sie verachten sie zutiefst. Das Patriarchat unterdrückt die Frauen und beutet sie aus, und deshalb sind all seine Institutionen für uns Schwestern gestorben. Wir hätten nichts dagegen, sie in die Luft zu jagen; aber auch wenn wir das nicht tun, werden wir doch zumindest nie in diesem verdorbenen Verein mitmachen. Frauen, die keine Schwestern sind, spielen mit im Männersystem, entweder weil sie Spaß daran haben oder weil sie meinen, sie könnten es verändern.«

»Wie ich.«

»Verzeihung, ja.«

»Und der Wunsch der Schwestern, die patriarchalischen Institutionen in die Luft zu jagen, ist wörtlich zu verstehen, nehme ich an.«

»Nein, nicht wörtlich. Gewalt und Zerstörung sind Männerspiele. Aber wo sie nur können, werden die Schwestern die männlichen Institutionen für ihre eigenen Ziele nutzen. Sie werden sogar lügen; bisher wurden ihre Offenheit und ihr Vertrauen immer mißbraucht. Eine Frau wie Janet Mandelbaum ist für mich schlimmer als ein Mann. Sie konspiriert mit Männern gegen andere Frauen. Und wir haben nichts im Sinn mit Frauen, die sich mit Männern zusammentun, sei es in ihrer Arbeit oder sonstwo.«

»Moment«, sagte Kate. »Ich möchte für mich das Recht in Anspruch nehmen, nicht mit Janet Mandelbaum in einen Topf geworfen zu werden. Es gibt Abstufungen.«

»Wären Sie nach Harvard gegangen, wenn man Sie gefragt hätte? Oder Yale? Oder Princeton? Das ist ja alles dasselbe.«

»Nein, das wäre ich nicht, aber nicht aus den ehrenwerten Motiven, die Sie vielleicht vermuten. Erstens würde man mich in jedes Komitee berufen, als die Alibi-Frau, die überall dabeisitzt, aber nichts zu sagen hat. Zweitens finde ich Harvard, wo seit Generationen alle Männer meiner Familie studieren, entsetzlich selbstgefällig, genau wie sie, und eine Institution wie Harvard sträubt sich gegen jede Veränderung. In den neunziger Jahren des vorigen Jahrhunderts schrieb Henry James einen Roman, in dem eine junge Frau einen Besucher durch Harvard führt und ihm alle Gebäude zeigt. Dabei macht sie die Bemerkung, daß in keinem davon Platz für eine Frau ist. Harvard hat sich seither nicht sehr verändert. Vor kaum mehr als zehn Jahren durften Frauen viele der Bibliotheken nicht benutzen. Nein, aus welchen Gründen auch immer, ich wäre nicht nach Harvard gegangen, wenn man mich gebeten hätte, und auch nicht nach Yale oder Princeton. Aber trotzdem bin ich in Ihren Augen wie Janet, oder?«

»Das stimmt.«

»Warum sind Sie dann hier? Warum schnarcht Iokaste so zufrieden auf meiner Couch? Ich fürchte fast, daß Sie Frauen verachten, die mit dem Patriarchat zusammenarbeiten, aber nichts dagegen haben, diese Frauen für Ihre Zwecke einzuspannen.«

»Sie haben den Nagel auf den Kopf getroffen.«

»Eine Gewohnheit von mir«, sagte Kate. »So, und jetzt müssen Sie mir nur eins erklären: Wie konnte sich eine *echte* Schwester je mit Professor Mandelbaum einlassen?«

Joan streckte ihre Beine aus und saß in einer Pose da, die nur für einen durchtrainierten Körper bequem sein konnte. Daran, wie es um ihre eigene Kondition bestellt war, wollte Kate lieber nicht denken. Sie vertrat zwar die Ansicht, daß Sport sehr wichtig für Frauen sei und wilde, aggressive Spiele jungen Mädchen sehr gut täten, war aber selbst zeit ihres Lebens vor jeder sportlichen

Betätigung zurückgeschreckt. Spazierengehen war für sie die einzige körperliche Ertüchtigung, bei der sie sich nicht lächerlich vorkam. Ihr schlanker Körper war, wie der größte Teil ihres Vermögens, ererbt und nicht ihr eigenes Verdienst.

»Wie gut kennen Sie Harvard?« fragte Joan.

»Überhaupt nicht. Viel zu wenig jedenfalls, um etwas Gescheites damit anzufangen. Eigentlich kenne ich Harvard nur von den Abschlußfeiern irgendwelcher Neffen her. Gehen Sie am besten von völliger Ignoranz aus.«

»Die Verwaltung der anglistischen Fakultät ist in einem dieser umgebauten Holzhäuser untergebracht, die Harvard im Laufe der Zeit nach und nach aufgekauft hat und für alle möglichen Zwecke nutzt. Das, von dem die Rede ist, hat früher einem Burschen namens Warren gehört, so sagt man jedenfalls, der an Asthma oder Arthritis oder ich weiß nicht was litt. Er hatte die Gewohnheit, auf seinem rundherum verglasten Balkon zu sitzen, weil er die Feuchtigkeit nicht vertragen konnte, und von dort aus zuzuschauen, wie seine Gäste sich amüsierten. Außerdem soll das Haus einmal ein Versteck für entflohene Sklaven gewesen sein, aber Gott allein weiß, was in Harvard wahr ist und was Legende. Jedenfalls wurde nur wenig verändert, der Balkon hat immer noch seine Glasverkleidung, und im zweiten Stock ist ein antiquiertes Badezimmer mit allem Drum und Dran von damals, einer Badewanne mit Mahagoniumrandung und Toilette mit Ziehkette für die Wasserspülung. Das Ganze wirkt wie das erste Beispiel eleganter Badezimmerausstattung. Die Dusche funktioniert noch. Sie war für Janet voll aufgedreht. Heute dient der Raum als Damentoilette, weil doch hin und wieder eine Dozentin über die Schwelle des Hauses tritt und es ja immerhin ein paar Studentinnen in Harvard gibt. Aber der wahre Grund sind die Sekretärinnen, die Mädels, wie man sie dort bestimmt nennt.«

»Na gut«, sagte Kate. »Bis jetzt kann ich Ihnen folgen. Würde ich in Cambridge leben, ich wäre Harvard dankbar, daß es diese alten Häuser nicht abgerissen hat, um irgendwelche Glas- oder Betonmonstrositäten zu errichten. Aber ich nehme an, diese Meinung weist mich eher als Mitglied des Establishments aus denn als Schwester?«

»Das sehen Sie ganz richtig«, sagte Joan. »Die Männergesellschaft weiß, was in ihrem Interesse ist. Gelegentlich fällt das mit dem Interesse von Frauen zusammen, aber nur sehr selten, und dann rein zufällig. Egal, Janet Mandelbaum wurde eines Abends in dieser mahagonigerahmten Badewanne gefunden, voll wie eine Haubitze und bewußtlos. Sie lag im Wasser, nur der Kopf schaute heraus. Und Luellen May, eine der Schwestern, war bei ihr.«

»War bei ihr?«

»Ja. Jemand hatte im Café angerufen und behauptet, in der Badewanne läge eine Schwester. Luellen ging hin. Natürlich war es eine Falle.«

»Ist die Geschichte an die Öffentlichkeit gedrungen?«

»Nein. Harvard hat dichtgehalten, im eigenen Interesse. Aber es gab eine Menge Zeugen, und die Sache hat sich wie ein Lauffeuer herumgesprochen – auf die mieseste Art.«

»Was sagt Janet zu dem Ganzen?«

»Sie sagt, sie hat keine Ahnung, wie sie in die Badewanne gekommen ist. Das glaubt ihr natürlich keiner. Jeder denkt, sie hat gesoffen bis zum Umfallen. Natürlich ist die Geschichte für Professor Mandelbaum einfach schrecklich. Und das allerschrecklichste ist wohl für sie, daß jetzt alle glauben, sie hätte was mit Luellen. Unsere Janet will ja noch nicht einmal mit dem weiblichen Teil der Studentenschaft etwas zu tun haben.«

»Die Geschichte kann aber keine großen Kreise gezogen haben«, sagte Kate, »sonst hätte ich davon gehört.«

»Ich wette, Ihre männlichen Kollegen wissen Bescheid. Glauben Sie, die würden Ihnen sowas erzählen?«

Kate schüttelte langsam den Kopf. »Ein oder zwei vielleicht, wenn sie mich zufällig allein erwischt hätten. Was soll ich Ihrer Meinung nach bei dem Ganzen tun?«

»Janet möchte, daß Sie nach Harvard kommen und ihr helfen.«

»Das finde ich eigenartig«, sagte Kate. »Wir haben gleichzeitig Examen gemacht. Damals haben wir uns natürlich oft gesehen. Kennen Sie Gertrude Stein? Sie sagte über ihren Bruder Leo: ›Wir waren immer zusammen, und jetzt waren wir überhaupt nicht mehr zusammen. Nach und nach sahen wir uns nie wieder.‹ Wann möchte Janet, daß ich nach Harvard komme?«

»Ich weiß nicht, bald. Vielleicht nach den Weihnachtsferien.«

»Und warum bringen Sie, die Sie Janet doch verachten, mir diese Botschaft?«

»Na, ich habe gedacht, wir alle haben gedacht, wenn Sie kommen, um Janet zu helfen, könnten Sie ja vielleicht auch etwas für Luellen tun. Sie streitet vor Gericht um das Sorgerecht für ihre Kinder. Und diese Geschichte tut ihr nicht gut.«

Sie saßen eine Weile schweigend da und schauten Iokaste zu, die völlig entspannt auf der Couch schlief, nur ihre Pfoten zuckten heftig. Offenbar wurde ihre Hundeseele von aufregenden Träumen gejagt.

»Ich weiß«, sagte Joan, während sie aufstand, »Sie werden es sich noch überlegen wollen. Vielleicht wird sich Janet bei Ihnen melden. Auf, Iokaste, du faules Luder!« Das faule Luder reagierte nicht. Joans schriller Pfiff ließ den Kopf des Tieres hochschnellen.

»Ich habe mir immer gewünscht, so pfeifen zu können«, sagte Kate. »Aber sagen Sie mir eines: Sie würden jeden Mann anlügen und jede Frau, die mit Männern zusammenarbeitet, Sie betrachten das sogar als Ihre Pflicht. Warum sollte ich Ihnen also glauben?«

»Sie brauchen ja nichts zu glauben«, sagte Joan. »Prüfen Sie es nach. Warum fahren Sie nicht hin und sehen selbst? Wir haben immer eine Matratze für Sie, wenn Sie eine brauchen. Stimmt's, Iokaste?«

»Hampshire Street«, sagte Kate. »Vielleicht werde ich einen Kaffee brauchen.«

»›Vielleicht nächstes Mal‹ heißt unser Treff. Jeder in Cambridge kann Ihnen den Weg zeigen.«

Als sie gegangen waren, las Kate gedankenverloren ein paar von Iocastes weißen Haaren von der Couch. Sie hätte gern einen Hund gehabt, aber ein Tier paßte weder in ihr noch in Reeds Leben. »Pferdemist«, murmelte sie kichernd. Es irritierte sie, daß sie sich so von Iokaste angesprochen fühlte, aber noch mehr irritierte sie, daß sie die männliche Institutionen hassende Joan Theresa sympathisch fand. »Schwestern!« schnaubte Kate. Dann ging sie zum Fenster. Unten raste Joan Theresa mit langen Schritten die Straße hinunter und Iokaste, die Ohren angelegt, mit Volldampf hinterher.

————————————————————————

Kapitel zwei

> *Du hast solche Angst, dein moralisches Empfinden*
> *zu verlieren, daß du höchstens riskierst,*
> *es durch eine Schlammpfütze zu ziehen.*
>
> (Gertrude Stein)

»Natürlich«, fuhr Mark Evergreen fort, als der Kellner ihre Wassergläser gefüllt hatte und sie ihrem Lunch im Fakultäts-Club überließ, »ist er vom anderen Ufer.«

»Ja, ja – das andere Ufer – das Unbekannte, das Neugier weckt, mit Sehnsucht erfüllt, die Menschen zum Aufbruch treibt.«

»Oje«, sagte Mark, »ich hätte es nicht so platt heraussagen sollen. Du ärgerst dich.«

»Nur wegen des Wortes. Ich trauere um Worte. Das fremde, das andere Ufer, das war einmal ein wunderschönes poetisches Bild. Wie soll man diesen Ausdruck heute noch gebrauchen? Er würde jene Art Gekicher hervorrufen, das ich als Kind immer erntete, wenn ich ganz unschuldig von Elfen sprach und nicht ahnte, daß das Wort eine doppelte Bedeutung hat. Wenn es wirklich so weit kommt, daß das andere Ufer nur noch Homosexualität für uns bedeutet, werden die Elfen vielleicht wieder sein können, was sie einmal waren und im Dickicht der Wälder in Sicherheit leben.«

»Gegen Homosexuelle als solche hast du nichts?«

»›Als solche‹! Wirklich, Mark – welche Ausdrucksweise! Aber mein Sprachempfinden einmal beiseite – ich bin froh um die Veränderungen in den siebziger Jahren. Die meisten Dekaden unseres Jahrhunderts waren fürchterlich – die dreißiger, die fünfziger, die siebziger. Sie waren geprägt von Depression, Hexenjagd und der Verlogenheit derer, die Macht und Einfluß hatten. In den siebzigern passierten immerhin einige erfreuliche Dinge, und dazu gehört, daß man Homosexuellen endlich mit mehr Offenheit und Verständnis begegnete. Ein bezaubernder Freund von mir – wie von einem anderen Ufer im vollen schönen Sinn dieses Ausdrucks, denn er ist wirklich ein ganz außergewöhnlicher Mensch – vertraute mir an, er sei aus seinem Kämmerchen hervorgekommen und zeige sich jetzt im Licht. Da hast du mal ein Bild, das keine unberechtigten Forderungen an unsere Sprache stellt – ja wirklich, etymologisch gesehen, ist es völlig korrekt und leuchtet außerdem jedermann ein. – Nun, bemerkenswert ist, daß mein Freund vorher genauso nett, unterhaltsam, vertrauenswürdig und informiert war wie jetzt. Für mich hat er sich dadurch nicht verändert – außer, daß er jetzt den schönen Ausdruck *vom anderen Ufer* so einseitig mit Beschlag belegt.«

»Kate, stimmt irgend etwas nicht? Ich weiß, daß du zu Vorträgen aus dem Stegreif neigst, aber heute kommst du mir noch sprunghafter vor als sonst. Was soll ich dir noch von Clarkville erzählen? Du kennst bestimmt seine Veröffentlichungen so gut wie ich.«

»Gewiß, aber du kennst *ihn* besser, und ich frage mich ...«

»Du hast von diesem Janet-Mandelbaum-in-der-Badewanne-Trara gehört. Ich hätte es mir denken können.«

»Um genau zu sein: ich habe nicht davon *gehört*; man hat es mir erzählt. Und da du Clarkville so gut kennst: weißt du, was genau passiert ist?«

»Erst hat sie sich betrunken und dann fast ertränkt. Clarkville vermutet, daß der Druck für sie zu groß gewesen sei. Na, wenn du mich fragst, die erste Frau mit einem Lehrstuhl bei den Anglisten in Harvard zu sein, hätte selbst Aphrodite überfordert, von Janet Mandelbaum ganz zu schweigen. Offenbar war sie betrunken, beschloß, ein Bad zu nehmen, um einen klaren Kopf zu bekommen, und fiel dabei in Ohnmacht.«

»Weißt du, ob sonst jemand mit der Sache zu tun hatte?«

»Ja, irgendeine Frau aus dem Ort. Kam wohl Janet zu Hilfe. Warum, weiß niemand. Janet bestreitet hartnäckig, sie zu kennen. Und die andere Frau behauptet so leidenschaftlich, noch nie mit Janet zu tun gehabt zu haben, daß es fast schon beleidigend für Janet ist. Beschäftigt dich die Sache etwa?«

»Mark, erinnerst du dich an Janet Mandelbaum?«

»Wie sollte ich nicht! Schönheit *und* Verstand. Und dabei so konventionell und phantasielos wie John Livingston Lowes, der jedes Wort gezählt hat, das Coleridge in seinem Leben gelesen hat.«

»Auch aus Harvard.«

»Natürlich. Du wirst dich erinnern, wie verbissen Janet ihren Standpunkt vertrat, man könne sich Donne und Herbert nicht mit Methoden der modernen Literaturwissenschaft nähern. Das sei, so behauptete sie, genauso abwegig, als wolle man Shakespeare als unseren Zeitgenossen behandeln. Sie sammelte zeitgenössische Liederbücher, das heißt, aus der Zeit von Donne und Herbert. Wäre sie nicht so außerordentlich attraktiv gewesen, ich hätte sie als die langweiligste Frau empfunden, der ich je begegnet bin...«

Er sah auf und ihre Blicke trafen sich. »Sie war nicht gerade liebenswürdig«, sagte Kate. »Jedenfalls kam es mir so vor.«

»Ja, sie ermunterte niemanden. Aber sie war einfach so schön, daß sogar den Wissenschaftlern, die sie heruntergeputzt und fertiggemacht hat, vor Verzückung das Wasser im Munde zusammenlief. Im Grunde waren wir natürlich alle hinter dir her, aber...«

»Mark! Es heißt, daß Janet indirekt um meine Hilfe gebeten hat. Kannst du dir erklären, warum sie sich plötzlich auf mich besinnen sollte? Und für wie ernst hältst du den Schlamassel in Harvard?«

»Die zweite Frage zuerst: Wenn mir die Stellung der Frauen in Harvard am Herzen läge, würde ich die Sache für verdammt ernst halten. Und zufällig haben die Frauen an unseren Universitäten meine Sympathie. Wäre ich wie die meisten unserer männlichen Kollegen, würde ich die ganze Geschichte zum Lachen finden. Jetzt zu deiner ersten Frage, warum Janet dich bitten sollte, indirekt natürlich. Direktheit war Janets Sache nie. Wen gäbe es sonst? Frauen in deinem Alter – unserem Alter –, die an angesehenen Universitäten lehren und genau wissen, was das bedeutet, gibt es nicht gerade wie Sand am Meer. Und wenn es eine solche Frau gibt, mit der man zudem noch gemeinsam Examen gemacht hat und aufs selbe Damenklo ging, inmitten dieser ansonsten vor Männern strotzenden Gefilde ... ja, selbst Janet würde sich auf sie besinnen. Auf dich.«

»Mark, wenn Harvard dich berufen würde, dort Anglistik zu lehren, würdest du gehen?«

»Wie der Blitz.«

»Warum?«

»Ich hasse New York. In Harvard lehren, heißt, auf dem Lande leben und ein Boot haben.«

»Ich liebe New York. Ich könnte mir nicht vorstellen, mein Leben am Harvard Square zu verbringen, wo alle Leute so unverschämt jung sind.«

»Harvard einen Besuch abzustatten, würdest du aber vielleicht in Betracht ziehen?«

Manchmal, so sollte Kate bald an Reed schreiben, gehen einem Ereignis viele Vorboten voraus: plötzlich scheinen alle möglichen Kräfte zusammenzuwirken, und es hervorzurufen. Eine dieser Kräfte, eine reife und geistreiche Frau, erwartete Kate an diesem Abend in einem Restaurant. Sie war, wie sie gesagt hatte, auf der Durchreise von Washington. Kate hatte versäumt zu fragen: »Auf der Durchreise wohin?«, aber sie sollte nicht lange im ungewissen bleiben.

»Ich bin auf dem Weg nach Harvard. Ich hab mich von meinem Job beurlauben lassen und werde, ob du es glaubst oder nicht, das neue Dekanat dort oder das Kennedy Center oder beide beraten. – Apropos mehrere Fliegen mit einer Klappe schlagen: Harvard bekommt vernünftige Ratschläge *und* eine Frau, die sie in ihrer Statistik aufführen können, ohne sie auf Dauer am Hals zu haben. Und ich – ich mache neue Erfahrungen *und* habe Gelegenheit dahinterzukommen, was zum Teufel dort los ist. Tja, und George kann endlich herausfinden, was er wirklich will: segeln, einen Roman schreiben oder mit Sekretärinnen ins Bett gehen. Und meine Vertreterin in Washington bekommt die Chance, auch einmal ein bißchen Macht zu schmecken. Was mehr könnte man sich wünschen?«

»Ist George froh darüber?«

»Kate, meine Liebe, *entre nous* und so weiter, darüber mache ich mir nicht allzu viele Gedanken. Die Frauen, denen ich das anvertrauen würde, könnte man natürlich am Fuße eines zweizehigen Faultiers, das nur seine halbe Kapazität benutzt, abzählen. Es ist mir nicht gleichgültig, aber ich sitze nicht herum und zermartere mir das Hirn. Ich weiß, so unerhört schnöde dürfen in unserer Gesellschaft eigentlich nur Männer sein. Ich liebe George, diskutiere gern mit ihm, respektiere seine Bedürfnisse, und wenn er in Not ist, kann er sich auf mich verlassen, aber er ist nicht mehr mein ganzes Leben. Diese Einstellung hatten Männer seit jeher ihren Frauen gegenüber. Er wollte aus der Tretmühle heraus, seinen natürlichen Rhythmus wiederentdecken; na ja, du weißt schon. Und jetzt kann er es. Wenn er herausfindet, daß sein natürlicher Rhythmus ihm nicht bekommt – nun denn! Mein Appartement in Cambridge ist groß genug, er kann mich dort jederzeit besuchen. Was er dann mit sich anfängt, ist *sein* Problem. So, und jetzt darfst du aus dem Restaurant stolzieren und dir weiblichere Freundinnen suchen, die bis zum Hals in Schuldgefühlen stecken. Aber warte erst noch die Pasta ab, die ist verdammt gut hier.«

»Ist dir aufgefallen, daß die Leute sich neuerdings immer in Restaurants treffen, wenn sie miteinander reden wollen? Wohl eine neue Form des Abendmahls – Brot, Wein und ein Tisch. Wenn Reed zu Hause ist, unterhalten wir uns gelegentlich auch, wenn wir nicht gerade beim Essen sitzen. Aber Freunde scheinen heutzutage immer Kalorien und Kommunikation miteinander zu verbinden.«

»Und wie geht's dir ohne Reed? Vergiß nicht, wie offen ich über George und mich war!«

»Sylvia, du willst doch nicht, daß ich zu deiner Erbauung Geschichten ehelichen Unfriedens erfinde. Reed hat immer gewußt, daß ich Zeiten ohne ihn brauche. Und ich war mir immer sicher, daß Reed sich nicht langweilt, wenn wir zusammen sind. Er ist ein seltenes Exemplar von Mann: die Aufgeblasenheit geht ihm ab. Ich vermisse ihn, wenn wir getrennt sind, aber ich verzehre mich nicht nach ihm; genauso sehne ich mich nicht danach, allein zu sein, wenn wir zusammen sind. Größres Glück war auf Erden keinem Menschen beschieden.«

»Alleinsein in der Ehe. Welch ein Witz! Jetzt, wo ich mit schnellen Schritten aufs fortgeschrittene mittlere Alter zugehe, fange ich endlich an, den amerikanischen Mythos der Ehe zu durchschauen. Im Augenblick ist mein Lieblingsthema das gemeinsame Schlafzimmer. Gib das auf, und du hast deine Ehe zerstört, nichts bleibt davon übrig außer dem gesetzlichen Gerippe. Ein befreundetes Ehepaar in Washington – wir spielen zusammen Tennis, und auf ihre stille Art ist sie dabei, aufzuwachen – stört sich seit Jahren im Schlaf. Er schnarcht, und sie muß nachts unentwegt aufstehen. Sie hat lange dagegen anzukämpfen versucht, indem sie nach acht Uhr abends nichts mehr getrunken hat. In einem Moment der Erleuchtung kam ihnen dann die Idee, daß sie schließlich genug Platz hatten, warum also nicht getrennt schlafen! Man hätte meinen können, sie hätten sich tätowieren lassen oder Waffen an Kuba geliefert, so sehr hat die Umwelt sich aufgeregt. Schließlich haben sie das Problem mit einem großen Schild gelöst, das an einer der Schlafzimmertüren hängt: ›Hier vögeln wir.‹«

»Ich habe dich vermißt, Sylvia.«

»Natürlich hast du mich vermißt. Warum tauschst du nicht deine männliche Institution hier gegen eine noch männlichere Institution am Charles aus? Wenn George nicht da ist, kannst du bei mir wohnen.«

»Und was tue ich, wenn er *da* ist?«

»Du nimmst dir ein Zimmer in einem der Häuser auf dem Campus und erfreust dich an der Gesellschaft von Erstsemestern und jungen Lehrbeauftragten, während ich in Ehewonnen schwelge.«

»Was ich in Harvard eigentlich soll, darüber haben wir noch nicht gesprochen, ganz zu schweigen davon, wie ich zu dem Zimmer kommen soll.«

»Ich bin eine einflußreiche Frau, hast du mir nicht zugehört? Ich kenne die Kennedys und Leute, die die Kennedys kennen, und wenn ich etwas sage, nimmt man es normalerweise zur Kenntnis.«

»Ich hab dir schon zugehört. Aber darf ich dich daran erinnern, daß das Semester noch nicht vorüber ist und ich auch im nächsten meine Seminare zu halten habe. Schließlich gibt es so etwas wie Verträge, auch wenn das manche Kollegen noch nicht bemerkt zu haben scheinen.«

»Unsinn. Du nimmst dir ein unbezahltes Freisemester. Deine Fakultät wird überglücklich sein; denk an das Geld, das sie spart – die Hälfte deines Jahresgehalts! Und wenn eines deiner Seminare absolut nötig ist, dann holen die irgendein arbeitsloses Genie, das es für ein Fünftel deines Salärs abhält. Ich habe alles genau durchdacht, Kate. Du bist reich – Dank sei Gott –, einen kleinen Sonderurlaub kannst du dir leisten. Also ab mit dir in dieses Frauen-Institut, das sie in Harvard eingerichtet haben. Du wohnst bei mir und kommst Janet Mandelbaum zu Hilfe.«

»Endlich sind wir also am Ziel angelangt – bei Janet Mandelbaum. Welch ein Zufall!«

»Kein Zufall, höchstens eine Verkettung von Zufällen.«

»Ehe du mir *den* Unterschied erklärst, nur eine Frage, wenn du erlaubst. Warum sollte dieses Frauen-Institut mich nehmen? Wahrscheinlich ist es inzwischen hoffnungslos überlaufen.«

»Dann ist auch noch Platz für eine weitere Frau – wenn sie von den richtigen Leuten empfohlen wird. Es stimmt natürlich, daß sie nicht annähernd so viele Lehraufträge vergeben können, wie sie möchten. Aber wenn du kommst – für die Ehre, und nicht fürs Geld, wie die Engländer sagen –, dann gibt man dir ein Büro, einen Briefkasten, den Status einer Lehrbeauftragten und verlangt nichts weiter von dir, als daß du eine Vorlesung über ein Thema deiner Wahl hältst. Nun, was sagst du? Das Institut wird dir gefallen. In einem Haus auf dem Campus zu wohnen, wird ein bißchen lästig sein. Wahrscheinlich mußt du schwören, an jedem Lunch der Dozenten teilzunehmen. Dem gehen einige Sherry-Runden voraus, und geistige Verstopfung ist die Folge. Aber all das tust du für die Frauen «

»Sylvia, was um Himmels willen tue ich für die Frauen?«

»Janet helfen, was sonst? Und damit allen Frauen, die in Harvard lehren. Janet ist hereingelegt worden, das ist doch klar.«

»Hereingelegt?«

»Du hast richtig verstanden. Unter uns, meine Liebe, wenn das Patriarchat sich bedrängt fühlt, dann schreitet es zur Tat, mit Geld und allem, was mit Geld zu kaufen ist. Hast du gewußt, daß die Mormonen in einem Jahr fünfzehn Millionen Dollar ausgegeben haben, um die Gleichberechtigungsgesetze zu bekämpfen?«

»Sylvia! Du redest ja schon wie eine dieser schrecklichen Emanzen!« sagte Kate mit gespieltem Entsetzen.

»Na, aber klar. Ich verschlinge Büstenhalter. Mein Lieblingsmodell ist Größe 90 C, rosa, kurz angebraten. Und ich werde auf der Stelle einen essen, wenn der Kellner nicht bald kommt.«

Wie um dies abzuwenden, erschien, ganz beflissene Aufmerksamkeit, der Kellner am Tisch. Während des Essens hüpfte das Gespräch von einem Thema zum anderen. Erst beim Irish Coffee – zu dem Sylvia Kate, allerdings ohne große Mühe, überredet hatte – kam Kate noch einmal auf ihren Besuch in Harvard zurück.

»Sylvia, vielleicht gehe ich nach Harvard, vielleicht auch nicht, aber ich werde Janet Mandelbaum noch nicht einmal eine Postkarte schicken, wenn du mir nicht erklärst, warum du meinst, sie sei hereingelegt worden. Und warum zum Teufel ist das alles so wichtig?«

»Wieviel weißt du über diesen neuen Lehrstuhl in Harvard?«

»Nicht viel, gar nichts, um genau zu sein.«

»Es ist nicht das erste Mal, daß eine Frau mit solchen Ehren bedacht wurde. Vor über dreißig Jahren, 1948, wurde der Zemurray-Stone-Lehrstuhl in Harvard errichtet. Bisher haben sich drei Frauen auf ihm abgelöst. Der Lehrstuhl war offenbar ein Erfolg, soweit man das von einem Lehrstuhl überhaupt behaupten kann, hat aber die Sache der Frauen in Harvard auch nicht weiter befördert. Die erste Frau, die ihn innehatte, war eine Schottin. Kein Wunder, daß Harvard es nicht fertigbrachte, eine qualifizierte Amerikanerin zu finden. Wenn man ihnen schon eine Frau aufbürdete, dann lieber eine Ausländerin als eine aus den eigenen Reihen. Diese Frau, sie hieß Helen Cam und war Historikerin, muß ein wahres Prachtstück gewesen sein. In dem Berufungskomitee, das sie auswählte, saß übrigens eine Frau, im Gegensatz zu dem Komitee, das die arme Janet an Land zog. Helen Cam war nicht nur eine hervorragende Gelehrte und ihren Studenten sehr zugetan, sie muß auch sonst ein guter Mensch gewesen sein: denn bald erhielt sie die Erlaubnis, am Harvardschen Morgengebet teilzunehmen, und wurde damit zur ersten Frau, der man das seit der Einführung des Gebets 1638 gestattet hat.«

»War sie die erste Professorin in Harvard?«

»Nein. Aber die Frauen, die in Harvard lehrten, wurden immer als Lektorinnen bezeichnet, auch wenn sie mehr wußten als alle Männer weit und breit. Dr. Alice Hamilton bekam allerdings von der medizinischen Fakultät den Titel ›Assistenzprofessorin‹ verliehen. Man hatte wohl keine andere Wahl, da sie das Feld der Arbeitsmedizin entdeckt hatte. Jedenfalls war sie die unumstrittene Kapazität auf ihrem Gebiet, und sogar Harvard mußte das anerkennen. Aber jedes Jahr, wenn sie die Einladung zu den Abschlußfeierlichkeiten bekam, stand der handgeschriebene Zusatz darauf: ›Damen ist es nicht erlaubt, an der Prozession teilzunehmen.‹ Und sie wird wohl auch auf die Freikarten für die Footballspiele verzichtet haben, die jedem Fakultätsmitglied zustehen. Alice Hamilton wurde übrigens fünfundneunzig und hat öffentlich gegen den Vietnamkrieg protestiert. Aber ich will nicht abschweifen. Wenn man erst anfängt, über Frauen in Harvard zu sprechen, kommt man leicht vom rechten Pfad ab. Wo war ich stehengeblieben?«

»Bei Helen Cam aus Schottland.«

»Ach ja. Als Helen Cam emeritierte, wurde der Lehrstuhl mit Cora Du Bois besetzt, eine Anthropologin, die sich mit ihrer Untersuchung über die Alor, einen Inselstamm im ostindischen Ozean, einen Namen gemacht hatte. Als sie emeritierte, wurde die gegenwärtige Professorin berufen. Sie ist nicht sehr viel älter als du und ich. Ihr Gebiet ist die Klassik; sie hat gerade ein höchst geschätztes Buch veröffentlicht, über griechische Kunst, glaube ich. Eine erstklassige Wissenschaftlerin.«

»Aber hat sie ein besonderes Interesse an der Sache der Frauen als solche? Das ist eine neuer Ausdruck – als solche. Ich hab ihn neulich aufgeschnappt.«

»Ob sie das hat oder nicht – mit einem einzigen Lehrstuhl für Frauen erreicht man nicht, daß alle Frauen, die in Harvard lehren, größere Anerkennung finden. Irgend jemand – wer, das ist das bestgehütete Geheimnis seit Jahren – hat jetzt jedenfalls einen weiteren Lehrstuhl für Frauen gestiftet und droht, noch einen zu spenden. Ich sage *droht* – denn genau so empfinden es manche.«

»Und du glaubst, es gibt Leute, die es darauf anlegen, den neuen Lehrstuhl zu sabotieren?«

»Ja, das glaube ich. Aber da ich über Verschwörungstheorien immer die Nase gerümpft habe, werde ich jetzt der Versuchung widerstehen, eine zu entwickeln. Gehen wir also davon aus, daß es keine Verschwörung ist, sondern nur irgendein Verrückter dahintersteckt. Aber auch dann braucht Janet Mandelbaum Hilfe. Und sie hat nach dir gefragt.«

»Das behaupten alle. Als ich sie vor Jahren das letzte Mal sah, hatten wir uns nicht viel zu sagen.«

»Ich vermute, jetzt hat sie einiges, was sie loswerden will, Kate. Bedenk doch, wie ausgeliefert sie sich fühlen muß. Der Club der Männer hat ihr von vornherein den Rücken gekehrt. Harvard gibt ihr keine Hilfe. Nach allem, was ich gehört habe, dürfen noch nicht einmal Harvards Gastdozenten, die dem richtigen Geschlecht angehören, mit irgendwelcher Unterstützung rechnen. Von den Feministinnen will Janet keine Hilfe, und auf die könnte sie wohl auch kaum zählen. Sie muß sich ziemlich alleingelassen fühlen.«

»Also wendet sie sich an Gefährten aus der Vergangenheit, auch wenn es in dieser Vergangenheit wenig Gemeinsames gab?«

»So ist es. Immerhin verstehst du, wovon sie spricht. Natürlich macht es ihr fürchterlich zu schaffen, daß man sie mit der Frau aus dieser Kommune in Verbindung bringt. Und erzähl mir jetzt nicht, daß *da* niemand konspiriert hat.«

»Weißt du übrigens, daß ich eine der Frauen aus der Kommune kennengelernt habe – mitsamt herrlicher Bullterrierhündin? Sie haben den ganzen Weg von Cambridge nach New York auf sich genommen, um mich nach Harvard einzuladen.«

»Wie hat sie dir gefallen, die Frau, meine ich?«

—39

»Sie sagte, sie sei eine Schwester, und ich fürchte, sie hat mir gefallen.«

»Warum ›fürchtest‹ du?«

»Weil diese Schwestern nicht zögern, mich für ihre Zwecke einzuspannen. Aber sowie die Revolution kommt, bin ich als erste weg vom Fenster.«

»Kate, ich glaube, das dauert noch ein paar Tage. Die Schwestern mit hineinzuziehen, war der größte Fehler, den die machen konnten – wer immer *die* auch sein mögen.«

»Fehler?«

»Kate, Schätzchen, benutz deinen Verstand. Es ist doch absolut unglaubwürdig, daß Frauen, die dem Establishment für immer den Rücken gekehrt haben und in einer Kommune leben, einer so überangepaßten Frau wie Janet zu Hilfe kommen. Frauen wie Janet arbeiten mit den Unterdrückern zusammen, identifizieren sich mit Männern und gehen mit Männern ins Bett.«

»Sylvia, was hat denn das Sexualleben von jemandem damit zu tun?«

»Eine Menge. Der Punkt ist doch, daß *die* denken, sie könnten Janet schaden, indem sie sie mit dieser Frauen-Kommune in Verbindung bringen. Dann noch eine Bemerkung hier, eine da, und schon ist aus unserer Janet eine Lesbe geworden. Aber der Plan war töricht. Die haben zwei Gruppen in Verbindung gebracht, die schlechterdings nichts miteinander zu tun haben können – Frauen, die sich an Frauen orientieren, und solche, die sich mit Männern identifizieren.«

»Also, ich bin nicht bereit, mich zu einer dieser Gruppen zugehörig zu fühlen«, sagte Kate.

»Ich weiß, meine Liebe. Deshalb brauchen wir dich ja auch. Aber vergiß nicht, du lebst mit einem Mann, du arbeitest mit Männern, kurz, du dienst dem Patriarchat.«

Kate hob das Cognacglas, das unvermutet vor ihr stand. »War es nicht das Patriarchat, das den Cognac erfand?«

»Die Frauen aus dem Café in Cambridge würden dir wahrscheinlich erklären, daß die Frauen, die die Weinberge bestellten, ihn entwickelt haben und Männer unrechtmäßig Lob und Cognac als eigenes Verdienst ausgeben. Wahrscheinlich haben sie sogar recht, aber das sagen wir lieber nicht laut.«

»Ich glaube, Joan Theresa gefällt mir besser als Janet Mandelbaum.«

»Das, meine Liebe, ist das Problem. Und so etwas darfst du nie sagen, wenn du im Dozentenzimmer des Harvardhauses, in dem du schließlich landen wirst, deinen Sherry trinkst.«

»Und wie setze ich mich mit diesem Fraueninstitut in Verbindung, vorausgesetzt natürlich, ich lasse mich auf diesen albernen Plan ein?«

»Das arrangiere ich schon. Das kannst du alles getrost deiner Sylvia überlassen, der, wie du weißt, die ganze Welt zu Füßen liegt. Ich habe einen schönen dicken Ordner über die Frauen in Harvard zusammengestellt, den schicke ich dir. Eine höchst deprimierende Materialsammlung, fürchte ich. Zu Beginn sah Harvard überhaupt kein Frauen-Problem, und als man es dann, ungefähr hundert Jahre später, zur Kenntnis nahm, wurde eine Kommission berufen. Die verfaßte einen Bericht. Einen sehr guten sogar. Und dann – geschah nichts. Jedenfalls nicht viel.«

»Was ist mit Radcliffe? Hatte Radcliffe denn keinen Einfluß auf die Dinge?«

»Mein Liebe, daß Radcliffe entstand, war reiner Zufall. Jeder weiß, daß es vor allem gegründet wurde, um Harvard zu entlasten. Eine Frau, die in Cambridge aufwuchs, hat gerade ein Buch über ihre Jugend geschrieben. Sie sagt, Radcliffe sei ein Experiment gewesen, bei dem ein paar recht chaotische Damen als Versuchskaninchen dienten. Wenn das Experiment fehlschlüge, träfe Harvard keine Verantwortung. Sollte es jedoch von Erfolg gekrönt sein, fiele aller Ruhm an Harvard. Hiermit wäre die Beziehung zwischen Harvard und Radcliffe auf den Nenner gebracht. Die

Radcliffe->Damen‹ sind übrigens auch heute noch ziemlich chaotisch.«

»Weißt du, warum ich wahrscheinlich nach Cambridge fahren werde, obwohl ich den Harvard Square dermaßen verabscheue?« fragte Kate. »Weil es meine Brüder zu Tode ärgern wird, die immer noch der Überzeugung sind, daß keine Frau durch die Widener-Bibliothek streifen dürfte. Dabei fällt mir gerade ein, ich habe eine Nichte, die am Radcliffe studiert. Wenn ich nicht irre, müßte sie gerade im Examen stecken.«

»Janet Mandelbaum – Achtung, Rettung ist in Sicht!«

> Es ist lange her, daß es Studentinnen untersagt war,
> die Widener-Bibliothek zu betreten, und Margaret Meads
> Geschichte einer Anthropologiestudentin im Examens-
> semester, die den Vorlesungen nur durch die einen Spalt
> geöffnete Tür einer Kammer neben dem Hörsaal
> folgen durfte, ist heute eine amüsante Anekdote,
> die der Vergangenheit angehört.
> (Bericht des Komitees zur Untersuchung des Status
> von Frauen an der geisteswissenschaftlichen Fakultät)

Sylvia, die offenbar von einem ehelichen Intermezzo voll in Anspruch genommen war, hatte Kate ein Zimmer in Harvards Fakultätsclub besorgt. Wie es schien, galt in Harvard das ungeschriebene Gesetz, Frauen, die weder durch Bluts- noch eheliche Bande mit den Herren vom Lehrkörper verknüpft waren, die schlechtesten Zimmer zu geben. Trotz Sylvias rechtzeitiger Bemühungen hatte man Kate ein Mansardenzimmer zugewiesen, das ein Giebelfenster hatte, keinen Kleiderschrank und nur eine einzige Steckdose, die gleichzeitig herhalten mußte für die einzige Lampe, das Radio und das Gerät, das das Wasser beinahe so weit erhitzte, daß sich darin der unsägliche Pulverkaffee auflösen ließ, der in kleinen Tütchen ausgegeben wurde. Kate schaute sich um und kam zu dem Schluß, daß kein Zimmer zufällig so gastfeindlich und unkomfortabel sein konnte, nein, hier war ein hämischer, finsterer Geist am Werk. Harvards Grundeinstellung gegenüber Frauen fand in diesem Zimmer durchaus adäquaten Ausdruck.

Die einzige natürliche Lichtquelle, ein winziges Fenster, lag am Ende einer mindestens zwei Meter tiefen, engen Nische im

Dachgiebel und war nur mit akrobatischen Anstrengungen zu öffnen. Die aber wären ganz nutzlos gewesen, denn ein Schild über dem Fenster mahnte gebieterisch: »Dieses Fenster wurde für den Winter versiegelt. Bei Lüftungsbedarf schalten Sie bitte den Ventilator ein.« Da es einer Belüftung schon lange bedurfte, stellte Kate den Ventilator an und wurde mit einem Schwall abgestandener Luft und lautem Surren belohnt. Sie stellte beides wieder ab und sah über den Ventilator hinweg zum Fenster hinaus auf die schönen Bäume, die sich im Januarwind bogen. Der Anblick versöhnte Kate ein wenig. Während sie ganz still dastand und hinaussah, lief ein Eichhörnchen die Dachrinne entlang, blieb direkt vor ihrem Fenster sitzen, holte sich eine große Nuß aus der Backe und schob sie behutsam unter die Blecheinfassung des Fenstersimses. Vielleicht ein Geschenk von der Großen Mutter, wie Hardy sie nennt, dachte Kate. Jedenfalls ein besseres Omen für ihre Harvard-Eskapade als dieser finstere Raum. Ein wenig besser gelaunt machte sie sich auf, Harvard und Cambridge zu erforschen, ehe sie Sylvia um fünf in der Cocktaillounge des Clubs treffen wollte.

Von ihrem Mansardenfenster aus hatte Kate das Warren-Haus sehen können, in dessen Mauern Janet so Befremdliches zugestoßen war. Jetzt ging Kate unter den herrlichen Bäumen über den Campus und betrat das Gebäude. Hinter den geschlossenen Türen zu ihrer Linken gingen Sekretärinnen, oder jedenfalls Menschen an Schreibmaschinen, ihrer geräuschvollen Arbeit nach. An der geschlossenen Tür zu ihrer Rechten hing ein Schild: »Akademische Stellenvermittlung«. Kate schüttelte sich vor Mitleid. Auch sie hatte einst eines solchen Amtes gewaltet, und zwar in jenen schlechten Zeiten, als selbst Harvard-Absolventen kaum unterzubringen waren. Schnell, ehe irgend jemand auftauchen und sie fragen konnte, was sie wolle, ging sie die Treppe hinauf in den zweiten Stock. Dort fand sie hinter einer offenen Tür den berühmten Salon des asthmatischen oder arthritischen Mr. Warren, der seine Tage auf der angrenzenden Glasveranda zugebracht hatte. Am Ende des Korridors entdeckte Kate das antiquierte Badezimmer, das mit all seinem Mahagoni selbst dem Verrichten der natürlichsten Bedürfnisse große Würde verlieh. »Damentoilette« stand auf dem kleinen Schild an der Tür, und darunter: »Herrentoilette im ersten Stock«.

Das Warren-Haus beherbergte das Büro des Rektors, die Stellenvermittlung für Akademiker und mehrere Sitzungszimmer. Trotz seines heiteren Charmes und alten Mahagonischmucks – dieses Haus war das Zentrum der anglistischen Fakultät in Harvard. Im Augenblick wirkte es zwar verlassen, aber die Zeichen alter Macht und eingefleischten Patriarchats waren unübersehbar. Kate verspürte plötzlich das starke Bedürfnis nach frischer Luft. Sie verließ das Gebäude, atmete tief durch, überquerte die Quincy Street und machte sich auf die Suche nach einer Buchhandlung. Stundenlang herumschmökern, danach stand ihr jetzt der Sinn. Für dieses Laster waren die Buchhandlungen in Harvard wie geschaffen. Anders als die meisten New Yorker Buchläden, hatten sie zu jedem Thema eine große Auswahl auf Lager und nicht nur jene Titel, die während des vergangenen halben Jahres Aufsehen erregt hatten.

Kate betrat das Coop, wie sich Harvards Buchhandels-Kooperative abkürzte. Sie ignorierte die Bestseller im Parterre. Kaum hatte sie aber die Rolltreppe betreten, um sich nach oben zu den Taschenbüchern befördern zu lassen, als ihr ein exzentrisches Geschöpf zujubelte, das auf der anderen Rolltreppe abwärts schwebte.

»Tante Kate! Was um Himmels willen machst *du* hier?« rief das Wesen für alle hörbar, und so entgeistert, fand Kate, als träfe sie mich als Akteurin in einem Massagesalon. Sie starrte so ungläubig zu ihrer Nichte hinüber – falls es denn ihre Nichte *war* –, daß sie von der Rolltreppe stolperte, als diese ihren Zweck erfüllt und sie zum zweiten Stock befördert hatte. Schwer auszumachen, ob es sich um ihre Nichte handelte oder nicht, denn die Kapuze des langen fließenden Capes, unter dem sich die unvermeidlichen Jeans verbargen und höchstwahrscheinlich auch das unvermeidliche T-Shirt, fiel der Gestalt tief ins Gesicht, die nun mit der Behendigkeit einer Hexe auf ihrem Besenstiel von der abwärtsfahrenden Rolltreppe auf die nach oben sprang. Die langsame Aufwärtsbewegung war ihre Sache nicht. Sie nahm drei Stufen auf einmal und stand dann atemlos vor Kate, sah sie voller Freude an und umarmte sie schließlich mit solchem Überschwang, daß Kate nicht anders konnte, als den Eigenschaften in sich freien Lauf zu lassen, die irgend jemand einmal ihre liebenswerten »Tantenzüge« genannt hatte. Denn ja, vor ihr stand ihre Nichte. »Wie geht es dir, mein Liebes?« sagte Kate, als sie wieder zu Atem gekommen war.

»Gut. Gut geht's mir. Aber dich hier zu treffen – ich bin vollkommen fassungslos. Ausgerechnet dich – so absolut New York, wie du wieder aussiehst! Warum hast du mir nicht geschrieben, daß du kommst? Wissen es meine Eltern? Na, wahrscheinlich nicht. Du erzählst ihnen ja nie etwas, so behaupten sie jedenfalls. Wirst du in Harvard Vorlesungen halten? Kate, wie herrlich! Ich sorge dafür, daß alle kommen und dir applaudieren. Du mußt wissen, in Harvard wird nicht oft applaudiert – dazu sind alle viel zu sophisticated hier. Hier pfeift man lieber aus.«

Während dieses Monologs wurden Kate und ihre Nichte (deren Vorname *viel* zu gewöhnlich war und die sich deshalb – wohl nach dem Mädchennamen ihrer Mutter, aber in Familiendetails war sich Kate nie so sicher – Leighton nannte, wie sie auch von jedermann, außer ihren Eltern, gerufen wurde) inmitten des nicht unbeträchtlichen Gewühls im zweiten Stock des Coops gestoßen und geschubst und verwundert angeguckt.

»Du siehst erschöpft aus«, sagte Leighton. »Ich glaube, du brauchst einen Drink. Komm«, und damit schob sie ihre Tante auf die Rolltreppe. »Ich habe endlich gelernt zu trinken. Es war einfach zu blöde, immer als Puritanerin dazustehen, nur weil ich mich vor dem Zeug ekelte. Du willst bestimmt einen Martini, wie ich dich kenne, und ich trink einen Sombrero.«

»Die Cocktailbar im Fakultätsclub öffnet aber erst um fünf«, sagte Kate, die sich diesmal ganz auf die Rolltreppe konzentrierte und sich, wie wohl viele, die in die Nähe des Harvard Squares geraten, wie hundertundzwei fühlte, »...und außerdem habe ich eine Verabredung...«

»Wir gehen ins ›One Potato Two Potato‹«, sagte Leighton. »Mir nach!«

Das Tempo, das Leighton vorlegte, ließ kein Gespräch zu, wohl aber, daß Kate in ihrem Gedächtnis kramte und alles hervorholte, was sie über ihre Nichte wußte. Viel war es nicht. Kate machte sich nicht viel aus Familien, schon gar nicht ihrer eigenen. Kates Eltern waren schon lange in den speziellen Himmel entschwunden, der ihnen dank ihrer hohen Geburt und unfehlbaren Rechtschaffenheit, davon waren sie ihr ganzes Leben lang überzeugt gewesen, sicher war. Ihre drei Brüder, alle wesentlich älter als sie, hatten Kinder produziert, die mit nur wenigen Ausnahmen so langweilig und engstirnig waren wie ihre Väter. Leighton, jetzt fiel es ihr wieder ein, war die jüngste aus der Brut ihres mittleren Bruders. Kate erinnerte sich vage, ihr ein angemessenes Geschenk, Bargeld, geschickt zu haben, als sie die Schule beendet hatte. Daß Leighton wie alle Fansler-Kinder (außer ihrem Neffen Leo) in Harvard studierte, war eine Selbstverständlichkeit. In Kates Jugend besuchte kein junges Mädchen, das auf sich hielt, das Radcliffe-College, es sei denn, es wohnte ganz in der Nähe. Heute ging jedes Mädchen, wenn irgendwie möglich, in dieses Institut, das inzwischen unter dem Namen »Harvard und Radcliffe Colleges« firmierte. Und wenn eine Fansler sich bewarb, dann wurde sie mit Wohlwollen, um nicht zu sagen mit Freude begrüßt.

»Ich gehe davon aus«, sagte Leighton, als sie das One Potato undsoweiter betraten, wo Kate große Zweifel beschlichen, ob man hier einen Martini zu mixen verstand, »daß du Geld bei dir hast. Ich habe nämlich keins. Verzeih, daß ich so plump darauf zu sprechen komme, aber ich hasse peinliche Szenen, wenn der Kellner mit der Rechnung kommt.«

»Welches Zahlungsmittel hattest du denn vor, im Coop zu verwenden?« fragte Kate mit, wie sie hoffte, gebührender Tantenstrenge. Die ganze Geschichte war schon ohne Nichte schlimm genug. Hätte Leighton eigentlich nicht längst Examen machen müssen? Kate war sich sicher, daß ihr Geschenk mehr als vier Jahre zurücklag. Aber vielleicht, schloß sie betrübt, zieht sich die Zeit in die Länge, wenn man älter wird.

»Also, im Coop nimmt einem doch keiner *Geld* ab«, sagte Leighton so entgeistert, als hätte Kate vorgeschlagen, mit Muschelperlen zu zahlen. »Einen Sombrero«, rief Leighton einer vorbeihuschenden Kellnerin zu, während sie sich mit einer heftigen Schulterbewegung ihres Capes entledigte, es unter den Arm klemmte und über den Boden schleifen ließ. Die Kellnerin, die sich gerade umwandte, trat prompt darauf, was aber keine von beiden zu bemerken schien. »Und einen sehr trockenen Martini, ja?« sagte Leighton, halb an Kate gewandt.

»Ja, bitte.« Kate gab sich geschlagen. Sie hätte ihren Martini viel lieber mit einem Schuß Gin gehabt. »Und was um Himmels willen«, sagte sie, als die Kellnerin verschwunden war, »ist ein Sombrero? Ich frage dich, obwohl all meine Instinkte mich warnen, es nicht zu tun.«

»Kahlúa und Milch. Sehr nahrhaft und sehr köstlich. Ich habe noch nicht gefrühstückt.«

»Und zu Mittag ißt du natürlich grundsätzlich nicht.«

»Natürlich nicht. Bis sechs Uhr abends mache ich Diät, und dann, wenn ich vor Hunger und Stolz auf mich fast umkomme, esse ich ohne Pause bis vier Uhr morgens. Ist das nicht demoralisierend? Tante Kate – ich hoffe, du bist nicht beleidigt, aber für mich bist du immer *Tante* Kate, auch wenn ich versuche, dich nicht so zu nennen –, warum hat der liebe Gott mich nicht so groß und schlank und damenhaft gemacht wie dich? Wirklich, die Gene sind einfach pervers.«

»Ich bin nicht damenhaft.«

»Naja, im Augenblick ist dir ein bißchen heiß und du bist aufgeregt, kein Wunder! Aber meist bist du cool und elegant und intellektuell und mein absolut einziges Vorbild. Ich habe überall verkündet, daß ich Professorin für englische Literatur werde und wunderbare Vorlesungen über Poesie halten will. Na, wie es aussieht, werde ich wohl Schauspielerin, aber nur, weil es für Englischprofessoren keine Jobs gibt. Mein Vorbild bist du trotzdem.«

Die Ankunft der Drinks (Kates war überraschend gut) befreite Kate von einer Antwort auf dieses Sperrfeuer. Sie zündete sich eine Zigarette an, und die vereinte Wirkung von Nikotin und Alkohol machte es leichter, die Tantenrolle zu spielen. »Im wievielten Semester bist du eigentlich?« fragte sie.

»Im zwölften«, sagte Leighton. »Aber ich bin zwei Jahre ausgestiegen, hab bei einer Schauspieltruppe mitgemacht und mich auch sonst ein bißchen umgesehen. Eigentlich hätte ich vor zwei Jahren Examen machen müssen. Mein Hauptfach ist Griechisch. Ich wohne im Südhaus. Die Ausbildung in Harvard stinkt zum Himmel, aber ich hoffe, der Name Harvard hilft mir bei der Jobsuche, und die meiste Zeit verbringe ich im Loeb-Theater – damit sind hoffentlich die üblichen Fragen erledigt. Halte mich bitte nicht für unhöflich, aber ich rede lieber über Wichtigeres. Findest du nicht auch, daß dieser Austausch von Fakten ein wenig lächerlich und langweilig ist? Wenn nicht, frag weiter.«

Kate fand das allerdings auch, aber sie hätte es ebenso lächerlich gefunden, in dieser Situation nicht nach dem Studium ihrer Nichte zu fragen. Sie war froh, daß ihr Zeitgefühl noch stimmte und ihre Nichte weder Examen gemacht hatte noch durchgefallen war, ohne daß sie als Tante etwas davon mitbekommen hätte.

»Warum Griechisch?« fragte Kate.

»Ich hab schon im Theban damit angefangen. Griechisch gehört zu den Fächern, bei denen man achtundvierzig Stunden vor der Prüfung alles auswendig lernen kann. Auf diese Weise schaffe ich die Zwischenprüfungen und kann mich auf das konzentrieren, was mir Spaß macht, nämlich Theaterspielen und Stückeschreiben. Ich bin in Harvards berühmter Dramatiker-Klasse.«

»Berühmt wegen der berühmten Dramatiker, die daraus hervorgegangen sind?«

»Nein, berühmt, jedenfalls für mich, wegen des Professors, der den Kurs hält. Er ist der netteste, bescheidenste, freundlichste Mensch auf Erden. Der totale Harvard-Antityp. Wir treffen uns immer im Warren-Haus, dort, wo diese Professorin sich besoffen in die Badewanne gelegt hat. *Kate!* Bist du *deswegen* hier?«

»Ich nehme an, jeder weiß von dem kleinen Schabernack?« fragte Kate traurig.

»Ja. Aber wenn du es genau wissen willst, seitdem ist die Dame allen sympathischer geworden. Wo wir gerade über zickige Gouvernanten sprechen . . .«

»Was wir, soweit ich weiß, nicht taten.«

»Verzeih. Ich vergesse immer, daß ich mich bei dir etwas respektvoller ausdrücken muß . . .«

»Nicht respektvoller, etwas gediegener vielleicht. Nein, gediegener auch nicht. Drück dich einfach in ganz normalem Englisch aus, so wie du es am Theban gelernt hast, das paßt für alle öffentlichen Anlässe«, erklärte Kate (beide hatten, jede zu ihrer Zeit, dieselbe Schule besucht). »Mit deiner Anspielung wolltest du wohl sagen, daß Frau Professor Mandelbaum ein wenig zugeknöpft ist.«

»Das muß man dir lassen, du drückst dich gewählt aus. Kann ich mir noch einen Sombrero bestellen? In zehn Minuten habe ich Probe. Oje, ich bin schon viel zu spät, aber ich komme erst im zweiten Akt dran. ›Hedda Gabler‹. Jetzt, wo ich es mir überlege, fällt mir auf, daß Professor Mandelbaum wie – wie Hedda Gabler ist, beide haben Mordsschi... Mordsangst, gegen die Konventionen zu verstoßen, aber in ihrem Innern kocht und brodelt es. Aber Hedda hätte es nicht passieren können, daß sie ausgerechnet an einem Ort wie Harvard ausflippt. Findest du nicht auch, daß Hedda und Professor Mandelbaum sich ähneln?«

Leighton hatte den Blick der Kellnerin erhascht und »nochmal dasselbe« signalisiert. »Ich glaube, ich weiß, was du meinst«, sagte Kate. »Viele Frauen sind heute in dieser Lage. Das übliche Los der Frauen wollen sie nicht, haben aber Angst, den engen und gleichzeitig so viel Schutz bietenden weiblichen Domänen zu entsagen. Was du sagst, zeugt von Einsicht.«

»Benutzt du immer Worte wie ›entsagen‹?«

»Von Zeit zu Zeit. Lieber Gott, apropos Zeit. Ich bin schon viel zu spät für meine Verabredung um fünf und obendrein noch besoffen, wie du es so entzückend ausdrückst.«

Was als Wink gemeint war, verstand Leighton auch so. Sie kippte ihren zweiten Sombrero hinunter und erhob sich gleichzeitig. »Kate, es war herrlich. Ich finde dich wunderbar. Du brauchst keine Angst zu haben, daß ich dir auf Schritt und Tritt folge, das werde ich nämlich nicht tun. Aber wenn dein Name hier erst einmal in aller Munde ist, wird man dich natürlich mit mir in Verbindung bringen, und dann mußt du dich entweder zu mir bekennen oder mich verleugnen. Ich hoffe, die Entscheidung wird dich nicht um den Schlaf bringen. Vielen Dank für die Drinks.« Sie warf sich die Kapuze über den Kopf und verschwand. Kate schaute ihr nach und fragte sich, ob es ihrer Nichte je gelingen würde, ihren Hang zum Dramatischen auf die Bühne zu beschränken. Sie mußte zugeben, daß sich dieser Fansler-Sproß überraschend gut herausgemacht hatte. Vielleicht konnte Nichte Leighton ihr sogar von Nutzen sein. Nun, sinnierte Kate und dachte gleichzeitig an ihren Lieblingsneffen, vielleicht kamen ja die bewährten Fansler-Gene in der jüngeren Generation wieder zum Tragen. Als sie bezahlte und sich wieder an den Grund ihres Aufenthalts hier erinnerte, kam sie zu dem traurigen Schluß, daß die Fansler-Gene beim einzigen weiblichen Exemplar ihrer Generation, nämlich ihr, auf Ärger aus zu sein schienen.

»Mein Gott«, begrüßte Sylvia Kate in der Cocktailbar des Clubs, »du hast ja schon getrunken! Ich bin schockiert. Es ist doch erst fünf. Wie ist dein Zimmer?«

»Die Beschreibung meines Zimmers will ich dir lieber ersparen«, sagte Kate und ließ sich in einen Sessel fallen. »Nur so viel: Erst wenn ich wieder von hier fort bin, werde ich vielleicht in der Lage sein, Harvard mit objektiven Augen zu sehen, vorher nicht. Das einzig Überraschende bisher war, daß ich meiner Nichte in die Arme gelaufen bin. Hedda Gabler und Griechisch, mit wehendem Umhang. Meinst du, ich sollte lieber Mineralwasser trinken?«

»Sei nicht verdrossen, du hast allen Grund zur Freude«, sagte Sylvia, während sie den Kellner herbeiwinkte und ein Mineralwasser bestellte. »George fährt morgen früh. Komisch, erst jetzt fällt mir auf, daß sich George immer im Morgengrauen verabschiedet. Das ist einer seiner nettesten Charakterzüge. Du kannst also zu mir ziehen, bekommst dein eigenes Schlafzimmer mit Bad und hast all deinen geliebten Komfort. Zweitens wirst du morgen mit Janet zu Abend essen, bei ›Ferdinand's‹. Sie erwartet uns beide. Aber ich werde dringende andere Verpflichtungen haben. Den Tisch für euch beide habe ich schon bestellt. Drittens wird dich das Fraueninstitut übermorgen offiziell begrüßen. Die Zeit bis dahin kannst du nutzen, das Warren-Haus zu erforschen.«

»Ich hab das Warren-Haus schon erforscht. Und in welchem Haus bekomme ich mein Büro?«

»Im Dunster. Es liegt ziemlich weit ab, fürchte ich, aber dafür geht es dort sehr musikalisch zu. Ich dachte mir, die Konzerte werden dir gefallen.«

»Und was denkt das Dunster-Haus, aus welchem Grund ich hier bin?«

»Das Dunster-Haus denkt nicht. Es saugt einfach alles in sich auf wie ein Staubsauger. Die Pedelle halten dich für eine Lehrbeauftragte am Fraueninstitut, was ja der Wahrheit entspricht. Die Lehrbeauftragten werden immer auf die verschiedenen Häuser verteilt.«

»Warum *die* Pedelle, sind es denn zwei?«

»Ein Schritt in Richtung Gleichberechtigung, meine Liebe. Die Frauen der Pedelle haben seit je – wie die Pfarrers- und Politikerfrauen – doppelt so viel wie ihre Männer gearbeitet, die immer Wichtigeres zu tun hatten, bekamen aber nie Anerkennung, geschweige denn Geld. Jetzt haben Mann und Frau gleichen Status, und manchmal, wenn auch selten, ist es die Frau, die den Posten annimmt und ihren Mann mitbringt. Ich hab dir übrigens deinen Fakultätsausweis mitgebracht.« Sylvia zauberte ein Plastikviereck hervor, das Kate Zugang zu jedem Bereich in Harvard verschaffte, von den Bibliotheken bis zu den Squash-Plätzen.

»Sylvia, dein Organisationstalent ist ja zum Fürchten. Oder, wie Leighton sagen würde . . .«

»Wer ist Leighton?«

»Meine Nichte.«

»Kate. Vielleicht hast du hier die größte Chance deines Lebens, etwas für die Sache der Frauen zu tun – und für Janet Mandelbaum – und gleichzeitig Harvard einen Arschtritt zu versetzen, den es nicht vergessen wird, wie sich Leighton wahrscheinlich ausdrücken würde.«

Später, als sie mit Sylvia die Treppe zum ersten Stock hinaufstieg, winkte der junge Mann am Empfangstisch ihr zu.

»Frau Professor Fansler?«

Kate nickte.

»Dies hier wurde für Sie abgegeben«, sagte er. »Es fällt mir nicht leicht, mich davon zu trennen.«

»Dies hier« war ein Strauß wunderbar duftender, weiß-rot gesprenkelter Nelken. Eine Karte war beigefügt. Kate las sie, während der junge Mann und Sylvia ihr zusahen. »Von einer dankbaren Nichte. Paß auf, daß du in keiner Badewanne landest.«

»Wie's aussieht«, sagte Kate halb zu sich selbst, »braucht man auch für Blumen kein Geld.« Nachdem sie sich von Sylvia verabschiedet hatte, ging sie zum Fahrstuhl und dachte daran, wie gut die Nelken ihrem tristen Zimmer tun würden. Blumen – und eine Nuß, dachte Kate. Nicht schlecht, wenn man bedachte, daß sie in Harvard war.

Kapitel vier

Frauen, die sich von einem Freund oder Bekannten
bedrängt fühlen, scheuen sich oft, um Hilfe zu bitten.
Scheu du dich nicht.
(University Health Service)

Am nächsten Abend nippte Kate in Ferdinand's Restaurant an einem
kleineren und insgesamt damenhafteren, mit Beefeater Gin gemixten
Martini und sah zum ersten Mal nach mindestens zehn Jahren Janet
Mandelbaum wieder ins Gesicht. Sie plauderten. Natürlich plauderten sie, was sonst hätten Leute tun sollen, die sich seit einer
Ewigkeit nicht mehr gesehen hatten und deren Leben in ver-
schiedene Richtungen gegangen war? Und während sie plauderten, wurde Kate schlagartig klar, daß sie Janet nie gemocht hatte,
genauso wenig wie Janet wahrscheinlich sie. Kate hatte jedoch
immer Janets wissenschaftliche Fähigkeiten ehrlich bewundert.
Janet dagegen hielt mit der typischen Arroganz jener, die sich mit
englischer Literatur früherer Jahrhunderte befassen, Kates Arbeit
für trivial. Romane las man. Kein ernstzunehmender Mensch befaßte sich wissenschaftlich damit. Janet war in erster Linie ernsthaft. Und schön natürlich. Ihre Ernsthaftigkeit war unverändert,
ihre Schönheit hatte sich in etwas verwandelt, was man am besten mit gepflegtem, sorgfältig frisiertem guten Aussehen um-
schreiben konnte. Ziemlich ratlos fragte sich Kate, was es zu sagen
gab, wenn ihnen der Plauderstoff ausging.

Daß Janet in Kate so etwas wie eine Freundin sah, zeigte zweifellos, wie einsam und isoliert sie war. Aber in der Jugend ge-
knüpfte Bekanntschaften, mochten sie noch so oberflächlich und
zufällig sein, hinterließen vielleicht einen stärkeren Eindruck als

Begegnungen im späteren Leben. Trotzdem, Kate wäre nie auf die Idee gekommen, sich an Janet zu wenden; oder vielleicht wäre es ehrlicher, zu sagen: Kate konnte sich im Augenblick keine Situation vorstellen, in der Janets Unterstützung für sie eine Hilfe sein könnte.

Janet wartete, bis Kate die Speisekarte studiert hatte. Sie selbst warf keinen Blick hinein und kam statt dessen auf Sylvias Abwesenheit zu sprechen. »Wahrscheinlich war sie der Meinung, wir zwei sollten uns allein unterhalten«, sagte sie. »Das tut mir leid für dich. Ich bin im Augenblick nicht sehr amüsant.«

»Es gibt Leute, die meinen, du müßtest jubeln und triumphieren. Schließlich ist es eine ganz schöne Leistung, festangestellte Professorin in Harvard zu sein. Du hast das Höchste erreicht, was auf dem akademischen Jahrmarkt der Eitelkeiten zu haben ist, jedenfalls für die Augen der Welt.«

»Das habe ich am Anfang auch gedacht. Aber alle Frauen hier – die Studentinnen, Dozentinnen, Verwaltungsangestellten – scheinen der Meinung zu sein, ich müßte mich unentwegt für Frauen stark machen: für die feministische Wissenschaft, die Probleme von Frauen in Harvard, die Examensbedingungen der Studentinnen, für Radcliffe – als gäbe es nur ein Geschlecht auf der Welt! Warum sollte ich mich für das weibliche mehr interessieren als für das männliche? Das einzige, was mich interessiert, sind Wissenschaftler, die sich mit dem siebzehnten Jahrhundert beschäftigen, und welchen Geschlechts die sind, ist völlig irrelevant. Die geschälten Krabben sind sehr gut, zwar nicht frisch gefangen, aber gut. Ich hab sie schon probiert.«

»Janet, als du den Ruf nach Harvard bekamst, muß dir doch klar gewesen sein, daß dein Geschlecht dabei keineswegs irrelevant war. Es gab auch in der Vergangenheit Frauen, die so hochqualifiziert waren wie du – aber bisher hat noch keine einen Lehrstuhl in Harvard bekommen – du bist die erste.«

»Ist dir der Zemurray-Stone-Lehrstuhl ein Begriff?« Kate

nickte. »Nun, von diesen Frauen erwartete man, daß sie ihre Arbeit taten und sonst nichts. Man berief sie als das, was sie waren – Historikerinnen, Anthropologinnen oder was sonst.«

»Das war zu einer anderen Zeit.«

Janet zerpflückte ein Brötchen. »Ich denke nicht daran, statt Obmann ›Obperson‹ zu sagen. Das hört sich entsetzlich an. Und ich werde auch nicht jeden Satz mit diesem ihm/ihr, er/sie, man/frau verstümmeln. Ich bin davon überzeugt, daß jede Frau, die sich qualifiziert und bereit ist, den Preis dafür zu zahlen, Karriere machen kann. Egal wo. Ich hab es geschafft, und du hast es geschafft.«

Endlich hatte sie es ausgesprochen. Sie hatte es nötig, verzweifelt nötig, zu glauben, daß der Zeitgeist bei ihrer Berufung nach Harvard keine Rolle gespielt hatte: Man hatte ihr die Professur gegeben, weil sie sie verdiente. Punkt. Kate wollte etwas sagen. Sie spürte die tiefe Bedrängnis dieser Frau und wußte, daß jede Form von Unterhaltung ihr helfen würde. Aber während Kate noch nach einem unverfänglichen Thema suchte, brach Janet in lautes Schluchzen aus und würde offensichtlich so schnell nicht wieder aufhören. Janet schneuzte sich in die Serviette, und die Tränen fielen auf die Pastete. Kate winkte dem Kellner, zog eine Kreditkarte heraus, erklärte, ihrer Freundin sei schlecht geworden, und bemerkenswert kurze Zeit später ging sie neben Janet Mandelbaum die Mount Auburn Street hinunter. Der Abend war kalt, und Janet schniefte in die Serviette, die sie mitgenommen hatte. Kate schoß die Frage durch den Kopf, ob Janet wohl daran denken würde, sie zurückzubringen, und sie erkannte daran wieder einmal, wie sehr sie noch altmodischen Werten verhaftet war. »Du«, hatte eine junge Feministin einmal zu ihr gesagt, »kommst mir vor wie von einem fremden Stern, wie von einer andern Welt.« In der Servietten zurückgebracht werden, dachte Kate. Ich brauch einen Drink.

In der Wohnung in der Mount Auburn Street angekommen (wo Kate jetzt bei Sylvia logierte, die offenkundig in ihrer dringenden Angelegenheit unterwegs war), stellte es sich als wesentlich leichter heraus, einen Drink zu beschaffen, als Janet zu beruhigen. Kate überließ sie ihrem allmählich versiegenden Tränenstrom, machte sich auf die Suche nach etwas Eßbarem und kehrte mit Crackern und Käse zurück. Sie bezweifelte, daß Janet der Sinn danach stand, aber Kate hatte schon immer den Standpunkt vertreten, Alkohol müsse auf etwas Festes im Magen treffen. Außerdem war sie hungrig.

Es würde offenbar ein langer Abend werden. Und bestimmt würde sich die Geschichte zum Schluß als Windei herausstellen. (Wo kam dieser Ausdruck nun wieder her? Kate hatte das von Eric Partridge zusammengestellte Lexikon der Klischees erstanden, das allerdings die Unart hatte, zu erklären, was das jeweilige Klischee bedeutete, was Kate ohnehin wußte, aber nicht, wie es entstanden war, was Kate gern gewußt hätte. Sie mußte sich einen Ruck geben, ihre Gedanken wieder auf Harvard zu lenken.) Das Appartement, in dem sie saßen, hatte bis zur Decke reichende Fenster mit Blick auf den Fluß. Wie Kate bald feststellen sollte, praktizierten hier die Steuermänner von Harvards Rudermannschaften – und davon gab es viele – jeden Tag in aller Herrgottsfrühe mit großer Hingabe und Lautstärke ihr »Eins, zwei«-Geschrei, was sie *ihrem* Ziel vielleicht näher brachte, alle Anwohner aber um den Schlummer.

Trotzdem, der Blick wog alles auf. Flüsse hatten etwas Magisches an sich. Kate beschloß, von Alkohol auf Kaffee umzusteigen, entschuldigte sich bei Janet und ging in die Küche. Gott hilf, laß es wirklich ein Windei sein.

Als sie zurückkehrte, hatte Janet sich etwas beruhigt. Sie entschuldigte sich nicht, wofür Kate dankbar war. Im Gegenteil, sie wirkte eher vorwurfsvoll. »Ich weiß eigentlich nicht, warum ich dich sehen wollte«, sagte sie. »Als wir studierten, waren wir in derselben Clique, und ich dachte, du würdest die Dinge so sehen wie ich. Du warst früher so ...«

»Establishment?«

»Ja, so etwa. Ich kann einfach nicht fassen, daß du an all diesen Unsinn mit der weiblichen Wissenschaft glaubst. Es spricht ja auch niemand von männlicher Wissenschaft.« Janet schien sich in den nächsten Gefühlsausbruch hineinzusteigern. Kate beschloß, fest zu bleiben.

»Janet, ich glaube, wir kommen weiter, wenn wir versuchen, nicht über Feminismus zu diskutieren. Das heißt, ich tue es nur zu gern und stundenlang, aber nicht heute abend. Jetzt erzähl mir lieber, was ich deiner Meinung nach hätte für dich tun können, wäre ich die Person, für die du mich gehalten hast.«

»Ehe ich berufen wurde, haben einige der Professoren hier ein Abendessen für mich gegeben. Man hieß mich willkommen, und alle waren sehr freundlich und zuvorkommend. Aber seit ich mit der Arbeit angefangen habe, fühle ich mich isoliert. Okay, man kann natürlich viel in Harvard unternehmen. Jeden Abend gibt's irgendeine interessante Veranstaltung. Außerdem bin ich mit Arbeit eingedeckt, und junge Frauen aus den anderen Fakultäten laden mich ab und zu ein, aber ...«

»... nicht die Männer. Sie grüßen dich höflich, wenn sie an dir vorübergehen, aber sie sind nicht das, was man freundlich nennt.«

»Genau so. Und dann erhielt ich eine Einladung mit dem Briefkopf der Fakultät zu einer Party im Warren-Haus, du weißt, dieses Haus mit dem verglasten Balkon.«

»Ich kenne es«, sagte Kate. »Ein hübscher Platz für eine Party.«

Nur schade, dachte Kate insgeheim, daß Janet dem Treiben nicht von der Glasveranda aus zugesehen hatte, so wie der ursprüngliche Besitzer.

»Als ich dort ankam, sah ich nur junge Leute, beiderlei Geschlechts, und alle festlich gekleidet. Ich dachte, die älteren Professoren kämen später. Woher sollte ich die Sitten in Harvard kennen? Ein angenehmer junger Mann bot mir einen Drink an, und das ist das letzte, woran ich mich erinnere.«

»Bis?«

»Bis ich in der vollen Badewanne aufwachte und diese Frau ... diese ... sagte: ›Wer zum Teufel sind Sie denn?‹ Dann kamen mehrere junge Männer herein, sahen uns, und einer sagte: ›Ah, unsere Professor Mandelbaum, sie also auch!‹ Er sagte es so, als wären alle Frauen, die in Harvard lehren, ...«

»Lesben?« sagte Kate barsch.

»Ja.« Janet brach wieder in Tränen aus.

»Janet. Trifft dich das wirklich noch? Du unterrichtest seit Jahren, zwar nicht in Harvard, aber an einer anderen großen Universität. Was glaubst du denn, wie Männer über Frauen wie uns reden, noch dazu, wenn eine unverheiratet ist? Als wir Examen machten, waren wir frigide, und jetzt sind wir Lesbierinnen. Das kann dir doch nichts mehr ausmachen!«

»Es macht mir aber etwas aus. Ich bring es noch nicht einmal über mich, diese Worte zu benutzen.«

»Genau das ist dein schwacher Punkt, und mit dem rechnen sie, meine Liebe.«

»Ich finde diese Frauen mit Latzhosen und Stiefeln entsetzlich!«

»Ich wage aber zu behaupten«, argumentierte Kate trotz aller guten Vorsätze mit unverhohlener Boshaftigkeit, »daß du schwule Männer recht gern magst: Sie sind so liebenswürdig, so charmant und so gut als Begleiter zu gebrauchen. O Janet, setz dich. Tut mir leid. Bitte setz dich wieder hin. Vergessen wir deine und meine Ansichten. Eins ist jedenfalls klar: Es war eine Falle. Man hat nicht nur dafür gesorgt, daß du betrunken und triefnaß gefunden wurdest, sondern auch noch dafür, daß eine radikale Feministin, die in einer Kommune lebt, dir Gesellschaft leistet. Sie haben alle Alarmknöpfe auf einmal gedrückt. Bleibt natürlich die Frage, wer war es? Und warum?«

»Das Warum liegt doch auf der Hand – um mich in Verruf zu bringen.«

»Schon, meine Liebe, aber warum will man dich in Verruf bringen? Steckt ein persönlicher Groll dahinter, ein Groll gegen Frau in Harvard – gegen alle Frauen, die eine Professur an einer wichtigen Universität haben –, oder ein Groll gegen Frauen überhaupt? Oder war es einfach nur ein übler Streich? Sie haben dich entmutigt und beschämt, aber wollten sie dich persönlich entmutigen, den Spender deines Lehrstuhls, Harvard oder die Frauenbewegung? Und wer, das ist die Hauptfrage, sind sie?«

»Ich glaube, jetzt möchte ich doch gern einen Drink«, sagte Janet.

»Scotch? Davon kriegt man Krebs, habe ich gerade gelesen.«

»Das wär vielleicht eine angenehme Erlösung.« Janet kicherte gequält. »Aber ich mag sowieso lieber Campari mit Soda.« Sie wartete auf ihren Drink, ehe sie weitersprach. »Weißt du übrigens, Kate, daß ich dich nie richtig leiden konnte? Ich wollte dich zwar mögen, aber es gelang mir nicht. Du schienst immer so selbstsicher zu sein, so . . .«

»Wenn du jetzt damenhaft sagst, hau ich dir eine runter, das verspreche ich dir.«

»Egal – ich habe mich immer über dich geärgert. Und ich weiß beim besten Willen nicht, warum ich geglaubt habe, du könntest mir helfen. Aber keine der Frauen hier in Harvard schien ansprechbar, höchstens die Emanzen, die offenbar annahmen, ich sei auch eine, und . . .«

»Janet, hör zu. Ich weiß, ich unterbreche dich dauernd mit meinem Janet-hör-zu. Hör mir aber trotzdem zu. Ich bin jetzt hier. Sylvia ist hier. Wir wollen beide versuchen, dir den Rücken zu stärken; du kannst uns jederzeit um Rat fragen. Wir versprechen dir sogar, nicht über Feminismus zu diskutieren – solange du zumindest versuchst, nicht wie Phyllis Schlafly zu ihren besten Zeiten zu klingen. Sprich mit uns, berat dich mit uns, nimm unsere

Hilfe an. Wir werden schon dahinterkommen, was hier gespielt wird. Aber – ich weiß, es ist ein großes Aber – du mußt weitermachen, als wäre nichts geschehen. Absolut nichts. Du siehst gut aus, hast Stil und einen verteufelt guten Ruf als Wissenschaftlerin. Und all diese Vorteile mußt du bis zum letzten für dich nutzen. Ich weiß, das klingt im Augenblick unmöglich, aber du wirst es schaffen. Außerdem hast du gar keine andere Wahl, das weißt du selbst, es sei denn, du gehst vorzeitig in den Ruhestand und schließt dich Marabel Morgan an. Wenn du hier kneifst, wird man sich auch an keiner anderen Universität nach dir sehnen. Also steh es durch! Sylvia und ich werden dir helfen, wo wir können.«

»Aber wie bin ich in die Badewanne gekommen?«

»Wenn ich recht sehe, trinkst du immer Campari mit Soda. Ein Campari mit Soda kann *alles* enthalten. Und in deinen hat man dir was reingetan. Übrigens, möchtest du noch einen?«

Am nächsten Tag wurde Kate offiziell am Fraueninstitut begrüßt. Sie spürte sofort, daß sie in einer anderen Welt war. Hier zumindest stellten lehrende Frauen kein Problem dar. Harvard ignorierte die Instituts-Frauen, die ihrerseits das Kompliment nur zu gern zurückgaben und den Verkehr mit Harvard auf rein praktische Fragen beschränkten. Man zeigte Kate ihr Büro, das Dozentenzimmer, die Küche und all die anderen Einrichtungen. Kate reagierte mit dem heftigen Wunsch, sich in ihr Büro zu verkriechen und in die Arbeit zu stürzen; aber vielleicht war es nur die Gewohnheit, die sie beim Anblick universitärer Gebäude sofort in diese Richtungen drängte. Natürlich hatte Kate ein Thema, über das man im Verlauf des Semesters einen Vortrag von ihr erwartete. Aber Kate konnte sich kaum noch an den angekündigten Titel erinnern.

Allein in ihrem Büro, setzte Kate sich in den Sessel und versank in eine Art Trance. Direkt vor ihrem Fenster stand eine schöne alte Ulme, und gerade fielen die ersten Schneeflocken dieses Winters. Kate legte die Füße auf den Schreibtischstuhl, genoß die friedliche Szenerie und ließ ihren Gedanken freien Lauf.

Sie und Sylvia waren bis in die Puppen aufgeblieben, wie Kates Mutter zu sagen pflegte, und hatten über Janet gesprochen, die sie nach Sylvias Rückkehr in einem Taxi nach Hause verfrachtet hatten. Zu vorgerückter Stunde hatte sich Kate sogar zu der Vermutung hinreißen lassen, daß Janet vielleicht einen Blackout hatte und, Gott weiß wie und warum, selbst in die Wanne gestiegen war.

»Der Gedanke ist mir auch schon gekommen«, hatte Sylvia gesagt. »Du weißt ja, wie labil Frauen sind, die ihren Mutterinstinkt nicht ausleben konnten. Aber das ist noch keine Erklärung für die Frau aus der Kommune. Irgend jemand hat sie angerufen – jemand, der genau wußte, daß er nur das Wort ›Schwester‹ fallenzulassen brauchte, um sie herzulocken. Kate, ich würde das niemand anderem gegenüber aussprechen, aber: Hältst du es für möglich, daß diese ›Aussteiger‹-Frauen den Establishment-Frauen eins auswischen wollten und der Plan schiefging? Nun, ich glaube das auch nicht, aber wir müssen jede Möglichkeit in Betracht ziehen. Und wie du siehst, hat das Patriarchat uns dermaßen das Hirn gewaschen, daß selbst ich eher einer Frauengruppe die Schuld gebe als einem Harvard-Professor, obwohl diese Gattung weiß Gott genauso unberechenbar oder noch unberechenbarer ist als sonstwer. Hast du von dem Professor gehört, der absolut insistiert hat auf dem seit dem 17. Jahrhundert verbrieften Recht, auf Cambridges Gemeindegelände eine Kuh grasen zu lassen? Die übrige Zeit hielt er sie in seinem Wohnzimmer. Na, ich glaube die Geschichte auch nicht, aber daran siehst du mal . . .«

Was sie daran sehen sollte, wäre Kate, während sie die Ulme und die Schneeflocken betrachtete, bestimmt eingefallen, hätte es nicht an der Tür geklopft. »Herein«, rief sie und erwartete unwillkürlich eine Frau.

Aber die Gestalt, die eintrat, war männlich – so sehr männlich, daß es Kate in ihrer augenblicklichen Gemütsverfassung völlig überwältigte. Mit diesem Mann hatte sie Examen gemacht, und nicht nur das, er war der erste, mit dem Kate geschlafen hatte – eine wenig bemerkenswerte Erfahrung, aber die folgenden Male ... Nun, sie hatten ihren Abschluß darin gefunden, daß er nicht Kate, sondern Janet geheiratet hatte.

»Moon«, rief Kate, als sie ihre Stimme wiedergefunden hatte. »Was um Himmels willen tust du denn hier?«

»Liegt die Betonung auf du, hier oder tust?« fragte Moon. Er trat ein und schloß die Tür hinter sich. »Darf ich mich setzen?« fragte er. Kate sah ihn an, und ihr brauste der Kopf. Nein, mußte sie sich eingestehen, es war nicht gerade ihr Kopf. Mein Gott, ich bin immer noch ... sagte sie ziemlich hilflos zu sich selbst.

Zu Moon sagte sie: »Die Betonung liegt auf hier. Hier in Harvard, am Radcliffe, in meinem Arbeitszimmer. Hier.«

»Ich gebe Kurse für literarisches Schreiben. Hab in der ›Gazette‹ gelesen, daß du als Lehrbeauftragte herkommst. Also bin ich herspaziert, habe mich nach dir durchgefragt – und da bist du. Wie geht es dir, Kate?«

»Könnte besser gehen. In gewisser Weise ist es mir nie schlechter gegangen. Ich steck in einem Riesenschlamassel. Ich weiß weder, wie ich da reingekommen bin, noch wie ich rauskommen soll.«

»Genau das war das erste, was du je zu mir gesagt hast. Du wirst dich nicht erinnern, aber ich weiß es noch. Es ging um deine Magisterarbeit. Du wußtest nicht, wie du an das Thema geraten warst, et cetera. Natürlich hast du schließlich die beste Note bekommen, aber das war ja immer so bei dir. Es tut gut, dich zu sehen, Kate. Du bist so schön wie immer.«

»Und du auch. Vielleicht brauchen wir beide eine Brille. Weiß Janet, daß du hier bist?«

»Natürlich weiß sie es. Mehr noch, sie hat den Verdacht, daß ich es war, der sie aus irgendwelchen mysteriösen Gründen in diese Badewanne gelockt hat. Woher hätte ich wissen sollen, daß Janet die Frau des Jahrhunderts wird? Harvard hat mir angeboten, Kurse für literarisch ambitionierte Studenten abzuhalten, und ich dachte, zum Teufel, warum soll ich mir nicht mal wieder den Osten ansehen? Also kam ich her. Niemand brachte unsere Namen miteinander in Verbindung. Die Welt ist voll von Mandelbaums. Tja, und deshalb bin ich hier – und du bist hier, Lehrbeauftragte am berühmten Institut und Freundin von Janet in der Badewanne.«

»Moon, wenn du noch einmal die Badewanne erwähnst, dann werde ich, ich weiß nicht was tun, aber es wird schrecklich werden. Lieber Moon«, fügte sie inkonsequent hinzu.

Moon Mandelbaum hieß eigentlich Milton, ein Vorname, den er haßte und nie benutzte. Milton Mandelbaum war schon Moon geworden, ehe Kate ihn kennenlernte. Er war groß und poetisch und wundervoll und hatte Janet geheiratet.

»Warum hast du Janet geheiratet?« sagte Kate.

»Sie war schön«, antwortete er. Er wußte, daß manche Fragen wieder und wieder gestellt werden müssen – »und sogar noch vornehmer als du, wenn du verstehst, was ich meine. Außerdem wäre sie sonst nicht mit mir ins Bett gegangen. Nicht, wie sich herausstellte, weil ihr besonders viel an ihrer Jungfräulichkeit lag, obwohl die damals den meisten Frauen noch wichtig war, sondern weil ihr nicht viel daran lag, überhaupt mit jemandem ins Bett zu gehen. Du weißt, Janet ist nicht gerade leidenschaftlich, dazu ist sie viel zu arrogant.«

»Wo ist da der Zusammenhang?«

»Nun, der eine hat sie beleidigt, der andere hat schlechte Manieren, wieder ein anderer keinen Stil. Sie ist dumm genug, gebieterische Männer zu mögen. Und ich war dumm genug, ihr das vorzuspielen. So landeten wir vor dem Traualtar. Zum unendlichen Bedauern ihrer Eltern, von meinen ganz zu schweigen. Inzwischen ist sie eine berühmte Wissenschaftlerin, und ich bringe an der Universität von Minneapolis den Studenten bei, wie man lesbare Texte verfaßt. Wie ich höre, hast du schließlich doch geheiratet.«

»Ja«, sagte Kate. »Habe ich dich wirklich so lange nicht mehr gesehen? Er ist in Afrika, Asien – irgendwo in der Dritten Welt.« In einer anderen Welt, dachte Kate.

»Was mich betrifft, ich war in der Zwischenzeit noch zweimal verheiratet, was ich lieber hätte bleiben lassen sollen. Vielleicht liegt es an mir, aber ich glaube eher, es liegt an den Frauen. Ich will nicht vollkommen sein. Mir liegt nichts an Erfolg. Mir liegt viel an Sex, und ich singe gern. Ich habe mich gefreut, als ich hörte, daß du herkommst. Harvard ist ein kaputter Ort, vierundzwanzigkarätig, durch und durch kaputt. Durch dich wird's besser.«

Kate betrachtete Moon. Nach – wie vielen? – Jahren sah er kaum verändert aus. Vielleicht brauchte sie eine Brille – aber für sie sah Moon genauso gut aus wie früher und war noch immer so ungeheuer attraktiv. Genau in diesem Moment, hier in ihrem Arbeitszimmer über dem Radcliffe-Campus, hatte er dieselbe Wirkung auf sie wie eh und je. Kate wußte, daß die Ereignisse der letzten Zeit zuviel gewesen waren und sie drauf und dran war, sich dieser Wirkung zu überlassen. Ihre einzige Rettung war, daß Moon das vielleicht nicht spürte. Aber Moon hatte es immer gespürt.

»Alles, was ich habe«, sagte er, »ist ein schreckliches Zimmer draußen am Central Square. Außerdem eine Küche und ein Bad. Ich habe eine Matratze auf dem Fußboden, meine Gitarre, eine Flasche Tequila – von einem Studenten, der letztes Semester Examen machte, vielleicht wird er ja Schriftsteller – und eine Zitrone. Hast du Zeit?«

»Denken Sie daran«, hatte die Frau vom Institut gesagt, als sie Kate ihr Arbeitszimmer zeigte, »immer abzuschließen, wenn Sie gehen.« Kate dachte daran.

Viele Jahre später irrte Ödipus alt und blind durch die Straßen.

Ein vertrauter Geruch stieg ihm in die Nase. Es war die

Sphinx. Ödipus sagte: »Ich will dir eine Frage stellen: Warum

habe ich meine Mutter nicht erkannt?« »Weil du die falsche

Antwort gegeben hast«, sagte die Sphinx. ... »Als ich dich

fragte: Was läuft morgens auf vier Beinen, mittags auf zwei

und abends auf drei, hast du geantwortet: der Mensch.

Von Frauen hast du nicht gesprochen.« Und Ödipus sagte:

»Aber wer Mensch sagt, schließt doch die Frauen mit ein.

Jeder weiß das.« »Das glaubst du«, sagte die Sphinx.

(Muriel Rukeyser, »Myth«)

Kate entwickelte eine Art täglicher Routine. Morgens arbeitete sie in
ihrem Zimmer im Institut; sie hatte sich auf ein Datum festgelegt – gegen
Ende des Semesters –, zu dem sie ihre Vorlesung halten würde, und
inzwischen hatte sie auch einige der anderen Lehrbeauftragten
kennengelernt, Frauen, die sich wie Kate glücklich schätzten, so
viel Freiraum zu haben, daß sie ihren eigenen Universitäten für
eine Weile den Rücken kehren konnten.

Wenn Kate nicht arbeitete, ging sie auf dem Mount-Auburn-
Friedhof spazieren, manchmal allein, manchmal mit Moon oder
einer Frau, mit der sie sich angefreundet hatte. Woanders konnte
man in Cambridge nicht spazierengehen. Kate stellte erstaunt
fest, daß in Cambridge, im Gegensatz zu New York, der Schnee
nicht von den Bürgersteigen geräumt wurde. Der geschmolzene
Schnee von gestern bildete eine Eisschicht unter dem Schnee von
morgen, und schnell zu gehen, sich überhaupt auf die Bürgersteige
zu wagen, war gefährlich. Kate, die jeden Tag ein Stück gehen

mußte, so wie sie jeden Tag ein paar Stunden für sich allein brauchte, hatte in dem Friedhof die Lösung gefunden. Schon bald war es ihr gelungen, die phallischen Monumente zu ignorieren – und auch die flacheren, auf denen oft nichts weiter als »Mutter« stand – und sich an den Bäumen und Teichen und Vögeln zu erfreuen. Im Frühling, so hatte man ihr erzählt, wenn die japanische Kirsche und die anderen Bäume in Büte standen, bräche hier das Paradies aus. Kate hatte erfahren, daß Henry James und William Dean Howells zu ihrer Zeit auf diesem Friedhof spazierengegangen waren und sich über die Zukunft des amerikanischen Romans unterhalten hatten. Eines Tages machte sie sich dann auch eigens auf den Weg, das Grab von Henry James zu besuchen. Sie konnte sich nicht erinnern, in New York je an ein Grab gegangen zu sein, außer in ganz früher Jugend an das von Grant.

Zu Kates Pflichten gehörte es, einmal im Monat am Lunch im Dunster-Haus teilzunehmen und davor im Dozentenzimmer Sherry zu trinken. Diese Lunches waren zweifellos in erster Linie eine schreckliche Angelegenheit – das war Kate nach dem ersten klar. Die jüngeren Tutoren vom Dunster bildeten eine Clique, und die wenigen älteren Dozenten waren so verknöchert und allen Ansichten außer ihren eigenen gegenüber so verschlossen, daß Kate (nicht zum ersten Mal und gewiß nicht nur, was Harvard betraf) an einer Verständigungsmöglichkeit zwischen den Generationen zweifelte. Die jüngeren Fakultätsmitglieder strichen diesen alten, selbstgefälligen Typen entweder um den Bart, oder sie gingen ihnen aus dem Weg. In beiden Fällen fand kein Austausch statt. Kate landete mit ziemlicher Regelmäßigkeit bei den jüngeren Fakultätsmitgliedern, nicht nur, weil sie deren Gesellschaft vorzog – sie zog sie wirklich vor –, sondern weil eine Frau, noch dazu eine Frau, die weder jung noch lasziv, noch kriecherisch war, für jene Herren, die Harvard immer noch als rein männliche Domäne betrachteten, schlicht und einfach nicht existierte.

Das Rätsel von Janets Abend im Warren-Haus war der Lösung

keinen Schritt nähergekommen. Und Janet tat sich nach wie vor sehr schwer, neue Kontakte zu knüpfen. Mit Kate traf sie sich von Zeit zu Zeit, sie sprachen miteinander, kamen sich aber nicht näher. Klar wurde nur, daß Janet mit völlig unrealistischen Erwartungen nach Harvard gekommen war. Obwohl sie sich nie überwinden konnte, Kate anzuvertrauen, wie diese Erwartungen aussahen, konnte Kate es erraten. An ihrer vorigen Universität hatte Janet über alles, was mit der Frauenbewegung zusammenhing, nur die Achseln gezuckt. Sie hatte sich an ihre wissenschaftliche Arbeit und ihre Fakultät gehalten und war – zumindest aus ihrer Sicht – als gleichberechtigt von ihren männlichen Kollegen anerkannt worden. Da sie davon überzeugt war, daß jede qualifizierte Frau Karriere machen könne, war sie in der Beurteilung von Frauen, die sich an ihrer Universität bewarben, genauso streng wie die Männer. Nach Harvard war Janet mit der Hoffnung gekommen, hier die gleichen, wenn nicht bessere Bedingungen vorzufinden. Ihre Hoffnung wurde bitter enttäuscht.

Gerade war Kate zu dem Schluß gekommen, daß sie mit ihrem Aufenthalt in Harvard nicht das geringste ausrichtete – natürlich, das Schicksal aller Frauen in Harvard –, als zwei glückliche Zufälle sie Lügen straften. Der erste trug sich zu, als Kate eines Morgens auf dem Weg zum Institut die Brattle Street hinaufging und Iokaste entdeckte. Kate war schon früher aufgefallen, daß sich die Hunde in Cambridge, ob in Begleitung oder nicht, mit überraschender Unbekümmertheit und Unabhängigkeit bewegten. Sie überquerten Straßen, schlenderten die Bürgersteige entlang oder warteten unangeleint vor Läden, in deren Inneres ihre menschlichen Begleiter entschwunden waren. So auch Iokaste. Kate war sich zumindest ziemlich sicher, daß es Iokaste war, aber weiße Bullterrier sehen sich sehr ähnlich. Kate blieb vor dem Tier stehen und wartete auf ein Zeichen des Wiedererkennens. Iokaste streckte die Schnauze vor, beschnupperte Kates Hand und leckte sie dann kurz. Vielleicht erinnerte sie sich

an eine bequeme Couch und das ihr heimlich in der Küche zuge-
steckte kalte Hähnchen. Kate hockte sich hin und streichelte
Iokaste. Dann ging sie in den Laden, um nach Joan Theresa Ausschau zu halten.

Es war ein Blumenladen, in dem außerdem Früchte verkauft
wurden. Diese waren es, die Joan Theresa angelockt hatten. In
einen Apfel beißend, verließ sie kurz darauf mit Kate den Laden.
In der anderen Hand hielt sie eine riesige Grapefruit. (»Behalten
Sie die Tüte und retten Sie unsere Wälder«, hatte sie zu dem
Mann an der Kasse gesagt.) Joan bot Kate von ihrem Apfel an,
und Kate biß kräftig hinein. Inzwischen standen sie vor Iokaste.

»Es tut mir leid, daß ich es nicht geschafft habe, im Café vorbeizukommen«, sagte Kate. »Komisch, wenn man erst einmal in
Harvard ist, vergißt man leicht, daß es auch noch andere Dinge in
Cambridge gibt. Wie geht es Ihrer Freundin, die Janet Mandelbaum in der Badewanne gefunden hat?«

»Luellen May geht es schrecklich«, sagte Joan. »Ganz schrecklich. All die üblichen Schikanen von ihrem Mann – wegen der
Kinder, wissen Sie. Warum kommen Sie nicht mal vorbei und sehen, was Sie ausrichten können? Vielleicht sie ein bißchen auf-
heitern?«

»Ja, ich komme«, sagte Kate. Sie beugte sich herab und gab
Iokaste einen Klaps. Ich bin verrückt, dachte sie, aber dieser
Hund hat es mir angetan.

Der zweite Zwischenfall kam völlig unerwartet. In ihrer zweiten Woche am Institut fand Kate eine Notiz vor. »Bitte rufen Sie
Professor Sladovski unter dieser Nummer an.« Ehe Kate die
Nummer wählte, sah sie im Telefonverzeichnis von Harvard nach
und entdeckte, daß er Dozent am Fachbereich Anglistik war.
Kate überlegte einen Moment, ehe sie den Sprung ins Wasser
wagte. Es war äußerst ungewöhnlich, zumindest wäre es das überall außerhalb Harvards gewesen, daß bisher kein Mitglied der
anglistischen Fakultät auch nur den leisesten Versuch unternom-

men hatte, sich mit ihr in Verbindung zu setzen. Und auch sie hatte bisher keinen Weg entdeckt, mit jemandem aus dieser Sphäre in Kontakt zu kommen. Professor Sladovskis Notiz brachte vielleicht den Durchbruch. (Es konnte natürlich genausogut sein, daß er einer der nicht fest angestellten Dozenten war, der auf »hilfreiche« Kontakte hoffte. Um so besser; dann würde sie ihn für ihre Zwecke einspannen, so wie er hoffte, sie für seine einzuspannen.)

Dozent Sladovski gab sich hocherfreut über Kates Anruf. Ob sie nicht Lust habe, zum Dinner vorbeizukommen. (»Nennen Sie mich Andy«, hatte er gesagt.) Er und seine Frau Lizzy würden darauf brennen, sie kennenzulernen. Kate fand Dinnerparties etwas weniger schrecklich als Tod durch Ertrinken oder sechs Runden auf einer Berg- und Talbahn, aber nicht viel weniger. Und sie hatte gelernt, das auch zu sagen.

»Oh, keine Angst, es ist keine Dinnerparty. Nur ich und Lizzy und Penny Artwright. Penny ist auch Dozentin am Fachbereich. Wir dachten, Sie hätten vielleicht Lust, ein wenig zu plaudern. Lizzy hat durch ihre ›Informanten‹ von Ihnen gehört. Na, und da alle Berichte exzellent waren, dachten wir, riskieren wir die Einladung!«

»Na gut, dann riskier ich, sie anzunehmen.«

»Gibt es etwas, was Sie besonders mögen oder nicht ausstehen können?«

»Ich esse alles außer Erdnußbutter und Coca-Cola. Ich bringe etwas Wein mit, wenn ich darf.«

»Wunderbar. Um sieben also.« Er gab ihr die Adresse. »Außerdem: bei uns darf geraucht werden.«

»Sie haben *wirklich* gute Informanten«, sagte Kate.

»Wer käme heute schon ohne aus! Bis dann also«, sagte Andy.

Kates Gemütsverfassung hellte sich beträchtlich auf.

Am Nachmittag ging sie mit Moon spazieren und als es zu schneien begann, mit zu ihm auf sein Zimmer. »Ich spiel ein bißchen Gitarre«, sagte er. »Wir setzen uns hin und singen und reden und betrachten den Schnee.«

Als Kate Moon in den Fünfzigern kennenlernte, hatte er auch Gitarre gespielt und gesungen; er hatte schon viel früher damit angefangen, lange vor den Tagen der Rockmusik. Moon erinnerte Kate immer an Pete Seeger, oder eher umgekehrt. Denn Pete Seeger hatte sie das erste Mal in den Siebzigern gesehen, während eines ziemlich hektischen Sommers in den Berkshires. Zu Anfang, erinnerte Kate sich, hatte ihr Pete Seeger überhaupt nicht gefallen. Er war ihr vorgekommen wie ein Überbleibsel aus den Dreißigern – mit seinen Liedern über Banken, die alles Farmland aufkauften, was früher vielleicht zutraf, aber heute gewiß nicht mehr. Dann hatte er ein Lied gesungen, das, wie er sagte, seine Schwester geschrieben hatte. Es hieß »I'm Gonna Be An Engineer«, und damit hatte er ihr Herz gewonnen. Seitdem hatte sie zwei seiner Konzerte besucht, eins davon in einem New Yorker College, wo er als Hommage an sein Publikum jiddische Lieder gesungen und Kate mehr denn je an Moon erinnert hatte. Pete Seeger war in Ordnung, beschloß Kate, nur seine Nase war zu klein. Jedesmal, wenn er sein Publikum animierte, mitzusingen, mußte sie an Moon denken – die gleiche offene, warmherzige, aufmunternde Art.

Moon sang von einer Lady aus Baltimore, und Kate dachte, so ähnlich war es immer gewesen, wenn Moon und sie sich getroffen hatten – immer in Städten, in denen sie beide nicht zu Hause und in Zimmern, die Zwischenstationen waren. Moon reiste stets mit leichtem Gepäck. Manchmal schrieb er ihr wundervolle Briefe, und manchmal hörte sie jahrelang nichts von ihm. Sie hoffte, daß das augenblickliche Durcheinander mit Janet und Harvard ihre Beziehung nicht verändern würde – wenn man von Beziehung sprechen konnte – und Moon nicht aus ihrem Leben verschwände. Moons Existenz hatte nichts mit irgendeiner Form von Alltag zu tun. Er hätte nie heiraten dürfen. Moon konnte man nach fünf oder zehn Jahren wiedersehen und er fuhr genau dort fort, wo er damals stehengeblieben war. Aber Kate hatte große Zweifel, was seine Qualitäten hinsichtlich des täglichen Lebens betraf. Und selbst wenn Kate in ihrer Jugend die Absicht gehabt hätte zu heiraten – mit Moon, der damals gerade darauf wartete, daß die sechziger Jahre ihn einholten, und heute noch nicht ge- merkt zu haben schien, daß sie vorüber waren, wäre sie nicht vor den Traualtar getreten.

»Moon«, sagte Kate, als er seine Gitarre beiseite legte und sich ein Glas Wein einschenkte, »behandelt Harvard dich gut? Bist du froh, daß du hergekommen bist?«

»Froh bin ich nur wegen dir, sonst eigentlich nicht. Aber das Leben eines Gastdozenten hat große Vorteile: Man braucht weder auf irgendwelche Sitzungen zu gehen, noch wird man in die un- vermeidlichen Fakultätsintrigen verwickelt. All diese schalen Sitzungen sind für deine Janet natürlich wie Milch und Honig. Frag sie mal!«

»Sie ist nicht *meine* Janet«, sagte Kate leicht verärgert. »Falls ich dich taktloserweise darauf hinweisen darf: sie war einmal *deine*.«

»Ich habe fast schon vergessen, daß ich einmal mit ihr verhei- ratet war. Kannst du dir das vorstellen? Sie hätte sich lieber mit irgendeinem etablierten Unityp einlassen sollen, der nach einem Jahr Ehe seine erste Affäre mit einer Studentin gehabt und ihr die Freiheit gelassen hätte, die ewig leidende Ehefrau zu spielen. Bei mir konnte sie das nicht spielen, sie war es.«

»Weil du mit keiner Studentin schliefst?«

»Weil ich auf einer echten Beziehung bestand. Echte Bezie- hungen machen Janet nervös. Einen Pluspunkt hat Harvard: Es ist der einzige Ort, außer vielleicht New York, wo Janet und ich an derselben Universität lehren können, ohne uns je zu treffen oder voneinander Kenntnis zu nehmen. Ich bin sicher, sie empfindet das auch so – zumindest sah sie es so, bis sie auf die Idee kam, ich könnte eine Rolle bei ihrer unglücklichen Party gespielt haben.«

»Moon, wir hören lieber auf, über Janet zu reden. Es muß bestialisch für dich sein ...«

»Ich finde es herrlich, wenn du Worte wie bestialisch benutzt.«

»Sag mir nur eins: Was ist deiner Meinung nach schiefgelaufen mit Janet? Warum ist sie in einem solchen Zustand? Das kann nicht nur an dieser Party liegen. Sie ist wie eine Katze auf einer heißen Ofenplatte, die nicht weiß, wo sie ihre Pfoten hinsetzen soll.«

»Genauso ist es. Janet hat das höchste Ziel erreicht, das sie sich stecken konnte – Harvard. Aber als sie erst einmal hier war, entsprach nichts ihrer Vorstellung. Auf subtile und mysteriöse Weise hatte Harvard sich verändert. Und statt hier die Königin zu sein, die mit ihrem Kabinett diniert, war Janet plötzlich gezwungen, andere Frauen zur Kenntnis zu nehmen. Janet hat ihr Leben lang andere Frauen ignoriert, wenn nicht sogar verachtet. Um ehrlich zu sein, ich wäre nicht überrascht, wenn sie ihren Dienst hier quittiert und wieder um ihren alten Job bittet.«

»Würde sie ihn zurückbekommen? Und wenn ja, könnte sie so tun, als wäre nichts geschehen?«

»Man würde ihn ihr wahrscheinlich zurückgeben, wenn etwas Gras über Janets kleinen Fehltritt gewachsen ist. Ihre alte Universität würde sich sogar geschmeichelt fühlen. Dort, wo sie herkommt, wäre Janet eindeutig glücklicher; da wußte sie, was man von ihr erwartete. Leute wie Janet können immer wieder zurückgehen.«

»Ich denke, eine Menge Leute wären froh, wenn sie es täte.«

Andy und Lizzy Sladovski bewohnten das Obergeschoß eines zweistöckigen Altbaus in einer Gegend von Cambridge, die zwar in der Nähe von Harvard lag, aber noch nicht ganz von dessen erbarmungsloser Expansion vereinnahmt worden war. Sowie Kate die Wohnung betreten und sich an den Tisch im großen Wohnzimmer gesetzt hatte, entspannte sie sich. Ihren Wein hatte sie gespendet, ließ sich jetzt einen Scotch in die Hand drücken und legte die Füße hoch. Sie fand, Andy und Lizzy waren auf eine Art liebenswert, wie sie heute nur noch wenige Menschen haben: beide waren intelligent, nicht über Gebühr angespannt und ohne alles pompöse Gehabe. Lizzy erzählte Kate, sie sei Krankenschwester, und vor einigen Tagen habe man ihr eine leitende Stelle im Verwaltungsapparat einer großen Klinik angeboten, aber sie hatte abgelehnt.

»Penny meint, man dürfe nicht auf der Stelle treten, müsse sich fortbewegen, um nicht zu stagnieren. Penny glaubt nämlich, Fortbewegung sei ein Gesetz der menschlichen Natur und jede Zuwiderhandlung hätte schlimme Folgen. Stimmt's, Penny?« Anders als die Sladovskis, die Katholiken polnischen Ursprungs waren, gehörte Penny Artwright zu eher Fanslerschen Kreisen. Wie Kate war sie der selbstgefälligen Lebensansichten ihres Clans überdrüssig. Gegen die Kleidersitten ihrer Kaste hatte sie offenbar nichts einzuwenden, denn sie war hochelegant. Eine gewisse nervöse Spannung ging von ihr aus. Nun, dachte Kate, für Professoren ist es gut, wenn sie eine gewisse nervöse Unruhe ausstrahlen, für Krankenschwestern nicht. Das war also in Ordnung. Außerdem fiel ihr auf, wie völlig entspannt Andy in der Gesellschaft von drei Frauen war, es nicht einmal nötig hatte, eine Bemerkung darüber zu machen.

»Harvard kommt mir plötzlich meilenweit entfernt vor«, sagte Kate. »Ich weiß, keine sehr originelle Bemerkung, aber eine tröstliche. Und was einen tröstet, ist selten originell. Ich habe erst einen Schluck getrunken, und schon werde ich tiefgründig. Gute Atmosphäre.«

»Harvard macht einen so atemlos«, sagte Penny. »Jeder hier strengt sich so fürchterlich an. Gestern abend war ich bei einem der älteren Professoren zu Hause eingeladen, einem der wenigen, die sich mit den unteren Chargen abgeben. Er ist sehr nett, wirklich, aber bei ihm eingeladen zu sein, ist ein wenig, als würde man zum Abendessen mit dem Boß zitiert. Sie hatten noch einen unverheirateten Gastdozenten dazugebeten, denn schließlich kann man nicht eine Frau *allein* einladen. Harvard hält sich strikt ans Arche-Noah-Prinzip. Jedenfalls war der Abend nicht nur das Äußerste an gestelzter Konversation und müden Anekdoten, sondern mein Tischherr kam auch noch auf die Idee, daß er das Herz des Professors im Sturm erobern würde, wenn er ihm und seiner Frau Bridge beibrächte. Natürlich ist jeder Harvard-Professor, der junge Dozenten zum Abendessen einlädt, viel zu höflich zu sagen, daß er keine Lust hat, Bridge zu lernen, zumindest nicht offen, aber es war mehr als offensichtlich. Mein borierter Tischherr jedoch hat das nicht begriffen. Er hatte sich nun mal in den Kopf gesetzt, es sei seiner wissenschaftlichen Karriere förderlich, wenn er seinem Vorgesetzten Bridge beibringt, und dabei blieb er. Und dann folgte, was man in Harvard unter einem geselligen Abend versteht.«

»Spielen Sie Bridge?« fragte Kate.

»Ja, aber ich habe es nicht zugegeben. Auf mich konnte er also nicht zählen bei seinem albernen Unternehmen. Ich bin immer bereit, einem Kollegen aus der Klemme zu helfen, aber nicht, mich zur Komplizin seiner Idiotie zu machen. Außerdem hatte er etwas gegen intellektuelle Frauen und glaubt wahrscheinlich, daß eine Frau sowieso nur an der Seite eines bridge-fanatischen Ehemannes zu den geistigen Höhenflügen dieses Spiels fähig ist.«

Kate kicherte. »Meine Schwägerin vergißt regelmäßig, daß ich nicht Bridge spiele, und wenn ich sie besuche, erzählt sie mir unentwegt von irgendwelchen Finessen, wenn das der richtige Ausdruck ist, die ihr am Abend zuvor gelungen sind. Ich spiele jedoch Poker, in der richtigen Gesellschaft und mit den richtigen Einsätzen.«

»Pokern«, sagte Andy, »tut jeder in Harvard – um seine Existenz, und zwar in der falschen Gesellschaft und mit falschen Einsätzen. Wollen wir essen?«

Sie aßen in der großen altmodischen Küche, die auf eine Veranda hinausführte, wunderschön im Sommer, sagten die Sladovskis. Während sie bei Kerzenlicht aßen, wurde Kate bewußt, daß sie sich zum ersten Mal in Harvard wirklich behaglich fühlte. Das hieß natürlich nicht, daß sie sich mit Sylvia oder Moon nicht wohl fühlte. Aber Sylvia war so sehr die Frau aus Washington, mit irgendwelchen Strategien beschäftigt und ständig darauf bedacht, ihre Zeit gut zu nutzen. Und Moon, als äußerster Kontrast dazu, lebte so sehr in den Tag hinein, war so entspannt, daß Kate sich perverserweise in seiner Gegenwart vor lauter Entspannung schon fast nervös fühlte. Erst hier, und zum ersten Mal, seit sie aus dem Flugzeug gestiegen war, hatte sie das Gefühl, einfach sie selbst zu sein.

Kate hatte gerade beschlossen, ihr Wohlgefühl aufs Spiel zu setzen und das Thema Janet Mandelbaum anzuschneiden, als Lizzy ihr zuvorkam. »Wir haben gehört, daß Sie mit Andys neuer Bienenkönigin zusammen promoviert haben«, begann sie.

»Ja. Wir waren sogar die beiden einzigen Frauen in unserer Gruppe und haben uns gemeinsam auf die Examen vorbereitet.«

»Und ich wette, unsere Janet bestand sie mit Auszeichnung.«

»Mit der höchsten. Außerdem war sie schön. Damals schien sich das Schicksal ganz unverschämt auf ihre Seite zu schlagen. Heute sieht es ein bißchen anders aus.«

»Sie werden doch nicht anfangen wollen, sie zu verteidigen?« sagte Andy.

»Aber gewiß werde ich sie verteidigen«, sagte Kate. »Die einzigen Frauen, die ich nicht verteidige, sind die, die in den Siebzigern die Nase über die Frauenbewegung gerümpft haben, aber gern all die Vorteile in Anspruch nahmen, die andere Frauen für sie erkämpft hatten. Und zu dieser Sorte Frauen gehört Janet nicht. Ich glaube, niemand kennt den Preis, den sie zahlen mußte. Wohl nur eine Frau, die es selbst durchgemacht hat, weiß, was es kostet, das zu erreichen, was Janet Mandelbaum erreicht hat. Ab dem Moment, als sie sich einen Ruf in der akademischen Welt machte, war sie genausowenig sicher vor den Angriffen neidischer und grausamer männlicher Kollegen wie jede andere Frau in einer hohen Position. Verdammt, ich wünschte, man hätte jemand anderes berufen. Ich wünschte, einer dieser idiotischen Männer des Berufungskomitees hätte sich von einer Frau beraten lassen, welche Sorte Frau den Druck hier in Harvard aushalten kann. Aber da man Janet nun einmal hergeholt hat, ja, ich werde sie verteidigen.«

»Wir dachten, Sie mögen sie nicht«, sagte Penny.

»Ich mag sie auch nicht. Ich kann niemanden mögen, der zu keiner Intimität fähig ist – nein, das stimmt nicht, ich kann niemanden *lieben*, der nicht dazu fähig ist. Janet ist wie ein Igel – sowie sie die Gefühle anderer so wichtig nehmen müßte wie ihre eigenen, stellen sich ihr alle Stacheln auf. Also kann ich sie nicht lieben. Und mögen kann ich sie nicht, weil die Arme sich eben dafür einfach nicht eignet.«

»Haben die sich vielleicht alle Mühe gegeben, jemanden zu finden, den niemand leiden kann?« fragte Penny.

»Das traue ich denen durchaus zu«, sagte Andy. »Mich wundert nur, daß nicht einmal unser guter Clarkville sie mag. Ich hätte geglaubt, daß sie genau der Typ Frau ist, der der alten Tunte liegt – das heißt, wenn er sich schon mit einer Frau an seiner Fakultät abfinden muß. Schon gut, schon gut, ich nehm das Wort Tunte zurück.« Andy sah seine Frau an. »Es unterläuft einem eben, daß man all die entsetzlichen, rassistischen und sexuellen Klischees benutzt, wenn einem jemand zuwider ist und man das auf einfache Art ausdrücken will. Clarkville ist eine so schwere Last, daß er die ganze Fakultät mit in die Tiefe reißt, wenn man ihn nicht über Bord wirft. Aber wer sollte Clarkville schon rausschmeißen? Er ist übrigens der Überzeugung, daß weder eine Frau die Widener-Bibliothek hätte betreten noch Amerika den Krieg in Vietnam hätte beenden dürfen, und daß Nixon eine Falle gestellt wurde und man alle Gewerkschaften verbieten müßte. Wie bin ich nur auf Clarkville gekommen?«

»Weil auch er Janet nicht leiden kann.«

»Hat er Ihnen je übel mitgespielt?« fragte Kate Penny.

»Nein, eigentlich nicht. Er bevormundet einen, versucht ein bißchen zu flirten und spielt gern den Kavalier. Er weiß schließlich, daß ich keine Macht habe. Deshalb kann er es sich leisten, fair und edel zu sein und mich höflich zu behandeln, übertrieben höflich sogar. Aber er würde mich nie unterstützen, wenn ich mich um eine Professur bewerbe, nicht hier und nicht anderswo. Er würde schreiben, daß ich für eine junge und attraktive Frau erstaunlich helle bin.«

Penny kippelte auf ihrem Stuhl nach hinten und brachte ihn mit einem Ruck wieder nach vorn. »Ich sag euch, was ich *wirklich* von Clarkville und all den anderen halte – was sie bezwecken wollten, als sie sich für Janet entschieden. Du darfst mich ruhig paranoid nennen«, sagte sie an Lizzy gewandt, »aber ich wette, ich habe recht. Man hat Janet mit weiser Voraussicht ausgewählt. Die Millionenspende für den neuen Lehrstuhl wollte Harvard nicht ablehnen, aber man hat dafür gesorgt, daß ihn eine Frau bekam, die nicht nur eine fleckenlose akademische Weste hatte, sondern bei der man sich auch sicher sein konnte, daß sie den Druck nicht aushalten würde.«

»Du träumst, meine Liebe«, sagte Andy. »Im Augenblick ist Janet vielleicht ein wenig verstört, aber ich versichere dir, jeder, der sie kennenlernte, ehe sie nach Harvard kam, hätte sie für den gefestigtsten Menschen auf Erden gehalten, jemand, der *jedem* Druck gewachsen ist.«

»Ich glaube, Sie überschätzen das Berufungskomitee«, sagte Kate zu Penny, aber es klang nicht sehr überzeugt. »Man hatte gewußt, daß Janet an ihrer alten Universität eine Lobby hatte – natürlich nur aus Männern bestehend –, die sie unterstützte. Und wahrscheinlich wußte man ebenso, wie isoliert Janet hier sein würde, inmitten der berühmten Arroganz und Kaltschnäuzigkeit von Harvard.«

»Na gut«, sagte Penny, »vielleicht traue ich ihnen größere Fähigkeiten zu, als sie haben. Ich gebe auch zu, daß die meisten Leute, die nach Harvard eingeladen werden, sich hier isoliert fühlen, angefangen vom jüngsten Lehrbeauftragten bis zum renommiertesten Professor. Und alle glauben natürlich, es stecke eine Verschwörung dahinter, während es sich doch um nichts anderes handelt als die wundervolle Art, in der man in Harvard miteinander umgeht. Aber wenn sie Janet nicht fertigmachen wollten, warum hat man sie dann betäubt und in eine Badewanne gesteckt, und *dann* noch diese Frau herbeigerufen, die so ideal ist, Janet – vor allem vor sich selbst – zu diskreditieren?«

»Wer«, fragte Kate, »sind sie?«

»Leute, die Clarkville angestiftet hat, wenn Sie mich fragen«, sagte Andy. »Ein paar seiner Meßdiener, die auf der Party waren.«

»In dem Fall«, sagte Kate, »ist Clarkville mit dem Ergebnis wahrscheinlich nicht zufrieden. Das Interesse an der Geschichte flaut ab, und Janet hält sich tapfer, vielleicht, weil Sylvia und ich hier sind und sie sich bei uns ausweinen kann. Das Badewannen-Stück hat jedenfalls nicht funktioniert.«

»Kate, ich wünschte, Sie hätten den Job bekommen«, sagte Penny. Andy nickte zustimmend.

»Das schmeichelt mir und freut mich. Aber das hätten sie nicht gewagt. Sie konnten sich zwar denken, daß ich nicht annehmen würde, wollten es aber lieber nicht darauf ankommen lassen. Eine einzige echte Feministin auf einem Lehrstuhl könnte hier – nun, zwar keinen Schaden anrichten, aber eine Menge Ärger verursachen. In Harvard, Yale und Princeton hat man es schon immer verstanden, Ärger aus dem Weg zu gehen. Und das tut man am besten, indem man gut aufpaßt, wen man in seine Nähe läßt.«

»Viele Leute glauben, daß in Harvard auch die Studenten nach diesem Prinzip ausgewählt werden«, sagte Andy.

»Also, ich muß mich schon wundern über euch«, sagte Lizzy. »Sobald wir zusammen sind, könnt ihr über nichts anderes als Harvard reden. Vor Janet gab es auch kein anderes Thema – wie schlecht die Studenten behandelt werden, wie arrogant die Professoren sind, endlos! Und doch wollten sich weder Andy noch Penny die Chance entgehen lassen, herzukommen. Und genau davon lebt Harvard – daß sich alle in seinem Ruhm suhlen wollen. Wenn ein paar der besten von euch, Dozenten wie Studenten, ›nein, danke‹ sagen und auch meinen würden, dann sähe vielleicht sogar Harvard ein, daß es an der Zeit ist, sich zu ändern. Aber Macht erkauft sich immer das, was sie braucht. Sogar Sie haben sich ja kaufen lassen«, sagte sie zu Kate.

»Sie meinen das Institut? Nein, das hat mich nicht gekauft. Wäre nicht der Schlamassel mit Janet und wäre ich nicht so schrecklich neugierig, hätte nichts mich hergelockt. Institutionen haben mich schon immer auf eine morbide Art fasziniert – die Armee, die Kirche, die angesehenen Universitäten. Sie sind so unerbittlich. Ich kann einfach den Blick nicht abwenden. Für mich sind sie wie eine Monstrositäten-Show, und ich möchte um keinen Preis den Moment verpassen, wenn sie ins Wanken kommen – falls das je geschieht.«

»Sie sind also aus Neugier gekommen?«

»Aus Neugier, und weil Freunde und ein Bullterrier mich darum gebeten haben.« Kate lächelte wehmütig. »Aber wenn Sie es genau wissen wollen, vor allem bin ich gekommen, weil ich mich langweile. Wie es aussieht, interessieren sich immer weniger Leute für Literatur, und schließlich kann man nicht sein ganzes Leben lang Vorlesungen über ›Middlemarch‹ halten, ja nicht einmal über ›Middlemarch‹. Außerdem glaube ich, daß die politischen und sozialen Bewegungen heute so wichtig sind, wie es die philosophischen Dispute zu meiner Studienzeit waren. Warum hab ich diesen schrecklichen Satz nur angefangen?«

»Um zu sagen, warum Sie nach Harvard kamen.«

»Ach ja. Weil ich glaube, daß das, was hier geschieht – mit Janet geschieht –, von Bedeutung ist. Was dagegen am Fachbereich Anglistik an meiner Universität im Augenblick passiert, ist verdammt unwichtig. Deshalb bin ich hier.«

Einige Tage später saß Kate in ihrem Arbeitszimmer im Institut, sah hinaus auf den Campus und konstruierte Sätze. Kate formte ihre Sätze so wie ein Bildhauer Ton. Das Ergebnis war zwar unterschiedlich, aber Kate hatte schon immer gefunden, daß der Vorgang der gleiche ist. Das einzige Geräusch weit und breit war die Schreibmaschine im Nebenzimmer. Auch die Frau, die gerade über den Campus lief und seltsame Verrenkungen im Schnee vollführte, lenkte Kates Aufmerksamkeit nicht ernsthaft ab. Die Frau erschien jeden Tag und immer zur gleichen Zeit an diesem Fleck, und sie gehörte für Kate inzwischen genauso zur Szenerie wie die im Wind schwankenden Bäume. Daher schreckte Kate hoch, als es an der Tür klopfte, nicht vorsichtig, wie sonst am Institut die Regel, sondern laut und ungeduldig. Kate öffnete die Tür, und vor ihr stand, starr vor Ärger, die Empfangsdame. »Es ist nicht unsere Aufgabe, die Lehrbeauftragten ans Telefon zu holen«, verkündete sie. »Wenn Sie wichtige Anrufe erwarten, sollten Sie ein Telefon für Ihr Zimmer beantragen. Die Person am Telefon ließ sich aber einfach nicht abwimmeln, sondern bestand darauf, daß ich Sie hole, sagte, es sei eine Frage von Leben und Tod. Ich hoffe nur, es stimmt.«

Stumm, besorgt und schuldbewußt folgte Kate der jungen Frau die Treppe hinunter. Sie nahm den Hörer auf und lächelte der Empfangsdame dankbar zu.

»Kate Fansler hier«, sagte sie in das stumme Telefon.

»Professor Fansler? Hier Clarkville. Fachbereich Anglistik.«
(Hab ich es mir doch gedacht, sagte Kate zu sich selbst. Keine Frau
hätte es fertiggebracht, die Empfangsdame zu überzeugen, daß sie
aus einem wichtigen Grund anruft.)

»Ja«, sagte Kate. Nahm der Fachbereich Anglistik zum guten
Schluß also doch Kenntnis von ihr?

»Ich fürchte, ich wußte nicht, wen ich sonst hätte anrufen sollen. Und da Janet Mandelbaum Sie einmal erwähnte ... Ich habe
natürlich die Polizei benachrichtigt.«

»Die Polizei?«

»Janet Mandelbaum ist tot, fürchte ich. Entschuldigen Sie, es
muß ein Schock für Sie sein, aber ...«

»Wo ist sie?«

»Sie ist ... in der Männertoilette, fürchte ich. Dort habe ich
sie gefunden.«

»In der Männertoilette?«

»Ja, hier im Warren-Haus. Ich hielt es für besser, Ihnen
Bescheid zu sagen. Wahrscheinlich wird die Polizei mit Ihnen
sprechen wollen.«

»Danke für den Anruf.« Kate legte den Hörer auf und starrte
so benommen vor sich hin, daß die Empfangsdame fragte, ob
etwas passiert sei.

»Passiert?« sagte Kate. Und antwortete nicht.

Kapitel sechs ──────────────────────────────────

Zwey Ungereimtheiten können nicht beide recht seyn;

aber Menschen zugeschrieben,

können sehr wohl beide wahr seyn.

(Samuel Johnson, »Rasselas«)

»›Bis zum Frühjahr 1970‹, hab ich dem Polizisten gesagt, ›gab es keine vollbestallte Professorin in Harvard, und im Herbst 1970 gab es zwei.‹ Dann hab ich ihm noch gesagt, ich hätt den Kopf voll von solchen Daten, für den Fall, daß er etwas damit anfangen kann.«

»Und was hat er gesagt?« fragte Sylvia.

»Er hat mich angeschaut, als wär ich geistesgestört, was sich aber als ganz nützlich erwies, denn so konnte ich ihm ein paar Informationen aus der Nase ziehen, ohne daß er es merkte.«

»Und natürlich hast du ihn gleich damit eingeschüchtert, daß du mit einer der größten Kapazitäten auf dem Gebiet von Polizeimethoden, Beweissicherung et cetera verheiratet bist.«

»Nein, das nicht gerade. Trotzdem mußte er das Gefühl haben, daß ich mich in diesen Dingen schrecklich gut auskenne. Ich ließ durchblicken, daß Reed im Schlaf öfter von Giften murmelt und von Leichen, die vom Tatort entfernt und woanders hingeschafft werden. Ich glaube, das hat gewirkt.«

»Und *wurde* die Leiche woanders hingebracht?«

»Ja, Gott sei Dank, ja. Gott sei Dank deshalb, weil es entsetzlich wäre, wenn man erklären müßte, was Janet auf der Herrentoilette zu suchen hatte. Tausend vernünftige Gründe können einem da in den Kopf kommen, das heißt, in deinen und meinen, aber wir wissen ja, in welchen Bahnen der Normalbürger denkt, gibt man ihm auch nur die kleinste Chance.«

»Dann hat sie also jemand, als sie schon tot war, in eine Kabine der Herrentoilette geschafft?«

»So ist es.«

»Aber warum? Ja, ja, ich weiß schon, um sie in Verruf zu bringen. Um symbolisch klarzumachen, daß sie in männliches Territorium eingedrungen war. Arme Janet, wo sie doch Frauen, die das wollten, so *verachtet* hat. Das Leben ist unfair. Und der Tod auch. Hat der Polizist verstanden, was dein Gerede über Frauen mit Professur in Harvard sollte?«

»Nein, nicht richtig. Die Polizei interessiert sich natürlich mehr dafür, woher das Gift kam; außerdem hat sie vor allem ein Interesse daran, Harvard so wenig wie möglich in Aufruhr zu versetzen. Sag was du willst über den Antagonismus zwischen Staat und Wissenschaft. Ich bin mir sicher, daß hier, ab einer bestimmten Ebene jedenfalls, der Professorentalar sich den Stadtsäckel kaufen kann und bestimmt, welche Melodie gespielt wird. Das Ganze ist eine Frage von Macht. Ich gehöre natürlich zu den Verdächtigen, aber alle anderen vom Fachbereich Anglistik auch, was ein kleiner Trost ist. Beunruhigend finde ich dagegen, daß auch Luellen May und die Schwestern zum Kreis der Verdächtigen gehören. Der Polizist jedenfalls hat deutlich zu verstehen gegeben, daß er nicht damit rechnet, einen Professor von Clarkvilles Rang festnehmen zu müssen, wodurch die Sache noch schwärzer aussieht für die Schwestern.«

»Wahrscheinlich hat er recht«, sagte Sylvia. »Harvard hatte schon immer Mittel und Wege, mit seinen Frauen fertig zu werden – ohne sie umzubringen.«

»Na, ich weiß nicht. Dieser neue Lehrstuhl erschien offenbar vielen als der Anfang vom Ende der alten Harvardverhältnisse. Wer, außer Harvards Fachbereich Anglistik, wo es nie eine Frau mit einem Lehrstuhl gab und wo man um keinen Preis eine haben wollte, hätte etwas durch Janets Tod gewinnen können? Ich weiß, daß die Polizei sich nicht allzusehr um Motive schert, aber mich

interessieren sie. Wer sonst hätte etwas davon gehabt, Janet loszuwerden?«

»Was ist mit den Frauen aus dem Café in der Hampshire
Street?« fragte Sylvia.

»Aber aus welchem Motiv? Ihnen lag daran, daß die Janet-
Luellen-Badezimmergeschichte aus der Welt geschafft wurde, aber
doch nicht Janet!«

»Sie hatten sich ziemlich auf Janet eingeschossen. Überleg
doch, bis nach New York haben sie diese Frau – wie hieß sie noch?
– geschickt.«

»Joan Theresa.«

»Stimmt, Joan Theresa.«

»Und Iokaste.«

»Wer?«

»Vergiß es«, sagte Kate. »Ich schweife ab. Ist dir übrigens klar,
daß ich absolut nichts über Harvards Fachbereich Anglistik weiß?
Da ich bisher kein Vorlesungsverzeichnis auftreiben konnte, weiß
ich noch nicht einmal die Namen der Dozenten und Professoren.
Als ich dem Polizisten meine Position hier zu erklären versuchte,
sah er ziemlich ratlos aus. Der arme Kerl wußte einfach nicht, wo
er mich unterbringen sollte und erst recht nicht, warum Clarkville mich als erste von Janets Tod verständigt hat.«

»Daß es außer dir niemanden gab, den er hätte anrufen können, zeigt mal wieder die Lage der armen Janet hier«, sagte Sylvia.

»Aber Moon hätte er doch Bescheid sagen können, fällt mir
gerade ein.«

»Clarkville wird kaum von Moon gewußt haben. Du weißt ja
auch nur durch mich von ihm. Ich bin sicher, Janet hat kein Wort
gesagt, und Moon schon gar nicht.«

»Welche Vermutungen Moon wohl anstellt?«

»Das werde ich zweifellos bald erfahren«, sagte Kate. »Sylvia?«

Beide schwiegen, während Sylvia Kate fragend ansah. Beide
fühlten, daß etwas Unausgesprochenes zwischen ihnen lag, aber

nicht so, wie oft unter guten Freunden, wo jeder weiß, was der andere denkt; nein, sie fühlten sich beide plötzlich verloren, wußten nicht, was fragen und was sagen – nicht einmal, welche Gefühle Janets Tod in ihnen ausgelöst hatte. »Die Frauen hier leben in einem Niemandsland«, sagte Kate schließlich. »Sie wissen nicht, wohin sie gehören und wer ihre Verbündeten sind. Noch nicht einmal über ihre eigenen Hoffnungen sind sie sich im klaren. In New York ist das natürlich nicht anders, aber New York besteht daraus, daß niemand irgendwohin gehört, jedenfalls gilt das für die meisten.«

»Du bist traurig wegen Janet, die doch, wie es schien, das beste Los aller Frauen erwischt hatte, stimmt's? Außerdem bist du wütend auf Joan Didion.«

»Joan Didion, die Schriftstellerin?«

»Ich hab gerade im ›Times‹-Magazin gelesen«, sagte Sylvia, »daß Joan Didion mit Hochmut auf die Frauenbewegung herabsieht. Warte einen Moment, ich hab den Artikel da. Hier ihre eigenen lieblichen Worte: ›All jenen von uns, deren Hauptanliegen nach wie vor darin besteht, sich mit Moralbegriffen und Widersprüchen auseinanderzusetzen, müssen die Analysen der Feministinnen besonders eng und unzulänglich erscheinen. Die feministische Analyse ist reinster, verbohrter Determinismus.‹ – So weit Joan Didion, und ›Times‹ kommentiert, Joan Didion verachte die Frauenbewegung, weil sie sie für heuchlerisch halte. Georgia O'Keeffe dagegen bewundere sie. Wer zum Teufel würde Georgia O'Keeffe nicht bewundern? Warum, verdammt, bin ich nur so wütend auf Joan Didion? Sie schreibt gute Romane, auch wenn sie sie in Hollywood schreibt. Und frag mich jetzt nicht, was das alles mit Janet zu tun hat, ich weiß es nämlich nicht.«

»Genau das war Janets Problem: offenbar hatte nichts irgend etwas mit ihr zu tun. Außerdem leistete sie sich nicht den Luxus, in Hollywood zu residieren und unsere Moralbegriffe zu hinterfragen, sondern lehrte in Harvard. Und entweder wollte oder konnte sie nicht einsehen, daß sie nur von Frauen Unterstützung hätte erwarten können.«

»Joan Theresa, zum Beispiel, hat es eingesehen.«

»Ja, aber Joan Theresa geht noch viel weiter. Sie will überhaupt nichts mit Männern zu tun haben, und auch nicht mit Frauen, die mit Männern zusammenleben. Und natürlich hält sie es für alles andere als erstrebenswert, einer männlichen Institution wie Harvard anzugehören. Ein kaputter Verein mit kaputten Mechanismen, in dem wir, du und ich, uns prostituieren. Wir beide sind in der Minderheit, Sylvia, ein in die Ecke gedrängter winziger Haufen.«

»Ausgestoßen wie die ledigen Töchter mit Kind zu Königin Victorias Zeiten.«

»Und wenn nicht gerade ausgestoßen, so zu Leid und ewiger Reue verurteilt. Das einzige, was uns noch helfen kann«, sagte Kate, »ist ein Drink.«

Kate machte sich viel größere Sorgen um Luellen May und das Café »Vielleicht nächstes Mal«, als sie sich und Sylvia gegenüber zugeben wollte. Zum einen hielt sie es für wahrscheinlich, daß die Polizei sich, wenn auch nicht gerade freudig, so doch erleichtert, auf Luellen May als Hauptverdächtige stürzen würde. Zum andern – und Kate gestand sich das nur widerwillig ein, während sie mit der U-Bahn in Richtung Central Square fuhr – hielt auch sie, Kate, die große Detektivin, Luellen May für verdächtig. Warum? Wollte sogar sie, die sie Harvard doch verachtete, einfach nicht glauben, daß jemand aus Harvards Reihen als Janets Mörder in Frage kam? War sie eher bereit, jemanden, der weit außerhalb der Harvard-Gemeinde stand, zu verdächtigen, als die Gemeinde selbst? So unbequem diese Fragen auch waren, Kate stellte sich ihnen und begriff: Wenn *sie* schon so anfällig dafür war, eher einer Frauenkommune als einer ehrwürdigen Institution zu mißtrauen – die Polizei war doppelt so anfällig.

Weil sie Klarheit in ihre Gedanken bringen wollte, hatte Kate sich entschlossen, endlich das Café aufzusuchen. Denn daß sie so wenig von der Welt Joan Theresas und Luellen Mays wußte, trug zweifellos zu ihrer Verwirrung bei. Außerdem ärgerte sich Kate, daß sie die »Schwestern« nicht schon früher besucht hatte, als Janet noch lebte. Jetzt war es schwierig, wenn nicht ausgeschlossen, daß sich noch eine unbefangene Beziehung zwischen ihnen entwickelte. Aber schließlich, tröstete sie sich, war sie ja erst wenige Wochen in Harvard – es war gerade Anfang Februar –, auch wenn es ihr manchmal vorkam, als wäre sie schon Jahre hier.

Das Café »Vielleicht nächstes Mal« war im Erdgeschoß eines jener großen Häuser, die so charakteristisch für Cambridge waren. Es lag zu weit außerhalb, um Harvard zu interessieren. Die Küche im hinteren Teil war zum Café hin geöffnet, und Kate konnte zwei Frauen dort hantieren sehen. Eine knetete Brotteig, der sehr nahrhaft und braun aussah und bestimmt Vollkorn- oder ungebleichtes oder sonst ein gesundes Mehl enthielt. Kate spürte, wie Blicke kurz auf ihr ruhten und sich dann abwandten. Der Sinn dieser Art von Cafés war, daß Frauen allein dort hingehen konnten, ohne angestarrt oder belästigt zu werden. Sie setzte sich an einen Tisch, und während sie noch überlegte, ob man sich das Essen an der Theke holen mußte, erschien eine Frau mit einem Block in der Hand. Kate bestellte einen Cappuccino und ein Sandwich und fragte nach Joan Theresa.

»Sagen Sie ihr, Kate sei hier.« Kate bediente sich der neuen Kultur der Vornamen. »Ich möchte gern sehen, wie's Iokaste geht, und noch ein paar andere Dinge besprechen. Joan Theresa hat mich eingeladen.«

»Das ist prima«, lächelte die junge Frau. »Ich heiße Betty. Ich glaube, Joan Theresa ist oben.«

Das Sandwich, das Kate bestellt hatte, entpuppte sich als Vollkornschnitte. Kate haßte Vollkornbrot und bekam auf der Stelle Schuldgefühle deswegen. Die Schnitte war mit einem Sortiment von Gemüsen belegt, auch die unvermeidlichen Sojabohnensprossen fehlten nicht. Kate nippte an ihrem Kaffee und versuchte, sich darüber klarzuwerden, warum sie sich so unbehaglich fühlte. Eigentlich konnte doch nichts beruhigender sein als dieses bescheidene Restaurant mit den Köchinnen im Hintergrund und den Zetteln überall an den Wänden – Rockkonzerte, Diskussionsgruppen, Wohnung gesucht. Nein, daran, daß sie eine unbekannte Welt betreten hatte, lag es nicht. Ihr Unbehagen kam eher daher, daß man sich hier sofort und mit Gewalt zugeordnet fühlte: Entweder man war ein Eindringling von außen, gehörte zu den »anderen«, oder man war würdig, in den Club aufgenommen zu werden, und landete damit in einer anderen Schublade. Vielleicht hatten sich so die englischen Linken in den Dreißigern gefühlt, als sie zum erstenmal zu einem Treffen der Sozialisten gingen. Schwer, außerhalb zu stehen, und schwer, dazuzugehören.

Durch die Ankunft von Joan Theresa und einer zweiten Frau wurde Kate aus ihrem Sinnieren aufgeschreckt. »Na«, sagte Joan Theresa, »welche Überraschung, Sie hier zu sehen. Zu verdanken haben wir die Ehre Ihres Besuchs doch bestimmt der armen Janet Mandelbaum, die Harvard nun endgültig auf dem Gewissen hat. Das hier ist Luellen May. Ich hab Ihnen von ihr erzählt. Sie war die Frau, die ins Warren-Haus gerufen wurde.«

Kate gab Luellen May die Hand. »Wie läuft Ihr Sorgerechtsprozeß?« fragte sie.

»Weiß der Himmel! Mein Mann, den alle seine Freunde das Monster nennen, will die Kinder gar nicht; er will nur verhindern, daß ich sie bekomme. Und da er alles daran setzt, zu beweisen, daß ich unfähig bin, für sie zu sorgen, war es nicht gerade hilfreich für mich, in diese Trinkerei-Geschichte verwickelt zu werden.« Für Kate sah Luellen May genau wie die Sorte Frau aus, der sie Kinder, jeglicher Leute Kinder, auf der Stelle anvertraut hätte. Würden Luellens Worte jedoch laut in einem Gerichtssaal verlesen, dachte Kate, könnten sie sich gemein und rachsüchtig anhören. In Luellens sanfter Stimme klangen sie jedoch wie eine bloße Tatsachen-feststellung. An wen erinnert mich Luellen nur? überlegte Kate angestrengt, bis sie eine flüchtige Erinnerungsspur erhaschte, die sie zu einem Filmstar führte, für den ihre Mutter einst geschwärmt hatte, Madeleine irgendwas ... Madeleine Carroll, jetzt hatte sie's, und niemand auf Erden hätte weniger wie eine Mörderin aus-sehen können als Madeleine Carroll. Ich glaube, ich fang an zu spinnen, mahnte sich Kate, in meinem Kopf geht es allmählich so drunter und drüber zu wie in Reeds oberster Schreibtischschub-lade. Sie wagte einen Biß auf ihre Bohnensprossen.

»Ich glaube«, sagte Kate schließlich, »es gibt genügend Frauen, für die alle Männer Monster sind. Das in einem Gerichtssaal zu äußern, könnte aber leicht falsch ausgelegt werden.«

»Na, ein bißchen scheinen Sie ja zu kapieren«, sagte Joan Theresa.

»Eines kapiere ich allerdings nicht«, sagte Kate. »Wer hat Sie angerufen? Und wie konnte der Anrufer Sie so leicht ins Warren-Haus locken?«

»Natürlich verdächtigt mich die Polizei jetzt, weil die arme Frau ermordet wurde. Man hat mich verhört. Bin ich nicht bei Demonstrationen mitmarschiert, bei denen Leute festgenommen wurden? Arbeite ich nicht in einem Café nur für Frauen, was jedem Normalbürger mit Familie und Verantwortungsgefühl sus-pekt erscheint? Ich werde Ihnen schwer verständlich machen können, welche Häme hinter den Fragen steckte. Jedenfalls zeig-ten die Bullen deutlich, wie tief sie davon überzeugt sind, daß Leu-ten wie mir alles zuzutrauen ist. *Sie* hat man anders befragt, da bin ich mir sicher. Ich war für diese Typen von vornherein schuldig. Sie hämmerten mit ihren Fragen auf mich ein und lauerten nur darauf, daß ich etwas tat oder sagte, was sie gegen mich verwenden konnten.« Luellens Stimme brach. »Aber ich glaube kaum, daß Sie und ich je dieselbe Auffassung von der Polizei haben«, sagte sie dann leise und begann zu weinen.

»Kommen wir lieber zum Punkt«, sagte Joan Theresa.

»Aber genau das ist der Punkt«, sagte Luellen heftig und wischte sich die Augen. »Entschuldigen Sie, aber ich mache mir schreckliche Sorgen wegen der Kinder. Also gut, eins nach dem anderen. Die Geschichte mit der Badewanne im Warren-Haus. Weiß der Himmel, wie es dazu kam. Ich wußte ja kaum, wo das Warren-Haus ist.«

»Haben Sie keinerlei Verbindung zu Harvard?« fragte Kate.

»O doch. Ich habe ein Jahr dort studiert und dann aufgehört. Aus Boise, Idaho, zu stammen und es bis Harvard zu schaffen, das galt als das Höchste. Damit hatte man sein Lebensziel erreicht. Meine Eltern haben mir bis heute nicht verziehen, daß ich das, was sie sich immer für mich gewünscht haben, in dem Moment fortwarf, als ich es in Händen hatte. Das Problem war, daß bei mir alles zu glatt lief. Hätte ich es nicht ganz bis Harvard geschafft, würde ich mir vielleicht immer noch einbilden, es gäbe für mich einen Platz im Establishment. Aber in Harvard war die Luft einfach zu dünn. Ich konnte nicht atmen dort und wußte, ich würde es nicht aushalten. Ich konnte ja nicht mal die Leute aushalten, denen das unwirkliche Leben dort gefiel. Ja, für mich war und ist Harvard unwirklich, so abgedroschen das auch klingen mag. Eins hab ich inzwischen aber kapiert: Wenn die Wirklichkeit bedeutet, kein Geld, keine Verbindung zum Establishment und keine Macht zu haben, dann kann einem diese Wirklichkeit auch leicht zuviel werden.«

Bei Diskussionen über Wirklichkeit überkam Kate unweigerlich das Verlangen nach einer Zigarette. Die Rauchverbotsschilder im Café waren unübersehbar.

»Und dann«, fuhr Luellen fort, »bin ich in die typische Falle getappt. Ich habe geheiratet und stupide Jobs angenommen, um uns zu ernähren. Nach einer Weile studierte er weiter Jura, dann kamen die Kinder, und ich arbeitete immer noch, um uns alle durchzubringen, und versorgte außerdem den ganzen Haushalt –

die alte, langweilige Leier. Irgendwann kam ich dahinter, daß er mit einer Kommilitonin schlief. Sie kam zu uns, unterhielt sich mit mir, half mir mit den Kindern – und trotzdem ging sie mit meinem Mann ins Bett. Ich hatte die Nase voll – von Frauen, von Männern, von allem. Ich nahm die Kinder, zog aus und lebte vom Sozialamt. Aber Sie wollten ja nicht meine Lebensgeschichte hören, sondern wie ich im Warren-Haus gelandet bin. Und beides hat wenig miteinander zu tun.«

»Da wäre ich mir nicht so sicher«, sagte Kate. »Erzählen Sie weiter.«

»Viel mehr gibt's nicht zu erzählen. Als ich dann merkte, daß ich nicht allein zurechtkam, stieß ich auf andere Frauen, die in derselben Situation waren. Wir kauften dieses Haus hier, teilten die Kosten, kümmerten uns gemeinsam um die Kinder und eröffneten das Café. Zum ersten Mal fühle ich mich geborgen, bin mit Leuten zusammen, die sich wirklich auf mich und die Kinder einlassen.«

»Arbeiten Sie immer noch in irgendwelchen stupiden Jobs?«

»Nein. Wie sich zeigte, habe ich eine Ader für Computer. Ich ließ mich als Programmiererin ausbilden, die Frauen hier haben mich solange unterstützt. Jetzt habe ich einen guten Job und kann sogar meine Schulden zurückzahlen. Aber mein Mann sagt, er würde es nicht zulassen, daß seine Kinder in einem Haus voller Frauen aufwachsen. Ich denke, Sie können sich seine Argumente ausmalen. Dabei sind ihm die Kinder völlig gleichgültig. Jedenfalls ist der Sorgerechtsprozeß sehr schwierig. Und nun diese Geschichte!«

Kate lächelte Luellen an. »Ich fürchte, ich weiß immer noch nicht, wie Sie ins Warren-Haus gekommen sind.«

»Ob Sie's glauben oder nicht, ich wollte gerade darauf kommen. Ein Student, der während meines Jahrs in Harvard im selben Haus gewohnt hat wie ich, hat weiterstudiert. Im Augenblick promoviert er gerade bei den Anglisten. Ich begegne ihm ab und zu in

Cambridge, und dann wechseln wir ein paar Worte. Aber nicht er hat an jenem Abend angerufen, sondern ein Freund von ihm, den ich irgendwann durch ihn kennengelernt hatte. Der Kerl sagte: ›Eine von deinen Genossinnen liegt hier besoffen in der Badewanne. Wenn du nicht willst, daß es einen Höllenärger gibt, solltest du schnell herkommen und sie rausholen.‹ Ich Närrin bin natürlich sofort losgerannt, ohne irgend etwas nachzuprüfen. Es ist mir einfach nicht in den Kopf gekommen, daß er schwindeln könnte. Und als ich dort ankam, lag diese Janet Mandelbaum in der Wanne. Wir waren beide ziemlich entsetzt.«

»Luellens Problem ist«, sagte Joan Theresa, »daß sie trotz allem, was sie mitgemacht hat, immer noch keinem Menschen etwas Böses zutraut.«

»Wußten Sie zu dem Zeitpunkt, daß es Janet Mandelbaum war?«

»Nein, das erfuhr ich erst später. Ich zog sie aus der Badewanne, ehe die Campusaufsicht kam. Alle anderen hatten sich bis dahin aus dem Staub gemacht – diese Helden!«

»Auch Ihr Freund, den Sie vom Studium her kannten?«

»Den hab ich nirgends gesehen und bin mir inzwischen nicht mal sicher, ob er überhaupt auf dieser Party war.«

»Warum haben Sie ihn nicht gefragt?« sagte Kate.

»Ich wollte mich so weit wie möglich aus der Geschichte raushalten. Mir kam sogar der Gedanke, mein Mann könnte ihn angestiftet haben. Es wäre schlau eingefädelt gewesen: mit einem Streich hätte er zwei Frauen in Verruf gebracht. Aber ich dachte, je weniger Aufhebens ich mache, desto besser.«

»Was Frauen immer denken«, sagte Joan Theresa.

»Die arme Janet jedenfalls hat so gedacht«, stimmte Kate zu. »Würden Sie mir den Namen des Mannes sagen, der Sie angerufen hat? Und auch den des anderen, den Sie vom Studium her kennen?«

»Warum nicht? Wenn Joan Theresa Ihnen traut, dann ich

auch.« Kate schob einen Notizblock über den Tisch, und Luellen schrieb die Namen hinein. »Der oberste ist der meines Freundes. Der andere der, der mich anrief. Er promoviert auch gerade bei den Anglisten.«

»Hat die Polizei Sie nach den beiden gefragt?«

»Nein.« Kate sah, wie die beiden Frauen Blicke wechselten. »Wir haben nichts von dem Anruf gesagt. Offenbar wußte die Polizei nichts davon. Die wußte nur, daß ich bei Janet war, als man sie fand. Das stand in ihren Protokollen, mehr interessierte sie nicht. Und ich hatte keine Lust, sie aufzuklären.«

»Meinen Sie nicht, es wäre besser, die Wahrheit zu sagen, die ganze Geschichte?«

Joan Theresa bedeutete Luellen mit einem Blick: Laß mich nur machen. »Hören Sie, Kate, ich weiß, daß Sie an eine Welt glauben, in der alle Polizisten ehrliche Menschen sind. Ich will ja nicht behaupten, daß es keine redlichen Polizisten gibt, aber die meisten Leute, die ich kenne, haben einfach nicht das Glück, auf sie zu stoßen. Aber wenn wir jetzt anfangen, unsere Weltanschauungen zu erörtern, kommen wir nicht weiter. Wir zumindest haben das Gefühl, daß die Polizei sich einen Dreck um Leute schert, die keine Macht haben.«

Kate schwieg. Sie konnte Joan Theresa nicht widersprechen. Sie hatte genug von Reed gehört; und durch Reed kannte sie einen jungen Polizisten, der die New Yorker Polizei verlassen mußte, weil für jemanden, der die Machenschaften seiner Kollegen nicht deckte, kein Platz war. Kate war auch nicht naiv: Jemand, der so viel Zeit in Fakultätssitzungen verbracht hatte wie sie, wußte, daß das Ideal der Wahrhaftigkeit nur selten praktiziert wird. Die Leute glauben eben an das, was am bequemsten für sie ist, dachte Kate. Tja, und für mich ist es bequem, an die Polizei zu glauben. »Ich gebe zu«, sagte sie, »daß ich in meiner Jugend wahrscheinlich zu viele Filme gesehen habe, in denen das Gute siegt. Aber da ich mich nicht von allen Institutionen losgesagt habe, muß ich einfach daran glauben, daß es bis zu einem gewissen Grad anständig in ihnen zugeht. Aber davon mal abgesehen: Wenn die Polizei herausfindet, Luellen, daß Sie angerufen worden sind und das nicht erwähnt haben, werden Sie dann nicht schlecht dastehen?«

»Wahrscheinlich. Aber wenn die Polizei es sich in den Kopf setzt, mich zu verdächtigen, stehe ich sowieso schlecht da.«

»Ganz so ist es nicht. Schließlich haben wir auch noch unsere Gerichte. Und spätestens dort wird auf den Tisch kommen, daß Sie die Polizei belogen haben.«

»Ich habe nicht gelogen. Ich habe nur Informationen zurückgehalten. Übrigens – Sie sollen doch eine so große Detektivin sein. Sie können mich ja entlasten. Sie haben die richtigen Beziehungen und die richtigen Freunde, oder liege ich da falsch? So funktioniert es doch in Ihren Kreisen, oder nicht?« Sie sah Joan Theresa an. »Oder gehören wir nicht zu den Leuten, für die man seine Beziehungen spielen läßt?«

Kate spürte, daß sie von Luellen, die jetzt wieder den Tränen nahe war, bei weitem nicht so angetan war wie von Joan Theresa. Aber wer dir sympathisch ist und wer nicht, mahnte sie sich, das spielt überhaupt keine Rolle. »Mal angenommen, es war nicht Ihr Ex-Mann, der versucht hat, Ihnen eins auszuwischen. Können Sie sich einen anderen Grund für den Anruf vorstellen?«

»Ich dachte, das wäre klar«, sagte Joan Theresa und verkniff sich gerade noch: selbst für eine so superschlaue Anglistikprofessorin wie Sie. »Um Janet in Verruf zu bringen. Alle Welt sollte glauben, sie hätte was mit Frauen wie uns.«

»Das scheint mir ziemlich weit hergeholt.«

»Eigentlich nicht«, sagte Luellen. »Jemand rief die Campusaufsicht; sie fand heraus, wer ich bin, und einer der Typen sagte: ›Was tun Sie beide denn hier?‹ Janet verging fast vor Scham.«

Joan Theresa sagte zu Kate: »Warum gehen wir nicht ein Stück spazieren? Ich hole Iokaste, und wir schnappen ein bißchen

Luft.« Luellen schien sofort zu verstehen, daß die Einladung sie nicht einschloß.

Während Kate bezahlte, verschwand Joan nach oben und holte Iokaste. Frau und Hund erwarteten sie draußen.

»Wollen wir zum Harvard Square laufen?« sagte Joan. »Iokaste würde es Ihnen ewig danken.« Iokaste begrüßte Kate beiläufig. Offenbar witterte sie einen größeren Ausflug, und als sie merkte, daß es wirklich losging, machte sie einen Satz und lief dann geschäftig los, um sich den vielfältigen Geruchsgenüssen am Straßenrand hinzugeben.

»Joan, als ich Sie damals vor dem Laden traf, sind Sie da mit Iokaste den ganzen Weg bis zum Harvard Square gelaufen?« fragte Kate.

»Nein. Wir haben ein Auto, das wir gemeinsam benutzen. Luellen nahm es an dem Abend, als sie – wie sie glaubte – einer Schwester zu Hilfe kam. Iokaste, du Luder, wenn du dem Yorkie zu nahetrittst, setzt's was.« Kate sah, wie sich Iokastes aufgestellte Nackenhaare wieder senkten, als Joan sie am Halsband packte und an die Leine nahm.

»Ich wollte Sie etwas fragen«, sagte Joan.

»Nicht, ehe ich Sie etwas gefragt habe«, antwortete Kate. »Sie sind den ganzen Weg bis New York gefahren, um mich zu holen. Sie sagten, Janet wolle meine Hilfe. Woher wußten Sie das eigentlich? Und warum kümmerte es Sie, wenn es so war?«

»Das habe ich Ihnen doch schon in New York gesagt.«

»Aber woher konnten Luellen oder Sie wissen, daß Janet mich kannte, ganz zu schweigen davon, ob ihr daran lag, daß ich nach Harvard kam? Um die Wahrheit zu sagen: Hätte man mir nicht auch von anderer Seite zugeredet, wäre ich nicht gekommen. Die ganze Geschichte ergibt wenig Sinn.«

Inzwischen hatten sie den Abschnitt der Hampshire Street erreicht, von dem das Elm-Viertel abgeht – nicht gerade die Gegend von Cambridge, die sich die Eltern der Harvard-Studenten ansehen, wenn sie ihre Sprößlinge besuchen. Überall Autowerkstätten und Kleinbetriebe und dazwischen verstreut einzelne Wohnhäuser – ein Gebiet ohne intakte Sozialstruktur, würden die Sozialarbeiter wohl sagen, dachte Kate, und genau so fühle ich mich hier: als Person ohne intakte Sozialstruktur.

»Also gut«, sagte Joan Theresa. »Hier haben Sie die ganze Geschichte: Die Campusaufsicht fand die beiden und wollte nicht glauben, daß Janet Professorin war, aber solange sie sich nicht ganz sicher waren, wollten sie sie nicht behandeln, als sei sie Gott weiß was für eine. Also nahmen sie die beiden mit in ihr Büro, und dann wurde erstmal viel telefoniert. Janets Kleider wurden allmählich trocken, ihr Kopf klarer und ihr wurde wohl klar, daß das, was sie zu Luellen gesagt hatte, ziemlich mies war. Ich nehme an, es tat ihr leid. Jedenfalls sagte sie, das Ganze sei auch für sie ein entsetzlicher Schlamassel – die Einzelheiten weiß ich nicht –, und dann fiel Ihr Name, und zwar so, daß Luellen den Eindruck hatte, Sie wären eine Frau, die jede Lage meistert. Tja, und Luellen setzte sich in den Kopf, Sie müßten her und Janet aus der Klemme helfen – und dann könnten Sie oder Janet *ihr* helfen.«

»Ihr helfen?«

»Na, ehrlich gesagt, finde ich Luellens Hoffnung auch etwas abwegig. Trotzdem, der Versuch war einen Trip nach New York wert, zumal ich eine Mitfahrgelegenheit hatte und außerdem mein Bruder dort lebt, den ich sowieso einmal im Jahr besuche. Luellens Mann will die Kinder nicht, er hat sie seit Jahren nicht gesehen. Er setzt nur alles daran, daß sie sie nicht bekommt, und offenbar sind eine Menge Leute bereit, ihm dabei zu helfen, vor allem Leute, die ihre Frömmigkeit neu entdeckt haben. Aber wenn so wohlanständige Leute wie Sie oder Janet zu Luellens Gunsten aussagen, dann würde das die Richter bestimmt beeinflussen. Luellens Anwalt hat ihr gesagt, sie müsse ein paar wirklich brave, biedere Bürger auftreiben, mit den richtigen Beziehungen und allem, die vor Gericht aussagen, daß sie der zuverlässigste und ausgeglichenste Mensch ist. Was ja auch stimmt. Na, und zur Verhandlung wird Luellen sich natürlich verkleiden.«

»Verkleiden?« sagte Kate. Sie waren stehengeblieben, und Iokaste legte sich Joan zu Füßen. Kate warf dem Tier einen Blick zu, als wäre es eine als Bullterrier verkleidete Schwester. »Verkleiden?« wiederholte sie.

»Entschuldigung«, sagte Joan. »Aber so nennen wir es, wenn sich jemand anzieht wie, wie . . .«

»Ich verstehe. Wie ich. Wegen meiner Kleidung würde ein Richter also auf mich hören und die Kinder dem zusprechen, den ich empfehle?«

»Das würde helfen. Wir haben ein paar solcher Outfits im Haus herumhängen – für Führerscheinprüfungen, Behördengänge und sowas. Tut mir leid, ich wollte Sie nicht beleidigen. Außerdem meine ich nicht so was Elegantes, wie Sie anhaben, sondern, na, Sie wissen schon, irgendein Kleid mit Perlenkette und Handtäschchen.«

»Ersparen Sie mir die Einzelheiten«, sagte Kate. »Sie haben mir soeben mitgeteilt, was Sie mir ja auch schon in New York sehr deutlich gesagt haben: daß Sie Frauen wie mich auf jede nur denkbare Weise ausnutzen werden, um das zu bekommen, was Sie wollen. Warum sollte ich mich von Ihnen ausnutzen lassen?«

»Gute Frage«, sagte Joan. Kate sah sie an und ihr wurde plötzlich klar, daß Joan Angst um Luellen hatte, und das nicht nur wegen der Kinder. Sie hatte Angst, daß Luellen voller Wut Janet in der Männertoilette im Warren-Haus umgebracht hatte – womöglich gar mit den Worten: So, jetzt bist du da, wo du immer hin wolltest! Vielleicht brauchte Luellen wirklich dringend Hilfe, und Joan Theresa bahnte den Weg.

Joan schien Kates Gedanken zu erraten, denn sie ging in die Offensive. »Wissen Sie«, sagte Joan. »Vielleicht glaubt die Polizei ja, Sie hätten Janet umgebracht. Wie steht's denn mit Ihrem Alibi?«

»Ich weiß nicht«, sagte Kate. »Bisher ist noch nicht sicher, wann und wo sie gestorben ist.«

»Ist es denn nicht in der Männertoilette im Warren-Haus passiert?«

»Nein, sie wurde erst nach ihrem Tod dorthin geschafft.«

»Woran ist sie gestorben? In den Zeitungen stand nichts davon.«

»An Zyankali«, sagte Kate. »Sehr schnell und sehr qualvoll. Falls ich Näheres herausfinde, rufe ich Sie an. Eines kann ich Ihnen aber schon jetzt versprechen: Ich werde nicht schwören, daß Luellen ein prachtvoller Mensch ist, solange ich nicht davon überzeugt bin. So bieder bin ich und werde es wohl immer bleiben.«

»Dann«, sagte Joan, »mache ich mir keine Sorgen. Luellen ist ein prachtvoller Mensch und die geborene Mutter. Sie werden schon sehen. Im Augenblick ist sie nur durcheinander.«

Alle drei bogen in die Cambridge Street ein.

»Zyankali«, sagte Sylvia später am Abend zu Kate. »Ich frage dich, wo kam das her?« Sylvia hatte die Beine hochgelegt und genoß die Aussicht.

»Das müssen wir unbedingt herausfinden«, sagte Kate. »Und eine Menge anderer Dinge, wenn wir schon einmal dabei sind. Verdammt, Sylvia, lassen wir alle unsere Beziehungen spielen – du deine nach Washington und zu den höheren Sphären der Harvarddiplomatie und ich meine zu Wompompouchi, oder wo sonst Reed gerade steckt. Die vielen Typen, die du kennst, werden dir doch einen Gefallen tun, wenn du sie darum bittest, oder nicht?«

»Wie erfrischend, Kate Fansler, der großen Detektivin, einmal in die Karten zu sehen! Als erstes bringt sie ihre Freunde dazu, Beziehungen spielen zu lassen! Hätte mir denken können, daß es so läuft. Natürlich kenne ich eine Menge wichtiger junger Männer und auch einige nicht so junge, die etwas für mich tun würden. Auch Männer können sich heute nicht mehr so sicher sein, ob ihnen Frauen nicht eines Tages bei ihrer Karriere von Nutzen sein können. Nancy Mitford hat einmal gesagt, man müsse immer nett zu jungen Mädchen sein, denn man könne nie wissen, wen sie einmal heiraten. Na, diese Verhältnisse haben wir inzwischen Gott sei Dank ein wenig auf den Kopf gestellt.«

»Dein Wort in Gottes Ohr! Also gut, suchen wir uns jemand, der die Polizei hier überredet, uns wissen zu lassen, was sie bisher herausgefunden hat. Dieser ›Jemand‹ kann das so unauffällig tun, wie er es für richtig hält, und sich jeden Vorwand ausdenken, den er will. Bei deinen Beziehungen zu Washington und Harvard solltest du es als erste versuchen. Wenn du scheiterst, probiere ich es über Reed. Aber *wenn* du scheiterst, dann kann man daran wahnsinnig viel ablesen.«

»Wahnsinnig. Ich verstehe.«

»Wenn es Kräfte in Harvard gibt, die es für nötig halten, dir die Einsicht in die Polizeiprotokolle zu verwehren, dann sagt uns das mehr als jeder Polizeibericht.«

»Schlaues Mädchen. Morgen setze ich mich ans Telefon. Nein, ich telefoniere gleich. Übrigens, morgen kommt George. Hab ich es dir schon gesagt oder sollte ich es in all dem Trubel vergessen haben?«

»Das hast du allerdings. Verdammt – zurück in die Besenkammer im Dunster! Man hat mir zu verstehen gegeben, daß ich großes Glück hatte, sie überhaupt zu bekommen. Du mußt dich wirklich ins Zeug gelegt haben. Am schrecklichsten ist das Essen dort. Aber was hilft's? Also zurück in den Speisesaal und wieder Konversation mit den Studenten machen. Da fällt mir ein, ich könnte doch Leighton einladen. Ich hab sie direkt ins Herz geschlossen, meine Nichte Leighton.«

»Womit du natürlich sagen willst, daß sie eine heftige Anti-Fansler-Phase durchläuft. Na, hoffentlich ist's von Dauer.«

»Bestimmt. Leighton ist ein vielversprechendes Mädchen. Bist du froh, daß George kommt?«

»Verdammt froh«, sagte Sylvia. »Ich verstehe nicht, wie man das ständige Zusammensein je als Eheideal preisen konnte. Eine Weile getrennt, eine Weile zusammen, das ist *viel* besser. Ich schicke dir jeden Polizeibericht, den ich bekomme, rüber ins Dunster. Damit du nicht so viel ans Essen denkst.«

Ich würde es hassen, mit einer
literarisch gebildeten Tante zusammenzuleben.

(*Stevie Smith, »Novel on Yellow Paper«*)

Am nächsten Tag rief Kate von ihrem Zimmer im Dunster aus Andy Sladovski an, um zu hören, wie die Anglisten auf Janes Tod reagiert hatten. »Keine Ahnung«, sagte Andy. »Kommen Sie doch heute abend mit zu den Harvard-Jamben, den Lesungen über Poesie, dann werden Sie ja selbst sehen. Bei dieser Veranstaltung müssen Sie sowieso gewesen sein, sonst dürfen Sie nie behaupten, Harvard zu kennen.«

»Bisher hat mich noch niemand dazu eingeladen.«

»Dann lade ich Sie jetzt ein. Irgendein fulminant langweiliger Student, einer von Clarkvilles Schmusetieren, wird ein Referat über Brownings ›Fra Lippo Lippi‹ halten, und eins kann ich Ihnen jetzt schon versprechen: nicht zu gähnen, wird Sie all Ihre Kraft kosten. Aber nachher gibt es zu essen und zu trinken; da können Sie die Leute ein bißchen beschnuppern. Außerdem interessiert Browning Sie doch bestimmt. Wenn ich mich recht erinnere, gehört er in Ihre Epoche.«

»Ich erfülle alle Anforderungen für die Aufnahme in den erlauchten Kreis – nur eingeladen hat man mich nicht.«

»Nur wirklich berühmte Gastdozenten erhalten eine offizielle Einladung. Meistens bringt einer der Männer seine Frau mit. Wenn ich wollte, könnte ich also auch Lizzy mitnehmen. Lizzy käme aber nur mit, wenn ›Das Goldene Notizbuch‹ besprochen würde, was aus mindestens drei schwerwiegenden Gründen sehr unwahrscheinlich ist, und nur einer davon hat damit zu tun, daß

Doris Lessing nicht in Reimen schrieb. Kommen Sie mit, und die anderen werden denken, Sie sind Lizzy.«

»Also gut«, sagte Kate. »Ich gebe mich geschlagen. Es stört hoffentlich niemanden, daß meine Auffassung von Browning der offiziellen Lehrmeinung nicht entspricht.«

»Das hört sich erfrischend an! Wir treffen uns im Adams-Haus. Wissen Sie, wo es ist?«

»Ich weiß, wo ich eine Karte finde. Wieso im Adams-Haus?«

»Weil Howard Falkland dort Tutor ist. Derjenige, der das Referat hält, spielt den Gastgeber.«

»Aha, aha«, sagte Kate, die der Name des Referenten aufgeschreckt hatte. »Ich finde die Idee wunderbar. Alle Energien, die einen das Zuhören kostet, kann man sich beim Essen wieder holen.«

»Also um acht«, sagte Andy und legte auf. Nun, sagte Kate zu sich selbst, Fra Lippo Lippi behauptet: »Gott hilft uns, einander zu helfen, indem wir einander unsere Seelen öffnen.« Browning dachte dabei an die Kunst, ich dagegen denke an Mord.

Um fünf vor acht betrat Kate das Dozentenzimmer im Adams-Haus und setzte sich in einen der im Kreis aufgestellten Ledersessel. Porträts von Honoratioren blickten finster von den Wänden herab. Als Andy sich wenig später zu ihr setzte, war klar, daß nicht mehr als elf Personen zusammenkommen würden; außer Kate war noch eine Frau erschienen: höchstwahrscheinlich die Ehefrau. Clarkville erhob sich und bereitete sich mit einem Räuspern auf seine Begrüßungsworte vor. Amüsiert stellte Kate fest, daß er sie nicht erkannt hatte. Für ihn sah zweifellos eine Frau mittleren Alters aus wie die andere. »Wir sind heute abend zusammengekommen«, intonierte Clarkville jetzt, »um Howard Falklands Referat über Browning zu hören. Im Anschluß an das Referat wird es eine Diskussionsrunde geben. Danach werden wir uns, wie immer, am Buffet erfrischen. Um zehn werden wir die Versammlung auflösen. Howard, bitte!«

Kate sollte sich nie erinnern an das, was Howard Falkland über Browning zu sagen hatte. Mehr als zehn Worten am Stück hatte sie ohnehin nicht folgen können. Ein Aufsatz mag noch so gut sein, wird er laut vorgelesen, kann man ihm nur schwer folgen. Und Howard Falklands Aufsatz war nicht gut. Aber Kate unterhielt sich trotzdem sehr gut, denn schon bald spürte sie, daß sie den Blick einfach nicht von Clarkville abwenden konnte. Er faszinierte sie – wie ein Kaninchen von einer Schlange fühlte sie sich zugleich von ihm abgestoßen und angezogen. Es bestand keine Gefahr, daß Clarkville ihre Blicke spürte, denn seine ganze Haltung, vor allem die leichte Schläfrigkeit seiner Gesichtszüge, schien vermeiden zu wollen, daß einer der Anwesenden seine Aufmerksamkeit erhaschte. Clarkville saß auf einer breiten Ledercouch, das heißt, sitzen konnte man es kaum nennen, denn seine Hinterbacken und die Couch hatten in einem dramatischen Moment zueinandergefunden, danach ließ er seinen großen plumpen Körper so weit nach hinten sacken, daß man mit einigem guten Willen gerade noch sagen konnte, er mache es sich bequem. Seine Augen waren zur Decke gerichtet und geschlossen. Aber er schlief nicht, nein, er lauschte. Dies wurde durch seine Taschenuhr bewiesen, die er aus seiner Weste gezogen hatte und an der langen Kette hin und her baumeln ließ – in so regelmäßigem Rhythmus schaukelte das runde Goldstück vor und zurück, daß Kate, die unentwegt hinstarrte, es als quälend empfand. Es war erstaunlich, wie belästigend eine so winzige Bewegung sein konnte und wie schwer es war, den Blick abzuwenden. Kate machte erst gar nicht den Versuch, und Howard Falkland, der sein Referat vom Blatt ablas, hatte diese Sorge nicht. Alle anderen starrten abwechselnd Howard, den Boden oder die Decke an. Kates Blick suchte Andys, und er zwinkerte ihr zu. Howard schwadronierte weiter. Und dies, sagte Kate zu sich selbst, ist der erlauchteste akademische Kreis Amerikas! Ihre Gedanken waren nicht bei Browning oder Fra Lippo Lippi, der diese Veranstaltung bestimmt noch alberner gefunden hätte als sie,

nein, ihre Gedanken waren bei dem Freund des Freundes von Luellen. Dessen Name war, wie sollte es anders sein, Howard Falkland. Und sollte es in Zukunft noch mehr Adepten wie ihm erlaubt
sein, sich über Brownings dramatische Monologe herzumachen,
dann war die Browning-Forschung, dessen war sich Kate sicher,
zum Untergang verurteilt.

Als der Vortrag endlich gnädig und keine Minute vor der festgesetzten Zeit vorüber war, erhob sich ein beifälliges und interes-
siertes Geraune, und im nächsten Moment bahnten sich alle, behutsam und nicht zu schnell, ihren Weg zum Buffet, das in der Tat
beeindruckend war.

»Haben Sie all das Essen selbst zubereitet?« fragte Kate, als
Andy sie Howard vorstellte. Wäre Reed dabei gewesen, hätte er
sofort gemerkt, daß Kate beschlossen hatte, sich »damenhaft« zu
geben, was immer ein gefährliches Zeichen war.

»Nein, ich nicht«, sagte Howard. »Eine meiner Bekannten
hat das übernommen.«

»Natürlich«, sagte Kate. »Ich bin ja so beeindruckt von all
den Gebräuchen hier in Harvard. Den reizenden Abend heute
verdanke ich übrigens Andy Sladovski, er hat mich eingeladen.«
Für diese Auskunft belohnte Howard Kate mit seinem schnellen
Rückzug: eindeutig niemand, den man kennen mußte.

»Nun«, fragte Andy. »Wollte Howard Ihre Empfehlungsschreiben sehen?«

»Dazu kam es nicht«, sagte Kate. »Ich gab mich als Ihre unverheiratete Tante aus. Jahrelang«, sinnierte Kate, »war ich wirklich die unverheiratete Tante. Keine schlechte Rolle im Grunde,
interessant, aber nicht anstrengend.«

»Glück gehabt. Aber da kommt Clarkville. Mal sehen, ob er
Ihnen die unverheiratete Tante abnimmt, oder ob er sich in den
Kopf setzt, Sie seien meine Frau. Er hat Lizzy nur fünfmal gesehen.«

Zu Kates großer Enttäuschung war Clarkville jedoch wieder
eingefallen, wer sie war. Er machte auf leutselig.

»Sie interessieren sich für Browning?« fragte er.

»Ich bin Professorin für viktorianische Literatur«, antwortete Kate milde.

»Ja, natürlich. Jetzt erinnere ich mich«, sagte er. »An irgendeiner Universität in New York.«

»Genau«, sagte Kate, »an irgendeiner.«

»Das hatte ich ganz vergessen«, sagte Clarkville. »Sonst hätte ich Sie natürlich eingeladen, sich unserem Harvard-Jamben-Kreis anzuschließen.«

»Das wäre sehr freundlich von Ihnen gewesen«, sagte Kate und fragte sich, wie lange sie dieses Spiel noch durchstehen würde. Andy hatte sich in Luft aufgelöst.

»Die Polizei ist offenbar nicht sehr glücklich über unseren, ehm, kleinen Zwischenfall in der letzten Woche«, vertraute Clarkville ihr an.

»Ach? Hat man Sie vernommen?«

»Nun ja. Lediglich ein paar Fragen fürs Protokoll, da ich die arme Frau ja nunmal gefunden hatte. Arme, arme Frau! Sie war so entwurzelt hier.«

In der Männertoilette oder der Fakultät? hätte Kate allzugern gefragt. »Entwurzelt?« echote sie aber nur und kam sich vor wie eine Figur aus einem Roman von Henry James.

»Nun, sehen Sie, neu hier in Harvard, neu an unserer Fakultät, dazu noch in einer fremden Stadt. Das Ganze war eine unglückliche Idee, eine sehr unglückliche Idee.« Er hätte wohl noch eine Ewigkeit so weitergebrabbelt, hätte Kate sich nicht entschuldigt, um sich einen Drink zu holen, den sie sich ihrer Meinung nach redlich verdient hatte.

Als sie später mit Andy auf dem Heimweg war, gestand Kate ein, wie verblüfft sie war, daß Clarkville nie von ihr gehört hatte. »Ich erhebe ja nicht den Anspruch, eine Berühmtheit zu sein«, sagte sie. »Aber in Fachkreisen habe ich schließlich einen Namen; davon bin ich zumindest bisher ausgegangen. Und wenn man vielleicht auch in Peoria oder Pocatello, Idaho, noch nicht von mir gehört hat, so doch immerhin an Orten, die sich mit auch nur einer kleinen Außenstelle einer großen Universität brüsten können. Ich wette, Clarkville hat schon von vielen Männern gehört, die weit unbekannter sind.«

»Meine liebe Kate«, sagte Andy. »Wenn Sie nicht in Harvard lehren, warum um Himmels willen soll man Sie zur Kenntnis nehmen? Außerdem, wer kümmert sich hier um eine Frau, außer, wenn er gezwungen ist, eine einzustellen? Was haben Sie denn geglaubt?«

»Ja, was?« sagte Kate.

Leighton freute sich ziemlich über die Einladung, am nächsten Abend mit ihrer Tante im Speisesaal des Dunster zu dinieren. Eine Gruppe von Leightons Freunden schloß sich ihnen an. Das Gespräch drehte sich, für Kate nicht überraschend, vor allem darum, wie absolut und unbeschreiblich schrecklich Harvard war, nicht, weil eine Frau hier ermordet worden war, sondern weil es alle hier eben schrecklich fanden.

»Aber warum«, fragte Kate nicht zum ersten und, wie sie fürchtete, nicht zum letzten Mal, »seid ihr alle hergekommen? Leightons Gründe verstehe ich. Sie suchte einen Ort, wo niemand irgendwie Notiz von ihr nimmt. Aber ihr könnt doch nicht alle gehofft haben, ignoriert zu werden.«

Darauf kamen die unterschiedlichsten Antworten: Cambridge und seine vielfältigen Annehmlichkeiten. Die Nähe zu Boston mit all seinen kulturellen Angeboten. Der Name. Einmal sagen zu können, man habe in Harvard studiert. Weil es Harvard eben gab – so wie den Mount Everest. Weil es an einer so großen Universität bestimmt Leute mit den gleichen Interessen gäbe.

»Und gab es die?« fragte Kate, den letzten Punkt aufgreifend. Sie richtete ihre Frage freundlich an ein ziemlich stilles, beinahe finster blickendes Mädchen ihr gegenüber. Irgend etwas an ihrem Ausdruck erinnerte Kate an Janet.

»Nein«, sagte das Mädchen, »ich habe sie nicht gefunden. Ich weiß, es ist meine Schuld; die andern sagen es mir ja ständig, aber mir kommen hier alle fürchterlich oberflächlich vor. Sie interessieren sich nur für ihre Noten oder für Sex, oder sie stecken in einer festen Beziehung, und die ist dann so konventionell, als hätten sie in einem Kitschroman nachgelesen, wie man das macht. Offen gesagt, ich finde die meisten hier stinklangweilig – und nur mit sich selbst beschäftigt. Ich weiß, Sie werden denken, daß auch ich nur mit mir selbst beschäftigt bin. Natürlich bin ich das. Aber ich würde es immerhin riskieren, mich für jemanden zu interessieren, der nicht supercool und superglatt aussieht oder so wie das Centerfoto im ›Playboy‹.«

Kate war nicht bereit, sich durch den ›Playboy‹ ablenken zu lassen. »Aber darüber beschweren sich alle Studenten an allen Universitäten. Wer nicht auf der Welle seines Jahrgangs mitreitet, ist einsam und isoliert – es sei denn, er ist ein Genie, sehr reich oder sehr selbstsicher. Was ist anders in Harvard?«

»Hier ist niemand glücklich«, warf einer der Jungen ein.

»›Das Glück ist flüchtig wie der Wind, das Interessante jedoch bleibt.‹ Georgia O'Keeffe hat das gesagt. Und Georgia O'Keeffe wird schließlich von jedermann bewundert, sogar von Joan Didion«, fügte Kate hinzu, sich an den »Times«-Artikel erinnernd, aus dem Sylvia ihr vorgelesen hatte.

»Hab ich es euch nicht gesagt, daß sie ständig mit Zitaten um sich wirft!« sagte Leighton triumphierend. »Aber in letzter Zeit hat das nachgelassen«, fügte sie an Kate gewandt hinzu. »Leo sagt auch, du hättest dich verändert.«

»Neffen und Nichten glauben immer, daß man sich verändert hat, was aber nicht stimmt. Sie sind es, die sich verändern: sie werden erwachsen. Aber ich gebe es zu, ich zitiere weniger. Es scheint einfach nicht mehr so viele passende Zitate zu geben, zumindest nicht bei den Autoren, die ich mit meiner Establishmentbildung lese. Aber wo wir gerade darüber sprechen«, sagte

Kate, »eins fällt mir doch ein.« Sie warf Leighton einen maliziösen Blick zu.

»Dann los, wenn du dich nicht bremsen kannst«, sagte Leighton mit gespielter Verzweiflung. »Ich hab die andern ja vorgewarnt.«

»Nun, in den ›Gesandten‹ sagt Strether über eine andere Figur, was ich auch über dich sagen könnte, Leighton: ›Du bist meine Jugend, denn in meiner Jugend war nie etwas jung.‹ Janet Mandelbaum jedoch«, fuhr Kate fort, sich auf ihre Aufgabe besinnend, »wäre anderer Meinung gewesen. Hat jemand von euch sie gekannt?«

»Ich kannte sie«, antwortete ein junger Mann (ich muß aufhören, immer noch Jungen und Mädchen in ihnen zu sehen, dachte Kate). »Ich beschäftige mich mit Simone Weil und interessiere mich deshalb auch für Herbert. Professor Mandelbaum war mir da sehr hilfreich, obwohl sie natürlich immer in die Luft ging, wenn man von Herbert als Zeitgenossen sprach. Trotzdem, sie erklärte seine religiösen Auffassungen so gut, daß einem Simone Weil viel verständlicher wurde. Ich war ihr dankbar.«

»Wie war sie?« fragte Kate.

»Sehr sachlich, nicht so persönlich wie so viele der jüngeren Profs. Sie nannte mich nie beim Vornamen, und mir wäre im Traum nicht eingefallen, sie etwa Janet zu nennen. Ich weiß, das sagt weiter nichts aus. Aber trotzdem – bei all ihrer würdevollen Art und Reserviertheit hatte ich immer das Gefühl, daß sie sich freute, mich zu sehen.«

»Wußten Sie, warum?«

»Ja«, sagte der junge Mann und bewies, daß man immer noch Köpfchen brauchte, um es bis Harvard zu schaffen. »Mit mir hatte sie nicht das Problem, das sie mit den Studentinnen hatte: Ich wollte keine Unterstützung von ihr als Frau. Außerdem war ihr Kurs für mich nicht nur eine Pflichtübung, ich interessiere mich wirklich für das siebzehnte Jahrhundert, wenn auch nur im Zusammenhang mit Simone Weil. Mein Hauptfach ist Theologie, und das gefiel ihr. Und ihr gefiel wohl auch, daß ich sie behandelte, als...« Der junge Mann zögerte.

»...wäre sie ein Mann«, beendete Kate den Satz für ihn.

»Ja«, sagte er. »So war es wohl. Sie hatte etwas dagegen, sich immer nur als Frau zu sehen. Ich meine natürlich nicht...«

»Ich weiß genau, was Sie meinen. Sexuell, physisch und psychisch betrachtete sie sich natürlich nicht als Mann: das ist Freudscher Unsinn. Aber sie empfand sich als vollwertiges Mitglied der Bruderschaft der Professoren. Das war es. Und wissen Sie«, fügte Kate traurig hinzu, »ich glaube, das hat sie das Leben gekostet.«

»Judith kannte sie auch«, warf Leighton ein, um die Stille, die plötzlich eingetreten war, zu durchbrechen. »Ich hab sie an den Haaren herzerren müssen, damit du mit ihr reden kannst. Denn wenn Judith nicht gerade die Reporterin spielt, ist sie total schüchtern.«

»Ich arbeite für den ›Independent‹«, sagte Judith.

»Eine Zeitung?« bemerkte Kate ein wenig töricht.

»Ja. Die Wert darauf legt, nicht so arrogant aufzutreten, nicht so typisch Harvard, wenn Sie verstehen, was ich meine.«

»Ich werde sie mir beschaffen«, sagte Kate. »Es ist nicht leicht, sich in so kurzer Zeit einen Überblick über alles hier in Harvard zu verschaffen. Bisher ist mir nur die ›Gazette‹ unter die Augen gekommen.«

»Da steht nichts Interessantes drin – außer dem Veranstaltungskalender«, sagte Judith. »Na, jedenfalls schickte der ›Independent‹ mich los, die neue Professorin bei den Anglisten zu interviewen. Also rief ich Janet Mandelbaum an, sagte, ich würde gern mit ihr reden, weil meine Zeitung einen Artikel über sie als die erste Frau mit einem Lehrstuhl im Fachbereich Anglistik bringen wollte. Daß sie eine Frau sei, spiele da überhaupt keine Rolle, sagte sie sofort. Darüber wolle sie keinesfalls sprechen. Dann fragte ich sie, wie es ihr in Cambridge gefiele. Das war natürlich Quatsch, aber ich wollte unbedingt das Interview mit ihr, und sie, na, sie hielt mir gleich einen langen Vortrag darüber, daß die Frauen es nie zu etwas bringen würden, wenn sie nicht endlich aufhörten, sich gegenseitig unter dem Frauenstandpunkt zu interviewen. Wenn ich etwas von ihr wissen wolle, sagte sie, dann solle ich sie über ihre Arbeit befragen.«

»Und? Haben Sie es getan?«

»Nun, englische Literatur ist nicht mein Fach, und über das siebzehnte Jahrhundert weiß ich so gut wie gar nichts. Aber Leighton ist Expertin für ›Tristram Shandy‹.«

»Achtzehntes Jahrhundert«, konnte Kate sich nicht verkneifen zu sagen.

»Na, ist ja ungefähr dasselbe. Also fragte ich Leighton über ›Tristram Shandy‹ aus. Aber alles, was ich mir merken konnte, war, daß der Vater eine Uhr aufzog, ehe er fickte, und daß Tristram sich den Schwanz an einer Glasscheibe abschnitt. Und ich glaube wirklich nicht...«

»Er hat sich den Schwanz nicht abgeschnitten«, sagte Leighton streng und, wie Kate feststellte, mit vollem Ernst. »Er wurde beschnitten. Wenn du alles durcheinanderbringst, wie willst du da Reporterin sein?«

»Meiner Meinung nach ist das die Hauptvoraussetzung für diesen Beruf«, sagte Kate. »Und wollte Professor Mandelbaum über ›Tristram Shandy‹ sprechen?«

»Oh«, sagte Judith, »sie fing an, über Locke zu schwadronieren und ließ mir keine Chance, mit dem, was ich sie fragen wollte, zu Potte zu kommen. Lesen Sie meine Bücher, sagte sie. Jetzt frag ich Sie: Haben wir deshalb ein Komitee gegründet und für die Rechte der Frauen in Harvard gekämpft? Und haben wir deshalb die ›Sieben Schwestern‹ gegründet? Das ist auch eine Zeitung«, fügte sie hinzu, als sie Kates fragenden Blick sah. »Ihre Bücher sollte ich lesen! Bücher lesen kann ich von jedem, wenn ich Lust dazu hab und mich zufällig das Thema interessiert. Aber das ist doch kein Interview!«

»Verstehe«, sagte Kate.

»Da fällt mir gerade ein«, fuhr Judith fort, »ich könnte *Sie* doch interviewen.«

»Aber ich bin nur Lehrbeauftragte am Institut«, sagte Kate.

»Typisch weibliche Selbstunterschätzung«, räsonierte Judith. »Hat eine Lehrbeauftragte etwa nichts zu sagen?«

»Gut, Sie können Ihr Interview haben«, sagte Kate. »Jetzt gleich?«

»Ach, vielleicht lieber später – in einer etwas privateren Atmosphäre«, sagte Judith, die offensichtlich in ihr Nichtreporter-Ich zurückfiel.

»Wann immer Sie wollen«, sagte Kate, und dann, an Leighton gewandt: »Und wie läuft's mit deinem Griechisch?«

»Wer denkt denn mitten im Semester, Monate vor den Prüfungen, an Griechisch?« war Leightons vernünftiges Argument.

»Gehst du nicht einmal zu den Kursen?«

»Doch, natürlich. Der Professor doziert vor sich hin, und ich träume, schlafe oder schreibe – je nachdem.«

»Und wie willst du durch die Prüfungen kommen?« fragte Kate. »Ich glaube, du hast es mir schon erzählt, aber ich habe es verdrängt.«

»Kein Problem«, sagte Leighton. »Bei den Prüfungen kommt immer nur ein Drama dran.«

»Ja?«

»Na, das lerne ich kurz vorher auswendig, übersetze es – sehr frei –, bekomme eine Eins, und dann vergesse ich das Ganze.«

»Für mich klingt das stark nach einer Riesenschlange, die ein Schwein verdaut«, sagte Kate.

»Genau so ist Harvard«, sagte Leighton. Das Dinner war vorüber.

Zwei Tage später, Kate wohnte immer noch im Dunster, schickte ihr Sylvia durch einen Boten den Polizeibericht, oder genauer: Auszüge daraus. Kate machte sich gleich daran, sie zu lesen, und gab sich alle Mühe, das Gepolter im Treppenhaus, das Geschrei und die für das menschliche Gehör gefährlich laute Musik zu ignorieren. Sie hatte sich ein kleines Radio besorgt und ließ sich, wenn ihr danach war, von den Ergüssen des Harvard-Radiosenders berieseln – eine Erholung. Es gab nur Musik – gelegentlich Rock, aber meistens klassische. Zur Examenszeit, hatte Leighton ihr erzählt, fänden dort Orgien statt. »Orgien?« hatte Kate natürlich gefragt. »Ja«, hatte Leighton geantwortet und sich das Cape um die Schultern geworfen – sie gingen gerade spazieren – »Orgien. Bach-Orgien, Mozart-Orgien, Dylan-Orgien. Vierzig Stunden am Stück. Meistens das Zeug, das dir gefällt. Angeblich soll man dabei besser lernen können.« Obwohl noch keine Orgienzeit war, bekam Kate heute Beethoven als Hintergrund zu dem Bericht über einen Mord geboten.

Als Kate einige Zeit später mit der Durchsicht des Dokuments fertig war und aufstand, stellte sie fest, daß die Polizei, trotz aller Anstrengungen (und sie hatte sich angestrengt), auch nicht viel mehr wußte als sie. Die Herkunft des Giftes war nicht festzustellen gewesen, und dieser Tatsache maß die Polizei große Bedeutung bei: Entweder hatte es jemand schon sehr lange besessen oder es an einem weit entfernten Ort gekauft.

Das Opfer (lebende Personen spielten nie die Hauptrolle in einem Polizeibericht, dachte Kate) hatte im obersten Stock eines großen Hauses in Cambridge gewohnt, das Harvard gehörte. Ein Dekan der Universität bewohnte mit seiner Familie die anderen Stockwerke. Das Appartement im Obergeschoß war völlig separat und hatte einen eigenen Eingang. Trotzdem war der Polizei nicht entgangen, daß zur Familie des Dekans eine Tochter gehörte, die sich der Fotografie hingab und eine eigene Dunkelkammer besaß. Außerdem hatte das Haus einen großen Garten, bei dessen Durchsuchung einige alte Dosen zum Vorschein gekommen waren, die einst ein Unkrautvertilgungsmittel mit einer Zyankalibeimischung enthielten. Die Polizei glaubte aber nicht, daß das Gift aus einer der beiden Quellen stammte, obwohl das Fotolabor als vage Möglichkeit in Frage kam. Der Bericht wies darauf hin, daß Zyankali im zweiten Weltkrieg leicht zu bekommen war und danach in vielen Spezialeinheiten der Armee zur Ausrüstung gehörte, jenen Kommandos also, bei denen große Gefahr bestand, daß sie in die Hand des Feindes fielen. Beispiel: Wenn ein Pilot verbotenes Territorium überflog und ein technischer Defekt ihn eigentlich zur Notlandung zwingen würde, hatte er den Befehl, das Gift zu nehmen und das Flugzeug abstürzen und explodieren zu lassen, damit der Feind nichts fand. Die Soldaten trugen das Zyankali in Form von Kapseln bei sich, und es gab Zeiten, in denen diese Kapseln sehr freizügig verteilt wurden. Trotz strengster Durchsuchung gelang es Hermann Göring, das Gift in seine Gefängniszelle zu schmuggeln, und kurz ehe er in Nürnberg gehenkt werden sollte, beging er Selbstmord. Viele Angehörige der Streitkräfte erhielten die Kapseln inoffiziell oder hatten leicht Zugang dazu. Das Ergebnis war, daß noch eine Menge von dem Zeug irgendwo herumlag. Das erleichtert die Sache natürlich immens, sagte Kate zu sich.

Daß Zyankali die Todesursache war, stand außer Zweifel: die Obduktion hatte es bestätigt. Noch als Kate ankam, umgab der typische Geruch von Bittermandeln die Leiche. Außerdem hatte die Obduktion bestätigt, daß man die Leiche vom Tatort entfernt hatte, und zwar kurze Zeit nach Eintritt des Todes. Die Leichenstarre hatte schon eingesetzt, als Janet Mandelbaum in die Männertoilette geschafft wurde. Aber wo sie das Gift genommen hatte, darauf gab es keinerlei Hinweis. Jeder konnte es ihr zusammen mit Alkohol verabreicht haben. Jemand könnte ihr ein Glas gereicht und es dann ausgewaschen und abgetrocknet haben. Die Polizei hielt es auch nicht für ausgeschlossen, daß man Janet festgehalten und ihr das Gift mit Gewalt eingeflößt hatte, aber dann hätte sie sich gewehrt, und es gab keinerlei Spuren eines Kampfes.

Die Frage, wie die Leiche transportiert werden konnte, ohne daß irgend jemand etwas davon merkte, hatte die Polizei mit einer Hartnäckigkeit beschäftigt, die nur der Ergebnislosigkeit ihrer Untersuchungen gleichkam. Da die Leiche am Morgen gefunden wurde, ging man davon aus, daß sie im Dunkel der Nacht von einem Ort zum anderen geschafft worden war, wahrscheinlich zwischen drei und sechs Uhr morgens, offensichtlich die einzige Zeit, in der in Harvard so etwas wie völlige Ruhe einkehrte. In ihren ersten Tagen in Harvard war Kate einmal spät nachts von ihrem Mansardenzimmer noch einmal hinüber zum Fakultätsclub gegangen, und das hatte zu den gespenstischsten Erfahrungen ihres ja auch ansonsten nicht ereignislosen Lebens gehört. Sie mußte sich die Eingangstür selbst aufschließen. Keine Menschenseele war zu sehen. Das alte Haus knarrte und stöhnte. Jedes Geräusch hallte wider. Keine Frage, man hätte alles Mögliche unbemerkt hier herumschleppen können.

Auch die Frage, wer Schlüssel zum Warren-Haus besaß, brachte nicht weiter: zu viele Schlüssel waren im Umlauf, und Kopien konnten mit Leichtigkeit beschafft werden. Trotzdem – die Tatsache, daß wohl nur jemand, der im Besitz eines Schlüssels war, als Täter in Frage kam, war zweifellos belastend, denn sie wies auf ein Mitglied der anglistischen Fakultät hin und grenzte die Gruppe der Verdächtigen stark ein. Einem gründlichen Verhör unterzogen hatte man bisher nur die Sekretärinnen (natürlich, wen sonst! schimpfte Kate vor sich hin).

Dem Polizeibericht beigefügt war eine Beschreibung des Gifts, die Kate überflog: Der charakteristische Geruch von Zyankali, das auch unter dem Namen Cyanwasserstoffsäure und Blausäure bekannt ist, umgibt die Leiche noch geraume Zeit nach Eintritt des Todes. Es handelt sich um ein sofort wirksames Gift, qualvoll, aber schnell (auch das, murmelte Kate vor sich hin, ist keine Neuigkeit).

Atembeschwerden, gefolgt von Krämpfen, und dann der Tod. All dies geschieht innerhalb von Sekunden. Ein grausamer Tod, aber der Mörder kann sicher sein, daß jede Hilfe zu spät kommt. Hatte Janet Mandelbaum ihren Todestrunk ganz geleert? Oder war die Mixtur so stark gewesen, daß ein einziger Schluck reichte? Aber dann hätte der Drink mehr als eine Kapsel enthalten müssen.

Warum die Männertoilette? Wenn man all den Anzeichen der Feindseligkeit gegenüber der ersten Professorin in dem bis dahin rein männlichen Fachbereich keine Aufmerksamkeit schenken wollte, und die Polizei beliebte, ihnen keine Aufmerksamkeit zu schenken (Kate schnaufte verächtlich), blieb der Fakt, daß die Männertoilette zwei unübersehbare Vorteile aufwies: Sehr viele hatten Zugang zu ihr, und sie lag im ersten Stock, während die Damentoilette im zweiten war – und an jenem Ort, diese Feststellung traf der Polizeibericht geradezu genüßlich, sei das Opfer zu einem anderen Zeitpunkt schon einmal in Bedrängnis geraten, ohne jedoch Schaden zu nehmen (zu dieser Feststellung kam Kate ein Kommentar über die Lippen, der weder schmeichel- noch damenhaft war). Außerdem wurde die Männertoilette später benutzt als die der Damen, denn als erste trafen immer die Sekretärinnen ein. Der Präsident, der Leiter der akademischen Stellenvermittlung und die anderen Herren kamen später und an manchen Tagen gar nicht.

Die Polizei hatte jeden vernommen, der je etwas mit Janet Mandelbaum zu tun hatte, dazu gehörten natürlich auch alle, die auf jener Party waren, die mit dem Badewannenzwischenfall geendet hatte. Vernommen wurden auch alle, die die Ermordete gekannt hatten, ehe sie nach Harvard kam, und sich zur Zeit des Mordes in Harvard aufhielten. Zu diesem Kreis zählte ihr früherer Ehemann, »Moon« Mandelbaum, von dem sie seit über zwanzig Jahren geschieden war. Daß sie nach all den Jahren gleichzeitig nach Harvard kamen, ordnete der Polizeibericht als klassischen Zufall ein. Auch der Besuch von Kate Fansler, die das Opfer vom

Studium her kannte, sei als solcher zu sehen. Außerdem waren verhört worden: die Familie, bei der das Opfer sich eingemietet hatte. Sie wußten wenig über ihre Mieterin. Ferner: Alle Mitglieder von Harvards Fachbereich Anglistik, die ausnahmslos nur Bewunderung für das Opfer und ihr tiefes Bedauern über deren Tod ausdrückten (Kate entschlüpfte ein unflätiges Wort). Alle betonten die gute Arbeit, die Professor Mandelbaum geleistet habe. Die Sekretärinnen vom Warren-Haus sagten – mehr oder weniger – dasselbe. Außerdem hatte man die Professoren anderer Fakultäten befragt, die bei der einen oder anderen Gelegenheit mit dem Opfer zu tun gehabt hatten. Außer einigen Studenten und flüchtigen Bekannten waren noch vernommen worden: Luellen May, die in einer reinen Frauenkommune in Cambridge lebte; Howard Falkland, der auf der oben erwähnten Party im Warren-Haus gewesen war; John Lightfoot, der Luellen May vor Jahren im Harvard College kennengelernt hatte; die Frau, die die Wohnung des Opfers putzte. Kein besonders reichhaltiges Angebot an Verdächtigen, dachte Kate traurig, zumal die, die am verdächtigsten waren, die Herren mit Amt und Würden in der anglistischen Fakultät, von der Polizei wahrscheinlich erst gar nicht ernsthaft in Betracht gezogen wurden.

Und es war wirklich, das mußte sich Kate, wenn auch widerwillig, eingestehen, ziemlich unwahrscheinlich, daß einer der Anglistik-Professoren – als einziges Exemplar hatte Kate bisher nur Clarkville kennengelernt – der Täter war. Jemand aus diesen Kreisen hätte sich für einen langsamen Tod entschieden, hätte es nicht nötig gehabt, zu so krassen Mitteln zu greifen. Es hätte ausgereicht, Janet mit Verachtung zu strafen, sie zu isolieren und ihre Stellung zu untergraben, indem man den Studenten zu verstehen gab, daß Unterstützung für Frau Professor Mandelbaum nicht gerade der beste Weg sei, sich an den richtigen Stellen beliebt zu machen – und Janet hätte sich allmählich zurückgezogen. Einen Skandal heraufbeschwören, das hatte man nicht nötig.

Aber angenommen, sinnierte Kate, daß man an einem anderen Fachbereich Harvards fürchtete, irgendein Millionär könnte sie als nächstes mit einem Lehrstuhl für eine Frau beglücken, und dann den Plan faßte, Janet zu ermorden, um das Thema ein für allemal aus der Welt zu schaffen. Hatten die womöglich die Leiche dem Warren-Haus aufgehalst und aufs Beste gehofft? Aber welche Fakultät könnte es sein? Es hatte in so vielen Fachbereichen nie eine Frau auf einem Lehrstuhl gegeben, daß man praktisch ganz Harvard hätte verdächtigen müssen. Nun, dachte Kate, für mich ist in der Tat ganz Harvard verdächtig.

In einer Notiz am Schluß des Polizeiberichts hieß es, befugten Personen sei die Einsichtnahme der Verhörprotokolle gestattet, und so weiter… Kurz, jetzt bin ich so schlau wie zuvor, und Harvard wird wieder einmal ungeschoren davonkommen, sagte Kate zu sich selbst und mahnte sich im nächsten Moment: Langsam wirst du wirklich paranoid, was Harvard angeht. Was hat diese Institution dir denn getan, außer daß sie dich ans Radcliffe-Institut eingeladen hat, und an diesem Institut gibt es weiß Gott nichts auszusetzen.

Wirklich, dachte Kate, als sie am nächsten Morgen in ihrem Arbeitszimmer saß, man konnte sich nicht beschweren. Mochten sich Frauen andernorts unwillkommen fühlen – hier nicht. Und noch mehr, sagte sich Kate, während sie aus dem Fenster blickte, man strengte sich wirklich an in Harvard. Ein Trupp von Männern räumte den Schnee fort. Das ganze Gelände war wunderbar gepflegt. Und kurz vor den Abschlußfeiern, hatte Leighton ihr erzählt, wurden Grassamen über den ganzen Campus geblasen, ja, *geblasen*. Es funktioniert, versicherte Leighton: Kurz darauf wächst überall der schönste Rasen. Kate freute sich darauf, es zu sehen – falls Leighton ihr Examen machte, falls sie selbst so lange blieb, falls das Leben weiterging.

Ein Klopfen an der Tür. Zum zweiten Mal stand die unwillige

Empfangsdame vor Kate, aber heute waren ihr Ärger und ihre schlechten Manieren mit einer leichten Spur Ehrfurcht vermischt.

»Wieder ein Anruf?« fragte Kate vorsichtig.

»Sie haben es erraten«, sagte die Empfangsdame und machte auf dem Absatz kehrt.

»Und natürlich wieder ein Mann«, sagte Kate, aber sehr leise. Wenn Clarkville noch eine Leiche gefunden hat, dann soll er sich, bitteschön, jemand anders suchen, um darüber zu reden.

Aber es war Moon. Man hatte ihn verhaftet. Als Mörder von Janet. Man gestattete ihm nur einen Anruf, und ob Kate sich um Anwalt und Kaution kümmern könne? Wenn nicht, hätte er natürlich Verständnis. Schließlich war er schon einmal im Gefängnis gewesen – im Süden, nach einem Friedensmarsch. Er hatte ihr nur Bescheid sagen wollen.

»Nur für den Fall, daß du dich das fragst«, sagte Moon. »Ich habe Janet nicht umgebracht.«

Manchmal glaube ich wirklich,

nur Autobiographie ist Literatur.

(Virginia Woolf)

Während eines längst vergangenen Sommers, den sie in den Berkshires verbrachte, hatte Kate schon einmal Grund gehabt, einen Bostoner Anwalt um Beistand zu bitten. Er hatte mit Reed Jura in Harvard studiert, war dann Strafverteidiger geworden, und Kate beschloß, sich auch jetzt an ihn zu wenden. Es war natürlich nicht einfach, einen vielbeschäftigten Anwalt so plötzlich zu überfallen, aber schließlich waren sie Freunde geblieben, und er würde ihr zu Hilfe kommen, auch wenn Reed gerade in Lhambamamba unterwegs war.

»Das hätte ich mir denken können!« schnaubte John Cunningham, als Kate ihn am Telefon hatte. »Dieser Schlamassel in Harvard, dieses Durcheinander mit der ersten Professorin. Hätt mir gleich klar sein müssen, daß du darin verwickelt bist. Schließlich wußte ich, daß du in der Gegend bist. Aber selbst wenn nicht, hätte ich es mir denken können. Wer ist diesmal im Gefängnis? Hoffentlich nicht Reed.«

»Nein«, sagte Kate. »Reed ist unterwegs und hält Vorträge über Polizeimethoden. Er hat nichts damit zu tun. Aber ein Freund von mir wurde verhaftet. Man verdächtigt ihn des Mordes.«

»Stand er in irgendeiner Beziehung zu der Ermordeten?« fragte Cunningham.

»Nein«, sagte Kate. »Außer daß er vor einer Ewigkeit einmal mit ihr verheiratet war.«

»*Außer!*« Cunningham hätte beinahe Kates Trommelfell zum Platzen gebracht. Dann entstand eine Pause, während der Cunningham seinen Kalender und seine Sekretärin konsultierte. »Kannst du zu mir ins Büro kommen?« fragte er. »Dann versuchen wir, ihn auf Kaution freizukriegen. Die Polizei hätte ihn nicht festnehmen dürfen, da bin ich mir ziemlich sicher. Die haben nicht genug Beweise. Darf ich davon ausgehen, daß er noch nie vorher im Gefängnis war und keinerlei Vorstrafen hat?«

»Naja«, sagte Kate widerwillig, »er hat im Süden mit Martin Luther King demonstriert, und später war er bei den Friedensmärschen dabei. Ich fürchte fast, er ist schon einmal im Gefängnis gewesen.« Kate ärgerte sich über sich selbst, weil sie so entschuldigend klang.

»Ausgezeichnet«, sagte Cunningham zu ihrer Überraschung. »Ausgezeichnet. Dann plädieren wir auf Voreingenommenheit, Mißbrauch von Polizeiakten und so weiter. Kein Problem. Komm nur her, meine Gute, komm nur her. Du weißt, wo ich zu finden bin.«

Als Moon – da die Zeit erfüllt war und auch das juristische Procedere – auf Kaution wieder in Freiheit war und mit Kate in Cunninghams Büro saß, behandelte dieser ihn streng und kühl. Kate gegenüber war er die ganze Zeit abwechselnd sachlich und beruhigend gewesen. Während Kate nun Moon betrachtete, wurde ihr klar, daß er, rein vom Typ her, Cunningham sehr wahrscheinlich nicht gefiel. Gleichzeitig versuchte sie, der Tatsache ins Gesicht zu sehen, daß es immerhin im Bereich des Möglichen lag: Moon könnte ein Mörder sein, zumindest könnte er Janet getötet haben. Daß Kate diese Möglichkeit bisher weit von sich gewiesen hatte, geschah aus rein persönlichen Gründen: Es war ausgeschlossen, daß sie sich vor vielen Jahren so von jemandem hätte angezogen fühlen können, der eines Mordes fähig war. Und bei den sporadischen Begegnungen in späteren Jahren – hätte ein potentieller

Mörder es fertiggebracht, die alte Erotik immer wieder so auf-
flammen zu lassen, daß sie mit ihm ins Bett ging? Aber das war ihr
persönliches Problem. War es denkbar, daß Moon einen erbitter-
ten ehelichen beziehungsweise nachehelichen Streit mit Janet
hatte und ihm dabei sein sonst so unerschütterlicher Gleichmut
abhanden gekommen war?

Cunninghams Gedanken liefen eindeutig in ähnlichen Bahnen, aber er hatte keinerlei persönliches Motiv, Moon für unschuldig zu halten.

»Aber welches Motiv hätte ich denn haben sollen?« fragte
Moon.

»Wen interessiert denn das Motiv?« schrie Cunningham ihn
an. »Mich nicht. Die Polizei nicht. Die Polizei interessiert die Gelegenheit zum Mord und die Mittel. Und selbst, wenn sie sich für
das Motiv interessierte – sobald man mit einer Frau verheiratet ist
oder war, gilt das als Motiv.«

»Wenn die Ehe ein ausreichendes Motiv für Mord ist...«,
begann Kate.

»Bitte, Kate, sei still. Du weißt genau, was ich meine. Die
meisten Morde werden, wie jeder weiß, von Verwandten verübt,
wobei Eheleute, geschieden oder nicht, allen andern den Rang
ablaufen. Man braucht kein ausgeklügeltes Motiv, sondern nur
einen heftigen Streit und viele bittere Erinnerungen und Vorwürfe.«

»Wir haben uns aber nicht gestritten«, sagte Moon, »weder
heftig noch sonstwie, und wir hatten einander auch nichts vorzu-
werfen. Das eine Mal, als wir uns trafen, hab ich kaum ein Wort
mit ihr gewechselt. Wir hatten uns nichts zu sagen.«

»Sie und Kate hatten sich aber offensichtlich eine Menge zu
sagen.«

»Das ist etwas völlig anderes«, sagte Moon. »Kate habe ich
immer geliebt. Ich glaube, auch als ich Janet heiratete, habe ich
eigentlich Kate geliebt.«

»Wir alle lieben Kate«, antwortete Cunningham. »Was zweifellos daran liegt, daß Kate einfach liebenswert ist, so liebenswert,
daß ich den größten Teil meines Berufslebens damit verbringe,
Kautionen für ihre unter Mordverdacht stehenden akademischen
Freunde zu stellen. Wenn ich recht verstehe, war Kate aber nicht
der Grund, weshalb Sie nach Harvard kamen, wohingegen Janet
sehr wohl ... unterbrechen Sie mich nicht, wir müssen die Dinge
so betrachten, wie die Polizei das tut. Nun, wahrscheinlich waren
Sie ebenso überrascht wie ich, als Sie erfuhren, daß Kate in Harvard ist.«

»Nein«, sagte Moon, »eigentlich nicht.«

»Was in Gottes Namen soll denn das nun wieder heißen? Ich
möchte die ganze Geschichte hören, Mr. Mandelbaum. Alles,
schön der Reihe nach und sofort. *Sofort!*«

»Ich auch«, sagte Kate.

»Du bist still«, sagte Cunningham. »Kate, dir muß doch klar
sein, daß die Staatsanwaltschaft ihn verurteilen *will*, falls es zur
Verhandlung kommt. Wir müssen dafür sorgen, daß die Polizei
nicht genug Beweise hat. Und wie es im Augenblick aussieht,
hatte die Polizei verdammt stichhaltige Beweise: Außerdem hat
sie eine Menge Geld – dein Geld. Also, halt bitte deinen Mund.«

»Gut, ich gebe mir Mühe. Aber wenn mir eine wirklich
schlaue Frage einfällt, kann ich sie doch stellen?«

»In Gottes Namen, ja. Aber jetzt halt uns nicht auf. Nun,
Mr. Mandelbaum?«

»Mir wäre lieber, Sie würden Moon zu mir sagen. Jeder nennt
mich so.«

»Ich bin aber nicht jeder, sondern ein außerordentlich teurer
Strafverteidiger. Haben Sie promoviert? Ich nenne Sie Dr. Mandelbaum.«

»Mr. reicht völlig«, sagte Moon.

»Aber Sie haben promoviert?«

»Ja, hab ich.«

»Dann sind Sie gar Professor? Einer, der so tut, als wär er keiner? Ein Phantasiegebilde?«

»Mein Leben ist voller Phantasien, aber nicht, was meine Promotion betrifft. Ich habe promoviert. Kate kann es bezeugen. Und ich lehre an einer Universität, und zwar der von Minneapolis, wo ich Studenten guten Schreibstil beibringe.«

»Ich wünschte bei Gott, dort wären Sie geblieben.«

»Ich nicht. Trotz allem, ich wünschte es nicht.«

»Ich schlage vor, wir kehren zu der Frage von Gelegenheit und Mittel, Frau Professor Mandelbaum zu ermorden, zurück. Es sei denn, Sie möchten noch eine Weile über die Naturschönheiten Harvards plaudern.«

»Die Mittel hatte ich«, sagte Moon. »Zumindest hätte ich sie haben können.«

»Was soll das heißen – du hattest die Mittel?«

»Kate, halt den Mund.«

»Ja, Sir.«

»Das soll heißen«, sagte Moon, »daß ich, wie man so schön sagt, problemlosen Zugang zu Zyankali hatte. Als ich in der Armee war, im Zweiten Weltkrieg. Auf den Philippinen. Ich hatte sogar mehr als Zugang, wenn Sie die ganze Wahrheit wissen wollen... ich weiß, ich weiß, das wollen Sie! Wissen Sie, Sie sollten sich ein wenig entspannen. Versuchen Sie einfach, ein bißchen milder zu sein.«

»*Ich bin aber nicht milde!*« schrie Cunningham, wie Kate fand, unnötig laut. »Und ich wußte gar nicht, daß man in Minneapolis so furchtbar milde miteinander umgeht.«

»Tut mir leid«, sagte Moon. »Nach dem Krieg war es nicht schwer, das, was man hatte, einfach zu behalten. Soldaten stauben immer was ab, aus den eigenen Beständen oder denen des Feindes. Jedenfalls – ich hatte ein bißchen zu viel gesehen und wollte die Möglichkeit haben, Schluß zu machen, falls die Erinnerungen zu schlimm würden.«

»Wurde das Zeug an Sie ausgeteilt?«

»O ja. Wir waren an vorderster Front, und jeder wußte, was ihm blühte, wenn er dem Feind in die Hände fiel. Aber auch, wenn man das Zeug nicht in die Hand gedrückt bekam, jeder, der wollte, konnte es sich beschaffen. Und ich hatte es, ich kann es nicht leugnen, daß ich es hatte.«

»Wer wußte davon?«

»Das ist der springende Punkt, das ist mir völlig klar. Nachdem ich entlassen wurde, in der ersten Zeit, als ich wieder zu Hause war, wußten vielleicht ein paar Leute davon. Aber in all den Jahren danach – ich glaube kaum, daß jemand auch nur eine Ahnung hatte. Um die Wahrheit zu sagen: Ich schätze, daß überhaupt nie jemand davon wußte. Aber ich kann nicht beschwören, was ich damals, als ich aus dem Krieg kam, erzählt habe und was nicht.«

»Sie gingen dann wieder zur Universität?«

»Ja. Aber das war eine ganze Weile später. Nachdem ich mich wieder gefangen hatte. Ich wollte Theaterwissenschaft studieren – Dramen und Tragödien. Das schien mir passend. Dort traf ich Kate.«

»Das dachte ich mir. Kate, wußtest du, daß er Zyankali besaß?«

»Nein. Bis zu diesem Augenblick hatte ich keine Ahnung.«

»Haben Sie die Kapseln mit nach Harvard genommen?« fragte Cunningham.

»Natürlich nicht«, sagte Moon. »Warum zum Teufel hätte ich sie mitnehmen sollen? Schon gut, schon gut – ich weiß, eine ziemlich alberne Frage. Schließlich stehe ich unter Mordverdacht.«

»Und Sie hatten keine Ahnung, daß Ihre Ex-Frau, Janet, in Harvard sein würde?«

»Keine. Ich weiß, das ist ein heikler Punkt, aber es stimmt. Janet hat es mir sofort geglaubt. Und wie ich Kate schon sagte: Selbst wenn jemandem aufgefallen wäre, daß es zwei neue Professoren mit dem gleichen Nachnamen in Harvard gab – wer wun-

dert sich in der Gegend um Boston schon über zwei Mandelbaums?«

»In Wirklichkeit«, sagte Cunningham«, gibt es nur ein halbes
Dutzend Mandelbaums im Telefonbuch von Boston. Schlagen Sie
selbst nach. Conollys und Kellys dagegen gibt es seitenweise. Sie
haben die ethnischen Gruppen ein wenig durcheinanderge-
bracht.«

»Janet jedenfalls wußte nicht, daß ich kommen würde, und
ich wußte nicht, daß sie hier war. Wir haben uns dort nur ein einziges Mal getroffen.«

»Haben Sie sich unterhalten?«

»Kurz und förmlich.«

»Erinnern Sie sich noch an irgendeinen Satz von ihr?« fragte
Cunningham.

»Ja. Abgesehen von den üblichen nichtssagenden Floskeln
meinte sie: ›Ist doch komisch, Moon. Als wir Examen machten,
war ich der Star, und du mimtest den Revolutionär. Danach schrieb
ich ein wichtiges Buch, und du spieltest Gitarre. Und trotzdem
paßt du besser hierher als ich. Ist das nicht komisch?‹«

»Was haben Sie ihr geantwortet?« fragte Cunningham.

»Ich sagte, vielleicht könnten die Leute hier einfach mit Männern eher etwas anfangen, leichter auf sie zugehen. Aber ich hätte
keineswegs das Gefühl, daß ich gut hierher passe, wohingegen sie
doch schon immer genau die Ideale hochgehalten hätte, die hier
in Harvard gelten. Ich gab mir Mühe, es freundlich zu sagen.«

»Und was sagte sie?« Cunninghams schnelle Fragen erinner-
ten Kate, wohl nicht zu Unrecht, an ein Kreuzverhör.

»Sie sagte, sie hätte auch gedacht, daß sie dieselben Ideale
hätte. Sie klang bitter. Dann trennten wir uns. Begegnet waren
wir uns bei einer Dinnerparty zu Ehren von Eudora Welty, die aus
ihren Büchern vorgelesen hatte. Normalerweise hasse ich solche
Veranstaltungen, und ich bin nur hingegangen, weil ich Eudora
Weltys Werk sehr bewundere.«

»Mr. Mandelbaum. Wie wär's, wenn wir, nur für den Augenblick, Ihr Vergnügen an Dichtung, Dramen und Eudora Welty beiseite lassen und Sie mir statt dessen sagen, warum Sie ›eigentlich nicht so überrascht‹ waren, Kate in Harvard zu sehen? Hatte sie Ihnen ihr Kommen angekündigt?«

»Nein. Sie wußte nicht, daß ich hier war.«

»Nein, ich hatte keine Ahnung«, sagte Kate, als Cunningham sie ansah. »Eines Tages, kurz nach dem Abend, als Janet bei mir hysterisch geworden war, tauchte er in meinem Arbeitszimmer im Institut auf. Und das war der erfreulichste Anblick, den mir Harvard bis dahin zu bieten hatte.«

»Woher wußten Sie, daß Kate da war?« fragte Cunningham Moon.

»Ich hatte es in der ›Gazette‹ gelesen, das habe ich Kate gesagt. Aber ich wußte es schon vorher. Um die Wahrheit zu sagen: In gewisser Weise hatte ich es arrangiert.«

»Arrangiert!« rief Kate aus.

»Kate, meine Liebe«, sagte Cunningham säuerlich, »wenn du nicht dauernd auf diese charmante mädchenhafte Art aufjuchzen und jede Silbe nachplappern würdest, die Mr. Mandelbaum von sich gibt, dann bestünde vielleicht die Möglichkeit, daß wir ein paar Fakten auf die Reihe bekommen, ehe die Dunkelheit über uns hereinbricht. Was haben Sie arrangiert, Mr. Mandelbaum?«

Moon seufzte. »Du wirst es mir nie verzeihen«, sagte er zu Kate. »Am Anfang ergab sich alles rein zufällig. Wirklich ganz zufällig. Ich kannte eine Frau aus den Tagen der Friedensbewegung. Sie wollte nach New York, ihren Bruder besuchen. Nun, eines Tages traf ich sie am Central Square, und wir schwatzten ein bißchen. Sie wohnte in einer Kommune, von der ich schon gehört hatte, und sie erzählte mir von diesem Zwischenfall in Harvard, und daß eine ihrer Freundinnen, die ich auch von früher kannte, darin verwickelt sei. Sie habe Janet aus der Badewanne gefischt. Jedenfalls kam schließlich heraus, daß Janet dieser Frau gegenüber Kate erwähnt hatte. Und die erzählte der Frau davon, die ihren Bruder in New York besuchen wollte. Na, und ich hab ihr dann zugeredet, zu Kate zu gehen und sie zu überreden, nach Harvard zu kommen, und Janet und allen anderen unter die Arme zu greifen.«

»Moon!« rief Kate. »Du kennst Iokaste!«

»Nicht gut«, sagte Moon. »Aber ich bin hingerissen von ihr.«

»John«, sagte Kate schnell, »frag jetzt nicht, wer Iokaste ist, ich bitte dich darum. – Im Grunde hat Moon nur gesagt, daß er die Dinge ins Rollen brachte. «

»Ich dachte«, sagte Moon, »wenn es der Frau wirklich gelingt, dich herzuholen ... na, wär doch schön, dich wiederzusehen. Ich halte mich nicht für jemanden, der irgendwelche Dinge ins Rollen bringt.«

»Für einen so überaus milden Menschen wie Sie haben Sie aber erstaunlich viele Dinge ins Rollen gebracht«, sagte Cunningham. »Und das mit beachtlichem Erfolg! Was haben Sie noch zu beichten, ehe ich euch beide hinauswerfe?«

»Das war wohl alles, wirklich«, sagte Moon. »Die Polizei weiß über das Zyankali Bescheid. Sie weiß, daß Janet und ich verheiratet waren und daß ich für die Mordnacht kein Alibi habe. Also wurde ich festgenommen. Außerdem spricht die Tatsache, daß ich früher mal ein ›Aufrührer‹ war, in ihren Augen für ihre Version.«

»Das war eine brillante Zusammenfassung Ihrer Lage, Mr. Mandelbaum. Nur noch eine Frage: Wo befindet sich das Zyankali, Ihrer Kenntnis nach, im Augenblick?«

»Ich nehme an, daß es in Minneapolis ist, in einer verschlossenen Metallkiste, zusammen mit ein paar anderen Sachen. Seit dreißig Jahren ist es in dieser Kiste.«

»Sie haben es nie herausgenommen und, soweit Sie wissen, auch niemand anders?«

»Genau das.«

»Und Sie hätten nichts dagegen, daß man nachprüft, ob die

Kapseln noch dort sind, was natürlich nicht heißt, daß es Ihnen viel helfen würde, wenn Sie was dagegen hätten.«

»Ich bin einverstanden, aber mir wäre lieber, wenn das nicht die Polizei übernimmt. Ich hab nicht gerade Urvertrauen zur Polizei, die Beweismaterial oft genug so manipuliert, wie sie es gern hätte. Wenn Sie jemanden haben, dem Sie vertrauen ...«

»Ich hoffe, Sie laufen nicht herum und posaunen Ihre Meinung über die Polizei überall heraus. Das wäre in Ihrem Fall nicht sehr ratsam.«

»Natürlich nicht. Aber Ihnen kann ich doch sagen, was ich denke, oder nicht?«

»Selbstverständlich, selbstverständlich! Würde es Ihnen etwas ausmachen, eine Minute draußen zu warten, während ich ein Wort mit Kate rede?«

»Überhaupt nicht. Und vielen Dank, Mr. Cunningham.«

»Kate müssen Sie danken. Und ich hoffe nur, daß Sie auch noch Grund zur Dankbarkeit haben, wenn die Sache vorbei ist.«

Als Moon gegangen war, stand Cunningham auf, ging um seinen Schreibtisch, lehnte sich dagegen und sah Kate an.

»Ich bin auf jede Strafpredigt gefaßt«, sagte sie und griff nach einer Zigarette.

»Um so besser«, sagte John und gab ihr Feuer. »Wie gut kennst du Moon?«

»In mancher Hinsicht sehr gut, in anderer gar nicht. Ich weiß, was für eine Art Mensch er ist – ja, guck nur skeptisch, aber ich glaube wirklich, daß ich seinen Charakter sehr gut kenne. Aber wie jeder weiß, kann man sich darin täuschen. Über seinen Alltag weiß ich allerdings sehr wenig. Als wir Examen machten, sah ich ihn fast täglich, wir bereiteten uns zusammen auf die Prüfungen vor und stritten über Henry James. Ich mochte ihn, und Moon mochte ihn nicht. Damals hatte ich eine ungefähre Vorstellung davon, wie er seine Tage zubrachte, heute nicht mehr. Aber wenn du mir erzählen würdest, Moon wäre auf ein Motorrad gestiegen und hätte ein Kind überfahren oder er ginge auf die Jagd oder er hätte eine Frau vergewaltigt, dann würde ich dir nicht glauben, oder, wenn dir das lieber ist: Ich würde es für sehr unwahrscheinlich halten.«

»Und wenn jemand dir erzählte, er wäre in Rage über seine Frau geraten und hätte sie umgebracht?«

»Für einen so schlauen Rechtsanwalt stellst du manchmal ziemlich platte Fragen.«

»Und du schlaue Literaturprofessorin begehst manchmal den Fehler, sie nicht zu stellen. Im Augenblick hast du nur sein Wort, daß er und Janet sich nicht öfter trafen, sich nicht stritten und daß es keinerlei Probleme zwischen ihnen gab. Er hatte die Mittel, und er hatte die Gelegenheit, und wenn wir nur lang genug suchen, finden wir wahrscheinlich auch ein Motiv. Ich bitte dich nur, daß du das im Kopf behältst, wenn du dich wie ein freundlicher Bluthund auf Spurensuche begibst.«

»Hättest du nicht Lust, ein bißchen herumzuraten, was das Motiv sein könnte?«

»Ich rate nie. Das ist reine Zeitverschwendung. Ich bin gerade dabei nachzuprüfen, wie die Scheidung war – eine Trennung im gegenseitigen Einvernehmen oder ein erbitterter Ehekampf. Außerdem werde ich mir die Arrangements ansehen, die getroffen wurden. Vielleicht hat einer sich zu etwas verpflichtet und das dann nicht eingehalten. Aber auch, wenn alles so ist, wie Mr. Mandelbaum es darstellt – und ich bin ziemlich sicher, daß es so ist, denn egal, was Mr. Mandelbaum sein mag, ein Dummkopf ist er nicht –, so bedeutet das noch lange nicht, daß er nicht ein Motiv hatte, von dem wir nichts wissen. Vielleicht war Janet Mandelbaum kurz davor, dir zu erzählen, daß er, als sie verheiratet waren, nur mit ihr schlafen konnte, wenn er sich als Apachenfrau verkleidete, einen Tomahawk schwang und am Kronleuchter baumelte. Vielleicht wollte er nicht, daß du das erfährst.«

»John, du überraschst mich immer wieder. Was hast du nur für Gedanken im Kopf!«

»Hauptsache, du behältst einen klaren, meine Liebe. Starr nicht so stur von jemand fort, daß er sich von hinten anschleichen kann. Du bist doch nicht verliebt in ihn? Gut, gut, ich sehe, das bist du nicht. Aber dann sei vernünftig, was du, davon bin ich überzeugt, unter deiner kapriziös-exaltierten Oberfläche ja auch bist.«

»Normalerweise gelte ich als sehr gediegen«, sagte Kate und erhob sich würdevoll von ihrem Stuhl. »Kapriziös-exaltiert, das hat mir noch niemand gesagt.«

»Kate, meine Gute, gib auf dich acht. Und bleib in Verbindung mit mir. Ich laß dich wissen, was ich über die Scheidung herausfinde. Du hältst mich auf dem laufenden und ich dich.«

»Danke, John. Wie ständen wir alle da ohne dich?«

»Und wir erst ohne dich, Kate! Du hast die Gabe, herauszuhören, was ein Mensch meint, und nicht nur, was er sagt. Das bewundere ich an dir.«

Kate, die Komplimente immer verwirrten, entschloß sich zu einem stummen Abgang. Von einer Telefonzelle im Erdgeschoß aus rief sie Leighton an und bat sie, Judith möglichst am nächsten Morgen wegen des Interviews zu schicken. Leighton fragte, ob sie nicht mitkommen könne, und erhielt die energische Antwort, wenn sie Reporterin spielen wolle, dann solle sie bei einer Zeitung einsteigen. »Wie du siehst, bin ich wieder die schwierige Tante«, sagte sie und hängte ein. Kapriziös-exaltiert, in der Tat.

Pünktlich am nächsten Morgen erschien Judith in Kates Arbeitszimmer. »Das ist wirklich super von Ihnen«, verkündete sie. »Meine Zeitung ist wahnsinnig interessiert an dem Interview mit Ihnen, was Sie über Frauen in Harvard zu sagen haben und auch sonst. Mein Redakteur war sehr beeindruckt, daß Sie nach mir verlangten.«

»Ich hab aus einem anderen Grund nach Ihnen verlangt«, sagte Kate. »Aber ich will fair sein. Sie sollen Ihr Interview bekommen. Aber zuvor möchte ich Sie interviewen – über Ihr Interview mit Janet Mandelbaum. Einverstanden?«

»Oje«, sagte Judith. »Ich hoffe, ich kann mich noch daran erinnern. Ich bin noch nicht mal dazu gekommen, den Artikel vor ihrem Tod auszuarbeiten, aber wahrscheinlich wäre er sowieso nicht gedruckt worden.«

»Das ist mein Glück. Mir ist sowieso lieber, wenn Sie mir das Gespräch so wiedergeben, wie Sie es in Erinnerung haben. Geben Sie sich keine Mühe, alles in eine vernünftige Reihenfolge zu bringen. Wenn man sich an etwas erinnert, das schon eine Weile zurückliegt, dann fallen einem zuerst nur Bruchstücke ein, aber eins fügt sich dann zum andern, und zum Schluß hat man doch ein ganz gutes Bild. Reden Sie einfach drauf los.«

»Kann ich bei dem Interview mit Ihnen mein Tonband anstellen, das wäre viel leichter für mich.«

»Na gut. Aber eigentlich hasse ich diese schrecklichen Dinger – Janet auch, oder?«

»Sie erlaubte mir nicht, es anzustellen. Ich hatte sie gefragt. Sie schien Angst zu haben, das Band könnte irgendwie gegen sie verwendet werden. Sie traute mir nicht.«

»Es ist nicht so sehr eine Frage von Vertrauen als von Geschmack. Wenn Sie jemandem zusagen, ihn die Abschrift sehen und korrigieren zu lassen und ihm das Band zurückzugeben, wüßte ich nicht, wo da ein Problem sein sollte.«

»Sie schien einfach Angst zu haben«, sagte Judith. »Oder vielmehr nicht direkt Angst – sie war einfach auf der Hut, so, als wolle sie niemandem eine Chance geben, ihr eins auszuwischen. Mißtrauisch. Mir fällt das richtige Wort nicht ein. Jedenfalls durfte ich mir nur Notizen machen. Ich hätte sie mitgebracht, wenn Sie mir vorher Bescheid gesagt hätten.«

»Versuchen Sie einfach, sich zu erinnern. Vielleicht interessieren mich ja gerade die Dinge, die für den Zeitungsartikel ganz uninteressant gewesen wären. Was das sein könnte, weiß ich natürlich nicht.«

»Oje«, sagte Judith. »Um elf hab ich ein Seminar.«

»Wenn wir heute nicht zu dem Interview mit mir kommen, dann holen wir das nach, sobald es Ihnen wieder paßt. Versprochen! Wie haben Sie Janet zu dem Interview bewegt? Fangen Sie ganz von vorn an, lassen Sie keine Einzelheit aus, keine einzige, auch, wenn sie Ihnen vielleicht albern vorkommt. Und haben Sie keine Angst, mich zu langweilen. Nutzen Sie die Gelegenheit, denn diese Chance gebe ich meinen Mitmenschen nur höchst selten.«

»Herrje. Also los: Ich rief sie in ihrem Büro an, sagte ihr meinen Namen und daß ich für den ›Independent‹ arbeite. Ob sie mir ein Interview geben würde. Und sie fragte, wie ich Ihnen schon neulich beim Dinner erzählte: Warum? Darauf ich: Weil sie die neue Professorin hier sei, die erste Frau mit einem Lehrstuhl bei den Anglisten. Darauf sie: Was hätte das denn damit zu tun, daß sie eine Frau sei? Darauf ich: Na, der sei doch eigens für eine Frau eingerichtet worden. Und da sagte sie, na gut, ich könne nach den Vorlesungen bei ihr im Büro vorbeikommen, wenn ich wollte. Also ging ich hin. Ihr Büro lag im Widener-Haus. Dann kam das kleine Heckmeck mit dem Tonband, von dem ich Ihnen gerade erzählt habe. Sie fragte mich nach meinen Hauptfächern und ich sagte: Biologie und Anthropologie. Darauf wollte sie wissen, wie ich zur Soziobiologie stehe, was einen übrigens jeder fragt, denn in dem Punkt spaltet sich Harvard in zwei Lager. Zu welchem Lager ich gehöre, wollte sie wissen, und ich sagte ihr, ich hielte nichts von der Soziobiologie. Aber sie halte was davon, sagte sie, denn sie glaube an die Theorie, daß Eigenschaften wie zum Beispiel Altruismus in den Genen angelegt seien, um die Spezies zu erhalten. Und ich war sofort im Bild über sie, denn daran, wie sich Leute zur Soziobiologie stellen, kann man ziemlich genau ablesen, wie sie ansonsten denken. Können Sie mir folgen?«

»Ich glaube, ich verstehe«, nickte Kate. »Sagen wir so: Die Soziobiologen glauben, alles liege in den Genen, sei von Geburt an vorherbestimmt und programmiert. Und wer davon überzeugt ist, ist auch der Meinung, daß es keinen Sinn hat, die Menschen zu was Besserem erziehen zu wollen, als ihnen von Geburt an bestimmt ist. Im anderen Lager stehen die, die glauben, daß auch soziale und kulturelle Faktoren von Bedeutung sind, daß die Menschen veränderbar und formbar sind. Professor Mandelbaum gehörte also zu denen, die meinen, daß allein die Gene alles bestimmen.«

»Im großen und ganzen haben Sie's erfaßt. Na, ich hatte jedenfalls keine Lust, mich mit ihr darüber zu streiten, denn ich wollte sie ja zum Reden bringen. Also fing ich an: Wie großartig wir alle es fänden, daß es endlich bei den Anglisten einen Lehrstuhl für Frauen gäbe. Daß es ein Skandal sei, daß das erst jetzt geschehe, denn schließlich seien gut fünfzig Prozent aller promovierten Anglisten Frauen. Sie wirkte ärgerlich.«

»Ärgerlich?«

»Ja, irgendwie gereizt. Sie sagte: Sicher, man habe eine Frau gewollt, aber letzten Endes habe sie den Lehrstuhl ihrer wissenschaftlichen Qualifikation wegen bekommen, und dafür solle man sich interessieren. Also tat ich ihr den Gefallen und fragte sie danach. Aber was sie dann erzählt hat, hätte ich auch im Harvard-Bulletin nachlesen können – in der Notiz, die zu ihrer Berufung erschienen ist. Um sie von ihrer ewigen wissenschaftlichen Qualifikation abzubringen, wollte ich wissen, wie es ihr in Harvard im Vergleich zu ihrer früheren Universität gefalle. Und sie sagte, das wisse sie noch nicht. Sie sagte, daß die Leute da, wo sie früher war, nicht dauernd darauf herumgeritten hätten, daß sie eine Frau ist. Sie sagte, es habe schon immer großartige Literaturwissenschaftlerinnen gegeben, deren Fachgebiet das siebzehnte Jahrhundert war. Von einer Rosamund Soundso sprach sie, glaube ich, und einer Helen Soundso und...«

»Rosamund Tuve, Helen White, Marjorie Hope Nicolson.«

»Haargenau«, sagte Judith. »Na, und dann sprach ich sie darauf an, was sie von feministischer Wissenschaft halte. Und sie sagte, das Ganze sei Unsinn, kompletter Unsinn, eine Modetorheit, so etwas gebe es gar nicht. Als Literaturwissenschaftlerin interessiere man sich dafür, ob die Poesie, mit der man zu tun hat, gut ist, und für sonst gar nichts.

Sie merken bestimmt, daß das Interview alles andere als gut lief. Wie ihr das Leben in Cambridge gefalle, fragte ich sie dann. Leighton sagt immer, Cambridge sei so groß und blättrig. Den Ausdruck gebrauchte ich auch bei ihr, und ich nehme an, sie verstand, was ich mit blättrig sagen wollte, aber sie ging nicht drauf ein, sprach nur davon, wie zuwider ihr der Harvard Square sei, der Verkehr, die schreckliche Baustelle an der Metro, der Krach und all die jungen Leute – die ewigen Gruppen und Paare. In Harvard träten alle nur gruppen- oder paarweise auf, sagte sie, und niemand sei ernsthaft. Sie habe immer geglaubt, Harvard-Studenten wären ernsthaft. Sind Sie sicher, daß Sie das alles interessiert?«

»Erzählen Sie weiter.«

»Dann sagte sie, das solle ich aber nicht schreiben, und ich sagte, das würde ich auch nicht. Aber ob sie mir nicht doch etwas zu dem neuen Lehrstuhl sagen wolle, fragte ich sie noch einmal. Und dann, na, dann ging alles wieder von vorn los. Sie redete von der Zemurray-Stone-Professur, und warum ich nicht zu der Frau ginge, die ihn im Augenblick innehabe, und die befrage. Warum ich mich ausgerechnet auf sie kaprizieren müsse. Darauf ich: Aber Frau Professor Mandelbaum, für uns ernsthafte Studentinnen sind Sie sehr wichtig. Sie verkörpern ein neues Rollenvorbild für uns. Wir studieren hier, wir bezahlen dieselben Gebühren wie die Studenten, arbeiten genauso hart wie sie und machen bessere Examen.

Aber wenn wir uns unter den Professoren umsehen, entdecken wir kaum eine Frau.«

»Worauf sie sagte«, ergänzte Kate, als Judith Luft holte, »wenn sich mehr Frauen qualifizieren würden, gäbe es auch mehr Professorinnen an den Fakultäten.«

»Genau. Außerdem sagte sie noch, es gebe schließlich genug Colleges für Frauen, da könnten wir ja hingehen, wenn uns das lieber wäre, und den Ausdruck ›Rollenvorbild‹ wolle sie nie mehr hören. Aber wissen Sie«, sagte Judith nach einer Pause, »all diesen Quatsch hab ich schon oft gehört. Es gibt viele Frauen, die so daherreden. Als ich noch Kind war, gab's zum Beispiel viele Mütter, die froh waren, daß ihre süßen kleinen Mädchen in der Baseball-Jugendmannschaft mitspielen durften, wo früher nur Jungs zugelassen waren, aber trotzdem erzählten sie einem ständig, mit Emanzipation habe das überhaupt nichts zu tun. Was Janet Mandelbaum sagte, war zwar nichts Neues, aber ich fand es deprimierend, daß man sich immer noch so etwas anhören muß, noch dazu von jemandem, der es so weit gebracht hatte wie sie. Aber irgendwie schwang bei ihr auch noch etwas anderes mit.«

»Was?«

»Ich weiß nicht. Sie hätte das Interview ja einfach abbrechen können. Andere Frauen tun das. Sie gab mir zwar nicht das Gefühl, daß sie sich unbedingt mit mir streiten wollte, aber...«

»...als wäre das Thema wie ein schlimmer Zahn für sie, an dem sie dauernd mit der Zunge herumspielen mußte – so ungefähr?«

»Ja, so etwa. Wenn ich jetzt darüber nachdenke – ich glaube, ehrlich gesagt, sie war sehr einsam.«

»Wurde noch mehr besprochen?«

»Nicht viel. Ich hätte natürlich aus dem Interview einen Artikel zusammenbasteln können, aber die wichtige Neuigkeit wäre negativ gewesen: ›Neue Professorin distanziert sich von der Frauenbewegung‹ oder so ähnlich.«

»Klingt nach Margaret Thatcher.«

»Genau das sagte mein Redakteur.«

»Eins ist mir aber immer noch rätselhaft«, sagte Kate. »Was erhoffte sie sich eigentlich von Harvard, von ihrem Leben hier?«

»Ich denke, ich weiß es. Sie hat mir von einem Besuch hier erzählt, ehe sie ihre Professur antrat. Sie war in Clarkvilles Vorlesungen über die Viktorianer. Er hält sie im Sanders-Hörsaal. Sie wissen ja, fünfhundert Leute passen da rein. Und seine Vorlesungen sind großartig.«

Nicht zum ersten Mal dachte Kate über das Rätsel der menschlichen Natur nach. Jemand, der Clarkville im Dozentenzimmer des Adams-Hauses erlebt hatte, oder gar im Warren-Haus, hätte es kaum für möglich gehalten, daß dieser Mann großartige Vorlesungen hielt!

»Ich glaube, sie wollte so sein wie er«, fuhr Judith fort. »Sie wollte, daß alle Welt zu ihren Vorlesungen kommt. Aber das wäre ihr natürlich nie gelungen, nicht hier in Harvard. In der ersten Semesterwoche riechen die Studenten überall hinein. Aus reiner Neugier kamen auch viele zu ihr, aber nur sehr wenige belegten dann ihre Kurse. Die Leute waren nicht gerade gefesselt von ihr, und außerdem verlangte sie Referate.«

»Die Studenten hier sind ein schnöder Haufen«, sagte Kate. »Hat sie selbst all das angesprochen?«

»Nein. Ich weiß es von anderen Studenten. Sogar Leighton hat sich einmal in eine ihrer Vorlesungen gesetzt. Langweil-Ville war ihre Meinung.«

»Nicht Clarkville«, stellte Kate traurig fest.

Bei dieser Aufgabe schien Miß ***

vor keiner Anstrengung zurückzuschrecken,

meist griff sie, wenn immer sich eine Gelegenheit bot,

zu dem natürlichen Hilfsmittel direkter Fragen.

(Henry James, »Bildnis einer Dame«)

Nachdem George ein weiteres Mal im Morgengrauen entschwunden war, genossen Kate und Sylvia ihren Lunch in Sylvias Appartement. »Wie unglaublich ruhig es bei dir ist«, seufzte Kate, die endlich wieder dem Dunster mit seinem Ambiente lebhafter Jugend und dem damit verbundenen Krach entronnen war. Sie saßen im Wohnzimmer und löffelten Joghurt aus Plastikbechern.

»Die schreckliche Wahrheit ist«, sagte Sylvia, nachdem sie sich Kates Bericht über den Verlauf ihres Vormittags angehört hatte, »daß Janet wahrscheinlich in einem Harem glücklicher gewesen wäre, wo sie nur mit gelegentlichen Störungen durch den Sultan hätte rechnen müssen und die Hierarchien klar festgelegt sind. Sie hätte es eben gern gehabt, daß die Welt schön stillhält, damit sie sie durch ein Mikroskop betrachten konnte. Aber, armes Ding, sie war dazu verurteilt, in Zeiten zu leben und zu sterben, wo man nicht mal das Mikroskop stillhalten kann, ganz zu schweigen davon, die Welt darunter scharf in den Blick zu bekommen.«

»Und daß sie so schön war – alles umsonst«, sagte Kate. »Von all den Lügen, die über Charlotte Brontë erzählt werden, hasse ich eine ganz besonders: daß sie all ihr Talent dafür hergegeben hätte, schön zu sein. Natürlich hat das ein Mann in die Welt gesetzt, der keine Ahnung hatte. Manchmal denke ich, unscheinbare

Mädchen haben es viel leichter im Leben: sie kennen die Regeln und wissen, welches Spiel sie erwartet. Am Anfang mögen sie leiden, weil es ihnen nicht vergönnt ist, ihr Ego durch die Bewunderung der Männer zu streicheln. Aber so lernen sie jedenfalls, daß sie sich durch Leistungen behaupten müssen, wenn sie Anerkennung finden wollen. Und das wiegt den frühen Schmerz reichlich auf. Aber welches junge Mädchen würde einem das glauben? Herrje, ich schweife schon wieder ab. Ich glaube, mein Verstand läßt nach, oder es sind die Synapsen. Leighton behauptet das jedenfalls, und sie hat wohl recht. Eigentlich wollte ich nur sagen, Janet wäre besser dran gewesen, hätte sie nur eins von beidem gehabt: Verstand oder Schönheit. Daß sie beides hatte, brachte ihr nicht nur Einsamkeit, sondern auch den Tod.«

»Ihr Bruder kommt her, um ihre Sachen abzuholen«, sagte Sylvia. »Bei einem Notar in ihrer Heimatstadt hat sie ein Testament hinterlegt, sie will auf demselben Friedhof wie ihre Eltern begraben werden. Sie hat zwei Brüder. Ihr ganzes Geld hat Janet übrigens deren Kindern vermacht. Liegt dir daran, mit dem Bruder zu sprechen, wenn er kommt?«

»Mir läge mehr daran«, sagte Kate, »mich in Janets Wohnung umzusehen, *ehe* der Bruder kommt.«

»Das wird wohl kaum gehen. Die Polizei hat die Wohnung versiegelt. Versuchen wir lieber, daß dich der Bruder in die Wohnung läßt, während er da ist.«

»Ich nehme an, die Polizei hat Gewißheit, daß Janet niemanden zu Gast hatte, ehe sie starb, und daß ihr das Gift nicht in der Wohnung verabreicht wurde?«

»Darauf gibt es keinerlei Hinweise. Hast du irgendeine neue Idee? Falls nicht, müssen wir wohl der Tatsache ins Gesicht sehen, daß entweder Moon der Täter war, was du bestreitest, oder jemand, der Janet aus Motiven umbrachte, die überhaupt nichts mit ihr persönlich zu tun hatten – ein Verrückter, der seine Wut an Karrierefrauen auslassen oder Harvard vor Karrierefrauen bewahren wollte, was ja aufs selbe hinausläuft. Ich für meinen Teil halte diese Theorie allerdings für ziemlich unwahrscheinlich. Eine andere Möglichkeit, der du dich vielleicht auch stellen solltest, wäre natürlich, daß Luellen es war.«

»Sylvia, Luellen konnte durch jeden weiteren Kontakt mit Harvard doch nur verlieren. Deshalb verfiel sie ja auch darauf, der Polizei nichts von dem Anruf zu erzählen, mit dem man sie zu Janet an die Badewanne gelockt hat. Wie der Teufel würde sie davor zurückschrecken, sich noch tiefer in die Sache zu verstricken.«

»Das ist deine Meinung, meine Liebe. Aber nach dem, was du mir von ihr erzählt hast, ist sie doch ziemlich wütend. Ich kann mich an einige radikale Feministinnen erinnern, die bei öffentlichen Versammlungen kurz davor waren, einen Mord zu begehen, sich dann allerdings damit begnügten, alle um sie herum zu beleidigen, sogar ihre besten Freundinnen.«

»Das ist das reinste Klischee, Sylvia, und das weißt du genau. Wenn ich mich an die Klischeevorstellung von einem Mörder halten wollte, dann fiele mir eher Howard Falkland ein. Männer schreiben nur zu gern Bücher über mordende Frauen, das ist eine ihrer Lieblingsphantasien. Damit rächen sie sich dafür, daß man ihnen ihre Vorrechte streitig machte: sexuell, politisch und sozial.«

»Nimm es mir nicht übel, Kate, aber was Luellen betrifft, scheinst du deine gerühmte Objektivität zu verlieren. Wenn ich Luellen wäre, hätte ich wahrscheinlich fürchterliche Rachegelüste gegenüber jemandem wie Janet, die alles erreicht hat, ohne je einen Gedanken an andere Frauen zu verschwenden.«

Kate schwieg eine Weile. »Darauf kann ich dir nur sagen: ich habe Luellen kennengelernt und du nicht. Und ich glaube einfach nicht, daß Frauen wie Luellen andere Frauen töten. Natürlich ist mir klar, daß das für die Polizei kein Argument ist. Aber wenn du erlaubst, dann möchte ich, nur so zum Spaß, den Howard-Falkland-Faden weiter ausspinnen.«

»Meine liebe Kate, ich erlaube dir alles. Aber darum geht es nicht, sondern darum, daß du bestimmten Leuten gegenüber nicht die Augen verschließt. Also, spinn ruhig drauflos.«

Kate war froh, daß sie zu einem leichteren Ton zurückgefunden hatten. »Ich dachte mir«, begann sie, »wir könnten hier bei dir eine kleine Dinnerparty geben. Für Andy Sladovski, seine Frau Lizzy, Penny Artwright und Howard Falkland. Und wir beide sitzen einfach dabei und lassen sie reden.«

»Vielleicht haben sie keine Lust zu kommen?«

»Wenn ich Andy zu verstehen gebe, daß mir viel daran liegt, kommen die beiden sofort. Nur Howard wird nicht wissen, was er hier soll, aber wahrscheinlich wird er trotzdem kommen, weil man eine Einladung von einem vollbestallten Professor eben nicht ablehnt – auch wenn es eine Professorin ist und sie nicht einmal zu Harvard gehört.«

»Gut. Aber laß mich aus dem Spiel. Weißt du, was ich mich die ganze Zeit frage? Hatte Janet denn überhaupt keine Freunde? Irgend jemand muß es doch gegeben haben. Freunde hat doch schließlich jeder, oder nicht?«

»Sie hatte die männlichen Kollegen an ihrer alten Universität und war mit einigen jungen Männern befreundet, die bei ihr Examen machten. Die hofierten sie und gingen mit ihr aus. Ich glaube, alle waren verblüfft, daß sie sich plötzlich auf mich besann, aber inzwischen bin ich mir ziemlich sicher, daß sie einfach sonst niemanden wußte. Vielleicht hatte sie noch ein paar Jugendfreundinnen, aber die hätten ihr Problem ja nicht verstanden.«

»Liebe Kate«, sagte Sylvia plötzlich ungewohnt ernst und nachdenklich. »Ich möchte dir mal was sagen: was Freundschaft bedeutet oder das Gegenteil davon, die Einsamkeit, das werden wir am Ende nur an dem erkennen, was durch sie in Bewegung gesetzt wurde. Und ob die Frauen ihr Schicksal verändern, wird davon abhängen, welche Art Freundschaften sie in Zukunft eingehen – ob sie, wie es bei Virginia Woolf heißt, etwas für sich finden, das vielfältiger ist als bloße Vertraulichkeit und deshalb beständiger.«

»Ich glaube, ich verstehe, was du meinst«, sagte Kate. »Auch Louise Bogan hat das sehr schön ausgedrückt: etwas zwischen Liebe und Freundschaft, das sich in Gesten ausdrückt, die keine Liebkosungen sind.«

Moons Verhaftung war den Zeitungen Cambridges eine Schlagzeile wert, aber das schien die Studenten seiner Kurse nicht abzuschrecken, im Gegenteil, er hatte noch mehr Zulauf. Jedenfalls hatte er seine Arbeit wieder aufgenommen und seinen Studenten vorgeschlagen, falls sie seine Festnahme interessant fänden, eine Geschichte daraus zu machen – zuerst eine von ihrem eigenen Blickwinkel aus, dann eine vom Blickwinkel des verhafteten Mannes. Eine gute Übung! Als er mit Kate Ende Februar über den Mount-Auburn-Friedhof ging, beteuerte er, daß er Janet nicht umgebracht habe, sie, Kate, aber unbedingt herausfinden müsse, wer es getan hatte. Er bezweifelte, daß die Polizei große Anstrengungen unternehme, gab aber zu, daß er, was das Thema Polizei betraf, nicht frei von Vorurteilen war.

Auf Anweisung ihrer Bostoner Kollegen hatte die Polizei von Minneapolis Moons derzeit untervermietetes Haus durchsucht und die Zyankalikapseln dort gefunden, wo Moon angegeben hatte. Als Moon das Haus bezog, hatte er sie zum letztenmal gezählt, und sie waren noch vollständig da. Die Kapseln waren beschlagnahmt worden, wahrscheinlich, weil die Polizei nachprüfen wollte, ob sie wirklich Zyankali enthielten. Moon hatte Cunningham gesagt, er wolle sie zurück, sie seien sein Eigentum. Cunninghams Antwort war, er solle sich keine falschen Hoffnungen machen.

Es irritierte Kate, daß sie keine Ruhe geben konnte und Moon ständig über Janet ausfragte. Janets Tod ließ sie nicht los. Mochte Cunningham sagen, was er wollte – es mußte ein Motiv geben für den Mord. »Ich möchte einfach verstehen, was schiefgelaufen ist in eurer Ehe. Daß du danach noch zweimal verheiratet warst, läßt ja vermuten, daß es nicht allein ihre Schuld war.«

»Noch mehr spricht natürlich gegen mich, daß du schon als junge Göre schlau genug warst, mich nicht zu heiraten.«

»Ich verstehe immer noch nicht, warum du nicht mit ihr auskommen konntest. Hast du es denn überhaupt versucht?«

»Zum Schluß nicht mehr, nein. Sie wollte ständig jemand anderen aus mir machen; wahrscheinlich wollte sie einen Ehemann aus mir modellieren, der ihren Eltern gefallen hätte – jemand, der sie unauffällig dominiert, einen Erfolgsmann und guten Versorger – na, du kennst das Ideal ja besser als ich.«

»Aber warum hat sie dich dann geheiratet?«

»Ich hab doch schon versucht, es dir zu erklären. Ich wollte nur sie. Ihr Leben für sie in die Hand zu nehmen, dazu war ich nicht geeignet und hatte auch keine Lust. Außerdem darfst du nicht vergessen, wie schön sie war; die Männer begehrten sie.«

»Warum hat dann sonst niemand versucht, sie an sich zu fesseln?«

»Ich glaube, die meisten Männer hatten Angst vor ihr. Sie war zu klug. Sie wollte zwar gern weiblich wirken, aber sie konnte nie leugnen, daß sie ihre eigene Meinung hatte. Mir gefiel das, aber wir beide wissen ja, wie außergewöhnlich ich bin.« Moon grinste.

»Und hat ihr das wirklich nichts ausgemacht, daß du hier in Harvard warst? Tut mir leid, daß ich immer wieder von vorn anfange. Ich möchte hinter etwas kommen, aber ich weiß nicht, hinter was.«

»Am Anfang fürchtete sie wohl, ich könnte überall von uns erzählen. Sie hat immer viel auf das gegeben, was andere Leute dachten. Aber ich glaube, im Grunde war ihr klar, daß ich meinen Mund halten würde. Und selbst wenn – sie stand ja gut da. Meine nächsten beiden Ehen sind schließlich auch schiefgegangen. Kate, wenn ich wüßte, hinter was du kommen willst, würde ich es dir sagen, bestimmt, das weißt du.«

Kate hatte sich gegen eine Dinnerparty entschieden. Sie hätte sich zwar damit auf nette Weise für das schöne Abendessen bei den Sladovskis revanchiert, aber wenn Leute gut gegessen haben, werden sie leicht schläfrig, reden diffus daher und erzählen sich nur Anekdoten. Wenn sie dagegen zu Hause gegessen haben und gewappnet sind, den Abend sozusagen in eine zweite Runde gehen zu lassen, dann konnte man das Gespräch in eine halbwegs vernünftige Richtung lenken und gleichzeitig Howard Falkland mit Alkohol und Provokationen zusetzen.

»Irgendwelche Instruktionen?« hatte Andy gefragt, als sie den Abend durchsprachen.

»Da Sie schon so gewitzt fragen«, sagte Kate, »ja. An irgendeinem Punkt fangen Sie an, Clarkville herunterzumachen. Werfen Sie ihm vor, was immer Ihnen gerade einfällt, aber machen Sie es nicht zu plump. Ich hau dann irgendwann in dieselbe Kerbe. Und Penny kann Clarkville ja sowieso nicht ausstehen.«

»Ist Ihnen klar, daß Sie zwei vielversprechende Karrieren aufs Spiel setzen, sollte das Ganze unserem guten Clarkville zu Ohren kommen?«

»O Andy. Dann tun Sie es bitte nicht. Wir werden Clarkville mit keinem Wort erwähnen.«

»Ich mache doch nur Spaß, Kate. Howard erzählt Clarkville sowieso, was ihm in den Kram paßt, und nicht, was wirklich gesagt wurde. Außerdem bleibe ich nicht mehr lange in Harvard. Lizzy kann's hier nicht ausstehen, das ist der eine Grund, und ich nicht mehr aushalten, das ist der andere. Und was Penny betrifft, die kann erfreulicherweise gut auf sich selbst aufpassen. Denken Sie an Pennys geselligen Abend mit Bridge bei dem Professor! Also, keine Sorge!«

Sylvias Appartement, das man über eine kleine Treppe betrat, wirkte an diesem Abend fast dramatisch. Die großen Fenster mit Blick auf den Fluß lenkten von dem die Phantasie wenig beflügelnden modernen Design der Wohnung ab und verliehen ihr eine Spur

Geheimnis. Die Möbel waren bestes skandinavisches Hartholz, und Howards Abwehrhaltung wurde sichtlich schwächer, als er erkannte, daß hier Geld im Spiel war. Wahrscheinlich hätte man sehr tief in Howards Psyche herumwühlen müssen, bis man ihn dazu gebracht hätte, dergleichen einzugestehen. Aber Kate, die dieser Reaktion schon oft begegnet war, wußte Bescheid. Sie hatte immer nur einen Vorteil darin entdecken können, die eigene Umgebung so zu gestalten, daß sie andere Leute beeindruckte: sie wurden gefügig. Was der Grund war, warum ihre eigenen Räume so wenig beeindruckend aussahen. Und vor allem nicht in Cambridge lagen. Einen Moment lang dachte Kate sehnsüchtig an ihre New Yorker Wohnung, an Reed und ihr verwaistes Büro in der Universität. Wie bin ich nur hierhergekommen, dachte sie. Und dann hatte der Abend begonnen.

Alle waren gleichzeitig eingetroffen, offensichtlich auf Howards Wunsch hin. Kate fragte sich, welche Vorstellung er sich wohl von ihr machte – nun, wahrscheinlich eine Mischung aus Clarkvilles Sicht, der von Andy und den üblichen Gerüchten. Kate lehrte lange genug an einer Universität, um zu wissen, daß man sich darin, wie Studenten einen meist beschrieben, kaum wiedererkannte.

Glücklicherweise bekam man ihre Versionen selten zu Ohren. Während Kate so meditierte, kam ihr die Idee, genau dieses Thema sei ein guter Einstieg in den Abend.

»Ich glaube, wir alle könnten es nicht ertragen, wenn wir wüßten, was die Studenten wirklich von uns halten«, begann sie, während sie die Drinks und »Schmatzhäppchen« – Sylvias Ausdruck – herumreichte. »Bei all unserer Selbstsicherheit – gespielt oder echt –, der Schock würde uns umhauen, meint ihr nicht?«

»Als ich einmal gerade auf dem Klo saß«, sagte Penny, »kamen ein paar Studentinnen in die Toilette und fingen an, über mich zu sprechen. Es war entsetzlich. Ich traute mich nicht hinaus, und sie wichen einfach nicht; stundenlang, so kam es mir jedenfalls vor, kämmten sie sich und plapperten und plapperten. An einem Punkt war ich fast entschlossen, doch hinauszugehen – zum Horror aller Beteiligten –, aber dann verzogen sie sich schließlich.«

Eines spürte Kate sofort: Howard fühlte sich unbehaglich. Nicht nur, weil Penny die Damentoilette erwähnt hatte, sondern auch, weil ihr um Bestätigung suchender Blick zu den beiden anderen Frauen ihm klarmachte, daß er sich in einem Raum mit drei Frauen und nur zwei Männern befand, von denen einer auch noch er selbst war. Eine Proportion, die für Howard ebenso ungewohnt wie unerfreulich war. Eine überzählige Frau empfand schließlich jedermann als Peinlichkeit, zumindest in Howards Weltbild. Kate segnete Penny insgeheim für den brillanten Anfang.

»Was du sagst, zeigt doch bloß, wie neu ihr Frauen noch in den hehren akademischen Gefilden seid«, sagte Andy. »Wir Männer vergewissern uns seit jeher, daß kein Student in der Nähe ist, ehe wir wagen, Wasser zu lassen. Das Dumme mit den meisten Studentinnen ist, daß sie im Grunde immer noch nicht glauben können, daß es Professorinnen gibt, geschweige denn, daß sie pinkeln.«

»Immer noch besser als Clarkville«, sagte Penny, »der nicht glauben will, daß Professorinnen denken.«

»Penny«, sagte Kate, »meinst du nicht, daß du Clarkville unrecht tust? Schließlich strömen fünfhundert Studenten zu seinen Vorlesungen über die Viktorianer. Das finde ich beeindruckend.«

»Seine Vorlesungen sind in Ordnung, keine Frage«, sagte Penny. »Und er ist wirklich ein guter Wissenschaftler. Er liest alle Sprachen, die George Eliot las, was keine Kleinigkeit ist. Clarkville versteht es wunderbar, tiefer und tiefer in eine Materie einzutauchen. Andere Meinungen gelten zu lassen, versteht er dagegen nicht. Außerdem hat er keine Vorstellung davon, wie George Eliot sich gefühlt haben mag.«

»Glaubst du, es gibt überhaupt einen Mann, der sich das vorstellen kann?« fragte Lizzy.

»O ja. Einigen ist es gelungen. Denk an Joseph Barry, sein Buch über George Sand. Clarkville kann und will sich nicht in eine Frau hineinversetzen. Ich glaube, im Grunde findet er es jammerschade, daß George Eliot eine Frau war, wo sie doch einen so *männlichen* Geist hatte.«

»Sagt, was ihr wollt«, fiel Howard ein. »Ich bin lange genug Tutor bei Clarkville. Ich kenne ihn besser, und seine Vorlesungen sind einfach genial. Wenn ihr meint, ihr könnt es besser, bitte, dann versucht's doch, ihr alle.« Das war auf Penny und Andy gemünzt, galt aber auch ihr, spürte Kate deutlich.

»Was mich betrifft, ich habe gar keine Lust, es zu probieren«, sagte sie und stand auf, um die Gläser nachzufüllen. Als sie Howard seinen Bourbon mit Soda reichte, hatte sie den Eindruck, daß er kurz vor dem Siedepunkt war. Sie hoffte es, wenn auch ein wenig schuldbewußt.

»Daß er Fähigkeiten hat, will ich ja gar nicht bestreiten«, sagte Andy. »Aber seien wir ehrlich. Seine Vorlesungen sind in Harvard inzwischen schon Tradition. Jeder weiß, wie die Prüfungen laufen, er verlangt keine Referate, und wenn man seinen Tutoren oder Tutorinnen genug Honig um den Mund schmiert, dann korrigieren sie einem noch die Examensarbeiten. Ich gebe ja zu, es kommen so viele zu seinen Vorlesungen, weil sie teuflisch gut sind, unterhaltsam und manchmal sogar ergreifend.«

»Und vergessen wir auch den Tag nicht«, sagte Penny, »als Clarkville einmal verhindert war und die einzige Frau unter seinen Tutoren beauftragte, die Vorlesung für ihn zu halten. Als sie auf das Podium trat und ihre Absicht verkündete, standen die Studenten einfach auf und gingen.«

»Dafür kann doch Clarkville nichts«, sagte Howard und kippte seinen Bourbon.

»Bedienen Sie sich bitte«, sagte Kate und wies auf den Tisch mit den Getränken. Howard erhob sich.

»Aber er hat darüber kein Wort verloren seinen Studenten gegenüber«, meinte Andy. »Er hätte sie anmeckern, ihnen eine kleine Lektion in Sachen Höflichkeit erteilen können, aber er dachte nicht daran. Und erzähl mir jetzt niemand, er hätte nichts davon gewußt. Warum mußte er überhaupt unbedingt die Frau beauftragen?«

»Hätte er's nicht getan, würdest du ihm vorwerfen, er diskriminiere die Frauen«, sagte Howard. »Leuten wie euch kann man es nie recht machen.«

»Findest du nicht, Clarkville hätte den Studenten ins Gewissen reden sollen?«

»Nein, das finde ich nicht. Er hat seiner Tutorin eine Chance gegeben, und sie hat sie verpatzt.«

»Glaubst du, bei dir wären sie nicht aufgestanden und gegangen?« fragte Lizzy. In ihrer Frage lag keine Feindseligkeit, nur Neugier.

»Um die Wahrheit zu sagen: Ich glaube, ein Teil wäre geblieben«, sagte Howard. »Nun, vielleicht haben wir ja bald Gelegenheit, nachzuprüfen, ob ich recht habe.«

»Ich bin sicher, daß dir Clarkville bald die Gelegenheit dazu gibt«, sagte Andy. »Er hält ja offenbar sehr große Stücke auf dich.«

»Und warum zum Teufel sollte er das nicht? Was ist mit euch beiden überhaupt los? Worauf wollt ihr eigentlich hinaus?«

Da Kate es für möglich hielt, daß Penny oder Andy oder beide die Frage ehrlich beantworten würden, schritt sie ein. »Ich glaube, die beiden fragen sich, welche Rolle Sie bei dem Stück gespielt haben, in dem Janet in der Badewanne landete.«

»Wie kommen Sie darauf, daß ich da überhaupt eine Rolle gespielt habe?«

»Weil du dort warst«, sagte Lizzy.

»Woher weißt du denn, ob ich dort war?«

»Von mir«, sagte Kate. »Luellen hat es mir gesagt. Und von ihr weiß ich auch, daß sie Sie über John Lightfoot kennengelernt hat.«

Howard stöhnte. »Das ist also eine Falle hier. Sie haben mich eingeladen, um mich in die Falle zu locken.«

»Das stimmt nur zum Teil«, sagte Kate. »Ich habe Sie eingeladen, weil ich Sie kennenlernen wollte. Ich habe neulich abends Ihren Vortrag gehört. Außerdem habe ich ein gewisses – wenn auch zugegebenermaßen nicht gerade überschwengliches – Interesse an Harvards anglistischer Fakultät. Schließlich lehre ich selbst im gleichen Bereich, und Vergleiche sind immer aufschlußreich. Aber die Tatsache, daß Sie auf jener Party waren, plus der Tatsache, daß Janet jetzt tot ist, waren auch Motive für die Einladung. Das will ich nicht leugnen.«

»Na, eins hab ich kapiert: Ihr seid offenbar alle ganz wild darauf, klarzustellen, daß es keinen Punkt gibt, an dem wir einer Meinung sind.« Howard füllte sein Glas von neuem. Er gehörte, das sah Kate deutlich, zu der Sorte Männer, die nach ein paar Gläsern aus der Rolle fallen. »Und ihr habt recht«, fuhr er fort. »Ich teile eure Ansichten wirklich nicht. Ich sitz also in der Falle, in einem Raum voll von Emanzen. Okay. Ich bin ein Chauvi-Schwein. Ich glaub immer noch, daß Frauen glücklicher sind, wenn sie zu einem Mann aufsehen können und Kinder kriegen, denn genau das hat die Natur für sie vorgesehen.«

»Aber du hast nichts dagegen, daß sie Studiengebühren bezahlen, um sich deine Kurse anzuhören«, sagte Penny.

»Natürlich nicht. Es schadet gar nichts, wenn sie sich ein bißchen bilden. Schließlich müssen wir Männer ja mit ihnen zusammenleben. Natürlich, all diese Emanzen wollen lieber ein Leben ohne Männer. Sollen sie! Vor denen hütet sich sowieso jeder Mann mit ein bißchen Verstand!«

Kate sah überrascht aus, und das war sie auch. Es wunderte sie, daß Howard so schnell die Fassung verlor. Daß er so leicht wütend wurde, war zweifellos interessant. Lizzy empfand das offenbar genauso, denn sie begann, auf Howard einzureden. Kate fand es faszinierend, wie Howard Lizzy mit einer Bereitschaft zuhörte, die er weder ihr noch Penny gegenüber gezeigt hätte. Es lag an Lizzys unbedrohlicher Art, ihrer Sanftheit. Sie war Krankenschwester und keine Akademikerin und fiel dadurch für Howard offenbar sofort in die Kategorie: fraulich/nichtintellektuell.

»Für Akademiker sind härtere Zeiten angebrochen, Howard«, sagte Lizzy. »Und weder ich noch die anderen machen dir einen Vorwurf daraus, daß du sauer bist, weil du jetzt nicht mehr nur die Konkurrenz anderer Männer zu fürchten hast, sondern auch die von Frauen. Man ist heute überall stärker als früher daran interessiert, Frauen einzustellen, das weiß ich.«

»Dann weißt du mehr als ich«, sagte Penny. »Harvard ist alles andere als daran interessiert. Und an tausend anderen Stellen erzählen sie einem, sie hätten schon ihre Frau, bei ihnen sei die Frauenquote mehr als erfüllt. Das Ganze ist doch nur eine Ausrede gegenüber den Männern, denen man einen Job nicht geben will. Denen sagt man dann eben, man wäre leider gezwungen gewesen, eine Frau einzustellen.«

»Ich weiß, Penny«, sagte Lizzy. »Trotzdem, sogar Andy und ich ärgern uns manchmal, daß bei den begehrten Jobs die Konkurrenz viel größer ist als früher. Der gesetzliche Schutz von Minderheiten bringt die weißen Arbeiter immer wieder gegen Schwarze auf. Howard spricht nur offen aus, was viele Leute denken.«

»Das stimmt«, sagte Kate besänftigend, jedenfalls hoffte sie, so zu klingen. Aber entweder war man von Natur aus besänftigend, wie Lizzy, oder man war es nicht. Daß Lizzy andererseits nicht bissig, schlagfertig und provozierend ist, hat ihr natürlich noch niemand zum Vorwurf gemacht. Man will die Frauen eben immer noch als die gute, nährende Mutter, dachte sie und sagte zu Howard: »Ist ja verständlich, wenn man jemand aus dem Feld schlagen will, aber ihm dann gleich etwas in den Drink zu tun, um ihn außer Gefecht zu setzen, das geht doch ein bißchen zu weit, egal, wie hart die Zeiten sind. Außerdem war Janet ja gar keine wirkliche Konkurrenz für Sie, ganz im Gegenteil. Mit ihr hatte Harvard ja schon die Quotenfrau mit Professur; es bestand also keine Gefahr, daß noch mehr, gar jüngere Frauen eingestellt würden.«

»Wissen Sie«, sagte Howard. »Sie sehen das Ganze völlig falsch. Ich gebe ja zu, daß ich mich nicht gerade nobel verhalten habe. Aber mir lag nicht daran, Janet aus dem Feld zu schlagen. Natürlich habe ich die Situation ein wenig ausgenutzt. Ich hätte ihr keinen stärkeren Drink geben sollen als sie wollte, und ich hätte auch nicht sagen sollen, sie sei eine von Luellens ›Schwestern‹. Das weiß ich selbst, aber Sie tun ja gerade so, als hätte ich ihr sonstwas in den Drink getan.«

»Genau das haben wir auch gedacht«, sagte Andy.

»Was zum Teufel soll das heißen?« schrie Howard. »Das habt ihr auch gedacht! Was zum Teufel willst du damit sagen?« Howard war aufgesprungen und stand vor Andy, so, als wolle er ihn am Kragen packen und hochziehen. Konnte Howard so wütend werden, daß er jemandem Zyankali verabreichte, einen Mord plante? Kate hielt es für möglich. Aber vielleicht, mahnte sie sich, *will* ich es nur für möglich halten.

»Howard«, sagte sie. »Bitte, setzen Sie sich. Ich möchte Sie etwas fragen. So ist's gut, schön sitzen bleiben. Nur nicht aufregen! Beantworten Sie mir nur eine Frage: Haben Sie an jenem Abend im Warren-Haus, der mit dem Badewannenzwischenfall endete, Janet etwas ins Glas getan?«

»Ja, das habe ich, nämlich Wodka. Na, und? Ich hab damit ja schließlich keinen Anonymen Alkoholiker ins Unglück gestürzt. Ich meine, sie trank kein Ginger Ale oder Mineralwasser. Sie trank Campari, und ich hab ihr halt noch einen Schuß hochprozentigen Wodka dazugetan. Gut, gut – ich hätt's nicht tun sollen, das weiß ich. Ich wollte einfach sehen, wie Alkohol bei ihr wirkt. Und ich muß schon sagen, sie übertraf meine kühnsten Erwartungen. Es haute sie einfach um. Sie wurde leichenblaß und war total wacklig auf den Beinen. Und dann ging sie zur Toilette. Mehr hatte ich mit der Sache nicht zu tun.«

»Und was geschah dann?« fragte Kate. »Bitte, Howard, erzählen Sie, wie's weiterging. Schritt für Schritt, und ich verspreche Ihnen, wir werden unser Möglichstes tun, damit die Geschichte in Vergessenheit gerät. Aber Janet wurde ermordet. Sie müssen verstehen, daß wir Klarheit haben müssen.«

Howard hatte jetzt das rührselige Stadium erreicht, er war zerknirscht und bereit, alles zu gestehen. Kate wünschte, es bliebe ihr erspart, seine Beichte zu hören. Aber das blieb es nicht.

»Ich hatte ein Mädchen mit auf die Party genommen«, begann Howard. »Ein nettes Mädchen, keine von diesen Emanzen. Im Grunde war es ihre Idee gewesen, Janet einzuladen. Sie und ein paar ihrer Freundinnen hatten den Plan ausgeheckt. Sie wollten sich wohl auf Janets Kosten amüsieren und sagten mir, ich solle ihr einen schönen starken Drink mixen. Ich will mich damit nicht rausreden; ich fand die Idee auch gut. Ich glaube, insgeheim spekulierte ich darauf, daß es Clarkville freuen würde, wenn diese Janet Mandelbaum sich zum Narren machte. Na, alle sahen, wie schlecht ihr war, und als sie dann auf der Damentoilette verschwand, gingen die Mädchen ihr nach. Sie wußten nicht, was sie tun sollten, also legten sie sie in die Badewanne. Sie waren furchtbar erschrocken, hatten Angst, Janet hätte einen Anfall, denn sie war ganz steif – ihr werdet doch nicht versuchen, die Mädchen da hineinzuziehen? Sie hatten wirklich Angst und erzählten mir alles, und ich habe ihnen mehr oder weniger versprochen ...«

»Wir werden sie aus dem Spiel lassen, wenn wir jetzt die ganze Geschichte zu hören bekommen, aber wirklich die *ganze* Geschichte«, sagte Kate streng. In der Rolle der strengen Tante machst du dich gar nicht schlecht, sagte sie zu sich, bleib dabei!

»Na, als Janet dann in dieser Riesenwanne lag, drehten die Mädchen die Dusche auf und hofften, das würde sie wieder zu sich bringen. Im Grunde glaubten sie wohl aber selbst nicht daran, daß das was nützen würde. – Naja, das Ganze war einfach von Anfang bis Ende dämlich, ein blöder Erstsemesterstreich. Aber wir haben

Janet kein Gift oder sonstwas in ihren Drink getan – das müßt ihr einfach glauben. Sie hatte Alkohol im Glas, und wir haben ihr noch ein bißchen mehr Alkohol dazugetan.«

»Und was geschah dann?«

»Wir bekamen es mit der Angst. Ich schlug vor, die Party abzubrechen, und alle machten sich ziemlich schnell aus dem Staub.«

»Und jeder dachte natürlich«, sagte Kate, »Professor Mandelbaum hätte sich total betrunken, sei umgekippt und suhle sich nun in der Badewanne.«

»Naja, mehr oder weniger.«

»Wirklich, sehr löblich! Und dann beschlossen Sie, dem Ganzen noch die Krone aufzusetzen und Luellen anzurufen.«

»Ich hasse Lesbierinnen«, sagte Howard. »Ich wußte, daß diese Luellen einen Sorgerechtsprozeß führte, und ich bin der Meinung, Lesben sollten keine Kinder großziehen. Als sie mir davon erzählte, bekamen wir fürchterlichen Streit, es war einfach ekelhaft. Ihre Argumente brachten mich zur Weißglut.«

»Was bestimmt ebenso selten wie erheiternd anzusehen war«, sagte Andy. Kate warf ihm einen drohenden Blick zu.

»Also dachten Sie sich, wär doch lustig, Luellen in die Sache hineinzuziehen. Das würde ihr schaden, und Janet würde als Lesbierin gelten – und alle ringsherum wären zufrieden und glücklich. So ungefähr war es doch?« fragte Kate.

»Sie haben wirklich eine Art, die Dinge beim Namen zu nennen«, sagte Penny. »Ich bewundere Sie.«

»Wann hatten Sie diesen Streit mit Luellen?« fragte Kate.

»Der liegt schon eine Weile zurück. Wir haben einen gemeinsamen Freund. Als sie ihn einmal besuchte, schneite ich zufällig herein. Beide schwelgten gerade in alten Zeiten. Ich weiß nicht mehr, wie der Streit begann. Jedenfalls gerieten wir uns in die Haare. An allem, was beschissen ist auf der Welt, gab sie den Männern die Schuld. Da ging ich natürlich in die Luft. Diese Art Frauen löst bei mir Kotzgefühle aus.«

»Vielleicht solltest du lieber sagen: Angst«, sagte Penny.

»Na gut, vielleicht machen sie mir auch Angst. Was denen fehlt, ist, daß sie mal ...«

»Sagen Sie es nicht«, schnitt Kate ihm das Wort ab. »Ich warne Sie. Ich bin dafür, den Abend mit einer nicht allzu schrillen Note ausklingen zu lassen, falls das möglich sein sollte.«

»Und was dir fehlt ...«, sagte Penny.

»*Penny!*« bellte Kate, ganz die empörte Tante.

»Nun«, sagte Howard. »Das war alles. Ich rief Luellen vom Warren-Haus an und sagte, eine ihrer Schwestern stecke in der Patsche.«

»Daß sie gleich kam, um einer Freundin zu helfen, hat dich nicht weiter beeindruckt?« fragte Andy.

»Daß sie wie das kleine dumme Mädchen im Märchen dem Bösewicht in die Falle ging? Was soll mich daran beeindrucken?« sagte Howard.

»Gibt es irgend jemanden auf der Welt, dem du zu Hilfe kommen würdest?« sagte Andy. »Ich frage aus reiner Neugier.«

»Clarkville«, sagte Lizzy. »Das weiß doch jeder. Wenn also jemand Howard eins auswischen wollte, brauchte er nur anzurufen und sagen, Clarkville stecke in der Klemme.«

»Da gibt es aber einen gewissen Unterschied«, betonte Penny.

»Den wir, schlage ich vor, *nicht* näher erforschen«, sagte Kate. »Was glauben Sie, Andy, welche Chancen haben die Red Sox in der nächsten Saison?«

»In Harvard«, sagte Andy, »interessiert man sich nur für das diesjährige Spiel gegen Yale oder das vom nächsten Jahr. Wer schert sich hier um die Red Sox? Also wirklich, Kate!«

Doch hatte es die schale Note des Behelfsmäßigen,

wie es so oft in modernen Wohnungen anklingt.

So leicht, wie man dazu gekommen war,

könnte man sich auch wieder davon trennen.

(E. M. Forster, »Wiedersehen in Howards End«)

Der Dekan, in dessen Haus Janet gewohnt hatte, wartete ungeduldig darauf, daß ihre Sachen fortgeschafft würden, damit er das Appartement weitervermieten konnte. Aber Janets Bruder ließ den Dekan warten, und das fast zwei Wochen lang, wie Sylvia Kate erzählte. Kate hatte gemischte Gefühle wegen dieser Verzögerung. Einerseits amüsierte es sie, daß Janets Bruder sich nicht um die Wünsche von Harvard scherte und offenbar auch niemandem aus dieser ehrwürdigen Institution so weit traute, Janets Dinge zu packen und zu verschicken. Dieser Bruder trat stellvertretend für seine und seines Bruders Kinder auf, die Janet zu ihren Erben gemacht hatte. Wie es aussah, wollte er also höchstpersönlich dafür sorgen, daß sie auch alles bekamen, was ihnen zustand. Und das ist einer der Gründe, faßte Sylvia zusammen, warum die Polizei sich weigert, irgend jemanden in Janets Wohnung zu lassen.

Das Warten auf Janets Bruder, das sich bis Ende Februar hinzog, war John Cunningham nur recht. Wie er Kate sagte, gab das den Detektiven, die er auf die Sache angesetzt hatte, Zeit, möglichst viele Beweismittel aufzuspüren. Kate dagegen empfand jene Ungeduld, die typisch ist für Situationen, in denen alles nach einer Lösung schreit, irgend etwas sie aber verhindert. Sie wußte, daß solche Ungeduld bei einem Mordfall sehr gefährlich war. Sie verleitete zu voreiligen Schlüssen und, nur allzu oft, zur Beschuldigung falscher Personen. Unter solchen Umständen war Moon verhaftet worden und, dank Cunningham, zwar wieder auf freiem Fuß – jedoch keineswegs frei von Verdacht. Mit Erleichterung stellte Kate fest, daß seine glückliche Natur ihn davor bewahrte, von Ängsten und Befürchtungen zermürbt zu werden.

Bei Luellen lagen die Dinge nicht so einfach. Nachdem die Polizei Moon nicht mehr als Hauptverdächtigen im Visier hatte, richtete sie ihr Augenmerk nun hoffnungsvoll auf Luellen. Und Kate, der vor Luellens Wut und Bitterkeit graute, nahm es trotzdem auf sich, mehrmals in das Café zu gehen und Luellen, wenn schon keinen Trost, dann wenigstens ein willkommenes Ventil für ihre Wut zu bieten. Der Polizei gegenüber hatte sich Kate für Luellen eingesetzt, was wohl der Hauptgrund dafür war, daß nicht auch Luellen voreilig verhaftet wurde. Daß sie ihr weiterhin die bittersten Vorwürfe entgegenschleuderte, nahm Kate ihr nicht übel. Denn Luellen, das wurde ihr immer klarer, konnte in ihr nur die Frau sehen, die ein Leben lang unverschämtes Glück gehabt hatte.

Trotzdem, Luellens bittere Attacken gegen Kate und Harvard waren schwer zu ertragen, und ihre Neigung, beide in einen Topf zu werfen, genausowenig. »Mag ja sein, daß man in Harvard keinen besonderen Respekt vor Ihnen hat, weil Sie eine Frau sind«, polterte sie oft los, »das kann Sie doch nicht wundern, noch dazu, wo sogar Sie ab und zu das Wort Feminismus in den Mund nehmen. Aber man verschafft Ihnen einen Lehrauftrag am Institut. Sie brauchen bloß mit den Fingern zu schnippen und schon bekommen Sie ein wunderbares Appartement. Ihre Familie hat Harvard wahrscheinlich Millionen gespendet, und das ist bestimmt sehr hilfreich« – voller Unbehagen fragte sich Kate, ob das bloße Vermutung oder eine Tatsache war –, »woher wollen Sie wissen, wie es ist, wieder und wieder verhört zu werden, ohne daß einem ein einziges Wort geglaubt wird? Wenn die einem das Gefühl geben, man wäre 'ne Laus! Am wütendsten macht mich, daß diese Bullen, die nur so viel an ihre Familien denken, wie sie unbedingt müssen, die wahrscheinlich überall rumbumsen und ihre Kinder höchstens fünfundzwanzig Minuten am Tag zu Gesicht kriegen –, daß die herkommen und mir Vorträge über intaktes Familienleben halten! Als ob sie alle Heilige wären! Und mich behandeln sie wie den letzten Abschaum!«

»Ich besorge Ihnen einen Anwalt«, wiederholte Kate bei solchen Gelegenheiten wohl zum zwanzigsten Mal und machte sich auf die unvermeidliche Abfuhr gefaßt.

»Oh, die große mildtätige Dame! In der Rolle gefallen Sie sich wohl. Wenn Sie's genau wissen wollen: Ich weiß nicht mal, wo ich das Geld für den Anwalt im Sorgerechtsprozeß hernehmen soll. Und ich werde mich hüten, noch einen zu nehmen. Die wollen einen doch bloß abkassieren. Wozu brauche ich überhaupt einen Anwalt? Ich habe diese schreckliche Frau nicht umgebracht. Ich hab noch nie jemandem etwas getan, und ich hab keinen Anwalt nötig, der das für mich sagt. Die Polizei soll mich bloß endlich in Ruhe lassen!«

Während solcher Diskussionen saß Joan Theresa beklommen dabei und versuchte, Luellen damit zu trösten, daß die Polizei sich ja offenbar damit begnüge, sie zu schikanieren, und sie, im Gegensatz zu Moon, nicht verhaftet habe. Joan schien unbehaglich dabei zu sein, aber sie tat ihr Bestes, Luellen zu beschwichtigen. Im Café »Vielleicht nächstes Mal« machte sich inzwischen eine Atmosphäre von angestrengtem Optimismus breit, die dem hoffnungsvollen Namen des Cafés auf verquere Weise gerecht wurde. Nur Iokaste, die – Hunde waren im Café nicht erlaubt – Kate jedesmal vor der Tür begrüßte, schien von allem unberührt.

Schließlich verkündete Sylvia, deren Geschick, ihre Informanten auf Trab zu halten, allmählich beängstigend wurde, der Bruder sei eingetroffen, packe in Janets Appartement ihre Sachen ein und sei bereit, Kate zu empfangen, damit sie sich dort umsehen könne – aber nur, das hatte er deutlich gemacht, unter seinem gestrengen Blick. In den ersten Märztagen öffnete Janets Bruder also Kate die Tür zu Janets Wohnung.

Er war ein echter Sportsfreund. Das war Kate klar, sowie er ihr seine große Hand zur Begrüßung entgegenstreckte. Es war die Sorte Hand, die Kate insgeheim als Pranke bezeichnete – ein haariges, schweres Etwas, das man kaum mit den Fingern umschließen konnte. »Kommen Sie herein, Kate, kommen Sie nur herein. Ich heiße Bill. Ich darf Sie doch Kate nennen? Auch wenn Sie eine so bedeutende Professorin sind? Schließlich war meine Schwester ja auch eine sehr bedeutende Professorin, obwohl ich nie begriffen habe, was sie davon hatte. Sie sehen doch auch nicht schlecht aus. Sie und Janet – ihr hättet es beide nicht nötig gehabt, euch an diesen öden Universitäten rumzudrücken.«

»Ja, bitte, nennen Sie mich Kate«, sagte Kate. Sich an die neue Begeisterung für Vornamen zu gewöhnen, hatte sie sich ja fest vorgenommen. Aber davon abgesehen, begriff sie sofort, daß Bill zu der Kategorie Männer gehörte, die erwarteten, daß man mit ihnen tändelte und herumschäkerte, kurz, auf eine Art umging, die Kate verabscheute. Sie hatte schon vorausgesehen, daß sich die Pranke bald auf ihre Schulter legen würde. Und genau da lag sie jetzt. Wie ein und derselbe Bauch diesen Knaben und Janet hatte produzieren können, war einfach ein Wunder, eins, dem Kate allerdings schon öfter begegnet war. Nun, in gewisser Weise erklärte Bill sogar, warum Janet so war, wie sie war.

»Ich weiß, daß Sie gern einen Blick auf die Sachen unserer armen Janet werfen wollen, ehe ich sie einpacke«, sagte Bill. »Irgendein Mann aus Boston – oder Harvard, ich weiß nicht mehr, jedenfalls tat er sehr wichtig – hat es mir angekündigt. Ich sehe zwar nicht ganz ein, wieso ein Fremder in Janets Sachen herumschnüffeln soll, ehe ihre Familie sie gesehen hat, aber wir dürfen wohl nicht vergessen, daß unsere arme Janet keines normalen Todes gestorben ist. Wo möchten Sie denn beginnen, Kate?« Kate befreite sich so graziös wie möglich aus der Umklammerung seines Armes.

»Ich werde mir Mühe geben, Ihnen nicht zur Last zu fallen«, sagte sie bescheiden. »Wenn es Ihnen lieber ist, können wir Janets persönliche Dinge ja gemeinsam durchsehen.« Sie hoffte, sie klang nicht zu einladend. »Ich möchte mir die Wohnung vor allem deshalb ansehen, um Janet besser zu verstehen. Ich möchte einfach eine Vorstellung davon bekommen, wie sie hier gelebt hat«, fügte sie in etwas bestimmterem Ton hinzu. »Seit der Nacht oder dem Morgen ihres Todes wurde nichts angerührt. Bis auf den Staub und die abgestandene Luft hat sich also nichts verändert.«

»Teufel, ja«, sagte Bill und riß ein Fenster auf. »Zum Ersticken hier drin. Sehen Sie sich bloß all die Bücher an«, sagte er und sah sich im Raum um. Alle Wände waren mit Regalen zugestellt. »Wie's scheint, haben die ihr auch nicht weitergeholfen, wie?«

»Nun«, sagte Kate, »das können wir schließlich nicht wissen, oder?« Sie mußte lächeln. Wenn jemand, der viele Bücher um sich hatte, in Bedrängnis kam, dann schienen all die Leute ringsherum, die keine Bücher besaßen, regelrecht Trost darin zu finden, daß die Bände sich nicht en masse erhoben hatten, um dem Unglücklichen beizustehen.

»Ich will Ihnen mal meine Meinung sagen«, tönte Bill. »Hätte Janet gelebt wie eine ganz normale Frau, dann wäre das alles nicht passiert. Ich hab gar nichts dagegen, wenn Frauen einen Beruf haben – vorausgesetzt, Heim und Kinder kommen zuerst. Außerdem bin ich der Meinung, daß eine Frau, die keine Kinder hat, das Schönste im Leben verpaßt. Meinen Sie nicht auch?«

»Wenn ich das auch meinte, müßte ich zugeben, das Schönste im Leben verpaßt zu haben. Und das können Sie nicht von mir erwarten«, sagte Kate; sie hoffte, es klang leichthin.

»Na, manche können ja nichts dazu«, sagte Bill. »Der Tochter von 'nem Bekannten von mir mußten sie alles rausnehmen, Krebs! Da kann sie natürlich nur Kinder adoptieren. Aber es geht ja ums Prinzip. Und ich frage Sie: Was ist das Leben ohne Kinder?«

Kate hütete sich, ihm das zu erzählen. Das Leben mit Kindern hatte gewiß seine schönen Seiten, aber manchmal wünschte sich Kate, die Eltern freuten sich lieber im stillen daran. Zu oft hatte Kate den Eindruck, daß sie sich mit ihren lauten Entzückensschreien selbst überzeugen mußten. »Ich glaube«, sagte sie, »daß Janet sich für das Leben entschied, das ihr lag. Vielleicht stellte es sich als schwieriger heraus, als sie angenommen hatte, aber das kann einem mit Kindern ja auch passieren, oder nicht?«

»Ich will ja nur sagen, Janet hatte nichts anderes im Kopf als ihre Karriere. Sie wollte unbedingt eine berühmte Professorin werden – und dann, na, dann wurde sie ja auch tatsächlich nach Harvard berufen. Ich muß ehrlich gestehen, wir alle zu Hause waren baff. Ich hab zu meiner Frau gesagt: ›Stell dir vor, unsere gute alte Janet in Harvard, und nur Kerle um sie herum. Dabei kam sie noch nicht mal mit mir und Nick zu Rande, als wir Kinder waren. Nick ist der andere Bruder. Janet war die Älteste und wollte natürlich das Heft in der Hand haben, und es machte sie rasend, daß sie's nicht schaffte. Und da sagt meine Frau doch zu mir: ›Vielleicht wollte Janet ja bloß deshalb unbedingt so hoch hinaus, weil ihr, du und Nick, als Kinder so böse zu ihr wart.‹ Und dann meinte meine Frau noch, Janet wäre wohl irgendwann zu dem Schluß gekommen, daß alle Männer Schurken sind, na, und darauf ich zu ihr: So unrecht hätt sie damit ja gar nicht gehabt, unsere Janet.« Bill schien die letzten Worte mit einem Klaps auf Kates Rücken begleiten zu wollen, dem Kate aber geschickt auswich.

»Janet war für die Ehe nicht geschaffen«, fuhr Bill fort. »Und als sie dann heiratete, mußte es unbedingt ein Jude sein. Nicht, daß man bei uns zu Hause was gegen Juden hätte! Aber das war eben typisch Janet. Gleich und gleich gesellt sich gern, sag ich immer. Ein Mädchen sollte nicht jemanden heiraten, der ihrer Familie wildfremd ist. Wenn eins meiner Mädchen ankäm und wollt 'nen Juden heiraten, würd ich aus der Haut fahren, und ich hab keine Angst, das auch laut zu sagen. Auf jeden Topf der rich-

tige Deckel – die Ehe ist schon schwer genug ohne solche Spe-
renzchen.«

»Damit haben Sie vermutlich recht«, sagte Kate. Diese Antwort gab Mencken allen Leuten, die ihn in hirnrissige Diskussionen verwickeln wollten. »Haben Sie etwas dagegen«, fragte Kate
mit unschuldigem Lächeln, »wenn ich einfach ein bißchen her-
umwandere und versuche, mich inspirieren zu lassen?«

»In der Küche wird's wohl am wenigsten geben, was Sie, wie
ich Sie einschätze, inspiriert. Fangen wir also dort an. Sie müssen
verstehen, ich will die Sache schnell hinter mich bringen.
Schließlich warten zu Hause wichtigere Geschäfte auf mich.«

»Tut mir wirklich leid«, sagte Kate, »daß ich Ihnen lästig fallen muß. Lassen Sie mich schnell einen Blick in die Küche werfen, dann überlasse ich sie Ihnen, damit Sie die Töpfe und alles
einpacken können. Einverstanden?« Kate wußte wirklich nicht,
was sie dort zu finden hoffte, aber mit so wenig in der Hand durfte
man nichts auslassen.

Die Küche bot jedoch keinerlei Hinweise. Sie war zum Wohnzimmer hin offen – ideal, um Gäste zu bewirten. Kate, die selbst
keine große Köchin war, erkannte sofort, ob in einer Küche oft gekocht wurde oder nicht. Diese übermäßig ausgestattete Küche
hatte in Janet niemanden gefunden, der sie zu schätzen wußte.
Der Kühlschrank war so gut wie leer – bis auf eine Tüte inzwischen saurer Milch, einen angebrochenen Joghurtbecher und
einen Rest fettarmen Käses, alles, wie Kate nicht entging, bei
Sage erstanden, Cambridges teuerstem Feinkostladen. Weder in
der Küche noch im Wohnzimmer gab es irgendwelche Hinweise
auf Besucher, die Janet gehabt hatte, ehe sie starb. Natürlich hätte
jemand alle Spuren beseitigen können. Aber das Haus des Dekans
war sehr hellhörig – jemand, der eine Leiche von hier hätte fort-
schaffen wollen, hätte äußerst vorsichtig sein müssen. Nein – Kate
spürte es einfach –, hier war Janet nicht gestorben. Noch mehr,
man fühlte, daß sie nicht einmal gelebt hatte hier.

»Traurige Küche, nicht wahr?« sagte Bill wie ein Echo ihrer Gedanken. »Kein Zeichen von Leben. Ich mag Küchen, in denen was passiert, wo es dampft und brodelt.«

Kate hätte Bill am liebsten gebeten, sich irgendwo hinzuhocken und sie ihren Streifzug fortsetzen zu lassen, ohne seinen klobigen Schatten im Genick. Aber der Mann hatte schließlich Rechte und Kate wahrscheinlich halb im Verdacht, etwas vor ihm zu verstecken oder heimlich mitgehen zu lassen. Nun, dachte Kate, sollte ich wirklich auf etwas Interessantes stoßen, dann kann es nur etwas sein, das für Janets Erben nicht den geringsten Wert hat. Aber das einem Mann von Bills Kaliber zu erklären – die Mühe wollte sie nicht auf sich nehmen.

Was Kate im Wohnzimmer am meisten interessierte, waren die Bücher. Von Cunningham wußte sie, daß die Polizei die Regale von oben bis unten durchsucht hatte, um sicherzugehen, daß nichts hinter oder in den Bänden versteckt war – Gift, zum Beispiel, oder Drohbriefe. Aber Janets Bücher waren, zumindest was das anbetraf, für unschuldig befunden und alle wieder an ihren Platz zurückgestellt worden. Kate war im Gegensatz zu Bill überrascht, wie wenig Bücher Janet besaß – das heißt, wenig für eine Professorin für englische Literatur. Literaturprofessoren können einfach nicht dagegen an – bei ihnen sammeln sich Bücher an wie Algen unter dem Bug eines Schiffs. Ein mit Literatur befaßter Akademiker kommt so wenig an einer Buchhandlung vorbei wie ein Alkoholiker an einer Bar. Aber hier gab es keine Anzeichen dieser Buchmanie. Die meisten Bände befaßten sich mit dem 17. Jahrhundert und waren fast alle älteren Datums. Einige Neuerscheinungen standen im unteren Teil des Regals – wahrscheinlich hatte man sie Janet zugeschickt, mit der Bitte, sie zu besprechen. Bestimmt, sagte sich Kate, waren alle Zeichen rührigen geistigen Lebens – jene Zeichen, die den Tod überdauern – in Janets Arbeitszimmer zu finden.

Aber auch da gab es keine. Eins der beiden Schlafzimmer des

Appartements hatte Janet in ihr Arbeitszimmer umgewandelt. Die zugedeckte Schreibmaschine stand auf einer großen Platte, die Janet offenbar als Schreibtisch gedient hatte. Neben der Schreibmaschine standen zwei Drahtkörbe, einer mit abgehefteten Artikeln, die gelesen werden wollten, und einer mit Briefen, die auf Beantwortung warteten. Kate kannte das System. Als Akademikerin ohne Privatsekretärin war man entweder ein hoffnungslos chaotisches Wesen mit dickem Fell, stapelte Papierberge auf dem Schreibtisch und an allen möglichen sonstigen Ecken und ließ die Berge unbeantworteter und oft ungeöffneter Post immer höher werden, in der Hoffnung, irgendwann überkäme einen ein plötzlicher Schub, in dem man in einem Ruck »klar Schiff« machte. Oder man war wie Janet und Kate und blieb dran – hatte eine aggressive Einstellung zu den lästigen Arbeiten: ging auf sie los und schaffte sie sich vom Hals. Aber auch hier wunderte sich Kate. Janet war nicht auf dem laufenden mit ihren Briefen, die Kate gerade sichtete, während Bill ihr auf die Finger sah. Bitten um Empfehlungsschreiben, Gutachten für Doktoranden lagen, als Janet starb, seit Wochen unbeantwortet da. Kate nahm an, daß das nicht typisch für sie war. Vielleicht war der Arbeitsdruck in Harvard noch ungewohnt und zuviel für sie gewesen. Sich in neue Verhältnisse einzufinden, brauchte immer seine Zeit.

Als Kate die Schreibtischschubladen aufzog, entdeckte sie nichts, was darauf hingewiesen hätte, daß Janet mit der Vorbereitung einer größeren neuen Arbeit beschäftigt war. Wissenschaftler, besonders solche von Janets Ruf, stecken normalerweise immer mitten in irgendeinem neuen Projekt. War es denkbar, daß jemand Janet ermordet hatte, um eine Arbeit, an der sie gerade saß, an sich zu reißen und als seine auszugeben? Kate hielt das für unwahrscheinlich, aber ganz ausschließen wollte sie es nicht. Es wäre immerhin der erste Hinweis auf ein Motiv, das nichts mit Moon oder Luellen zu tun hatte. Und war Howard Falkland nicht alles zuzutrauen?

Kein Brief war nach Janets Tod gekommen. Wahrscheinlich waren diese an ihre Familie weitergeleitet worden, nachdem man geprüft hatte, ob sie irgendwelche Hinweise enthielten, die mit Janets Tod in Zusammenhang stehen könnten. Bill bestätigte es, als sie ihn danach fragte. Er stand brummig neben ihr. Offenbar brauchte er ein paar Streicheleinheiten. Kate tat ihm den Gefallen. Ob es viele Beileidstelegramme gegeben habe, fragte sie teilnahmsvoll.

»Ja«, sagte Bill, froh, wieder reden zu können. »Sehr viele.« Er habe Danksagungskarten drucken lassen, sehr schöne, auf Büttenpapier, und seine Frau habe die Adressen geschrieben. Drauf gestanden habe: »Hiermit drückt die Familie von Janet Needham Mandelbaum ihren aufrichtigen Dank für das ihr ausgesprochene Beileid aus«, oder so ähnlich. Kate schüttelte es innerlich. Gedruckte Botschaften waren ihr ein Greuel, aber sie gab sich immerhin Mühe, zuzugestehen, daß sie manchmal, wenn es sehr viele Briefe zu beantworten galt, ganz zweckmäßig waren.

»Wie viele Schreiben waren es?« fragte Kate. »Nur so ungefähr.«

»Oh, viele«, sagte Bill. »Fünfzig vielleicht. Das sagt Betty jedenfalls. Aber sie hat sich schon immer leicht verzählt.«

Freunde und Bekannte Bills hatten ihm persönlich geschrieben, um ihr Mitgefühl dafür auszusprechen, daß er seine Schwester auf so entsetzliche Weise verloren hatte. Die meisten Schreiben waren jedoch einfach an »Die Familie Janet Mandelbaums« gerichtet. Darin zeigte sich die Hilflosigkeit all derer, vor allem Janets früherer Kollegen und Studenten, die gern ihr Beileid aussprechen wollten, aber nicht recht wußten, wem. Kate selbst wäre es nie eingefallen, an Janets Familie zu schreiben, die diese kaum je erwähnt hatte.

»Wie ich gehört habe, hat Janet alles ihren Nichten und Neffen hinterlassen«, sagte Kate.

»So ist es.« Bill war eindeutig verärgert über diesen letzten

Willen seiner Schwester. »Ich versteh nicht, warum sie sich entschlossen hat, eine Generation zu überspringen ...«, brummelte er. »Nick meinte, sie hätte uns zwei nicht leiden können. Und als Kinder haben wir ihr das Leben wirklich schwer gemacht. Na, aber es bleibt ja in der Familie. Immerhin hat sie gewußt, daß Blut dicker ist als Wasser.«

»Welches Wasser?« fragte Kate.

»Huh?« Bill sah verwirrt drein, fast ängstlich.

»Das Wasser, das dünner ist als Blut. Was ist das für ein Wasser?«

»Was? Naja, halt Wasser! Das Gegenteil von blutsverwandt.«

»Dann sind also Freunde durch Wasser miteinander verbunden?«

»Eine so dämliche Frage können nur Professoren stellen«, sagte Bill. »Was mit dem Ausdruck gemeint ist, weiß doch jeder.«

»Entschuldigung«, sagte Kate. »Mir war das noch nie klar. Also, auf ins Schlafzimmer«, fügte sie hinzu, und ließ Bill stehen, der ihr nachstarrte, wobei er, wie Kate hoffte, keine gewalttätigen Gedanken wälzte.

Die Polizei hatte das Bett auseinandergenommen und nicht wieder zusammengebaut, wofür Kate dankbar war. So, wie sie Bill einschätzte, mußte er beim Anblick eines Bettes einfach Witze reißen. Die Durchsuchung des Bettes hatte nichts ergeben. Die Durchsuchung des Arzneischranks ebensowenig. Neben den üblichen Dingen enthielt er eine noch fast volle Flasche Schlaftabletten. Am Datum sah Kate, daß Janet sie sich erst kurz vor ihrem Tod hatte verschreiben lassen. Abgesehen vom Bett war nichts im Schlafzimmer angerührt worden. Kates Scherzrätsel hatte Bill eindeutig einen Dämpfer versetzt. Er stand verdrossen neben ihr und verströmte Ungeduld.

Auf dem Nachttisch lag ein Buch. Nur eins. Wiederum wunderte sich Kate. Neben dem Bett einer Literaturprofessorin hätte wohl jeder ein ganzes Sammelsurium von Büchern erwartet – wenn schon nicht neuere Romane oder Science-fiction, so doch zumindest etwas Literaturtheoretisches. Das einzige Buch auf dem Nachttisch sah neu aus. Kate nahm es hoch. Es war ein Band aus der Reihe kritischer Ausgaben des Norton Verlags mit dem Titel: »George Herbert and the Seventeenth Century Religious Poets.« Aus irgendeinem Grund hatte Janet den Band erst vor kurzem erhalten, obwohl er, wie Kate sah, schon 1978 erschienen war. Vielleicht hatte Janet ihn für eins ihrer Seminare im Sinn gehabt. Kate ließ den Daumen über die Blätter fahren, und das Buch öffnete sich auf Seite 69. Der Buchrücken war an dieser Stelle leicht geknickt, so daß das Buch, wenn es auf dieser Seite aufgeschlagen wurde, flach liegenblieb. Nur ein Gedicht stand auf dieser Seite. Es hieß »Liebe« (III)[1]. Die hochgestellte Zahl verwies auf eine Fußnote. Kate ließ ihre Augen zum Fuß der Seite wandern, wobei ihr nicht entging, daß Bill zu explodieren drohte. Die Fußnote war ein Bibelzitat: »›Selig sind die Knechte, die der Herr, wenn er kommt, wachend findet. Wahrlich, ich sage euch: Er wird sich aufschürzen und wird sie zu Tisch setzen und zu ihnen treten und ihnen dienen‹ (Lukas 12,37)«. Kate überflog das darüber stehende Gedicht. Irgendwann hatte sie es schon einmal gelesen. Die (III) bedeutete wahrscheinlich, daß Herbert drei Versionen geschrieben hatte.

Die Liebe hieß mich eintreten, aber meine Seele wich zurück
Beladen mit Staub und Sünde war sie
Aber die weise Liebe, als sie mein Zögern sah vor dem Glück,
    als rief es von innen zu mir, flieh!
fragte mich sanft und trat zu mir hin
»Was quält deinen Sinn?«
»Einen Gast säh ich gern«, antwortete ich, »der es wert ist
    hier zu sein.«
Die Liebe sagte, »du bist er, komm nur herein,
    mußt nimmer flehn«
»Ich, der Unfreundliche, Undankbare? Ach du Holde, nein

Ich wag nicht dich ansehn.«
Die Liebe nahm meine Hand, und lächelnd antwortete sie mir
»Wenn nicht ich, wer gab deine Augen dir?«
»Wahr, bei Gott, aber ich habe sie verdorben, laß meine Scham
hingehen in Satans Nischen«
»Dann weißt du nun«, sagte die Liebe, »wer die Freude
 dir nahm?«
»Ach du Holde, dann will ich dir nun auftischen.«
»Setze du dich und koste meine Speisen. Dein Grübeln laß.«
So setzte ich mich und aß.

»Was in Teufels Namen gucken Sie denn so lange an?« fragte Bill schließlich.

»Ein Gedicht«, sagte Kate. »Von einem Dichter, über den Janet viele Vorlesungen hielt. Möchten Sie es lesen?«

Bill warf einen kurzen Blick darauf. »Ich versteh nicht, worum's geht«, sagte er. »Gedichte sagen mir nichts.«

»Es wurde vor dreihundert Jahren geschrieben«, sagte Kate.

»Warum soll man sich dann heute noch damit abgeben? Was soll es denn mit Janet zu tun gehabt haben?«

»Tut mir leid, daß ich Sie aufhalte«, sagte Kate. »Wollen Sie nicht schon in der Küche zu packen anfangen, oder im Wohnzimmer? Ich brauche hier nur noch einen kleinen Moment.« Aber Bill hatte nicht die Absicht, von ihrer Seite zu weichen.

»Wollen Sie auch die Schubladen des Sekretärs durchsehen?« fragte er. »Da hat sie wahrscheinlich ihren Schmuck aufbewahrt.«

»Nein, machen Sie das doch bitte. Und diesmal guck ich Ihnen über die Schulter.« Froh, etwas zu tun zu haben, fiel Bill mit beängstigender Energie über die Schubladen her. Kate sah ihm eine Weile zu.

»Hätten Sie etwas dagegen, wenn ich dieses Buch mitnehme?« fragte sie Bill, der gerade der Schmuckschatulle von Janet habhaft geworden war. »Ich hätte gern eine Erinnerung an Janet.

Ich erstatte Ihnen natürlich, was es gekostet hat. Janets ganzer Besitz gehört ja Ihnen; deshalb ist es nur korrekt, wenn ich Ihnen das Geld gebe. An dem Buch selbst wird Ihnen wohl kaum was liegen.«

»Na gut«, sagte Bill nach einer langen Pause. »Sie hat doch nichts hineingeschrieben, oder?« fügte er dann mißtrauisch hinzu. »Ich meine, irgendwas Persönliches?«

»Mir ist nichts aufgefallen«, sagte Kate. »Sehen Sie doch am besten selbst nach.«

Bill nahm das Buch, konnte aber nichts Handschriftliches darin entdecken. Mit einem Nicken gab er es ihr zurück. Kate schrieb einen Scheck über den Preis des Buches plus einem kleinen Zuschlag aus (Buchpreise steigen mit alarmierender Geschwindigkeit) und überreichte ihn Bill. »Vielen Dank, daß ich mich umsehen durfte«, sagte sie. »Vielen Dank für Ihre Großzügigkeit.«

»Keine Ursache.« Jetzt, wo abzusehen war, daß Kate bald gehen würde, strahlte Bill wieder. Kein Zweifel, Kate war für ihn keine Frau, um die es sich lohnte, Aufhebens zu machen. »Falls Sie mal in den Mittelwesten kommen – besuchen Sie uns doch. Alles Gute!«

Während Bills leere Phrasen ihr noch durch den Kopf hallten, floh Kate fort von Janets vorübergehendem Heim und die Treppe hinunter. Sie hatte das Gefühl, zu verstehen, warum Janet, die mit solchen Brüdern aufgewachsen war, später eher förmliche Beziehungen zu Männern vorzog. Bill, das mußte Kate zugeben, war dazu angetan, einem für den Rest des Lebens die Lust auf Sex zu nehmen.

Während der drei Jahrhunderte seines Bestehens hat sich
Harvard von einem konfessionell gebundenen College für
junge Männer zu einer angesehenen Universität entwickelt –
ist dabei immer eine männliche Bastion geblieben, die sich
sehr schwer tut, zu erkennen, daß sich in der Auffassung
der Geschlechterrollen einiges verändert hat.
(Bericht des Komitees über den Status von Frauen
an der geisteswissenschaftlichen Fakultät)

»Ich habe dich hergebeten, Kate«, sagte John Cunningham am nächsten Tag, »weil die Detektei, die du unbedingt haben wolltest, etwas herausgefunden hat – aber nichts, was uns viel weiterhilft«, fügte er schnell hinzu, als er Kates erwartungsvollen Blick sah.

»Trotzdem«, sagte er, »ich glaube nicht, daß das Geld zum Fenster hinausgeworfen ist. Die Detektei hat einen guten Ruf, und ob du es glaubst oder nicht, einer ihrer Angestellten war früher Philosophieprofessor. Irgendwann beschloß er dann zu leben, anstatt über das Leben nachzudenken, erzählte er mir. Und da er sich an Universitäten auskennt, gab ich ihm den Auftrag. Harvard habe ich übrigens informiert, daß er sich dort ein bißchen umsehen wird. Schließlich wollen wir uns nicht mehr Unannehmlichkeiten einhandeln als unbedingt nötig.«

»Und Harvard hatte nichts dagegen?«

»Sagen wir so: Ich habe den Rektor mit großem Zeremoniell darum gebeten. Außerdem darfst du natürlich nicht vergessen, daß ich ein berühmter und erfolgreicher Zögling von Harvards juristischer Fakultät bin, dieser Universität jährlich eine großzügige Spende zukommen lasse und darüber hinaus mit großem

Erfolg ein Treffen meines Jahrgangs organisierte, bei dem nicht nur der 25. Jahrestag unseres Examens gefeiert wurde, sondern auch die Spenden so großzügig flossen wie der Alkohol.«

»*Und* du hast damals Harvards ›Juristische Rundschau‹ herausgegeben. – Sag mir eins«, sagte Kate, »angenommen, du wärst kein so herausragender Absolvent gewesen, sondern einfach guter Durchschnitt, hättest dich irgendwo als Anwalt niedergelassen und trätest meistens als Pflichtverteidiger vor Gericht auf – zum Beispiel von inhaftierten Frauen –, hättest also nie viel Geld gemacht und Harvard nie mehr als zehn Dollar im Jahr gespendet. Weiter angenommen, eine der Frauen, die du vertrittst, stände wie Moon unter Mordanklage. Hätte Harvard dir dann die Erlaubnis gegeben, dort herumzuschnüffeln?«

»Kate, wir beide sind reich und privilegiert, dein Problem ist nur, daß du, im Gegensatz zu mir, deswegen Schuldgefühle hast. Denn hättest du in Harvards juristischer Fakultät studiert, wärst auch du Herausgeberin der ›Juristischen Rundschau‹ gewesen und hättest jedes Jahr einen Batzen gespendet. – Willst du nun hören, was die Detektei herausgefunden hat oder nicht?«

»Entschuldige, John. Ich fühl mich im Augenblick nicht gerade tipptopp, wie die Engländer sagen würden.«

»Warum um Himmels willen sollten die Engländer sowas sagen? Erklär es mir bitte nicht! Kommen wir lieber auf den Fall zurück, der uns beide so fieberhaft beschäftigt und bei dem sich Folgendes herausgestellt hat: In der fraglichen Nacht, der Nacht, ehe Janets Leiche in der Männertoilette des Warren-Hauses gefunden wurde, beschloß eine große Zahl von Erstsemestern, die ganze Nacht aufzubleiben und zu feiern. Was genau sie zu feiern hatten, weiß ich nicht, aber das ist ja auch unwichtig. Jedenfalls begannen sie im Weld-Haus, dann zogen sie durch einige der anderen Häuser; irgendwann meinten sie wohl, etwas frische Luft würde ihnen guttun und ließen sich ziemlich bekifft unter irgendwelchen Bäumen nieder. Für uns interessant daran ist, daß in jener Nacht so viele Kids auf dem Campus waren. Und egal, wie bekifft oder betrunken sie gewesen sein mögen, unser Detektiv hält es für ausgeschlossen, daß ihnen entgangen wäre, wenn jemand eine Leiche von irgendwoher ins Warren-Haus geschleppt hätte. Moment«, sagte Cunningham und hob die Hand. »Ich weiß, was du sagen willst. Ich hab es auch gesagt: Wenn man bedenkt, was Studenten heutzutage alles in der Öffentlichkeit tun, in welchem Zustand sie waren, und daß sich junge Leute heute sowieso über gar nichts mehr wundern und grundsätzlich nichts ungewöhnlich finden –, wie hätten sie da etwas merken sollen? Na, ich sag's dir.«

»Bitte«, sagte Kate.

»Es hat sich nämlich herausgestellt, daß zwei Studentinnen just auf den Stufen vorm Warren-Haus die Nacht verbrachten. Daß unser Detektiv sie aufstöberte, war zum Teil Glück, vor allem aber seiner Geschicklichkeit zu verdanken. Jedenfalls kam unserem gewitzten und hochgebildeten Detektiv die Idee, zu prüfen, ob es in jener Nacht irgendwelche Beschwerden gab. Und es hatte welche gegeben, wiederholte sogar, von zwei Studentinnen, die im Weld wohnen. Und diese beiden sind nun wirklich interessant, denn sie paßten von Anfang an nicht ins Computerbild ... unterbrich mich nicht ... ich erklär's dir schon. Um möglichst zueinander passende Studenten zu finden, die sich hier in einem der Häuser ein Zimmer teilen, verschickt die Harvardverwaltung Fragebögen an die frisch immatrikulierten Studenten. ›Kann keinen Rauch vertragen, spiele nur Punk-Rock‹ und dergleichen. Klingt wie ein Alptraum, was? Aber das ist ja Gott sei Dank nicht unser Problem. Jedenfalls hatten diese beiden Mädchen als einzige eingetragen: muß *Ruhe* haben, hasse Rockmusik und Lärm, will in Frieden arbeiten. Natürlich hat der Computer sie als Gespann ausgespuckt. Und bald waren sie das berüchtigte Paar vom Weld-Haus, das immer um Ruhe bat. Ich weiß nicht recht, ob die beiden die einzigen geistig gesunden Wesen in Harvard sind oder ob sie in einem Kloster besser aufgehoben wären. Aber ich fürchte fast, sie wären hier wie dort fehl am Platz.«

»So abwegig kann ich die beiden nicht finden«, sagte Kate. »Als ich studierte, was weiß Gott entsetzlich war, hatte man wenigstens nachts seine Ruhe. Glaub mir, ich bin schon zu jeder Tages- und Nachtzeit über den Campus gegangen, und immer kam aus irgendwelchen Fenstern laute Musik oder anderer Lärm. Manchmal spielen die Kids ihre Platten mit voller Lautstärke regelrecht zum Fenster *hinaus*. Die beiden mögen ja langweilige Musterschülerinnen sein, aber wieso soll heute niemand mehr sein Recht auf Ruhe einklagen dürfen? Ich habe einmal mit meiner Nichte Leighton darüber gesprochen, worauf sie meinte, wer Ruhe haben will, soll sich Ohropax in die Ohren stecken. Ich fand es angebrachter, die Diskussion nicht fortzusetzen.«

»Was mich sehr erstaunt bei dir«, sagte Cunningham. »Jedenfalls gaben die beiden die Hoffnung auf, Schlaf zu finden, gingen hinüber ins Studentenhaus und spielten Billard. Sie sind wirklich ein bemerkenswertes Paar, das muß man ihnen lassen. Später gingen sie dann zum Warren-Haus und verbrachten den Rest der Nacht auf der Treppe. Sie schwören, sie hätten die ganze Zeit über das menschliche Schicksal meditiert und nicht geschlafen. Sie sind felsenfest davon überzeugt, daß niemand das Warren-Haus hätte betreten können, und schon gar nicht mit einer Leiche, ohne daß sie es gemerkt hätten. Sie saßen dort bis zum Morgengrauen, bis der Verkehr begann. Und außer ihnen waren noch all die anderen Studenten auf dem Campus. Deshalb ist unser Detektiv überzeugt, daß die Leiche nicht in der Nacht transportiert wurde. Das läßt zwar keine konkreten Schlüsse zu, aber doch einige Mutmaßungen.«

»Welche?« frage Kate.

»Wirklich, Kate, was ist nur mit dir los? Früher warst du schneller von Begriff. Na, daß Janet Mandelbaum höchstwahrscheinlich im Warren-Haus gestorben ist. Clarkville fand ihre

Leiche früh am Morgen. Und der Bursche von der Detektei sagte zu mir: ›Versuchen Sie mal, um die Zeit eine Leiche von irgendwo anders dorthin zu schaffen. Sie müßten sie in ein Auto laden, durch die Straßen fahren, vor dem Eingang an der Quincy Street oder Prescott Street parken und die Leiche dann zu Fuß über den Campus tragen oder schleifen. Unmöglich.‹ Jedenfalls schwört er, daß es so nicht gewesen sein kann. Was heißt, daß Janet Mandelbaum ins Warren-Haus ging und dort starb. Das bringt uns natürlich auch nicht viel weiter«, fügte Cunningham hinzu, »da es unzählige Leute gibt, die Schlüssel haben. Aber mutmaßen kann man einiges, Kate, sehr viel sogar.«

»Sieht schlecht aus für die anglistische Fakultät.«

»Das hast du gesagt, nicht ich«, schloß Cunningham.

Wieder rief Kate von der Telefonzelle im Foyer aus an. Clarkville war in seinem Büro. Er hatte gerade eine Fachbereichssitzung hinter sich gebracht. Ja, er würde sich freuen, Kate zu sehen, und im alten Salon des Warren-Hauses auf sie warten. Als Kate einige Zeit später aus der U-Bahn-Station am Harvard Square kam und in Richtung Warren-Haus ging, mußte sie an die beiden Mädchen denken, die die Nacht auf der Vordertreppe zugebracht hatten. Vielleicht waren die beiden ja wirklich ein bißchen zickig, aber die Stille von Ziegen war für die Umwelt schließlich eine geringere Zumutung als das Gebrüll von Jungstieren. Den Spruch muß ich demnächst bei Leighton anbringen, dachte Kate, als sie das Warren-Haus betrat und die Treppen hinaufstieg.

Zum ersten Mal erlebte Kate Clarkville in seiner Normalform – nicht als den aufgeregten Mann, der gerade eine Leiche gefunden hatte, nicht als das schlafende Walroß bei einem literarischen Kreis und auch nicht als den vermeintlich brillanten Redner über den viktorianischen Roman, sondern als einen großgewachsenen Mann, der Entschlossenheit und – nicht zu verleugnen – auch Charme ausstrahlte. Kates Erstaunen über Clarkvilles durchaus menschliche Züge war nicht verwunderlich – ein solcher Schock ist wohl unvermeidlich, wenn jemand zuvor hauptsächlich als Phantom in der eigenen Vorstellung existiert hat.

»Eine schreckliche Angelegenheit«, sagte Clarkville. »Wirklich schrecklich. Haben Sie bei Ihren Nachforschungen irgendwelche Fortschritte gemacht?«

»Einen kleinen, ja«, sagte Kate. »Ich hoffe, meine Rolle bei all dem stört Sie nicht allzusehr. Aber da die Polizei jemanden verhaftete, von dem ich ziemlich sicher bin, daß er nicht der Täter ist, konnte ich nicht untätig zusehen.«

»Schließlich habe ich Sie an dem Morgen angerufen, als ich ihre Leiche fand«, antwortete Clarkville. »Da finde ich es nur natürlich, daß Sie Anteil an der Sache nehmen.«

»Und da es außerdem so ist«, sagte Kate, »daß Janet Mandelbaums Tod sehr viel über die Lage von Professorinnen an unseren Universitäten ganz allgemein aussagt, ist es vielleicht auch nicht abwegig, wenn ich als Professorin gern wissen möchte, was hier wirklich geschah. Ich habe das Gefühl, Professor Clarkville, daß Sie Professorinnen nicht mögen. Stimmt das? Denken Sie jetzt bitte nicht, ich wollte damit sagen, daß Sie deshalb gleich eine umbringen würden. Für so töricht halten Sie mich hoffentlich nicht. Aber trotzdem, vielleicht können Sie mir einfach sagen, was Ihre Einwände gegen lehrende Frauen in Harvard sind.«

»Ich fürchte, meine Abneigung gegen Professorinnen wird maßlos übertrieben«, sagte Clarkville. »Eins gebe ich allerdings ganz offen zu: Ich wäre glücklicher gewesen, wenn uns das – verzeihen Sie mir – ganze schreckliche Theater um den Frauenlehrstuhl erspart geblieben wäre. Aber es gibt viele Leute, denen das Ganze weit mehr zu schaffen machte als mir. Nun, und da wir uns schon eine Frau aufladen mußten, wollten wir zumindest keine haben, die unseren Fachbereich mit diesen modischen Semantik- und Dekonstruktivismusseminaren überflutet. Deshalb entschieden wir uns für eine, die sich auf das 17. Jahrhundert spezialisiert hatte, und ich habe Janet Mandelbaum von Anfang an für die beste Expertin gehalten, die wir hätten bekommen können. Wenn ich ehrlich sein soll, so hat mich der ganze Aufruhr eher amüsiert als erschreckt. Hätte ich die Wahl gehabt, wäre es mir natürlich lieber gewesen, keine Frau an unseren Fachbereich zu holen. Es konnte ja nur Probleme schaffen, das liegt einfach in der Natur der Dinge. Aber ich bin nicht so radikal gegen Professorinnen eingestellt wie manch anderer. Hier in Harvard, wie überall sonst, bringen die Studentinnen oft weit bessere Leistungen als die Studenten, und da ist es schließlich nur recht und billig, wenn sie in jedem Fachbereich zumindest eine Vertreterin ihres Geschlechts vorfinden. Außerdem war ich selbstverständlich froh, daß Janet keine Feministin war – eine von denen, die immer gleich beleidigt sind, wenn man ihnen die Tür aufhält.« Er lächelte.

»Ich glaube, keine Frau fühlt sich dadurch beleidigt«, lächelte Kate zurück. »Ehrlich gesagt: Es sind immer die dümmsten Männer, die ihre Witze darüber machen – halten einem die Tür auf und sagen dann scheinheilig, sie hofften, man würde es ihnen nicht falsch auslegen und sie gleich als Chauvischweine beschimpfen. Wie öde! Finden Sie es schwierig, sich mit mir zu unterhalten? Wenn ja, sagen Sie es bitte, dann erspare ich Ihnen meine Theorien.« Kate hatte nämlich mittlerweile das Gefühl, daß Clarkvilles menschliche Züge keiner größeren Belastungsprobe gewachsen waren.

»Ich finde Sie nicht schwierig. Keine Sorge. Würden Sie allerdings anfangen, Frauenforschung zu propagieren, säh's vielleicht anders aus.«

»Davon halten Sie also nichts?«

»Ich glaube einfach nicht, daß es so etwas wie feministische Wissenschaft gibt. Wie Sie wissen, halte ich Vorlesungen und Seminare über George Eliot. Und wenn es eine andere Herangehensweise an sie – oder eine andere Romanschriftstellerin – gäbe, würde ich mich nicht dagegen sträuben, solche neuen

Aspekte mit einzubeziehen. Den Kurs dann aber gleich als ›feministische Literaturwissenschaft‹ zu etikettieren, dagegen würde ich mich allerdings wehren.«

»Sie wären also bereit«, sagte Kate, »Ihre bisherigen Schwerpunkte zu verlagern. Nichts anderes will ja der Feminismus! Schließlich werden auch die Erkenntnisse von Marx und Freud und Einstein berücksichtigt. Selbst Samuel Johnson kommt heute in Freudschem Licht besser weg.«

»Nun, wie Sie es ausdrücken, klingt es ganz vernünftig. Mag sein, daß das Wort feministische Wissenschaft ein rotes Tuch für mich ist. Wollten Sie mich übrigens sprechen, um über George Eliot und Feminismus zu diskutieren? Wenn dem so ist – ich bin bereit.« Clarkville schlug die Beine übereinander. »Ich hätte nur gern gewußt, was auf der Tagesordnung steht.«

»Ich wollte Sie sprechen, um eine Theorie mit Ihnen zu erörtern«, sagte Kate.

»Eine literarische?« Vernahm Kate einen Anklang von Hoffnung in seiner Stimme?

»Nein. Eine Theorie über Janets Leiche. Ich glaube, sie starb im Warren-Haus. Ich bin davon überzeugt, daß ihre Leiche nicht von woanders hierhergebracht wurde, denn das zu tun, ohne daß jemand es bemerkt hätte, war so gut wie unmöglich. Aus welchem Grund hätte man sie auch hierher bringen sollen, wenn sie woanders starb?«

»Ich verstehe«, sagte Clarkville. »Und was kann ich für Sie tun?«

»Von Ihnen möchte ich zuallererst hören, was sich hier an dem Abend vor Janets Tod zutrug. Ich möchte Sie wirklich bitten, offen zu sein, mir alles zu erzählen und nichts auszulassen. Und falls mein gut beleumundeter Charakter und meine weithin bekannte Aufrichtigkeit Sie nicht dazu bewegen können – ich habe auch noch eine kleine Erpressung parat. Bisher hat es in Harvards Fachbereich Anglistik nie größere Schwierigkeiten gegeben. Sie sind zwar der einzige Lehrstuhlinhaber, den ich bisher kennengelernt habe, aber wenn nicht die ganze Wahrheit über Janets Tod ans Licht kommt, verspreche ich Ihnen, daß die ganze Fakultät große Probleme bekommen wird. Wenn wir andererseits herausfinden, was geschah, dann wird es für alle Beteiligten weit weniger peinlich werden. Vielleicht läßt es sich sogar vermeiden, daß einige Fakultätsmitglieder endlosen und lästigen Verhören ausgesetzt werden.«

»Gibt es irgendeinen Grund, warum Sie annehmen, ich wäre bereit oder in der Lage, Ihnen zu erzählen, was an jenem Abend geschah?«

»Drücken wir es so aus«, sagte Kate. »Da Sie mich einweihten, als Sie die Leiche fanden, möchten Sie vielleicht, daß ich Sie in meine Theorie einweihe.«

»Wissen Sie«, sagte Clarkville, stand auf und begann, durch den Raum zu wandern, »das Problem ist, daß eine Wahrheit sozusagen zur nächsten führt, die man vielleicht, auch wenn sie noch so wahr ist, lieber verbergen möchte. Wenn Sie verstehen, was ich meine.«

»Ich verstehe vollkommen. Ihrer Logik stimme ich allerdings nicht zu. Wenn einige wenige Leute eingeweiht sind, können bestimmte Tatsachen besser geheimgehalten werden, als wenn viele Leute, die nichts wissen, wild herumspekulieren. Und man wird anfangen zu spekulieren, Professor Clarkville, das kann ich Ihnen versprechen. Auch ich werde natürlich jedermann erzählen, was ich weiß, und vor allem, was ich vermute.«

»Was Sie bisher noch nicht getan haben?«

»Nein, noch nicht. Beginnen wir also mit dem Nachmittag. Noch niemand ist in den Sinn gekommen, sich darüber Gedanken zu machen. Was geschah an dem Nachmittag vor Janets Tod?«

»Wir hatten eine Fachbereichssitzung.«

»Hier?«

»Ja. Hinten im Konferenzraum, wo wir immer tagen. Nicht die ganze Fakultät war anwesend, nur die Vollprofessoren, also natürlich auch Janet Mandelbaum. Die Sitzung zog sich ziemlich in die Länge.«

»Fiel irgend etwas vor, wovon Sie meinen – nun, ich möchte Ihnen nichts in den Mund legen.«

»Wir sprachen über die anstehenden Neueinstellungen und Beförderungen. Um dergleichen geht es wohl immer bei solchen Sitzungen, aber das kennen Sie ja selbst. Fürs kommende Jahr werden wir einige neue Dozenten einstellen müssen, und wir überlegten, für welche Gebiete sie am dringendsten benötigt werden. Dann erwähnte der Vorsitzende, daß die Studentinnen erneut einen Antrag gestellt hätten, im Fachbereich Anglistik feministische Studiengänge einzurichten. Unser Vorsitzender ist, gelinde ausgedrückt, nicht gerade angetan von all diesen feministischen Ideen. Wie ich schon angedeutet habe, halten die meisten an unserer Fakultät das Ganze für eine alberne Mode, die bald vergehen wird. Andererseits wurden aber in fast allen anderen Fakultäten Harvards solche Studiengänge eingerichtet, und die anglistische Fakultät konnte schlecht so tun, als ginge sie das alles nichts an. Unser Vorsitzender schlug vor, jeden, der Lust zu einem solchen Kurs hätte, gewähren zu lassen. Einer der Professoren meinte dann, wir sollten zu diesem Zweck eine Assistenzprofessorin anheuern, worauf ein anderer entgegnete, warum immer Assistentinnen solche Kurse geben sollten. Ihm war natürlich bewußt, daß keiner der vollbestallten Professoren an unserer Fakultät auch nur im Traum daran dachte, sich auf so etwas einzulassen. Tja, und alle sahen dann erwartungsvoll Janet an.«

Clarkville machte eine Pause. Kate wartete, denn sein Verhalten machte deutlich, daß er noch etwas sagen wollte. Aber er sagte es nicht. »Ja?« ermunterte Kate ihn schließlich.

»Na, und sie, sie . . .« Offenbar wollte Clarkville seine Worte geschickt auswählen, ». . . na, bei ihr knallten alle Sicherungen durch. Sie regte sich fürchterlich auf. Sagte, warum ausgerechnet sie sich so etwas aufladen solle. Sie sei Expertin fürs 17. Jahrhundert. Vielleicht gäbe es ja eine feministische Sichtweise von Donne oder Marvell oder Milton. Sie jedenfalls könne sich beim besten Willen nicht vorstellen, wie die aussehen solle. Kurz, sie tat die ganze Idee als völlig lächerlich ab.« Clarkville hielt wieder inne. »Das alles«, fuhr er fort, »war natürlich ziemlich peinlich. Wir sind keine Szenen gewohnt, jedenfalls keine von der Sorte. Aber das Ganze hätte man einfach übergehen und zum nächsten Tagesordnungspunkt kommen können, wenn nicht einem der Professoren – seinen Namen möchte ich, zumindest im Augenblick, nicht nennen – eingefallen wäre, Janet zu attackieren: ›Da Sie Ihren Lehrstuhl hier in Harvard letzten Endes genau diesen Anhängerinnen feministischer Studiengänge zu verdanken haben, Frau Professor Mandelbaum, verstehe ich nicht ganz, weshalb Sie jetzt so empörte und hochfahrende Töne anschlagen. Natürlich ist die ganze Idee feministischer Wissenschaft Unsinn – der reinste Quatsch. Genauso wie der gesetzliche Schutz von Minderheiten und wohl das meiste, was heutzutage passiert; der Staat mischt sich in den Lehrbetrieb ein und so weiter. Aber da man Sie uns nun schon einmal aufgehalst hat, Frau Professor Mandelbaum, ist doch das mindeste, was wir von Ihnen verlangen können, daß Sie sich um dieses Problem kümmern.‹«

Kate starrte Clarkville an. »Mannomann – das hätte jedenfalls eine junge Reporterin gesagt, die ich neulich kennenlernte.«

»Tja«, fuhr Clarkville fort. »Wir fanden es natürlich alle nicht richtig, daß er das gesagt hatte. Er vertritt ziemlich extrem konservative Ansichten – Verzeihung, so etwas wie ziemlich extrem gibt es natürlich nicht, ich fürchte, die Anspannung der letzten Zeit macht sich bemerkbar –, und Taktgefühl ist seine Sache nicht. Was er sagte, war aber nicht nur taktlos. Es stimmte auch nicht. Schließlich waren wir alle mit der Entscheidung des Berufungskomitees einverstanden gewesen, eine Frau herzuholen, von der wir in punkto Feminismus nichts zu befürchten hatten. Rückblickend würde ich sagen, das war vielleicht ein Fehler. Während wir anderen unsere Einwände vorbrachten, fing Janet zu weinen an. Ganz leise. Jeder sah, daß sie nicht dagegen an konnte, aber alles darum gegeben hätte, nicht zu weinen. Frauen sind sich bewußt, daß Männer nicht in aller Öffentlichkeit in Tränen ausbrechen. Ich fürchte, das Ganze war ziemlich …«

»Peinlich«, half Kate ihm aus.

»Ja, es war peinlich. Keiner wußte recht, wie er sich verhalten sollte. Alle schienen nur darauf zu warten, daß sie aufstand und den Raum verließ. Aber das tat sie nicht. Sie saß einfach da, und die Tränen liefen ihr übers Gesicht. Schließlich schlug der Diskussionsleiter vor, die Sitzung zu vertagen, und alle standen auf, ziemlich hastig, fürchte ich. Während dann einer nach dem andern ging, saß sie immer noch da. Ich überlegte, zu ihr zu gehen, ihr irgend etwas Freundliches zu sagen, aber man konnte nicht wissen, ob es ihr recht gewesen wäre. Und das«, schloß Clarkville, »war das letzte Mal, daß wir alle sie lebend sahen. Außer natürlich ihrem Mörder, muß man wohl trauriger weise hinzufügen.«

»Der Polizei haben Sie natürlich kein Wort davon erzählt.«

»Die Polizei war äußerst zurückhaltend in ihren Fragen an uns. Na, und wir dachten, Reden ist Silber – Schweigen ist Gold, wie meine gute Mutter zu sagen pflegte. Falls es Ihnen ein kleiner Trost ist: Wir wissen alle, daß wir uns schlecht benommen haben – sehr schlecht sogar. Aber schließlich sind wir es nicht gewohnt, Frauen im Kollegium zu haben. Außerdem wirkte Janet so stark, keiner hätte damit gerechnet, daß sie mitten in einer Sitzung in Tränen ausbricht.«

Sie saßen eine Weile schweigend da. Dann sprach Kate: »Professor Clarkville, ich glaube Ihnen ohne weiteres, daß Sie Janet an jenem Nachmittag zum letzten Mal lebend gesehen haben, aber ich bin davon überzeugt, es war nicht das letzte Mal, daß Sie sie überhaupt sahen – ich meine abgesehen von dem Moment, wo Sie ihre Leiche in der Männertoilette fanden.«

»Was wollen Sie damit sagen?« sagte Clarkville.

»Damit will ich sagen, daß Sie am fraglichen Morgen ins Büro des Vorsitzenden gingen und Janet dort fanden. Das wissen auch die Sekretärinnen.« Langes Schweigen folgte.

»Wie sind Sie darauf gekommen?« fragte Clarkville schließlich.

»Zuerst habe ich nachgedacht und dann geraten. Die Männertoilette erschien mir nie logisch, obwohl dieser Ort ein so sinniger Hinweis darauf war, daß in Harvard für Frauen kein Platz ist. Aber wir wissen, daß sie nach dem Tod transportiert wurde, um genau zu sein: nachdem die Leichenstarre schon begonnen hatte oder in vollem Vollzug war – falls das der richtige Ausdruck ist. Die Leichenstarre tritt kurz nach dem Tod ein und vergeht nach vierundzwanzig Stunden. Soviel habe ich inzwischen gelernt. Warum hätte jemand die Leiche in die Männertoilette schaffen sollen? Nun, wenn man sich's genau überlegt, war es fast naheliegend. Jeder weiß, daß der Tod durch Zyankali qualvoll und von Krämpfen begleitet ist. Ich vermutete, daß die Leiche die Beine angezogen hatte, sozusagen in Sitzhaltung war, und da kamen Sie auf die Idee, sie einfach auf die Toilette zu setzen. Denn sie im Büro des Vorsitzenden zu lassen, hätte den erlauchten Herrn in ein schiefes Licht gebracht. – Natürlich werden Sie sich fragen, warum ich so sicher bin, daß Sie es waren, der sie in dem Büro fand. Auch da habe ich geraten. Die einfachste Erklärung ist oft die richtige. Sie fanden sie, Sie schafften sie fort, und dann ›entdeckten‹ Sie die Leiche. Warum aber Janet im Büro des Vorsitzenden starb, dazu fällt mir keine Erklärung ein. Ich gehe davon aus, daß Sie sie nicht getötet haben. Warum ich davon ausgehe? Weil Sie ein hochintelligenter Mann sind – Sie hätten sie weder in dem Büro noch sonstwo umgebracht. Aber Sie waren verstört, nachdem Sie die Leiche fortgeschafft hatten. Und deshalb riefen Sie nicht nur die Polizei an, sondern auch mich, um Ihre Geschichte an jemandem zu testen, dem Janets Tod naheging. Das war nicht gerade ein Akt großer Freundlichkeit – oder Galanterie, wenn Ihnen das lieber ist.«

»Ich wußte ja, daß sie tot war«, sagte Clarkville. »Und es stimmt, was Sie sagen: ihr Körper war mehr oder weniger in Sitzhaltung erstarrt. Mein erster Gedanke war, sie aus dem Büro zu schaffen. Zunächst dachte ich an die Damentoilette, da hätte ich sie nicht die Treppe hinuntertragen müssen, und außerdem: da sie dort schon einmal gefunden worden war, hätte das Ganze leicht nach einem Komplott ausgesehen. Aber das wollte ich den Sekretärinnen nicht antun, deshalb entschied ich mich für die Männertoilette. Und – ob Sie es glauben oder nicht – Sie rief ich an, weil ich jemanden da haben wollte, der Janet nahestand. Mir fiel sonst niemand ein, und ich hatte gehört, daß Sie Freundinnen sind.« Kate spürte deutlich, daß sich hinter Clarkvilles ruhiger Gelassenheit Furcht verbarg.

»Wir kannten uns«, sagte Kate. »Enge Freundinnen waren wir nicht.«

»Ich hoffe, Sie glauben mir, daß ich sie nicht getötet habe.«

Kate ignorierte dies. »Wer immer sie getötet hat«, sagte sie, »war mit ihr in dem Büro und zwang oder überredete sie, ihren Zyankalidrink zu leeren. Er beseitigte alle Spuren, ehe er sich fortmachte. Nur bei Sherlock Holmes hinterlassen Mörder Tabakkrümel. Sie haben nicht zufällig, außer der Leiche, sonst noch etwas fortgeräumt?«

»Um Himmels willen, nein. Nur ihre Handtasche, die ich neben die Leiche gelegt habe. Mein einziger Gedanke war, sie aus dem Büro zu schaffen. Offen gesagt, dachte ich – ich weiß natürlich, daß das kein gutes Licht auf mich wirft –: Wenn ihre Leiche dort gefunden wird, dann ist es mit der Ruhe an unserem Fachbereich für immer vorbei. Die Männertoilette erschien mir als neutrales Territorium. Interessant dabei ist jedoch«, räsonierte Clarkville jetzt, beinahe so, als wälze er ein wissenschaftliches Problem, »wie schnell und ruhig der menschliche Verstand in Notlagen arbeitet.«

»Ich nehme an«, sagte Kate, »daß hier, wie an meiner Universität, ein Schlüssel für alle Türen paßt?«

»Ja«, sagte Clarkville. »Wir haben zwar kürzlich erwogen, das zu ändern. Es hat einige Diebstähle gegeben, wissen Sie ...«

»Würden Sie etwas für mich tun?« fragte Kate.

»Wenn ich kann, gern. Werden Sie jetzt mit der ganzen Geschichte zur Polizei gehen?«

»Nur, wenn ich keine andere Wahl habe. Ich würde mir gern Janets Büro ansehen. Ich weiß, die Polizei hat es gerade freigegeben, damit die Fakultät es wieder nutzen kann. Dürfte ich einen Blick hineinwerfen, ehe es ausgeräumt wird?«

»Natürlich«, sagte Clarkville und erhob sich. »Ihr Büro ist im Widener-Haus. Man wird Sie dort einlassen. Ich möchte lieber hier auf Sie warten. Wenn Sie dort fertig sind, holen Sie mich doch bitte ab, wenn es Ihnen nichts ausmacht, und wir gehen zusammen fort. Ich würde gern hören, was Sie gefunden haben.«

»Danke«, sagte Kate und nahm den Schlüssel. Sie blieb einen Moment stehen, und ihr Blick begegnete Clarkvilles. Niemand konnte ausschließen, daß dies eine Falle war und Clarkville ein Verrückter und Mörder, aber Kate bezweifelte es. Sie beschloß, es darauf ankommen zu lassen. Clarkville trat mit ihr auf den Flur, knipste das Licht an, damit sie den Weg zur Treppe und zum Ausgang fand. Kate ging an der berüchtigten Damentoilette vorüber. Hier hatte alles begonnen, dachte sie, während sie das Warren-Haus verließ.

Kate war überrascht. Janets Büro sah bewohnter aus, zeigte mehr Spuren von Leben als ihr Appartement. Hier lagen mehrere Bücher herum, die nach Freizeitlektüre aussahen. Janet mußte viel Zeit in ihrem Büro verbracht haben, mit Warten vielleicht oder mit Arbeit. Kate setzte sich in Janets Schreibtischstuhl und blickte sich um. Auf dem Schreibtisch lag ein Buch, es war aufgeschlagen; offenbar hatte Janet zuletzt darin gelesen. Es war der zweite Band der Biographie über Eleanor Marx von Yvonne Kapp. Andere Biographien und Neuerscheinungen lagen in Stapeln über den Raum verteilt; nur dieser eine Band lag auf dem Schreibtisch. Es war kein Text, den Kate je mit Janet in Verbindung gebracht hätte. Ebensowenig hätte sie sich vorgestellt, daß Janet sich in ihrem Büro ihrer Freizeitlektüre hingab. Hatte sie sich hier mehr zu Hause gefühlt als in ihrer Wohnung, war hier der Ort, wo irgend etwas Erfreuliches hätte geschehen können? Kate zügelte ihre Phantasie und schloß nur, daß Janet hier offenbar viel Zeit verbracht hatte.

Als Kate zum Warren-Haus zurückkehrte, wartete Clarkville dort auf sie, wo sie ihn verlassen hatte. »Ich habe ein Buch aus Janets Büro mitgenommen«, sagte Kate. »Glauben Sie, irgend jemand hätte etwas dagegen? Ich habe schon eins von ihren Büchern erstanden, aus ihrem Erbe, auch ein Paperback, und bin bereit, noch eins zu kaufen. Ich würde es gern lesen, um zu sehen, was Janet an Eleanor Marx interessierte.«

»Bitte, nehmen Sie es«, sagte Clarkville. »Ich weiß nicht viel über Eleanor Marx, nur daß sie ›Madame Bovary‹ übersetzt hat. Diese Übersetzung benutzen die meisten meiner Studenten heute noch. Ich wäre allerdings nie auf die Idee gekommen, daß Janet sich für Eleanor Marx interessieren könnte. Wie wenig wir doch voneinander wissen.«

»Da Sie gerade davon sprechen – wie gut kennen Sie Howard Falkland?« fragte Kate. »Ist er ein Lieblingsstudent von Ihnen?«

»Wie meinen Sie das?« fragte Clarkville schroff.

»Ich meine«, sagte Kate und ihre Blicke begegneten sich, »würde er jemandem, der nicht viel Alkohol verträgt, hochprozentigen Wodka in einen Drink tun, nur weil Sie ihm zu verstehen gegeben haben, daß Sie das für eine gute Idee hielten?«

Clarkville starrte Kate mindestens eine Minute an. Dann knipste er die Lichter aus und geleitete sie zur Eingangstür hinaus auf die Treppe.

»Howard Falkland«, sagte Clarkville, als sie die Stufen hinabstiegen, »ist ein Narr.«

... daß es ihr seither leichter fiel, das Gefühl

zu unterdrücken, als die Folgen auf sich zu nehmen,

falls sie ihren Gefühlen freien Lauf ließ.

(George Eliot, »Middlemarch«)

Am nächsten Tag verkroch sich Kate in ihr Arbeitszimmer. Sie las, dachte nach und wanderte in dem kleinen Raum auf und ab. Gegen Mittag machte sie einen Spaziergang durch Cambridge. Aber jetzt, da der Winter zu Ende ging, waren so viele Menschen unterwegs, daß man sich selbst im Gänsemarsch kaum die Brattle Street hochkämpfen konnte. Kate gab auf und kehrte zu ihren Büchern zurück: ein Roman, zwei Biographien und der Gedichtband von Herbert aus Janets Appartement. Sie hatte Bill einen Scheck für Band II der Biographie von Eleanor Marx geschickt. Wie es aussah, hatten die Verwandten keinen Gedanken an Janets Büro verschwendet, aber in Geldangelegenheiten war Kate sehr genau, um nicht zu sagen heikel: Sie konnte jemandem eine große Summe leihen und wissen, daß sie sie nie wiedersehen würde, aber sie mochte nicht auch nur den kleinsten Betrag schuldig bleiben. Sie wußte, genau das gehörte zu den Dingen, die sie in den Augen der Frauen im Café in der Hampshire Street so bieder erscheinen ließ.

Herberts Gedicht »Liebe« konnte Kate inzwischen auswendig. Sie hatte auch alle anderen Gedichte Herberts, die in dem Band zusammengestellt waren, gelesen. Sie hoffte, ein anderes Gedicht zu finden, das Janet ebenso beschäftigt hatte. Aber wie es schien, war nur das »Liebe«-Gedicht wieder und wieder gelesen worden. Während Kate die Seiten wohl zum zwanzigsten Mal durchblätterte, fiel ihr Blick plötzlich auf etwas, das sie viele Male zuvor übersehen hatte: eine kleine Anmerkung in Janets ordentlicher Handschrift. Auf Seite VIII des Inhaltsverzeichnisses, unter dem letzten Gedicht von Herbert, hatte Janet einen anderen Titel hinzugefügt: »Hoffnung«. Natürlich stand keine Seitenzahl daneben, weil das Gedicht ja nicht in der Auswahl dieses Bandes enthalten war. Kate war der Zusatz bisher entgangen, da Janet ihn in so sauberen Buchstaben geschrieben hatte, daß er sich von dem Gedruckten kaum abhob. Wieder verließ Kate ihr Arbeitszimmer, überquerte den Radcliffe-Campus und rannte förmlich die Garden Street hinauf zur Hilles-Bibliothek in der Shepherd Street. Kate mochte diese Bibliothek, die, außer zu Examenszeiten kaum frequentiert war. Hier war nichts von dem Eifer der Erstsemester zu spüren, der die Lamont-Bibliothek auf dem Harvard-Campus erfüllte, wo sich die Studienanfänger tummelten. Kate kannte sich inzwischen gut aus in der Hilles.

Sie lief die moderne Holztreppe hinauf zur Etage, die die englische Literatur beherbergte, und machte sich auf die Suche nach jeder verfügbaren Sammlung mit Gedichten Herberts, alt oder neu. Es gab viele, und Kate brauchte nicht lange, bis sie entdeckte, daß Herbert in der Tat ein Gedicht mit dem Titel »Hoffnung« geschrieben hatte und daß es kurz war:

Ich schenkte der Hoffnung eine Uhr von mir, aber sie, o Trug,
schickt mir einen alten Krug.
Mein Gebetbuch ich ihr als nächstes laß
und sie gibt mir ein Augenglas.
Dann schenk ich ihr ein Amulett mit einer Träne
und sie schickt mir aus ihrem Haar 'ne graue Strähne.
Ach, Undankbare, nie mehr ich dir etwas bring,
auf was ich hoffte, war ein Ring.

Kate setzte sich an einen der Tische und las das Gedicht wieder und wieder; dann schrieb sie es auf ein Blatt Papier ab, um das sie einen Studenten bitten mußte, da sie ihr Arbeitszimmer so überstürzt verlassen hatte. Nachdem sie das Buch ins Regal zurückgestellt hatte, machte sie sich auf den Weg zu Moon. Spät nachmittags war er meistens zu Hause.

Moon bot Kate ein Bier an und war bereit, über Janet zu sprechen. »Bist du weitergekommen?« fragte er. »Mir liegt daran, daß du das Geld für die Kaution zurückbekommst, mir liegt auch daran, Cunningham zu zahlen, was ich ihm schulde, wofür ich mir wahrscheinlich Geld leihen muß; außerdem liegt mir daran, meinen Kurs hinter mich zu bringen, aber vor allem will ich so schnell wie möglich von hier verschwinden. Und da du die einzige bist, die mir dazu verhelfen kann, rede ich so viel über Janet, wie du willst. Aber ich wünschte, ich könnte irgendeinen Sinn darin sehen. Versuch mich zu verstehen, Kate. Ich hab die Frau fast zwanzig Jahre lang nicht gesehen, und ich halte es für sehr unwahrscheinlich, daß sich in meiner ziemlich getrübten Erinnerung irgendein Hinweis darauf findet, wer sie hätte umbringen wollen und aus welchem Grund. Um die Wahrheit zu sagen: Die Erinnerung an meine Zeit mit Janet war schon zehn Minuten nach der Scheidung so gut wie erloschen.«

»Was hieltest du von ihrer Familie? Ich habe gerade einen ihrer Brüder kennengelernt. Eine Erfahrung, die man nur einmal im Leben machen möchte.«

»Um ihre Familie habe ich mich nie geschert, und ich glaube, Janet im Grunde auch nicht. Sie hatte diese beiden jüngeren Brüder, die offenbar darum wetteiferten, den Orden für das langweiligste Mitglied im örtlichen Elk Club zu bekommen. Ich weiß, das hört sich snobistisch an, aber so meine ich es gar nicht. Ich will nur sagen: Gäbe es Clubs, bei denen die Aufnahmebedingung darin bestünde, daß alle Mitglieder so spießig wie nur möglich sind, ihre Brüder hätten einen solchen gegründet.«

»Ihr beide, du und Janet, habt nicht über ihre Familie gestritten?«

»Nie. Ich war mit der kirchlichen Trauung einverstanden, weil ihre Familie schon genug daran zu knabbern hatte, daß sie einen Juden heiratete. Aber diese kirchliche Trauung war die letzte Konzession, die sie an ihre Familie machte. Gott weiß, daß es Janet nicht leichtfiel, sich von herkömmlichen Vorstellungen zu lösen, aber ich glaube, als wir heirateten, hatte sie es doch geschafft, ihre Kleinmädchenträume nicht mit der Wirklichkeit zu verwechseln. Wahrscheinlich war das der Grund, warum wir überhaupt geheiratet haben.«

»Hatte sie deiner Meinung nach eine glückliche Kindheit?«

»Keine Spur glücklich. Aber sie hatte immer das Gefühl, daß sie für ihre trostlose Kindheit irgendwie entschädigt werden würde – mir fällt das richtige Wort nicht ein –, daß sie es ihrer Familie beweisen würde. Das Dumme bei solchen Familien ist bloß, daß man ihnen beweisen kann, was man will – man wird die Klassenerste, macht das beste Universitätsexamen, und alles, was ihnen dazu einfällt, ist die Frage: Wann heiratest du? Ich glaube, Janet wollte gar nicht heiraten, aber ihre Familie sollte nicht denken, sie bekäme keinen ab. Gleichzeitig wollte sie keinen, der ihrem Clan gefallen hätte. Ich glaube, weil ich ständig hinter ihr her war, kam ihr gerade recht, mich zu heiraten und endlich mit mir ins Bett zu gehen. Gott, wie ich die fünfziger Jahre hasse.«

»Moon«, sagte Kate nach einer langen Pause, während der beide freudlosen Erinnerungen an die fünfziger Jahre nachgehangen hatten, »wenn du aufgrund des Bildes, das du von Janet hast, entscheiden solltest, ob jemand sie aus persönlichem Haß umbrachte oder wegen dem, was sie verkörperte, worauf würdest du tippen?«

»Ob jemand sie umbrachte, weil sie Janet war oder weil sie eine bestimmte Sorte Person war? Meinst du das? Nach dem, was ich von ihr weiß – ich tippe, ohne zu zögern, auf letzteres. Ich glaube einfach nicht, daß jemand sie ermordet hat, weil er sich von ihr beleidigt oder verletzt fühlte. Sie wurde ermordet, weil sie etwas Bestimmtes verkörperte. Womit natürlich klar ist, daß ich nicht der Täter sein kann, wie du ja schon herausgefunden hast und bestimmt auch bald beweisen wirst.«

»Ich weiß, du haßt Henry James, Moon, aber du besitzt genau die Eigenschaft, die sein Lieblingsheld Strether in den ›Gesandten‹ am meisten bewundert: die herrliche Gabe, die Dinge auf sich zukommen zu lassen.«

»Ich behaupte nicht, daß James keinen tiefen Einblick in die menschliche Seele hätte. Mir ist nur seine Syntax zu verschlungen und kompliziert. Es stimmt, ich nehme die Dinge, wie sie kommen, aber Janet konnte das nie. Weißt du, was sie im Grunde wollte? Sie wollte dem Schicksal zur Hand gehen. Sie wollte irgendeine großartige Aufgabe erfüllen, die Gott der Allmächtige, oder sein Äquivalent, für sie vorgesehen hatte. Aber das Schicksal läßt sich von niemandem ins Handwerk pfuschen. Wenn wir uns im klaren sind, was wir wirklich wollen, hilft es vielleicht manchmal ein wenig nach. Janet mochte das 17. Jahrhundert so, weil es da einen Gott gab, der erschien und sagte: Vertrau auf mich, mein Kind, und alles wird gut.«

»Hast du Janet je erzählt, wie du dich im Krieg fühltest?«

»O ja. Das waren unsere besten Zeiten, wenn wir darüber redeten, wie wir uns fühlten, als wir jung waren. Dann verstanden wir uns immer am besten und waren uns am nächsten. Sie machte sich nie viel aus Sex, was ich wohl schon erwähnt habe. Aber manchmal hatte sie es gern, mit mir im Bett zu liegen und einfach zu reden. Am liebsten wollte sie dabei in die Arme genommen werden. Wahrscheinlich hat es mir mehr geholfen, mit ihr zu reden, als umgekehrt.«

»Jetzt habe ich nur noch eine Frage, Moon. Denk gut nach, sehr gut, ehe du antwortest.« Und sie fragte ihn.

Schließlich fuhr Kate nach Boston, um John Cunningham alles auseinanderzusetzen. Einige Tage zuvor waren beide übereingekommen, die Detektive zurückzurufen. Sie hatten gute Arbeit geleistet, aber das Ergebnis war negativ. Kate hatte John gegenüber bemerkt, das Dumme am Universum sei – »Mein Gott, verschone mich!« hatte Cunningham aufgestöhnt –, daß das Negative nie genügend gewürdigt, belohnt oder verstanden würde. »Wir alle schreien hurra, wenn jemand etwas *tut*, selbst wenn es sich hinterher als die bekloppteste Sache der Welt herausstellt, wie Leighton sagen würde. Aber jemand, der etwas vermeidet, hat noch nie Beifall bekommen. Kein Applaus, kein Lob, kein Hurra.« Worauf Cunningham erwidert hatte, er wünsche bei Gott, Kate würde ihn nicht während seiner Bürostunden in derartige Gespräche verwickeln. »Du bist schlimmer als meine Frau«, sagte er, »die mich mitten in einer Besprechung anruft und mit den Wünschen der Kinder behelligt. Aber das tut sie nur, damit ich nicht lange mit ihr herumdiskutiere und zu allem ja sage.«

Diesmal war Cunningham einverstanden gewesen, sich nach dem Büro mit Kate zu treffen. Und noch mehr: Er hatte sich sogar bereit erklärt, sie zum Dinner ins »Locke-Ober« auszuführen, ein Restaurant, von dem er behauptete, Kate möge es nur, weil es, wie Harvard, bis vor kurzem Frauen den Zutritt in seine geheiligten Hallen verwehrt hatte. Kate stritt das ab. Was sie dort möge, seien der Rahmspinat und die Art der älteren Kellner, die fast alle taub und sehr galant waren.

»Ich bin nur mit diesem Restaurant einverstanden gewesen«, versicherte Cunningham ihr, als sie Platz genommen hatten, »weil sich das Essen hier so in die Länge zieht, daß du genügend Zeit hast, mir deine ganze, wie ich sicher bin, groteske Geschichte zu erzählen. Übernächste Woche kommt übrigens Mr. Mandelbaums Fall vor Gericht. Ich hoffe, er kommt und erspart mir die Aufgabe, Reed – der dich schließlich deines Geldes wegen geheiratet hat, einen anderen Grund konnte es ja kaum geben, du redest zu viel und warst damals schon nicht mehr die Jüngste – zu erklären, warum ich zugelassen habe, daß du für jemand die Kaution stellst, der sie den Bach runtergehen läßt.«

»Ich verspreche dir, daß Moon sich nicht nach Pago Pago absetzt.«

»Das glaube ich dir ohne weiteres. Denn sogar Moon wird wissen, daß Pago Pago amerikanisches Territorium ist und er jederzeit dort greifbar wäre. Ich weiß nicht, warum die Leute heutzutage so viel Geld, ja ganze Vermögen, für die Bildung ihrer Töchter ausgeben, die dann am Ende nicht mal über die elementarsten Geographiekenntnisse verfügen. Was möchtest du trinken?«

»Zur Strafe«, sagte Kate, nachdem sie die Weinkarte studiert hatte, »werde ich mir eine Flasche Vouvray, Clos de Nouys 1971 bestellen. Hier steht zwar halbtrocken, da aber der 71er zufälligerweise ein ganz hervorragender Jahrgang ist, fühle ich mich inspiriert, einmal von meiner Vorliebe für sehr trockene Weine abzuweichen.«

»Na gut. Aber trink vorher einen Scotch. Zwei Scotch«, sagte er zu dem Kellner. »Sie wissen, welche Marke, und stecken Sie den Wein in einen Eiskübel. Am besten kühlen Sie gleich noch eine Flasche vor, denn ich habe die düstere Ahnung, daß uns ein langer Abend bevorsteht.«

»John, ich weiß, du kannst Frauen wie mich nicht leiden, aber spielst du nicht selbst für deine Begriffe heute ein wenig zu sehr den Macker? Ist irgend etwas nicht in Ordnung?«

»Natürlich ist irgendwas nicht in Ordnung. Du wirst mir nämlich gleich erzählen, daß einer der renommiertesten Professoren von Harvard eine Kollegin ermordet hat, nur weil er den Gedanken nicht ertragen konnte, daß in seiner Fakultät eine Frau in einer hohen Position ist. Ich werde mich mit der ganzen verdammten Harvard-Hierarchie anlegen müssen. Ich werde wegen dieses lächerlichen Lehrstuhls Krach bekommen, den, wenn du meine Meinung wissen willst, nur ein irregeleiteter Halbverrückter Harvard einbrocken konnte. Die Tatsache, daß besagter Professor schwul ist, wird an die Öffentlichkeit kommen, und wir werden einen Haufen psychologischer Gutachter bei Gericht sitzen haben, die sich darüber streiten, ob Homosexualität dazu verleitet, Frauen zu ermorden oder nicht, und da fragst du mich, ob irgendwas nicht in Ordnung ist.«

»Du glaubst also, Clarkville war es?«

»Nein. Ich glaube, daß du glaubst, daß er es war. Am Telefon hast du gesagt, daß Janet im Büro des Vorsitzenden gestorben ist.«

»Ja, stimmt. So war es. Und Clarkville hat ihre Leiche fortgeschafft. Ich zweifle zwar keine Sekunde daran, daß er sie, zumindest in manchen Augenblicken, gern umgebracht hätte, aber er hat es nicht getan. Er hatte weder die Gelegenheit noch die Mittel, um bei deinem *sine qua non* zu bleiben, und er hatte noch nicht einmal mein *sine qua non*: ein Motiv. Denn Clarkville ist immerhin schlau genug, zu wissen, daß seine Fakultät jede Art von Publicity um den Frauenlehrstuhl nicht gebrauchen konnte – es sei denn, Janet hätte sich der Bewegung ›Rettet-das-alte-Frauenbild‹ angeschlossen und die Frau als Dienerin inklusive der geschnürten Füße propagiert. In dem Falle wäre ihnen größte Publicity natürlich recht gewesen.«

»Mein Gott, bin ich erleichtert! Du glaubst also nicht, daß Clarkville es war. Und auch kein anderer Harvard-Professor, Kate? Du hast mir doch nicht eine schreckliche Aussicht genommen, um mich mit einer anderen, vielleicht noch schlimmeren zu konfrontieren?«

»Nun, ich gebe zu, daß jemand von der anglistischen Fakultät sie umgebracht hat. Nur ein einziger Professor kommt überhaupt in Frage.«

»Ja?« Cunningham ließ seinen Blick nicht von Kate, während er hektisch nach dem Kellner und einem zweiten Scotch winkte. »Ja?«

»Janet selbst«, sagte Kate. »Sie hatte Gelegenheit, Mittel und

Motiv – und die tatkräftige Hilfe ihrer Kollegen und außerdem noch die eines ziemlich bedeutenden Dichters, ebenfalls tot, namens Herbert.«

Als sie beim Vouvray angelangt waren, sah Cunningham aus, als könnte der morgige Tag es möglicherweise wert sein, halbwegs nüchtern zu bleiben. »Erzähl mir«, sagte er, »erzähl mir alles. Ich spendier dir zwei Essen und fünf Flaschen von allem, was es hier gibt, wenn du mich davon überzeugst, daß das stimmt.«

»Fangen wir ganz von vorn an«, sagte Kate. (John stöhnte mitleiderregend, Kate ignorierte ihn.) »Warum tippte die Polizei auf Moon als Mörder? Ich wußte zwar von Anfang an, daß er kein Mensch ist, der jemanden umbringt, schon gar nicht die arme Janet, aber von solchen Überlegungen läßt sich die Polizei ja nicht leiten. Irgendwann ließ sie ihn als Hauptverdächtigen fallen und versteifte sich statt dessen auf die arme Luellen May. Was alle verwirrte, war eben, daß so viele Leute in die Sache verstrickt schienen, die im Grunde gar nichts damit zu tun hatten. Ich meine, ich und Moon beispielsweise, wir gehörten beide zu Janets Vergangenheit. Und daß wir beide hier waren, ließ auf irgendwelche Verbindungen schließen, die es in Wirklichkeit gar nicht gab. Moons Anwesenheit hier war reiner Zufall, aber das wollte die Polizei einfach nicht glauben, zumal sich herausstellte, daß er Zyankali besaß. Luellen May wurde verdächtigt, weil man sie neben der Badewanne an Janets Seite angetroffen hatte. Und ich verdächtigte Clarkville oder jemanden, der auf sein Geheiß hin handelte. Schönes Wort, ›Geheiß‹, nicht wahr? Typisches Überbleibsel aus einer Kindheit, die damit verbracht wurde, anständige Bücher zu lesen. Schon gut, keine Angst, ich hör schon auf. Außerdem verdächtige ich Howard Falkland, ein Handlanger Clarkvilles zu sein – und andere ungenannte Professoren, die sich im Hintergrund hielten.«

»Kate, du solltest lieber ein paar Beweise auf den Tisch legen, denn das Ganze klingt allmählich genau wie die Sorte Geschichten, die die Polizei selbst in ihren bestgelaunten Momenten nicht besonders lustig findet.«

»Geduld, Geduld, mein Lieber. Wo war ich stehengeblieben? Ach ja, bei meinen Verdächtigen. Zuerst die Geschichte mit der Badewanne. Nun, Howard Falkland benahm sich ganz als der Idiot, der er ist; im strengen Sinn des Begriffs beging er aber kein Verbrechen. Er goß hochprozentigen Wodka in den Drink einer Frau, die nur selten Alkohol trank ...«

»Im Gegensatz zu manch anderer, die einem einfallen könnte.«

»Wenn du auf billige Beleidigungen aus bist – ganz wie du willst ...«

»Ich bitte demütigst um Verzeihung und nehme alles zurück. Erzähl weiter, meine Gute, erzähl weiter.«

»Er hat wahrscheinlich übertrieben. Aus einem Campari schmeckt man Wodka kaum heraus. Howard Falkland hatte keine Ahnung, daß Janet hohe Dosen eines starken Schlafmittels einnahm. Sie hielt nichts von Tranquilizern, gestattete sich aber ein ehrliches, altmodisches Mittel, das die gleiche Wirkung hatte, viel billiger war und in ihrer Jugend von vielen Leuten genommen wurde.«

»Wieso muß heutzutage eigentlich jeder Tranquilizer schlukken?«

»Wenn du Zeit hast, erklär ich dir, welche Rolle die Pharmaindustrie dabei spielt. Nun, jeder weiß, daß eine Überdosis Schlaftabletten tödlich ist. Sich dagegen mit Tranquilizern umzubringen, ist gar nicht so einfach.«

»Warum hat sie dann nicht einfach zu viele von ihren Pillen geschluckt und uns eine kleine Notiz hinterlassen? Warum das Büro des Vorsitzenden? Warum Zyankali?«

»Hetz mich doch nicht so. Ich muß die Dinge selbst erst noch in meinem Kopf ordnen. Du brauchst dir das alles natürlich nicht anzuhören.«

»Wieso glaubst du, ich hätte noch die Wahl, nachdem du mich in den Fall eingeschaltet hast? Erzähl weiter.«

»Der Alkohol plus eine wahrscheinlich höhere Dosis Schlaftabletten führten zu der kleinen Episode in dem berühmten Mahagonibadezimmer des Warren-Hauses. Dort setzte Howard seinem albernen Studentenstreich die Krone auf, indem er eine Frau herbeirief, von der er wußte, daß sie eine radikale Feministin und lesbisch ist. Janet war entsetzt, Luellen May, ohnehin in Schwierigkeiten, bekam noch erheblich größere, und mir fällt es sehr schwer, Howard Falkland letzten Endes nicht als Mörder anzusehen. Daß Janet auf dieser Party umkippte, sich dann auf einem Polizeirevier – oder jedenfalls etwas Ähnlichem – an der Seite dieser Frau wiederfand, war für sie, fürchte ich, nicht nur peinlich – es stürzte sie in Verzweiflung. Das Ganze hatte noch etwas anderes zur Folge: Janet rief nach mir. Selbst ich, die ich bei dieser Geschichte von Anfang bis Ende nicht besonders schlau war, spürte bei unserer ersten Begegnung, wie einsam sie war. Arme Janet. Sie gehörte nirgendwohin. Und sie wandte sich an mich und Sylvia um Hilfe. Sylvia erklär ich dir gleich. Und anstatt ihr zu sagen, du bist eine Heldin, ein großartiges Mädel, mach weiter so, und die ganze Männermannschaft wird gar nicht anders können, als deine Qualitäten irgendwann anzuerkennen, hämmerten wir ihr ein, sie müsse sich endlich um die Sache der Frauen kümmern, es sei ein Fehler von ihr, die Frauenbewegung zu ignorieren. Was natürlich stimmte, aber wenig tröstlich war für Janet, die doch so gern zum Männerclub gehören wollte und über den Feminismus nur die Achseln zucken konnte.«

»Und wo kommt Sylvia, wer immer sie ist, in die Geschichte?«

Kate erzählte ihm von Sylvia. »Janet wurde für den heiß umstrittenen Lehrstuhl ausgewählt, und Sylvia war Politikerin genug, um sofort zu erkennen, daß das eine Menge Kräfte auf den Plan rufen würde, die auf Sabotage aus waren. Und dagegen wollte sie tun, was sie konnte. Wie oft wird es wohl vorkommen, daß jemand eine Million Dollar für einen Frauen-Lehrstuhl spendet? Antworte lieber nicht, ich mag es nicht, wenn du ausfallend wirst.«

»Nach dem Badewannenzwischenfall ging es mit Janet also erst richtig bergab?«

»Ich fürchte ja. Das ganze Ausmaß ihrer Verzweiflung habe ich erst begriffen, als ich ihr Appartement sah – nackt und kahl –, sie war nie heimisch darin geworden. Als hätte sie gewußt, daß es nicht von Dauer sein sollte. Und auf ihrem Nachttisch lagen die Gedichte von Herbert. Seit ich vor ewigen Zeiten aufgehört habe, Grundkurse für englische Literatur zu geben, habe ich keine Gedichte aus dem 17. Jahrhundert mehr gelesen, und auch damals war uns Herbert nicht besonders wichtig. Also las ich dieses Gedicht, mit dem Janet sich so ausgiebig beschäftigt hatte, mit frischem Geist, so wie man Gedichte natürlich immer lesen sollte. Ich bin sicher, daß auch Janet es in gewisser Weise zum ersten Mal las, das heißt, zum ersten Mal richtig auf sich wirken ließ. In ihrem ersten, berühmten Buch ging es darum, Herbert nicht von heute aus zu lesen, sondern so wie seine Zeitgenossen. Janet ließ es zum ersten Mal unmittelbar auf sich wirken und bekam seine ganze emotionale Wucht zu spüren.« Kate nahm einen Schluck Wein.

»Herberts Gedicht ›Liebe‹«, fuhr sie fort, »erzählt von einem Mann, der sich wegen seines unfrommen Lebenswandels unwürdig fühlt, den Christus aber an seinen Tisch bittet und bewirtet. Ich brauche dir nicht zu erzählen, auf wie viele Weisen man dieses Gedicht lesen kann. Entspann dich, ich hab nicht vor, sie dir aufzuzählen. Irgendwann kam mir jedenfalls der Gedanke, daß man das Gedicht als Einladung zum Tod verstehen kann. Christus bittet den Mann, sich zu ihm zu gesellen, sein Brot mit ihm zu teilen und, vielleicht, ihm in den Himmel zu folgen, also auch den Tod mit ihm zu teilen. Schon gut, schon gut, spar dir deine Einwände. Ich verwarf diese Phantasie selbst als das, was sie war: eine Phantasie.«

»Und dann«, fuhr Kate fort, »fiel mir etwas ein. Ich erinnerte mich plötzlich an ein ziemlich konfuses Gespräch im Speisesaal des Dunster-Hauses, bei dem ein junger Mann mir erzählte, er habe Janet wegen eines Gedichts von Herbert konsultiert, das Simone Weil gelesen hatte. Also ging ich los, besorgte mir die neueste Biographie über Simone Weil und sah sie durch auf irgendwelche Hinweise. Dabei fand ich heraus, daß Simone Weil dieses Gedicht abgeschrieben hatte, um es immer wieder zu lesen, denn während sie es las, hatte sie das Gefühl, Christus *existiere*. Nur für den Fall, lieber John, daß du mich im Verdacht hast, ich wollte dir schon wieder eine Feministin unterjubeln: Simone Weil war eine brillante Philosophin, die ihr ganzes Leben den Armen, Gequälten und Betrogenen widmete. Sie identifizierte sich zutiefst mit den Ausgestoßenen und Verfolgten, mit allen Leiden, außer natürlich jenen, die sie am eigenen Leib erfuhr: als Frau und als Jüdin. Mit beiden identifizierte sie sich nicht sonderlich.«

»Hat sie sich umgebracht?«

»Vielleicht. Im Zweiten Weltkrieg, als viele Menschen hungerten, starb sie den Hungertod. Ich glaube, zum Teil starb sie, weil sie nichts mehr sah, wofür sich zu leiden lohnte. Merken mußt du dir nur, daß sie zu den großen Geistern unserer Zeit gehört. Ich hoffe, du hast Simone Weil inzwischen verdaut, denn ich habe vor, noch mehr tote Frauen, sowohl aus der Literatur wie aus dem wirklichen Leben, ins Spiel zu bringen – also wappne dich.« Aber John, ein zutiefst weiser Mann, nahm Kate jetzt nicht auf die Schippe.

»Nachdem Clarkville zugegeben hatte, daß er Janets Leiche fortschaffte, bat ich ihn, mich einen Blick in ihr Büro werfen zu lassen. Wenn sie in Harvard irgendwo gelebt hatte, dann hier, das wurde mir sofort klar. Hier, wenn überhaupt, hoffte sie auf Rettung. Und hier las sie eine Biographie über Eleanor Marx.«

»Erstaunlich, daß Janet sich für sie interessiert hat.«

»Genau das sagte Clarkville und habe auch ich gedacht.

Jedenfalls nahm ich die Biographie mit und las sie. Eleanor Marx brachte sich mit Zyankali um, das damals unter dem Namen Blausäure bekannt war. Niemand, außer vielleicht einer Freundin, mit der sie korrespondierte, wußte überhaupt, daß sie unter Depressionen litt. Bemerkenswert ist außerdem, daß Eleanor Marx ›Madame Bovary‹ übersetzte. Und die Heldin dieses Buchs tötete sich mit Arsen – aus Verzweiflung darüber, keinen Platz im Leben zu haben und kein Leben zu leben. Als sie sich das Gift besorgte, sagte sie, sie wolle es für Ratten. Eleanor Marx sagte, sie wolle es für einen Hund. Sie war übrigens die Tochter von Karl Marx.«

»Arsen«, sagte Cunningham. »Und trotzdem hat sich Janet für Zyankali entschieden. An Arsen ist viel leichter heranzukommen.«

»Normalerweise ja. Aber Janet hatte das Zyankali. Sie hatte es seit vielen Jahren. Als sie noch mit Moon verheiratet war, erzählte er ihr von den Kapseln, und sie stahl ihm einige. Sie nahm nur eine oder zwei ein – wahrscheinlich zwei, denn sie fürchtete bestimmt, daß die Wirkung über die Jahre nachgelassen haben könnte.«

»Wäre es nicht einfacher gewesen, sie hätte ihre Schlaftabletten genommen?«

»Viel einfacher. Aber Zyankali hat zwei wichtige Eigenschaften, weshalb auch Soldaten und Spione es benutzen. Es wirkt schnell und endgültig. Es gibt keinen Weg zurück, jede Rettung kommt zu spät.«

»Aber warum mußte sie es im Büro des Vorsitzenden nehmen?«

»Das kann ich nicht erklären, nur raten. Ich glaube, sie meinte es als Geste gegenüber einem Mann – vielleicht eine Rachegeste. Der Vorsitzende hatte ihr an jenem Tag alle Hoffnung genommen. Weißt du, es gab noch ein anderes Gedicht, mit dem sie sich beschäftigte, auch von Herbert. Es heißt ›Hoffnung‹.

In diesem Gedicht wird deutlich, daß der Dichter erwartete, etwas von der ›Hoffnung‹ zurückzubekommen, weil er so fest an sie geglaubt hatte. Die Schlußzeile lautet: ›Ach, Undankbare, nie mehr etwas ich dir bring', auf was ich hoffte, war ein Ring.‹ – Das sagt doch alles, findest du nicht? Außerdem«, fügte Kate fast beiläufig hinzu, »hätte sie sich in ihrem eigenen Büro umgebracht, wäre sie vielleicht erst nach Tagen von der Putzfrau gefunden worden, womit noch einmal deutlich wird, worin Janet ihr eigentliches Scheitern sah: niemand würde sie vermissen. Von der Fachbereichssitzung am Nachmittag vor ihrem Tod habe ich dir noch nicht erzählt. Das kann vielleicht warten. Nur so viel: Sie muß für Janet die Hölle gewesen sein.«

»Und du hast Moon gefragt, ob er es für möglich hält, daß sie ihm die Kapseln gestohlen hat?«

»Ja. Moon sagte, er habe ihr die Kapseln gezeigt. In jenen Tagen sprach er oft über den Tod und die schreckliche Zeit während des Krieges im Pazifik. Ich erinnere mich noch gut. Und, aufrichtig wie er ist, gestand er mir, er habe es damals nicht für ausgeschlossen gehalten, daß Janet ein oder zwei Kapseln an sich genommen hatte. Aber für ihn habe jeder das Recht auf seinen eigenen Tod. Außerdem wäre ihm nie in den Sinn gekommen, Janet könne sich umbringen wollen, schon gar nicht mit Zyankali. Aber die Zeit verändert die Menschen. Und Janet war schon immer eine entschiedene Frau. Nachdem sie einmal den Entschluß gefaßt hatte, zu sterben, hatte sie niemand abhalten können. Und wie Eleanor Marx, Emma Bovary oder Simone Weil wollte sie auf keinen Fall gerettet werden. Ich möchte gern glauben, daß sie mit der Vorstellung starb, zu einem heiligen Fest geladen zu sein, aber ich glaube es nicht. Solche Vorstellungen waren nur zu Herberts Zeit und Menschen wie Herbert möglich. Um meinetwillen möchte ich glauben, daß sie es geglaubt hat.«

Die Fakultät nimmt folgenden Beschluß des Untersuchungs-
komitees über den Status von Frauen an: daß die Anzahl
von Frauen an der Fakultät erhöht werden muß
und daß die Fakultät ihre Verwaltungsorgane,
ihre Fachbereichsvorsitzenden und Mitglieder
der Berufungskomiteesanhält, auf dieses Ziel hinzuarbeiten.
(Beschlossen auf einer ordentlichen Sitzung
der geisteswissenschaftlichen Fakultät)

Und so hatte Kate zum Schluß noch das halbe Semester zu ihrer freien Verfügung. Meistens arbeitete sie an ihrer Vorlesung, die sie Ende Mai am Radcliffe-Institut halten sollte. Schon während der Ausarbeitung widmete sie sie Janet. Herbert hatte geschrieben:

Wer hätte gedacht, daß mein verdorrtes Herz
von neuem zu sprießen begänne

Aber auch als Kates Herz sich mit Einzug des Frühlings wieder aufhellte, trauerte sie darum, daß es Janets Herz nicht beschieden war, von neuem zu sprießen.

Als Kate im Mai dann schließlich ihre Vorlesung hielt, im großen Hörsaal des Agassiz-Hauses, wo solche Ereignisse immer stattfanden, sprach sie von den vielen Wegen, die Frauen offenstünden, ihr Leben neu zu entwerfen. (»Ich werde nicht kommen«, sagte Moon, »ich weigere mich, mir anzuhören, wenn du vielsilbig, strukturalistisch und theoretisch wirst«, aber er kam.)

»Und du«, fragte Sylvia nach Kates Vorlesung, »wirst du in Harvard bleiben, um den neuen weiblichen Lebensentwürfen auf die Sprünge zu helfen?« Wieder hatten beide die Füße hochgelegt und betrachteten die Schiffe und Flöße auf dem Fluß und die Studenten im Gras der Uferböschung.

»Ich bleibe auf alle Fälle bis zu Leightons Abschlußfeier«, sagte Kate, »obwohl das ein Zusammentreffen mit meiner Familie bedeutet. Aber Clarkville hat mir eine Platzkarte der Fakultät geschickt. Während der Zeremonie brauche ich mich also nicht unter meine Anverwandten zu mischen. Natürlich ist Clarkville, Gott erbarme sich seines engen Männerherzens, nicht in den Sinn gekommen, daß ich mehr als eine Karte brauchen könnte. Aber egal – ich setze große Hoffnungen in Leighton.«

»Trotzdem. Janet ist umgebracht worden«, sagte Sylvia. Sie sah immer noch auf den Fluß hinaus. »Wir alle haben an ihrem Tod mitgewirkt. Wir haben sie isoliert. Keiner von uns hat ihr Rückhalt gegeben. Nur der Tod hieß sie willkommen.«

»Ich denke«, sagte Kate, »daß Harvard sich zumindest ein wenig darüber im klaren ist, was es angerichtet hat. Weißt du, in gewisser Weise verstehen wir, die wir von außen kommen, viel mehr von Harvard als alle *in* Harvard. War es nicht Kipling, der geschrieben hat: ›Der kennt wenig von England, der nur England kennt‹? Nun, wenn Harvards Männer auch nur ein Fünkchen zu kapieren beginnen, ist Janet vielleicht nicht umsonst gestorben.«

»Sie ist nicht umsonst gestorben, glaub mir. Harvards Anglistik-Professoren dachten, die Zeit, da sie sich um die Frauenfrage kümmern mußten, sei vorüber, die feministische Bewegung an den Universitäten hätte sich endgültig ausgetobt. Ich bezweifle sehr, daß sie diesen Standpunkt jetzt noch vertreten, und ich glaube auch nicht, daß sie beim nächsten Mal eine so schlechte Wahl treffen werden.«

»Dann gibt es also ein nächstes Mal?«

»O ja. Der gestiftete Lehrstuhl besteht ja weiter«, sagte Sylvia.

»Das überrascht mich, aber, bei Gott, ich bin froh. Ist dir

schon aufgefallen, daß ich neuerdings öfter Gott erwähne? Das ist der Einfluß George Herberts, kein Zweifel.«

»Kein Zweifel auch, daß Janets Tod den Spender zu noch größerer Freigebigkeit angespornt hat. Höchstwahrscheinlich wird demnächst noch ein Frauenlehrstuhl gestiftet! Und zwei Millionen Dollar wird Harvard größte Aufmerksamkeit schenken, da können wir uns getrost auf sein geldgieriges kleines Herz verlassen.«

»Ob ich wohl je erfahren werde, wer der Spender ist?«

»Warum nicht. Du hast es verdient. Aber du mußt wirklich schweigen, denn das einzige, was der Wohltäterin ihre Spendelust nehmen könnte, wäre Publicity. Sie will ihr Interesse an Frauen geheimhalten. Sie handelt nämlich mit Männern.«

»Was meinst du denn bloß damit?«

»Meine Liebe, die Dame, von der ich rede, ist alt, steinreich und besitzt eine Baseballmannschaft. Wußtest du, daß man eine Baseballmannschaft besitzen kann? Na, wahrscheinlich wußtest du es, aber ich nicht. Ich dachte immer, die gehörten Städten. Städte vergeben zwar die Spiellizenzen, aber gehören tun die Teams irgendwelchen Leuten. Und jeder, der will, kann Stadionbesitzer werden.«

»Sylvia, du bist ja ein regelrechtes Informationswunder. Und wer, kannst du mir das auch sagen, hat diese Frau herumgekriegt, einen Lehrstuhl zu stiften?«

»Da sie mit Vergnügen fünf Millionen pro Jahr für ihr Baseballteam springen läßt, kam ihr irgendwann die Idee, in einem vernichtenden Schlag ein oder zwei Millionen auf Harvard niederprasseln zu lassen. Falls du wissen willst, aus welchem Grund: um Harvard zu ärgern. Ist das nicht herrlich? Wie ich gehört habe, läßt sie kein Spiel ihrer Mannschaft aus, egal, wo die spielt. Und es wird gemunkelt, im Leben ihrer Spieler gäbe es drei Sorten Frauen: die Ehefrauen, die Frauen, mit denen die Jungs unterwegs anbandeln, und ihre Besitzerin.«

»Trotzdem wundert es mich, daß sie den Lehrstuhl ausgerechnet für eine Frau stiftete. Eigentlich klingt sie nicht so, als könnte
sie viel mit Akademikerinnen anfangen.«

»Viele Leute haben etwas nachgeholfen. Millionäre kennen
sich untereinander. Und irgend jemand setzte die Geldauftreiber
Harvards auf ihre Spur. Eine Million Dollar sind schließlich eine
Million Dollar, selbst wenn sie von einer Dame kommen. Aber
was letztendlich den Ausschlag gab, war eine Tatsache, die ans
Licht kam, als sich alle Frauen in Harvard zum ersten Mal versammelten. Ich habe dir davon erzählt. Eine der Sprecherinnen war
eine Schwarze. Sie erzählte, daß sie in ihrer ersten Zeit in Harvard
wegen ihrer Hautfarbe nicht in einem der Campushäuser wohnen
durfte. Nun, und der dramatischste Moment im Leben unserer
Baseball-Dame war, als Branch Rickey zum ersten Mal schwarze
Spieler antreten ließ. Sie jubelte Jackie Robinson zu, als andere
Spieler ihn mit den Stollen verletzten und die Fans schwarze Katzen aufs Spielfeld losließen. Sie war empört über die Rassenvorur-
teile, und ich glaube, am liebsten hätte sie etwas für Schwarze in
Harvard getan. Aber jemand hat sie davon überzeugt, daß Harvard sich des Rassenproblems genügend bewußt sei, jedoch immer
noch glaube, Frauen seien Kreaturen, die den Lernstoff in sich
hineinschlingen, für die Studiengebühren bluten und den Mund
halten sollten. Das gab den Ausschlag – das und die wunderbaren
Überredungskünste einer schwarzen Frau, die ich dir gern eines
Tages vorstellen möchte.«

Kate sagte: »Aus lauter Dankbarkeit werde ich mir eine Sai-
sonkarte kaufen und die Durchschnittsleistung jedes Schlägers in
ihrem Team auswendig lernen. Die Art Denksport tut einem gut,
wenn man in die Jahre kommt.«

Kurz nach Kates Vorlesung wurden sie und Moon zu einem Dinner im Café in der Hampshire Street eingeladen – von Joan Theresa, Luellen May und Iokaste. Moon wollte Harvard verlassen,

sowie er alle Semesterarbeiten seiner Studenten korrigiert hatte. Die Bitte, seinen Kurs bis ins nächste Jahr zu verlängern, lehnte er ab. »Nicht mal, wenn du noch hier wärst«, sagte er zu Kate. Sie hatte die Kaution zurückbekommen, aber Moon hatte sich von den Kapseln verabschieden müssen. Es schien ihm nicht schwerzufallen; sein Bedarf danach, vermutete Kate, war längst Vergangenheit.

»Luellen bat mich, dich zu fragen«, sagte Moon zu Kate, »ob du vor Gericht bezeugen wirst, daß sie eine verantwortungsbewußte Person ist, die ihre Kinder großziehen kann. Du weißt, daß sie das ist. Sie ist viel verantwortungsbewußter als ihr Mann, der mich verteufelt an deinen Howard Falkland erinnert.«

»Wenigstens hat die Polizei, wenn auch widerwillig, zugeben müssen, daß Luellen nichts mit Janets Tod zu tun hatte, was man ja von uns anderen nicht so ohne weiteres behaupten kann.«

»Kate, Janets Tod ist offiziell als Selbstmord deklariert worden, und ich bitte dich: Laß es damit gut sein und entspann dich. Es paßt nicht zu dir, wenn du rührselig wirst und dich mit Selbstvorwürfen plagst. Kann ich Luellen also sagen, daß du vor Gericht für ihren guten Charakter einstehst?«

»Ja, ich werde für sie aussagen. Du kannst Luellen beruhigen«, sagte Kate. »Wir wollen schließlich nicht noch ein Opfer in dieser schrecklichen Geschichte. Ich würde es zwar niemand anderem gegenüber zugeben, aber ich hab es ein ganz klein bißchen satt, Harvards Kastanien aus dem Feuer zu holen, besonders jetzt, wo ich sehe, wie sie alle, und besonders die anglistische Fakultät, langsam vor sich hin rösten. Und natürlich kein Wort des Dankes. Nicht einmal jetzt halten sie es für nötig, einen überhaupt zur Kenntnis zu nehmen. Versprich, daß du niemandem erzählst, was ich dir gerade gesagt habe.«

»Dein Vertrauen ist, wie du selbst, für immer gut bei mir aufgehoben«, sagte Moon. Er nahm die Gitarre in die andere Hand und legte den Arm um Kate. »Ich werde dich vermissen«, sagte er und ließ seinen Arm von ihrer Schulter gleiten. »Du bist das einzige an Harvard, das ich vermissen werde. Kein Ort für mich. Na, immerhin gut, das ein für allemal herausgefunden zu haben.«

Das Dinner war eine erfreuliche Begebenheit. Kate hatte sich bereit erklärt, nicht zu rauchen, wenn es dafür Wein gab: ein fairer Handel. Joan Theresa tischte den versprochenen hausgemachten Wein auf, der, wie Kate überrascht feststellte, keineswegs schlecht war. Sie hatte hausgemachten Wein immer im Verdacht gehabt, gezuckert zu schmecken. »Sie dürfen nichts mitbringen«, hatte Luellen gesagt. »Sie sind unser Ehrengast, und Ihnen zuliebe darf Iokaste in der Nähe unseres Tisches draußen vor dem Fenster sitzen, damit Sie ihr etwas zuwerfen können, wenn Sie wollen.«

Auf dem Tisch neben dem Fenster, vor dem Iokaste in angespannter Erwartungshaltung saß, standen Kerzen, aber die Tage wurden immer länger und es war noch fast hell. Wie Andy, stellte Kate fest, war Moon in der Gesellschaft von Frauen völlig entspannt; erst später fiel ihr auf, daß sie noch nie einen anderen Mann im Café gesehen hatte. Moon ist älter als Andy, dachte Kate dann; an ihm ist diese Haltung ursprünglicher und liebenswerter.

Nach einer Weile schoben sie ihre Stühle zurück und, o Wunder, sie sprachen nicht über Harvard. »Ich sing dir ein Lied«, sagte Moon, »um dir deinen Rauch zu ersetzen.« Und er spielte und sang Lieder, die Kate nicht kannte und sich vermutlich auch nicht merken würde; aber das spielte keine Rolle. Sie fühlte sich aufgehoben und gut. Auch Iokaste draußen vor dem Fenster hatte alle Gedanken ans Essen aufgegeben und sich lang ausgestreckt.

Als es dunkel war, auf Wiedersehen gesagt und Adressen ausgetauscht worden waren, machten sich die beiden, Moon und Kate, auf den Heimweg, die Hampshire Street hinunter zur Cambridge Street, von der Cambridge zur Maple, die Maple hinunter zum Broadway, weil Kate eine Freundin hatte, die in der Maple Street wohnte, und sie plötzlich das Bedürfnis überkam, an ihrem

Haus vorüberzugehen – dann den Broadway hinunter zur Prescott, am Warren-Haus vorbei, um sich von ihm zu verabschieden – und »guten Tag« zu sagen, hatte Moon gemeint, denn während des ganzen Jahres hatte er das Haus nicht betreten –, die Quincy Street hinunter zur Mass Avenue und die Mass Avenue entlang zum Harvard Square. »Mein Auto steht unten auf dem Parkplatz«, sagte Moon. »Aber ich bring dich noch nach Hause, ehe ich losfahre.«

»Du willst doch nicht sagen, daß du jetzt gleich nach Minneapolis fährst, mitten in der Nacht?«

»Doch, genau das«, sagte Moon. »Wenn ich müde werde, halte ich irgendwo an und schlafe.«

»Wär es nicht besser, morgen früh aufzubrechen?« fragte Kate.

»Doch«, sagte Moon.

»Sylvia ist wieder in Washington. Warum fährst du nicht morgen früh los, im Morgengrauen vielleicht?«

»Warum nicht?« sagte Moon und schulterte wieder seine Gitarre. So gingen sie gemeinsam die Mount Auburn Street entlang. Wann würden sie sich wohl wieder begegnen, überlegte Kate. Harvard war Moons letzter Flirt mit dem Establishment gewesen. Und würde sie wohl je nach Minneapolis kommen? Sie sagte Moon ihre Gedanken. »Das spielt keine Rolle«, sagte Moon. »Es gibt nur das Jetzt. Es hat immer nur das Jetzt gegeben, aber erst in unserem Alter wissen wir es.«

Die Abschlußfeierlichkeiten im Harvard des Jahres 1979 waren erträglicher, als Kate zu hoffen gewagt hatte. Zum einen hatte man sie, im Gegensatz zu Leightons Eltern, nicht aufgefordert, an der Gartenparty, der komödiantischen Aufführung des Studententheaters, dem Picknick der Doktoranden und dem Empfang der Magister teilzunehmen. Sie saß auf ihrem guten Platz unter den alten Bäumen des Campus und beobachtete, wie die Examinierten, die Professoren und die Fakultätsmitglieder, die ein Ehrentitel erwartete, Einzug hielten. Die einzigen Reden wurden von Studenten gehalten, eine von einem Examensstudenten der juristischen Fakultät – in Latein –, die beiden anderen von einer Studentin und einem Studenten der unteren Semester. Während Kate den Reden zuhörte, erinnerte sie sich an eine Begebenheit bei den Abschlußfeierlichkeiten des Jahres 1969, von der sie gelesen hatte. Auch damals richtete ein Jurastudent das Wort an die versammelte Menge. Hier, unter denselben Bäumen, hatte er seine Rede mit einem Ruf nach Recht und Ordnung begonnen: »Auf den Straßen unseres Landes herrscht Aufruhr. An unseren Universitäten rebellieren subversive Kräfte. Die Kommunisten wollen unser Land zerstören. Rußland bedroht uns mit seiner Übermacht. Unser Land ist in Gefahr. Ja, in Gefahr von innen und von außen. Wir brauchen Recht und Ordnung! Ohne Recht und Ordnung kann unsere Nation nicht überleben.« Nach heftigem Beifall fuhr der Jurastudent fort: »Diese Worte wurden 1932 von Adolf Hitler gesprochen.« Kate hätte viel darum gegeben, die Stille zu hören, die dann gefolgt war.

Jetzt trat keine Stille ein, alle applaudierten. Dann begann die Verleihung der akademischen Grade. Eine Frau erhielt eine Auszeichnung, eine Wissenschaftlerin, die Kate und – wie sie der Reaktion der Leute um sie herum entnahm – auch allen anderen unbekannt war. Sie und die Studentin, die eine der Reden gehalten hatte, waren die einzigen Frauen, die das Podium betraten. Gutes, altes Harvard, dachte Kate.

Zwischendurch gab es musikalische Einlagen, oder, wie im Programm recht ungeschminkt angekündigt: »Um etwas Abwechslung in die gewissermaßen monotone Verleihung der akademischen Grade zu bringen, werden Sie der Chor der Doktoranden und das Universitätsorchester in gebührenden Abständen unterhalten.« Kate konnte Leighton nirgends entdecken, aber sie würde sie ja später bei der kleineren Feier im Südhaus sehen. Während Kate unter den Bäumen saß, dachte sie mit gütigen und ein wenig sentimentalen Gefühlen an ihre Nichte Leighton; daß sie beide Gefühle als unecht entlarvte, hinderte sie nicht daran, sie voll auszukosten. Kates Bruder und seine unmögliche Frau, Leightons Eltern, würden natürlich auch bei der Feier im Südhaus sein. Aber Kate hatte ihre Einladung sorgfältig studiert, und dort hieß es, Cocktails würden serviert. Auf die freute sie sich.

Das Radcliffe-Institut hat sich zum Ziel gesetzt,

aktiv an der Ausarbeitung von Strategien mitzuwirken,

die die Lage von Frauen in Harvard verbessern.

Das Radcliffe wird sich zum Fürsprecher aller Frauen

in dieser universitären Gemeinschaft machen,

deren Geschichte sich dadurch auszeichnet, daß sie die

Bildungsbelange von Frauensträflich vernachlässigt hat. (…)

Wer sich in Harvard der Sache der Frauen annimmt,

hat einen gewaltigen Berg Arbeit vor sich

(…), denn nur 11 Frauen bekleiden einen Lehrstuhl,

d.h. weniger als 3% der Vollprofessuren sind mit Frauen besetzt.

(»Harvard Crimson«, Ausgabe zur Abschlußfeier)

Sylvia Farnum, Washington, D.C., an Kate Fansler, New York City:
»…außerdem habe ich eine große Neuigkeit für Dich, meine Liebe:
Harvard hat ein neues Berufungskomitee gebildet, das nach einer Professorin für englische Literatur Ausschau halten soll. Und diesem Komitee gehöre ich an. Ich glaube, ich werde sogar eine Geschlechtsgenossin zur Seite haben. Harvard scheint es leid zu werden, immer nur eine einzige Frau auf den Sitzungen zu sehen. Ich brauche Dir wohl kaum zu erzählen, daß wir diesmal eine Frau auswählen werden, die ihnen die Meinung sagt, statt in Tränen auszubrechen, und die vielleicht sogar bereit ist, sich der Probleme von Frauen in Harvard anzunehmen. Wahrscheinlich werden wir eine berufen, die sich auf moderne englische Literatur spezialisiert hat. Denn die, die sich mit den früheren Epochen befassen, scheinen sich eine Vorliebe für einfache Lebensformen bewahrt zu haben, die heute nicht mehr funktionieren und die,

wie ich fürchte, nie realistisch waren. George vermißt übrigens unser Absteigequartier in Cambridge und läßt fragen, ob Ihr, Du und Reed, vielleicht Lust habt, einen Urlaub mit Staken auf dem Charles zu verbringen. Ich habe zwar keine Stakkähne gesehen, aber George meint, wir hätten nur nicht zum richtigen Zeitpunkt hingeguckt. Wie ich höre, hat Janets alte Universität ein Stipendium in ihrem Namen gestiftet. Und wie laufen die Dinge bei Dir in ...«

Leighton Fansler an Kate Fansler:

»Liebe Tante Kate,
    Vater hat mich mehr oder weniger rausgeschmissen. Ich wohne jetzt in einem hübschen Appartement in der First Street, Ecke First Avenue, auch Lower East Side genannt. Außerdem habe ich mich einer hervorragenden Theatertruppe angeschlossen. Wir bereiten die Aufführung des ›Wintermärchens‹ vor, und ich werde die Paulina spielen. Du kommst doch zur Premiere, die am ...«

Reed Amhearst an Kate Fansler:

» ... Alles ist erledigt, und ich fliege spätestens in einer Woche zurück. Hoffentlich hast Du Dich von Harvard erholt. Abgesehen von der Tatsache, daß Du dort warst, ziehe ich die Dritte Welt Harvard zweifellos vor. Ich weiß jetzt, daß es die Dritte Welt heißt, weil Du in den beiden anderen immer bei mir warst.«

Der Dekan der Geisteswissenschaftlichen Fakultät an Frau Professor Kate Fansler, Baldwin Hall:

»Liebe Frau Professor Fansler,

herzlich willkommen nach Ihrem Harvard-Ausflug. Wir alle sind hocherfreut, Sie wieder in unserer Mitte zu wissen. Auf Empfehlung des Komitees zur Untersuchung der Zukunft der Ausbildung an der geisteswissenschaftlichen Fakultät darf ich Sie hiermit einladen, diesem Komitee mit sofortigem Beginn für die Dauer eines Semesters beizutreten ...«

Süßer Tod

> *Dies ist der einfachste aller Gedanken,*
>
> *daß der Tod, obwohl er ein Gott ist,*
>
> *kommen muß, wenn wir ihn rufen.*
>
> *(Stevie Smith)*

»Für eine Biographie über die Schriftstellerin Patrice Umphelby würden wir uns über die Zuschrift aller freuen, die Briefe von ihr besitzen oder sie persönlich kannten.« Zu der Trauerfeier für Patrice Umphelby in New York City (die Beisetzung hatte natürlich schon vor Monaten im Clare College stattgefunden) kamen Kate Fansler und einige hundert andere Leute, die die Zeremonie ausnahmslos äußerst bewegend fanden. Gedenkgottesdienste sind oft sehr traurig und selten aufbauend. Die Feier zu Gedenken an Patrice folgte den Ritualen der Quäker: alle, die die Tote gekannt hatten und über sie sprechen wollten, erhoben sich, um dies zu tun. Nach Kates Erfahrung, mit der sie, so hatte sie das Gefühl, kaum allein dastand, gab es allen Grund, solch ein unstrukturiertes Ritual zu fürchten: es ermutigte die Schwatzhaften und brachte diejenigen mit tiefen Erinnerungen oder Gefühlen zum Schweigen. In diesem Fall waren ihre Befürchtungen jedoch grundlos. Alle Schilderungen – von Männern, die Patrice von Jugend an gekannt hatten, von Frauen in mittleren Jahren, die sie ermutigt hatte – zeugten von Patrices Geist, ihrer Wärme, ihrer Großzügigkeit und vor allem von der Aufmerksamkeit, die sie allen geschenkt hatte. Kate hatte Patrice Umphelby nicht persönlich gekannt, aber vor Patrices Tod so eindrucksvolle Dinge von ihr gehört, daß sie aus einer Art innerem Zwang zu der Gedenkfeier gegangen war, um dieser außergewöhnlich mutigen Frau die letzte Ehre zu erweisen.

Viele blieben bei der Feier stumm, aber auch aus ihrem Schweigen schien Trauer und die bleibende Erinnerung an die Tote zu sprechen. Seit der Feier war Kate Patrice Umphelby nicht aus dem Kopf gegangen; oft fiel ihr Name, oft wurde ihr Geist beschworen. Und dann plötzlich wurde Kates Aufmerksamkeit von neuem auf sie gelenkt, und zwar auf sehr direkte Weise.

Kate hatte die Ankündigung der geplanten Biographie über Patrice in der »New York Times Book Review« und anderen Zeitschriften nicht gelesen. Daß eine solche Biographie beabsichtigt war, hörte Kate zum ersten Mal, als sie mit Grippe im Bett lag und jene tiefe Gleichgültigkeit gegenüber dem Fortbestand der Welt empfand, die bekannterweise mit einer Grippe einhergeht. Ihr Wissen darum, daß die Welt in unserem Zeitalter atomarer Rüstung vielleicht sowieso keine Zukunft hat, milderte die Tiefe ihrer Gleichgültigkeit nicht. Selbst dem einfachsten Gemüt mußte klar sein, daß die Viren oder Bakterien (oder welche neologistische Nomenklatur auch zutreffen mochte für diese hinterhältigen Organismen, die im menschlichen Körper im Zustand geschwächter Immunität gediehen) aus ihren letzten Kämpfen mit der modernen Medizin gestärkt hervorgegangen waren und mit dem Glück, das ihrer Spezies schon immer hold war, die Zerstörung aller anderen Lebewesen überleben würden.

Warum sie angesichts all dessen entschlossen war, ihre Post zu lesen, hätte sie niemandem erklären können. Reed Amhearst, ihr Mann, unterstützte sie in dieser, wie er fand, verrückten Absicht, indem er die Umschläge für sie öffnete und die Briefe in ihrer Reichweite stapelte. Ein Brief von zwei Männern war darunter. Sie schrieben Patrices Biographie, hieß es darin, und würden sich gern mit Kate unterhalten. Ob sie sich erinnere, Patrice vor einigen Jahren auf einem Flughafen bei Nebel getroffen und über Gott gesprochen zu haben?

Kate sank in die Kissen zurück und schloß die Augen. So wartete man, daß ein in den Projektor eingelegter Film scharf gestellt und abgespult wurde. Nein, dachte sie, die Erinnerung in mittleren Jahren war eher wie ein plötzlich aufblitzendes Bild, so wie einst die Bilder der Laterna magica: Heutzutage nannte man so was »audiovisuelle Mittel«. In ihrem Alter, fand Kate, kamen Erinnerungen ungerufen. Ein Wort, ein Geruch oder Klang reichten aus, sie herbeizulocken und aufleuchten zu lassen. Wenn man, wie Kate, Erinnerungen möglichst vermied und Geschichten aus der Vergangenheit verabscheute, durften diese aufblitzenden Momente schnell wieder verschwinden. (Viel später wurde Kate klar, daß dieses Ausweichen vor Erinnerungen ein exzentrischer Zug war, den sie und Patrice gemeinsam hatten.)

Patrice (so schrieben ihre Biographen) war natürlich auf den Namen Patricia getauft worden, hatte aber seit ihrer Mädchenzeit eine Vorliebe für die französische Form von Patrick gehabt.

Erst jetzt kam in Kates fiebrigem Hirn die Erinnerung hoch. Die beiden Männer hatten recht: Sie und Patrice waren sich einst begegnet, vor Jahren, auf einem im Nebel versunkenen Flughafen in Schottland, wo sie, gezwungen, auf besseres Wetter zu warten, sich weder mit kulinarischen Genüssen noch Bequemlichkeiten trösten konnten. (Wie ihren Freunden weithin bekannt, konnte Kate alles ertragen, solange sie mit einem Drink und annehmbarem Komfort versorgt war.) Kate und Patrice, die sich nebeneinander auf jene unerbittlichen, auf Flughäfen so beliebten Hocker sinken ließen, hatten beide geseufzt. Dann hatte Kate aus ihrem Handgepäck eine Flasche Laphroaig hervorgezaubert (das war lange bevor dieses köstliche Malzgetränk in den Vereinigten Staaten modern wurde) und Patrice, deren Name sie noch nicht wußte, einen Schluck angeboten. Beide waren dann von Malz zu Gott und der Frage seiner Beweisbarkeit übergegangen. Patrice hatte mit dem Thema begonnen. Daß Kate je das Thema Gott anschneiden würde, war höchst unwahrscheinlich, am wenigsten auf einem nebligen Flughafen. Auf Fragen nach Gott pflegte Kate stets mit einem Satz zu antworten, den sie in ihren frühen Zwanzigern formuliert und nie Grund gesehen hatte zu ändern: Der Glaube an Gott sei wohl ein Trost für jene, die die Ungerechtigkeit des Lebens nicht ohne eine solche Hoffnung ertragen konnten. Und dann, erinnerte Kate sich (man kann wohl davon ausgehen, daß sie inzwischen mehr als den einen Schluck Laphroaig konsumiert hatte), hatte sie Mrs. Ramsay aus Virginia Woolfs »Fahrt zum Leuchtturm« zitiert:

»Was hatte sie dahin gebracht, das zu sagen: ›Wir sind in Gottes Hand‹? ... Wie konnte irgendein Gott diese Welt geschaffen haben? fragte sie sich. Im Geist hatte sie stets daran festgehalten, daß es keine Vernunft, keine Ordnung, keine Gerechtigkeit gab; sondern Leiden, den Tod, die Armen. Es gab keine Niedertracht, die zu niedrig war, als daß die Welt sie nicht beging; das wußte sie. Kein Glücklichsein war von Dauer; auch das wußte sie.«

»Zitieren Sie immer Virginia Woolf?« hatte Patrice gefragt.

»Zitieren und rauchen«, hatte Kate geantwortet, »sind meine zwei Hauptlaster. Aber schließlich«, hatte sie hinzugefügt, was sie sonst nie bei zufälligen Reisebekanntschaften tat, »bin ich Professorin für englische Literatur: es ist also eine Art Berufskrankheit.«

»Ach«, hatte Patrice gesagt, »ich bin auch Professorin, allerdings nicht für Literatur, und ich zitiere nicht, zumindest nicht im Gespräch. Aber Sie haben recht: es gibt keinen Gott.«

Als Kate, nachdem ihre Grippe abgeflaut war, die beiden Männer traf, die Patrice Umphelbys Biographie schrieben, stellte sich heraus, daß sie Archer und Herbert hießen und zu diesem Interview, wie zuvor gewiß schon zu vielen anderen, eine Mischung aus Charme und Ernsthaftigkeit mitbrachten, die unwiderstehlich war, zumindest für Kate. Die vereinte Wirkung von Archers unaufdringlicher Schmeichelei und Herberts kindlichem Ernst gab Kate das Gefühl, für die beiden eine wahre Schatzgrube zu sein.

Kate, die seit langem der Meinung war, daß dem ersten Eindruck nicht zu trauen sei, genoß ihre neugewonnenen Freunde und die köstliche Freude, sich über ihre eigene Meinung hinwegzusetzen.

Das Restaurant trug zu dem Gefühl erfreulicher Entdeckungen bei. Kate, die sich schon oft vorgeworfen hatte, ihr soziales Leben und den Teil ihres Berufslebens, der nicht in Hörsälen oder Sitzungszimmern stattfand, an Tischen in Restaurants zu verbringen, hatte sich zur Kennerin entwickelt; dabei ging es ihr weniger ums Essen als das Ambiente: genügend Platz zwischen den Tischen, aufmerksame Kellner, prompte Bedienung, hinter der nicht der Wunsch stand, den Tisch schnell für andere Gäste freizubekommen – und Toiletten, die wenigstens dem Standard einer Jugendherberge entsprachen. Solange ihr keine tiefgefrorenen Krabben offeriert wurden oder alles mit Soße übergossen war, stellte Kate ansonsten keine großen Ansprüche. Schließlich aß sie außer Haus, um sich zu unterhalten. Wäre Reed nicht so liebenswürdig, er hätte gesagt, sie lebe, um zu reden.

Das Restaurant, das chinesisch war, versprach, ebenso wie Kates Begleiter, ihren Standards zu entsprechen.

»Machte sich Patrice etwas aus Luxus, und sei es der bescheidene, den asiatische Restaurants zu bieten haben?« fragte Kate Archer und Herbert. »Auf mich wirkte sie exzentrisch, soweit man eine ältere Frau, der Bequemlichkeit eindeutig wichtiger ist als Eleganz oder das vergebliche Mühen um Jugendlichkeit, exzentrisch nennen kann. Hat sie nicht lieber Joghurt aus einem Plastikbecher gelöffelt und danach eine große Wanderung unternommen?«

»Oh ja, meine Liebe«, sagte Archer. »Gemessen an all den weiblichen Normen war sie wahnsinnig exzentrisch und höchst angenehm, was eine sehr seltene Kombination ist. Ich meine, wenn Frauen sich weder um Mode noch Eleganz scheren, heißt das, ehrlich gesagt, meist flache Schuhe und schmutzige Fingernägel – und wenn man sich mit ihnen unterhält, hat man so oft

das Gefühl, für die Sache, die sie zufällig gerade so verbissen ver-
fechten, auf den Barrikaden sterben zu müssen, und nach Barrika-
denkämpfen steht einem nun einmal selten der Sinn; viel öfter
will man genüßlich speisen, so wie jetzt.«

Herbert, der Ernsthafte, sah verwirrt aus. Kate vermutete, daß
seine Rolle in der Partnerschaft darin bestand, daß er die Klein-
arbeit machte, am Schreibtisch klebte, die Fußnoten zuordnete
und die Quellen aufspürte. Fraglos war er für Archer so wichtig
wie Archer für ihn. Archer war derjenige, der die Freunde und
Verwandten von Patrice bezirzte, ihnen Erinnerungen und Geschichten entlockte und sie vor allem überhaupt dazu brachte,
sich mit ihm zu treffen. Kein Zweifel, für sich allein hätte Archer
seine Tage mit sprühender Geselligkeit zugebracht, und Herbert
in Langeweile – beides gleichermaßen unproduktiv.

Herbert war verstört, daß Archer Patrice vom Klischee der
Weiblichkeit rettete, indem er andere Frauen dazu verdammte.
Außerdem schien ihm nicht zu gefallen, wie Archer Kate so hem-
mungslos schmeichelte, daß es für eine Frau mit ihrer Intelligenz
geradezu beleidigend sein mußte. Kate hielt das Herbert zugute,
spürte aber gleichzeitig, daß er kein Sensorium für die Herzlichkeit und Offenheit hatte, die hinter Archers Theater lag. Kate
konnte sich nicht vorstellen, daß Archer je unfreundlich war; er
reagierte auf feinste Signale, die Herbert und die meisten anderen
Menschen gar nicht wahrnahmen. Deshalb wurde Archer von
allen geliebt. Und da er das Leben so sehr liebte, brauchte er Herbert, denn ohne Herbert könnte Archer nicht lange genug sein
eigenes Leben zurückstellen, um den Lauf eines anderen Lebens
zu dokumentieren. Gemeinsam jedoch würde den beiden die Tat
einer Biographie gelingen. Ehe das Essen beendet war, hatte Kate
sich in beide verliebt. Und das kennzeichnete das Ungewöhn-
liche an ihr, was Archer sogleich erkannt hatte. Die meisten Menschen verliebten sich nur in Archer.

So wie es offenbar auch Patrice getan hatte.

»Wie«, stellte Kate schließlich die unvermeidliche Frage, »kommen Sie beide dazu, Patrices Biographie zu schreiben? Warum zwei Männer, und warum überhaupt eine Biographie? Im Grunde weiß ich nur von Patrice, daß sie Professorin war, weithin bekannt und allseits geliebt, und daß sie nicht an Gott glaubte.«

»Meine Liebe, Sie wären überrascht, wenn Sie wüßten, wieviele Leute Patrices Biographie schreiben wollten. Ihre Kinder, die ihre Erben sind, glaubten dem Wunsch ihrer Mutter zu entsprechen, wenn sie jedermann, der darum bat, Einsicht in ihre Papiere gewährten. Meine Liebe, die Massen, der Lärm, die Menschen, wie Ernest Thesinger über den ersten Weltkrieg bemerkte. Und bald erschienen Artikel, die die Tatsachen ziemlich verzerrten – ich weiß, ich weiß«, sagte Archer und hob beschwichtigend die Hand, »was sind Tatsachen? Aber Ungereimtheiten bleiben Ungereimtheiten, und wenn man jemanden einerseits eines Verbrechens beschuldigt, von dem er nicht einmal geträumt, geschweige denn es begangen hat, und ihn andererseits als die Verkörperung Gottes auf Erden preist, dann – wo war ich? – also kurz, irgendwann beschlossen die Erben, einen Biographen zu bestimmen und dann, wenn die Fakten, oder was ich die Fakten nenne, erst einmal auf die Reihe gebracht sind, die Leute schreiben zu lassen, was sie wollen. Oje – ich weiß beim besten Willen nicht, wie ich hoffen konnte, je aus diesem Satz wieder herauszukommen und wie Sie mir angesichts solch katastrophaler Syntax überhaupt zutrauen sollen, etwas auf die Reihe zu bringen. Natürlich«, fügte er hinzu und kam mit einem gekonnten Schlenker zum Schluß, »wollten die Erben einen Biographen, und wir sind zwei, aber Sie werden verstanden haben, worauf ich hinaus will.«

»Das habe ich«, sagte Kate, »und ich bin hingerissen. Nur, was kann ich tun, um Ihnen bei der Biographie zu helfen?«

Sie waren beim Dessert angekommen, was, es sei denn, man hat Appetit auf Kumquats, Orangen oder Eiscreme, in einem chinesischen Restaurant bedeutet, daß das Mahl beendet ist. Aber es gibt immer Horoskop-Kekse. »Ist Ihnen je aufgefallen«, fragte Kate und brach den Keks in zwei Teile, um an ihr Horoskop zu kommen, »wie selbst die strengsten Rationalisten unter uns sich an die Vorstellung klammern, es gebe irgendwo ein Wesen, das alles weiß und lenkt? Nichts könnte mich zum Beispiel davon abhalten, mein Horoskop zu studieren, und falls es auch nur im entferntesten zutrifft, nehme ich es bis zu einem gewissen Grad ernst, obwohl ich weiß, welch ein Unsinn das Ganze ist. Wir alle wollen gern so etwas wie ein Muster in unserem Leben erkennen und glauben, daß irgendein Wesen – weiser als wir selbst – unser Schicksal lenkt und uns von Zeit zu Zeit einen Wink gibt. ›Sie sollten die nächste Gelegenheit beim Schopfe greifen, die sich Ihnen bietet.‹ Da sehen Sie, was ich meine: die Botschaft, die unserer chaotischen Existenz eine Richtung gibt. Aber warum diese Abhandlung über Horoskop-Kekse? Weil ich das Gefühl hatte, daß Patrice, aus Gründen, die ich Ihnen nicht benennen könnte, in Gefahr war, den Nebel am Flughafen so zu interpretieren wie andere ein Horoskop: darin Aufklärung, Erleuchtung und Erkenntnis über das eigene Sein zu sehen. Aus diesem Grund fragte sie so unerwartet, ob ich an Gott glaube. Und in gewisser Hinsicht, das wird mir jetzt klar, verstand ich sie.«

Es entstand eine Pause. Herbert sagte: »Wissen Sie, ich bin überzeugt, daß Patrice Selbstmord begangen hat. Archer zweifelt daran. Archer kannte Patrice, ich dagegen nicht. Er fand sie hinreißend. Archer bewundert Exzentrik: er bewundert Leute, die wie Ölgemälde sind – einzig in ihrer Art.«

»Vorausgesetzt«, fügte Archer auf seine lockere Art hinzu, »sie sind nicht unerträglich penetrant und humorlos. Sie wissen schon, fanatische Anhänger vegetarischer Kost oder Leute, die ihr Leben dem Kampf gegen Zahnbelag verschrieben haben. Von mir aus können sie Zahnseide benutzen soviel sie wollen, aber sie sollten keinen Kreuzzug daraus machen. Wie beim Joggen, wenn Sie mir folgen können.«

»Oh, kein Problem«, sagte Kate.

»Nun«, fuhr Herbert fort. »Ich habe Patrice nie kennengelernt. Alles, was ich über sie weiß, mußte ich mir aus Dokumenten, ihren Schriften, Briefen und ihrem Tagebuch zusammensuchen – und vor allem natürlich bei den Menschen, die sie kannten – die sie liebten oder haßten (letzte übrigens eine recht beträchtliche Gruppe). Und so erstand vor meinen Augen eine Person, die sich sehr von Archers Bild von Patrice unterscheidet – beide sind nicht unvereinbar, aber eben verschieden. Ich glaube, daß Patrices Leben in gewisser Weise exemplarisch war – im Mittelalter hätte es sich zur Legendenbildung geeignet. Und wie Donne glaube ich, daß liebende Menschen sich besser für Legenden eignen als Heilige.«

»Aber natürlich«, sagte Kate. »Glauben Sie, daß sie mich nach Gott fragte, weil ich Laphroaig trinke? Ohne Zweifel spricht dieses Getränk für eine gesunde Skepsis. Sie müssen mich beide bald einmal abends besuchen und mit mir und meinem Mann ein Glas Laphroaig trinken. Haben Sie Lust?«

»Mit Freuden, meine Liebe. Sagen Sie wann. Was macht Ihr Gatte übrigens?«

»Er versucht Mörder ihrer Verbrechen zu überführen, hat also keinerlei Verbindung zu Patrice. Aber ich glaube, Sie werden ihn mögen.«

Nur in unseren Tugenden sind wir einmalig,

denn Tugend ist schwierig...

Laster sind das Allgemeine, Tugenden das Besondere.

(Iris Murdoch)

Während sie Archer und Herbert zu dem vereinbarten Drink erwarteten, bot Reed Kate einen Martini an. **»Weißt du übrigens«, sagte Kate, »daß ich neuerdings öfter zu hören bekomme,** wir tränken zuviel? Meinst du, das stimmt?«

»Natürlich stimmt das. Wollen wir den Wodka pur, so wie Balanchine, oder lieber so tun, als mixten wir Martinis? Na, ich sehe schon, wir gehen demnächst zu Weißwein über, weil alle andern kurz davor sind, Wein den harten Drinks zuliebe aufzugeben.«

»Um die Wahrheit zu sagen, ich habe den beiden Laphroaig versprochen. Vielleicht sollten wir gleich damit beginnen, statt später zu wechseln.«

»Da hast du recht. Wenn doch nur alle wichtigen Entscheidungen so leicht zu treffen wärenl Wie sind sie eigentlich, deine mysteriösen Biographen – ich meine, über das hinaus, was ich gleich selbst sehen werde.«

»Ich habe gerade einen Brief von Archer bekommen, dem er eine, wie er es nennt, enzyklopädische Schilderung von Patrices Leben beigelegt hat. Er schreibt: ›Wir alle wissen, daß diese *Fakten* nichts oder weniger als nichts aussagen, aber vielleicht verhelfen sie Ihnen doch zu einem klareren Bild von Patrice. Eigentlich hatten Herbert und ich vor, Sie nur einmal zu konsultieren – wegen Ihres Zusammentreffens mit Patrice auf dem Flughafen, aber jetzt fragen wir uns, ob wir nicht den unerhört unverschämten Wunsch äußern dürfen, einige wichtige Fragen mit Ihnen zu besprechen. Ich will Ihnen nicht vormachen, daß wir Sie darum bitten, weil Sie eine Frau sind – aber vielleicht bitten wir Sie, weil Sie eine besondere Frau sind, die bei der Frage von *typisch oder untypisch weiblich* nicht gleich auf Abwehr geht. (Sie werden sehr genau wissen, was ich meine, liebe Kate, und sich nicht beleidigt fühlen.)‹ Er und Herbert freuen sich, mich und den beneidenswerten Reed zu sehen ...«

»Er klingt ein bißchen weltentrückt«, sagte Reed, »was entweder hinreißend sein kann oder sehr strapaziös; je nachdem.«

»Er ist hinreißend, wirklich. Archer lebt sein Leben, als bewege er sich in einem Text von Cole Porter, und wie Cole Porters Liedertexte wirkt sein Leben leichter, als es ist.«

»Und hast du den enzyklopädischen Artikel über Patrice gelesen?«

»Nur überflogen, aber immerhin weiß ich jetzt, daß ihr Mann bei einem Raubüberfall getötet wurde.«

»Lieber Himmel, dacht' ich mir's doch, daß ich diesen ausgefallenen Namen Umphelby schon irgendwo gehört habe, aber ich konnte ihn nicht einordnen. Wir waren mit dem Fall befaßt. Zwei Halbwüchsige haben den Mann erschossen, als er sie daran hindern wollte, seine Uhr zu stehlen. Die Brieftasche hat er ihnen gegeben. Reine idiotische Dickköpfigkeit natürlich, aber o Gott! Die Kerle bekamen ihre Strafe, aber was nützt das schon. Hätten sie keine Pistole gehabt ... aber warum damit anfangen. Wie schrecklich für Patrice. Das wirst du wohl bei allem, was du mit Archer und Herbert besprichst, berücksichtigen müssen. Und da, glaube ich, kommen sie auch schon.«

Sowohl für Archer wie für Herbert schien der Konsum von Alkohol zu den täglichen Gewohnheiten zu gehören. Aber Archer, den Kate schließlich mit einem Lied von Cole Porter verglichen hatte, machte diesem Vergleich alle Ehre, indem er den schnöden Genuß ins Zeremonielle zu wenden wußte; Herbert schloß sich ihm an. Mit Laphroaig, dem sie ein wenig gekühltes Wasser hinzugefügt hatten – nicht einmal das, erinnerte sich Kate, war auf dem schrecklichen Flughafen zu haben gewesen – stießen sie auf Patrice und ihre Biographie an.

»Ich habe gerade erfahren«, sagte Reed, »daß Patrice Umphelbys Mann bei einem Überfall ums Leben kam. Ein solches Ereignis ist für jede Biographie bestimmt von großer Bedeutung.«

»Natürlich«, sagte Herbert, »war das ein Wendepunkt in ihrem Leben; nach einer Zeit von Trauer und Kummer vollzog sich bei ihr ein tiefer Wandel, wie so oft bei Menschen, die mit dem Tod in Berührung gekommen sind. Die ganze Werteskala verschiebt sich plötzlich: Oberflächliche Geselligkeit verliert an Bedeutung, Gespräche und Ereignisse dagegen, die Intensität versprechen, werden wichtiger. Das Leben wird zugleich wertvoller und wertloser. Dies in dieser Biographie herauszuarbeiten, ist allerdings einer der schwierigsten Punkte, und jedesmal, wenn ich davon anfange, sieht Archer gequält drein und befürchtet die schlimmsten religiösen Abhandlungen.« Herbert lächelte Kate an.

»Über Auden, mit dem er viele Stücke zusammen schrieb, hat Christopher Isherwood mal gesagt, er habe immer genau auf ihn aufpassen müssen, damit nicht alle Charaktere auf die Knie fielen. Wir sind in einer ähnlichen Lage«, kommentierte Archer.

»Ich fürchte, ich kann nicht folgen«, sagte Reed. »Eben noch sprachen wir von Raubüberfall und Trauer, jetzt scheint es um religiöse Fragen zu gehen. Habe ich irgend etwas nicht mitbekommen oder handelt es sich um die Art Gedankensprünge, die typisch für Leute aus Kates Berufssphäre sind? Konntest du folgen, meine Liebe?«

»Ich glaube, Herbert meint, daß Patrice nach dem plötzlichen und gewaltsamen Tod ihres Mannes ein anderer Mensch wurde. Aber niemand ändert sich vollkommen. Selbst wenn einem das Leben den entsprechend brutalen Schubs gibt – man kann nur zu dem werden, was schon immer in einem angelegt war.«

»Muß der Schubs immer brutal sein?« fragte Archer. »Irgend etwas in meiner Frohnatur rebelliert gegen eine so finstere Sicht des Schicksals.«

»Finster oder nicht«, sagte Herbert. »Woran Archer sich stört, ist meine Überzeugung, daß der Begriff ›Heilige‹ wenn überhaupt auf jemanden zutrifft, dann auf Patrice.«

»Oje«, seufzte Kate. »Ich bin auf Archers Seite. Ich hasse Heilige.«

»Was bestimmt daran liegt«, sagte Herbert, »daß Sie sich unter Heiligen Gestalten wie Mutter Theresa vorstellen, die mit den Waisen und Armen in Indien und dem Nobelpreis.«

»Genau. Sie sprach auf einer der Harvard-Abschlußfeiern und erklärte Abtreibung zur größten aller Sünden. Im gleichen Atemzug forderte sie die jungen Leute beiderlei Geschlechts auf, keusch in die Ehe zu gehen. Nun, wahrscheinlich braucht man wirklich die Überzeugung einer Heiligen, um Studenten heutzutage zur Keuschheit überreden zu wollen, noch dazu in Harvard.«

»Ich weigere mich einfach«, stöhnte Archer auf, »mir zusammen mit diesem herrlichen Laphroaig noch Abhandlungen über Heilige zu Gemüte zu führen. Ich weiß, meine liebe Kate, daß dieses Getränk Sie und Patrice einst zum Gespräch über Gott verleitet hat, aber mehr religiöse Wirkung sollten wir von diesem unschuldigen Getränk wirklich nicht verlangen. Unser armer Herbert will unbedingt eine neue Definition finden – eine, die Widersprüchlichkeit, Großzügigkeit und die Bereitschaft, Risiken auf sich zu nehmen und Idealen zu dienen, in sich vereint. Ich sehe darin nichts Heiliges, wie ich dem Guten schon mehrfach gesagt habe, sondern einfach Reife – in den fortgeschrittenen mittleren Jahren. Und das, zusammen mit der plötzlichen und nicht ersehnten Einsamkeit, war es, was unsere Patrice ausmachte. Heilige sind per Definition ein Schwindel: einmal zu Heiligen erkoren, hören sie meiner Meinung nach auf, welche zu sein. Das Wesen unserer wirklichen Heiligen liegt für mich darin, daß ihre Heiligkeit unerkannt bleibt. Und *das*«, schloß er, »ist die längste Rede, die ich je in meinem Leben über ein religiöses Thema gehalten habe, die längste und die letzte, das verspreche ich Ihnen.«

Reed füllte Archers Glas nach. »Keine Frage«, sagte er, »Heilige langweilen uns. Aber die mittleren Jahre – nun, die sind ein spannendes, unerschöpfliches Thema.«

Kate starrte ihn an.

»Ja, meine Liebe, du hast recht, ich denke vor allem an mich selbst. Ich stecke ja mittendrin im finstersten ›Mittelalter‹. Auch ich frage mich, wohin jetzt? Ich erwähne es ja nicht zum ersten Mal: die Rolle des Bezirksstaatsanwalts hängt mir allmählich zum Hals raus. Und was nun, frage ich mich. Welche Abenteuer, welche Möglichkeiten gibt es noch?«

»Würde ich dich nicht so gut kennen«, bemerkte Kate, »wäre ich versucht zu glauben, daß du zuviel getrunken hast.«

Reed lächelte sie an und wandte sich an Archer und Herbert. »Ich weiß nicht, welche Vorstellungen Sie vom Alltag eines Bezirksstaatsanwalts haben. Die meisten Leute wissen nicht viel darüber, warum sollten sie auch? Fast alle guten Strafverteidiger dort, zu deren erlauchtem Kreis ich mich selbst zähle, nehmen mit Ende Dreißig ihren Abschied. Das liegt nicht nur daran, daß die Arbeit sehr anstrengend ist und jugendliche Energie und Durchsetzungsfähigkeit erfordert – die braucht man auch im Zivilrecht. Es ist einfach so, daß man nach den ersten tausend Vergewaltigungen und Morden weiß, wie das System funktioniert. Ich bin geblieben und gelte inzwischen als der alte Hase, den man holt, wenn's schwierig wird. Schon gut, schon gut«, sagte er als Reaktion auf eine Grimasse von Kate. »Ich will mich nicht als zu bedauernswertes Wesen hinstellen. Ich bin ein hochqualifizierter Prozeßführer und werde es auch hoffentlich immer bleiben. Aber mehr als der einzelne Fall interessiert mich inzwischen, wie das System funktioniert – individuelles Recht versus die Bestrafung von Schuldigen. Und dann die Frage, welche Rolle die Polizeigewalt in einer Demokratie oder in Ländern, die hoffen, Demokratien zu werden, spielen kann – ein sehr schwieriges Problem: man neigt leicht dazu, in das eine oder andere Extrem zu verfallen.«

»Haben Sie im Büro des Bezirksstaatsanwalts mit großen Fällen zu tun?« fragte Archer. »Wie dem Fall Abbott oder so?«

»Genau so«, sagte Reed. »Was mag Ihre magische Patrice nur an sich haben, daß sie mich dazu bringt, all diese Dinge mit zwei Leuten zu diskutieren, die ich nie zuvor gesehen habe?«

»Ganz davon zu schweigen, daß du deine Frau damit behelligst«, lachte Kate. »Nicht daß ich mir das nicht schon gedacht hätte. Schließlich bist du ständig unterwegs und berätst Entwicklungsländer am Ende der Welt.«

»Ich verstehe vollkommen, warum Patrice Sie inspiriert, darüber zu sprechen«, sagte Herbert. »Diese Frau hatte eine Theorie über die mittleren Jahre. Sie hielt sie für eine Zeit, die sich völlig von den früheren Jahren unterscheidet, eine Zeit, in der man nicht mehr von den Gespenstern der Vergangenheit heimgesucht wird. Man kann diese Geister zwar immer noch herbeirufen – und die meisten Leute tun das ihrer Meinung nach zu oft –, aber sie verfolgen einen nicht mehr. Sie sprechen das aus, was Patrice gemeint hat: Das Leben könne noch einmal von vorn beginnen, wenn man es nur zuläßt.«

»Und bereit ist zuzugeben, daß man in den mittleren Jahren und stolz darauf ist«, sagte Reed.

»Das sagst du bloß, weil du ein bißchen jünger bist als ich«, fiel Kate ein, »was ich dir nie verzeihen werde, auch wenn ich weiß, wie idiotisch das ist.«

»Unsinn«, sagte Reed und berührte ihre Hand. »Aber die Theorien eurer Patrice über die mittleren Jahre faszinieren mich. Ist das der Grund, weshalb sie eine Biographie wert ist? Welches Fach lehrte sie überhaupt?«

»Eigentlich Geschichte«, sagte Herbert. »Berühmt wurde sie jedoch – ich fürchte, ich kann es nicht anders ausdrücken – als Persönlichkeit und natürlich als Schriftstellerin.«

»Ich habe nie von ihr gehört«, sagte Reed, »wahrscheinlich weil Kate nicht über ihre Bücher gesprochen hat. Was hat sie geschrieben?«

»Zuerst mehrere wichtige historische Werke, darunter eines, das zu seiner Zeit für einigen Aufruhr sorgte. Es hieß ›Die Jahre dazwischen‹ und war ein Bericht über die Jahre zwischen den Weltkriegen. Außerdem schrieb sie das wohl beste Buch über die Literatur des Ersten Weltkriegs. Darin zeichnete sich bereits ab, daß sich bei ihr Geschichte und Literatur, also Kates Gebiet, zu überschneiden begannen. Wirklich bekannt wurde sie jedoch durch ihre Romane. Ungefähr zehn Jahre vor ihrem Tod begann sie, Geschichten und Novellen zu schreiben, von denen fast alle im ›New Yorker‹ vorab veröffentlicht wurden. Sie hatte eine beachtliche Schar von Anhängern und wurde beinahe so etwas wie eine Kultfigur.«

»Aber wie Sie sicher wissen«, fiel Archer ein, »spricht man immer gleich von Kult, wenn es sich bei dem bewunderten Schriftsteller um eine Frau handelt. Wenn man Virginia Woolf oder Stevie Smith oder Sylvia Plath bewundert, ist man Teil eines Kults. Wenn man endlos über James Joyce schreibt, beweist man lediglich seinen guten Geschäftssinn.«

»Mein Favorit unter ihren Büchern heißt ›Die Jahre der roten Katze‹«, sagte Herbert. »Es ist halb Phantasie, halb scharfsinnige Sozialkritik und handelt von einer alten Jungfer, die zur Hexe wird.«

»Ah«, sagte Reed. »Und Patrices Rat an mich hieße wohl: gehe hin und tue es ihr gleich. Ich nehme an, eine alte Jungfer zu sein, ist keine unabdingbare Voraussetzung.«

»Das Wunderbare an ihren Büchern ist, daß sie niemals predigt. Sie spricht sowohl Intellektuelle an wie auch Leute, die in

Kleinstädten und Vororten einsam vor sich hinträumen. Die Aussichten, daß sich unsere Biographie verkaufen wird, sind sehr gut, und nach ihrem Erscheinen werden Patrices Bücher wahrscheinlich noch besser gehen.« Archer zögerte einen Moment. »Hier liegen also keinerlei Schwierigkeiten«, sagte er. »Und wenn ich gut genug auf Herbert aufpasse und ihn davon abbringen kann, in Patrice eine Heilige zu sehen, haben wir noch ein Problem weniger. Das eigentliche Problem ist ihr Tod.«

»Die Tatsache, daß sie sich umgebracht hat?« fragte Kate.

»Zum Teil. Sie ging auf dem Campus des Colleges, an dem sie lehrte, in den See – dem Clare College. Es war Juni, die Zeit der Abschlußexamen und -feierlichkeiten. Überall wimmelte es von Frauen, die zu Klassentreffen gekommen waren. Die Sache sorgte für ziemlichen Aufruhr.«

»Dann gibt es wohl keinen Zweifel«, sagte Kate, »daß sie freiwillig in den See ging – daß sie tatsächlich hinein*ging?*«

»Nein, nicht den geringsten. Aber nicht nur ihr Selbstmord ist für uns problematisch. Daß unsere Arbeit, wie Sie bestimmt schon gemerkt haben, im Augenblick ein wenig stockt, liegt an ihrem Tagebuch. Wir wissen nicht recht, was wir daraus machen sollen. Vielleicht würden Sie es sich einmal ansehen«, sagte er zu Kate. »Und Sie natürlich auch«, fügte er an Reed gewandt hinzu.

»Was schreibt sie denn in ihrem Tagebuch?« fragte Reed. »Wenn ich tot in einem See aufgefunden werde, dann sollen alle wissen, daß daran etwas faul ist?«

»Nichts dergleichen«, sagte Herbert. »Wissen Sie ...« Herbert zögerte eine Minute, so als suche er nach den passenden Worten für seine Gedanken.

»Sag es doch so, wie Patrice in ihrem Tagebuch«, ermunterte ihn Archer. »Sie war verliebt in den Tod.«

Wenige Tage später, als Kate und Reed wieder bei einem Glas Laphroaig saßen, für den sie eine plötzliche Vorliebe entwickelt zu haben schienen (»er tut einem bestimmt besser als Martinis«, versicherten sie einander), kamen sie auf Patrice zurück. Kate hatte sich die von Archer und Herbert zusammengestellten biographischen Fakten inzwischen gründlich angesehen. Das meiste war ihr natürlich nicht neu. Patrice hatte zwei Kinder, beide lebten noch, mit denen sie eine große Zuneigung verband. Sie war Geschichtsprofessorin gewesen, mit dem Spezialgebiet Europa in den letzten hundert Jahren, insbesondere der Zeit zwischen den beiden sogenannten Weltkriegen. In der letzten Dekade vor ihrem Tod hatte sie nicht nur erfolgreiche Geschichten und Romane geschrieben, sondern auch im ganzen Land Vorträge gehalten und als Gastdozentin Seminare an anderen Universitäten gehalten. Sie war recht bekannt geworden, ohne je den Berühmtheitsgrad erreicht zu haben, der in unserer Public-Relations-Welt als Maßstab für Erfolg gilt. Als sie starb, war sie achtundfünfzig.

Kate legte eine Pause ein, um etwas Arithmetik zu betreiben. »Sie war neunundvierzig, als ihr Mann umkam. Damals hatte sie bereits angefangen, Romane zu schreiben. Archer hat versprochen, mir das Tagebuch zu schicken, und das wird uns bestimmt mehr verraten als diese Fakten. Sie fängt an, mich zu faszinieren, diese Patrice Umphelby. Und wie immer, wenn man anfängt, sich mit einer Sache oder Person zu beschäftigen, stößt man plötzlich überall auf Hinweise und Verbindungen. Jetzt wundere ich mich, warum ich nicht schon an jeder Ecke über Patrice Umphelby gestolpert bin, als sie noch lebte. Aber wir sind uns nur jenes eine Mal auf dem Flughafen begegnet. Wirklich eigenartig, daß sie ausgerechnet über Gott sprach und daß Herbert nun unbedingt eine Art Heilige in ihr sehen will, jedenfalls eine Frau von höchst außergewöhnlichem Geist.«

»Dein Interesse hat sogar auf mich abgefärbt«, sagte Reed. »Denn ich habe oben in Massachusetts darum gebeten, mir alle

Unterlagen über Patrices Tod zuzuschicken, die sie haben. Wie du weißt, steht in den Polizeiakten oft viel mehr, als die trauernden Hinterbliebenen je erfahren.«

»Ich hatte gleich das Gefühl, daß du deine Zweifel hast«, sagte Kate. »Du glaubst nicht, daß sie in den See gegangen ist?«

»Ich weiß nicht recht. Egal, wie sehr sie in den Tod verliebt war – ihr Selbstmord scheint mir einfach nicht in das Bild zu passen, das Herbert und Archer von ihr zeichneten. Aber die Fakten aus Massachusetts sagen nichts anderes, als damals in der Presse stand. Sie steckte sich Steine in die Taschen und ging oder schwamm bis zur Mitte des Sees. Es kann natürlich sein, daß sie das alles nur tat, weil sie wußte, daß du dich eines Tages für sie interessieren würdest, und Leute, die dein Interesse wecken, benehmen sich immer sonderbar. Zugegeben – eine vielleicht etwas abwegige Erklärung, aber eine plausiblere finde ich nicht. Sie wurde weder geschlagen noch unter Drogen gesetzt, und zuviel getrunken hatte sie auch nicht: nur eine kleine Menge Whisky. Sie ertrank mitten in der Nacht. In ihrem Wohnzimmer lag eine Notiz, ein Abschiedsbrief an ihre Kinder. Diese hätten immer ihre Meinung über den Tod von Charlotte Perkins Gilman geteilt, schreibt sie darin, und sie wisse, sie würden sie verstehen. Dann zitiert sie Charlotte Perkins Gilman. Herauszufinden, wer diese Charlotte Perkins Gilman war, gab der Polizei damals das größte Rätsel auf. Sie brauchte länger dazu als für den Rest des Falls. Eine Spur führte sie schließlich zu einem Professor in Kalifornien namens Carl Degler, der Charlotte Perkins Gilman gekannt hatte und ihnen erzählte, daß diese sich mit Chloroform umgebracht hatte. Patrices Kinder waren traurig, aber nicht übermäßig überrascht über den Tod ihrer Mutter. Sie hatten damit erst später gerechnet, kannten aber die Ansichten ihrer Mutter zum Thema Alter. Trotzdem, achtundfünfzig schien viel zu jung. Carl Degler hatte das Vorwort geschrieben zu einem Buch von Charlotte Perkins Gilman mit dem Titel ›Frauen und Ökonomie‹. Dadurch war die Polizei auf seine Spur gekommen. Man vermutete, das Buch könnte weitere Fakten enthalten, die von Bedeutung im Zusammenhang mit Patrices Tod wären, aber offensichtlich war das nicht der Fall. Mehr war aus dem Polizeibericht nicht zu erfahren. Dem College wäre es natürlich lieber gewesen, Patrice hätte Chloroform benutzt statt des Sees, was man ihnen aber vielleicht nicht verübeln kann.«

Kate legte die Füße auf den Kaffeetisch und sah Reed an. »Ich überlege immer noch, was ich von dem Abend, als Archer und Herbert hier waren, halten soll«, sagte sie. »Es sieht dir gar nicht ähnlich, ein persönliches Problem zuerst vor Fremden anzusprechen. Und dann platze ich auch noch mit der beschämenden Tatsache heraus, daß du jünger bist als ich. Ich mache mir Sorgen seit diesem Abend.«

»Ich auch, meine Liebe, und ich entschuldige mich. Gib deiner Patrice Umphelby die Schuld. Aber ich habe wirklich das Gefühl, daß ich was verändern muß. Und die Perspektive, daß die mittleren Jahre mehr sein können als das Ausagieren unterdrückter Kindheitsbedürfnisse, finde ich sehr inspirierend. Patrices Vorstellungen über die mittleren Jahre haben es mir angetan.«

»Mir auch. Hast du schon eine Idee, was du tun wirst?«

»Mehrere. Aber natürlich will ich mein Leben nicht in einem Teil der Welt zubringen, wo du *nicht* bist, und das schränkt die Möglichkeiten erheblich ein.«

»Reed, macht es denn Sinn, eine Arbeit aufzugeben, die man liebt, gut macht und für die man sich selbst respektieren kann – nur weil niemand sonst über vierzig sie noch macht? Deine Arbeit langweilt dich doch nicht?«

»Langweilig könnte sie wohl niemand nennen. Wie soll ich mich ausdrücken? Es kommt der Moment, und wer weiß das besser als du, wo man einen Schritt nach vorn machen muß – weil Stillstand gleichbedeutend mit Rückschritt wäre. Ich glaube, weil es mir so schwer fällt, mich genauer auszudrücken, habe ich mich sogar gescheut, mit dir darüber zu sprechen. Aber ich hätte es schon rechtzeitig getan, und das weißt du.«

»Eigenartig, daß Patrice diese Wirkung neulich abends auf dich hatte. Ich habe fast den Verdacht, daß es genau die Art Wirkung ist, die sie auf viele Leute hat. Und ich fürchte, aber du darfst Archer und Herbert nie erzählen, was ich jetzt sage, daß sie zu den Menschen gehört, die nach ihrem Tod mit einer Art Heiligenschein umgeben werden, mit denen aber im täglichen Leben nicht leicht auszukommen war. Als regelmäßige Kost sind große Intensität und Originalität vielleicht etwas schwer verdaulich.«

»Vielleicht. Alles Außergewöhnliche ist schwer verdaulich, wird es einem ständig vorgesetzt. Aber sie hinterläßt ihre Spuren, deine Patrice. Ich bin gespannt auf ihr Tagebuch.«

»Sie fasziniert mich, Reed. Ich frage mich, warum.«

»Und ich frage mich, warum du gegen diese Faszination ankämpfst. Ich glaube, du fühlst dich ihr sehr nah, Kate. Warum läßt du das nicht einfach zu? Daß sie mich dazu verleitete, vor ihren Biographen etwas zu sagen, das ich zuerst mit dir allein hätte besprechen sollen, kannst du ihr doch nicht übelnehmen.«

»Reed, du bist ein Biest. Aber außerdem bist du ein bemerkenswert scharfsinniger Mann. Habe ich dir das in der letzten Zeit eigentlich mal gesagt?«

Als ihr klar wurde, daß sie allein sein würde,
warf sie alle Gewißheiten ab, die sie bis dahin gehabt hatte,
und begann bei Null. Als allererstes ließ sie sich die
Haare schneiden. Mit derlei Dingen wollte sie sich nicht
mehr beschäftigen müssen. Als nächstes versuchte sie,
zu einem Entschluß darüber zu kommen, wie sie leben wollte
und was ihr wichtig war. Wann bin ich glücklich,
und wann bin ich traurig, und was ist der Unterschied?
Was muß ich wissen, um am Leben zu bleiben? . . .
Da der Tod keinen Schrecken für sie barg (sie sprach oft mit
den Toten), wußte sie, daß es nichts zu fürchten gab.

(Toni Morrison)

Kate öffnete Patrices Tagebuch: »Immer, wenn ich die Geschichte oder die Autobiographie einer älteren Frau lese«, begann es: »Immer, wenn ich die Geschichte oder die Autobiographie einer älteren Frau lese — und es gibt wenige genug — fällt mir eines auf: obwohl Frauen um die Fünfzig die Autorinnen sind, schreiben sie nur, um zu ihrer Jugend zurückzukehren. Ihre Erfahrungen, ihre Weisheit interessieren sie nicht. Die Vergangenheit ist es, die durchforscht wird, meistens nach der großen Liebe und immer nach Ereignissen aus der Kindheit. Das wichtigste Ereignis beginnt immer: ›Und dann traf ich diesen Mann.‹ (Oder: ›Gott sprach zu mir . . .‹) Virginia Woolf schrieb einen außergewöhnlichen Roman über eine Frau in ihren Fünfzigern, aber Woolf war schließlich ein Genie. Ich bin eine intelligente Frau von fünfundfünfzig Jahren, und meine Geschichte liegt in der Gegenwart. Ich stelle fest, daß ich schon älter als Clarissa Dalloway bin, die nur zweiundfünfzig wurde.

Ich werde nicht in die Vergangenheit zurückgehen. Natürlich gibt es Erinnerungen. Die Vergangenheit taucht plötzlich wieder auf, wird für einen Moment durch ein Ereignis, einen Geruch (wie oft passiert mir das!) wieder lebendig oder durch ein Geräusch wie Wellen oder eine Trillerpfeife oder einen Ort, der uns plötzlich wieder ganz in die Vergangenheit eintauchen läßt. Aber solche Momente sollen mir nicht als Entschuldigung dienen, die Geschichte meiner Jugend zu erzählen. Für mich gibt sie keine Geschichte her. Was mich betrifft, sind Jugendgeschichten müde Geschichten. Aber die Geschichte des Alters, der Reife, der Zeitspanne, bevor völlige Hinfälligkeit und Senilität einsetzen, wurde noch nie erzählt. Außer vielleicht von Shakespeare, der alles erzählt hat, vorausgesetzt, es handelte von Männern.

Woolf schrieb: ›Jene Momente – im Kinderzimmer, auf dem Weg zum Strand – können immer noch wirklicher sein als der gegenwärtige Moment. Dies habe ich gerade überprüft.‹ Und sie schildert, wie die Empfindungen ihrer Kindheit, die in gewisser Weise ein Eigenleben in ihr führen, mit der ganzen Intensität wieder auftauchen können, die sie einst besaßen. Ich möchte nicht bestreiten, daß dies für Virginia Woolf oder andere Menschen zutreffen mag. Aber nicht für mich. Ich bin nicht nur ohne jede Nostalgie, sondern, wie mir scheint, auch ohne jede Erinnerung – abgesehen natürlich von jenen flüchtigen Momenten, wo Erinnerungen mich plötzlich übermannen. Ansonsten ist das, was ich erinnere, keine Erinnerung, sondern eine konservierte Geschichte – wie z.B. die Geschichte von der Geburt meiner Kinder. Ich habe sie ein für allemal parat und jederzeit als Anekdote abrufbar. Was ich erzähle, ist natürlich nicht die Vergangenheit, sondern die Geschichte, zu der ich die Vergangenheit gemacht habe – eine Geschichte, die die Vergangenheit ein für alle mal wegschließt und es mir erspart, sie neu interpretieren zu müssen. Aber ich kann doch unmöglich die einzige Frau um die Fünfzig sein, die nur in der Gegenwart lebt.

Heidegger hat gesagt, daß wir uns zwischen dem ›nicht mehr‹ und dem ›noch nicht‹ bewegen. Für mich sind die vor mir liegenden Jahre dem ›noch nicht‹ gewidmet, dem, was sich noch nicht verwirklicht hat. Ich spüre keine Nostalgie, habe aber auch keine weitreichenden persönlichen Hoffnungen. Ich beobachte, wie alle sich Illusionen über das Alter hingeben. Jeder denkt, in seinem persönlichen Fall wäre das Alter erträglich. Ich habe nie einen alten Menschen getroffen, dessen Gesellschaft ich länger als eine Minute ertragen hätte – wenn ich ehrlich sein soll. Mag sein, daß ihre Geschichten interessant sind, wenn man sie das erste Mal hört, besonders wenn die alten Menschen Berühmtheiten kannten oder selbst Großes leisteten. Aber sie wiederholen sich, wie ein Tonband, das auf den richtigen Knopfdruck hin die einmal aufgenommene Geschichte immer wieder abspult. Nein, wichtig ist das Leben für mich nur zwischen fünfundzwanzig und siebzig, und ich befinde mich in den letzten Dekaden dieser Zeitspanne. Zumindest in diesem einen Punkt hatte das Alte Testament recht: die richtige Spanne menschlichen Lebens sind drei mal zwanzig Jahre und zehn. Ich werde die beiseite gelegten Pillen nehmen oder ins Meer gehen, oder eine dieser neuen Krankheiten wird mich treffen, die die Immunologen aus dem Konzept bringen, und werde dafür sorgen, daß sie nicht rechtzeitig lebensverlängernde Maßnahmen ergreifen können. Der Ruf nach dem Tod kommt, so glaube ich, erst vor der letzten Dekade, ehe das Leben aufhört, sinnvoll zu sein, in Betracht.

Stevie Smith empfand es wohl so ähnlich wie ich. An eine Freundin schrieb sie: ›Ich dachte gerade an mein nächstes Buch – werde es ‚Verheiratet mit dem Tod‘ nennen. Ich bin wirklich vernarrt in den Tod; das zeigen meine Gedichte, deshalb verkaufen sie sich wohl so schlecht … Aber diese Todesidee, sie überwältigt mich einfach, ist in meinem Fall wohl so etwas wie ein Weglaufen – nicht sehr stark von mir … Aber sie ist nun einmal in mir, diese Idee, Tod Tod Tod – süßer Tod …‹ Aber ich darf nicht vergessen, daß Stevie Smith einen Selbstmordversuch gemacht hat und schließlich mit Mitte Sechzig an einem Hirntumor gestorben ist. Außerdem fällt mir ein, daß sie – höchst ironisch – die Ödnis häuslicher Pflichten gefeiert hat. ›Ich bin nur noch zu Hause und absolut fasziniert davon, wieder und wieder, Tag um Tag zur gleichen Zeit, die gleichen Dinge zu tun. Ohne das wäre ich völlig verloren.‹

Für mich und Woolf ist das völlig anders. ›Ein großer Teil eines jeden Tages wird nicht bewußt gelebt‹, heißt es bei ihr. ›Man geht, ißt, sieht Dinge, erledigt das Notwendige.‹ Sie zählt die Dinge auf, alle häuslicher Natur: Abendessen, ein nicht funktionierender Staubsauger. Und Woolf gestand sich ein: ›An einem schlechten Tag ist der Anteil des Nicht-Seins viel größer‹, und die Momente von Intensität, von Sein, sind unter den viel zahlreicheren Momenten des Nicht-Seins begraben. Aber ich habe entdeckt – und Virginia Woolf zweifellos auch –, daß es viel mehr Momente des Seins gibt, wenn man mit großer Intensität lebt. Die Momente des Nicht-Seins – belanglose Plaudereien, Dinner-Parties, Begegnungen, wo nichts gesagt wird, Grüße, die man lieber nicht erwidert – verlieren völlig an Bedeutung. Trotzdem kann man die Momente des Nicht-Seins wertschätzen: wegen der nötigen Ruhe, die sie einem von den Momenten des Seins vergönnen. Aber das ist wohl nicht das, was Stevie Smith meinte. Obwohl sie damals noch nicht alt war, glaube ich, daß sie die langweilige Routine häuslicher Pflichten brauchte; sie gaben ihr Halt.

Ich hatte einen, wie die Franzosen es mit ihrer wunderbaren Genauigkeit ausdrücken, *coup de vieux*. Zum ersten Mal sah ich der Tatsache ins Auge, daß ich alt bin, und diese Erkenntnis werde ich nicht unter Routine zu vergraben versuchen. Auch die Beteuerungen meiner Familie und alten Freunde, daß es mich noch gibt, werden mich nicht darüber hinwegtäuschen. Sie brauchen den Glauben daran, weil sie glauben wollen, daß auch sie im Alter noch lebendig sind. Mir wird klar, daß der menschliche Geist das

Alter nicht wirklich erfaßt, schon gar nicht in der Jugend, vielleicht nie. Welche junge Frau glaubt schon, daß sie eines Tages hinfällig wird, Falten bekommt und dünnes Haar. Ich glaube, mein *coup de vieux*, die Erkenntnis, daß ich alt bin, war in gewisser Weise eine Gnade – sie bescherte mir eine Art zweites Leben. Ein Literaturwissenschaftler schrieb in der Einleitung zu Richardsons ›Pamela‹, daß Romane, wie Tagebücher, meistens die Jugend zum Thema haben, weil wir gern Zeugen sind, wie eine Person kämpft, ein Selbst zu werden. Aber ist schon mal jemand auf die Idee gekommen (außer natürlich Woolf), daß ein Roman über eine Frau in den Fünfzigern geschrieben werden könnte, die genau diesen Kampf ausficht, weil sie in ihrer Jugend keine Chance hatte, ein Selbst zu werden? Jeder, der dies liest, wird natürlich sagen, ich sei depressiv; deshalb soll dies ja niemand lesen. Wer würde schon verstehen, daß ich voller Freude bin. Ich habe mich in den Tod verliebt, und Liebe, vorausgesetzt, man verfolgt das Objekt nicht unaufhörlich, ist freudvoll. Ich hoffe, zur richtigen Zeit werde ich in der Lage sein, mit Stevie Smith zu rufen: ›O süßer Tod, komm zu mir.‹«

Kate legte das Tagebuch nieder: es war in der Tat ein außergewöhnliches Dokument. Archers Worte fielen ihr ein: »Wissen Sie, meine Liebe, mit Anfang Fünfzig verliebte sich Patrice in den Tod, und Herbert und ich wissen einfach nicht, was wir von dieser erstaunlichen Tatsache halten sollen.«

Kate wußte, daß Archer und Herbert nicht nur Probleme hatten mit der Biographie einer Frau, die so offen vom Tod sprach und die das Gefühl hatte, zu einem Zeitpunkt erst richtig zu leben anzufangen, wo die meisten Leute mehr oder weniger mit dem Leben abgeschlossen haben. Die beiden Biographen bedrückte noch etwas anderes: sie fürchteten, junge Menschen in die Irre zu führen, wenn sie offen über Patrices Liebe zum Tod sprächen, davon, wie für sie der Gedanke an den Tod den mittleren Jahren soviel Intensität gab, wie die Jugend bei Hoffnung und Leidenschaft empfindet. Archer und Herbert sorgten sich, entmutigte junge Menschen könnten Patrices Verliebtsein in den Tod als Aufforderung zum Selbstmord auffassen, was in der Tat eine schreckliche Vorstellung war. Denn Selbstmord in jungen Jahren und Selbstmord mit siebzig sind so verschieden wie eine junge Frau und eine Frau von siebzig. Archer und Herbert wollten Patrice als Person darstellen, die bei gesundem Verstand war, was ja zweifellos zutraf. Ein *coup de vieux*, dachte Kate – wer hatte ihn je als die Chance begriffen, ein neues Leben zu beginnen?

Aber so ernst das Problem auch war – wie sich herausstellte, sorgten sich Archer und Herbert auch nicht zu Tode deswegen. Am nächsten Tag tauchten sie bei Kate auf, entschlossen, reinen Tisch zu machen, wie sie sich ausdrückten. Selbst die Ecktische im Restaurant bargen das Risiko von Lauschern. »Die Ohren des Großen Bruders sind überall«, sagte Archer. Deshalb trafen sie sich in Kates Büro.

»Ich habe fast das Gefühl«, sagte Kate, »Sie wollen mich heute nicht als Ratgeberin für Ihre Biographie konsultieren, sondern in einer ganz anderen Sache.«

»Sie haben's erfaßt«, sagte Archer knapp, wie es sonst nicht seine Art war, und fuhr fort: »Kommen wir also gleich zur Sache: Wir fürchten schon seit einiger Zeit, daß Patrice ermordet worden ist.« Kate starrte ihn an und fühlte sich wie damals auf dem im Nebel versunkenen Flughafen. Laphroaig war weder in Reichweite noch kam er in Frage. Es war zwei Uhr nachmittags.

»Ich bin keine professionelle Privatdetektivin«, sagte Kate. »Außerdem hatte ich gehofft, Sie wollten meinen Rat, weil ich eine so außergewöhnliche Frau bin«, fügte sie traurig hinzu, lehnte sich mit einem Seufzer zurück und kippte ihren Stuhl nach hinten, ganz wie es sich für eine Privatdetektivin gehörte. »Übrigens, Reed ist der Sache nachgegangen: Patrice wurde nicht ermordet. Es sei denn, jemand hätte sie mit Gewalt hinaus auf den See geschleppt, alle Anzeichen eines Kampfes verwischt und ihr eine Droge gegeben, die der modernen Medizin bisher unbekannt ist. Reed hat sich die Akten von der Polizei in Massachusetts schicken lassen, und in Polizeiakten stehen bekanntlich unumstößliche Tatsachen. Sie sind überarbeitet, Sie beide«, schloß sie tröstend.

Herbert beugte sich vor, und sein besorgtes Gesicht veranlaßte Kate, ihren Stuhl langsam wieder nach vorn zu kippen. »Wir meinen ja nicht im buchstäblichen Sinne, daß sie ermordet wurde, Kate. Sie ging selbst in den See, sie wollte sterben. Die Frage ist nur: warum zu diesem Zeitpunkt und warum auf diese Art?«

»Aber sie war verliebt in den Tod«, sagte Kate. »Ich habe es selbst in ihrem Tagebuch gelesen.«

»Aber Sie wissen doch auch«, sagte Herbert, »was diese Todesverliebtheit für Patrice bedeutete: So wie die Hoffnung auf eine endlose Zukunft der Jugend die Wagnisse des Jungseins ermöglicht, so machte für Patrice die Hoffnung auf den Tod die Wagnisse der mittleren Jahre möglich. Aber sie sprach vom Tod nach siebzig, dreimal zwanzig und zehn Jahren. Sie war gerade achtundfünfzig und hatte allen Grund weiterzuleben.«

»Aber wenn man sich verliebt«, sagte Kate, »läuft man Gefahr, verführt zu werden.«

»Und genau das ist also Ihrer Meinung nach geschehen?« fragte Archer. »Sogar Sie, der doch das Leben Mißtrauen beigebracht hat, glauben das. Genau darauf konnte jemand setzen, der ihr übel wollte: daß alle Welt denkt, sie wurde vom Tod verführt.«

Nicht alle Welt, wie sich am folgenden Freitagmorgen herausstellte. Kate, der ihrer Meinung nach vom Schicksal zugedacht war, bis Mittag zu schlafen, kam nur freitags in den Genuß ihrer Bestimmung, und das auch nur an jenen Freitagen, an denen ihre Universität nicht auf die Idee verfiel, irgendeine Sitzung anzuberaumen. Auf frühmorgendliche Sitzungen reagierte Kate wie Tallulah Bankhead, die, als sie einmal um neun Uhr morgens irgendwohin eingeladen wurde, überrascht geantwortet haben soll: »Oh, ist es etwa zweimal am Tag neun Uhr?«

Es war kaum zehn, als Reed, der an dem Tag zu Hause arbeitete, sie weckte. »Die Präsidentin vom Clare College ist am Telefon«, sagte er, »oder jedenfalls bereit, ans Telefon zu stürzen, sobald du in der Lage bist, den Hörer in die Hand zu nehmen. Ihre Sekretärin klingt sehr gebieterisch. Sie rief um neun schon mal an, und ich bat um eine Stunde Aufschub für dich. Vielleicht solltest du jetzt aber lieber mit ihr sprechen.«

»Was für ein schlechter Scherz«, sagte Kate ungnädig.

»Glaub mir, mein Herz«, sagte Reed. »Vielleicht will sie dich ja nur um eine großzügige Spende für das neue Freizeitzentrum am College bitten, aber es ist wirklich die Rektorin, die dich sprechen will.«

Kate übte hastig eine Tonleiter von »Hallos«, um den Schlaf aus ihrer Stimme zu verscheuchen, und sagte dann gefaßt »Hallo« in den Hörer. »Moment, ich verbinde, Frau Professor Fansler. Rektorin Norton möchte Sie sprechen.«

»Guten Morgen, Frau Professor Fansler. Tut mir leid, Sie zu Hause zu stören, aber es geht um eine etwas delikate Angelegenheit. Haben Sie einen Moment Zeit? Sehr freundlich von Ihnen. Ich glaube, wir haben uns noch nicht persönlich kennengelernt. Aber Madeline Huntley hat eine sehr hohe Meinung von Ihnen. Sie ist für ein Jahr bei uns und leitet das neue Jackson Center.«

»Ach«, sagte Kate, die das Gefühl hatte, irgendeine Reaktion sei erforderlich. »Ich dachte, sie hätte eine Privatpraxis in Boston.«

»Wir haben sie überredet, für das erste so überaus wichtige Jahr die Leitung unseres Instituts zu übernehmen. Sie war die Freundlichkeit in Person und hat mir geholfen, unsere kleinen Probleme zu bewältigen. Und bei einem unserer Probleme, deutete sie an, könnten Sie die Lösung sein. Wir alle, das heißt die

Kuratoren und ich, haben nachgedacht und beschlossen, das Beste wäre, Sie in unser Forschungsprojekt über feministische Studiengänge zu berufen. Wenn Sie so nett sein würden. Die Gruppe tagt nur alle vierzehn Tage.«

»Aber ich glaube kaum ...«

»Natürlich ist uns Ihr fachlicher Rat willkommen«, unterbrach sie Rektorin Norton, »aber die Forschungsgruppe wäre nur das, was in Spionageromanen Tarnung heißt. In Wirklichkeit wären Sie hier, um Patrices Umphelbys Tod zu untersuchen. Manche Leute«, fügte die Rektorin hinzu, wobei ihre Stimme mehr als deutlich machte, was sie von diesen Leuten hielt, »stellen plötzlich Fragen und verbreiten Zweifel. Wir hielten es für das Beste, alle Gerüchte im Keim zu ersticken. Sie arbeiten an der Biographie mit« (die Rektorin ignorierte Kates schwachen Protestjapser), »und Sie haben Erfahrung mit derlei Untersuchungen. Deshalb erscheinen Sie uns als die ideale Person, und ich rufe Sie an mit der Bitte, sich unserer Forschungsgruppe anzuschließen. Über Ihren eigentlichen Auftrag können wir uns unterhalten, wenn Sie hier sind. Vielleicht wollen Sie die Sache nochmal überdenken?«

Kate, die sich auf dem Ellbogen abgestützt hatte, sank wieder in die Kissen. Warum noch überdenken? Die Stimme, die sie rief, war nicht die von Rektorin Norton, sondern gehörte Patrice, mit der sich Kate einst auf einem nebligen Flughafen ihren Whisky geteilt hatte. Mochte man den Tod auch lieben, aber das gab ihm noch lange nicht das Recht, einen umzubringen. Kate kicherte in sich hinein. »Ich muß nichts überdenken«, sagte sie. »Ich schließe mich Ihrer Forschungsgruppe an. Werden Sie mir eine offizielle Einladung schicken?«

»Natürlich. Ein kleines Honorar ist auch vorgesehen.«

»Also gut. Aber vergessen Sie nicht, Rektorin Norton, daß ich vielleicht nicht ganz den Vorstellungen entspreche, die man sich im Clare College von einer Dame macht. Vor einigen Jahren las ich die Memoiren von John Kenneth Galbraith; darin schildert er, wie er einmal forderte, man solle in den Studentinnen zukünftige ›Karrierefrauen‹ sehen und nicht nur Ehefrauen und Mütter. Die erbittertsten Gegner eines solchen Wandels im Frauenbild waren die Frauen im Radcliffe-Kuratorium. Warum sollten Frauen eine Karriere anstreben, fragten sie ihn. Gäbe es denn etwas Wichtigeres im Leben, als eine gute Ehefrau und Mutter zu sein? Ich erwähne dies nur, weil ich mir vorstellen kann, daß Ihre Kuratorinnen vom selben Schlag sind und mich vielleicht nicht mögen. Ich werde«, verkündete Kate, inzwischen hellwach, »gelegentlich als Feministin bezeichnet.«

»Genau das«, sagte Rektorin Norton, »ist der Grund, warum wir Sie haben wollen. Als gegensteuernde Kraft. Lassen Sie mich wissen, wann Sie kommen können, Frau Professor Fansler. Ich freue mich auf unser Gespräch. Und mit mir, da bin ich sicher, viele andere.«

Schon als Kate den Hörer auflegte, waren ihr die Motive für Rektorin Nortons Anruf völlig klar. Diese gefährliche Feministin, Kate Fansler, würde unvermeidlich herausfinden, daß Patrice Umphelby auf höchst unglücklich gewählte und gedankenlose Weise Selbstmord begangen hatte. Kate war Patrice begegnet, hatte sie aber nicht gut gekannt. Ich bin also in jeder Beziehung geeignet für den Job, dachte Kate. Und wenn jemand wie ich den Mordverdacht ausräumt, ist jeder überzeugt. Aber, sagte Kate vor sich hin, ich werde diesen selbstgefälligen Dummköpfen Hawthorne zitieren. Selbst wenn Patrice Selbstmord begangen hatte, warum zu dem Zeitpunkt, so viel früher als geplant? Als Kate sich schließlich aus dem Bett gekämpft und geduscht hatte und für den Tag gewappnet war, machte sie sich auf die Suche nach Hawthorne und las Reed die Passage vor.

»Er spricht von der Zeit«, erklärte sie, »als er seinen Job im Zollamt verlor: ›Angesichts meines vorherigen Überdrusses an meiner Arbeit, meinen vagen Kündigungsgedanken, ähnelte mein Schicksal in gewisser Weise dem eines Menschen, der mit dem Gedanken an Selbstmord spielt und für den sich, seine höchsten Erwartungen übertreffend, plötzlich der Glücksfall einstellt, daß jemand ihn ermordet.‹ Aber war es bei Patrice ein Glücksfall? Ich bezweifle es, liebe Rektorin Norton, ich bezweifle es sehr.«

»Du darfst nicht vergessen, meine Liebe«, sagte Reed, »daß Patrice wahrscheinlich aus freien Stücken in den See ging. Das vorhandene Beweismaterial läßt darauf schließen.«

»Ich bin sehr gespannt darauf, was Madeline Huntley zu sagen hat«, antwortete Kate. »Ein Institut zu leiten, sieht ihr gar nicht ähnlich.«

»Wohingegen es dir sehr ähnlich sieht«, bemerkte Reed, »an einem Forschungsprojekt teilzunehmen. Vielleicht solltest du deinen Unijob aufgeben und ich meinen als Bezirksstaatsanwalt, und wir sollten gemeinsam eine Privatdetektei aufmachen, mit akademischen Fällen als besonderer Spezialität.«

»Du wirst immer unausstehlich, wenn ich an Projekten arbeite, die außerhalb New Yorks stattfinden«, sinnierte Kate.

»Ich werde dich vermissen«, sagte Reed. »Das ist immer so bei mir.«

Ich weiß nicht, was einen Menschen konservativer macht –

wenn er nichts über die Gegenwart weiß

oder nichts über die Vergangenheit.

(John Maynard Keynes)

Wie alle Frauencolleges im Osten, eingeschlossen jene, die einst als die »Seven Sisters« bekannt waren (ein Name, der seit kurzem, wie so vieles andere, von den großen Ölgesellschaften in Beschlag genommen wird), hatte das Clare College seine große Zeit zwischen dem Ende des Ersten Weltkrieges und dem Ende des Krieges in Vietnam. Viele erfolgreiche und berühmte Frauen hatten die Colleges im Osten besucht und für deren guten Ruf gesorgt. 1974 veröffentlichte Elizabeth Tidball eine Analyse der Ausbildung erfolgreicher Frauen, in der sie feststellte, daß ein hoher Anteil derer, die später bedeutende Karriere machten und Anerkennung fanden, reine Frauencolleges besucht hatten, meistens eins der berühmten im Osten. Das Wellesley College war so beeindruckt von diesem Bericht, daß es Elizabeth Tidball die Ehrendoktorwürde verlieh. Ende der siebziger Jahre hatte sich jedoch viel verändert, unter anderem hatten Frauen inzwischen zu all den großen Universitäten und Colleges Zutritt, die bis dahin Männern vorbehalten waren. Es war zu früh vorauszusagen, ob dies wirklich ein Fortschritt für die Frauen war. Die reinen Frauencolleges, die es ja weiterhin gab, hatten unbestreitbar ihre Vorteile: einen Lehrkörper, der mindestens zur Hälfte aus Frauen bestand; die Chance, alle studentischen Ämter zu besetzen und sich nicht darum zu sorgen, wie die eigenen intellektuellen Anstrengungen auf die männlichen Kommilitonen wirkten. Aber allmählich kam der

Verdacht auf, daß die Frauencolleges ihre Chancen nicht recht nutzten. Kate hatte immer Frauencolleges vorgezogen. Sie hielt es für eine Bereicherung, daß Frauen vier Jahre lang all die Erfahrungen, die an einer Universität zu machen sind, miteinander teilen und sich gegenseitig all die Aufmerksamkeit schenken können, die ansonsten, sind Männer zugegen, nur allzu bereitwillig denen gezollt wird. Aber selbst Kate zweifelte allmählich an der Überlebensfähigkeit von Frauencolleges, und je mehr sie über Patrice, deren Leben und Tod nachdachte, desto stärker wurden diese Zweifel. Als sie schließlich zur ersten Sitzung mit der Forschungsgruppe und ihrem ersten Gespräch mit der Rektorin des Clare Colleges am Bostoner Flughafen eintraf, wurde sie von ihrer alten Bekannten Madeline Huntley in Empfang genommen. Nach der gebührenden Begrüßung überfiel Kate Madeline mit der Frage, was sie um Gottes und der Psychiatrie willen am Clare College zu suchen habe.

»Ich versuche, die Studentinnen davon zu überzeugen, daß Depressionen und Schuldgefühle keine Sünden sind, die nur von den radikalen Linken begangen werden, sondern zu den allgemein menschlichen Empfindungen gehören, derer sich niemand schämen muß. Die Studentinnen geben vielleicht zu, daß sie Eßprobleme haben, womöglich gehen sie sogar so weit zuzugestehen, daß sie sich wegen ihrer Examensnoten ein bißchen zu sehr verrückt machen; aber wage es anzudeuten, daß sie vielleicht Haßgefühle haben oder gar so etwas wie Depressionen kennen – und schon hast du die ganze protestantische Ethik und altmodische Vorstellung von Sünden gegen dich. Du würdest es nicht für möglich halten.«

»Aber was für eine Art Institut ist das, und warum leitest du es?«

»Ein Mann namens Jackson, der Witwer einer ehemaligen Studentin, hat die Mittel für dieses Institut gespendet. Institut heißt es nur, weil es schließlich irgendeinen Namen haben muß, und die Gelder, obwohl recht ansehnlich, reichen wie immer natürlich nicht aus. Aufgabe des Instituts ist es, die Probleme von Studentinnen und Lehrenden mit ihrer Rolle als Frau zu untersuchen. Aber daß irgendeine der Frauen hier möglicherweise tiefverwurzelte Verhaltensweisen hat, die damit zu tun haben, daß sie eine Frau ist, das darf niemals erwähnt werden. Man darf noch nicht einmal andeuten, daß es in unserer heutigen Welt irgendwelche Nachteile haben könnte, eine Frau zu sein.«

»Klingt sehr nach Phyllis Schlafly. Sie halten wohl auch die Atombombe für ein Geschenk Gottes?«

»Ganz so schlimm ist es nicht. Die meisten sind für Abrüstung und Rettung der Umwelt und empören sich auch über die Japaner, die die Wale töten. Aber sie sind zutiefst mißtrauisch, wenn jemand auch nur andeutet, daß die patriarchalische Struktur (ich flüstere dir den Ausdruck ganz leise ins Ohr) sie unterdrückt und daß sich das vielleicht ändern sollte. Wage auch nie, in Zweifel zu ziehen, daß die Institution Familie der Inbegriff aller Tugend und per se das Bollwerk gegen alles Böse ist. Derlei Zweifel werden hier als Hirngespinste schriller Feministinnen – auch Emanzen genannt – betrachtet. Möchtest du die ganze Leier hören?«

»Weißt du was?« sagte Kate. »Immer, wenn ich nach Boston komme und mich jemand vom Flughafen abholt, dann habe ich die anregendste Unterhaltung meines ganzen Aufenthaltes, wenn ich, wie jetzt, in einem Verkehrsstau im Callahan-Tunnel feststecke. Eigentlich sollte man doch meinen, daß Frauencolleges die Frauenproblematik bewußter angehen als andere.«

»Sollte man meinen, ist aber nicht so. Dafür gibt es eine Menge Erklärungen. Und meine, wenn du sie hören willst, lautet: die Studentinnen sind alle äußerst damenhaft, nennen sich Mrs. John Jones II und fänden es höchst unpassend, für Frauen, wenn sie schon keine Ehefrauen und Mütter sind, etwas anderes als helfende und ehrenamtliche Dienste zu fordern. Ich weiß, das hört sich unglaublich überholt an, trifft aber immer noch zu. Nicht eines der Frauencolleges in Neuengland hat sich beim Kongreß dafür eingesetzt, daß die Gleichberechtigung in der Verfassung verankert wird, oder hat sich sonst in irgendeiner Weise für die Rechte der Frau stark gemacht. Das Ergebnis ist, daß sie den einstmals rein männlichen Colleges weit hinterherhinken – in allem, angefangen bei der Frage feministischer Studiengänge bis hin zum öffentlichen Engagement für geschlagene Frauen.«

»Ich begreife das nicht«, sagte Kate. »Vielleicht liegt es an den Abgasen im Tunnel, aber ich begreife es einfach nicht. Bestimmt haben sie Frauen, die Hervorragendes geleistet haben und die man als Feministinnen bezeichnen könnte, die Ehrendoktorwürde verliehen?«

»Das Smith College ja, das Clare nicht. Smith hat Betty Friedan und Gloria Steinem den Ehrendoktor gegeben – nun, beide studierten am Smith –, aber auch Adrienne Rich, die nicht dort studierte, bekam einen. Patrice Umphelby hat vom Clare College nie eine Auszeichnung, noch nicht einmal so viel wie einen lobenden Klaps auf die Schulter bekommen. Während ihrer ganzen Zeit hier hat sie schließlich pausenlos beunruhigende Dinge gesagt und sich sehr wenig *damenhaft* benommen! Ich weiß übrigens, daß du wegen Patrice Umphelbys Tod hier bist. Komm mir also nicht mit irgendwelchem Blabla über Forschungsprojekte. Vergiß am besten alles, was ich dir gesagt habe. Treib dich einfach noch ein paar Tage nach deiner Forschungsgruppensitzung auf dem Campus herum. Oder noch besser: biete an, einen Vortrag über das Thema ›Warum Frauen heute wütend sein sollten‹ zu halten. Dazu werden außer einer kleinen Gruppe radikaler Studentinnen ein paar wenige Dozentinnen ohne Lehrstuhl kommen, die sich als Feministinnen verstehen und Seminare abhalten, die von den anderen mit ganz und gar nicht damenhaftem Hohn als ›Emanzenkurse‹ bezeichnet werden. Diese armen Geschöpfe werden von ihrem jeweiligen Fachbereich geächtet und behandelt, als wären sie nicht ganz richtig im Kopf. Außerdem werden vielleicht ein paar Verwaltungsangestellte auftauchen, die den ganzen Laden, metaphorisch gesprochen, am liebsten in die Luft jagen würden, es aber nicht tun, weil sie ihre Jobs nicht verlieren wollen. Kein vollbestallter Professor, weder weiblich noch männlich, wird erscheinen, und der Fachbereich Anglistik wird zum Zeitpunkt deines Vortrags eine für alle Mitglieder obligatorische Fakultätssitzung anberaumen. Die Collegezeitung wird dich in ihrem Bericht als Querulantin darstellen, die wahrscheinlich an Gürtelrose, Hämorrhoiden und männlicher Zurückweisung leidet, was die Erklärung für das wirre Zeug ist, das du daherredest. Genau diese Behandlung hat Patrice an diesem Ort erfahren.«

»Madeline, eins mußt du mir noch erklären.« Da sie im Tunnel standen, konnte Madeline es riskieren, ihre Sonnenbrille abzunehmen und Kate erwartungsvoll anzusehen. »Du bist eine hervorragende Psychoanalytikerin und Ärztin. Wieso bist du ausgerechnet hier gelandet? Was ist los? Fehlt dir auch nichts?«

»Da siehst du's!« rief Madeline triumphierend und ließ den Wagen drei Meter weiter rollen. »Wie lange kennst du mich schon? Zehn Jahre mindestens. Wir haben über alle Themen zwischen Himmel und Erde gesprochen, in endlosen Komitees und Podiumsdiskussionen nebeneinander gesessen, Probleme auf den Tisch gebracht und Gelder und Stipendien verteilt. Aber in dem Moment, wo ich anfange, das gute alte Clare zu beschreiben, mit seinen efeubewachsenen Mauern und sanft geschwungenen Rasenflächen, seinen unterdrückten, unglücklichen Studentinnen und seinem schrecklichen, reaktionären Lehrkörper, vermutest du, ich hätte eine persönliche Katastrophe hinter mir und dürfe nur noch mit Samthandschuhen angefaßt werden.«

»Schon gut, schon gut. Ich hab' verstanden. Trotzdem begreife ich nicht, warum du hier arbeitest, wenn du es doch so schrecklich findest.«

»Ich bin nur vorübergehend hier, bis sie jemanden finden, der ihr Institut leitet, das man mit so wenig Recht als Institut bezeichnen kann wie mich als Hirnchirurgin. Man hat mir ein Zimmer in der Krankenstation als Beratungsraum zugeteilt. Und wenn ich einen Brief getippt haben oder den Kopierer benutzen will, muß ich mit der ganzen Fakultät darum kämpfen. Die haben sogar versucht, dem Institut für das Krankenzimmer so viel Geld abzuknöpfen, als läge dort wirklich ein Patient. Ich hatte gedacht, es wäre interessant, etwas über Frauen an Frauencolleges zu erfahren, und ich habe recht behalten, es ist interessant – auf eine schreckliche Weise, so wie Kriege interessant sind. Außerdem machten mir die Leute vom Forschungszentrum klar, daß, wenn ich den Job nicht annehme, irgendein Freudianer ihn bekommt, für den immer noch alle Frauen unter Penisneid leiden. Und außerdem – wir Frauen in mittleren Jahren brauchen Abenteuer; so hätte es Patrice wohl gesagt. Aber das nächste Mal verzichte ich auf Abenteuer, gehe in ein Nonnenkloster und fertig. So, bis zum Storrow Drive hätten wir's geschafft, gleich geht's auf die Autobahn, und dann brauchen wir noch eine halbe Stunde. Entspann dich also, meine Liebe, und erzähl mir, was du im Schilde führst. Warum heftest du dich plötzlich auf Patrices Spur? Sie ist seit fast einem Jahr tot.«

»Madeline, um Gottes willen. Ich habe Rektorin Norton versprochen, daß meine detektivische Mission hier ein Geheimnis bleibt. Ich bin wirklich in die Forschungsgruppe berufen worden. Bist du einfach sensationslüstern und hoffst auf ein bißchen Aufregung am Clare – oder gibt es wirklich Gerüchte über Patrices Tod?«

»Letzteres, meine liebe Spürnase. Das Ganze wurde ins Rollen gebracht von Veronica Manfred, die sich höchstwahrscheinlich auf dich stürzen wird, sowie du im Clare ankommst. Auf diesem Campus verbreitet sich Klatsch wie die Einzeller. Und schließlich geschieht es ja auch nicht jeden Tag, daß eine berühmte Professorin und Verfasserin geistreicher Romane und Erzählungen ins Wasser geht und sich ertränkt. Virginia Woolf hatte immerhin

Schübe von Wahnsinn, oder was man so Wahnsinn nennt, ehe sie das tat. Unsere gute Patrice dagegen war zwar exzentrisch, aber geistig so fit wie ein alter Stiefel. Und wie sie all die Jahre am Clare ausgehalten hat, werde ich nie verstehen. Natürlich war sie auch eine wundervolle Lehrerin, das zieht niemand in Zweifel.«

»Du weißt doch«, sagte Kate, »es steht so gut wie fest, daß sie Selbstmord beging. Ich bin eigentlich nur hier, um meine Neugier zu befriedigen – und die von Archer und Herbert.«

»Und wer, bitte, sind diese Herrschaften?«

»Kein Wort mehr, es sei denn, du willst umkehren und noch einmal durch den Callahan-Tunnel fahren. Du mußt mir unbedingt von der Rektorin des guten alte Clare erzählen. Die treffe ich nämlich morgen, und ich habe so das Gefühl, sie wird mich umschmeicheln und versuchen, mich weichzuklopfen. Aber ich habe vor, ihr all meine Ecken und Kanten zu zeigen, und dazu brauche ich ein wenig Vorbereitung von dir. Wie ist sie?«

»Laß es mich so ausdrücken: sie ist sehr jung, Anfang Dreißig, Juristin, smart, kennt all die richtigen Leute, und wenn sie mutig wäre und auf der richtigen Seite stünde, wäre sie ganz in Ordnung. Unglücklicherweise tut sie meiner Meinung nach beides nicht, aber du hast ja schon gemerkt, daß ich voreingenommen bin und meine Ansicht nicht viel wert ist. Sie hat sich weiß Gott kein Bein ausgerissen für mein Institut. Am Clare gibt es eine studentische Seelsorge, und die reicht ihrer Meinung nach völlig aus. Wozu dann noch das Institut? Warum immer die negativen Seiten betonen?«

»O Gott!« stöhnte Kate.

Die Rektorin des Clare hatte offenbar beschlossen, ganz auf kollegial zu machen. Sie kam hinter ihrem Schreibtisch vor und ließ sich mit Kate auf einer Sitzgruppe am Ende des Raums nieder. Dafür bekam sie von Kate gleich zu Beginn eine schlechte Note. Sie war die Rektorin des Colleges, sprach als Rektorin und sollte gefälligst hinter ihrem verdammten Schreibtisch sitzen bleiben. Kate hatte einmal die Rektorin eines anderen Frauencolleges erlebt, die nach dem Lunch (der zu Kates großem Verdruß in der Cafeteria eingenommen wurde) anbot, allen Kaffee oder Tee zu holen. Kate begriff das als Versuch, nicht den Boß herauszukehren, aber sie sah nicht ein, warum Frauen nicht auch die Privilegien ihres Jobs genießen sollten. Es gäbe doch bestimmt, so hatte Kate später argumentiert, noch einen anderen Weg als den Akt, die Tassen selbst auf dem Tablett zu balancieren oder seine Sekretärin damit zu beauftragen. Nein, so war ihr erklärt worden, den gäbe es nicht. »Ich hasse es, wenn Leute mich wie ihren Kumpel behandeln, wenn ich es nicht bin«, hatte Kate geantwortet. Das Problem mit mir ist, ermahnte sie sich jetzt, während sie mit der Rektorin Knie an Knie saß, daß ich gereizt und überempfindlich bin und nicht hier sein will. Ich wette, sie raucht nicht und es stört sie, wenn ich es tue. Aber sie traut sich nicht, das zu zeigen.

»Stört es Sie, wenn ich rauche?« fragte Kate.

»Überhaupt nicht«, sagte die Rektorin und erhob sich, um nach einem Aschenbecher zu suchen; ein äußerst ausgedehntes Unternehmen, das deutlich machte, wie die Antwort auf Kates Frage *eigentlich* lautete. Woran Kate erkannte – und diese Information brauchte sie noch dringender als eine Zigarette –, daß die Rektorin *sie* brauchte. Sie ist verunsichert, dachte Kate und begann sich zu amüsieren.

»Zwei Punkte stehen auf unserer Tagesordnung«, sagte die Rektorin, während sie sich weit in ihrem Stuhl zurücklehnte und sich offenbar große Mühe gab, den Rauch nicht von sich fortzuwedeln. Kate, von Mitleid überkommen, drückte ihre Zigarette aus: ihr Bedürfnis nach Nikotin war zwar groß, aber sie wollte die Rektorin beobachten, nicht quälen. »Erstens das Forschungsprojekt, an dem mitzuwirken Sie sich so freundlich bereit erklärt haben. Zweitens der Tod von Patrice Umphelby. Wir sollten vielleicht in umgekehrter Reihenfolge vorgehen.«

»Darf ich eine Frage über das Forschungsprojekt stellen?«

»Gewiß.«

»Spielen Sie mit dem Gedanken, eventuell feministische Studiengänge an Ihrem College einzuführen, oder soll das Forschungsprojekt dazu dienen, genau dies zu verhindern?«

»Den Gedanken, wir würden ein Forschungsprojekt ins Leben rufen, dessen Ergebnisse in irgendeiner Weise vorherbestimmt sind, muß ich weit von mir weisen. Trotzdem, ich verstehe, worauf Sie mit Ihrer Frage hinauswollen. Schließlich haben Sie schon in einigen Komitees mitgewirkt.«

»In sehr vielen«, sagte Kate, als Rektorin Norton nicht weitersprach. »Und ich will nicht bestreiten, daß in vielen ernsthaft geforscht wurde, aber doch waren bei den meisten die Ergebnisse mehr oder weniger vorprogrammiert. Natürlich nicht immer, denn so ganz steuerbar sind die Menschen, dem Himmel sei Dank, doch nicht. Aber all meine Erfahrungen haben mich ernüchtert, vielleicht sogar zynisch gemacht. Und deshalb meine Vermutung: Entweder wollen Sie feministische Studiengänge einführen und brauchen als Rechtfertigung das Forschungsprojekt, oder Sie haben sich dagegen entschieden und benutzen das Forschungsprojekt als Vorwand, um sagen zu können, Ihre Entscheidung sei das Ergebnis der sorgfältigen Untersuchungen vieler hervorragender und qualifizierter Leute. Wenn ich raten darf – ich würde auf letzteres tippen.«

»Wie ich sehe, kommen Sie gern gleich zur Sache, kein Reden um den heißen Brei, keine Vorwände.«

»Unsinn«, sagte Kate. »Ich kann genauso um den Brei reden wie jeder andere, wenn es meinen Zielen dient. In diesem Fall komme ich direkt zum Punkt, weil ich, wie man so schön sagt, kein Eigeninteresse habe. Ob Sie feministische Studiengänge einrichten oder nicht, ist mir höchst gleichgültig, denn was an Ihrem College geschieht, liegt mir nicht besonders am Herzen. Wollen wir jetzt zu unserem weit problematischeren Punkt, nämlich Patrice Umphelby, übergehen? Wenn wir darüber gesprochen haben, kommen Sie möglicherweise zu dem Schluß, daß Sie mich gar nicht in Ihrem Forschungsprojekt haben wollen.«

»Das«, sagte Rektorin Norton traurig, »halte ich für sehr unwahrscheinlich. Und, wenn ich mich einmal so direkt ausdrücken darf wie Sie«, fügte sie mit der ersten Spur Humor hinzu, die Kate an ihr entdecken konnte: »Ich will Sie nicht hier haben, aber ich brauche Sie. Irgend jemand muß der Sache auf den Grund gehen, und Sie scheinen die Geeignete zu sein – die einzige. Ich kann allerdings nicht behaupten, daß mich das Ganze mit kindlicher Vorfreude erfüllt.«

»Nun«, sagte Kate. »Ich bin froh, daß alles gesagt ist.«

»Wenn ich richtig verstehe, kannten Sie Patrice Umphelby nicht?«

»Wir sind uns einmal auf einem Flughafen begegnet und haben über Gott gesprochen. Und diese Begegnung hat in gewisser Weise die Bedeutung einer Synekdoche und Metonymie gewonnen und die ganze Kraft des Paradigmatischen.«

»Soll das irgend etwas bedeuten, und wenn ja, was?«

»Bedeutung ist heutzutage nicht mehr angesagt. Wir eifern den Franzosen nach und streben nach Theorien, um größeren Eindruck zu schinden. Ich war ziemlich gut, finden Sie nicht? Aber alle paradigmatische Bedeutung einmal beiseite – ich habe Patrice Umphelby nicht gekannt und sie mich genauso wenig. Von ihren beiden Biographen weiß ich jedoch einiges über sie.«

»Ja, die beiden scheinen Sie zu bewundern.«

»Wissen Sie«, Kate wurde plötzlich milder als bisher, »Sie müssen mich nicht bewundern, um meine Hilfe zu bekommen. Sie brauchen mich nicht einmal zu mögen. Aber Sie müssen mir vertrauen, bis zu einem gewissen Grad jedenfalls. Glauben Sie, daß Sie das können? Wenn nicht, kann ich Ihnen von keinerlei Nutzen sein und werde mich, ohne jedes bittere Wort, verabschieden und Sie Ihrem Forschungsprojekt überlassen und all den Umphelby-Gespenstern, die hier herumschwirren.«

Rektorin Norton erhob sich und begann, nervös auf und ab zu gehen. Ihre Maske von Gelassenheit schien plötzlich zu fallen. Wäre ich Juristin, dachte Kate, hätte ich mir auch eine Maske zugelegt. Und sie – als Juristin *und* Rektorin – wird ohne wohl einfach nicht auskommen. Im Augenblick stand ihr jedoch schlicht die Furcht davor im Gesicht, etwas enthüllen zu müssen, das möglicherweise für sie und ihr College despektierlich war. Kate wartete schweigend. Wenn die Frau sprechen wollte, mußte sie es tun, wenn sie soweit war.

»Es ist wirklich seltsam«, sagte Rektorin Norton. »Ich habe mir eingeredet, daß Sie in dem Forschungsprojekt weiter keinen Schaden anrichten könnten. Ob ich Sie dann wirklich in der Umphelby-Geschichte zu Rate ziehen wollte, hatte ich vor, nach unserem Gespräch zu entscheiden. Ich glaube, ich wollte abwarten, ob Sie mir liegen. Nun, Sie liegen mir nicht. Trotzdem habe ich das Gefühl, ich kann Ihnen trauen.«

»Warum sagen Sie mir nicht einfach, wo das Problem liegt? Dann können wir darüber reden, und wenn wir zu dem Schluß kommen, daß ich nicht die Richtige für Sie bin, werde ich wie die Araber meine Zelte abbauen und mich ganz leise davonmachen. Glauben Sie, daß die Araber sich immer noch leise davonmachen, oder machen sie inzwischen, in unserem technologischen Zeitalter, mehr Krach?«

Die Rektorin setzte sich wieder. »Schon vor ihrem Tod hat Patrice dem College eine Menge Ärger gemacht. Wollte man sokratisch und großzügig sein, könnte man sagen, sie war ein Störenfried. Betrachtet man es vom Standpunkt der Fakultäten aus, war sie eine verdammte Last. Offen gesagt: Ich glaube, fast jeder Dekan hier und mindestens der halbe Lehrkörper hätte sie mit Freuden ertränkt, wenn sich die Gelegenheit geboten hätte. Und doch trauern jetzt alle, und ich glaube, die Trauer ist sogar echt, so als wäre …« Sie brach ab, vielleicht weil sie zu dem Schluß kam, daß diese Richtung ihrer Gedanken nicht weiterführte.

»Eine Dekanin, die bei Patrices Trauerfeier sprach, sagte, sie wäre nie der gleichen Ansicht gewesen wie Patrice, hätte aber gelernt, sie zu achten, und noch mehr: die Aufrichtigkeit ihrer Handlungen zu erkennen.«

»Kann eine Handlung denn unaufrichtig sein?«

»Sie kann gedankenlos sein, von eigenen psychischen Zwängen bestimmt und daher notwendigerweise selbstsüchtig und ohne Gewinn für die Allgemeinheit. Ich glaube, die Dekanin meinte, daß sie Patrices Motiven traute und sich sogar bis zu einem gewissen Grade von ihnen überzeugen ließ.«

»Und welches waren Patrices Motive?« fragte die Rektorin. »Unsicherheit schaffen, Unzufriedenheit und Aufruhr schüren?«

»Vielleicht. Jeder Fortschritt, jede Weiterentwicklung sieht zu Anfang nach willkürlicher Zerstörung aus und wird selten als Fortschritt erkannt.«

»In Richtung auf welches Ziel schritt sie denn fort?«

»Das«, sagte Kate, »kann ich Ihnen nicht verraten. Zumindest jetzt noch nicht, vielleicht nie. Soll ich nicht genau das für Sie herausfinden?«

»Nein. Ich möchte, daß Sie herausfinden, warum sie sich umgebracht hat, und daß Sie die Gerüchte ein für allemal zum Schweigen bringen. Falls Ihnen jedoch der Verdacht kommt, irgend etwas sei mysteriös an Patrices Tod, daß vielleicht unbekannte und nicht aufspürbare Gifte oder rätselhafte Drogen im Spiel sind, dann müssen wir diese Spur wohl oder übel verfolgen. Es sieht Patrice ganz ähnlich, daß sie uns tot noch mehr Ärger macht als lebendig, wenn ich mich einmal nicht ganz so elegant ausdrücken darf, wie es von einer Rektorin erwartet wird.«

»Ich werde mit vielen Leuten sprechen und überall herumschnüffeln müssen und mich wahrscheinlich, wie Patrice, sehr unbeliebt machen. Sind Sie darauf vorbereitet?«

»Wie kann ich auf etwas vorbereitet sein, das mir so zutiefst zuwider ist? Aber ich habe keine andere Wahl. Heute morgen bekam ich einen Anruf von einem berühmten Professor einer Universität, an deren juristischer Fakultät ich vor Jahren lehrte. Damals dachte ich, wir wären in den meisten Dingen einer Meinung. Er ist Philosoph und hatte den Auftrag, für die Philosophie- und Jurastudenten einen fächerübergreifenden Studiengang einzurichten. Ich arbeitete ihm von der juristischen Seite her zu. Seine Empfehlung war es auch, die den Ausschlag gab, daß ich trotz meiner Jugend und geringen administrativen Erfahrungen diesen Job bekam. Anscheinend ist er Patrice Umphelby mehrmals auf Konferenzen begegnet. Bei irgendeinem offiziellen Dinner saßen sie dann nebeneinander und sprachen über den Tod, offenbar das Lieblingsthema dieser verdammten Frau. Sie sagte zu ihm, sie sei fest davon überzeugt, daß beide in der Lage wären, im richtigen Moment den Entschluß zu fassen, zu sterben. Schwierig fände sie es nur, wenn man diesen Moment verpaßte – über ihn hinaus lebte. Beim Wein, den es bei diesem Dinner wahrscheinlich im Übermaß gegeben hatte, versprachen sich die beiden, daß sie einander mitteilen würden, wann der Moment gekommen sei. Eine so verrückte Verabredung konnte wirklich nur Patrice Umphelby treffen!«

»Ich verstehe«, sagte Kate. »Und sie hat ihn nicht benachrichtigt.«

»Natürlich nicht.«

»Wie die Frauen meiner Generation, die ihren besten Freundinnen versprachen, es sie wissen zu lassen, wenn sie zum ersten Mal mit jemandem schliefen. Normalerweise dachte man in dem Moment natürlich an ganz andere Dinge.«

Die Rektorin ließ sich zu einem Lächeln herab. »Genau. Aber Patrice Umphelby mit den Maßstäben zu messen, die für andere Leute gelten, ist unmöglich.«

»Jemand nannte sie eine Heilige«, sagte Kate. »Zumindest zu Zeiten der heiligen Johanna wurden Heilige meistens verbrannt, ertränkt oder jedenfalls geächtet, weil sie sich gegen die geheiligte

Institution Kirche wandten. Auch Colleges sind geheiligte Institutionen, wissen Sie.«

»War sie religiös?«

»Das möchte ich bezweifeln. Ich wollte nur sagen, daß Leute, die Institutionen, besonders die mächtigen und etablierten Institutionen, angreifen, zu ihren Lebzeiten von denen an der Macht mit Haß verfolgt werden. Sind sie dann tot, werden sie zu Heiligen erhoben. Und so unterschiedlich unsere Heiligen auch sein mögen, eines ist ihnen gemeinsam: Sie stifteten – jeder zu seiner Zeit und auf seine Art – große Unruhe. Und wie es aussieht, haben wir es bei Patrice Umphelby mit einer Vertreterin dieser Gattung zu tun.«

»Frau Professor Fansler, ich bin ausgebildete Juristin, Religionswissenschaft habe ich nie studiert. Ich versuche ein College zu leiten, was, wie Sie wahrscheinlich wissen, heutzutage heißt, Geld auftreiben zu müssen und eine Gratwanderung zwischen Vergangenheit und Zukunft zu vollführen. So etwas wie reine Frauencolleges gibt es nicht mehr, wußten Sie das? An alle Frauencolleges kommen heute männliche Studenten von nahegelegenen Colleges, und unsere Studentinnen rennen ständig zu irgendwelchen männlichen oder gemischten Institutionen, um sich zu informieren. Einen Skandal kann sich ein Frauencollege heutzutage einfach nicht leisten. Es käme in größte Schwierigkeiten. Die Leute werden sagen: ›Wieso soll ich meine Tochter auf ein reines Frauencollege schicken? Wenn es überall Skandale gibt, kann sie genauso gut auf ein gemischtes gehen.‹«

»Ich werde Ihnen helfen, wenn ich kann. Ich glaube, Ihre Befürchtungen sind übertrieben. Wenn ich recht verstehe, ist Ihre Hauptsorge die schlechte Publicity. Ein Mord auf dem Campus, sollte es den wirklich gegeben haben, ist natürlich ein gefundenes Fressen für die Zeitungsreporter. Man würde sich genauso gierig darauf stürzen wie damals auf den Mord an dem Scarsdale-Doktor. Sie haben natürlich die Möglichkeit, das wissen Sie und ich brauche es Ihnen kaum zu erzählen, still dazusitzen und abzuwarten, bis sich die Gerüchte verflüchtigen.«

»Sie sind mein Weg, stillzuhalten und abzuwarten. Sie wurden als Gast zu unserem Forschungsprojekt geladen, das darüber entscheiden soll, ob wir hier am College feministische Studiengänge einführen. Und in dieser Eigenschaft werden Sie sich notgedrungen mit vielen Leuten unterhalten müssen. Jedem, mit dem Sie sprechen wollen, werde ich eine Notiz mit der Bitte schicken, Sie soweit wie möglich zu unterstützen. Wen Sie aufsuchen möchten, ist natürlich Ihre Entscheidung. Es gibt niemanden auf dem Campus, dessen Meinung nicht von Bedeutung wäre für das Forschungsprojekt, es sei denn, Sie würden darauf bestehen, die Gärtner oder das Küchenpersonal zu konsultieren. Aber mit dem Problem können wir uns befassen, wenn es sich stellt.«

»Ich kann natürlich nur sporadisch hier sein«, sagte Kate. »Man hat schließlich seine Verpflichtungen. Aber ich werde tun, was ich kann. Ich glaube, es wird sich herausstellen, daß Patrice nicht ermordet wurde. Aber womöglich stellt sich ebenfalls heraus, daß ich ein Ärgernis bin für das Forschungsprojekt, denn wenn ich mich erst einmal auf eine Sache eingelassen habe, kann ich für nichts mehr garantieren. Wäre das eine entsetzliche Aussicht?«

»Mehr als entsetzlich. Aber was Sie auch anstellen mögen – Sie sind nur ein Mitglied der Gruppe neben vielen anderen.«

»Vielleicht sollte ich in Patrices Fachbereich beginnen – bei den Historikern. Am besten spreche ich zuerst mit den Professorinnen dort.«

»Bei den Historikern gibt es keine Professorinnen«, sagte die Rektorin. »Zumindest keine mit Lehrstuhl. Patrice war die einzige. Am besten gebe ich Ihnen das Vorlesungsverzeichnis und Sie entscheiden selbst, mit wem Sie beginnen wollen.«

»Gibt es jemanden namens Veronica?« fragte Kate.

»O Gott, ja. Aber die brauchen Sie nicht aufzusuchen. Die

sitzt wahrscheinlich schon in den Startlöchern und wartet darauf, Sie anzusprechen. Frau Professor Fansler, ich sollte Ihnen für alles danken – das weiß ich. Wir werden uns natürlich bemühen, zu einer angemessenen Honorarvereinbarung zu kommen.«

Darauf, wie auf vieles andere, ging Kate nicht ein. Das Gespräch war vorüber, und es war zweifelhaft, ob die Rektorin noch eine Minute länger durchgehalten hätte, ohne aus der Rolle zu fallen.

Bedenkt man, welch sittsames Institut das Clare College ist,

sind dessen Honoratioren,

das muß man zugeben, ein schrilles Völkchen.

(John Maynard Keynes)

Als Kate das Büro der Rektorin verlassen hatte und vor das Verwaltungs- gebäude trat, fand sie sich auf einem Hügel wieder, von dem aus sie fast den ganzen Campus und die angrenzenden Wiesen bis hinüber zum See überblicken konnte. Bei der Gründung des Colleges war die- ses Gebäude wahrscheinlich als erstes errichtet worden, und der weite Blick, den es bot, war immer noch dazu angetan, dem Be- trachter ein Gefühl von Frieden und geistiger Erhabenheit zu ver- mitteln. Der See war groß, und im Laufe der Jahre hatte das Col- lege das ganze Land darum herum aufgekauft, damit sich keine vulgären Gebäude oder Aktivitäten dort breitmachen und das Auge der Gelehrten beleidigen konnten. Kate schätzte, daß die Strecke um den See mehrere Meilen betrug, und kam zu dem Schluß, daß solch ein Spaziergang bestens geeignet sei, ihren Kopf auszulüften und ihre Gedanken zu ordnen. Patrice war gern um den See gewandert, wobei sie sich, da sie kräftig ausschritt, auf dem engen Pfad oft an gemächlicheren Spaziergängern hatte vor- beischlängeln müssen. Kate konnte das natürlich nicht wissen; um die Wahrheit zu sagen, sie hatte es gerade phantasiert. Aber sie zweifelte nicht daran, daß die Zeit ihr die Beweise für die Richtig- keit ihrer Phantasie liefern würde. Patrice begann lebendig zu werden für sie.

»Frau Professor Fansler?« Der Mann lehnte an der niedrigen Mauer, die vom Verwaltungsgebäude zu der Treppe führte, die

Kate gerade hinabsteigen wollte. Als er sich aufrichtete und auf sie zukam, wurde Kate klar, daß er schon längere Zeit dort gestanden und abgewartet hatte, welche Richtung sie einschlug. »Die bin ich«, sagte Kate, blieb vor ihm stehen und vergrub die Hände in den Taschen ihres Regenmantels. »Und wer sind Sie?«

»Ich heiße Justine«, sagte er. »Albert Justine, werde aber allgemein Bertie genannt; der, wie ich mir gern einbilde, denkbar unangemessenste Name für mich. Ich war mit Patrice befreundet.«

»Ich dachte«, sagte Kate, »Sie wären Veronica. Das heißt, ich dachte, es wäre Veronica, die auf mich wartet. Weiß inzwischen jeder, warum ich hier bin?«

»Jeder, dem Patrice etwas bedeutete. Das schließt zum Beispiel fast die ganze historische Fakultät und alle Altphilologen und Anglisten aus, zumindest die mit Lehrstuhl. Ich bin Professor für Religion.«

»Wie peinlich«, sagte Kate.

»Sie finden Religion peinlich? Das ist ein gutes Zeichen. Zuviele Leute empfinden sie einfach als nichtssagend. Aber lassen Sie sich von meinem Amt keine Angst einjagen. Ich habe den John-Mulmont-Lehrstuhl fürs Neue Testament und Ethik, aber vor allem bin ich ein Freund von Patrice, der nicht weiß, wie er ihren Tod überleben soll. Wir haben über alles diskutiert, angefangen von Jesus bis hin zum Zölibat der Priester im Mittelalter. Aber keine Angst, meistens weiß ich mich zu benehmen und bin auch für andere Themen ansprechbar. Sie haben den See angeschaut, als hätten Sie Lust auf einen Spaziergang. Darf ich mich Ihnen anschließen?«

Nachdem Kate ihn einen Moment betrachtet hatte, nickte sie, und sie gingen zusammen weiter. »Wie Sie bestimmt erraten haben«, sagte er, »habe ich Ihnen aufgelauert. Es kann Ihnen Schlechteres passieren, als zuerst mit mir über Patrice zu reden. Davon bin ich überzeugt. Wenn Sie mich weder mögen noch mir glauben – nun, dann wäre das auch so gewesen, wenn wir uns später getroffen hätten. Sie erwähnten Veronica. Ja, auch Veronica wird mit Ihnen sprechen wollen und viele andere, meistens Frauen. Nur wenige Männer fühlten sich zu Patrice hingezogen, zumindest keiner der gestandenen. Aber auch von den etablierten Frauen waren ihr die wenigsten zugetan. Besonders die Altphilologinnen hatten eine tiefe Abneigung gegen Patrices Auffassung von den Göttinnen Artemis und Athena oder von Gestalten wie Antigone. Die Altphilologen sind ein besonders engstirniger Haufen. Nietzsche haben sie mit dem Bann belegt, verachten die Cambridge-Schule – Frazer, Murray, Cornford und vor allem Jane Harrison – und verwenden den größten Teil ihrer Energien darauf, jeglichen Kommentar über die Griechen niederzumachen, der von Leuten stammt, die das Altgriechische nicht perfekt beherrschen. Sie verhalten sich ungefähr so wie die Priester vor der Reformation. Aus all diesen Gründen schien es mir das beste, Sie hören zuerst mich an. Möchten Sie lieber rechts oder links um den See gehen?«

»In welche Richtung ging Patrice?«

»Mit mir? Immer rechts.«

»Aber Ihre Gespräche gingen in die linke Richtung?«

»In den Augen vieler, ja. Eines sollte ich Ihnen lieber vorweg sagen«, fuhr er fort, während sie sich nach rechts wandten und kräftig auszuschreiten begannen, »ich habe Patrice geliebt. Es gibt kein anderes Wort für das, was ich für sie fühlte. Ich bin verheiratet, und auch meine Frau liebte sie. Wenn man sich überhaupt etwas aus ihr machte, dann liebte man sie. Sie war eine Person, der gegenüber man keine seichten Gefühle haben konnte. Wenn sie einen liebte, dann liebte man sie wieder, auch wenn man sie monatelang nicht sah. Fast alle Erfahrungen, die Menschen teilen können, haben Patrice und ich gemeinsam gemacht. Gegen Ende, obwohl ich natürlich nicht wußte, daß es das Ende war, hielt ich sie in den Armen und versuchte ihr Mut zu machen.«

»War sie deprimiert, hatte sie Angst?«

»O ja. Oft. Sie fragen nicht, ob sie meine Geliebte war?«

»Es schien mir nicht wichtig. Ich nehme an, das war nicht die Basis Ihrer Beziehung.«

»Natürlich nicht. Wir waren gemeinsam jung, und wir wurden gemeinsam alt. Unsere Kinder sind längst erwachsen. Aber auch wenn wir uns beide sehr veränderten – das, was zwischen uns war, blieb davon unberührt. Patrice hatte einen Hang zum Mystischen. Deshalb konnte sie auch ein so wundervolles Buch über Hexen schreiben. Ich dagegen bin ein ziemlich pedantischer Bibelausleger, in dem Punkt unterschieden wir uns schon immer. Aber das veränderte unsere Beziehung nicht. Was sich veränderte, war unsere Stellung in der Welt. Patrice wurde berühmt und ich berüchtigt – zumindest auf diesem Campus. Meine Auffassung von Christus gilt hier geradezu als ketzerisch.«

»Ich habe gehört«, sinnierte Kate, die an seiner Seite ging und verstand, warum Patrice an seiner Tweedjacke und seiner breiten Brust Trost gefunden hatte, »daß man Frauen, die im Verdacht standen, Hexen zu sein, in einen See warf: waren sie unschuldig, gingen sie unter. Wenn sie auf dem Wasser trieben, waren sie schuldig und wurden deshalb zum Tode verurteilt. Maggie Tulliver empfand diese Methode als ziemlich unfair, und mir geht es genauso. Ich weiß im Grunde wenig oder nichts über Patrice, aber ich stelle mir vor, sie war so ähnlich wie Maggie als Mädchen. Die Maggie aus George Eliots ›Mühle am Floß‹, wissen Sie. Sie ertrank am Schluß, weil sie eine Hexe war. War Patrice eine Hexe, was glauben Sie?«

»Sie sind wirklich eine interessante Frau«, sagte Bertie. »Dieser Gedanke ist mir nie gekommen.«

»Woran hat Patrice zuletzt gearbeitet? Ich meine nicht, was sie veröffentlichen wollte, sondern worüber sie brütete und sich täglich ihre Notizen machte.«

»Über die mittleren Jahre, würde ich schätzen. Und über den Tod. Denn darüber sprach sie meistens, wenn sie mit Menschen redete, denen sie vertraute.« Kate nickte. »Aber welches Projekt es auch war, das sie im Kopfe wälzte, ich hatte das Gefühl, sie fand es sehr aufregend. Und ich bin überzeugt, daß sie sich nie das Leben genommen hätte, ehe sie ihr Projekt zu Ende gebracht hätte. Das ist auch der Grund, warum ich einfach nicht an ihren Selbstmord glaube. Ich weiß natürlich, daß sie der Auffassung war, man solle nicht abwarten, bis man vom Alter überrollt wird. Sie sprach oft davon, ihrem Leben ein Ende zu setzen, wenn sie den Moment für gekommen hielt. Aber meiner Meinung nach war dieser Moment noch lange nicht da. Es gibt einfach keinen einleuchtenden Grund für einen Selbstmord.«

»Genau das macht ihren Biographen zu schaffen«, sagte Kate. »Erzählen Sie mir mehr von Patrice. Ich wünschte, ich könnte Ihnen präzise Fragen stellen. Wie zum Beispiel sah sie aus?«

»Ich dachte, Sie hätten sie getroffen?«

»Ich bin ihr nur einmal begegnet. Und ich erinnere mich: sie machte auf Anhieb den Eindruck, daß sie anderes im Kopf hatte als teure Garderobe, Stil oder Mode. Ihr Haar sah aus, als hätte sie es selbst mit einer Kinderschere traktiert. Und ihre Schuhe bewiesen, daß Patrice bequem in ihnen laufen wollte. Alles an ihr signalisierte, daß sie ein Mensch war, der zu den wesentlichen Dingen des Lebens vorgestoßen ist. Aber sie war auf Reisen, unter anderen Umständen sah sie vielleicht anders aus. Hat sie sich je groß in Schale geworfen – mit Käppchen vielleicht oder einem großen Hut?«

Bertie lachte. »Nicht in den letzten Jahren. Als sie jung war, sah das anders aus. In den letzten Jahren wollte sie nichts anderes als intensiv leben. Allen belanglosen Gesprächen ging sie aus dem Weg. Sie wollte einfach keine Zeit vergeuden, obwohl sie sehr verschwenderisch mit ihrer Zeit umging, wenn etwas ihre Phantasie anregte. Ich erinnere mich, wie sie einmal auf irgendeiner Fakultätsveranstaltung der Frau eines älteren Professors erzählte, daß ihr die Studentinnen nicht geglaubt hätten, als sie ihnen die Korsetts beschrieb, die früher alle Frauen trugen, um knackig und fest auszusehen. Ja, sagte die Professorinnengattin, es wäre ihr auch schon aufgefallen, daß viele ihrer Freundinnen ohne Korsett gingen. Die merkten anscheinend nicht, wie wabbelig sie mit zunehmendem Alter und Umfang ohne Korsett aussähen. Vielleicht ist es ihnen ja egal, wie sie aussehen, hatte Patrice erwidert und sich abgewandt, denn die Frau hatte offensichtlich nicht verstanden, worum es ging. Für solche Leute hatte sie keine Zeit. Aber wenn sich irgendwo auch nur ein winziger Spalt öffnete, um einen Lichtstrahl einzulassen, dann war sie so geduldig, wie nur begnadete Lehrer es sind. Sie scherte sich offen gesagt einen Dreck darum, was andere von ihr dachten, und das vermittelte sie auch. Natürlich war sie schön, auf eine ganz eigene Art. Nicht – wenn ich das klärend hinzufügen darf – so wie Sie.«

»Bitte nicht.«

»Nein, wirklich. Sie sind elegant und schlank. Anscheinend wurde Ihnen das in die Wiege gelegt, Sie müssen sich nicht darum bemühen. Patrice fühlte sich am wohlsten in einem riesigen Wollpullover mit Rollkragen. In früheren Jahren kaufte sie oft ein Kleid von der Stange und sah auch ganz schick darin aus, aber elegant war sie nie. Auf ignorante Menschen hätte sie sogar schlampig wirken können, was Sie selbst mit der größten Anstrengung nicht schaffen würden. – Mein Gott, wie schwer es ist, ein lebendiges Bild von jemandem zu zeichnen. Ich wünschte, Sie könnten sich für fünf Minuten in Patrice verwandeln, nur um noch einmal ihre Gegenwart zu spüren.«

»Welches Gefühl gab Ihnen Patrices Gegenwart?«

»Nun, sie konnte einen für Ideen begeistern oder einen darin bestärken, gegen das System anzukämpfen. Aber vor allem gab sie einem das Gefühl, zu Hause angekommen zu sein. Verstehen Sie ungefähr, was ich meine?«

»Ich habe den Verdacht, Sie selbst haben die gleiche Wirkung«, sagte Kate, »wenn man Sie besser kennt oder mit Ihnen über seine tiefsten Zweifel spricht.«

»Vielleicht. Ich habe es von ihr gelernt. Vielleicht auch sie von mir. Wenn ich davon spreche, was wir aneinander hatten, kenne ich keine Bescheidenheit. Weil ich sie kannte, wurde ich ein besserer Mensch, und sie sagte dasselbe von mir. Aber wissen Sie, was Sie tun müssen: laufen Sie über den Campus und sammeln Sie all den Klatsch, den es über Patrice und mich gibt – als Einzelwesen und als Tandem. Sie werden nicht viel Gutes hören.«

»Gehen immer so wenig Leute am See spazieren?«

»O ja. Es ist ein langer Marsch, der nur die wild Entschlossenen oder manchmal eine verzweifelt einsame Studentin lockt. Aber die Studentinnen trauen sich kaum noch. Zu meinem Bedauern muß ich sagen, daß es Vergewaltigungen gegeben hat. Die Studentinnen werden angehalten, nicht allein zu gehen.«

»Als ich aufs College ging«, sagte Kate, »waren meine einsamen Spaziergänge das einzige, was mich aufrecht hielt. Wie traurig für die Studentinnen. Jetzt, wo ich mit Ihnen spreche, habe ich fast das Gefühl, Patrice zu spüren. Aber wozu ich eigentlich hier bin und was ich rausfinden soll, das weiß ich beim besten Willen nicht. Ich fühle mich beinahe, als müßte ich Patrices Biographie schreiben und wüßte nicht, wo beginnen.«

»Ob Sie wollen oder nicht, Sie werden viel über Patrice in Erfahrung bringen. Und wenn Sie damit fertig sind, können Ihre Biographen anfangen. Ich habe die beiden natürlich kennengelernt. Sie sind Patrices würdig, finde ich. Ich hoffe nur, sie kommen mit ihrer Arbeit voran.«

»Das beste ist wohl, ich beginne mit den Leuten, die Patrice nicht mochten. Haben Sie eine Idee, wie ich das machen soll?«

»Mehr als das. Ich habe Vorbereitungen getroffen. Meine Frau und ich geben heute abend eine Sherry-Party. Wir haben die wichtigsten Vertreter der Altphilologen, Anglisten und natürlich der Historiker eingeladen.«

»Warum sollten die kommen, wenn Sie so unbeliebt sind?«

»An einem Frauencollege in einem kleinen Ort wie diesem, meine Liebe, besucht jeder jeden. Es gibt ja sonst nichts zu tun. Wo sonst könnten die Leute in Ecken herumstehen und intrigieren und klatschen? Ihr Ruf ist Ihnen übrigens vorausgeeilt, und ich verspreche Ihnen, es wird nicht nur Sherry geben. Was hätten Sie am liebsten?«

»Gin pur«, sagte Kate und lächelte ihn an, während sie sich an einer holprigen Stelle auf seinen Arm stützte.

»Sie fragen sich bestimmt«, sagte er, »ob Patrice Cocktailparties mochte – oder besser: ob sie sie ertrug. Nun, sie haßte Cocktailparties. Das war einer der Punkte, in dem wir uns unterschieden. Ich schwätze gern mit den Leuten – entweder, um neue Erkenntnisse oder Meinungen aufzuschnappen, oder um mir die hanebüchenen Ansichten anzuhören, die die Leute zu vielen Themen haben. Manchmal hat man sogar Glück und kommt in den Genuß von beidem. Patrice haßte jedes oberflächliche Gespräch, aber noch mehr haßte sie, glaube ich, die Hackordnung, die sich auf solchen Parties leicht herstellt. Wer wen eines Gesprächs für würdig befindet, das wird meistens nach Kriterien entschieden, die Patrice zuwider waren. Und so wie sie aussah und von unserer Gesellschaft mit dem Etikett ›alternde Frau‹ versehen, stellte sie immer wieder fest, daß niemand sie ansprach. Erst wenn die Leute wußten, wer sie war, kamen sie auf sie zu – ein Verhalten, das sie verachtete. Und wie ist Ihr Standpunkt in dieser endlosen Debatte?«

»Ich hasse Cocktailparties«, sagte Kate. »Aber wenn ich Detektivin spiele, sind sie von unschätzbarem Wert. Man braucht sich keinen Vorwand auszudenken, um allen möglichen Leuten direkte und irritierende Fragen zu stellen, meine Lieblingssorte von Fragen. Zum Beispiel: ›Ich bin hier an einem Forschungsprojekt beteiligt. Was halten Sie, lieber Herr Professor Altertumsforscher, von der Einführung feministischer Studiengänge an Ihrer

Universität?‹ Müßte ich die Leute in ihrem Büro aufsuchen, würden sie sich offiziell geben und mir mit ihren ausgewogenen Antworten kommen. Mit einem Glas in der Hand dagegen sagen sie mir, was sie denken und verraten obendrein noch viel über sich selbst.«

»Gut«, sagte Bertie. »Kommen Sie um halb sechs. Ich werde mich ab und zu in Ihre Gespräche einmischen und meine Kollegen so ärgern, daß sie ihre Ängste, Unsicherheiten und engstirnigen Ansichten enthüllen.«

Bertie hatte wirklich für Gin gesorgt, außerdem gab es Sherry, Weißwein und alkoholfreie Getränke für die Enthaltsamen. Kate war nicht überrascht, daß seine Frau ausgesprochen feminin war. Das hieß, sie mochte zwar eine eigene berufliche Karriere verfolgen, was für Berties Frau in der Tat zutraf, aber niemand käme auf den Gedanken, ihr bei der Theatervorführung einer Mädchenschule eine der Hosenrollen zu geben. Sie hieß Lucy und nippte ihren Sherry auf eine Weise, die ihr angeboren schien. Nähme ich Schlucke wie sie, dachte Kate, würde ich weit lieber Mineralwasser trinken. Für Kate fiel Sherry, völlig zu Unrecht, wie ihr wiederholt versichert worden war, in die Kategorie süßer Weine, und um nichts auf der Welt hätte sie ihn angerührt. Sherry war natürlich das Lieblings- – und, um die Wahrheit zu sagen, einzige alkoholische – Getränk ihrer Mutter gewesen. Nun, sollte Lucy ihren Sherry mögen, was zählte war, daß sie auch Patrice gemocht hatte.

»Ich freue mich, daß Sie ans Clare gekommen sind«, sagte Lucy. »Bertie und einige andere vermissen Patrice sehr und trauern um sie. Aber nicht nur das: sie fühlen sich wie Antigone, so, als ob sie nicht beerdigt wäre – ich meine der Bruder, nicht Antigone, die wurde ja beerdigt, oder nicht?«

»Welch schöne Metapher«, sagte Kate, die das griechische Drama ohne Schwierigkeiten entwirrte. »Ich glaube, im Grunde haben Sie damit beschrieben, was wir uns alle wünschen. Erzählen Sie mir, was Sie von Patrice hielten.« Aber ehe Lucy damit beginnen konnte, kamen die Gäste in Scharen.

Nachdem sie Kate vorgestellt waren, beschränkten sich alle zu Anfang, wie nicht anders zu erwarten, auf vorsichtige Fragen und Bemerkungen. Aber Kate fiel bald eine Professorin für Altertumswissenschaften mitsamt Ehemann auf – ein Paar, das gegen Patrice im Leben wie im Tode eine besonders große Abneigung zu haben schien. Sie schätzte, eine Anspielung auf das Forschungsprojekt über feministische Studiengänge – ein Thema, zu dem Kate im Grunde keine fundierten Ansichten hatte, nun, vielleicht verhalf ihr die morgige Sitzung ja dazu – würde den beiden nichts anderes entlocken als einen abgestandenen Vortrag über die Ignoranz der Feministinnen den alten Griechen gegenüber. Kate war von Natur aus viel zu ungeduldig, um sich so was anzuhören. Genau diese Ungeduld erklärte, zumindest Reeds Meinung nach, Kates besondere Vorliebe für die Stücke von Tom Stoppard. »Ich habe mich schon oft gefragt«, wandte Kate sich deshalb an die beiden, »warum noch nie ein Frauencollege nach Athene benannt wurde.«

»Und Gott sei gedankt dafür«, schnaubte die Altphilologin. »Nicht daß es nicht schon genug Athenes gegeben hätte, die Rektorinnen von Frauencolleges waren. M. Carey Thomas zum Beispiel ist für mich die moderne Inkarnation Athenes, und vor so etwas möge Gott uns bewahren!«

»Vor Athenes Weisheit, meinen Sie, ihrer Gerechtigkeit?«

»Vor ihrer Unweiblichkeit, Männernachahmerei und ihrem Mangel an weiblichen Tugenden.«

»Wie interessant«, sagte Kate. »Sollten Ihrer Meinung nach Collegerektorinnen verheiratet sein?«

»So weit würde ich nicht gehen. Aber sie sollten wenigstens nicht so daherkommen, als hätten sie vor, den Himalaya zu besteigen.«

»So wie Patrice Umphelby, meinen Sie?«

»Ach, Sie kannten Patrice? Natürlich, Sie müssen sie gekannt haben, um ein so gutes Beispiel zu bringen. Aber Patrice war nie Rektorin eines Colleges, dem Himmel dafür der gebührende Dank!«

»Bereitet ihr Tod Ihnen Kummer?«

»Natürlich, und nicht nur mir, sondern allen hier. Dem College Kummer zu machen, faßte Patrice offenbar als ihre Lebensbestimmung auf, und wie's scheint, wurde sie dieser Bestimmung auch noch mit ihrem Tode gerecht. Virginia Woolf und Sylvia Plath sind zwei Schriftstellerinnen, die ich nicht ausstehen kann, aber immerhin besaßen sie so viel Anstand, in einen Fluß zu gehen oder sich zu Hause umzubringen. Wenn Sie meine Meinung wissen wollen, waren alle drei wie so viele Frauen heute: ohne Selbstdisziplin, voller Selbstmitleid und nicht in der Lage, sich für jemand anderen zu interessieren als für sich selbst.«

»Vielleicht interessierten sie sich – wie die Amazonen – für andere Frauen?«

»So etwas wie Amazonen hat es nie gegeben«, antwortete die Professorin mit einem Hohngelächter, das, wie Kate dachte, bis zum anderen Seeufer hin zu hören sein mußte. »Für die Griechen waren Frauen der Abschaum der Erde. Sie behandelten sie wie Hunde oder bestenfalls wie Sklaven. Die Auffassung der Griechen von Frauen zu romantisieren, heißt, all das historische Beweismaterial zu ignorieren, wovon das meiste natürlich nur in Altgriechisch zugänglich ist.«

»Würden Sie sagen, daß das College sich beim Gedanken an Patrice ungefähr so fühlt wie Antigone ihrem Bruder gegenüber, dessen Leiche nicht beerdigt wurde? Lucy drückte es so aus, und ich fand das ein sehr gutes Bild.«

»Lucy ist eine reizende, charmante Frau, aber von solchen Dingen hat sie keine Ahnung. Antigone war in Wirklichkeit eine alberne Närrin, und so wurde sie auch von den Griechen gesehen. Mein Gott, all der Schwachsinn, den ich über Antigone lesen und mir anhören muß.«

»Wie unangenehm für Sie«, sagte Kate.

»Das ist die Folge davon, daß die Leute die griechischen Dramen in Übersetzungen lesen und sich dann einbilden, sie wüßten genau Bescheid. Und erst die Feministinnen, was die mit griechischen Texten anstellen – zum Verzweifeln!«

»Wie schwierig für Sie«, sagte Kate. »Sind Sie auch Altphilologe?« fragte Kate den Ehemann, der, was sie ziemlich überraschte, dem Gespräch noch immer zuhörte.

»Ja«, sagte er, »ich bin aber inzwischen im Ruhestand, wissen Sie. Ich hatte das große Glück, mich zurückziehen zu können, ehe die gegenwärtige Woge von Schwachsinn über uns hinwegrollte.«

»Zu früh für die Feministinnen«, sagte Kate, »zu spät für Nietzsche – einen besseren Zeitpunkt hätten Sie nicht wählen können.« Der Mann sah Kate an, als wisse er nicht recht, ob er ihre Bemerkung dem Gin zuschreiben, für Sarkasmus oder einfach gesunden Menschenverstand nehmen sollte. Aber auf eine Weise, die so typisch für Parties ist, löste die Gruppe sich auf, und alle drei trugen für den Rest des Abends Sorge, daß sich ihre Blicke nicht mehr begegneten.

Da Bertie jene Fakultätsmitglieder eingeladen hatte, von denen er wußte oder annahm, daß sie Patrice, solange sie noch lebte, am wenigsten unterstützt hatten, und nun, da sie tot war, am wenigsten um sie trauerten, hörte Kate fast kein gutes Wort über sie. Patrice war lange genug tot; und die Schonfrist, während der der Ruf der Toten unantastbar ist, war längst abgelaufen: *nisi bene* und so weiter. Kate wurde sehr bald klar, daß Patrice so etwas wie ein Fokus strittiger Meinungen an diesem College gewesen war, besonders was die Lehrmethoden in Geschichte, englischer Literatur und griechischer Klassik anbelangte. Ihr Alter und ihre Position hatten sie in die Lage versetzt, jene zu ermutigen und zu unterstützen, die die vermeintlich gesicherten, in Wirklichkeit jedoch todgeweihten intellektuellen Positionen in Frage stellten.

»Dies«, sagte Bertie, der mit einem Mann im Schlepptau auf

Kate zukam, »ist Professor Fiorelli. Er hat lange darum gekämpft, daß männliche Studenten am Clare aufgenommen werden. Er kann nicht verstehen, warum Frauen am College unter sich sein wollen, wo sie später doch mit Männern zusammenleben. Vielleicht sollten Sie«, sagte Bertie an Professor Fiorelli gewandt, »auch Frau Professor Fansler von Ihren Argumenten überzeugen.«

»Mich müssen Sie nicht überzeugen«, sagte Kate. »Ich gehöre nicht zu den verbissenen Verfechterinnen reiner Mädchen-Colleges. Das Bild hat sich ja ohnehin verändert, jetzt, wo es keine rein männlichen Colleges mehr gibt.«

»Genau das finde ich auch!« polterte Professor Fiorelli los; fehlt nur noch, dachte Kate, daß er mir auf die Schulter haut. »Welche Wohltat, zur Abwechslung einmal eine vernünftige Frau hier zu treffen. Wir waren fast soweit, männliche Studenten zuzulassen, und es wäre wahrscheinlich sehr bald dazu gekommen, hätte Patrice Umphelby ihren beträchtlichen Charme, der für mich, nebenbei bemerkt, jedoch absolut unsichtbar war, nicht dazu benutzt, das Blatt zu wenden.«

»Aber bei einer so wichtigen Entscheidung kann doch die Meinung einer einzigen Person kein solches Gewicht haben?«

»Das glauben Sie! Sie sammelte die Opposition um sich. Die bestand nämlich nur aus plappernden Kaffeetanten und hätte ohne die Rückenstärkung von Patrice wohl nichts ausgerichtet.«

»Es überrascht mich, daß Sie an einem Frauencollege lehren, wenn Sie eine so geringe Meinung von Frauen haben. Andernorts, wo Sie sich nicht nur mit Studentinnen begnügen müssen, wären doch gewiß mehr Lorbeeren zu holen.«

»Natürlich wäre ich lieber woanders, aber heutzutage ist es nicht so leicht, seine Stellung zu wechseln. Außerdem hat es eine Menge Vorteile, hier zu lehren. Denken Sie bloß an die Sportanlagen. Wenn die Mädchen fort sind, haben wir alles für uns – den Golfplatz, die Tennisanlagen, das Freizeitgebäude, den See. Außerdem ist es hier gut für Kinder. Nun, von Zeit zu Zeit befallen einen allerdings Zweifel bezüglich der eigenen Männlichkeit. Wie ich höre, sind Sie in unserem Forschungsprojekt. Ich hoffe bloß, Sie bleiben auf dem Teppich, Frau Professor Fansler. An einem Frauencollege zu unterrichten, dagegen ist nichts einzuwenden, aber an einem Frauencollege mit feministischen Studiengängen – das würde mich zum Eunuchen machen. Ehrlich gesagt, Frau Professor Fansler«, Professor Fiorelli senkte die Stimme: »Ich glaube nicht, daß Frauen, die sich mit anderen Frauen befassen wollen, Männer *mögen*. Sie wollen die ganze abendländische Literatur nieder- und sich gegenseitig anmachen, ha, ha, ha.«

Kate sah ihn so lange an, daß ihm unbehaglich wurde. »Sind Sie«, fragte er, »verheiratet?«

»Und Sie?« fragte Kate, wie sie hoffte zuckersüß.

Allmählich schien Professor Fiorelli zu dämmern, daß er sich in Kate womöglich doch nicht die richtige Adressatin für seine Ansichten ausgesucht hatte. Heutzutage wußte man einfach nicht mehr, woran man war. Sie ist doch eine attraktive Frau, wenn auch nicht mehr ganz jung . . . Kate konnte seine Gedanken lesen, als liefen sie über einen Monitor.

»Würden Sie denn sagen«, fragte Kate ihn mit echtem Interesse, »daß die Männer, die sich all die Jahre nur mit Männern befaßt haben, keine Frauen mögen?« Aber Kate kam zu dem Schluß, daß sie seine Antwort gar nicht erst abzuwarten brauchte. Darüber hinaus hatte sie das schreckliche Gefühl, daß dies nur das erste von vielen ähnlichen Gesprächen war. Solche Gespräche, das war ihr schon vor Jahren klar geworden, verliefen immer nach demselben Muster, wichen so wenig von der festgefahrenen Bahn ab wie die Soldaten bei einer Parade.

»Und bedenken Sie doch bitte«, sagte er, »wenn wir anfangen, in jedem Kurs eine Autorin anzubieten, dann wird es nur eine Alibi-Frau sein. Das wollen die Frauen doch nicht, oder? Und doch wohl auch nicht, daß ihnen irgendeine zweitklassige Schriftstellerin vorgesetzt wird, nur weil sie eine Frau ist.«

»Bisher ist mir wirklich noch nie aufgefallen«, sagte Kate, »wie viele zweitklassige Männer wir hinnehmen, nur weil sie Männer sind. Nicht, daß ich kein Verständnis für Ihr Problem hätte«, fügte sie schnell hinzu, ehe er sie fragen konnte, ob sie immer noch über Literatur sprachen. »Ich bin Professorin für englische Literatur des 19. Jahrhunderts, und dort gibt es so viele bedeutende Schriftstellerinnen, daß sich die Frage, ob man sich mit schreibenden Frauen beschäftigen soll, gar nicht erst stellt. Viel eher stellt sich die Frage, ob wir uns mit jemandem wie Trollope beschäftigen wollen.«

»Nun«, sagte er. »Willkommen an Bord. Lassen Sie mich wissen, wenn irgend etwas, auch nur irgend etwas ist. Und viel Glück.«

»Nein«, sagte eine Stimme hinter Kate. »Sie haben sich nicht verhört. So redet er, wenn er nicht denkt. Immer noch besser so, meiner Meinung nach, als wenn er denkt. Ehrlicherweise will ich Ihnen aber gestehen, daß er mir das Kompliment jederzeit zurückgeben würde. Geddes ist mein Name. Professor für Psychologie, Freund und Bewunderer der verstorbenen, so schmerzlich vermißten Patrice. Bertie meinte, Sie brauchten vielleicht Hilfe. Und ich wurde eigens für derartige Rettungsmaßnahmen eingeladen. Möchten Sie vielleicht etwas frische Luft schnappen? Hinter dem Haus gibt es einen hübschen Garten.«

»Frische Luft«, sagte Kate, »wäre mir im Augenblick wirklich sehr lieb. Wie klug von Ihnen.«

»Kannten Sie Patrice?« fragte Geddes, als sie draußen auf einem kleinen Rasenstück standen, das man unter keinen Umständen und zu keiner Zeit als Garten hätte bezeichnen können.

»Unsere Beziehung«, sagte Kate, »war rein theologischer Natur. Professor Fiorelli hätte uns zweifellos ein Nonnenkloster empfohlen. Wie gut kannten Sie Patrice?«

»Als sie starb, waren wir dabei, gute Freunde zu werden. Wir hatten an vielen Dingen unser gemeinsames Interesse entdeckt.

An einem College, wo man schon so viele Jahre verbracht hat und so viele Routinebeziehungen hat, sind neue Freundschaften fast ein Wunder. Der Verlust Patrices ist sehr schmerzlich für mich.«

»Verstehe ich richtig«, sagte Kate, »daß Sie sich, im Gegensatz zu Professor Fiorelli, nicht entmannt fühlen, weil Sie Frauen unterrichten?«

»Es gab Zeiten, wo es auch mir so erging. Ich würde lügen, wenn ich nicht zugäbe, daß ich davon träumte, an eine der großen Universitäten zu gehen, wo die wichtigen Dinge geschehen. Aber dann entwickelte sich meine Arbeit hier sehr interessant. Ich bekam ein großes Stipendium für eine Langzeitstudie, und ich glaube, ich habe Wichtiges getan. Das änderte alles.«

»Worum geht es in Ihrer Studie?« fragte Kate. »Oder ist diese Frage nicht zu beantworten in der Kürze der Zeit, die man neuen Bekanntschaften auf einer Cocktailparty widmet?«

»Doch, natürlich. Womit ich mich befasse, läßt sich mit zwei Sätzen sagen. Ich untersuche die verschiedenen Lebensstadien – das, woraus die Menschen in den jeweiligen Phasen Befriedigung beziehen. Denn eines gilt es zu lernen: wir müssen aufhören, von bestimmten Gewißheiten auszugehen, wie zum Beispiel, daß alle Witwen unglücklich sind. Wir müssen herausfinden, was die Menschen wirklich empfinden. Und da sich die Studie sowohl mit Männern als auch Frauen befaßte und ihre Ergebnisse ziemlich revolutionär waren, hatte Patrice natürlich ein Interesse daran. Wir sprachen sogar darüber, daß sie das Vorwort zum Buch schreiben sollte. Aber, ach, es sollte nicht sein.«

»Wollen wir wieder hineingehen?« fragte Kate. »Ich hätte Ihnen natürlich gern noch endlos Fragen gestellt, aber ich sollte wohl den geselligen Anlaß hier nutzen, noch mehr Fakultätsmitglieder kennenzulernen, so entzückend und herausfordernd wie sie alle sind.«

»Nun, ich bin froh, daß es Bertie gelungen ist, Ihnen mit meiner Wenigkeit zumindest einen Vertreter dieses Colleges zu präsentieren, der Patrice verehrt hat. Ich fürchte, im ganzen wurde sie eher schief angesehen.«

»Und insgeheim«, sagte Kate, »sind wohl alle froh, daß sie sich selbst von der Bildfläche befördert hat.« Sie ging ihm voraus ins Haus zurück. »Wahrscheinlich sind die meisten sogar davon überzeugt«, fügte sie hinzu, »daß die Gottheit, an die sie glauben und deren Gebote sie verkörpern, ihre Hand dabei im Spiel hatte.«

»Damit haben Sie wohl recht«, sagte Geddes. »Soll ich Ihnen noch einen Drink holen, ehe Sie sich in die Fänge unserer Anglisten begeben?«

»Wie einfühlsam von Ihnen«, sagte Kate. »Ich hätte gern einen Gin – pur.«

Aber ehe sie soweit kam, die Hand nach ihrem Drink auszustrecken, trat Bertie auf sie zu. »Da sind Sie ja«, sagte er. »Ich dachte schon, die Nacht hätte Sie verschluckt. Da war ein Anruf für Sie. Sie möchten zurückrufen. Es ist der Biograph, soll ich Ihnen sagen.«

Keine Freude konnte größer sein, dachte sie, als sich
mit dem Triumph der Jugend an das Leben verloren zu haben,
es mit einem Entzückensschauer zu finden,
wenn die Sonne aufging, wenn der Tag versank.

(Virginia Woolf)

Kate ging zurück zum Studentenheim, froh, der Party und den Anglisten zumindest für den Augenblick entkommen zu sein. Von ihrem Zimmer aus meldete sie das Gespräch an und wartete darauf, von Archer oder Herbert zu hören. Erfreut stellte sie fest, wie die Aussicht, mit den beiden zu sprechen, sie belebte. Sie sind in New York, dachte sie, und haben nichts mit diesem ländlichen Paradies um einen See herum zu tun, wo jeder Angst vor Veränderung hat.

Es war Archer. Herbert, sagte er nach kurzer Begrüßung, mache sich Sorgen. Er habe mit Patrices Tochter gesprochen. Könne Kate nach New York zurückkommen, wo sie hingehöre, und sich mit ihnen beratschlagen?

»Dank AT&T«, sagte Kate, »können wir seit geraumer Zeit über Entfernungen hinweg miteinander reden. Oder quält Sie wieder Ihr Großer-Bruder-Komplex, die Angst vor heimlichen Lauschern?«

»Ich möchte, daß Sie mir die Hand halten und tröstende Worte ins Ohr flüstern. Und Herbert geht es genauso. Oder haben Sie etwa Geschmack am Leben in einem ländlichen Mädchencollege gefunden?«

»Der Himmel bewahre mich! Ich habe allerdings zugesagt, bei einer Forschungsgruppe mitzuarbeiten, die morgen zum ersten

Mal tagt. Halten Sie es noch so lange aus? Falls nicht, können Sie ja mit dem Flieger herkommen ...«

»Ich werde morgen am Flughafen auf Sie warten und alles erklären. Welchen Flug nehmen Sie, den um zwei? Nur eins noch: Versuchen Sie doch bitte morgen, oder besser noch heute abend, ein paar Worte mit Veronica Manfred zu reden, Professorin für vergleichende Literaturwissenschaft, glaube ich.«

»Mit Lehrstuhl, nehme ich an«, sagte Kate.

»Davon bin ich immer ausgegangen. Aber erwarten Sie nicht, daß ich Sie in die Feinheiten der akademischen Stufenleiter am Clare einweihe. Ich bitte Sie von Herzen, sprechen Sie mit ihr, ehe Sie in den schrecklichen kleinen Flieger steigen – verschaffen Sie sich einen Eindruck, hören Sie, ob die Frau bereit ist, etwas preiszugeben?«

»Etwas preiszugeben? – Was?« sagte Kate. »Archer, ich mache mir langsam Sorgen. Fehlt Ihnen auch wirklich nichts, mein Lieber?«

»Herbert und ich sind schrecklich bekümmert und unglücklich. Außerdem vermissen wir Sie. Ich werde am Terminal sein, wenn Ihr Flieger landet, und Ihnen den ganzen Weg bis Manhattan die Ohren vollquatschen. Da Sie während der Hauptverkehrszeit ankommen, werden wir auf der schrecklichen Autobahn sicher im Stau steckenbleiben, so daß ich genug Zeit habe, Ihnen alles zu erklären. Bis dann, liebe Kate.«

Als Kate den Hörer aufgelegt hatte, war sie zutiefst verwirrt. Aber Archer hatte sie gebeten, mit Veronica zu sprechen, und sie hatte keine andere Wahl, als es zu versuchen. Kate hatte großes Zutrauen zu Archer entwickelt. Sie sah auf ihre Uhr: noch nicht mal neun. Ihr Zimmer im Gästetrakt des Studentenheims war tatsächlich so gastfreundlich, mit einem regionalen Telefonbuch aufzuwarten. Kate sah unter Manfred nach, und, ohne zu lange nachzudenken, wählte sie die Nummer. Es meldete sich eine Frau, die zu Kates großer Erleichterung »Veronica Manfred« sagte.

»Kate Fansler hier«, erwiderte Kate. »Ich weiß nicht, ob Sie wissen, wer ich bin.«

»Welch Bescheidenheit! Sie paßt schlecht zu Ihrem Ruf als Gelehrte und Detektivin«, sagte Veronica Manfred. »Haben Sie schon gegessen?«

»Offen gestanden, nein«, sagte Kate zu ihrer eigenen Überraschung. »Und Sie?«

»Nein. Ich hatte vor, um neun auf Berties Cocktailparty hereinzuschneien und Sie abzupassen. Zweifellos hat man Sie schon vorgewarnt, daß ich etwas in der Richtung tun würde. Oder haben Sie telepathische Fähigkeiten?«

»Manchmal glaube ich es fast. Ich bin im Studentenheim. Können wir hier essen?«

»Ausgeschlossen. Nach acht gibt es dort nichts mehr, aber davon ganz abgesehen: wenn wir unser Gespräch öffentlich machen wollen, sollten wir uns gleich über Lautsprecher unterhalten. Essen wir bei mir. Ich habe einen Auflauf da und alle Zutaten für einen Salat. Ich hole Sie ab. Können Sie in zehn Minuten unten sein? Ich habe übrigens Scotch, Gin und Wein. Reicht das?«

»Offen gesagt«, antwortete Kate, »spiele ich gerade mit dem Gedanken, das Trinken aufzugeben. Ich scheine ja wirklich in dem Ruf zu stehen, an nichts anderes zu denken.«

»Ihre Pläne in Ehren, aber ich rate Ihnen eins: fangen Sie nicht heute abend damit an. Ich bin sogar entschlossen, mich mit Ihrer berüchtigten Raucherei abzufinden.«

»Ich werde mir Mühe geben, dafür angemessen dankbar zu sein«, sagte Kate. »Mit Gin bin ich völlig zufrieden; seit ich hier bin, ist das geradezu mein Lieblingsgetränk geworden. In zehn Minuten also!«

Veronica lebte in einem Apartment, das E.E. Cummings wohl »angenehm bescheiden« genannt hätte. Kates Ansichten über Wohnungen unterschieden sich nicht sehr von ihren Ansichten über Restaurants. Geschmackvoll gestaltete Räume langweilten sie, insbesondere wenn die Hand des Gestalters überall sichtbar war. Viel Platz und bequeme Sessel dagegen gefielen ihr, und noch mehr gefiel ihr, wenn man spürte, daß in einem Raum gelebt und vorzugsweise auch gearbeitet wurde – nicht so wie in viel zu vielen Wohnungen New Yorks, die Kates Meinung nach verkündeten: Bin ich nicht gut durchgestylt und ausgestattet, bin ich nicht originell und geschmackvoll? Veronicas Wohnzimmer zeigte keine Anzeichen von derartigen Bekenntnissen und verkündete auch nichts weiter als: Hier wird gearbeitet. Setz dich, und wir reden.

Veronica stellte Kate einen Gin und, mit leichter Grimasse, einen Aschenbecher hin. »Natürlich geht es um Patrice«, sagte sie. »Das haben Sie sich bestimmt schon gedacht. Vielleicht haben Archer und Herbert mich nicht erwähnt. Ich glaube, sie fürchten sich ein wenig vor mir und haben mich sozusagen auf Eis gelegt.«

»Nun«, sagte Kate, »jetzt sind Sie jedenfalls vom Eis herunter. Möglich, daß die beiden Sie in unseren vielen Gesprächen über Patrice erwähnt haben, ich erinnere mich nicht genau.«

»Das spielt auch keine Rolle. Ich glaube, Archer und Herbert haben den Verdacht, daß ich in Patrice verliebt war, und in gewisser Weise haben sie damit auch recht, aber nicht so, wie sie vermuten. Ich habe Patrice geliebt, wie außer ihr noch einen anderen Menschen – meine Mutter. Aber wissen Sie, es sind doch die Männer, die mich erregen und von denen ich träume. Ich träume schon so lange von ihnen, habe in meiner Phantasie alle Leidenschaften so zügellos mit ihnen durchlebt, daß es keinen Grund gab, ein reales Exemplar zu lieben. Mit meinen knapp fünfzig Jahren bin ich unberührt und entsetzlich stolz darauf.«

»Und all das erzählen Sie mir«, sagte Kate, »damit ich Sie für schräg halte, für irgendeine Halbverrückte, und Sie nicht ernst nehme. Sie wollen kneifen. Ich soll Ihnen Grund geben, mir das nicht erzählen zu müssen, was Sie mir eigentlich sagen wollen. Sie hoffen, es wird Ihnen erlassen. Nur weiter, *épatez moi*, obwohl ich bezweifle, daß Ihr kleines Spiel Erfolg haben wird.«

»Archer und Herbert erwähnten, daß Sie klug sind. Was halten Sie übrigens von den beiden? Ich kenne Archer seit Jahren und liebte ihn – selbstverständlich nicht auf die Art wie Patrice oder meine Mutter –, ich habe ihn begehrt, verstehen Sie? Aber er macht sich nichts aus Frauen, jedenfalls nicht sexuell. Anscheinend begehre ich immer nur Männer, die unerreichbar sind. Erst vor kurzem ist mir das klar geworden, und erst seit kurzem bin ich dazu übergegangen, stolz auf meine Jungfräulichkeit zu sein, auf die Tatsache, daß ich unberührt und unversehrt bin.«

»Die Griechen«, sagte Kate, »verstanden unter Jungfräulichkeit nicht nur die sexuelle Unberührtheit. Für sie bedeutete Jungfräulichkeit, sich selbst zu gehören.«

»Und meiner Meinung nach hatten sie damit völlig recht, die Griechen. Aber es gibt auch heute noch Männer, die meine Position verstehen. Grundsätzlich ist sie wohl kaum haltbar in unserer heutigen Welt, aber für sich ganz persönlich kann eine Frau eine solche Entscheidung immerhin treffen. Sogar für so manche griechische Frau war das möglich, denken Sie nur an Artemis. Herbert liegt mir nicht. Wissen Sie warum? Wegen seiner Kleidung. Herbert wird es möglich machen, daß Patrices Biographie geschrieben wird, also toleriere ich ihn. Archer braucht Herbert. Aber es stößt mich ab, wie seine Hosen um ihn schlottern, so als wäre er gerade fast ertrunken und sein Retter hätte ihm viel zu große Hosen zugeworfen. Ich hab' es gern, wenn Männerkleidung eng sitzt; Hosen müssen perfekt geschnitten sein, die Phantasie anregen, vermuten lassen, was sie bedecken. Komme ich Ihnen wie die typische alternde Jungfrau vor? Außerdem bin ich Herausgeberin von Werken der englischen Renaissance und Spezialistin für Renaissancemusik.«

»Ich weiß«, sagte Kate. »Zumindest den Teil über die Renaissancemusik. Ihre Arbeiten sind sehr bekannt. Eins verstehe ich trotzdem nicht ganz: Bestehen Sie darauf, Männerhosen mit mir zu erörtern, weil Sie davon ausgehen, daß ich schockiert bin, oder ist das ein Gesprächsthema, das Sie seit kurzem auf Teufel komm raus und unter allen Umständen anschneiden?«

»Archer sagte mir, daß Sie ungewöhnlich sind. Er hat offenbar recht. Wenn ich recht verstanden habe, hatten Sie nie beruflich mit Patrice zu tun, sondern sind ihr nur einmal auf einem Flughafen begegnet. Auch das hat Archer erwähnt.«

»Ja, es gab nur diese eine Begegnung.«

»Und doch hat sie Ihre Phantasie angeregt. ›Nur Frauen regen meine Phantasie an‹, sagte sie einmal zu mir, kurz nachdem wir uns kennengelernt hatten. Das war ein Zitat von Virginia Woolf, wie ich später feststellte. Ich wußte sofort, was sie meinte. Männer zu begehren ist sehr einfach, denn sie sind so leicht zu durchschauen. Manche, die großen Ausnahmen, können vielleicht sogar zärtlich und hingebungsvoll sein, aber selten, wenn überhaupt je, sind sie rätselhaft. Frauen dagegen halten Überraschungen bereit. Ich glaube, das hat sie damit sagen wollen.«

»Sie sind das beste Beispiel dafür«, sagte Kate. »Tut mir leid, aber es ist so: Sie regen meine Phantasie an. Trotzdem, George Eliot behauptete, sie könne Frauen nicht besonders leiden. Das lag wohl daran, daß es vor hundert Jahren für Frauen sehr schwer war, die Überraschungen, die in ihnen steckten, auch auszuleben. Männer dagegen konnten sich von heute auf morgen zu Anhängern Darwins erklären oder aus den richtigen Gründen ihre Frauen verlassen.«

»Es gibt vieles, was ich Ihnen gern über Patrice erzählen würde«, sagte Veronica. Offenbar war sie zu dem Schluß gekommen, daß es nun genug sei mit dem Geplänkel. (Mein Gott, und *was* für ein Geplänkel, dachte Kate.) »Wenn ich es Ihnen nicht erzähle, wird nie jemand davon erfahren, weil wir uns nie geschrieben haben. Wir sprachen miteinander, hier am College. Ob Biographen bei ihrer Gier auf Dokumente je bedenken, daß es über das Wichtigste im Leben eines Menschen selten Dokumente gibt – weil der Austausch von Gedanken *via voce* stattfindet? Bei

Ehepaaren wissen wir nur dann, was beide sich sagten, wenn sie oft getrennt waren und korrespondierten. Was sie miteinander redeten, wenn beide allein waren, wissen wir nicht. Vielleicht schwiegen sie ja nur. Das gleiche trifft für Freunde zu, allerdings muß man hier davon ausgehen, daß sie miteinander sprachen, denn sonst würde die Freundschaft wohl kaum fortbestehen.«

»Ich weiß nicht recht, wem Sie skeptischer gegenüberstehen: der Ehe oder Biographien.«

»Beidem gleichermaßen, denn beide sind erst mal nur Papier. Über die Wirklichkeit sagen sie nicht viel aus. Aber um zu Patrice zurückzukehren: nachdem ihr Mann in New York ermordet worden war, von Straßenräubern niedergeschlagen und erschossen, wurde sie ein anderer Mensch. Aber in gewisser Weise hatte dieser Mensch, ihr neues Selbst, schon immer in ihr gesteckt, nur darauf gewartet, hervorzutreten. Sie mußte sich zum Beispiel daran gewöhnen, allein zu leben, aber auf gewisse Weise hatte sie, wie die meisten verheirateten Frauen, schon immer allein gelebt.«

»Haben Sie je daran gedacht, mit ihr zusammenzuleben, es sich vielleicht gewünscht?«

Veronica sah sie mit einem Ausdruck an, der jeden Moment entweder in Verachtung oder Nachsichtigkeit umschlagen konnte. Kate registrierte es mit einer gewissen Gleichgültigkeit. Schon zu oft hatte sie beobachtet, daß Leute, die sich nicht scheuten, die heikelsten Fragen zu stellen, es nicht ertragen konnten, selbst solche Fragen gestellt zu bekommen. Aber Veronicas Gesicht signalisierte Nachsicht. »Sie haben durchaus das Recht, solche Fragen zu stellen. Die Antwort lautet: wir haben nie darüber gesprochen. Patrice und ich, wir sahen beide das Dilemma. Wenn man mit jemandem zusammenlebt, öffnet man allen möglichen Irritationen Tür und Tor. Die Chance, allein zu sein, ist dann ebenso gering wie die Chance zu intensiven Gesprächen. Uns beiden schien es besser, den Preis der Einsamkeit zu zahlen und gute, intensive Begegnungen außerhalb des häuslichen Herds zu suchen. Da Sie verheiratet sind, müßten Sie mir ja sagen können, ob ich recht habe oder nicht. Oder halten Sie die Ehe für etwas grundsätzlich anderes als das Zusammenleben zweier unverheirateter Leute?«

»Keine Spur«, sagte Kate. »Wenn ich so offen bin wie Sie, und das scheint ohnehin mein Schicksal, würde ich sagen, Sie haben völlig recht – vorausgesetzt, es gibt genügend Platz für jeden und genug Badezimmer. Ich glaube nicht, daß irgendeine Beziehung eine Chance hat, in der beide Partner nicht ganz selbstverständlich genügend Raum für Alleinsein und Unabhängigkeit haben.«

»Immerhin – was Sie sagen, erleichtert mich. Lesen Sie sonntags die ›New York Times‹?«

»Wenn ich dazu komme.«

»Das ›Times‹-Magazin hatte vor einiger Zeit einen Mann auf der Titelseite, einen Kosmologen aus Cambridge in England, der an einer Erkrankung der Bewegungsnerven leidet. Er kann sich nicht rühren und kaum sprechen. Aber denken kann er, und seine Krankheit gibt ihm die Freiheit, seine ganze Zeit dem Nachdenken über schwarze Löcher oder ähnliche Gebilde des Weltraums zu widmen. Als ich den Artikel über ihn las, mußte ich sofort an Patrice denken, obwohl Sie wahrscheinlich nicht verstehen werden, warum. Der Autor des Artikels sagte, für Außenstehende sei die Krankheit des Mannes, Hawkins oder Hawking oder so ähnlich hieß er, wie eine Maske: sie sähen nur den gelähmten Mann in seinem Rollstuhl und weiter nichts. So ähnlich war es auch mit Patrice. Nach dem Tod ihres Mannes zählte für sie nur noch das Wesentliche: sie wollte nichts anderes als leben und, vor allem, nachdenken. Aber alle anderen sahen nur eine alternde Frau. Und alternde Frauen sind in unserer Gesellschaft schlicht unsichtbar. Patrice lebte mit der gleichen Intensität wie dieser Kosmologe, und niemand stahl ihr die Zeit mit der Forderung, sie müsse irgendeinem Frauenklischee entsprechen, so wie auch dem Kosmologen niemand die Zeit mit dem Anliegen stehlen kann, den Rasen zu mähen.« Veronica hielt einen Moment inne. »Aber wissen Sie, es gibt doch einen Unterschied zwischen beiden. Er hat seine Ehefrau und andere Frauen um sich, die sich um all seine Bedürfnisse kümmern. Er hat seine Assistentinnen und Studenten und Kollegen. So ergeht es Frauen natürlich nicht. Aber Patrice war auch auf keine Hilfe angewiesen. Niemand diente ihr, aber auch sie brauchte niemandem zu dienen – außer natürlich ihren Studenten.«

»Was genau meinen Sie damit, daß für Patrice nur noch das Wesentliche zählte?« fragte Kate.

»Diese wunderbare Freiheit alter Menschen, die sich um nichts mehr scheren. Vor Jahren sah ich einmal ein Stück von Jean Kerr. Darin kam eine Frau vor, die seit langer Zeit zum ersten Mal wieder zum Friseur gegangen war. Sie berichtete – und erntete großes Gelächter damit –, wie der Friseur zu ihr gesagt habe, noch eine Woche länger, und es wäre zu spät gewesen – so als hätte sie Krebs. Ungepflegte Haare bei einer Frau – so schlimm wie eine tödliche Krankheit! All das hatte Patrice hinter sich gelassen.«

»Sie kleiden sich mit Stil«, stellte Kate fest, »ihrem eigenen, aber mit Stil.«

»Ja, und jahrelang habe ich darüber nachgegrübelt, woher Patrice die Sicherheit hatte, sich um derlei Dinge nicht zu kümmern. Wie hatte sie zu ihrem Selbst, diesem unangreifbaren Kern in sich gefunden? Aber darüber wollte ich eigentlich nicht mit Ihnen sprechen, nicht in erster Linie. Ich wollte von Patrices Tod sprechen – von dem Mord.«

»Ich habe schon gehört, daß Sie glauben, sie sei ermordet worden«, sagte Kate. »Sie scheinen den ganzen Campus bis hoch zur Rektorin damit verstört zu haben.«

»Die ist von allem verstört, was ihr Kuratorium und die Damen von den Clare-College-Clubs in Iowa stören könnte.«

»Warum Iowa?« fragte Kate.

»Rein symbolisch gemeint. Die Frauen heiraten, und dann treten sie in den örtlichen Clare-College-Club ein, denn das erinnert sie an ihre Zeit im College, die Zeit in ihrem Leben, als sie vielleicht Ambitionen hatten, sich zumindest vorstellen konnten, das Leben hielte etwas anderes für sie bereit als die Rolle der Ehefrau und Mutter. Na, jedenfalls sind die Damen recht spendierfreudig, und sie nicht zu verschrecken ist die wichtigste Aufgabe der Rektorin. Zumindest sieht die das so. Aber ich finde, ein College muß der Wahrheit dienen. Und die Wahrheit ist, daß Patrice sich nicht das Leben genommen hätte, nicht zu dem Zeitpunkt und nicht auf die Art.«

»Sagen Sie das, weil Sie sie so gut kannten oder weil Sie etwas Greifbares in der Hand haben?«

»Mehr als genug. Zum einen hätte sie mich auf irgendeine Weise vorbereitet. Mir nicht einmal einen Brief zu hinterlassen, so unfreundlich wäre sie nicht gewesen. Zum anderen Patrices Abschiedsbrief, der einfach grotesk ist. Nie hätte sie auf Charlotte Perkins Gilman angespielt.«

»Wieso?«

»Charlotte Perkins Gilman hat sich nicht einfach umgebracht, weil sie lebensüberdrüssig war. Sie hatte Krebs, und als die Schmerzen unerträglich wurden, beschloß sie zu sterben. Lieber Chloroform als Krebs, sagte sie. Die Polizei gab sich zufrieden, als sie herausgefunden hatte, wer diese Frau war. Weitere Fragen stellte sie nicht. Ich habe Charlotte Perkins Gilmans Abschiedsbrief. Sehen Sie selbst.« Veronica ging zu ihrem Schreibtisch und kramte ein Blatt Papier hervor, das sie Kate reichte. »Ich hatte ohnehin vor, es Ihnen zu schicken.« Kate nahm das Blatt in die Hand und las Charlotte Perkins Gilmans letzte Worte.

»Eine letzte Pflicht. Das menschliche Leben besteht darin, daß wir einander dienen. Kein Kummer, kein Schmerz, kein Unglück oder ›gebrochenes Herz‹ kann als Entschuldigung dienen, seinem Leben ein Ende zu bereiten, solange noch ein letzter Rest von

Kraft vorhanden ist, anderen zu dienen. Aber wenn das Leben völlig nutzlos geworden ist, wenn man sich seines baldigen und unausweichlichen Todes gewiß ist, sollte es ein selbstverständliches Menschenrecht sein, einen schnellen und leichten Tod statt eines langsamen und qualvollen Siechtums zu wählen. Die öffentliche Meinung zu diesem Punkt verändert sich allmählich. Der Zeitpunkt rückt näher, wo wir es als unserer Kultur unwürdig empfinden werden, dem Menschen jahrelange Agonie zuzumuten. Bei jedem anderen Lebewesen sind wir ja schon jetzt bereit, die Qual gnädig zu beenden. In der Überzeugung, daß meine Entscheidung der Gesellschaft von Nutzen ist, indem sie dazu beiträgt, diese Frage offenherziger zu betrachten, habe ich mich für Chloroform entschieden statt Krebs.«

»Sie werden bemerkt haben«, sagte Veronica, »daß hier gleich mehrere Ungereimtheiten existieren. Patrice hatte keinen Krebs und benutzte kein Chloroform. Und hätte sie wirklich Selbstmord geplant – warum hinterließ sie nur ihren Kindern eine Notiz? Und dazu eine solche? Nein, der Brief wurde von jemand anderem geschrieben, mit der Schreibmaschine, wie Sie gesehen haben. Patrice schrieb fast nie mit der Hand, tippte alles gleich in die Maschine. Der Brief stammt also von jemandem, der Patrices Gewohnheiten sehr gut kannte, aber nicht von ihr selbst. Der, der sie getötet hat, hat auch diesen Brief geschrieben.«

»Aber warum die Anspielung auf Charlotte Perkins Gilman?«

»Die wirkte wohl wunderbar charakteristisch für Patrice. Feministin bis zum bitteren Ende, verstehen Sie? Eine Frau zitiert die andere. Aber Patrice hätte ihre eigenen Worte gefunden, das versichere ich Ihnen.«

Eher besorgt als überzeugt verabschiedete Kate sich wenige Minuten später und ging verdrossen zu Bett.

Die Forschungsgruppe, die sich am nächsten Morgen versammelte, versprach keine Tragödie, sondern eine Farce zu werden. Die Rektorin erschien, um alle zu begrüßen, verabschiedete sich dann schnell wieder und überließ es der Gruppe (deren Forschungsziele Kate nach wie vor dubios fand und deren Mitglieder noch dubioser), darüber zu diskutieren, wozu in aller Welt ein Frauencollege feministische Studiengänge brauche. Die, die von deren Überflüssigkeit überzeugt waren, hatten all ihre Argumente parat und in der richtigen Reihenfolge. Kate kannte sie schon im voraus, mußte deren Überzeugungskraft aber trotzdem bewundern. Die Argumente der Gegenseite ließen leider jede Schlagkraft vermissen. Den Grund dafür vermutete Kate darin, daß es den bestellten Befürwortern feministischer Studiengänge entweder an Interesse oder an Kenntnissen fehlte. Nicht zum ersten Mal wunderte sie sich über die Bereitwilligkeit, mit der Akademiker das hehre Ziel wissenschaftlicher Objektivität fahren ließen, wenn ihre eigenen, tiefverwurzelten Überzeugungen auf dem Spiel standen. Die Altphilologin vom vergangenen Abend war zugegen, und ihre Verdammung feministischer Studiengänge, mit scharfer, nüchterner Stimme vorgetragen, war wahrhaft verheerend. Für die Gegenseite sprach ein Dekan, der jedem Argument gegenüber völlig gleichgültig blieb, jedoch durch alle Vorschläge, die sich auf die Neuimmatrikulationen auswirken könnten, in höchste Aufregung versetzt wurde. Außerdem gab es noch eine ältere Professorin für Psychologie, die völlig unsicher war, was ihren eigenen Standpunkt betraf, und beinahe offen zugegeben hätte, daß Professor Geddes ihr Verhaltensinstruktionen gegeben hatte. Kate sagte nichts, nahm sich aber vor, bis zur nächsten Sitzung genauer über das Thema informiert zu sein. Patrice, sagte Kate zu sich, wärst du hier dabei gewesen? Was wird dein Tod für dieses Frauencollege bedeuten? Und zum ersten Mal wurde Kate klar, daß sie jenes nächtliche Hinausschwimmen in den See, die mit Steinen gefüllten Taschen, ernsthaft anzweifelte.

Die Forschungsgruppe war zu einem Lunch im Studentenheim geladen, aber Kate verzichtete darauf, um ihre Sachen zu packen und sich auf den Weg zu machen. Sie hatte Archer versprochen, den Zwei-Uhr-Flug zu nehmen. Als sie mit ihrem Koffer die Treppe hinunterkam und auf die Tür zuging, rief die Empfangsdame ihr zu, Professor Geddes sei am Telefon. Kate sprach vom Empfangstresen aus mit ihm.

»Tut mir leid, daß Sie uns so schnell schon wieder verlassen«, sagte er. »Ich hatte gehofft, Sie zum Lunch zu mir nach Hause locken zu können. Wir wohnen in einem der hübschen Fakultätshäuser am See. Patrice war oft bei uns. Können Sie wirklich keinen späteren Flug nehmen? Wenn es schon wärmer wäre, könnten Sie sich sogar mit einem Bad erfrischen.«

»Im See?«

»Himmel, nein! Niemand schwimmt im See. In unserem Swimmingpool. Aber da muß man leider bis zum Frühling warten.«

»Bis dahin wird die Forschungsgruppe ja bestimmt noch tagen.«

»Gut. Ich nehme es als Versprechen«, sagte er. Kate legte auf, verabschiedete sich von der Frau am Empfang und ging hinaus zum Taxi, das sie gerufen hatte.

»Sie bleiben nicht zum Lunch?« fragte die Altphilologin, die auf ihrem Weg zum Speisesaal an Kate vorbeirauschte. »Statt über Antigone könnten wir uns darüber unterhalten, was wir wirklich von den Griechen wissen«, fügte sie in einem Ton hinzu, den sie zweifellos für reizend hielt.

»Das werden wir bei nächster Gelegenheit nachholen«, sagte Kate, nicht ganz ohne Ernst. Allmählich hatte sie das Gefühl, als gäbe es an diesem hübschen ländlichen College noch eine Menge zu klären. Bis jetzt, dachte Kate, habe ich noch niemanden hier getroffen, der glücklich ist, zumindest keine Frau. Professor Fiorelli ist glücklich, weil er so beschränkt ist, und auch Professor

Geddes wirkt nicht unglücklich. Selbst Bertie scheint sich ganz wohl zu fühlen – abgesehen davon, daß er Patrice vermißt. Aber alle Frauen, die ich getroffen habe, von der Rektorin abwärts, wirken verdrossen oder verstört. Was spricht eigentlich noch für Frauencolleges? Und während der Wagen sich vom Campus entfernte und Kate dem Callahan-Tunnel näherbrachte, nahm sie sich vor, bei ihrem nächsten Besuch hier ein viel längeres Gespräch mit Madeline Huntley zu führen.

Nur wenige Frauen, fürchte ich, konnten sich mit so viel

Grund wie ich sagen, daß es der mittleren Jahre zuliebe

wert war, die langen, traurigen Jugendjahre zu durchleben.

(George Eliot)

Als Kate aus dem Flugzeug stieg, wartete Reed auf sie, und nicht Archer. Bei seinem Anblick machte ihr Herz einen Sprung – ja, dachte sie, es war nicht einfach ein abgenutztes Klischee, ihr Herz war wirklich gehüpft, zuerst aus Freude, ihn so unerwartet zu sehen, ihn nach der Trennung wiederzuhaben, und dann aus Angst, irgend etwas könne nicht stimmen. Aber er stand ja vor ihr – was sollte also Schlimmes passiert sein? »Geht's dir gut?« sagte sie.

»Wunderbar.« Er nahm ihren Arm und zog sie an sich, während er ihr gleichzeitig den Koffer abnahm. Sie gehörten einfach zu der Generation, die sich in der Öffentlichkeit nicht richtig umarmte, sondern das eher nur symbolisch tat. Wären wir jung, dachte Kate, hätten unsere Körper sich berührt und einander erregt. So wie die Dinge stehen, lassen wir nur unsere Augen sprechen: eine Frage der Gewohnheit. Umarmungen in der Öffentlichkeit empfinde ich als peinlich: eine Frage der Erziehung.

»Archer rief an und sagte, er wolle dich abholen. Ich bat ihn, mir den Vortritt zu lassen. Ich muß mit dir reden, und wo kann man besser miteinander sprechen als in dem Verkehrsstau, in den wir zweifellos gleich geraten werden.«

»Da du es bist, der mich abholt«, sagte Kate, während sie seinen Arm an ihrem Körper fühlte, »könnten wir doch hier am Flughafen etwas essen und trinken.«

»Die Bars werden so überfüllt sein wie die Straßen, aber weniger intim. Außerdem kann man nicht trinken wie man will, wenn man fahren muß. Nein, auf zum Parkhochhaus! Hast du Gepäck eingecheckt?«

»Das tue ich nie, wenn ich kürzer als eine Woche verreise«, sagte Kate. »Die ganze Qual, die Frustration, selbst wenn die Koffer wirklich im eigenen Flugzeug sind. Was ist los, Reed? Ist was Schlimmes passiert?«

»Nein, nichts Schlimmes, aber etwas Aufregendes, hoffentlich. Es geht um meine Midlife-Krise, meine Absicht, das Büro des Bezirksstaatsanwalts zu verlassen. Archer wartet übrigens zu Hause auf deinen Anruf, und ich muß heute abend zu einer Sitzung. Wie sieht's in Neuengland aus – alles in Ordnung?«

»Das würde ich nicht gerade behaupten wollen. Soll ich fahren, damit du dich ganz auf das konzentrieren kannst, was du mir erzählen willst?«

»Gut«, sagte er. »Wenn du nicht zu müde bist.«

Kate ließ den Motor an und dachte: wie habe ich nur solches Glück verdient? Wie ist das möglich? Und was werden die Götter sagen, wenn sie mich hören? Reed gab ihr das Geld für die Parkgebühr, und als sie schließlich auf der Autobahn waren, ermutigte sie ihn mit einem Lächeln, zu beginnen.

»Ich spiele mit dem Gedanken, eine Professur anzunehmen, wenn ich sie bekomme, und nach dem, was man so hört, stehen meine Chancen nicht schlecht. Hast du dir je vorgestellt, mit einem Professor verheiratet zu sein?«

»Oft, in meiner düsteren Vergangenheit. Zumindest so häufig, wie ich daran gedacht habe, verheiratet zu sein, was selten vorkam. Aber ich hätte nie geglaubt, daß der Mann, den ich geheiratet habe, einer werden könnte. Guck dir das an: setzt keinen Blinker und wechselt von Spur zu Spur wie ein laichender Lachs. Reed, was für eine wunderbare Neuigkeit! Was wirst du lehren? Über die moderne Ehe, ihre Probleme, Perspektiven und Zukunft? Darin bist du schließlich Experte, mein Lieber.«

Reed lachte. »Beinah ins Schwarze getroffen. Über die Probleme, Perspektiven und Zukunft des modernen Strafrechts werde ich lehren. An der juristischen Fakultät der Columbia-Universität.«

»Jurist müßte man sein!« sagte Kate, streckte ihre Hand nach ihm aus und wandte ihre Aufmerksamkeit gerade so lange von der Straße ab, daß es einem anderen Fahrer gelang, sich vor sie zu mogeln. »Immer heißt es, man soll nicht zu dicht auffahren, aber wenn man sich dran hält, wird man ausgetrickst und riskiert obendrein noch Kopf und Kragen. Aber wieder zu euch Juristen. Wenn ich da an meine armen Doktoranden in englischer Literatur denke, die in Arkansas landen und dort mit dem Mut der Verzweiflung Vorlesungen über Virginia Woolf und Foucault halten. Und ihr, ihr entscheidet euch mir nichts dir nichts, an der Columbia zu lehren. Hallo Kumpels, habt ihr Interesse an einem Juristen, der gern mal ein Weilchen Professor spielen will? Wär' nächstes Semester recht?«

»Ich fürchte, ganz so ist es nicht. Ein paar Qualifikationen sind immerhin nötig, wie zum Beispiel, daß man mal früher in Fachzeitschriften veröffentlicht hat. Aber was ich wirklich vielen anderen voraus habe, das ist meine gründliche praktische Erfahrung in Gerichts- und Berufungsverfahren. Wie eine Figur in einem der eher düsteren Romane Faulkners sagt: ›Ich habe alles gesehen‹, und ich meine, ich habe wirklich alles gesehen – von den ersten polizeilichen Untersuchungen bis zur Festnahme und dem Prozeß bis in die letzte Instanz. Ich habe mich durch das ganze Strafrecht durchgebissen, zumindest in New York, während die meisten Juraprofessoren, wie auch die Mehrheit der Englischprofessoren, nicht gerade für ihre praktische Erfahrung berühmt sind. Auf vielen Gebieten spielt das keine Rolle. Aber beim Strafrecht muß man unbedingt wissen, wie es in der Praxis zugeht. Schließlich hat es nicht viel Sinn, den Studenten etwas über Gerichtsverfahren zu erzählen, wenn man nicht einmal weiß, aus welch vertrackten Gründen neunzig Prozent der Fälle nie zur Schlußverhandlung kommen, sondern durch Kuhhandel mit dem Staatsanwalt beendet werden.«

»Reed, ich komme mir vor wie eine dieser trübseligen Frauen von früher, die nicht die geringste Ahnung hatten, womit sich ihre Männer in ihren Büros beschäftigten.«

»Unsinn! Beklage ich mich etwa, wenn du mir all die feinen Nuancen der Literatur und des akademischen Hickhacks erklären mußt? Ohne dich hätte ich nie erfahren, daß Fiona Macleod und William Sharp ein und dieselbe Person sind!«

»Was für ein gutes Gedächtnis du hast! Aber warum haben nicht längst andere, die genau so viel wissen wie du – immer vorausgesetzt, es gibt sie, was ich natürlich bezweifle – sämtliche Universitätsjobs besetzt?«

»Ich liebe dich, wenn du die Ehefrau herauskehrst. Das Traurige ist, daß Juraprofessoren sich in diesem Punkt beträchtlich von euch Anglisten unterscheiden. Juristen, zumindest die, die in Fachblättern veröffentlichen und sich einen Namen gemacht haben, können in der Wirtschaft oder als Anwälte so viel verdienen, daß sie nicht gerade Türen einrennen, um an einer Universität lehren zu dürfen. Tatsächlich sind es wirklich meistens die Strafrechtler, die an die Universitäten drängen – die und die Burschen, die ihre Millionen schon gemacht haben und auch munter damit weitermachen, wenn sie eine Professur angenommen haben.«

»Bei all dem kommt mir natürlich ein schrecklich selbstsüchtiger Gedanke: werde ich, wenn du das Büro des Bezirksstaatsanwalts verläßt, immer noch interne Informationen bekommen, zum Beispiel, wenn ich wissen will, was die Polizei im Schilde führt?«

»Man hat schließlich Freunde. Obwohl es gewisse Probleme geben könnte, wenn sich meine größte Hoffnung erfüllt.«

»Deine größte Hoffnung? Nein – erzähl mir jetzt bitte nicht, daß du Oberstaatsanwalt in Tansania werden willst!«

»Nein, meine Liebe. Richter will ich werden. Am Bundes-gerichtshof, was gar nicht so unerreichbar ist, oder, lieber noch, am New Yorker Appellationsgericht, was völlig unrealistisch ist. Wie du siehst, habe ich auf meine alten Tage Hybris entwickelt – auf meine mittleren Jahre, sollte ich eingedenk deiner Patrice wohl lieber sagen. Sie machte mir Mut, wirklich. Ich würde gern mehr von ihr und dem Clare College hören.«

»Nicht, ehe du mir mehr über die Richtersache erzählt hast. Bewirbt man sich einfach um so einen Job, und warum dann nicht gleich beim Höchsten Gerichtshof in New York? Für meinen Mann nur das Höchste!«

»Weil der Höchste Gerichtshof nicht das Höchste ist, meine Liebe – nicht in New York, wo sich aus Gründen, die ich in ferner Vergangenheit vergessen habe, das niedrigste Gericht das höchste nennt – und das höchste, wo ich hin will, ist das Appellations-gericht.«

»Und wie wird man Richter? Erzähl mir jetzt nicht, indem man die richtigen Leute besticht. Ich denke, eine so dramatische Midlife-Krise hast du nicht nötig.«

»Einige Richter werden gewählt, was du wissen solltest, meine Liebe, falls du dich an deine letzte Stimmabgabe erinnerst. Man-che werden vom Gouverneur berufen oder auch vom Senator oder der jeweils regierenden Partei. Wenn all diese Herren klug beraten sind, bitten sie ein Gremium, geeignete Kandidaten vorzuschla-gen. Wie gesagt, es ist ein hochgestecktes Ziel. Aber ich glaube kaum, daß unsere Patrice ein bescheideneres Ziel als richtigen Traum für die mittleren Jahre angesehen hätte, was meinst du?«

»Und wenn man einige Jahre an einer Universität gelehrt hat, ist man ein höchst geeigneter Kandidat?«

»Stimmt. Es gibt andere Wege, aber für mich ist er der geeig-netste. Davon abgesehen interessiert mich der Lehrbetrieb, und außerdem werde ich die Chance haben, gelehrte, wissenschaft-liche Artikel zu schreiben, die jedermann beeindrucken werden.«

»Für ›Harvards Juristische Rundschau‹, nehme ich an. Nein, sag nichts mehr! Ich muß das alles erst mal verdauen. Später mußt du dann einen Kurs für Juristenfrauen ausfindig machen, der mich in all die Finessen einweiht. Du bist also wirklich qualifizierter, Strafrecht zu lehren als ich, Vorlesungen über englische Romane oder das 19. Jahrhundert zu halten, wo ich weder aktiv mitgewirkt noch praktische Erfahrungen habe: ein ernüchternder Gedanke. Reed, ich freue mich.«

Er drückte ihre Hand, danach bog Kate nach rechts und fuhr auf die Triborough-Brücke. Während sie in der Schlange warteten, um die Brückengebühr zu zahlen, lachte Kate in sich hinein. »Als Bettlektüre fürs Clare hatte ich mir einen Roman von Stevie Smith mitgenommen«, sagte sie, »darin stieß ich auf eine wundervolle Passage. Die Hauptfigur liest zufällig in der Zeitung über einen Scheidungsprozeß, bei dem keine Scheidung ausgesprochen wurde. Die Zeitung berichtet, der Richter habe gesagt, er habe zwar volles Verständnis für die Klägerin, aber die Unfähigkeit, ein Gespräch zu beginnen oder aufrechtzuerhalten, sei kein ausreichender Grund für eine Scheidung. Welch ein Glück! Nach allem, was ich von anderen höre, gäbe es sonst verdammt wenig Ehen. Unsere, gottlob, gehört dazu.«

»Fahr rechts ran, laß mich ans Steuer und erzähl mir alles über das Collegeleben in Neuengland.«

»Das kann ich auch beim Fahren«, sagte Kate. »Das Collegeleben in Neuengland deprimiert mich. Zum Beispiel gibt es da eine Altphilologin, die Patrice den letzten Lebensnerv geraubt haben muß. Nicht daß sie auf ihre Art nicht tüchtig wäre; und in einer anderen Zeit wäre sie vielleicht sogar eine recht annehmbare Kollegin gewesen. Es ist so, wie Virginia Woolfs Mrs. Dalloway über Miss Kilman sagt: ›Wären die Würfel anders gefallen, das Schwarze zuoberst und nicht das Weiße, hätte sie Miss Kilman geliebt! Aber nicht auf dieser Welt. Nein!‹«

»Dir ist klar, daß ich keine Ahnung habe, wovon du sprichst, oder? Aber wir sind sowieso gleich zu Hause. Wirst du Archer sofort anrufen müssen?«

»Archer glaubt bestimmt«, sagte Kate, während sie an einer Ampel hielt, »der Verkehr wäre viel schlimmer gewesen. Wir hätten Stunden brauchen können.«

Später, als Reed zu seiner Sitzung gegangen war, trafen sich Kate und Archer zum Dinner. Herbert, der Arme, hatte einen Abendkurs zu halten, aber Kate spürte seine Anwesenheit, obwohl sie, eingedenk Veronicas, froh war, nicht über seine Hosen nachdenken zu müssen. Archer war wie immer: makellos von Kopf bis Fuß. Der Kopf sah allerdings besorgt aus.

»Wir sind auf neue Dinge gestoßen«, sagte er düster. »Einen weiteren Teil des Tagebuchs; aber noch etwas hat sich ergeben, etwas, das uns große Sorgen macht. Die Tochter hat mich besucht. Sie würde Sie übrigens gern kennenlernen. Wußten Sie eigentlich, daß Sie zu der Sorte Menschen gehören, von denen die Leute sagen: ›Die würde ich gern kennenlernen‹?«

»Nein, wußte ich nicht«, sagte Kate. »Aber weit besser, ein Mensch wie Sie zu sein, den die Leute kennenlernen und sagen: ›Mit ihm wäre ich gern befreundet, am liebsten für immer.‹ Veronica sagt, sie wäre in Sie verliebt gewesen.«

»Veronica ist ein heikler Punkt.«

»In Ordnung, bleiben Sie Gentleman, und wahren Sie Diskretion. Ich werde mich wie eine Dame benehmen und nicht in Sie dringen. Wie dem auch sei, Veronica ist jedenfalls davon überzeugt, daß Patrice sich nicht das Leben genommen hat. Die Frage ist nur: Wie objektiv ist Veronica?«

»Die Frage ist weit komplizierter. Veronica hat allen Ernstes einmal einen Prozeß gegen Patrice geführt, in dem sie ihre Mitautorenschaft an einem von Patrices Buch einklagte. Früher oder später wären wir ohnehin darauf gestoßen, aber es erstaunt mich, daß sie mir nie davon erzählt hat. Das Ganze liegt allerdings lange zurück. Damals kannte ich Veronica noch nicht. Und von solchen Dingen spricht man wohl auch nicht unbedingt, wenn man einen lockeren Abend miteinander verbringt.«

»Was warf sie Patrice denn vor?« fragte Kate.

»Sie behauptete, sie hätte Patrice bei einem ihrer Bücher geholfen und sogar Teile davon geschrieben. Sie wollte als Koautorin genannt und an den Einkünften beteiligt werden.«

»Und all das haben Sie aus dem neuen Tagebuchteil?«

»Nein. Merkwürdigerweise weiß ich das von Patrices Tochter, die es eher beiläufig erwähnte, als wir über Veronica sprachen. Die Sache endete mit einem Vergleich. Die Tochter erinnerte sich, daß Patrice damals sagte, was Veronica ihr in Wirklichkeit vorwerfe, sei mangelnde Zuneigung.«

»Mir gegenüber hat Veronica kein Wort von der ganzen Sache verlauten lassen«, sagte Kate. »Für mich klang sie so, als hätte jeder das Wohlergehen der anderen zutiefst am Herzen gelegen.«

»So möchte sie es heute gern sehen. Ich habe mich ein wenig in den Rechtsstreit der beiden vertieft. Der Fall war sehr interessant und hat mir Einblick in die erstaunlichen Winkelzüge des Urheberrechts verschafft. Da geschehen täglich ganz unwahrscheinliche Dinge, von denen man normalerweise, solange man nicht darauf gestoßen wird, keine Notiz nimmt. Ich rief meinen Rechtsbeistand an; sie arbeitet in einem der großen Büros in der City, und sie sagte mir . . .«

»Archer, mit welch wundervoller Selbstverständlichkeit Sie das ›sie‹ gesagt haben. Kein Wunder, daß alle Frauen Sie lieben.«

»Sie sagte,« (und daß Archer weder in Tonfall noch Worten auf ihre Bemerkung einging, war typisch für ihn, dachte Kate, der wahre Konversationskünstler greift gewisse Dinge nicht auf) »der Fall sei in gewisser Weise ein kleiner Meilenstein in der Geschichte des Urheberrechts gewesen; dann verwies sie mich auf die einschlägigen Quellen. Sie können sich nicht vorstellen, wie kompliziert die Paragraphen über Urheberrechtsverletzungen sind, von der Frage der Autorenschaft ganz zu schweigen. Es gibt einen wundervollen Gerichtsentscheid über Sherlock Holmes. Aber bleiben wir bei der Sache. Wo waren wir gerade?«

»Kommen Sie mit zu mir«, sagte Kate, »und ich gieße Ihnen einen Kognak ein. Wir müssen über Veronica sprechen. Und den neu aufgefundenen Tagebuchteil. Ich hoffe, Sie haben ihn bei sich.«

»Als nächstes«, sagte Archer, »werden Sie uns vor Gericht schleppen und Ihre Mitautorenschaft an Patrices Biographie einklagen.«

»Wie einmal jemand unter völlig anderen Umständen sagte: verdammt unwahrscheinlich. Wollen wir ein Taxi nehmen oder laufen?«

Während sie den Kognak in ihrem Schwenker in sachte Bewegung versetzte, was ihr, um die Wahrheit zu sagen, mehr Genuß bereitete als der Kognak selbst, fühlte Kate eine eigenartige Zufriedenheit in sich aufkommen. Heute ist mein juristischer Tag, dachte sie: Reed ist auf dem Weg zu seiner Karriere im Strafrecht, Archer auf dem Weg zum Experten im Urheberrecht. »Ich weiß, wir sollten über Veronica reden«, sagte sie, »aber es macht mich doch neugierig, mehr von ihrem Rechtsstreit gegen Patrice zu hören. Ihre Motive interessieren mich dabei weniger als was sie genau einklagte. Das Warum kann warten.«

»Endlos über all die Anekdoten zu plaudern, die sich in Urheberrechtsverfahren ereignen, ist wirklich sehr verlockend. Wer hätte gedacht, daß die trockene Jurisprudenz so amüsant sein kann?« Auch Archer schwenkte den Kognak und schnupperte von Zeit zu Zeit an seinem Glas. »Nun, meine Liebe, wappnen Sie sich: Sie werden fasziniert sein. Eines müssen Sie jedoch immer im Kopf behalten: den Unterschied zwischen Urheberrechtsverletzung und dem Anspruch auf Mitautorenschaft. Sind Sie bereit?«

»Ganz und gar«, sagte Kate. »Aber trotzdem habe ich das Gefühl, daß solche Themen – wie ja auch die neuesten kritischen Theorien – vormittags leichter zu verstehen sind als am späten Abend.«

»So schlimm wird es nicht werden. Beispiel: *Sheldon gegen* MGM: Die Auffassung von Richter Learned Hand revidierte die Auffassung der ersten Instanz. Hatte der Film über den Fall Madeline Smith, die Frau aus Glasgow, die ihren Liebhaber vergiftete oder vielleicht auch nicht vergiftete, das Urheberrecht von jemandem verletzt, der ein Theaterstück über das Thema geschrieben hatte? Vergessen Sie nicht, daß man auf eine Handlung oder eine Idee keinen Urheberschaftsanspruch erheben kann. Richter Hand war der Auffassung, die Urheberschaft sei nicht verletzt worden. Fakten seien Fakten, und es sei durchaus zulässig, daß mehrere Autoren sich des gleichen Ereignisses bedienten, um es, jeder auf seine Weise, literarisch oder dramatisch zu verarbeiten. Zweites Beispiel: ›Die Sieben-Prozent-Lösung‹. Sherlock Holmes, Freud, Kokain: guter Film; gutes Buch. Die Idee, diese drei Elemente zu kombinieren, hatte als erster ein Arzt, der das in einem Artikel in einer medizinischen Zeitschrift tat. Der Autor von ›Die Sieben-Prozent-Lösung‹ gab in seinem Buch den Artikel als Referenz an. Der Arzt behauptete, sein Urheberrecht sei verletzt worden: Keineswegs, lautete die gerichtliche Entscheidung: auf eine Idee oder gar auf Figuren wie Sherlock Holmes oder Freud gebe es keinen Urheberrechtsanspruch. Erkennen Sie allmählich die unendliche Freude, die in diesem Thema steckt?«

»Aber«, sagte Kate.

»Keine Widerrede. Ich schicke Ihnen Kopien aller wichtigen Gerichtsentscheide, die ich in einem Buch mit dem Titel ›Plagiat und Urheberrecht‹ gefunden habe; der Autor ist ein Mann namens Lindley. In seinem Buch erzählt er auch die wundervolle Geschichte von ›Rebecca‹. Erinnern Sie sich, Rebecca, die schöne und gefährliche erste Ehefrau?«

»Ob ich mich erinnere! Es war das absolut unwiderstehlichste Buch, das mir in meiner Jugend in die Finger kam. Hat etwa jemand anderes behauptet, es geschrieben zu haben?«

»Das behaupteten gleich mehrere Leute, meine Liebe. Und in gewisser Weise hatten die gar nicht so unrecht. Ein alter englischer Herrensitz, eine demütige, verängstigte zweite Ehefrau, ein gutaussehender, geheimnisvoller Ehemann, eine böse Haushälterin – genau das sind die Zutaten für zahllose Liebes- und Schauerromane. Aber erzählten all die anderen ihre Geschichte so gut wie Daphne Du Maurier? Nein, bei weitem nicht. Die Art zu erzählen – genauer gesagt des Niederschreibens –, die Sprache, die Anordnung der Ereignisse und die Art, wie diese Ereignisse beschrieben werden, sind es, die die Urheberschaft ausmachen. Das Gericht entschied zu Daphnes Gunsten, und das völlig zu Recht.«

»Entschied es auch zu Patrices Gunsten?«

»Veronica wurde von ihrem Anwalt gedrängt, einen Vergleich zu akzeptieren, was sie schließlich auch tat. Und zwar mehr oder weniger zu den Bedingungen, die ihr Patrices Anwalt von vornherein angeboten hatte. Überflüssig zu sagen, daß Patrice das Ganze ein Vermögen an Anwaltsgebühren kostete. Eine sehr unerfreuliche Geschichte, die seinerzeit aber wenig Aufmerksamkeit erregte – wohl deshalb, weil Patrice bei der ganzen Auseinandersetzung den Namen Urghart benutzte statt Umphelby; das war ihr Mädchenname. Sie schien eine Affinität zu dem Buchstaben U zu haben, hinter der man fast Absicht vermuten könnte: kein Mensch kann zufällig zwei so ausgefallene Namen haben, die beide mit demselben Buchstaben beginnen.«

»Archer, ich verstehe kein Wort, außer der Sache mit dem Buchstaben U, was, da bin ich mir sicher, das einzig Unwesentliche an Ihren Ausführungen ist. Ich habe ein geniales Talent, die unwesentlichen Dinge zu verstehen: sie sind eine Beleidigung für meinen Verstand und lassen ihn einfach nicht los, wie zum Bei-

spiel die Frage, womit Maria Stuart ihren Anspruch auf den englischen Thron begründete.«

»Erzählen Sie's mir. Das wollte ich schon immer wissen.«

»Archer, benehmen Sie sich. Ich möchte, daß Sie mir noch
einmal erklären, was genau Veronica forderte, aber bitte langsam.
Welche Ansprüche glaubte sie zu haben?«

»Das habe ich Ihnen doch schon erklärt, oder vielmehr Patrices Tochter hat es getan. Sie wollte von Patrice anerkannt werden. Sie verklagte Patrice wegen nachlassender Zuneigung.«

»Wollen Sie damit andeuten ...«

»Ich deute nie etwas an, nicht, was die Motive von Leuten betrifft. Aber wenn Sie mich fragen, ob ich meine, daß die beiden
ein Liebespaar waren oder gern gewesen wären, so lautet die Antwort: nein. So unkompliziert ist das Leben nicht. Während ihrer
letzten Jahre hatte sich Patrice vielen Ideen geöffnet, denen gegenüber sie sich vorher, vielleicht vorschnell, verschlossen hatte.
Wie Sie sich bestimmt denken können, gehörte sie aber nicht zu
den Menschen, bei denen allein das Alter verantwortlich für eine
solche Entwicklung ist. Deshalb war sie so ein Wunder. Bei ihr
hatte ich immer das Gefühl, daß ihre Beine sie zwar zu ihren
Abenteuern trugen, ihr Körper aber nicht zu Abenteuern bereit
war.«

»Etwas ähnliches hat auch Veronica angedeutet«, sagte Kate.
»Sie erwähnte einen Cambridgeprofessor im Rollstuhl, der sich
nicht bewegen kann und daher alle Freiheit hat, das Universum
zu erforschen. Sollte das Veronica wirklich so gemeint haben?
Vielleicht habe ich zu viel an meinem Kognak geschnüffelt?«

»Merkwürdig, ich weiß genau, was Veronica meinte. Auch ich
mußte an Patrice denken, als ich den Artikel las. Und doch war
sie natürlich ganz anders als dieser Mann: alles war kräftig an ihr –
die Art wie sie ging, wie sie ihren Kopf in den Nacken warf, wenn
sie lachte. Worüber sprachen wir gerade?«

»Warum Veronica Mitautorenschaft beanspruchte.«

»Ach ja. Veronica hatte Patrice die Idee, sozusagen den Keim, für ihren letzten Roman gegeben. Nicht, daß Patrice das abgestritten hätte, im Gegenteil: Ihr Buch enthält eine Danksagung an Veronica, in der ihr Verdienst auf die anständigste und großzügigste Weise anerkannt wird.«

»Henry James las überall Keime auf, bei Dinnerparties zum Beispiel – Ideen für seine Geschichten und Romane, meine ich, keine Grippekeime. Und er hat es immer gehaßt, wenn die Leute ihm mehr über sich erzählten, als er wissen wollte. Aber soweit ich weiß, hat keine der Damen, die am Dinnertisch neben ihm saßen, je die Mitautorenschaft an einem seiner Bücher reklamiert.«

»Genau. Aber er, vorsichtig wie er zweifellos war, wußte immer Distanz zu halten. Patrice dagegen hat sich ziemlich oft mit Veronica getroffen und vielleicht sogar ein wenig über ihr Buch geplaudert – wahrscheinlich eher aus Freundlichkeit Veronica gegenüber als aus eigenem Bedürfnis, aber das werden wir nie wissen.«

»Wenige Autoren tun das«, sagte Kate.

»Aber manche zeigen anderen ihre Manuskripte. Die Tochter vermutet, und ich gebe ihr recht, daß Veronica es nicht ertrug, als Patrice sich von ihr zurückzuziehen begann. Sie wollte ihre Aufmerksamkeit erzwingen. Und vor Gericht zu gehen und seine Mitautorenschaft einzuklagen ist ein höchst wirkungsvoller Weg, das zu erreichen.«

»Aber Archer, warum hätte Patrice bereit sein sollen, sich mit Veronica zu einigen? Ist das nicht fast ein Schuldbekenntnis, sozusagen das Eingeständnis, daß Veronica im Recht war?«

»Ich bin sicher, daß Patrice das so empfand. Aber einen Vergleich zu schließen, ist oft sehr viel einfacher, als auf seinem Recht zu bestehen. Das weiß jeder, der sich in diesen Dingen ein wenig auskennt. Patrices Anwälte, das muß man ihnen zugute halten, drängten sie, ein Angebot zu machen. Aber Veronica wollte sich nicht einigen: sie wollte Aufmerksamkeit.«

»Wie manche Kinder, die ihre Zimmer in Brand stecken, wenn sie sich von ihren Eltern vernachlässigt fühlen.«

»Welch bemerkenswerte Kinder Sie kennen! Aber die Ähnlichkeit ist nicht zu verkennen. Nach endlosem Hin und Her, unzähligen Schriftsätzen der einen und der anderen Seite, eidesstattlichen Erklärungen und überfülltem Terminkalender bei Gericht – ich hoffe, mein Bericht macht überwältigenden Eindruck auf Sie – kam der Fall zur Verhandlung und endete mit besagtem Vergleich.«

»Und wie fühlte sich Veronica dabei?«

»Aha. Madame Sherlock! Ja, wie fühlte sich Veronica? Ist es denkbar, daß Patrice, die Herbert ja, wie wir wissen, als Heilige ansieht, einfach gesagt hat: vergeben und vergessen? Patrice sprach mit niemandem über die Sache, ehe sie in diesen schrecklichen See ging. Oder wenn doch, so werden Herbert und ich es noch herausfinden müssen. Oder hatte Veronica vielleicht, fragt man sich, noch etwas anderes in der Hinterhand?«

»Eins steht fest«, sagte Kate. »Ich finde es verdammt eigenartig, daß Veronica, so vertrauensvoll wie sie sich an jenem Abend mir gegenüber gab, die Geschichte mit keinem Wort erwähnt hat. Und noch eigenartiger finde ich, wie sie so fest davon überzeugt sein kann, daß Patrice ermordet wurde – sich niemals das Leben genommen hätte, jedenfalls nicht zu dem Zeitpunkt, nicht auf die Art, und nicht, ohne Veronica eine Botschaft zu hinterlassen. Und dann noch diese Charlotte Perkins Gilman.«

»Die Frau, die in dem Abschiedsbrief zitiert ist?«

»Ja. Sie hatte offenbar Krebs. Patrices Brief hätte nur Sinn ergeben, wenn auch sie, Patrice, Krebs oder eine ähnlich schreckliche Krankheit gehabt hätte. So zumindest argumentiert Veronica.«

»Was uns«, sagte Archer düster, »zu dem Teil des Tagebuchs bringt, den die Tochter gerade gefunden hat. Vielleicht stimmt es sogar.«

»Stimmt was?« sagte Kate, die das Gefühl hatte, ihr Gespräch verlaufe plötzlich à la Henry James.

»Daß sie Krebs hatte.«

»Scheiße«, sagte Kate, ganz und gar nicht à la James. »Warum habe ich plötzlich Sehnsucht nach Herbert?«

»Herbert«, sagte Archer, »ist sehr verstört. Wie wir alle zermartert er sich das Hirn nach einer Erklärung. Ich bete bloß, er verfällt auf keine religiöse.«

»Wollen Sie damit sagen, daß sie vielleicht wirklich das Motiv hatte, das sie in ihrem Abschiedsbrief andeutet?« fragte Kate und trank, ganz und gar nicht wie in feinen Clubs üblich, hastig ihren Kognak aus.

»Meinen Sie, wir sollten noch etwas trinken?« sagte Archer. »Vielleicht sollte ich mir sogar eine Zigarette anzünden. Rauchen scheint wunderbar geeignet, Spannungen abzubauen.«

»Das meinen Sie bloß, weil Sie Filme gesehen haben – entweder alte aus Zeiten, wo jeder rauchte, oder neue, bei denen die Tabakindustrie die Hand im Spiel hat. In meiner Jugend war es fast unmöglich, mit jemandem ins Bett zu gehen, ohne eine Zigarette, oder besser zwei Zigaretten zu rauchen. Wenn ich es mir recht überlege, war fast alles unmöglich ohne Zigarette. Rauchte Patrice?«

»Sie hatte aufgehört. Mehrmals. Kate, meine Liebe, unsere Biographie zerfällt uns unter den Fingern.«

»Nein. Patrice ist unverändert. Wenn es Herbert und Ihnen gelingt, sie ganz zu verstehen, und daran zweifle ich nicht, wird die Biographie um so besser. Ich glaube, da kommt Reed.«

»Können wir ihm davon erzählen?«

»Wir können. Bisher war es noch nie ein Fehler, mit ihm zu reden. Archer, einen Gefallen müssen Sie mir jedoch tun: verlieren Sie nicht Ihre bewundernswürdige Heiterkeit und Gelassenheit – was sollte sonst aus uns allen werden? Ich halte es für Ihre Pflicht, Herbert aufzumuntern – und mich.«

»Warten Sie«, sagte Archer, während er sich erhob, um Reed zu begrüßen, »bis Sie den neuen Tagebuchteil gelesen haben.«

»Wir«, sagte Kate zu Reed, »wollten uns gerade noch einen Kognak einschenken. Trinkst du ein Schlückchen mit?« Aber während sie die Gläser füllte, hatte sie zum ersten Mal, seit sie Archer kannte, Angst.

Ich habe das sichere Gefühl, daß ich in drei Jahren
sterben werde. Deshalb muß ich mich beeilen;
es gibt noch eine Menge zu erledigen bis dahin.
Wann rechnen Sie damit, ins Gras zu beißen?

(Rose Macaulay)

Auf dem Weg zu Patrices Tochter, Dr. Sarah Umphelby, überquerte Kate die Park Avenue. Am Abend zuvor war Archer plötzlich aus seiner Niedergeschlagenheit erwacht und hatte Kate mit Vehemenz überredet, mit Patrices Tochter, der Ärztin, zu sprechen. »Ist das wirklich meine Angelegenheit?« hatte Kate gefragt. Der Kognak hatte sie nicht nur nachdenklich, sondern auch dickköpfig gemacht. Außerdem, so hatte sie überaus heftig und ausführlich argumentiert, möge sie keine Ärzte – nie und unter keinen Umständen, gleich welchen Geschlechts sie waren oder welchem Fachgebiet sie sich verschrieben hatten.

Reed, der den Vorteil hatte, die Szene gerade erst betreten zu haben, und außerdem im Laufe des Abends weniger Kognak zu sich genommen hatte, wies sie darauf hin, daß dies, intellektuell gesehen, keine haltbare Position sei, und, davon ganz abgesehen, würde sie sich damit bloß ins eigene Fleisch schneiden. Warum höre sie sich nicht einfach an, was die Frau wollte? »Aber«, hatte Kate, durchaus zu Recht, gefragt, »was um Gottes willen kann sie denn von mir wollen?«

Archer hatte sich in vage Andeutungen verloren. »Sarah und ihr Bruder haben Herbert und mich für die Biographie ausgewählt. Aber als Partner, den Tod ihrer Mutter zu untersuchen, haben sie uns wohl kaum auserkoren. Veronica, das Clare College, der neue Tagebuchteil, das alles ist sehr verwirrend. Ich sagte ihr, wir hätten Sie schon vor dem Auftauchen des neuen Teils konsultiert, und sie meinte, na gut, sie würde mit Ihnen sprechen, obwohl«, fügte Archer mit einem schwer definierbaren Unterton hinzu, »sie nicht viel von Amateurdetektiven hält und schon in zartem Alter eine tiefe Abneigung gegen Lord Peter Wimsey und Philip Marlowe gefaßt hat. Ich sagte ihr, zwischen den beiden und Ihnen gäbe es wenig Ähnlichkeit: erstens wären Sie größer und zweitens nicht so großspurig.«

Als Kate das Gebäude Ecke Lexington und Park Avenue betrat, wo die Tochter ihre Praxis hatte, fühlte sie sich alles andere als großspurig. Ihr wurde plötzlich klar, daß sie sich mit Patrice identifizierte, falls das der richtige Terminus war. Was ich für sie empfinde, ist mehr als Freundschaft; ich habe das Gefühl, daß mir viel entgangen ist, weil ich sie nicht besser gekannt habe. Sei ehrlich, sagte Kate zu sich selbst, sie ist noch viel mehr: sie ist die Art Person, die ich gern geworden wäre, oder die Mutter, die ich gern gehabt hätte. Und jetzt treffe ich die Tochter, die ich vielleicht gern gehabt hätte. Und danach bin ich entweder fürchterlich traurig oder dem lieben Gott dankbar – je nachdem, wie diese Tochter ist, na, gleich wird es sich ja zeigen. Würde sie es ertragen können, wenn die Tochter eine solche Mutter nicht verehrte? Aber wieviele Töchter verehrten ihre Mutter? Nun, gar nicht so wenige, besonders wenn die Mütter nicht mehr lebten. Aber war es nicht viel einfacher, eine Mutter zu haben, die man ablehnte und verachtete, so wie Kate ihre, von der sie immer gedacht hatte: So will ich nie werden! Töchter der Arbeiterklasse steckten oft in einem ganz speziellen Konflikt: sie wollen nicht werden wie ihre Mütter, wissen aber gleichzeitig, daß sie die Mütter nicht dafür verantwortlich machen können, daß sie so sind, wie sie sind. Aber bei einer Mutter wie meiner, dachte Kate, die so reich war, daß sie alles hätte tun können, und so dumm, daß sie überhaupt nichts getan hat? Wie wäre es gewesen, Patrice zur Mutter zu haben? Und wie wäre es für jemanden wie Kate, eine erwachsene Tochter zu haben?

Sie klingelte an der Tür und versuchte diese unproduktiven Gedanken zu verscheuchen. Sie nannte der Schwester oder Sekretärin, die den Summer betätigt hatte, ihren Namen. Dr. Umphelby sei gerade noch mit dem letzten Patienten beschäftigt, sagte die junge Frau. Könne Frau Professor Fansler einen Moment warten? Frau Professor Fansler konnte, und nachdem sie ihren Mantel aufgehängt und sich in dem leeren Wartezimmer niedergelassen hatte, stellte sie fest, daß sie so aufgeregt war, als stünde ihr die Untersuchung wegen einer tödlichen Krankheit bevor.

Als jedoch Sarah Umphelby erschien und Kate in ihr Sprechzimmer bat, verscheuchte allein ihre Gegenwart all die Chimären der letzten Stunde. Sie war eine Frau in den Dreißigern, mit kurzen Haaren, und selbst der weitgeschnittene weiße Kittel verbarg ihre große füllige Figur nicht ganz. Gott sei Dank, dachte Kate, gefällt sie mir. Sie ist weder offiziös noch arrogant. Und ich weiß noch nicht mal, welche Sorte Ärztin sie ist. Kate fragte.

»Ich bin Endokrinologin«, sagte sie. »Habe also mit allem zu tun, was mit den Drüsen zusammenhängt.«

»In meiner Jugend glaubte man, Drüsen seien des Rätsels Lösung für alles. Ist das immer noch so?«

»Wenn es irgendwelche Rätsel gibt«, lächelte die Ärztin, »so liegen sie wahrscheinlich in unserem Immunsystem. Sie erinnern mich übrigens an meine Mutter. Die Medizin faszinierte sie, und immer brachte sie mich dazu, darüber zu reden – schon als ich noch studierte und alle um mich herum mit meinen frisch erworbenen Kenntnissen zur Verzweiflung brachte. Zu Anfang fragte ich mich oft, ob sie aus reinem Takt Interesse zeigte, aber sie war wirklich fasziniert. Und natürlich war sie auch stolz, eine Ärztin zur Tochter zu haben. Es war eindeutig das am wenigsten Hausfrauenhafte, was man sich denken konnte, und außerdem dachte sie, mit einem Doktor in der Familie käme man leicht an Rezepte.« Sarah lächelte. »Das gleiche dachte mein Bruder. Er ging noch zur Schule, als ich mit dem Studium begann, und er meinte, in drei Jahren könnte ich ihm dann alle möglichen verbotenen Dinge beschaffen. Zum Glück ist er erwachsen geworden.«

»Wo ist er jetzt?« fragte Kate.

»In Washington – genauer, im Staate Washington. Er ist Geologe, Spezialist für Vulkane. Er gehört wahrscheinlich zu den wenigen Menschen, die der Ausbruch des Mount Saint Helens zutiefst befriedigt hat.«

»Engagiert er sich – ich meine, in demselben Maße wie Sie – für die Schriften Ihrer Mutter? Liegt ihm auch daran, daß eine Biographie geschrieben wird?«

»O ja. Er hing sehr an ihr, und als Junge hatte er weit weniger Probleme mit ihr als ich.«

»Auf dem Weg hierher«, sagte Kate, »dachte ich, wie wundervoll, eine Mutter wie Patrice zu haben! Vielleicht war es gar nicht so wundervoll? Niemand, gegen den man rebellieren konnte?«

»So etwas in der Art. Oh, mit der Zeit kamen wir sehr gut miteinander aus, so gut wie andere Mütter und Töchter, die ich kenne. Aber ich glaube, Mädchen haben viel größere Probleme, sich von der Mutter zu lösen, zumindest in unserer Gesellschaft, wo nur die Frauen sich um die Babys kümmern. Und sich von einer guten Mutter zu lösen, ist in gewisser Weise noch schwieriger. Die armen Mütter – wie sie's machen, ist es verkehrt!«

»Genau das habe ich auch immer gedacht«, sagte Kate.

»Nun, ich bin auch Mutter. Aber mein Mann verbringt mehr Zeit mit dem Baby als ich. Wir sind neugierig, ob sich das später auf irgendeine Weise bemerkbar machen wird. Natürlich fürchte ich, daß unsere Tochter, aus schierer Perversität, in irgendeinen reaktionären Jugendverein geht und sich später zur passionierten Bridgespielerin entwickelt.«

»Wie meine Mutter«, sagte Kate, der all ihre vorherigen Gedanken wieder einfielen. »Aber Ihre Tochter wird sich für ihre Rebellion bestimmt was Neues einfallen lassen. Ich bin Ihrer Mutter einmal begegnet. Hat Archer Ihnen davon erzählt?«

»Nein. Aber Sie haben recht, wir sollten lieber über meine Mutter sprechen. Wie ist es nur möglich, daß etwas, das so völlig klar schien, plötzlich in ganz anderem Licht erscheint? Zuerst wußten wir überhaupt nicht, daß meine Mutter Papiere hinterlassen hatte, die irgend jemanden interessieren könnten. Dann wurden wir förmlich überrannt von Leuten, die sie sehen wollten und die danach entweder das langweiligste Zeug oder den größten Unsinn schrieben. Schließlich stießen wir auf Archer und Herbert, die wir für die geeigneten Biographen hielten. Aber dann kam dieses neue Durcheinander – die lächerliche Idee, daß meine Mutter keinen Selbstmord begangen hat. Und nun haben wir den neuen Tagebuchteil gefunden . . .«

»Steht darin denn etwas, was alles über den Haufen wirft? Deutet sie darin an, daß jemand sie umzubringen wolle und wahrscheinlich Erfolg hätte mit dem Versuch, es so aussehen zu lassen, als hätte sie sich selbst ertränkt?«

»Nein, nichts so Dramatisches. Im Grunde ist der neue Tagebuchteil dem alten sehr ähnlich, außer daß er das vermeintliche Motiv für ihren Selbstmord zunichte macht. Wir kannten Charlotte Perkins Gilmans Abschiedsbrief, Mutter hatte ihn uns gegenüber mehr als einmal erwähnt. Bei ihren Ansichten über den Tod ist es durchaus möglich, daß sie auch mit anderen Leuten darüber geredet hat.« – »Veronica redete von dem Abschiedsbrief, als verfüge sie allein über den Schlüssel, ihn zu verstehen.« – »Nun, die Polizei kümmerte sich im Grunde nicht weiter um die Sache. Ich bezweifle, daß es ihnen je in den Kopf kam, den Brief gründlich zu lesen. Als sie endlich herausgefunden hatten, wer Charlotte Perkins Gilman war, erschien es ihnen völlig plausibel, daß meine Mutter sich in ihrem Abschiedsbrief auf sie bezog. Weiter vertieften sie sich nicht in die Sache, ebensowenig wie die Leute am College.«

»Dann leuchtet Ihnen und Ihrem Bruder also die Selbstmord-version ein? Und der Abschiedsbrief ergab deshalb für Sie einen Sinn, weil Sie wußten, daß Ihre Mutter Krebs hatte?«

»Vor drei Jahren hatte sie Krebs. Brustkrebs. Sie sprach nicht darüber – ich glaube, Geheimnisse für sich zu behalten, war ein typisches Merkmal ihrer Generation, zumindest der Frauen dieser Generation, vielleicht weil sie so hart kämpfen mußten. George und mir sagte sie es natürlich. Ich riet ihr, in die Bostoner Poliklinik zu gehen, die in vieler Hinsicht Vorteile bot, und sich über die Möglichkeit einer schonenden Operation zu informieren, ein Verfahren, bei dem nur der Knoten entfernt wird und das deswegen viel weniger verstümmelnd ist als andere. In vielen Fällen ist es genauso erfolgreich, wenn mit Chemo- oder Strahlentherapie oder beidem nachbehandelt wird. Was nicht heißt, daß die meisten Ärzte im Lande dieser Behandlung nicht immer noch mißtrauisch gegenüberstünden. Der erste Arzt, den sie konsultierte, war einer von ihnen, tja, aber die meisten Ärzte sind eben Männer. Die Behandlung war erfolgreich, und soweit ich weiß, war danach alles in Ordnung.«

»Aber niemand kann natürlich ausschließen«, fuhr Sarah fort, »daß der Krebs wieder auftauchte und meine Mutter uns nichts gesagt hat. Als wir ihren Abschiedsbrief lasen, nahmen wir, George und ich, genau das an. Wie Sie wahrscheinlich wissen, hatte auch Charlotte Perkins Gilman Brustkrebs gehabt. Das Ganze ergab also irgendwie Sinn.«

»Wurde bei der Autopsie untersucht, ob sie Krebs hatte?« fragte Kate.

»Nein, soweit ich weiß, nicht. Es gab keinen Grund dazu. Tod durch Ertrinken – das war das einzige, was festgestellt wurde, und daß ihr Körper weder Spuren von Gewalt aufwies nóch von Drogen. Aber auch wenn man sie auf Krebs untersucht hätte, man hätte keinen entdeckt.«

»Aber sie hatte doch die Operation?«

»Natürlich. Verzeihen Sie, ich habe mich ungenau ausgedrückt. Sie hatte einen Krebsknoten in der Brust, der entfernt wurde. Die kleine Narbe hätte man gefunden. Aber der Krebs hatte keine Metastasen gebildet – aus dem Grund hat sie sich also nicht umbringen können.«

»Wie können Sie so sicher sein, daß bei der Autopsie nicht auf Krebs untersucht wurde?«

»Wegen des neuen Tagebuchteils, den wir fanden. Als wir damals der Bibliothek ihre Papiere übergaben, dachten wir, das sei alles. Was wir dann später fanden, war der letzte, aktuellste Abschnitt ihres Tagebuchs. Sie hatte ihn hinten in einen Ordner mit Geschäftskorrespondenz – Rechnungen, Steuerbelegen und dergleichen – gesteckt. Bestimmt hat sie ihn mit Absicht dort aufbewahrt, um ihn vor neugierigen Blicken zu schützen, aber ich frage Sie, wer hätte schon . . .«

»Ein weiteres Merkmal der Generation Ihrer Mutter.«

»Ich weiß«, lächelte Sarah. »Sie haben bestimmt den Eindruck, daß ich sehr schnöde von einer solch beeindruckenden Mutter spreche. Trotzdem dürfen Sie mir glauben, daß ich sie liebte und bewunderte. Aber mir gegenüber ließ sie sich leichter fallen als anderswo, das ist jedenfalls der Ausdruck, den sie selbst oft benutzte. Ich kannte ihre Ängste und Selbstzweifel, über die sie nur mit wenigen Menschen sprach. Ich kannte sie als sehr verletzlich und voll von den Konflikten ihrer Generation: beschämende Dinge verbirgt man vor anderen – zum Beispiel, daß einem die Haare von der Chemotherapie ausgefallen sind. Eine Frau meines Alters würde sagen: ›Mir sind nach der Chemotherapie die Haare ausgegangen. Ich trage eine Perücke.‹ Aber obwohl meine Mutter im üblichen Sinn des Wortes nicht eitel war, konnte sie die Vorstellung nicht ertragen, andere wüßten, daß sie eine Perücke trug oder Krebs hatte.«

»Aber George und Ihnen hat sie es gesagt?«

»Ja, natürlich. Aufrichtigkeit ging ihr über alles. Eine solche

Sache vor uns zu verbergen hätte sie als das Höchstmaß an Unaufrichtigkeit empfunden. Ganz zu schweigen davon, daß ich als ihre Tochter zu meiner eigenen Sicherheit wissen mußte, daß meine Mutter Brustkrebs hatte. Außerdem wollte sie meine Hilfe: wozu hatte sie schließlich eine Ärztin in der Familie?«

»Fiel denn niemandem auf, daß sie ihre Haare verloren hatte?« fragte Kate.

»Nein, das war das Wunderbare dabei. Sie hatte glattes, graues Haar, das sie zu einem Mittelscheitel kämmte und rundherum kurz schnitt. Als sie dann eine graue Kurzhaarperücke trug, fiel der Unterschied niemandem auf, außer ein paar Leuten, die meinten, endlich einmal habe sie einen ordentlichen Haarschnitt. Hilfreich war natürlich auch, daß sie den Knoten im Sommer entdeckte, sich also alles während der Ferienzeit abspielte. Ich habe oft das Gefühl gehabt, das Schicksal konspiriere mit meiner Mutter, damit sie ihre Geheimnisse hüten konnte. Deshalb«, fügte Sarah seufzend hinzu, »ist es natürlich jetzt um so schrecklicher, daß alle möglichen Vermutungen auftauchen und die Leute tuscheln. Klinge ich nicht genau wie meine Mutter? Ich ertappe mich oft dabei, daß ich so rede wie sie, manchmal sogar aussehe wie sie.«

Kate lehnte sich in ihrem Stuhl zurück. »Ich nehme an, Sie werden mir erlauben, den neuen Tagebuchteil zu lesen«, sagte sie. »Wenn ich recht verstehe, geht aus ihm eindeutig hervor, daß Ihre Mutter bis zu ihrem Tod wußte, daß sie keinen Krebs hatte. Womit der Grund für einen Selbstmord, den Sie zunächst so bereitwillig annahmen, also hinfällig geworden ist.«

»Sie reden wie ein Jurist, nur verständlicher.«

»Vielen Dank. Ich bin mit einem Juristen verheiratet – er spricht auch verständlicher als seine Kollegen.«

»Tut mir leid. Ich fürchte, das hat beleidigend geklungen.«

»Kein bißchen. Jedenfalls habe ich jetzt weniger Schuldgefühle wegen meines Widerwillens, Sie aufzusuchen. Ich habe eine Abneigung gegen Ärzte, die an Voreingenommenheit grenzt,

Teufel – ich bin voreingenommen. Sie sind eine angenehme Überraschung.«

»Gleichfalls, wenn ich das sagen darf. Ich hatte mir vorgestellt, Sie wären jung und dynamisch.«

»Das«, sagte Kate, »ist das Netteste, was Sie mir hätten sagen können. Ich komme in die Jahre und bin schüchtern. Mir gefällt Ihr Bild von mir, und ich werde mir Mühe geben, es zu kultivieren.«

»Sie wissen ganz genau, was ich meine. Hätten Sie gern einen Sherry?«

»Trinken eigentlich alle Leute, die Ihre Mutter kannten, Sherry? Ich dachte gerade an Veronica«, fügte Kate hinzu, als sie Sarahs verwirrten Blick sah. »Auch sie hat mir Sherry angeboten. Sollte Ihre Mutter wirklich Sherry gemocht haben, so wäre das der erste unsympathische Zug, den ich an ihr entdecke.«

»Ich habe noch Scotch da. Der mir auch lieber ist. Bei Sherry hat man das Gefühl, als handele es sich nicht um Alkohol, sondern lediglich um eine Zeremonie. Na, wenn da nicht schon wieder meine Mutter spricht!«

Sarah öffnete einen Schrank und holte zwei Gläser und eine Flasche Scotch heraus. »Ich hoffe«, sagte sie, »er ist Ihnen auch pur recht. Zu einer ordentlichen Bar mit Eis habe ich es noch nicht gebracht, obwohl ich die Hoffnung nicht aufgebe. Im Augenblick reicht es nicht zu mehr, weil meine ›Kunstfehler‹-Versicherung so viel schluckt. Sechsunddreißigtausend im Jahr, können Sie sich das vorstellen?«

»Ich stelle fest, ich kann es nicht.«

»Ich habe die beeindruckende Summe nur ins Spiel gebracht, um nicht über Veronica sprechen zu müssen. Aber als gewiefte Detektivin haben Sie das zweifellos längst gemerkt. Prost!«

»Kennen Sie Veronica gut?«

»Nicht sehr gut. Und es mag Sie wundern, aber was ich von ihr wußte, gefiel mir, zumindest am Anfang. Ehe sie den Prozeß gegen meine Mutter führte, meine ich.«

»Archer hat mir von der ganzen Geschichte erst erzählt, als ich vom Clare College zurückkam.«

»Ich weiß. Wir hatten beschlossen, die Sache aus der Biographie herauszuhalten, denn im Grunde hatte das Ganze nichts mit meiner Mutter zu tun. Es war Veronicas Problem. Außerdem war es auch nichts so Außergewöhnliches. Daphne Du Maurier ist mehr als einmal verklagt worden.«

»Auch das hat Archer mir erzählt.«

»Aber dann startete Veronica ihre Kampagne, posaunte überall herum, meine Mutter sei umgebracht worden – niemals hätte sie Selbstmord begangen und ganz gewiß nicht, ohne mit ihr, Veronica, darüber zu sprechen, und einen solchen Abschiedsbrief hätte sie schon gar nicht hinterlassen. Dem letzten Punkt muß ich angesichts des neu aufgetauchten Tagebuchteils zustimmen. Meine Mutter wußte über Charlotte Perkins Gilman und ihre Krankheit Bescheid. Aber meine Mutter hatte keinen Krebs, warum also ein solcher Brief?«

»Vielleicht weil Sie glauben sollten, daß Ihre Mutter sich wegen Krebs umgebracht hätte, während es in Wirklichkeit einen ganz anderen Grund gab.«

»Daran habe ich noch nicht gedacht. Ein irritierender Gedanke, aber bei weitem nicht so irritierend wie die Vorstellung, sie wäre ermordet worden, was ich mich einfach zu glauben weigere. Wer hätte meine Mutter umbringen sollen?«

»Offen gesagt, ich weiß von mindestens sechs Leuten, die sie mit Freuden ermordet hätten, wenn sie es unauffällig und ohne erwischt zu werden hätten tun können. Veronica habe ich noch nicht einmal mitgezählt.«

»Das ist doch nicht Ihr Ernst?«

Kate lächelte. »Eins habe ich in meinem langen, harten, zum Teil der Untersuchung von Verbrechen gewidmeten Leben gelernt: die meisten Menschen wälzen Mordgedanken. Wenn man Freud glauben darf, beruht unsere ganze Zivilisation auf der Sublimation dieses angeborenen Triebs. Aber immer mal wieder geschieht es, daß jemand seine Mordgedanken ausführt, und gar nicht so selten wird er dessen auch überführt. Oder sie. Außerdem müssen wir eines bedenken: wenn jemand so geliebt wurde wie Ihre Mutter, und dazu von so unterschiedlichen Menschen wie Bertie vom Clare College, Veronica und Archer und – postum natürlich – von Herbert – wenn jemand so geliebt wurde, ist es auch wahrscheinlich, daß er gehaßt wurde.«

»Ja«, sagte Sarah. »Ich verstehe. Aber ich vertraue immer noch darauf, daß sich das Ganze als alberner Irrtum herausstellen wird. Trotzdem muß ich wohl den Tatsachen ins Auge sehen: Entweder hat sich meine Mutter ohne triftigen, jedenfalls nicht erkennbaren Grund umgebracht, oder sie wurde ermordet. Welch schreckliche Alternative.«

»Und vergessen wir eines nicht«, fügte Kate hinzu. »Wenn jemand sie getötet hat, muß er eine wundervolle Sache entdeckt haben: eine Droge, die keine Spuren im Körper hinterläßt oder die die Pathologen noch nicht nachweisen können. So etwas ist noch nicht einmal in den wildesten Kriminalromanen erlaubt.«

»Ich glaube auch nicht, daß es im wirklichen Leben passiert«, sagte Sarah. »Hätten Sie Lust, mit mir zu kommen und meine Tochter und meinen Mann kennenzulernen?«

»Es wäre mir eine Ehre«, sagte Kate und meinte es auch so.

Kapitel neun

Ich habe viel mehr erfahren, als ich hier geschrieben habe,
mehr als ich schreiben will, mehr als ich schreiben kann.
Viel von unserem Leben müssen wir in Schweigen hüllen,
weil es zu heikel für die Sprache ist,
weil wir es anderen nicht erklären können
und weil wir es außerdem selbst noch nicht verstehen.

(Ralph Waldo Emerson)

Als Kate an jenem Abend nach Hause kam, zog sie sich mit dem gerade gefundenen Teil von Patrices Tagebuch zurück. Nach dem Abend mit Patrices Tochter und deren Mann hatte Kate das Gefühl, Patrice viel näher gekommen zu sein. Deine Tochter führt das neue Leben, hätte Kate gern zu Patrice gesagt: Akademikergatte, der jeden Moment genießt, den er mit dem Baby verbringen kann, so als wäre ihm durch irgendein Wunder eine ungeahnte Erfahrung beschert. Wer hätte wohl je geahnt, daß ein Baby zu versorgen einem jungen Mann ein ähnliches Gefühl vermitteln könnte, wie die Südsee Gauguin? Und Sarah selbst, Ärztin und Mutter, liebte ihren Mann mit einer Art fassungslosem Staunen. Kate erinnerte sich noch gut, wie sie in ihren ersten Ehejahren für Reed Ähnliches empfunden hatte. Im Grunde, dachte Kate, weiß niemand, was die Ehe eigentlich bedeutet, aber entweder stellt sich die Liebe gleich zu Beginn ein oder nie. Und wenn sie sich nicht einstellt, dann können Toleranz und geteilte Freuden ein recht akzeptabler Ersatz sein. Nun, was Sarah betraf – bei ihr hatte die Liebe begonnen. Sarah – um mit dem abscheulichen Jargon der heutigen Jugend zu sprechen – hatte alles. Was hätte Patrice von einer solchen Ausdrucksweise gehalten? Nun, Patrice hätte gewußt, daß niemand, der offenbar alles hat, selbst davon überzeugt ist. Das Gefühl, alles zu haben, gilt jeweils der Zukunft oder Vergangenheit, niemals der Gegenwart. Wenn all die Ziele, denen man hinterherjagt, erreicht und erledigt sind, so hätte Patrice wohl mit einer der Gestalten Virginia Woolfs gesagt: was dann? Dann, vielleicht, für einen Moment, hatte man alles.

Als Kate ging, war Sarah mit ihr zur Tür gekommen, hatte eine Weile im Flur gestanden und nach Worten gesucht. Kate kannte den Zustand. »Es war nicht leicht«, hatte Sarah Kate angelächelt, »eine Mutter wie Patrice zu haben. In vieler Hinsicht war es natürlich auch einfach. George und mir wurde mit der Zeit klar, daß uns eine Menge Schwachsinn erspart geblieben ist. Zuerst in der High School und später im College konnten wir beide nicht fassen, was für einen Schlamassel die meisten Eltern aus ihrem eigenen Leben und dem ihrer Kinder machen. Aber meine Mutter war eine so starke Persönlichkeit. Sie wollte es zwar bestimmt nicht, aber sie haute einen mit der Gewalt einer Sturmböe um. Und für mich als ihre Tochter war das oft nicht so ohne. Ich glaube, für George war es ein bißchen einfacher. Ich liebte und bewunderte meine Mutter, aber – vielleicht weil ich ein Mädchen war und die Erstgeborene, war etwas zwischen uns, das ihr eine Macht über mich gab, die ich haßte. Oh, sie hat diese Macht nie ausgenutzt, jedenfalls nicht bewußt. Aber ich glaube nicht, daß ihr klar war, was sie allein durch ihre Gegenwart ausrichtete, welche Wirkung das kleinste Wort von ihr hatte. Ach, ich merke, ich kann mich nicht richtig erklären. Und dann, als es so aussah, als hätte sie es vorgezogen, lieber zu sterben als an dem wieder aufgetretenen Krebs zu leiden, war ich traurig, sogar verzweifelt; aber auf eine Art, die wohl nur wenige Menschen verstehen, war ich auch erleichtert. Ich meine, sie hatte den Tod gewählt, sie wollte nicht weiterleben und durch Krankheit oder Alter erniedrigt werden. Ich wußte, sie würde mir meine Gefühle nicht vorwerfen. Ich hatte mehr Raum, als sie nicht mehr da war.

Und ich war frei, sie zu lieben. Wie unverständlich Ihnen das alles vorkommen muß.«

»Kein bißchen«, hatte Kate ihr versichert, die im Mantel dastand und sich fragte, warum schwierige Dinge sich leichter an ungewöhnlichen Orten und zu ungeplanten Zeiten aussprechen ließen. »Wie ich Ihnen schon sagte, ich kann mir nur schwer vorstellen, wie es gewesen sein muß, eine solche Mutter zu haben. Aber den Rest kann ich mir vorstellen; ich verstehe, wie Sie sich gefühlt haben.«

»Aber sehen Sie, jetzt, wo wir diesen letzten Abschnitt ihres Tagebuchs gefunden haben, wissen wir ja, daß sie keinen Krebs hatte, sich deswegen also nicht hat umbringen wollen. Und noch mehr: das Vertrauen, das zwischen uns war, das Vertrauen, das ich glaubte, in ihrem Abschiedsbrief zu sehen, war ja in Wirklichkeit nicht da. Sie schrieb nicht die Wahrheit. Und ich merke, daß ich unbedingt wissen muß, was geschehen ist. Oder, wie die Psychoanalytiker sagen würden: meine Trennungsängste sind neu aufgelebt.«

»Kam Ihnen denn nie in den Sinn, nach ihrem Tod der Sache mit dem Krebs nachzugehen?« hatte Kate gefragt. »Als Ärztin, meine ich, oder auch als Tochter?«

»Nein, weder als das eine noch das andere. Es ist mir einfach nicht der Gedanke gekommen. Aber jetzt muß ich es wissen, und ich wäre erleichtert und dankbar, wenn Sie es herausfinden könnten. Ich bin froh, daß ich Sie mag. Ihre Arbeit unterscheidet sich im Grunde nicht sehr von meiner: wir beide sammeln so viele Fakten wie möglich und versuchen dann die passende Erklärung zu finden. Manchmal liegen wir richtig und manchmal falsch. Manchmal können wir mit unseren Befunden etwas anfangen und manchmal nicht.«

Kate nickte. Sie hatte, die Hände in den Manteltaschen vergraben, dagestanden und gewartet, bis Sarah zu Ende gesprochen hatte. Wir werden noch öfter miteinander reden, dachte Kate, aber kein Gespräch wird mehr diese Intensität haben. Patrice hätte gesagt: Jetzt sprecht ihr wirklich miteinander.

»Ich kann es einfach nicht ertragen«, fuhr Sarah in dem Moment fort, als Kate, nachdem lange Schweigeminuten verstrichen waren, gerade die Hände aus den Taschen nahm, »daß sie nicht die Chance hat, ihre Version der Geschichte zu erzählen. Jemand hat sie zum Schweigen gebracht oder dazu, von selbst zu verstummen. Ich muß wissen, warum. Oh, nicht nur um ihretwillen – vor allem um meinetwillen. Ich möchte frei sein, sie so zu lieben, wie man Tote lieben sollte, ohne Zwang, ihnen ständig etwas erklären zu wollen, was man nicht erklären kann. Am Anfang«, fuhr sie fort, »hatte ich gehofft, unser Baby wäre ein Junge, weil ich wollte, mein Kind könnte zu mir eine Beziehung haben wie George zu meiner Mutter: liebevoll, unkompliziert, offen. Aber dann dachte ich: nein, Frauen haben sich Tausende Gründe einfallen lassen, sich einen Sohn zu wünschen, und ich werde keinen neuen dazuerfinden. Mit der Zeit wünschte ich mir dann so sehr eine Tochter, daß ich mich betrogen gefühlt hätte, wenn es ein Junge geworden wäre. Und sollte ich je eine so gute Mutter sein wie Patrice, dann wird meine Tochter mir gegenüber ähnliche Gefühle haben wie ich meiner Mutter gegenüber.«

»Ihre Tochter wird Sie lieben«, sagte Kate. »Und wenn sie Sie so liebt wie Sie Patrice lieben, nun, dann dürfen Sie sich glücklich schätzen. Und wenn ich auf irgendeine wundersame Erklärung für Patrices Tod stoße, werden Sie die erste sein, die davon erfährt. Nach Archer und Herbert natürlich.«

»Natürlich«, hatte Sarah gelacht.

Kate nahm das Tagebuch in die Hand. Wenn ich mir vorstelle, daß wir uns einbildeten, Patrice zu kennen! Wir wußten alles, was es zu wissen gab – Archer, Herbert und ich. Und jetzt dies hier. Aber nie weiß man alles, man macht nur Geschichten aus dem wenigen, was man weiß, und hält die erfundenen Figuren für sehr überzeugend, aber dann stellt man fest, daß sie einen zum Narren halten. Und wenn wir uns Biographen nennen, dann nennen wir die Geschichten und Figuren, die wir erfunden haben, Biographie.

»Ich habe gerade eine Geschichte gehört«, hatte Patrice geschrieben, »die zweifellos außergewöhnlich, aber doch glaubwürdig ist. Bertie erzählte sie mir. Diese Freunde von ihm mit den vielen Kindern saßen tagelang in ihrem Landhaus fest, weil es regnete. Irgendwann hatten die Kinder plötzlich etwas gefunden, das sie völlig zu beschäftigen schien. Der Mann schlief und die Frau las. Später kamen sie dahinter, was die Kinder so gefreut und so lange ruhig gestellt hatte. Sie hatten Stunden in der Vorratskammer verbracht und von jeder einzelnen Konserve das Etikett entfernt. Auf den Regalen prangten jetzt Reihen silbrig funkelnder Büchsen, manche groß, manche klein. Kein Hinweis darauf, was sie enthielten. Das Kochen wurde plötzlich zu einer ganz neuen Angelegenheit, voller Überraschungen. Und ich dachte: genauso ergeht es mir neuerdings mit Menschen. Die Verpackungen sind verschwunden. Ich muß mich auf das einlassen, was innen ist, muß ohne das Etikett auskommen. Ich bin jetzt eine Frau in den mittleren Jahren, oder genauer: eine ältere Frau, so wie auch Strether und George Eliots Mrs. Transome und Forsters Henry Wilcox und andere literarische Charaktere, die um fünfundfünfzig sind, als ›älter‹ gelten. Wäre ich doch nur Künstlerin genug, dieses unglaubliche Gefühl, daß alles möglich ist, daß alle Wunder geschehen können, zu vermitteln. James vermittelte es natürlich durch Strether, aber andererseits war der springende Punkt bei Strether, daß er nie gelebt hat.

Aber ich, wie es scheint, werde leben, jedenfalls noch eine Weile. Der Krebs ist nicht wieder aufgetreten und hat sich auch sonst keinen seiner beängstigenden Schliche einfallen lassen. Ich verlasse das Krankenhaus und denke mit überschwenglicher Freude: sechs Monate kann ich wirklich leben – bis zur nächsten

Untersuchung! Aber ich weiß genau, daß ich mich weit mehr vor den Ärzten, dem Hospital, der Krankheit und allem, was damit zusammenhängt, fürchte als vor dem Tod. Nie kann ich ein Krankenhaus betreten, ohne mich über die vielen Leute dort zu wundern, die sich das Leben um jeden Preis erkaufen. Ich werde nie aufhören, mich zu fragen, warum das Leben an sich einen solchen Wert haben soll und der Tod solche Schrecken.

Wie mir zu diesem Thema ständig etwas aus den Büchern entgegenspringt, die ich gerade lese. Eben fand ich bei Virginia Woolf: ›Aber ich wollte – wie leidenschaftlich, wie hartnäckig, dringlich, besessen, das kann ich nicht sagen – dieses Buch schreiben. Und jetzt fühle ich mich stark und ruhig und gefaßt: so als hätte ich mir selbst meinen stehenden Spruch gesagt: tu es oder laß es. Das habe ich hinter mir: frei für neue Abenteuer – mit sechsundfünfzig!‹ Dann las ich gerade Isak Dinesens Motto, das der Ansprache des Pompeius an seine Mannschaft entstammt: ›Navigare necesse est, vivere non necesse.‹ Es ist notwendig zu segeln, zu leben ist nicht notwendig. Dinesen hat wirklich verstanden, was damit gemeint war. Mein Gott, können nur Frauen das verstehen? Zu Wagnissen bereit sein – frei sein zu segeln. Sich nicht um das Leben zu sorgen, sondern sich zu sorgen, wenn das Leben ohne Abenteuer ist.

Die Leute wundern sich über mein Reden vom Tod, das entgeht mir nicht. Es ist so schwer, ihnen verständlich zu machen, daß, wer an die Zukunft denkt, auch an den Tod denken muß. Daß die Menschen den Tod so sehr fürchten, ist vielleicht der Grund, warum sie so gern in die Vergangenheit zurückkehren. Oder ist es andersherum: kann ich so leicht vom Tod sprechen, weil ich ohne Nostalgie bin? Ich verspüre nicht nur keinerlei Wunsch, in die Vergangenheit zurückzukehren oder sie wiederaufleben zu lassen; ich habe sie einfach vergessen. Würden die Psychologen sagen, ich habe sie verdrängt? Aber ich glaube, man kehrt nur dann zwanghaft in die Vergangenheit zurück, wenn man sie nicht bewältigt hat, wenn sie einen immer noch beherrscht. George Eliot schrieb an ihre Freundin Barbara Bodichon: ›Im Augenblick ist es die fernste Vergangenheit, die meinen Geist zu größter Freiheit, dem klarsten poetischen Gefühl inspiriert, und es werden noch viele Schichten zu durchkämmen sein, ehe ich es wagen werde, irgendwelches Material, das womöglich aus der Gegenwart stammt, *künstlerisch* zu verarbeiten.‹ Als sie eine anerkannte Künstlerin war, hörte auch George Eliot auf, in der Vergangenheit zu leben und zu schreiben. Zum Schluß war, glaube ich, auch sie ganz damit beschäftigt, aus der Gegenwart, aus Ängsten vor der Zukunft ihre Geschichten zu erschaffen. Aber zweifellos war es gegen Ende ihres Lebens, als sie die Sonette ›Bruder und Schwester‹ schrieb, in der sie sich danach sehnt, wieder eine kleine Schwester zu sein. Sogar diese Frau also, die eine Figur wie Maggie in der ›Mühle am Fluß‹ geschaffen hatte, konnte sich so etwas wünschen! Was will ich jetzt? Nichts anderes als mit Bravour achtundfünfzig sein und schreiben, wenn es mir vergönnt ist.

Natürlich frage ich mich auch, was aus dem Clare wird. Wird es überleben? Woher wird der Mut kommen, den wir alle brauchen? So viele Frauen habe Angst. Aber wer wollte ihnen das vorwerfen? Und die Männer haben Angst, den Glorienschein ihrer Männlichkeit zu verlieren. Es bereitet mir ein ganz besonderes Vergnügen, diese schreckliche Altphilologen-Pedantin nicht zu mögen: als ob das, was die Griechen geschrieben haben, in Gefahr wäre, durch moderne Interpretationen verraten zu werden. Die griechische ist die beständigste aller Literaturen: wovor meinen die sie beschützen zu müssen? Sich selbst wollen sie beschützen. Die alten Griechen oder die eigenen Erinnerungen – indem man sie behütet, verschließt man sich vor der Zukunft.«

Kate legte das Tagebuch nieder. Sie hatte plötzlich das Gefühl, mit Patrice gesprochen zu haben. Seit ihrem Besuch am Clare hatte Kate viele Gemeinsamkeiten mit ihr entdeckt. Gemeinsam ist uns vor allem, dachte sie, daß wir so selten zurückgeblickt haben. Und ich hatte immer geglaubt, ich sei die einzige ohne Nostalgie, die einzige, die nicht von Geschichten aus ihrer Kindheit besessen ist. Eigenartig, sinnierte Kate, vielleicht hat sie mir nur deshalb die Frage nach Gott gestellt, weil sie wissen wollte, ob sie allein dastand mit ihrer schrecklichen Ungläubigkeit gegenüber dem Heiligtum Vergangenheit. Durchaus denkbar, daß sie meinte, nur jemand, der an Gott glaubt, könne der Zukunft oder sogar dem Tod mit Hoffnung, mit Freude entgegensehen. Auf dem verdammten Flughafen damals hätte sie mich einfach fragen sollen, ob ich nostalgisch bin.

Reed kam am Abend mit zwei Flaschen französischem Champagner und einer Dose russischem Kaviar nach Hause. »Grund zu feiern«, verkündete er. »Im nächsten Jahr wirst du mit einem Professor für Strafrecht an der Columbia-Universität verheiratet sein. Ich bin gespannt, was sich seit meinen Tagen an Harvards juristischer Fakultät verändert hat. Ich stelle die Flaschen in den Kühlschrank, damit sie richtig kalt werden, und dann werden wir den Kaviar löffeln und gründlich ausschweifen.«

»Jedenfalls gibt es heute mehr Studentinnen dort als damals«, sagte Kate.

»Das ist immerhin ein Segen. Und wenn der flüchtige erste Eindruck, den ich heute von den Studenten bekam, nicht trügt, so kommen die Männer heute wenigstens nicht mehr mit Anzug und Weste zu den Vorlesungen. Sie tragen nicht einmal mehr Hemd und Schlips. Wenn sie nach dem Studium bei Debevoise & Plimpton einsteigen und auf einen Schlag eine vollkommen neue Garderobe brauchen, muß das ein schrecklicher Schock für sie sein. Kate, stimmt irgend etwas nicht? Eine der vielen wunderbaren Eigenschaften sowohl von Champagner wie auch Kaviar ist, daß sie sich ungeöffnet lange halten. Ist dir nach dem Gegenteil von Feiern?«

»Doch, mir ist nach Feiern ... wie nie zuvor. Ich bin froh, daß deine Midlife-Krise so gut ausgegangen ist. Ich habe mir schon Sorgen gemacht, besonders, weil es Patrices bedurfte, bis du darüber reden konntest.«

»Und du brütest über Patrice, unsere große Spezialistin in Sachen Krise der Lebensmitte?«

»Nein, brüten nicht gerade, Reed. Ich stelle mir Fragen. Wie wenig wir voneinander wissen, das habe ich schon so oft gesagt, ohne daß mir richtig bewußt geworden wäre, wie sehr das stimmt. Wie reagierte sie auf den gewaltsamen Tod ihres Mannes? Ich weiß es nicht. Mir ist noch nicht einmal in den Sinn gekommen, ihre Tochter Sarah danach zu fragen, die ich heute besucht habe: aber das ist eine andere Geschichte. Und dann dieser Prozeß. Ich meine, man liest ständig von Leuten, die behaupten, ihnen seien ihre Ideen gestohlen worden. Archer belehrte mich, daß es eine regelrechte Fallsammlung hierzu gibt. Und wie soll man all die heftigen Gefühle am Clare ihr gegenüber verstehen? Starke Menschen lösen starke Gefühle aus. Trotzdem ist es erstaunlich, daß jemand, der, wenn auch unter dramatischen Umständen, in einem See ertrunken ist, nach so langer Zeit die Gemüter noch so beschäftigt. Nachdem Archer und Herbert sie mir wieder ins Gedächtnis gerufen hatten, erinnerte ich mich zwar sehr lebhaft an sie, aber bis zu dem Zeitpunkt hatte ich nie mehr an sie gedacht. Verstehst du?«

»Das würde ich nicht behaupten«, sagte Reed. »Und ich bin mir auch nicht sicher, ob du es verstehst. Da liegt das Problem, nicht wahr? Meinst du, Champagner könnte helfen?«

»Schaden kann er auch nicht, oder? Reed, ich freue mich, daß du Professor wirst. Welche eigenartigen und wundersamen Wege das Leben geht.«

»Was für Patrices Leben ganz gewiß auch zutrifft«, rief Reed ihr über die Schulter zu, während er in die Küche verschwand, um den Champagner zu holen.

Auf eine Art, von der sie wußte, daß sie ihre Schwägerin in einen hysterischen Anfall versetzen würde – nicht, daß es dazu viel bedurft hätte –, begann Kate, den Kaviar zu löffeln, köstlich, keine Frage, aber wer aß Kaviar schon pur? »Eines geht mir nicht aus dem Kopf«, sagte sie, während sie sich mit ihrem Champagner zurücklehnte, »Patrices Gefühl, frei zu sein zum Segeln.«

»Zum Segeln?« fragte Reed. »Ist sie etwa beim Segeln ertrunken?«

»Entschuldige«, sagte Kate. »Hab Geduld, mein Kopf wird allmählich klarer. Es geht um ein Motto von Isak Dinesen, das Patrice gefiel: ›Es ist notwendig zu segeln, zu leben ist nicht notwendig.‹ Stammt von irgendeinem Römer, jedenfalls ist das Original in Latein.«

»Weißt du, was mir immer die größten Sorgen bereitet?« sagte Reed. »Wenn dein Kopf klar wird.«

Kate grinste ihn an. »Sarah erwähnte, daß Patrice gern Geheimnisse für sich behielt, ein Merkmal ihrer Generation, in der die Frauen nie gelernt haben, offen miteinander zu sein. Und Männern, egal wie mitfühlend und verständnisvoll die auch sein mochten, konnten sie sich ohnehin nie ganz verständlich machen. Schon oft habe ich gedacht, daß es bei Virginia Woolf ähnlich war. Und Patrice hat bestimmt nicht über die dramatischen Momente ihres Lebens drauflos geplaudert: den Tod ihres Mannes, den Prozeß, ihren Brustkrebs. Und jetzt, mein Liebling – meine Gedanken, wie vorauszusehen, durch Champagner und Kaviar gefiltert – komme ich zum Punkt: Patrice heckte ein neues Buch aus, in welchem Stadium es war, sei dahingestellt: vielleicht existierte es lediglich als Idee, als aufregender Plan, aber kein Zweifel: sie war bereit zu segeln. Verstehst du?«

»Und nun fragst du dich, wo ist dieses Buch – der Entwurf all der Wunder, die es vollbringen sollte?«

»Du drückst die Dinge immer so präzise aus, ein seltenes und beneidenswertes Talent.«

»Vielleicht war alles ja nur eine allererste Idee, weißt du«, sagte Reed. »Ich glaube, wir sind alle abergläubisch, was gerade Empfangenes betrifft, ob Buch oder Mensch.«

»Du glaubst also, gleich, welchen Plan sie hatte, auf welche neuen Abenteuer sie sich einlassen wollte, es nichts weiter als eine erste Ahnung war, ein Hauch von Hoffnung – kein Grund, etwas niederzuschreiben, einfach bloß jene erste, herrliche Aufregung, wenn alles möglich scheint?«

»Unsere unterschiedliche Ausdrucksweise einmal beiseite gelassen, ja, genau das meine ich.«

»Wirst du sehr viel zu tun haben in den nächsten Monaten, ehe du die Bezirksstaatsanwaltschaft verläßt? Hast du viele Dinge zu Ende zu bringen, ich meine, wird es dich viel kosten, das traurige Geschäft der Trennung zu vollziehen?«

»Schon gut, schon gut. Ich werde nie wieder eine Anspielung auf deine Ausdrucksweise wagen. In Worten mit einer Silbe ausgedrückt, die Hunde und Katzen verstehen können: du willst nicht hier sein, wenn ich viel zu tun habe und dich nicht zur Kenntnis nehme oder jedenfalls nicht zu sehr vermisse.«

»Ich dachte, ich könnte die Frühjahrsferien am Clare verbringen. Herumschnüffeln, verstehst du?«

»Aber haben Archer und Herbert nicht schon ›herumgeschnüffelt‹? Als ihre Biographen haben sie doch bestimmt schon allen Leuten alle Fragen gestellt.«

»In gewisser Weise, vielleicht. Aber denk doch nur, wieviele neue Fakten allein in letzter Zeit aufgetaucht sind. Veronicas Hokuspokus, der neue Tagebuchabschnitt mit dem Beweis, daß Patrices Tod nichts mit Krebs zu tun hatte; die heftige Feindseligkeit gegen Patrice, jetzt, wo das Thema feministischer Studiengänge am College ansteht, ganz zu schweigen von den neuen Problemen reiner Frauencolleges.«

»Wo wirst du wohnen, während du am Clare bist?« fragte Reed mit einem Seufzer und füllte ihre Gläser nach.

»Oh«, sagte Kate. »Ich bin sicher, die Rektorin hat eine Idee. Es wurde ernsthaft darüber nachgedacht, daß sich die Forschungsgruppe zum Abschluß des Projekts eine Woche lang zusammensetzt. Und ich habe den Verdacht, die Rektorin hat dafür gesorgt, daß diese Woche in meine Ferien fällt. Ich denke, ich fahre zum Clare und bleibe die ganze Woche dort, in einem Zimmer mit all den Annehmlichkeiten unserer Zivilisation, wo sich niemand um mein Kommen und Gehen kümmert.«

»Das«, sagte Reed, »ist die größte Annehmlichkeit unserer Zivilisation. Aber ich«, fügte er hinzu, »werde merken, daß du nicht hier bist.«

Die Sekretärin der Rektorin, der Kate am nächsten Morgen ihr Anliegen vortrug, schien auf die Frage, wo sie wohnen könne, geradezu vorbereitet. Wenige Stunden später rief sie zurück, die Rektorin wäre entzückt, Kate zu Gast zu haben. Sie sei es gewohnt, Besucher unterzubringen, andere Gäste würden nicht erwartet und Kate sei höchst willkommen. Nachdem das geregelt war, arrangierte Kate ein letztes Dinner mit Archer und Herbert, um, wie sie es ausdrückte, die Uhren aufeinander abzustimmen.

»Chinesisch, würde ich vorschlagen«, sagte Archer. »Köstliches Essen mit Horoskop-Keksen zum Abschluß. Ich habe das Gefühl, wir brauchen alle guten Omen, die wir bekommen können.«

»Und wenn sie nicht gut sind?« hatte Kate gefragt.

»Seien Sie vernünftig, meine Liebe. Kein Restaurant, und gewiß kein asiatisches, sieht es als seine Aufgabe an, die Verdauung seiner Gäste zu ruinieren. Die Omen sind entweder gut oder nichtssagend.«

Als sie schließlich in dem chinesischen Restaurant saßen, hatte Archer jedoch mehr als Omen. Er hatte Neuigkeiten. »Ich habe beschlossen, mit Ihnen zu kommen«, sagte er. »Ans Clare

College. Sie spionieren die Leute aus und ich Einzelheiten der Biographie. Sollten sich unsere Wege kreuzen, um so besser.«

»Ich bin erleichtert«, sagte Kate, »daß ich jemanden habe, mit dem ich mich jeden Tag besprechen kann, noch dazu einen so aufheiternden und geistreichen Menschen wie Sie. Aber was ist mit dem armen Herbert? Kann er nicht mitkommen?«

»Er ist wirklich arm dran, unser Herbert. Seine Frühjahrsferien sind nicht, wie Ihre und meine, festgelegt auf die Mitte des Semesters und den März. Herberts Institution hält sich an die religiösen Feiertage, und seine Ferien müssen Karfreitag und Ostern einschließen. Wir werden Herbert jeden Tag einen, wie es die Franzosen so angemessen ausdrücken, *coup de fil* geben.«

»Besonders angemessen«, sagte Herbert, »angesichts Patrices Faszination für ihren *coup de vieux*.«

»Wenn Sie noch lange französisch brabbeln, Sie beide, will ich nichts mehr mit Ihnen zu tun haben«, sagte Kate. »Und bitte, wir wollen doch keine Analogie herstellen zwischen Leute ausspionieren, wie Sie es so hübsch ausdrückten, und dem Schreiben einer Biographie. Die Antworten auf die mysteriösen Fragen, die ich habe, werden sich in einer Biographie ziemlich unbedeutend ausnehmen.«

»Ich flehe Sie an, lassen Sie uns nicht über die Metaphysik des Biographieschreibens diskutieren«, sagte Archer. »Ich denke, diese Biographie wird nicht ohne Wahrheit und die Wahrheit wahrscheinlich nicht ohne Patrices Biographie zu finden sein, auch wenn sich am Schluß herausstellen mag, daß jene Wahrheit für die Geschichte von Patrices Leben ganz unbedeutend war.«

»Genau das ist mein Standpunkt«, sagte Kate. »Soll ich die Rektorin anrufen und sie bitten, Sie auch bei sich unterzubringen?«

»Gott behüte, meine Liebe. Ich werde bei Bertie und Lucy wohnen, von denen ich die unbegrenzte Einladung habe, an ihrem Kamin zu sitzen und in ihrem Gästebett zu liegen. Sie und ich werden uns täglich zur Beratung auf neutralem Boden treffen, sagen wir so gegen sechs, zum Aperitif.«

»Können wir uns nicht zu einem strammen Marsch um den See treffen?« fragte Kate.

»Meine Liebe, vergessen Sie nicht, mit wem Sie sprechen. Stramme Märsche, also wirklich!«

»Ich verstehe einfach nicht«, sagte Herbert gereizt, »wie du so schlank bleibst, wo du doch nie weiter als bis zur nächsten Weinflasche wankst.«

»Nun«, sagte Archer und hob sein Weinglas, »auf Patrices Biographie.«

»Und auf ihren Tod«, sagte Kate.

Nur jene können sich einander wirklich versprechen,
die schon verheiratet sind. Es ist, als ob man erst weiß,
daß man verheiratet ist, wenn einem klar wird, daß man nicht
auseinandergehen kann, das heißt, wenn man feststellt,
daß sich das eine von dem anderen Leben einfach nicht
entwirren läßt. Und wenn die Liebe glücklich ist,
wird man diese Erkenntnis mit einem Lachen begrüßen.

(Stanley Cavell)

Es war jedoch Kate, die, nachdem sie sich im Haus der Rektorin eingerichtet hatte – eine Angelegenheit, die darin bestand, daß sie von der
zu diesem Zweck abgeordneten Sekretärin in ihr Zimmer geführt
wurde –, an Lucys Kamin entspannte. Später würde Kate zum
Dinner zu Ted Geddes hinübergehen. Er hatte bei der Sekretärin
hinterlassen, Kate möge den ersten Abend mit ihm und seiner
Frau verbringen, und die Sekretärin hatte ihm Kates Zusage
durchtelefoniert. Archer war derweil schon auf die Suche nach
biographischem Material gegangen, das, wie Kate hoffte, mehr
mit dem Leben als mit dem Tod zu tun haben würde. Es war ein
kalter Märztag, und Kate schätzte das Feuer und Lucys angenehme Gegenwart.

»Wir haben großes Vertrauen zu Ihnen«, sagte Lucy. »Vor allem, weil Sie von außen kommen und nicht von unserer trüben
Vergangenheit und verwickelten Gegenwart beeinflußt sind.
Auch Archer steht natürlich über all dem Gerangel hier, aber er
muß sich – abgesehen von seiner angeborenen Abneigung, irgend
jemandem auf die Füße zu treten – den Kopf für die Dinge freihal-
ten, die seiner Biographie nützen. Sie werden die Wahrheit aus-

graben, darauf setzen wir. Und bitte«, fügte Lucy hinzu, »kommen Sie mir jetzt nicht mit den neuesten rhetorischen Theorien, nach denen es überhaupt keine Wahrheit gibt. Sie wissen schon, was ich meine.«

»Ja, das weiß ich«, sagte Kate. »Aber ich brauche Ihre Hilfe. Ich frage mich gerade, ob es in jedem Leben so viele Dramen gibt wie in Patrices. Ihr Mann kam bei einem Raubüberfall ums Leben; gegen sie wurde ein Prozeß geführt; sie war Bestseller-Autorin und wurde von allen Leuten hier gehaßt, die eine Attacke auf ihre Ideologien fürchteten. Daneben hatte sie schließlich noch ihren Beruf, ihre Familie, ihre Freunde – ihren Alltag. Ihr Leben war auch in all diesen Bereichen wohl sehr ausgefüllt. Führte Patrice vielleicht, was ein Freund von mir, ein Anhänger wedischer Religionen, eine Karmaexistenz nennt?«

Lucy lachte. Trotz ihrer Zartheit hatte sie ein kräftiges Lachen und eine warmherzige Art und schien sich selbst keineswegs als empfindliches, zerbrechliches Wesen zu empfinden, obwohl sie so wirkte. »Haben Sie je versucht, jemandem Ihr Leben zu erzählen, oder sagen wir nur ein paar ausgewählte Ereignisse? Es ist wirklich erstaunlich – wenn man nur bereit ist zu leben, dann geschieht das Leben auch.«

»Ja«, sagte Kate. »Ich verstehe, was Sie meinen. Vor kurzem ist mir klar geworden, wie wenig ich über Patrices Ehe weiß. Kannten Sie ihren Mann? Kannte ihn irgend jemand? Erst auf dem Flug hierher fiel mir auf, daß ich nicht einmal mit Patrices Tochter über ihn gesprochen habe. Eigenartig, nicht wahr?«

»Über Ehen«, sagte Lucy, »können wir nur Vermutungen anstellen. Ich hatte oft das Gefühl, Patrice und ihr Mann waren wie Vulkane – ohne Vorwarnung konnte es zu einem Ausbruch kommen – und dann, wenn sie Feuer und Asche versprüht hatten, sprachen sie mit niemandem über die Ursache.«

»Ich mag die Art, wie Sie reden«, sagte Kate.

»Wirklich? Bertie sagt, bei gewissen Leuten stünde ich in dem

Ruf großer Weisheit, weil ich das Klischee wiederentdeckt hätte. Und er hat nicht ganz unrecht. Im Laufe der Zeit habe ich gelernt, daß Intellektuelle am stärksten beeindruckt sind, wenn man sich an das Offensichtliche hält und nicht vergißt, es von Zeit zu Zeit laut zu verkünden. Aber zurück zu Patrice. Bertie hat mir erzählt, daß er und Patrice selten über ihre Ehen sprachen, und ich glaube ihm. Ich denke, das ist charakteristisch für eine lange Freundschaft zwischen einem verheirateten Mann und einer verheirateten Frau. Ich kann Ihnen also nur mit meinen eigenen Beobachtungen dienen, gewürzt mit ein paar hübschen Projektionen aus meiner eigenen Erfahrung. Okay?«

»Okay«, sagte Kate, die ihre Freude an Lucy hatte.

»Ich glaube, sie führten das, was man eine gute Ehe nennt. Soll heißen: sie vertrauten einander und jeder glaubte an die Vernunft und das gesunde Urteil des anderen. Aber ich habe den Verdacht, ihre Ehe ging den Weg so vieler Ehen ihrer Sphären: er hatte sich abgewöhnt, mit anderen Menschen zu sprechen. Und sie hatte Frauenfreundschaften entdeckt, zusätzlich zu den Männerfreundschaften wie der mit Bertie. Und auch sie sprach sich nicht mehr bei ihm aus. Damit will ich nicht sagen, daß sie Geheimnisse voreinander hatten. Es ist nur so: wenn man mit einer Freundin lang und ausführlich über die Gefahren reiner Männercolleges oder die Unwägbarkeiten reiner Frauencolleges gesprochen hat, macht es schließlich nicht viel Sinn, das Ganze zu Hause noch einmal zu wiederholen. Da ist es doch viel einfacher, über das Abendessen zu reden oder sich vom Ehemann das Neueste aus seinem Beruf erzählen zu lassen. Im Falle von Patrices Ehemann war das die Juristerei, und er konnte sehr interessant darüber erzählen. Ich habe ihm oft zugehört.«

»Sie hat also nicht gelitten, als er starb?«

»Natürlich. Es brach ihr das Herz, und sie wütete gegen die ganze Welt, die ihn so sinnlos getötet hatte. Aber ich verstehe, was Sie meinen. Vielleicht litt sie wirklich nicht so sehr. Und ganz bestimmt hielt sie nicht Ausschau nach einem anderen Mann – wie so viele andere Frauen in den Fünfzigern, die entweder einen finden oder sich für den Rest ihres Lebens nach einem verzehren. Ich glaube, in gewisser Weise hatte Patrice schon sehr lange allein gelebt. Und nachdem der erste Schrecken und die tiefste Trauer überwunden waren, wußte sie, daß sie es auch allein schaffen würde. Und noch mehr: eigentlich darf man so etwas zwar nicht einmal denken, aber auch in all diesen schrecklichen Erlebnissen sah Patrice die Chance neuer intensiver Erfahrung. Erinnern Sie sich an Arthur Koestlers Selbstmord? Über fünfundsiebzig war er und litt an mehreren heimtückischen Krankheiten. Aber seine Frau, die in den Fünfzigern war, ging mit ihm. Wir schrecken vor der Witwenverbrennung zurück, aber zwischen Verlust und Verlassenwerden unterscheiden wir selten. Patrice verlor ihren Mann, sie wurde nicht verlassen.«

»Ich bin mir fast sicher«, sagte Kate, »daß der Verlust ihres Mannes sie zu ihrer neuen Sichtweise des Todes brachte. Daß man mit ihm lebt, sich ihm zwar nicht in die Arme wirft, aber weiß, daß er, wie ein Ehemann, im Zentrum des Lebens steht. Woher kommt es, daß ich mich so pompös anhöre und Sie so vernünftig?«

»Weil ich über die Ehe spreche und Sie über den Tod. Aber ich möchte Ihnen noch etwas erzählen. Ich glaube, weil Patrice ein so ausgefülltes Leben führte, Bücher schrieb, Vorlesungen hielt und dann auch noch als Radikale hier auf dem Campus auftrat, haben die Leute mit Neid reagiert – hier am Clare, meine ich. Was sie tat, gehörte sich irgendwie nicht. Es war unanständig. Daß sie Bestsellerautorin wurde, war schon schlimm genug: Erfolg macht Akademiker immer mißtrauisch, wenn er außerhalb der akademischen Welt errungen wird. Und sich dann noch als Revolutionärin zu entpuppen, die die ewigen Wahrheiten in Frage stellt, also, meine Liebe, wie Archer sagen würde . . .«

»Das war wohl die Meinung von Rektorin Norton und dem gesamten Fachbereich Altphilologie et alii.«

»Na, Rektorin Norton, das ist 'ne eigene Geschichte, wie unsere Putzfrau sagen würde. Sie ist jung, geradezu unverschämt jung für eine Collegeleiterin. Und sie ist Juristin. Haben Sie je darüber nachgedacht, was das bedeutet? Wie sie den Job bekam? Oh – natürlich, sie ist ein kluges Köpfchen, und selbstverständlich hat sie Ehrgeiz. Wußten Sie, daß sie nach ihrer Collegezeit hier am Clare in Chicago Jura studierte, von dort zu einer schnieken Anwaltsfirma in der Wall Street ging, dann ins Kuratorium des Clare eintrat und zur Rektorin aufstieg? Irgendwann mittendrin machte sie natürlich kurz Halt, um einen ähnlich arrivierten und etablierten Mann zu heiraten. Wissen Sie, was das bedeutet? Rektorin Norton hat nie Zeit vertrödelt, hat nie, wie meine Kinder sagen, herumgehangen. Sie hat nie etwas riskiert oder ein ungeschütztes, unprivilegiertes Leben geführt. Ich spreche dabei nicht nur vom Geld, sondern auch von all den anderen Dingen. Eine meiner Freundinnen meint, sie gehöre zu der Sorte Frauen, die nie auch nur eine Stunde in einer masochistischen Beziehung zugebracht hat. Sie kam gerade noch rechtzeitig, um von der Frauenbewegung zu profitieren. Ein Drittel ihres Jahrgangs an der Chicagoer Universität waren schon Frauen. Wäre ihr jemand damit gekommen, daß es noch wenige Jahre zuvor nur eine Handvoll Frauen pro Jahrgang gab, hätte sie nur die Achseln gezuckt. So etwas berührte sie nicht, sie hatte ja nicht darum gekämpft. Sie lernte, mit wichtigen, mächtigen Leuten umzugehen, aber sie hat nie gelernt, Leuten mit unorthodoxen Ideen zuzuhören, und wenn sie doch mal zuhörte, ließ es sie gleichgültig. Patrice hätte dieser Frau eine einmalige Chance bieten können: die, zu wachsen. Statt dessen behandelte Mrs. Norton Patrice wie eine radikale Spinnerin und hörte lieber der ehrwürdigen Altertumsforscherin zu, die Sie kürzlich bei uns getroffen haben. Und genau das ist das Problem mit Frauencolleges, oder zumindest mit diesem Frauencollege. Es hat Angst vor allem Unorthodoxen. Außerdem ist das die längste Rede, die ich je gehalten habe. Wie es scheint, inspirieren Sie mich.«

»Nicht ich«, sagte Kate. »Patrice. Manchen Leuten hier am Clare ist inzwischen, glaube ich, doch klar geworden, was sie an ihr verloren haben. Niemand kam je auf die Idee, Patrice zur Rektorin zu machen?«

»Meine Liebe, einen solchen Job hätte sie nicht mit der Kneifzange angefaßt. Man wollte sie ja noch nicht einmal im Kuratorium haben; und dort hätte sie viel bewirken können, ohne daß sie ihr Leben mit Bürokratie vergeudet hätte. Bürokraten haben heute das Sagen an Colleges und Universitäten – und die von ihnen beeinflußten Professoren. Über Ideen zu reden, gilt inzwischen als albern. Was zählt, ist die Bilanz und wie man möglichst viele Studenten und Spender anlockt. Und das heißt natürlich, daß man sich an einem Frauencollege davor hütet, die Institution Familie zu hinterfragen, die Stellung der Frau und die alte Sichtweise von Gott.«

»Ich glaube«, sagte Kate, »Sie brauchen einen Drink. Sieht Bertie das so wie Sie?«

»Wie er sagt, ja. Nein, das ist unfair. Er sieht es wirklich so. Zusammen mit Patrice hat er gegen viele Torheiten hier gekämpft. Aber nach Patrices Tod hat auch er angefangen, mit dem Strom zu schwimmen und die Segel zu streichen – hier haben Sie noch eine Auswahl meiner Klischees. Ich glaube, er kann Patrice nicht verzeihen, daß sie ihn verlassen hat.«

»Und er glaubt, sie hat es getan – ihn verlassen, meine ich – sich umgebracht?«

»So wie die Dinge sich hier entwickeln, glaubt er allmählich, daß sie das Richtige getan hat. Das ist natürlich ein wenig übertrieben, aber er ist ziemlich deprimiert von dem Leben an diesem College. Wenn Patrice noch da wäre«, fügte Lucy hinzu, während sie aufstand, um die Gläser nachzufüllen, »hätte sie nicht zugelassen, daß wir so in Düsternis versinken. Sie hatte die Fähigkeit, andere zu inspirieren, ihnen Mut zu machen. Und ich glaube, all diese Gerüchte über ihren Tod sind nur entstanden, weil einfach niemand glauben will, daß sie uns so im Stich gelassen hätte.«

»Halten Sie es denn für möglich?«

»Vielleicht. In Momenten von Mutlosigkeit und Trübsinn. Ich tröstete sie manchmal, und sie mich, obwohl wir selten genug miteinander redeten. Es gab natürlich eine Zeit, wo ich eifersüchtig auf sie war, aber das ging vorüber.«

»Als sie älter wurde?«

»Ja«, sagte Lucy. »Als sie älter wurde und ich lernte, unkonventioneller zu sein in meiner Liebe. Und Patrice hatte wirklich die großartige Gabe, die mittleren Jahre in die herrlichste Zeit des Lebens zu verwandeln. In ein Abenteuer. Ich begann, von dem Augenblick zu träumen, wo die Kinder aus dem Haus gingen, meine Haare grau wären und meine Schuhe flach. Sie lebte einem vor, daß es nicht nötig war, sich in den Traum ewiger Jugend einzukaufen. Einmal sagte sie zu mir – ich werde es nie vergessen, denn im ersten Moment kam es mir fürchterlich bizarr vor – sie sagte, sie könne sich kaum noch an die Zeit erinnern, als ihre Kinder klein waren. Damals habe sie wie in Trance gelebt. Aber jetzt, so sagte sie, wo ihre Kinder erwachsen wären, schätze sie sie sehr. Sie seien Freunde, denen man nichts über die Vergangenheit erklären müsse. Nachdem die Kinder aus dem Haus waren, erzählte sie mir einmal, hätten sie und ihr Mann oft abends zusammen gesessen, gelesen oder sich unterhalten, und sie habe das Gefühl gehabt, er und sie seien in einem Satz von ihrer Jugend zu diesem Moment in den mittleren Jahren gehüpft. Die Zeit dazwischen sei ihr wie ein Stück vorgekommen, in dem jemand anderer gespielt habe, das jemand anderes geschrieben habe. O Gott, Kate, ich vermisse sie jeden Tag. Und Bertie vermißt sie genauso. Und ich hasse die Vorstellung, daß keine Krankheit, kein Unfall oder ein Verbrechen sie uns genommen hat, sondern ihr eigener Entschluß, ihre eigene Verzweiflung. Ich verstehe sie, aber ich werde ihr niemals verzeihen. Nie.«

Kate ging zu Fuß zu Ted Geddes' Haus am See. Sie widerstand der in kleineren Städten üblichen Unart, auch für den kleinsten Weg ins Auto zu steigen. Natürlich hätte sie um den Campus herumfahren und von der Straßenseite aus zum Geddesschen Haus gelangen können. Sie war sich zwar etwas exzentrisch vorgekommen, hatte aber Lucys Angebot, sie zu fahren, abgelehnt. Zu Fuß machte sie sich auf den Weg vom Village zum Campus, dann zum See und fast halb um den See herum bis zum Ufersteg hinter dem Geddesschen Haus. Sie blieb eine Weile auf dem schmalen Steg stehen, blickte über das Wasser und sinnierte, was wohl unvermeidlich war, über Patrices mitternächtliches Hinausschwimmen. Einige Teile von Patrices Tagebuch würde sie noch gründlich lesen und mit vielen Leuten sprechen müssen. Aber trotzdem fühlte sie, daß sie an einem jener Wendepunkte stand, die überall existierten, angefangen vom griechischen Drama bis hin zu Cocktailparties, wo man plötzlich genau weiß, wie alles ausgehen wird, obwohl man noch nicht alle Fakten beisammen hat. An welchem Punkt wußte Ödipus, wer der Mann an dem Kreuzweg war, den er getötet hatte? Als Iokaste sich erhängte, oder schon davor? Kate wußte natürlich, daß die meisten Wendepunkte erst im nachhinein als solche erkannt werden, dann, wenn der entscheidende fehlende Fakt ans Tageslicht gekommen ist. Die Psychoanalyse arbeitete wohl auf die gleiche Weise. So »wußte« Freud zum Beispiel an einem bestimmten Punkt, daß seine Patienten zum Zeugen der Urszene geworden waren. Oder, wie ein Literaturtheoretiker, den Kate sehr bewunderte, geschrieben hatte: »Im Falle von Ödipus, wie in vielen anderen Geschichten, von denen der Kriminalroman nur das banalste Beispiel ist, konzentriert sich die Handlung darauf, ein entscheidendes Ereignis ans Licht zu bringen – das heißt eine Wahrheit, die den Sinn des Ganzen konstituiert.« Wer tötete Laios? Welche Erinnerung liegt hinter der Deckerinnerung verborgen? Warum hätte Patrice, die bereit war, den Tod willkommen zu heißen, sich ihm viel zu früh in die Arme werfen sollen?

Kate ging den langen Weg vom See zum Haus hoch, an dem immer noch abgedeckten Swimmingpool vorbei und um das Haus herum zum Vordereingang, um von dort, wie es sich für einen Gast gehörte, das Haus zu betreten. Aber Geddes hatte sie gesehen und winkte ihr von der den Rasen und den See überblickenden Veranda des Hintereingangs zu.

»Mein Gott, Sie kommen ja zu Fuß«, sagte er. »Einen Moment war ich ganz verwirrt und dachte, es sei Patrice, die den Pfad hochkommt. Sie nahm immer diesen Weg, machte eine Weile auf dem Steg halt und sah über den See. Ein wunderschöner Blick, nicht wahr? Sie sind ihr sehr ähnlich – nicht äußerlich, aber die Art, wie Sie gehen und mit den Händen in den Taschen dastehen. Kommen Sie herein. Ich hoffe«, fügte er hinzu, während er Kate ins Wohnzimmer geleitete, »der Vergleich hat Sie nicht beleidigt. Sie sind natürlich schön und elegant gekleidet; Patrice war beides nicht. Man kann nie wissen, wie Frauen reagieren.«

»Ich bin nicht beleidigt«, sagte Kate. »Ganz im Gegenteil. Ich bin Patrice nur einmal begegnet, und ich fand sie schön. Kann ich mir die Hände waschen?«

»Verzeihung, natürlich. Hier unter der Treppe ist eine kleine Toilette, im ersten Stock eine größere.«

»Die kleine tut's völlig«, sagte Kate. Und sie lächelte, als sie die Tür des kleinen Klos hinter sich schloß, das offenbar im nachhinein eingebaut worden war. Es gab Zeiten, wo man außer Hörweite sein wollte, wenn man die Toilette benutzte. T. S. Eliot rasierte sich nicht einmal in Gegenwart seiner Frau, aber die war schließlich verrückt gewesen, ob wegen ihm oder trotz ihm, blieb immer unklar. Kate neigte zu der Ansicht, wegen ihm. Sie kämmte ihr vom Wind zerzaustes Haar und steckte ihren Knoten neu. Worüber soll ich bloß mit ihnen *reden*, fragte sie sich, während sie mit den Haarnadeln hantierte. Aber das fragte sie sich ja immer, und dennoch war ihr selten der Gesprächsstoff ausgegangen. Ich bin die geborene Plauderin, sagte sie zu sich selbst, und knipste das Licht aus.

Geddes' Frau hatte sich zu ihm ins Wohnzimmer gesellt. Nachdem sie einander vorgestellt waren, setzte sich Kate und verweigerte den Sherry. »Hätten Sie zufällig Lust auf Laphroaig?« fragte Geddes. »Patrice hat mich damit bekannt gemacht. Möchten Sie ein Glas probieren? Es ist wirklich ein bemerkenswertes Getränk.«

»Ich kenne es«, sagte Kate, »und hätte große Lust darauf. Ohne Eis, nur mit ein wenig Wasser. Standen Sie Patrice sehr nahe?«

»Ich möchte es gern so sehen«, sagte Ted. »Wie ich Ihnen auf der Cocktailparty erzählte, interessierten wir uns beide für Lebenszyklen und diskutierten ständig darüber. Es war eines jener unerschöpflichen Themen, wie es sie oft zwischen alten Bekannten gibt. Sie verstehen schon, gleich worüber man zwischendrin spricht, immer wieder kommt man darauf zurück.«

»Und waren Sie gleicher Meinung?« fragte Kate.

»Mehr oder weniger, ja. Wie wohl die meisten Menschen hielt ich zwar die Jugend für die beste Zeit, aber in den wichtigen Dingen stimmten wir überein.«

»Nun«, sagte Gladys Geddes, während sie an ihrem Sherry nippte (sie trinke nie harte Sachen, hatte sie erklärt), »ich finde, Ted war gegenüber diesem Anti-Jugend-Ding von Patrice immer viel zu tolerant. Natürlich ist jung sein der Himmel – hat das nicht irgendein Dichter gesagt?«

Da Gladys schwieg und offenbar eine Antwort erwartete, sagte Kate: »Ja, aber wenn man jung ist, empfindet man es selten so, erst im nachhinein wird die Jugend verklärt, durch unsere alte Freundin, die Nostalgie. Als Byron an der Revolution aktiv teilnahm, war er schon vierunddreißig, wähnte sich an der Schwelle zur Senilität, und sein Haar wurde bereits grau. Aber im Gegensatz zu Wordsworth lebte er nicht lang genug, um ein richtig alter Mann zu werden und jene Zeit zu verherrlichen.«

Gladys sah sie verwirrt an. »Ich kann Ihnen nicht ganz folgen«, sagte sie. »Was haben Wordsworth und Byron damit zu tun?

Es ist schlicht und einfach schöner, jung zu sein als alt. Das liegt doch auf der Hand.«

Kate gab sich immer große Mühe, nicht den Männern die Schuld an ihren Frauen zu geben, hatte aber selten Erfolg damit. (»Unsinn«, würde Reed sagen. »Manche Frauen sind einfach unter allen Umständen Idiotinnen, manche Männer natürlich auch. Warum dem Ehemann die Schuld geben?« »Weil«, hätte Kate geantwortet, »Männer abgestandene Idealvorstellungen von Frauen haben, die die Frauen dann übernehmen und ihnen entsprechen. Die Männer dürften solche Vorstellungen erst gar nicht haben.« »Und das, liebe Kate«, würde Reed sagen, »ist völliger Unsinn, dem ich das Kompliment verweigere, ihn mit vernünftigen Gründen zu widerlegen.« »Immer wenn du anfängst, dich geschwollen auszudrücken«, hätte Kate geantwortet, »weiß ich, daß ich recht habe.«) Ich vermisse dich, dachte Kate. Reed, warum stehst du mir nicht bei mit diesen Idioten?

»Du bist ein bißchen dogmatisch, Gladys«, sagte Ted. »Denk zum Beispiel an jemand wie Colette. Ihre Jugend war ganz bestimmt nicht die beste Zeit ihres Lebens.«

»Und weshalb schrieb sie dann unentwegt darüber?« fragte Gladys. »Und über ihre Mutter mit diesem dämlichen blühenden Kaktus? Ich habe ihr Buch über diese fünfzigjährige Frau gelesen, die ihren Liebhaber abweist. Aber sie selbst schnappte sich ihren Lover und heiratete ihn so schnell sie konnte. Stimmt's, oder nicht? Früher warst du der gleichen Meinung wie ich.«

»Ich habe das Gefühl, Gladys und Patrice waren nicht immer einer Meinung«, bemerkte Kate, wie sie hoffte, leichthin.

»Gladys streitet einfach gern mit Frauen, die Akademikerinnen sind«, sagte Ted. »Sie hat ständig das Gefühl, daß die Ehefrauen von Akademikern nicht genug geschätzt und anerkannt werden. Ist das Essen bald fertig?« fragte er Gladys, offensichtlich bemüht, die kleine Szene abzukürzen.

»Gleich«, sagte Gladys. »Neulich hatte Ted eine dieser Professorinnen zum Lunch hierher eingeladen. Es gab Gumboscho-ten-Suppe, selbstgebackene Blätterteigtaschen und Salat. Sie und Ted saßen da und sprachen über feministische Studiengänge und ähnlichen Quatsch, und als sie ging, sagte sie zu Ted: ›Nun, ich denke, wir sollten die Sache noch einmal gründlich von allen Seiten her betrachten, ehe wir unsere Entscheidung fällen, und Sie haben mir wirklich für vieles die Augen geöffnet.‹ Und dann, glauben Sie es oder nicht, verabschiedete sie sich von mir und bedankte sich fürs Essen.«

»Wirklich«, sagte Kate, »wie unsensibel von ihr.«

»Es war wirklich ein bißchen happig«, sagte Ted.

»Hatte ich schon zu viel von diesem wunderbaren Malz-whisky?« fragte Kate. »Oh, vielen Dank, nur noch einen winzigen Schluck. – Aber hätte sie Ihnen denn nicht für das Essen danken sollen, nachdem sie sich solche Mühe gegeben hatten?« Beim Nachfüllen ihres Glases überkam Kate die erste reine Empfindung, seit sie das Haus betreten hatte. »Ist es grob, sich fürs Essen zu bedanken?«

»Als ob sie und Ted ein Geschäftsessen hätten und ich wäre das Küchen- oder Serviermädchen oder sonstwas. Verstehen Sie?«

»Waren Sie denn dagegen, daß Ted sie zum Lunch eingeladen hatte?« fragte Kate. Mir entgehen hier ständig die Pointen, sagte sie zu sich selbst. Irgendwas stimmt hier nicht.

»Vielleicht sollten Sie wissen«, sagte Gladys, »daß ich Ted bei seinen Büchern helfe. Das gibst du doch zu, oder nicht, mein Lieber?«

»Natürlich«, beeilte sich Kate einzuwerfen, die jedoch alles andere als davon überzeugt war. Dies hier war wieder eine dieser gewissen Ehen. »Wir alle kennen Professoren, deren Frauen alle Recherchen übernehmen, das Tippen erledigen und manchmal sogar das ganze Buch selbst schreiben. Ohne nachdenken zu müssen, könnte ich Ihnen zehn Beispiele nennen. Hatten Sie das Gefühl, die Professorin behandele Sie verächtlich?«

»Nein. Aber wieso hat sie Ted für das Gespräch gedankt und mir für das Essen? Verstehen Sie denn nicht?«

»Nein«, sagte Kate, die eigentlich hatte ja sagen wollen. »Ich meine, Sie haben das Essen zubereitet, und sie hat Ihnen dafür gedankt. Hätte Ted gekocht, hätte sie sich wahrscheinlich bei ihm bedankt.« Ich kann einfach nicht glauben, sagte sie zu sich selbst, daß ich dieses Gespräch führe, falls man hier überhaupt von Gespräch reden kann. »Nun«, kicherte Kate, »ich werde mich hüten, Ihnen für das Dinner zu danken.«

»Was ich jetzt auftragen werde«, sagte Gladys und rauschte hinaus. »Und trinken Sie sich nicht um den Verstand mit diesem schrecklichen Zeug«, sagte sie noch. Effektvolle Abgänge waren eindeutig ihre Spezialität. Und welchen noch effektvolleren Satz könnte ich ihr erwidern? fragte sich Kate. In Ihrer schrecklichen Gegenwart muß ich mich einfach um den Verstand trinken?

»Ist März zu früh, um Wasser in den Swimmingpool zu lassen?« fragte sie dann. Hätte das Schweigen noch länger angedauert, wäre es vielleicht noch zum ewigen Schweigen ausgeartet. »Wie füllen Sie ihn eigentlich? Mit einem Schlauch, oder nehmen Sie die Abdeckung herunter und sammeln das Regenwasser?«

Ted lachte nervös. »Mit einem Schlauch. Und es wird noch einige Zeit dauern, bis wir das Wasser einlassen. Außerdem«, fügte er geradezu wütend hinzu, »regnet es das ganze Jahr nicht so viel, daß man einen Swimmingpool füllen könnte; auf Regen zu warten, wäre also eine völlig unsinnige Methode.«

»Ungefähr so unsinnig«, sagte Kate, »wie sich auf das Alter zu freuen. Trauern Sie Ihrer Jugend nach?«

»Ja, das tue ich. Lieber bin ich jugendlich ungestüm als mild und weise.«

»Und Gladys ist ganz Ihrer Meinung?«

»Und das, Frau Professor Fansler, war keine nette Bemerkung.«

Aber sie hat dir gefallen, du Arschloch, dachte Kate. Du magst deine Frau genauso wenig wie ich. Ehrlich, ich glaube, sie sollte auf der Stelle damit anfangen, sich in Weisheit zu üben, so wie andere Frauen sich hinsetzen und neue Häkelstiche ausprobieren.

»Tut mir leid«, sagte Kate. »Ich meinte nur ihre laut verkündete Vorliebe für die Jugend. Aber da ich mit Patrice einer Meinung bin, was die Herrlichkeit der mittleren Jahre und von Laphroaig angeht – meinen Sie, ich dürfte noch ein Schlückchen haben?« Kate hielt stumm ihr Glas hin. Ted Geddes füllte es.

»Erzählen Sie mir von Ihrer Arbeit«, sagte sie. »Was genau haben Sie über die verschiedenen Lebensphasen herausgefunden?«

Ted erzählte es ihr. Als sie, von Gladys zu Tisch gerufen, mit dem Dinner begannen (frisch gebackene Hörnchen, stellte Kate fest: ich muß daran denken, mich nicht zu bedanken), fuhr Ted mit seinem Bericht fort. Gladys warf gelegentlich einen Satz ein. Schon seit sehr langer Zeit war Ted mit seiner Studie zugange – er hatte ungewöhnliches Glück gehabt, als Sozialwissenschaftler ein Stipendium für eine Langzeitstudie zu bekommen und so seine Forschungen über mehrere Jahre fortsetzen zu können. Das Ergebnis würde bald in Buchform erscheinen und groß einschlagen. Kate hatte es schon erraten, ehe er es aussprach.

Um es nicht zu erraten, hätte man sich, wie sie später Archer berichtete, nicht nur um den Verstand getrunken haben müssen – was Gladys eindeutig von ihr glaubte –, sondern schon im Koma liegen müssen.

Als Kate die Geddes verließ – Ted hatte darauf bestanden, sie zum Haus der Rektorin zu fahren – war sie so aufgebracht und gleichzeitig so deprimiert, daß sie ihm von der Veranda aus noch zuwinkte und dann schnell zu Bertie und Lucy hinüberging, um Archer zu sehen.

Archer war so erschrocken über ihren Zustand, daß er tatsächlich einwilligte, einen Spaziergang mit ihr zu machen. »Aber nicht um den See«, sagte er. »Bei dieser Dunkelheit werden wir nur hineinfallen.«

»Ich bin mir jetzt sicher, daß Patrice absichtlich hineingegangen ist«, verkündete Kate finster. »Wenn ich nicht wüßte, daß ich hier nach einer festgesetzten Zeit, die garantiert kürzer ist als zehn Tage, wieder fortkönnte, würde ich selbst ins Wasser gehen. Mein Gott, was für ein Ort!«

»Es muß ein köstliches Dinner gewesen sein«, sagte Archer, »wenn das Essen genauso war wie die Gespräche.«

»Das eine ist immer wie das andere, ist Ihnen das noch nicht aufgefallen?« sagte Kate. »Das einzige, was sie nicht verderben konnten, war der Laphroaig. Übrigens gab es Hähnchen mit Sahnesoße auf Reis.«

»Ah«, sagte Archer, »die Sorte Essen, die dick macht, ohne einem Wohlbehagen zu bereiten. Nun, ich hatte ein exzellentes Dinner, allein wegen des guten Gesprächs mit Bertie und Lucy, wenn Sie so wollen. Aber ich hatte noch mehr: einen mysteriösen Anruf. Über den ich mich zu allerstrengstem Stillschweigen verpflichtet habe.«

»Erzählen Sie!«

»Morgen. Wenn ich noch einmal mit ihm gesprochen habe. Ich verspreche es.«

»Sehr unfair, eine Detektivin anzuheuern und dann Geheimnisse vor ihr zu haben. Wissen Sie, Archer, mein Lieber, daß ich morgen mit Veronica zu Abend essen werde, und darauf freue ich mich. Sie mag schwierig sein, aber sie ist weder spießig noch dumm. Ich finde, eins von beidem müßten die Leute einem mindestens bieten: entweder gutes Essen oder gute Informationen.«

»Nein«, sagte Archer, »wie das Essen selbst sollten sie entweder tröstlich oder köstlich sein. Am besten natürlich beides.«

Die Wahrheit ist die kollektive, anonyme Stimme, die ihren
Ursprung in einer universalen menschlichen Erfahrung hat.

(Roland Barthes)

Am nächsten Morgen tagte wieder die Forschungsgruppe. Aber dieses Mal hatten all die, die bereit waren, sich ernsthaft mit dem Thema feministischer Studiengänge auseinanderzusetzen, unter ihnen auch Kate, ihre Hausaufgaben gemacht. Sie stellten ihre Ideen und Argumente vor, und, wie Kate erleichtert feststellte, ähnelte die Diskussion immerhin entfernt einem wissenschaftlichen Disput. Am späten Nachmittag, nachdem die Gruppe sich durch ein Arbeitsessen geredet hatte, dem der überraschende Vortrag einer Professorin von einem nahegelegenen College gefolgt war, die man dort mit der Einführung feministischer Studiengänge betraut hatte, waren die meisten immerhin bereit, die Frage, ob ein Frauencollege feministischen Ideologien Raum in seinem Lehrplan geben sollte, ernsthaft in Betracht zu ziehen. Wie dies nun bewerkstelligt werden sollte – entweder, indem man alle Lehrenden drängte, derlei Themen in ihren Seminaren zu behandeln, oder ob spezielle Seminare, die sich dieser Thematik widmeten, eingerichtet werden sollten, das war um fünf Uhr nachmittags die zentrale Frage, die hitzig debattiert wurde. Kate empfand dies als beachtlichen Fortschritt. Aber während der Nachmittag sich in die Länge zog, wanderten ihre Gedanken immer wieder zu Archer und seinem mysteriösen Anrufer. Halb hoffte sie, Archer habe eine dringende Botschaft für sie und ließe sie aus dem Raum rufen. Als die Sitzung schließlich zu Ende war, wußte sie nicht recht, wohin sie gehen sollte, um auf ihn zu warten.

Aber als sie den Pfad vor dem Verwaltungsgebäude hinabging, kam Archer ihr schon entgegen.

»Gott«, rief er. »Bin ich froh, daß ich Sie treffe – ich wußte nicht, ob ich Sie aus Ihrem Sitzungssaal würde herausholen müssen oder auf dem Flur auf und ab gehen wie die werdenden Väter von einst.«

»Warum von einst?«

»Natürlich bin ich völlig unbedarft in diesen Angelegenheiten, aber ich dachte, heutzutage würden die Väter bei der Geburt helfen, oder jedenfalls dabei sein, wenn sie nicht gar die Babys inzwischen selbst zu Welt bringen. Eine gute Sache, ohne Zweifel.«

»Ich verstehe, was Sie meinen. Wo sollen wir hingehen, damit ich Ihre Neuigkeiten hören kann? An die nächste Bar?« fragte Kate hoffnungsvoll.

»Wissen Sie, meine liebe Kate, ich glaube, wir stapfen lieber um den See. Gemessenen Schrittes natürlich. Es darf uns niemand hören. Und wenn wir uns mit einer Flasche in Ihr Zimmer bei der Rektorin zurückziehen und die Tür hinter uns verschließen, könnte das leicht zu falschen Vermutungen führen, meinen Sie nicht? Wenn ich schon zu einem Spaziergang bereit bin – können Sie nicht auf Ihren Drink verzichten?«

»So schlimm steht es auch wieder nicht mit mir«, sagte Kate, vergrub die Hände in ihren Jackentaschen und ging los. »Ich habe keinen Durst und bin ganz Ohr.«

»Bitte nicht so ein Tempo, ich flehe Sie an, oder mir bleibt keine Puste mehr zum Sprechen. Der Mann, der mich anrief, ist Arzt, genau gesagt, er war Patrices Arzt. Er war so aufgeregt wie Erbsen auf einer heißen Ofenplatte.«

»Wie man einst zu sagen pflegte.«

»Ja. Auf einer Dinnerparty hatte er gehört, daß ich Patrices Biographie schreibe und hier am College bin, um Nachforschungen über ihren Tod anzustellen. Gar nicht mal so daneben, wenn man bedenkt, daß es sich um Partygeschwätz handelte. Jedenfalls, nach einem Tag voller Qualen und einer schlaflosen Nacht beschloß er, mit mir zu sprechen. Lieber mit mir als mit der Polizei, sagte er sich, und wenn ich mich als unzuverlässig erweisen sollte – nun, dann würde er eben einfach jedes Wort abstreiten. Er war kurz vorm Durchdrehen, wirklich, obwohl er im Grunde wahrscheinlich ein ganz ruhiger Vertreter ist. So hatte ich jedenfalls den Eindruck.«

»Weiter«, sagte Kate. »Sie dürfen nicht so viele Atempausen einlegen.«

»Nun, die Frage ist, ob er überhaupt glaubwürdig ist. Aber wenn er nicht völlig übergeschnappt ist, was ich unter den Umständen für sehr unwahrscheinlich halte – o Gott, mir geht die Puste aus und noch viel schlimmer: jetzt, wo ich Ihnen alles erzähle, glaube ich fast, ich war das Opfer eines perfiden Scherzes.«

»Setzen wir uns«, sagte Kate.

»Gute Idee, aber wohin?«

»Auf die Erde, Sie Großstädter. Lassen Sie Ihr Hinterteil auf den Boden und lehnen Sie sich gegen einen Baum.«

»Wird das meinen Hosen auch keinen irreparablen Schaden zufügen?«

»Archer, nehmen Sie sich zusammen. Was, um Gottes willen, hat der Mann denn gesagt?«

»Sie müssen mich ganz von vorn anfangen lassen und in meinem eigenen Tempo, auch wenn Sie das an eine Schnecke erinnert.«

»Gut. Nur – um sieben erwartet Veronica mich. Wenn Sie also nicht bald ein bißchen in Schwung kommen, werde ich sie anrufen müssen.« Archer sah sich um, als rechnete er damit, am nächsten Baum eine Telefonzelle zu entdecken.

»Es ist schon ziemlich dunkel, nicht wahr?«

»Ich weiß, was ich tun werde«, sagte Kate. »Ich hole Herbert her. Ohne ihn ist nichts anzufangen mit Ihnen.«

»Es geht schon wieder.« Archer sank zu Boden. »Dieser Arzt

hat Patrice bei irgendwelchen Leuten getroffen, und sie kamen ins Gespräch. Irgendwie fand sie heraus, daß er Arzt war, vielleicht hat er es ihr selbst gesagt – jedenfalls rief sie ihn am nächsten Tag an und fragte ihn, ob sie für ein Gespräch zu ihm kommen könne ...«

»Eine Konsultation?«

»Genau das war auch meine Frage. Nein, sie sagte, zu einem Gespräch, fügte aber hinzu, sie bestünde darauf, ihn zu bezahlen wie für eine Untersuchung. Er gab ihr einen Termin für wenige Tage später, und sie kam. Ich sollte hinzufügen, daß er in einem Vorort von Boston lebt und seine Praxis in der Nähe seiner Wohnung hat, in einer ausgebauten Scheune, wie er sagte, ein paar Häuser weiter. Wir werden hinfahren und uns alles angucken müssen, falls sich nicht doch noch herausstellt, daß ich halluziniere – oder er. Jedenfalls, der springende Punkt des Ganzen kommt später.«

»Ist er verheiratet?«

»Nein, aber da Sie schon so klug fragen – ich glaube, er ist schwul. Das hat er natürlich nicht ausgesprochen, und niemand scheint es zu interessieren. Er wohnt mit einem Musiker zusammen. Aber spielt das alles eine Rolle?«

»Alles, was uns Aufschluß darüber gibt, ob er Ihr übergeschnappter, gefährlicher Doktor ist oder ein Mann, in den Patrice offenbar Vertrauen setzte. Aber eigentlich wollte ich nichts über sein Geschlechtsleben wissen, sondern über seine Lebensgewohnheiten. Fahren Sie fort.«

»Patrice ging also zu ihm und fragte ihn nach seinen Minimalbedingungen, falls sie ihn zu ihrem Arzt machen wollte.«

»Womit sie höchstwahrscheinlich nicht seine Abrechnungsmodalitäten mit der Krankenkasse meinte.«

»Er war klug genug, das sofort zu verstehen. Für einen Arzt ist er überhaupt erstaunlich klug, was ich natürlich nur zu sagen wage, weil ich weiß, daß wir das gleiche Vorurteil gegen Mediziner haben. Sie wollte seine Patientin werden, ohne sich von Kopf bis Fuß untersuchen zu lassen. Sie wollte einfach jemanden, der ihr gefiel und dem sie vertraute, um sich in Notfällen an ihn zu wenden – falls der Krebs wiederkam oder sie irgendwelche Medikamente brauchte. Es stellte sich heraus, daß er schon von ihr gehört und sogar ›Die Jahre der roten Katze‹ gelesen hatte und begeistert davon war. Sie erzählte ihm von Auden, der nur einen Arzt haben konnte, mit dem er auch befreundet war, und der nach dem Tod seines Doktorfreundes ohne auskommen mußte.«

»Er war also einverstanden mit ihren ›Minimalbedingungen‹?«

»Mehr oder weniger. Er begriff, daß sie nicht glücklich darüber war, wie man ihren Brustkrebs, zumindest zu Anfang, behandelt hatte. Ihr damaliger Arzt war einer jener aufgeblasenen Ich-weiß-alles-und-du-weißt-nichts-Typen, die Sorte, bei denen man sich fragt, um wessen Körper es eigentlich geht. Unser Arzt erbat lediglich ihre Zustimmung, ihren Blutdruck zu messen, Blut und Urin zu testen und Herz und Lunge abzuhören – und alles, ohne daß sie auch nur einen Blusenknopf öffnen mußte. Er fand alles in bester Ordnung, außer ihrem Blutdruck, der ein wenig hoch war; aber Patrice sagte ihm, kein Grund zur Sorge, der sause immer in die Höhe, wenn sie bei einem Arzt sei. Wissen Sie, der Boden hier ist bemerkenswert unbequem. Ich wette, diese Frischluftfanatiker lassen sich nirgendwo nieder, ohne eine Matratze zwischen sich und die harte, harte Erde zu schieben.«

»Haben Sie Aldous Huxleys ›Antic Hay‹ nicht gelesen? Wollen Sie vielleich doch lieber laufen? Man bewegt die Beine und schont den Hintern.«

»Am liebsten würde ich eine Flasche mit auf Ihr Zimmer nehmen, die Tür abschließen und die Rektorin denken lassen, was sie will. Ich weiß beim besten Willen nicht mehr, was mich vorhin zu dieser absurden Diskretion bewogen hat. Es muß an diesem entsetzlichen Ort liegen.«

»Wir müssen noch um den halben See laufen, bis zum Haus der Rektorin, also sprechen Sie bitte weiter, während wir gehen.«

»Wie Sie wollen! Oh, meine Großstadtstraßen, wo seid ihr? Nun, alle Tests waren in Ordnung. Patrice hatte einen Arzt gefunden, und er, der einen Freund erkannte, wenn er ihn vor sich hatte, lud sie zum Dinner ein. Das war das einzige private Treffen. Und jetzt, meine Liebe, kommt der finstere Teil.«

Archer hielt inne, um ein Blatt von seinen Schuhen zu wischen, das sich dort wagemutig niedergelassen hatte. »Wir gehen jetzt zurück, liebe Kate, zum vorletzten Sommer – das heißt fast ein Jahr vor dem Juni, in dem Patrice starb. Sie verbrachte den Sommer hier in ihrem Haus, und arbeitete an ... nun, so richtig klar ist es nicht, woran sie arbeitete. Sie könnten versuchen, Veronica ganz beiläufig darauf anzusprechen. Patrice blieb die meiste Zeit zu Hause, und manchmal stöberte sie in der Bibliothek.«

»Wahrscheinlich arbeitete sie an dem Buch, dessentwegen sie in ihrem letzten Tagebuchabschnitt Virginia Woolf zitierte«, sagte Kate. »›Aber ich wollte – wie leidenschaftlich ... (und viele andere Adjektive) – dieses Buch schreiben.‹ *Das* muß es gewesen sein.«

»Kein Zweifel. Was immer *es* sein mag. Alles lief gut in jenem Sommer, aber irgendwann bekam sie eine Sommergrippe, jedenfalls hielt sie es für eine. Sie hatte einen Husten, der nicht aufhören wollte, und fühlte sich schlapp. Sie wissen schon: grippig, nur ohne Fieber und ohne die typische Weltuntergangsstimmung. Schließlich sprach sie mit jemand darüber, der sie drängte, um Himmels willen ja zum Arzt zu gehen. Und da sie ja nun einen Arzt hatte, dem sie vertraute, wandte sie sich an ihn, das heißt, sie rief ihn an. Er hatte seinen Anrufbeantworter eingeschaltet, und sie hinterließ, daß sie am nächsten Tag während der Sprechstunde vorbeikommen würde.«

»Und sie ging hin?«

»Sie ging hin.«

»Und was stellte Ihr namenloser Arzt fest?«

»Ich weiß es nicht. Und er weiß es auch nicht. Denn er hat sie nicht gesehen. Er war in England zu der Zeit.«

»Archer! Eine Intrige. Jedenfalls haben wir jetzt etwas in Händen.«

»Ach, meine Liebe, haben wir das wirklich? Ich fürchte, das Ganze ist eine jener Geschichten, die versickern, ohne je zu etwas so Beeindruckendem wie einer Anagnorisis oder gar einer Peripetie zu kommen.«

»Archer, noch ein Wort und ich schubse Sie in den See, das verspreche ich Ihnen. Aber leider sind wir schon am Ufersteg der Rektorin und sie könnte, wenn sie die Zeit und Kraft dazu hätte, hinauspaddeln und Sie retten. Also haben Sie noch mal Glück gehabt. Lassen Sie uns, verstohlen wie die Sünder, auf mein Zimmer schleichen, auch wenn ich beim besten Willen nicht weiß, warum wir so heimlich tun sollten. Einen unschuldigeren Biographen mit seiner persönlichen Detektivin kann es gar nicht geben.«

Trotzdem waren sie erleichtert, daß sie auf den Treppen und Fluren niemandem begegneten. Archer warf sich erschöpft und laut aufseufzend in einen Sessel, und Kate holte eine Flasche des inzwischen unvermeidlichen Laphroaig aus ihrem abgeschlossenen Koffer, nachdem sie den Schlüssel, so dramatisch wie möglich, aus der Tasche gefischt hatte. »Das Schönste an diesem göttlichen Zeug ist nicht einmal sein Geschmack, sondern daß man es, ohne daß es das geringste verliert, aus dem Zahnputzglas trinken kann. Wir werden uns abwechseln müssen. Fangen Sie an, Archer, um Himmels willen«, sagte sie und reichte ihm das Glas. »Selbst wenn das Ganze nicht des Rätsels Lösung ist, irgendeine Bedeutung muß es haben, oder warum sollte der Arzt sonst riskiert haben, Ihnen alles zu erzählen?«

»Noch dreißig Minuten, bis Veronica Sie erwartet«, sagte er. »Welch ein Nektar, dieses Getränk. Ich werde noch süchtig da-

nach, jedenfalls, wenn ich noch länger dieses Frauencollege ertragen muß. Nun ... als Patrice am nächsten Tag in die Praxis kam,
saß eine Vertretung am Schreibtisch. Er sagte, er habe ihre Nachricht bekommen und vertrete Dr. Myers (also gut, so heißt er, aber
ich habe beim Grab meiner Mutter geschworen, es niemandem zu
sagen. Sie müssen also die Diskretion in Person sein ...).«

»Aber Herbert hat mir erzählt, daß Ihre Mutter fast so charmant ist wie Sie, und er sprach im Präsens.«

»Keine Haarspalterei, bitte. Wir müssen sehr vorsichtig sein,
liebe Kate. Der Mann setzt wirklich Vertrauen in uns.«

»Archer, Sie sollten nicht nervös werden, das ist nicht Ihr Stil.
Dieser andere Arzt vertrat also Dr. Myers ...« flüsterte Kate ermu-
tigend.

»Nun, Patrice wollte sich ihm nicht recht anvertrauen, aber er
schlug ihr vor, viel Vitamin C zu schlucken und, falls sie Fieber
bekäme, sich von der Collegekrankenstation Antibiotika geben
zu lassen. Vorläufig wolle er nur eine Blutprobe nehmen, um sicherzugehen, daß es nichts Ernstes sei ... na, Sie kennen das ja.
Und in zwei Wochen sei Dr. Myers wieder zurück.«

Archer hielt ihr das Glas zum Nachfüllen hin und bot Kate
den ersten Schluck an. »Der Vertretungsarzt hatte sich aber ihre
Telefonnummer notiert, und am übernächsten Tag rief er an, sie
solle noch einmal zu ihm kommen. Irgendwas mit ihrem Blut sei
nicht in Ordnung. Sie fuhr also hin, und er sagte, er hielte es für
besser, sie wissen zu lassen, daß der Bluttest auf Bauchspeicheldrüsenkrebs hindeute. Er wolle sie noch mal untersuchen, und vielleicht sollten sie auch noch einen ihm bekannten Arzt von der
Bostoner Poliklinik hinzuziehen, aber er fürchte, die Diagnose sei
eindeutig. Bauchspeicheldrüsenkrebs sei extrem bösartig und
führe häufig schnell zum Tod. Außerdem brachte er es noch fertig
anzudeuten, daß dieser Tod sehr qualvoll sei. So hat Patrice es
später Dr. Myers erzählt, und so erzählte er es mir.«

»Und was tat Patrice?«

»Patrice ging nach Hause, um nachzudenken. Sie wollte überlegen, ob sie ihre Tochter anrufen oder in die Bostoner Poliklinik
gehen sollte, wo man sie zuvor behandelt hatte. Eine Woche ver-
strich, und sie beschloß, diesen Vertretungsarzt anzurufen, um mit
ihm zu sprechen, aber Dr. Myers war selbst am Telefon. Sein Musi-
kerfreund hatte in England die Nachricht bekommen, daß eine
seiner Kompositionen aufgeführt werden sollte, und er flog zurück, um an der Orchestrierung zu arbeiten. Dr. Myers war mit
ihm zurückgefahren. Und sagte: ›Kommen Sie auf der Stelle her.‹
Zu Patrice natürlich.«

»Und?«

»Sie haben es bestimmt schon erraten. Er hatte gar keinen
Vertreter bestellt. Wenn er verreist war, wurden seine Patienten
von einem anderen Arzt in der Gegend mitversorgt. Außerdem,
so versicherte er Patrice, würde kein Mensch aufgrund eines Bluttests allein die Diagnose Krebs stellen, und deshalb sei er sich
mehr als sicher, daß der Betrüger nie im Leben ein Arzt war.
Natürlich untersuchte Dr. Myers sie und führte alle möglichen
Tests durch. Ihr Husten war inzwischen viel besser, aber nicht selten ist dieses Symptom der erste Hinweis auf Bauchspeicheldrüsenkrebs.«

»Ich weiß«, sagte Kate. »Ich kenne mehrere Fälle an meiner
Universität.«

»Und natürlich hatte sie keinen Krebs. Dr. Myers war völlig
außer sich. Stellen Sie sich vor, Kate, jemand war in seine Praxis
eingedrungen, hatte eine seiner Patientinnen empfangen, keine
Spur hinterlassen und nichts mitgenommen. Und abgesehen von
dem, was Patrice ihm erzählt hatte, gab es keinerlei Hinweis darauf, daß das Ganze überhaupt passiert war. Was sollte der Mann
tun? Er mochte und bewunderte Patrice; aber die ganze Geschichte war so unwahrscheinlich! Myers war sich sicher, daß kein
Arzt zu verleiten gewesen wäre, bei einer solchen Farce mitzuspie-
len. Und davon ganz abgesehen – welchen Sinn hätte das Spiel-

chen haben sollen? Also gab es nur zwei Möglichkeiten: entweder hatte man es mit einem hochkarätigen Betrüger zu tun, der so gut Blut abzapfen konnte, daß eine Patientin, die zahllose Bluttests hinter sich hatte, keinen Verdacht schöpfte, und der sich außerdem noch den ganzen Rest des Ärztebrimboriums draufgeschafft hatte. Aber welches Motiv hätte dahinterstecken sollen? Oder, zweite Möglichkeit: Patrice war ein wenig meschugge. Und nachdem ihm dieser Gedanke erst einmal gekommen war, nahm er allen möglichen Klatsch über sie dankbar auf, und wie Sie ja wissen . . .«

»Also kam er zu dem Schluß, Patrice hätte das Ganze erfunden. Verdammt!«

»Kate, Liebste, seien Sie nicht so streng. Übrigens kam er zu gar keinem Schluß, er hielt nur alles für möglich.«

»Es ist immer leichter, eine ältere Frau für meschugge zu halten als einen Mann für einen Betrüger. Das habe ich mehr als einmal erlebt.«

». . . sagte sie finster. Nun, Dr. Myers vermutet jetzt, daß Sie recht haben.«

»Aber ich wette«, sagte Kate, »als sie sich umbrachte, oder es so aussah, als habe sie sich umgebracht, da fühlte er sich bestätigt und verbannte das Ganze aus seinem Kopf. Ganz bestimmt hat sie auch ihm ihre Theorien über das Alter erzählt. Und eins wissen Sie genau: niemand kann so offen über den Tod sprechen, ohne daß seine geistige Gesundheit in Frage gestellt wird. Dr. Myers mag ein noch so außergewöhnlicher Mensch sein, auch ihn werden solche Zweifel beschlichen haben. Und ich wette, bei Patrices Tod überkam ihn keine große Trauer, sondern unsägliche Erleichterung.«

»Bloß keine Wetten mehr! Aber als er dann all die Gerüchte über ihren Tod hörte – und das sollten Sie ihm zugute halten –, erinnerte er sich daran, wie sehr er sie gemocht hatte, wie integer sie ihm vorgekommen war, wie echt, und wie wenig es zu ihr gepaßt hätte, ein solch unsinniges Theater zu inszenieren. Aber inzwischen waren fast zwei Jahre vergangen. Er fürchtete, wie ein Idiot dazustehen, wenn er jetzt mit der Geschichte zur Polizei ging. Ich finde, es war ziemlich mutig von ihm, sich an mich zu wenden. Sie sollten mit ihm sprechen – nachdem ich ihn überredet habe, Ihnen zu trauen – und diese Runzeln von Ihrer hübschen Stirn verbannen.«

»Ich werde zu spät zu Veronica kommen. Vielleicht kann ich sie ja ganz beiläufig dazu bringen, etwas Licht in dieses gefährliche Spiel zu bringen.«

»Seien Sie vorsichtig, Kate.«

»Ich werde mir Mühe geben. In seine Praxis einzubrechen, war wahrscheinlich ein Kinderspiel, besonders nachmittags. Wenn die Nachbarn etwas bemerkt hätten, konnte jeder Eindringling einfach sagen, er sei zum Renovieren bestellt oder um den Teppich zu reinigen. Wer es auch war, er hat nicht viel riskiert. Glauben Sie, es war jemand, den wir kennen?«

»Das halte ich für sehr unwahrscheinlich. Für unmöglich, um die Wahrheit zu sagen. Wir wissen ja, daß Patrice ihn nicht erkannt hat.«

»Stimmt. Und es ist so gut wie ausgeschlossen, daß unter den Leuten, mit denen wir bisher gesprochen haben, jemand war, den sie nicht erkannt hätte. Zu dumm, ich wollte schon anfangen, meine Hoffnungen auf Professor Fiorelli zu setzen oder auf den Mann der antifeministischen Altphilologin.«

»Gar kein schlechter Tip – der Mann, meine ich. Denn: kaum gesehen, schon vergessen – einen unauffälligeren Mann gibt es gar nicht.«

»Archer, Sie haben mich unendlich aufgeheitert. Ist Ihnen klar, was wir jetzt in der Hand haben? Wir wissen, daß jemand Patrices Tod wollte und sich ein schlaues, ein verdammt schlaues Spiel ausdachte. Ihr weiszumachen, sie leide an einem bösartigen, qualvollen und unheilbaren Krebs, tja, und, da er Patrice offensichtlich kannte, konnte er wohl der Natur ihren Lauf lassen – ich meine Patrices Natur. Nun, das klappte nicht, und er versuchte es auf anderem Weg.«

»Was? Er kann doch nicht ein zweites Mal den Arzt gespielt haben! Und überhaupt: warum hätte er Patrices Tod wünschen sollen? Wenn ich zum Beispiel vorhätte, all die Leute an meiner Universität vom Erdboden verschwinden zu lassen, die mich mal besonders geärgert haben, dann ... Sie wissen schon, worauf ich hinaus will.«

»Ja. Aber nehmen Sie mal an, einer von denen, die Sie einmal besonders geärgert haben, hätte angedroht, sich mit Freuden eine Kugel in den Kopf zu schießen, wenn, nun, wenn ... wollen wir einfach mal wild drauf los epilogisieren ...«

»Kate, ich hätte nie geglaubt, daß ich solch ein Wort von Ihnen hören würde – epilogisieren, also wirklich!«

»Nehmen wir an, Ihr imaginärer Kollege hätte oft verkündet, sollte seine Frau ihm untreu sein, würde er sich die Kugel geben. Wären Sie nicht ein kleines bißchen versucht, ihn glauben zu machen, daß seine Frau ihn betrüge?«

»Sie gehen jetzt zu Veronica, meine Liebe. Ich werde versuchen, ein Treffen mit Dr. Myers zu arrangieren. Und ich flehe Sie an, epilogisieren Sie nicht zu viel! Soll ich gucken, ob die Luft rein ist, ehe wir uns schuldbewußt aus dem Zimmer schleichen?«

»Seien Sie nicht albern«, sagte Kate und öffnete die Tür. Sie schloß sie sofort wieder. »Warten Sie. Die Rektorin kommt gerade die Treppe hoch. Seien Sie doch still«, fügte sie streng hinzu, als Archer zu kichern begann. »Ich gebe ja zu, es ist zu komisch, aber ich werde den Witz der Situation weit mehr genießen, wenn wir sicher in New York sind und Reed und Herbert alles erzählen. O Gott, jetzt komme ich wirklich zu spät zu Veronica.«

Nachdem sie den ganzen Weg gerannt war, kam Kate schließlich doch noch pünktlich an. Veronica begrüßte sie so ruhig und heiter, daß Kate zugleich verwirrt und dankbar war. War ihre Trauer verflogen, oder hatte Kates Anwesenheit auf dem Campus ihr die Sorgen genommen? Wie sich bald herausstellen sollte, traf letzteres zu. Veronica hatte Vertrauen zu Kate und war davon überzeugt, daß sie schon herausfinden würde, was oder wer für Patrices Tod verantwortlich war. Veronica und Sarah, dachte Kate – hoffentlich enttäusche ich euch nicht.

Sie setzten sich sofort zum Essen. Den Aperitif hatte Kate mit der Bemerkung abgelehnt, daß sie dem Hungertod nahe sei. Sie war fest entschlossen, gleich zur Sache zu kommen. »Verzeihen Sie mir«, sagte sie, »wenn ich ein wenig erbarmungslos bin mit meinen Fragen, aber wenn Sie davon überzeugt sind, daß Patrice den Abschiedsbrief nicht selbst geschrieben, sich also nicht das Leben genommen hat, auch nicht in einer Phase plötzlicher Verzweiflung, wer hat sie dann Ihrer Meinung nach getötet und warum?«

»Von welcher Phase plötzlicher Verzweiflung sprechen Sie?« fragte Veronica.

»Nun, mal angenommen, sie hatte gerade erfahren, daß sie an einer tödlichen und qualvollen Krankheit litt. Oder mal angenommen, sie wußte, sie würde erblinden. Oder vielleicht war sie zu dem Schluß gekommen, das Buch, an dem sie gerade arbeitete, sei wertlos. Weitere Katastrophen dürfen Sie selbst erfinden. Ich möchte nur eines wissen: Glauben Sie wirklich, daß Patrice unter keinen Umständen den Tod gesucht hätte? So wie Virginia Woolf zum Beispiel?«

»Doch, unter manchen vielleicht. Aber denken Sie an Woolfs Abschiedsbriefe, an ihren Mann und ihre Schwester.«

»Patrice hinterließ ihren Kindern eine Notiz. Verzeihen Sie, damit will ich natürlich nicht sagen, daß Sie ihr nichts bedeuteten, aber wie Virginia Woolf hinterlassen die meisten Menschen eben Briefe an ihre Familie.«

»Das will ich ja nicht bestreiten«, sagte Veronica. »Aber mir kam einfach etwas faul an der Sache vor. Die Frage ist nur, was man unternehmen kann. Was Sie unternehmen können.«

»Sie könnten einfach drauflos spekulieren, wer als Täter in Frage kommt, und dann sehen wir, was wir damit anfangen. Schließlich haben Sie ja als erste von Mord gesprochen.«

»Na gut. Wenn Sie meine Meinung hören wollen – und ich überlasse Ihnen die Entscheidung, was sie wert ist: Ich glaube, es war eine Frau. Für mich gibt es da keinen Zweifel.«

»Warum? Einfach Ihrem Gefühl nach? So wie die Detektive in den Kriminalromanen der Fünfziger verkündeten: Giftmord ist Frauensache?«

»Ich habe keine Klischeevorstellungen von Verbrechen, aber ja, einfach meinem Gefühl nach. Ein Mann hätte sie mit Körperkraft überwältigen können, eine Frau nicht. Patrice war in den Fünfzigern, aber gut in Form und sehr kräftig. Außerdem neigte sie dazu, Frauen zu vertrauen, selbst den ekelhaftesten. Und natürlich brachte sie sich in Gefahr mit ihrem Gerede über den Tod. Und denken Sie daran, das Ganze geschah im Juni, zur Zeit der Ehemaligentreffen, wo es auf dem Campus vor Frauen nur so wimmelte. Sogar die Rektorin schließe ich als Verdächtige nicht aus, denn ich bin mir sicher, daß Patrice ihr ein Stachel im Fleische war. Ich weiß, ich weiß – wie hätte sie es bewerkstelligen sollen? Aber aus noch einem anderen Grund glaube ich, es war eine Frau. Männer sind sich ihrer Macht immer noch sehr sicher, jedenfalls an Orten wie diesem. Das System bietet ihnen genug Möglichkeiten, unangenehme Frauen loszuwerden, sie brauchen sie nicht umzubringen. Mag sein, daß sie im Zorn jemanden töten, aber sie würden keinen Mord planen. Viel einfacher, auf den vielfältigen Wegen, die unsere Institutionen bieten, Intrigen zu spinnen, um jemanden aus dem Weg zu räumen.«

»Veronica«, wechselte Kate das Thema, »können Sie mir auch nur einen Grund nennen, warum es heute noch reine Frauencolleges geben sollte? Ich meine, wir alle wissen, wie wichtig sie in der Vergangenheit waren. Aber gibt es irgendeinen Beweis, daß diese auch heute noch besser für Frauen sind?«

»Nun, schon allein der Wissenschaft wegen: viel mehr Absolventinnen dieser Colleges gehen in die Wissenschaft. Warum, weiß ich nicht – heute abend soll ich wohl über alles drauflos spekulieren. Aber zweifellos hindert das männliche Ambiente in Koedukationsschulen die Frauen daran, sich als Wissenschaftlerinnen zu versuchen. Man braucht bloß in den Statistiken nachzusehen, wo die berühmten Wissenschaftlerinnen ausgebildet wurden. Angst vor Mathematik zum Beispiel ist für junge Mädchen schon schlimm genug, und die Anwesenheit spöttelnder und überheblicher Jünglinge macht das Ganze gewiß nicht besser. Ich glaube, darauf läuft es letzten Endes hinaus. In einem Frauencollege kommt auch niemand auf die Idee, die Weiblichkeit von Frauen, die sich wissenschaftlich betätigen, in Frage zu stellen. Patrice verstand das ganze Problem übrigens sehr gut. O Gott, was Patrice alles verstanden hat!«

»Offenbar war ihr Engagement für die Ausbildung von Frauen ja so groß, daß sie es an diesem College aushielt. Ehe sie starb, hielt sie doch das ganze Jahr ihre Kurse, nicht wahr?«

»O ja. Die Ehemaligentreffen fallen immer mit den Abschlußexamen und -feierlichkeiten zusammen. Und viele junge Frauen aus den letzten Jahrgängen, die noch von Patrice unterrichtet worden waren, kamen zu ihr. Das Ende des Semesters ist immer eine sehr hektische Zeit. Sie war ein wenig erschöpft, glaube ich, aber nicht mehr als gewöhnlich.«

»Im Sommer davor war sie krank gewesen, nicht wahr? Hatte sich grippig gefühlt und Husten gehabt?«

»Als sie sich unwohl fühlte, war ich nicht hier; aber es stimmt, es ging ihr nicht gut in jenem Sommer. Glücklicherweise hatte sie einen Arzt gefunden, dem sie vertraute. Deshalb machte ich mir weniger Sorgen um sie als sonst.«

»Wissen Sie, woran sie in dem Sommer arbeitete?«

»Nicht genau. Sie sprach nicht gern über ihre Arbeit. Aber man merkte es immer, wenn sie ein Projekt im Kopf hatte, das sie faszinierte. Man konnte förmlich spüren, wie sie ihren geistigen Zettelkasten ständig mit Gedanken und Beobachtungen fütterte, um sie später zu verwerten.«

»Ich glaube, nicht über seine Arbeit zu sprechen, ist nicht ungewöhnlich für einen Schriftsteller. Abends, wenn ich mich in meinem gemütlichen Zimmer bei der Rektorin einkuschele, lese ich die wundervollen Briefe von Sylvia Townsend Warner – viel zu kurze Ausschnitte sind es, die ganzen Briefe wären mir lieber, aber welch wundervolle Ausschnitte! Als sie mit siebzig mit ihrer Biographie T. H. Whites begann, schrieb sie jemandem davon, bat ihn aber, Stillschweigen über ihr Projekt zu wahren. ›Ich hasse es, wenn mein Tun in aller Munde ist. Ich bin abergläubisch und fürchte, es bringt Unglück über meine Arbeit.‹ Wahrscheinlich empfand Patrice das auch so.«

»Bestimmt. Aber welches Projekt sie auch verfolgte, sie fand es sehr spannend. Es ging wohl um das Leben von Frauen. Dessen bin ich mir fast sicher, allein wegen der Andeutungen, die sie hin und wieder fallen ließ.«

»Dieses Thema kommt auch in ihrem Tagebuch oft zur Sprache.«

»Ich beneide Sie darum, daß Sie es gelesen haben. Ich weiß, ich könnte natürlich in die Bibliothek gehen, wo es aufbewahrt ist, und es lesen, solange ich mich verpflichte, keine Notizen zu machen, ehe die Biographie erschienen ist. Aber irgendwie bringe ich es nicht über mich. Und, um offen zu sein: ich fürchte, daß sie kein Wort über mich geschrieben hat und daß mich das schrecklich verletzen würde, so albern sich das anhören mag.«

»Es ist nicht albern. Aber ich kann Ihnen versichern, in ihrem Tagebuch sind nur wenige Personen erwähnt, zumindest in den letzten Abschnitten, die ich gelesen habe. Was sie am meisten beschäftigte, war ihre Vorstellung von der Gegenwart als dem einzig entscheidenden Moment.«

»Vielleicht«, sagte Veronica, »war das auch das Thema ihres

Buches. Wie läuft übrigens das Forschungsprojekt, da wir gerade von der Gegenwart sprechen?«

»Bei dem bloßen Gedanken daran, feministische Studiengänge einzuführen, erhob sich zu Anfang großes Geschrei und Gezeter. Aber inzwischen benehmen wir uns wie Erwachsene und setzen uns vernünftig und ernsthaft mit dem Thema auseinander. Eine große Erleichterung, das können Sie mir glauben.«

»Sollten Sie es sein, die diesen Wandel bewirkt hat, dann verdienen Sie eine offizielle Auszeichnung von diesem College. Es war die übliche Geschichte: Eine Gruppe von Feministinnen hier, jüngere Lehrbeauftragte und Studentinnen – die von den Ehemaligen mit wissendem Blick als ›radikale Feministinnen‹ bezeichnet werden – sandten eine Petition an alle Fachbereiche mit der Aufforderung, wenigstens einen Kurs mit Frauenthemen anzubieten. Welch ein Empörungssturm – Sie können es sich nicht vorstellen. Das Kollegium, hauptsächlich aus Männern bestehend, aber leidenschaftlich unterstützt von den etablierten Frauen hier, schrieb an die Ehemaligen und an das Kuratorium und jammerte, daß Lesbierinnen dabei seien, das College an sich zu reißen. Wirklich, meine Liebe, wie Archer sagen würde, vor lauter Empörung gingen ihnen die Substantive aus und sie griffen nach den scheußlichsten Adjektiven. Das Ergebnis war, daß keiner mehr einen Pieps über feministische Studiengänge sagte, bis die Rektorin beschloß, eine Forschungsgruppe einzusetzen. In irgendeiner Zeitschrift hatte jemand geschrieben, das Clare sei das einzige renommierte College, das *keine* Frauenthemen oder feministische Studiengänge anbiete. Nun, und wenn man hier jetzt bereit ist, die Sache ernsthaft in Betracht zu ziehen, dann sind Sie eine bemerkenswerte Frau.«

»Es ist nicht mein Verdienst, wirklich. Die Zeit war einfach reif; selbst die erbittertsten Gegner konnten die Woge nicht ewig aufhalten. Vielen Dank für das wunderbare und sehr willkommene Dinner.«

»Das nächste Mal müssen Sie Archer mitbringen. Ich verspreche Ihnen französischen Champagner, wenn Sie Patrices Mörder gefunden haben.«

»Ich bin froh, daß Sie ›gefunden haben‹ sagen«, antwortete Kate, schon im Gehen. Aber selbst, wenn wir diesen Arztdarsteller finden, sollte er wirklich existieren, sagte sie finster zu sich selbst, sind wir dann wirklich einen Schritt weiter? Und wenn wir ihn nicht ausfindig machen, nicht einmal wissen, ob es ihn überhaupt gibt, wie sollen wir den Mörder finden oder wissen, ob er oder sie überhaupt existiert? Warum hatte Patrice nicht zu den Leuten gehört, die mit Montaigne sagten: »Möge der Tod mich rufen, während ich Kohl pflanze.«

Uns kann nichts geschehen, solange der Tod uns gewiß ist.

(Thomas Browne)

**Am nächsten Tag verließ Kate vorzeitig die Nachmittagssitzung der For-
schungsgruppe und machte sich – ihr schlechtes Gewissen hinter sich
herziehend wie ein Holzbein –** auf den Weg zu ihrer Verabredung mit
Archer und Dr. Myers. Zwar versuchte sie, sich damit zu rechtfer-
tigen, daß die Untersuchung von Patrices Tod schließlich der
Hauptgrund für ihren Aufenthalt hier sei. Trotzdem ging es ihr
gegen den Strich, die Forschungsgruppe gerade in dem Moment
zu verlassen, wo man offenbar bereit war, Vorurteile zugunsten
wirklicher Auseinandersetzung fallen zu lassen. Die Diskussionen
am Vormittag hatten mit dem Beschluß geendet, mindestens
sechs Frauen einzuladen, die an anderen Universitäten mit der
Durchführung feministischer Studiengänge oder Wissenschafts-
programme betraut waren. Der Nachmittag nun sollte der Vorbereitung auf diese Begegnungen gewidmet sein. Kate entschuldigte
sich mit einer wichtigen akademischen Verpflichtung und hoffte,
niemand würde sie dabei erwischen, wie sie sich mit Archer zur
falschen Zeit am falschen Ort vergnügte.

Archer war wieder in Höchstform. »Dr. Myers erwartet uns«,
sagte er zu Kate, während er ihr in den Wagen half, den er für diese
Gelegenheit gemietet hatte. »Und sollten wir feststellen, daß er
uns in nur einer von tausend möglichen Weisen enttäuscht, dann
schlage ich vor, wir verkünden, Patrices Tod ließe sich nur stochastisch erklären und verlassen erhobenen Hauptes den Raum.«

»Was das bedeuten soll, werde ich Sie nicht fragen. Erklären
Sie es mir also lieber gleich«, sagte Kate, während sie losfuhren.

»Na, jedenfalls klingt ›stochastisch‹ viel schöner als ›epilogisieren‹, und es bedeutet: rein zufällig, völlig willkürlich. Statistiker benutzen es, und ich habe gehört, daß sogar einem Computer beigebracht werden kann, stochastisch zu verfahren, zum Beispiel willkürlich eine Serie von Zahlen auszuwählen.«

»Quatsch«, sagte Kate.

»Ganz wie Sie meinen. Aber entweder hat jemand Patrice in den See epilogisiert, oder sie wurde rein stochastisch dorthin befördert. Eine Menge zufälliger kleiner Ereignisse, die sich nicht das geringste um einander scheren, könnten gemeinsam, wenn auch vielleicht ohne bewußten Plan, Patrice ertränkt haben.«

»Allmählich frage ich mich, ob dieser Dr. Myers kein Hirngespinst von Ihnen ist, das Sie erfunden haben, um Ärger zu machen, wie der böse kleine Junge, der immer zur falschen Gelegenheit niest. Archer, es gibt ihn doch wirklich, diesen Dr. Myers, oder nicht?«

»Wenn nicht«, bemerkte Archer offensichtlich höchst zufrieden, »haben wir jedenfalls eine wundervolle, geradezu literarische Gestalt kreiert.«

Aber es gab ihn – in einem Flachbau in der Nähe seiner Wohnung, der seine eigene Zufahrt hatte, die auf einen eigenen Parkplatz mündete. Er hatte auf sie gewartet und stand in der Tür, als sie aus dem Auto stiegen.

Etwas, das das ganze folgende Gespräch erleichtern sollte, wurde Kate auf den ersten Blick klar: sie verstand, warum Patrice ihn gemocht hatte, warum sie in ihm die Sorte Arzt gesehen hatte, die man mit der Lupe suchen mußte. Ihm ging jegliches professionelle Gehabe ab, und Kate spürte sofort, daß er sehr warmherzig sein konnte, wenn er jemanden mochte, und äußerst kühl, wenn ihm jemand nicht gefiel. Und die Leute, die ihm gefielen, wagte Kate zu vermuten, mußten hohe Intelligenz und persönliche Originalität in sich vereinen. Schablonen und Rollenklischees dagegen schien er zu verachten. Unvorstellbar, daß jemand es gewagt haben sollte, seinen Platz am Schreibtisch einzunehmen.

Dr. Myers führte sie in sein Büro. Im Gegensatz zu Rektorin Norton, wie Kate sofort auffiel, setzte er sich an seinen Schreibtisch und wies sie und Archer auf zwei Stühle davor. Als ob wir Patienten wären, dachte Kate. Er will uns wohl in die richtige Atmosphäre versetzen.

»Ich habe mir das Hirn zermartert«, sagte er, »buchstäblich zermartert. Zuerst sah ich nur drei Möglichkeiten: Entweder hatte Patrice gelogen oder das Ganze phantasiert. Oder ich litt an Halluzinationen und bildete mir nur ein, Patrice habe mir erzählt, jemand hätte in meiner Praxis den Arzt gespielt, ohne die kleinste Spur zu hinterlassen. Zwar glaubte ich sowohl an Patrices gesunden Verstand als auch an meinen eigenen, aber ich sah keine andere Wahl. Für eine der Möglichkeiten mußte ich mich entscheiden. Dieser Gedanke war mir so unerträglich, daß ich mich daran machte, den falschen Arzt aufzuspüren. Das heißt, ich suchte nach einem Beweis für seine Existenz. Und, meine Freunde, ich habe ihn gefunden.«

Kate wurde klar, daß diese Nachricht von Archer und ihr gleichermaßen mit dem Gesichtsausdruck aufgenommen wurde, der ansonsten nur Leuten eigen ist, die gerade in der Lotterie gewonnen haben. Gut, dachte Kate, ich will ihm glauben. Ich will ihm vertrauen. Und ich will auch glauben, daß er Patrice vertraut hat. Wirklich eigenartig, wie wichtig für uns alle unser Glaube an sie ist. Mehr als alles andere scheinen wir die Entdeckung zu fürchten, daß sie unser Vertrauen enttäuscht haben könnte.

»Es wird Sie bestimmt amüsieren«, sagte Myers, »aber ich begann wie Freeman Wills Crofts. Fingerabdrücke, Reifenspuren, Aschereste von irgendwelchen esoterischen Zigaretten, Leute, die ihn vielleicht gesehen haben. Womöglich hat er sogar Fingerabdrücke hinterlassen, aber bei dem Publikumsverkehr hier, wie sollte man da Fingerabdrücke identifizieren? Nur, daß es nicht meine sind, könnte man feststellen. Das gleiche gilt für Reifenspuren. Und was die Frage betrifft, ob irgend jemand beobachtet wurde – nun, der alten Dame aus den englischen Romanen der gehobeneren Art, die an ihrem Fenster sitzt und der nichts entgeht, fehlte in meiner Straße der Fensterplatz, womit ich natürlich nicht anzweifeln will, daß sie ihn in vielen englischen Straßen hat. Tagsüber ist die Gegend hier so verlassen, daß Einbrecher schon im Lastwagen vorgefahren sind und unbemerkt und ungestört ganze Häuser leergeräumt haben. Also konzentrierte ich meine Aufmerksamkeit auf die Praxis. Unglücklicherweise hatte die tüchtige Frau, die meine Praxis in Ordnung hält, während meiner Abwesenheit einen Großputz veranstaltet, und ich glaube, daß unser ›Schauspieler‹ hier war, ehe sie damit begann. Das Dumme ist, daß ich nicht weiß, wann Patrice mit ihm gesprochen hat. Daß sie ihn überhaupt gesehen hat, brachte mich damals so durcheinander, daß mir die Frage, *wann* das war, nicht besonders wichtig erschien. Aber dann hatte ich zum ersten Mal Glück. Ich fragte Marjorie, wann sie die Praxis geputzt habe, und sie antwortete, kurz vor meiner Rückkehr. Sie habe großes Glück gehabt, daß ich nicht mitten in ihren Großputz hineingeplatzt sei. Sie hatte erst so spät damit begonnen, weil sich ihr Vater die Hüfte gebrochen hatte und sie eine Weile bei ihm geblieben war. Das ließ natürlich vermuten, daß der Eindringling *vorher* hier war. Und darauf setzte ich meine Hoffnungen, denn Marjorie gehört zu der Sorte Frauen, denen nichts entgeht, nicht einmal wenn dem Kater ein neues Schnurrbarthaar wächst.«

Er hielt inne, so als erwarte er einen Kommentar, aber Archer und Kate ermunterten ihn mit Blicken, fortzufahren. »Nun, natürlich zog ich Marjorie ins Vertrauen, wo sie ohnehin ihren Platz hat, und bedrängte sie: ›Haben Sie irgend etwas, auch nur die kleinste Kleinigkeit bemerkt, die Ihnen ungewöhnlich vorkam?‹ Ihr fiel nichts ein, aber sie fragte, wonach ich suche. Wir wissen, sagte ich ihr, daß er herkam, um Arzt zu spielen. Er brachte seine eigenen Instrumente für den Bluttest mit, meine hat er nicht angerührt. Er muß in seinem eigenen Auto her- und wieder fortgefahren sein. Er schaltete meinen Anrufbeantworter ein und wieder aus. Vielleicht hat er sich umgezogen, ehe er fortfuhr. Marjorie ging nach Hause, um in ihrem Gedächtnis zu kramen. Wenige Stunden später rief sie mich an. Und sie erwies sich als die große Detektivin.«

»Der Anrufbeantworter«, sagte Kate.

»Genau, aber ich habe Sie durch meine Erzählung ja schon auf die richtige Fährte gelenkt. Mir kam damals die Idee nicht.«

»Und Archer und mir genauso wenig«, sagte Kate. »Er muß daran herumgefummelt haben.«

»Genau. Ich hatte eher auf Blutflecke auf dem Teppich gehofft oder Leim im Badezimmer, wo er sich den falschen Bart angeklebt hat; aber der Anrufbeantworter war die Spur. Zumindest gab er uns den eindeutigen Beweis für seine Existenz. Ehe ich fortfuhr, hatte ich auf mein Band gesprochen: ›Dr. Myers ist für einen Monat auf Reisen. Während dieser Zeit betreut Dr. Soundso unter der Nummer Soundso seine Patienten. In dringenden Fällen wenden Sie sich bitte an ihn.‹ Um sicher zu gehen, daß Patrice das nicht hörte, mußte der Betrüger das Band durch ein anderes ersetzen. Eines, das sagte: ›Ich bin im Moment nicht in der Praxis, bitte rufen Sie später zurück oder hinterlassen Sie Ihre Nummer.‹ Es war ein leichtes für ihn, dieses Band in meiner Schreibtischschublade zu finden. Überflüssig zu sagen, daß er alle Nachrichten, die auf mein Band gesprochen waren, löschte, ehe er ging. Aber, und das war Marjories Idee: Während er das falsche Band eingelegt hatte, das Patrice in meine vermeintliche Sprechstunde am nächsten Tag lockte, könnten möglicherweise andere Patienten angerufen und die gleiche Information bekommen haben wie sie. Wenigstens ein Patient hatte vielleicht angerufen und gehört, ich würde zurückrufen, was ich natürlich nicht tat.«

»Und Marjorie, Gott segne sie, telefonierte herum?«

»Genau. Sie erfand irgend eine alberne Geschichte. Der Anrufbeantworter sei defekt und wir brauchten Beweise, damit die Firma ihn repariere, irgendwas in der Art. Sie fand tatsächlich zwei Leute – zwei Patienten, die angerufen und nicht meine Ferienbotschaft gehört hatten, sondern die des Schwindlers, in der es hieß, ich würde zurückrufen, wenn sie ihre Nummer hinterließen. Beide Patienten hatten dann von sich aus später noch einmal angerufen, hörten mein Ferienband und sagten sich wahrscheinlich, na, der Gute hat seinen Urlaub dringend nötig.«

»Halleluja«, sagte Archer. »Gepriesen seien die Engel im Himmel.«

»So wunderbar ist das Ganze auch wieder nicht«, sagte Kate. »Das einzige, was wir jetzt sicher wissen, ist, daß Patrice die ganze Geschichte nicht zusammenphantasiert hat. Und das wußte ich schon vorher.«

»Ah«, sagte Archer, »aber wie herrlich der Beweis für die Kleingläubigen!«

»Immerhin bedeutet es aber auch«, sagte Dr. Myers, »daß wir uns auf die Suche nach dem Kerl machen können. Wir haben jetzt den Beweis für seine Existenz – und nicht nur das Wort einer toten Frau und unser unbegründetes Vertrauen in sie.«

»Seien Sie ehrlich, Kate«, sagte Archer. »Oder vielleicht«, fügte er an Dr. Myers gewandt hinzu, »sollte ich Sie auffordern, ehrlich zu sein. Hätte ohne diesen Beweis nicht immer der unangenehme Verdacht bestanden, Patrice könnte die ganze Geschichte doch aus irgendwelchen rätselhaften Gründen erfunden haben?«

»Ich bin ehrlich«, sagte Kate, »und auch erleichtert. Aber was mich betrifft, so bedeutet es vor allem, daß wir nicht mehr nach einem Schauspieler mit pseudomedizinischen Kenntnissen forschen müssen.«

»Warum nicht?« fragte Dr. Myers. »Ich hätte große Lust, ihn aufzustöbern.«

»Das Entscheidende wissen wir doch: jemand hat versucht, Patrice zu töten oder sie dazu zu bringen, es selbst zu tun. Und für mich heißt das vor allem eines: er hat es wieder versucht und hatte Erfolg.«

»Wie und warum?« fragte Archer.

»Kommen Sie mir nicht mit Nebensächlichkeiten«, antwortete Kate würdevoll. »Wir wissen die Hauptsache: daß sie nicht aus freien Stücken in diesen See ging. Nur darauf kommt es an.«

»Lassen Sie mich als Wissenschaftler etwas dazu sagen.« Dr. Myers drehte seinen Stuhl und streckte seine langen Beine aus. »Ich verstehe durchaus, daß es von Ihrem Standpunkt aus keine Rolle spielt, wer den Betrüger anheuerte, wenn Sie den Mörder auch auf anderem Weg schnappen können. Aber ganz abgesehen davon, daß er sich so unverschämt meiner Praxis bedient hat, bin ich doch der Meinung, Sie sollten herausfinden, wer hinter diesem kleinen Spielchen steckt. Sollte er je wegen Mordes vor Gericht gestellt werden, dann würde die Zeugenaussage, daß er schon zuvor einen Betrug versucht hat, zweifellos von großem Nutzen sein.«

»Dann können wir also absolut sicher sein«, sagte Archer, »daß der Mörder und derjenige, der den Arztdarsteller anheuerte, ein und dieselbe Person sind?«

»Nur wenig ist absolut sicher, sogar in der Wissenschaft«, sagte Dr. Myers. »Aber wenn wir von zwei Verrückten ausgehen müssen, die Patrice so haßten, daß sie auf perfide Weise ihren Tod herbeiführen wollten, dann sollten wir vielleicht noch einmal überlegen, ob wir wirklich alles über sie wissen, was wir wissen sollten.«

»Außerdem besteht ja auch immer noch die Möglichkeit«, sinnierte Archer traurig, »daß jemand *einmal* als Arzt sein Spiel mit ihr trieb und sie sich später zum Selbstmord entschloß, vielleicht aus Verzweiflung, weil jemand sie so haßte, oder aus Angst davor, je zu hören, sie litte an irgendeinem unheilbaren Krebs.«

»Was soll das?« fragte Kate. »Spielen Sie das zurückgebliebene Kind? Sie hören sich allmählich schon an wie Herbert. Wollen Sie etwa andeuten, daß Patrice in heiligem Wahn beschloß, die Erde von ihrer befleckten Existenz zu befreien?«

»Wer ist Herbert?« fragte Dr. Myers.

»Herbert«, antwortete Archer, »ist mein Mitarbeiter, der drauf und dran ist, sich in einen Detektiv zu verwandeln, oder zumindest, einen anzuheuern. Aber ich stimme Ihnen zu, Dr. Myers. Wir sollten zumindest versuchen herauszufinden, woher dieser falsche Arzt kam. Sie scheinen zu glauben, daß er Schauspieler ist, oder war das Kates Vermutung?«

»Gleichwie – es muß ein Schauspieler gewesen sein«, sagte Dr. Myers. »Man braucht schon eine gewisse schauspielerische Gabe oder Ausbildung, um einen Arzt glaubwürdig darzustellen.«

»Warum suchen Sie nicht unter der Besetzung der ›Schwarzwaldklinik‹?« sagte Kate.

»Schlaue Bemerkungen bringen uns nicht weiter«, lächelte Archer. »Ich denke, wir sollten jemanden anheuern, einen Privatschnüffler, wenn Sie den Ausdruck verzeihen, der die Schauspieleragenturen abklappert und nachfragt.«

»Haben Sie eine Ahnung, was das kostet?« fragte Kate. »Wahrscheinlich kam unser Mann aus New York. Und wissen Sie, wieviele Agenturen es dort gibt? Entschuldigen Sie, aber haben Sie vielleicht einen nach Arzt aussehenden Schauspieler in Ihrer Kartei, der in seiner Vergangenheit irgendwann einmal etwas mit Medizin zu tun hatte? Und wäre der Ihrer Meinung nach bereit, sich für eine private, leicht illegale, aber gut bezahlte Unternehmung anheuern zu lassen?«

»Wir könnten es einfach versuchen«, schlug Dr. Myers vor. »Die Kosten übernehme ich, jedenfalls für den Anfang. Erstens ist mir die Sache persönlich sehr wichtig, und zweitens, wenn wir Glück haben, kann ich den Kerl auf eine Riesensumme verklagen. Außerdem werden Ihnen meine Informationen von Nutzen sein, wenn Sie aufdecken wollen, welche Intrige gegen Patrice lief. Aber gut – soll Herbert den Privatdetektiv anheuern, je eher, desto besser.«

»Ich werde mit ihm sprechen, wenn wir wieder in New York sind«, sagte Archer. »Aber Ihnen ist doch klar, daß der Schuldige sehr wohl auch von hier sein könnte – jemand mit schauspielerischem Talent und einer Verbindung zu Patrice, von der wir nichts ahnen? Wollen Sie wirklich Ihr Geld riskieren, Dr. Myers?«

»Na, ich setze jedenfalls auf jemanden, der nicht von hier ist. Lassen Sie uns also in New York beginnen. Und bitte, nennen Sie mich Dirk. Kann ich Ihnen etwas zu trinken anbieten?«

»Ist es möglich«, fragte Kate, »jemanden zu hypnotisieren und ihm einzuflüstern, wenn er wieder aufwacht, müsse er ins Wasser gehen? Nein? Das dachte ich mir. Sagten Sie etwas von einem Drink? Darf ich mir auch eine Zigarette anstecken – ohne Vortrag über die gesundheitsschädlichen Folgen beider Laster?«

Als sie wenig später zum Campus zurückfuhren, verkündete Kate dem irgendwie abwesend wirkenden Archer, daß sie unbedingt genau herausfinden müsse, was während des Tages und Abends vor Patrices Tod am Clare College vor sich gegangen war. »Es war Juni«, sagte sie, »und das ist alles, was ich weiß.«

»Und daß es die Zeit der Ehemaligen-Treffen war, wo unzählige Frauen herumstolzieren und einander unter ihren Falten und Fettpolstern wiederzuerkennen versuchten.«

»Ich weiß immer, wann Sie sich Sorgen machen«, sagte Kate. »Dann werden Sie zynisch.«

»Ach, Kate, ich bitte Sie! Wir haben es mit einer ganz wunderbaren Frau zu tun, einer guten Freundin und einer guten Schriftstellerin, was irgend jemand einmal von einer Spinne behauptete, wenn ich meinen literarisch gebildeten Freunden glauben darf, und alles an ihr ist einfach erfreulich. Zugegeben, sie hat den Tod hofiert, aber nicht auf eine skandalöse Weise. Wie Stevie

Smith sagte: ›Oft nehme ich mich zusammen, denn schließlich kann ich nicht wissen, ob andere den Tod auch so fröhlich finden wie ich.‹ Ich bin nicht Herberts Meinung; Patrice war keine Heilige, aber sie war voller Mut, Klugheit und echter Herzlichkeit. Sie hatte keinen einsichtigen Grund für Selbstmord: weder ihr Alter noch irgendeine unheilbare Krankheit trieben sie in den Tod. Oje, jetzt hab ich mich verheddert – worauf wollte ich eigentlich hinaus?«

»Habe ich Ihnen erzählt«, fragte Kate, »daß ich gerade die Briefe von Sylvia Townsend Warner lese? Schon nach wenigen Seiten machte ich die erstaunliche Entdeckung, daß sie Trinker kongenial fand. Wie gern hätte ich diese Frau gut gekannt – fast so gern wie Patrice. Über Trinker sagte sie: ›In ihrer Haltlosigkeit liegt Großzügigkeit. Viele Jahre lang hatten wir eine alkoholsüchtige alte Dame als Nachbarin, und ich hatte die größte Achtung vor ihr, denn sie wußte, was sie wollte (was nicht viele Frauen tun).‹ Ich glaube, genau das war auch das Wesentliche an Patrice: sie wußte, was sie wollte. Und irgend jemand fühlte sich davon aufs äußerste bedroht.«

»Kate«, sagte Archer, während er vor dem Haus der Rektorin hielt, um sie abzusetzen. »Ich bin verwirrt und unglücklich. Ich dachte, nach dem Gespräch mit Dirk Myers würde ich mich besser fühlen, aber jetzt bin ich erst recht durcheinander. Mir ist, als hätte ich Patrice verloren und fände mich in einem Roman von Simenon wieder. Passen Sie auf, gleich kommt ein Mann mit Filzhut um die Ecke und behauptet, wir wären zusammen zur Schule gegangen und seine Juwelen seien geklaut. Ich möchte zurück zur Biographie – zurück zu Patrice.«

»Bald sind wir in New York, und Sie und Herbert gehen wieder an Ihre Arbeit. Sie haben Patrice nicht verloren, mein Lieber, Sie stehen einfach noch unter dem Schock, gerade die akademische Welt in ihrer vielleicht anachronistischsten Form, nämlich der eines reinen Frauencolleges, erlebt zu haben. Heute abend bin ich mit Madeline Huntley zum Essen verabredet, und vorher werde ich von der Rektorin und ihren Lakaien *alle* Fakten über jenen Junitag erfragen, an dem Patrice starb. Ich glaube natürlich nicht, daß uns das auch nur einen Schritt weiterbringt, aber morgen ist ohnehin die letzte Sitzung der Forschungsgruppe, und ich werde mein Bündel schnüren. Lieber Herbert, liebster Reed, wir sind im Anzug. Sie gehen erst einmal zu Bertie und Lucy und lassen sich durch ihr häusliches Glück aufmuntern.«

»Mir steht nicht der Sinn nach häuslichem Glück. Kate, warum fahren wir nicht einfach nach Boston und stürzen uns ins Nachtleben?«

»Archer, seien Sie vernünftig. Es ist doch nur das, was Sylvia Townsend Warner das fatale Gesetz der Schwerkraft nennt: wenn du unten bist, fällt dir alles auf den Kopf.«

»Tun Sie mir einen Gefallen, Kate? Wenn Sie sich schon weigern, mit mir durch die frivolen Lustbarkeiten Bostons zu streifen, wie es sich eigentlich gehörte, dann lesen Sie bitte ein anderes Buch.«

Kate betrat die Stufen vor dem Haus der Rektorin, drehte sich um und grinste ihn an.

Ein Satz Leonards fällt mir ein in dieser Zeit absoluter Leere
und Langeweile. »Irgend etwas ist schief gelaufen.« ...
Wir gingen diese stille blaue Straße mit dem Baugerüst entlang.
Ich sah all die Gewalt und Unvernunft über mir
in der Luft schwirren: wir selbst so klein. Um uns
Tumult, etwas Bedrohliches: Unvernunft.
Soll ich ein Buch daraus machen? Es wäre ein Weg,
wieder Ordnung und Tempo in meine Welt zu bringen.
(Virginia Woolf)

»Andere Detektive«, sagte Kate, während sie sich, leichte Verzweiflung im Blick, in Madeline Huntleys Büro umsah, »*tun* etwas. Gerade habe ich ein Buch gelesen, in dem die Verbrecher den Detektiv in einer Felsspalte gefangen halten – das Ganze spielt natürlich in der Wüste – und ein Feuer unter ihm anmachen; erst in allerletzter Sekunde kann er sich befreien, wie, habe ich vergessen. Da passiert wenigstens etwas. Und ich, ich sitze ständig in irgendwelchen Zimmern herum, eins trostloser als das andere, und schwätze.«

»Etwas anderes kann man an einem College doch sowieso nicht tun, oder?« fragte Madeline. »Verzeih mir, daß ich nicht besonders mitfühlend bin, aber gegen Abend fühle ich mich immer ziemlich fertig. Auch Psychoanalytiker sitzen nur herum und schwätzen. Mehr tun doch alle nicht, außer den Arbeitern, und die stehen meistens herum und schwätzen, jedenfalls meiner Beobachtung nach.«

»Das Clare zieht dich runter«, sagte Kate. »Ich glaube, jeden zieht es runter.«

»Nur die Ehemaligen nicht, die den lieblichen Ort vergöttern und sich nur über jede Veränderung beschweren. Die Sorte Ehemalige natürlich, die sich etwas aus lieblichen Orten macht. Die anderen sind zu beschäftigt mit ihrem eigenen Kram. Findest du das Clare schlimmer als andere Colleges? Als du das erste Mal herkamst und ich dich vom Flughafen abholte, habe ich das behauptet, erinnerst du dich? Aber inzwischen bin ich mir nicht mehr so sicher. Die himmelschreiende Idiotie ist, glaube ich, nicht nur das Privileg dieses Colleges, sondern hat epidemischen Charakter.«

»Hast du Veronica getroffen?«

»Natürlich. Veronica zu treffen ist unvermeidlich.«

»Was hältst du von ihr?«

»Zu Anfang mochte ich sie nicht. So aggressiv, wie die Sorte Mensch, die sich an Bushaltestellen mit Ellbogen an die Spitze der Schlange vordrängt. Aber jetzt kann ich sie besser ertragen, oder genauer: im Gegensatz zu allen anderen hier finde ich sie nicht unerträglicher als zu Anfang. Du Arme, ich fürchte, du hast mich heute am Abend eines noch schlimmeren Tages als gewöhnlich erwischt. Als du hereinkamst, war ich gerade dabei, meine Kündigung zu schreiben. Soll doch der männliche Freudianer mit seinem Glauben an den Penisneid den Job übernehmen: er wird ihm auf den Leib geschneidert sein. Obwohl die Studentinnen hier nicht mal helle genug sind einzusehen, daß es wirklich Gründe gibt, die Penisträger zu beneiden, und das ist die reine Wahrheit. Was hattest du mich gerade gefragt?«

»Veronica.«

»Ich muß hier raus, Kate. Laß uns nach Boston fahren und in ein unverschämt teures Restaurant gehen. Und ich verspreche dir, ich werde mich die ganze Zeit auf deine Fragen konzentrieren.«

»Wenn du es auf dich nehmen willst, über eine Stunde Auto zu fahren – na gut. Aber wie komme ich zurück?«

»Wir übernachten in meiner Wohnung und fahren morgen früh zusammen zurück. Du kannst mir bei meinem Kündigungsschreiben helfen. O, keine Sorge. In meiner Wohnung findest du alles, was du brauchst, außer der Lösung für dein Rätsel. Fahren wir los?«

»Sollte ich der Rektorin nicht lieber eine Nachricht hinterlassen? Vielleicht fällt ihr auf, daß ich nicht da bin, und sie sorgt sich.«

»Der fällt nichts auf. Und wenn doch, läßt sie den See wahrscheinlich mit einem Schleppnetz abfischen. Diese Frau hat so viel Phantasie wie eine Wühlmaus.«

»Warum eine Wühlmaus?«

»Weil eine Wühlmaus ein Maulwurf ohne Phantasie ist. Das Auto steht auf dem Parkplatz, nur eine Meile entfernt. Knipst du das Licht aus?«

Als man sie zuvorkommend an einem Tisch plaziert hatte, den der vom Oberkellner abkommandierte Weinkellner in steter Bereitschaft umschwebte, bestand Kate darauf, daß Madeline ihre Aufmerksamkeit auf Patrices Tod konzentrierte. »Ich habe dir den Gefallen getan«, sagte Kate, »ohne alles mit dir loszufahren, sogar ohne Zahnbürste. Aber jetzt mußt du mir helfen. Wir sprachen über Veronica, falls du dich noch erinnerst. Du bist Analytikerin. Glaubst du, sie würde jemanden, den sie über alles liebt, umbringen? Ich nehme an, du weißt von ihrem Prozeß gegen Patrice.«

»Ja. Vor kurzem kam sie und erzählte mir davon. Und an der ganzen Geschichte kam mir mehr als ein Punkt merkwürdig vor. Vor allem, daß Patrice ihr mehr oder weniger verzieh. Zugegeben, Patrice war vielleicht wirklich eine engelsgleiche Person, aber man sollte doch meinen, daß sie eine gewisse Distanz zu jemandem gewahrt hätte, der sie vor Gericht geschleppt hat, und noch dazu mit solchen Vorwürfen. Aber wie es aussieht, war Patrice nach einer Weile mit Veronica geradezu wieder befreundet. Die einzige Erklärung ist: Patrice hatte beschlossen, nicht nach irgendwelchen Maximen zu leben, sondern von Fall zu Fall zu handeln, wie es ihr am besten schien. Sie hat zwar Veronica gegenüber wohl nie mehr so offen über ihre Bücher gesprochen – das ganz bestimmt nicht –, aber warum sich eine Freundschaft verbieten, die um einiges anregender war als alles andere, was auf diesem Campus unter der Bezeichnung ›menschliche Beziehung‹ firmiert. Der andere merkwürdige Punkt ist, daß Veronica offenbar wirklich davon überzeugt war, eine wichtige Rolle sowohl bei der Konzeption wie auch bei der Niederschrift von Patrices Buch gespielt zu haben, und sie wollte von Patrice dafür öffentliche Anerkennung. Du würdest es nicht glauben, meine Liebe, wie sehr wir uns alle danach sehnen, endlich von unseren Eltern oder deren Stellvertretern anerkannt zu werden. Mein Vater, der die achtzig längst überschritten hat, glaubt, ich hätte mich dem Teufel verschrieben mit meiner Psychiatrie und daß ich obendrein noch eine Radikale bin. In meinen gelasseneren Momenten ist mir natürlich klar, daß der alte Tölpel einfach ein Erzreaktionär ist, aber immer noch träume ich davon, daß er zu mir sagt: ›Das hast du gut gemacht, mein Kind.‹«

»Aber wie wurde Patrice Veronicas Mutter? Veronica hat ihre Mutter geliebt, das hat sie mir selbst erzählt, und Mami, nehme ich an, hat zu ihr gesagt, ›Gut gemacht, mein Mädchen‹.«

»Nimm lieber nichts dergleichen an. Ich glaube, ich bestelle Lammrücken. Das ist die Art deftiges Essen, die man nicht mehr gehabt hat, seit die Kinder aus dem Haus sind, und außerdem sind ja heute sowieso alle Vegetarier, besonders am Clare. Das gilt dort als Revolution, was natürlich reizt, sich auf der Stelle in einen Kannibalen zu verwandeln. Wo war ich? Mütter! Weißt du, meine Liebe, wir Analytiker sind daran gewöhnt, den Part der guten Mutter zu übernehmen, damit die wirkliche Mami die böse sein kann. Und wie es aussieht, war Patrice für Veronica die gute Mutter. Zitiere mich aber bitte nie. Warum reden wir eigentlich über Mütter?«

»Warum reden wir überhaupt über etwas? Madeline, eins ist mir einfach ein Rätsel: wenn ich den Vorträgen von Leiterinnen feministischer Forschungsprogramme aus Princeton zuhöre, bin ich sofort bereit, für die Sache der Frauen auf die Barrikaden zu gehen, und zutiefst davon überzeugt, daß der Wandel in den hergebrachten Ideologien der Geschlechterrollen die tiefgreifendste Revolution der Weltgeschichte ist – aber ich brauche nur zwei Tage am Clare zu verbringen, und schon bin ich dafür, daß alle weiblichen Säuglinge bei der Geburt ausgesetzt werden. Habe ich irgendein psychisches Problem oder ist irgend etwas abgrundtief falsch am Clare, oder vielleicht an allen Frauencolleges?«

»Es gibt einfach nichts Tröstlicheres für die Seele als Pastete auf Toast. Ist es wirklich so köstlich oder macht es nur dick und besänftigt?«

»Genau dieses Gespräch habe ich schon mit Archer geführt. Hör bitte auf, übers Essen zu reden. Iß und trink, aber sprich übers Clare.«

»Kate, ich hab dir doch meine Meinung schon gesagt, damals in dem stickigen Tunnel. Lies Margaret Rossiter, wenn du wissen willst, wie es Frauen in diesem Land ergeht, die wissenschaftlich arbeiten. In dem Maße, wie die Wissenschaft zu einer immer härteren Angelegenheit wurde, wurden die Frauen als das Gegenteil von hart angesehen: weich, liebevoll, fraulich, bezaubernd irrational. Der Rollenkonflikt ist also uralt. Rossiter schreibt, daß Emma Willard bei der Eröffnung ihrer Schule so tun mußte, als sei ihr Ziel, bessere Ehefrauen, bessere Hausfrauen und Mütter heranzuziehen, während sie in Wirklichkeit soviel Wissensstoff wie möglich vermittelte. Wußte sie, was sie tat? War ihr die doppelte Botschaft bewußt? Rossiter weiß es nicht, und auch wir können es nicht wissen. Aber alle Frauen im Erziehungswesen stecken in dieser Falle. Gleich in welcher Kultur – immer wurden ihnen (symbolisch gesprochen) die Füße verkrüppelt. Und Frauen, die sich für die harten Fakten interessierten, galten aller Welt als unweiblich und übernahmen sogar dieses Urteil über sich. Daran hat sich bis heute nichts geändert. Versuche, feministische Studiengänge einzuführen, und der gesamte männliche Lehrkörper wird zu den Ehemaligen rennen und lamentieren, Lesbierinnen hätten das College an sich gerissen.«

»Wie erklärt denn ihr Analytiker diese entsetzliche Furcht vor Lesbierinnen?«

»Wenn es Freudianer sind, benehmen sie sich ganz wie ihr Meister: sie verlieren vor Schreck ihre Bauchbinden oder Hüfthalter – je nachdem. Lies einmal, wenn du mal einen Monat frei hast, all die neueren Interpretationen des Falles Dora. Was ich nur nicht verstehe, ist, warum all die Frauen, die den Sinn des Lebens darin sehen, entweder glücklich um einen Mann zu kreisen oder ohne Mann unglücklich in irgendwelchen Leerräumen herumzuirren, die Lesbierinnen nicht mit Handkuß begrüßen, die doch schließlich die Konkurrenz erheblich verringern.«

»Wenn die Frauencolleges die Sache der Frauen nicht befördern, was bewirken sie dann – außer daß sie die männlichen Vorstellungen von Weiblichkeit bewahren?«

»Da siehst du's mal wieder, Kate; du drückst alles viel klarer aus als ich und noch dazu mit einem Drittel der Worte. Können wir jetzt zu etwas Erbaulicherem übergehen, einer zweiten Flasche Wein zum Beispiel? Hast du etwas dagegen, wenn wir zu rotem wechseln? Der paßt besser zu meinem Lamm.«

Während der Kellner die Gläser auswechselte und die Vorspeiseteller fortnahm, lehnte sich Kate zurück und seufzte. Warum war dieses Gespräch mit Madeline so viel weniger befrachtet und angespannt als alle anderen auf dem verdammten Campus, selbst die mit Archer? Was tat das Clare den Leuten nur an – immer wieder stellte sich Kate diese Frage, die, letztendlich, nicht ihre Sorge war. Ihre Sorge war, herauszufinden, was in jener Juninacht mit Patrice geschehen war. Sollte sie mit Madeline über den Dr.-Myers-Darsteller sprechen? Nicht ohne Dirk Myers Einverständnis, und Kate war sich ziemlich sicher, daß er die Geschichte geheimhalten wollte, jedenfalls vorläufig.

»Kate«, sagte Madeline, »jetzt geht es mir schon viel besser, und ich bin ganz Ohr für dein Problem. Du warst sehr geduldig mit meiner schlechten Laune. Dein Problem, wenn ich es grob ausdrücken darf, heißt also: warum ging Patrice in diesen See, und, wenn sie nicht hineinging, wie kam sie dann dorthin. Richtig?«

»Richtig. Madeline, du hast Medizin studiert, ehe du Analytikerin wurdest. Ich meine, du bist Ärztin. Gibt es irgendein Mittel, das jemanden bewußtlos macht und nach einigen Stunden nicht mehr nachweisbar ist im Körper?«

»Natürlich. Pentothal. Es löst sich spurlos auf.«

»Das Mittel, das immer in Filmen verabreicht wird? Dann müssen die Leute rückwärts zählen, erinnern sich plötzlich und plaudern alles aus.«

»Genau das. Unter Laien heißt es Wahrheitsserum. Es wird übrigens nicht nur benutzt, um verborgene Erinnerungen wachzurufen. Es entspannt auch et cetera.«

»Wenn ich dich richtig verstehe, hätte also jemand Patrice Pentothal injizieren können, und bei der Autopsie hätte man keine Spuren gefunden?«

»Nicht so schnell! Nach einer Injektion ist die Einstichstelle zu sehen. Pentothal muß in eine Vene injiziert werden. Es sei denn, ein Patient liegt zum Beispiel im Krankenhaus und hängt an einem intravenösen Tropf, da kann es natürlich durch die gelegte Kanüle gegeben werden.«

»Kann die winzige Einstichstelle nicht leicht bei einer Autopsie übersehen werden?«

»Nicht, wenn der Arzt, der sie vornimmt, so arbeitet, wie er sollte. Und ich wette, das tun die meisten – Reed wird dir das bestätigen können.«

»Und wie steht's zum Beispiel mit der Schädeldecke, unter dem Haar?«

»Kate, planst du einen Mord oder willst du einen aufdecken? Die Schädeldecke ist nicht der geeignete Ort, um für Injektionszwecke nach einer Vene zu suchen.«

»Trotzdem – ein Lichtblick. Denn das heißt doch, jemand hätte Patrice überwältigen, betäuben und dann im See ertrinken lassen können.«

»Nur, daß es so nicht gewesen sein kann«, sagte Madeline mit vollem Mund. »Göttlich, mein Lamm. Und dein Lachscarpaccio? Fein genug geschnitten? Gut. – Denn dann wäre sie anders ertrunken. Ich nehme an, daß ihre Lungen mit Seewasser gefüllt waren. Das heißt, sie ertrank im See. Jemand, der bewußtlos ins Wasser geworfen wird, ertrinkt anders, jedenfalls aus medizinischer Sicht. Aber verlaß dich nicht auf mein Wort. Vielleicht hast du ja recht.«

»Nein, wahrscheinlich hast du recht. Darauf hätte man bei der Autopsie bestimmt geachtet. Zuallererst müssen sie doch nach Anzeichen gesucht haben, ob sie ohnmächtig oder schon tot war, als sie im See ertrank. Aber einen Moment lang habe ich geglaubt, wir hätten des Rätsels Lösung.«

»Kate, warum nicht einfach der Tatsache ins Gesicht sehen, daß sie wahrscheinlich Selbstmord begangen hat? Vom Standpunkt des Analytikers aus ergibt das durchaus Sinn. Noch bis vor kurzem kursierte das Märchen, daß Leute, die mit Selbstmord drohen, ihn nie begehen, aber das ist Unsinn. Das Gegenteil ist der Fall. Denk nur an Plath, Woolf und Sexton – sie alle hatten schon Selbstmordversuche hinter sich. Plath schrieb sogar ein Gedicht darüber. Vielleicht wollte sie nicht um jeden Preis sterben, und vielleicht ging es Patrice genauso. Es war ein turbulenter Abend, überall wimmelte es von Menschen, vor allem älteren Ehemaligen, die um den See spazierten und zweifellos an ihren ersten ekligen Kuß dachten. Es muß deprimierend wie die Hölle gewesen sein.«

»Du meinst, weil sie über den Tod nachdachte, ihn hofierte und über ihn schrieb, ist es leichter, an ihren Selbstmord zu glauben? Zugegeben. Aber Tatsache ist, daß ihre Einstellung zum Tod, die ja niemandem ein Geheimnis war, es ihrem Mörder um so leichter machte: jeder würde genau das sagen, was du gerade gesagt hast. Und außerdem, Madeline, gibt es noch andere Gründe, über die ich nicht sprechen darf, die auf Mord hinweisen, oder zumindest auf Mordpläne.«

»Gib dich so rätselhaft, wie du willst, aber fang nicht an zu brüten, jedenfalls nicht jetzt, wo ich dich gerade zu einer crème brûlée überreden will. Lassen wir es am besten dabei: wenn du noch Fragen hast, komm einfach wieder zu mir. Einverstanden?«

»Natürlich.« Kate lächelte sie an. »Willst du wirklich deine Kündigung schreiben?«

»Der Brief ist schon so gut wie fertig. Bis zum 15. Juni bleibe ich noch und keinen Tag länger.«

»Was ist am 15. Juni?«

»Die Abschlußexamen. Aus irgendeinem Grund ist das immer der heißeste Tag des Jahres, wenn es nicht gerade wie aus Kübeln schüttet, so zumindest behauptet man. Mein Vertrag läuft natürlich bis zum 1. Juli, aber den Rest des Junis werde ich nur noch herumtrödeln und meine Büropflanzen verschenken. Wie lange bleibst du noch in der Gegend?«

»Nur bis übermorgen. Wenn ich mich nicht doch noch entschließe, das Wochenende dranzuhängen, was ich aber nur tun werde, falls sich etwas Neues ergibt; was ich jedoch bezweifle.«

»Die Forschungsgruppe hat also ihre Arbeit getan?«

»Ja, am Donnerstag. Und es sieht ganz so aus, als würde sie ein Versuchsprogramm für feministische Studiengänge empfehlen, für einen begrenzten Zeitraum natürlich. Und dann wird die Rektorin entweder vor Entsetzen hysterisch werden oder es von vornherein abwürgen. Ich schließe meine Wette auf beide Möglichkeiten ab.«

Am Donnerstag stellte sich heraus, daß Kate nur bis zu einem gewissen Grad recht gehabt hatte. Die Forschungsgruppe empfahl zwar kein ausgesprochenes Versuchsprogramm für feministische

Studiengänge, aber probeweise Kurse mit Frauenthemen in bestimmten Fachbereichen anzubieten. Außerdem schlug sie vor, gedrängt von Kate und jenen mittlerweile mutig gewordenen Mitgliedern, die der ganzen Idee nicht völlig ablehnend gegenüberstanden, allen Dozenten, die bereit wären, Kurse mit Frauenthemen auszuarbeiten, Unterstützung in Form von Subventionen und Befreiung von ihren sonstigen Lehraufgaben zu gewähren. Da hast du dein Fett, dachte Kate mit Blick auf die Altphilologin, die auf das eine wie das andere kein Anrecht hatte. Aber ohne Zweifel, sagte Kate zu sich selbst, wird sie eine totale Kehrtwendung machen und Geld beantragen, damit sie beweisen kann, daß es im alten Griechenland überhaupt keine Frauen gab. Wie boshaft ich geworden bin. Kein Wunder, daß Patrice Todesgedanken wälzte. Im Gegensatz zu mir konnte sie nicht einfach aufstehen und gehen.

Was die Rektorin betraf, so hatte Kate sich allerdings geirrt. Diese zeigte sich hocherfreut über die Empfehlungen der Forschungsgruppe und lud alle für den Donnerstagabend zu einer Cocktailparty ein, um das Ergebnis der Arbeit zu feiern. Während Kate sich für den Anlaß umzog, überlegte sie, ob die Rektorin warten würde, bis sie alle fort waren und dann das Programm entweder gleich abwürgen oder dessen Durchführung endlos verzögern würde. Nun, dachte Kate, ich werde sie im Auge behalten und ihr hin und wieder eine kleine Erinnerungsnotiz schicken. Und das werde ich ihr gleich heute abend ankündigen, wenn ich den unvermeidlichen Sherry ablehne.

Aber auch in diesem Punkt war Kate voreilig gewesen. Alle denkbaren Getränke, alkoholische wie nicht alkoholische, waren bereitgestellt. (Außer natürlich Laphroaig. Wirklich merkwürdig, daß Geddes seine Vorliebe dafür von Patrice übernommen hatte: Vielleicht hat sie ihm von unserer Begegnung auf dem Flughafen erzählt, aber bestimmt nicht von unserem Gespräch.) Kate, die auf den nie enttäuschenden Martini zurückgriff, plauderte mit den

Mitgliedern der Forschungsgruppe, die ihr mittlerweile so vertraut waren, wie es typisch für Leute ist, die gemeinsam eine längere, gefährliche Erfahrung überstanden haben: zum Beispiel ein Flugzeugunglück in der Wüste. Kate, die an Patrice dachte, beschloß, sie zu erwähnen. »Zu schade«, sagte sie, »daß Patrice Umphelby nicht mehr dabei sein kann. Sie wäre zufrieden mit unserem Ergebnis, meinen Sie nicht?«

»Genau das habe ich auch oft gedacht«, sagte eine Dozentin, wie sich herausstellte, aus dem Fachbereich Mathematik. »Und manchmal hatte ich das Gefühl, daß Sie sie sehr würdig vertreten haben. Ich habe eigentlich nie recht eingesehen, warum man unbedingt von weiblicher Wissenschaft sprechen sollte, aber ich muß zugeben, daß all die Frauen, die ich nun kennengelernt habe und die in diesem Bereich arbeiten, mich beeindruckt haben. Ich vermisse Patrice sehr«, fügte sie hinzu.

»Waren Sie auf ihrer Gedenkfeier in New York?« fragte Kate. »Man spürte dort, daß jemand Großes geehrt wurde.«

»Nein, obwohl ich gern hingegangen wäre. Wir hatten natürlich eine Trauerfeier hier in der Kapelle. Es wurde versucht, sie so zu gestalten, wie sie Patrice gefallen hätte, aber die Trauer ihrer Freunde und ihrer Familie war zu tief und die Heuchelei der anderen zu groß. Ich persönlich«, fügte sie hinzu und kippte ihren Whisky, »hätte es mutiger gefunden, wenn sie erst gar nicht erschienen wären.«

Kate lächelte und spürte, wie sehr sie diese gedrungene Frau mochte, die all ihr Interesse Theoremen widmete und nicht dem Sexualleben ihrer Studenten. Wer hatte Patrice gemocht und wer nicht, es war wirklich ein verwünschter Lackmus-Test. Die, die sie gemocht hatten, waren die Guten, ganz offensichtlich. Vorsicht, Kate, sagte sie zu sich selbst. Schließlich hast du nur eine Handvoll Professoren und Dozenten kennengelernt.

Im Verlauf ihrer Pilgerreise durch den Raum bahnte sich die Rektorin schließlich auch ihren Weg zu Kate, und sie standen, einen Moment schweigend beieinander. Kate konnte an diesem Ort schlecht von ihrer Untersuchung sprechen, und die Rektorin, die offenbar ihr erstes Gespräch nicht vergessen hatte, konnte kaum Lust verspüren, das Gespräch auf das Forschungsprojekt zu bringen. »Ich hoffe«, fand sie schließlich als erste die Sprache wieder, »Sie haben unseren schönen Campus genossen. März ist nicht der freundlichste Monat hier, aber es gibt doch genug schöne Tage für einen Spaziergang.«

»Besonders habe ich meine Spaziergänge um den See genossen«, sagte Kate. »Wie lange gehört dem College schon das ganze Land darum herum?«

»Schon vor meiner Zeit, aber nicht lange davor, glaube ich«, sagte die Rektorin, die das neutrale Thema erleichtert aufnahm. »Eine Zeitlang hatte man große Sorge, das Land könne den falschen Leuten in die Hände fallen, Leuten mit Bauprojekten oder Plänen für Schwimmclubs oder noch schlimmerem. Glücklicherweise spendete der wohlhabende Mann einer Ehemaligen soviel Geld, daß wir alles Land aufkaufen konnten. Die Dozenten wurden ermutigt, in den Häusern am See zu wohnen, sogar neue zu bauen, wobei die Hypotheken weitgehend vom College übernommen werden, an das die Häuser zurückfallen, wenn der Dozent stirbt oder fortgeht.«

»Die Häuser sind wahrscheinlich sehr begehrt?«

»Ja. Aber wie Sie sich denken können, hatten viele ältere Dozenten, die schon lange Zeit hier sind, den Vortritt.«

»Ich habe Professor Geddes besucht.«

»O ja. Er pflegt Haus und Grundstück ganz wundervoll. Unermüdlich sind er und seine Frau dabei, das Anwesen zu verschönern. Wir haben ihn tatsächlich daran erinnern müssen, daß es später ans College zurückfällt. Vor einigen Jahren legten sie einen Swimmingpool an, und vor kurzem haben sie bis hinunter zum See Rasen gesät. Jetzt, im März, konnten Sie natürlich noch nicht sehen, wie hübsch sich das macht. Aber ich hoffe doch sehr, daß

Sie uns später, wenn hier alles blüht, einmal besuchen.« Ihre Augen waren schon unterwegs zum nächsten Gesprächspartner in der Runde. Kate nickte ihr ihren vorläufigen Abschied zu, und das mit mehr Sympathie, als sie bisher empfunden hatte; ob dafür der Gin verantwortlich war oder die geschliffenen Manieren der Rektorin, das zu entscheiden, fand sie jedoch nicht der Mühe wert.

»Wirklich bewundernswert, wie sie ihre Kreise durch den Raum zieht«, sagte einer der Männer aus der Forschungsgruppe. »Bewundernswert fand ich übrigens auch, wenn Sie mir die Bemerkung gestatten, Ihre Geschicklichkeit in unseren Sitzungen.«

»Unsinn«, sagte Kate. »Ich war doch nur ein Eindringling und habe zu viel geredet. Aber eines frage ich mich«, fuhr sie fort, um das Gespräch, wie sie es immer bei Fremden tat, von sich abzulenken: »Warum legen die Dozenten, die am See wohnen, Swimmingpools an? Warum schwimmen sie nicht im See?«

»Oh, ich bin einer von denen, die am See wohnen und einen Swimmingpool haben, deshalb fällt mir die Antwort leicht: man kann nicht schwimmen im See. Das Wasser ist umgekippt, woran all die Boote, Chemikalien und anderen abscheulichen Dinge schuld sind. Jedenfalls ist das Schwimmen im See verboten. Die Unfallgefahr ist zu groß. Und die Studentinnen kann man nur dann vom Schwimmen abhalten, wenn auch sonst niemand es tut. Im Winter fahren wir aber Schlittschuh auf dem See und meine Tochter segelt im Sommer darauf.« Kate stellte erleichtert fest, daß dieses Gespräch über den See ihn nicht an Patrice erinnerte. Als Wirtschaftswissenschaftler gehörte er zu den Männern, die sich mit dem gerade anstehenden Problem befassen und nicht zu abwegigen Assoziationen hinreißen lassen. Das Gespräch mit ihm hatte ihre Geduld für Cocktailparties ganz allgemein erschöpft, und ihre soziale Verpflichtung gegenüber dieser speziellen hatte sie ihrer Meinung nach mehr als erfüllt. Also verabschiedete sie sich unauffällig und ging hinüber zu Lucy und Bertie, in der Hoffnung, Archer dort zu treffen.

Als meine Mutter starb, erbte ich ein Haus. Ich mochte es
nicht, besaß jedoch soviel Pietät, daß ich es nicht an Leute
verkaufen wollte, die es verunstalten würden, um so weniger,
als die Asche meiner Mutter im Garten begraben war. Dann
entdeckte ich, daß zwei Lehrerinnen in den mittleren Jahren,
die in ihrem Wohnwagen auf der Wiese hinter dem Haus
Ferien gemacht hatten, sich danach verzehrten wie nach
einem unerreichbaren und märchenhaften Traum.
Also verkaufte ich es ihnen, so billig, daß der Testaments-
vollstrecker vor Wut die Sprache verlor; und ich ritt
auf meinem Besenstiel nach Hause und lebte glücklich immerdar.

(Sylvia Townsend Warner)

Archer, Lucy und Bertie hatten sich um den Kamin drapiert und feierten den Beginn der Frühlingsferien am Clare, der natürlich genau auf den Tag fiel, an dem Kates und Archers Urlaub zu Ende ging. Kate berichtete von dem glorreichen Abschluß des Forschungsprojekts und drängte Bertie, ein Auge darauf zu haben, daß die Rektorin auch wirklich tat, was ihr auferlegt war.

»Haben Sie sonst noch Wünsche?« sagte Bertie. »Wie zum Beispiel den ganzen Fachbereich Anglistik zum Rücktritt zu bewegen, um Jüngeren und Fortschrittlicheren Platz zu machen? Wie läuft übrigens Ihre Untersuchung? Archer wollte kein Wort darüber sagen ohne Sie.«

»Viel zu sagen gibt's ja auch nicht«, sagte Archer ohne jede Spur seines sonstigen Überschwangs, woraus Kate entnahm, daß er die Myers-Angelegenheit seinen Gastgebern gegenüber nicht erwähnt hatte.

»Ich habe eine Frage«, sagte Kate. »Auf der Cocktailparty, die die Rektorin gab, sprach ich, nur weil mir sonst kein Gesprächsthema einfiel, über die Dozentenhäuser am See, und dabei fiel mir plötzlich auf, daß ich nicht weiß, wo Patrice gewohnt hat. Nicht am See, oder doch?«

»Nein, sie wohnte nie am See«, sagte Bertie, »obwohl sie wahrscheinlich schon vor Jahren das Anrecht erworben hatte, eins der Häuser zu beziehen. Aber zu der Zeit waren ihre Kinder schon aus dem Haus und ihr Mann war tot; sie verkaufte das Haus, in dem die Familie gewohnt hatte, und zog in eines der Collegeapartments. So war sie viel freier, konnte reisen, wie sie wollte, schloß einfach die Tür hinter sich ab und sagte einem Nachbarn Bescheid. Es war ein hübsches, geräumiges Apartment, aber nichts Besonderes.«

»Was geschah damit nach ihrem Tod?«

»Ihr Sohn und ihre Tochter kamen her und lösten die Wohnung auf – wohl vor allem der Sohn, da die Tochter ja Ärztin ist und nicht so viel Zeit erübrigen konnte. Sie beide nahmen sich einige von Patrices Sachen. Vieles gaben sie fort, und die Dinge, bei denen sie nicht wußten, was mit ihnen anfangen, lagerten sie irgendwo.«

»Und dann . . .« fragte Kate.

»Vor kurzem zog Sarah um«, sagte Archer, »als das Baby unterwegs war. Sie holte die Sachen ihrer Mutter aus dem Lagerhaus, darunter auch ihre Aktenordner. Und bei der Gelegenheit entdeckte sie den neuen Tagebuchteil.«

»Verkehrte Patrice viel mit den anderen Professoren und Dozenten? Ging sie zum Essen zu ihnen oder besuchte sie oft?« fragte Kate.

»Wie ich Ihnen schon bei unserer ersten Begegnung erklärte«, sagte Bertie, »damals, als ich Sie zu unserer Cocktailparty einlud: Patrice haßte Cocktailparties. Und sie kochte nicht besonders gern. Gelegentlich verabredete sie sich mit Leuten in einem Restaurant: auf neutralem Boden, wie sie sagte. Ich glaube, sie hatte keine Lust, sich mit Essenkochen zu belasten. Aber wenn Patrice und ich nicht gerade den See umkreisten, saßen wir zum Beispiel oft bei ihr zu Hause oder bei mir, öfter bei ihr, weil dort keine Kinder waren, und redeten über alles mögliche. Kommt das irgendeiner Theorie von Ihnen entgegen?«

»Ich wünschte, ich hätte eine Theorie, oder wenigstens eine zündende Idee«, sagte Kate. »Aber wie's scheint, muß ich erst mit endlos vielen Leuten endlosen Unsinn reden, ehe ich überhaupt etwas erfahre. Die Crux ist, daß ich nicht einmal weiß, was ich eigentlich wissen will. Im Gegensatz zu Ödipus, der wissen wollte, was an dem Kreuzweg geschehen war, und sonst nichts. Ich tappe nur im Dunkeln, und dann fällt mir irgendwann auf, daß ich nicht mal eine Ahnung habe, wo Patrice gelebt hat.«

»Wenn Sie wollen, kann ich Ihnen das Apartment zeigen«, sagte Bertie. »Natürlich wohnt jetzt jemand anderes dort. Glauben Sie vielleicht, unter den Fußbodendielen wäre ein Abschiedsbrief versteckt?«

»Wenn Patrice einen Abschiedsbrief geschrieben hätte, dann hätte sie ihn an der Tür angeschlagen, wie Luther«, sagte Lucy. »Jedenfalls hätte sie ihn nicht versteckt.«

»Wenn ich euch erinnern darf: Sie hinterließ einen Abschiedsbrief«, sagte Archer.

»An diesen Brief glaube ich nicht – nicht mehr«, sagte Bertie. »Ich denke, Veronica hatte recht. Archer hat uns von Veronicas Vermutung erzählt«, fügte er an Kate gewandt hinzu.

»Nein«, sagte Kate. »Ich will das Apartment nicht sehen. Ich glaube, ich mache einen Spaziergang um den See.«

»Hätten Sie gern Gesellschaft?« fragte Bertie.

»Das Angebot gilt nur für Sie«, sagte Archer. »Wenn ich das nächste Mal weiter als bis zum nächsten Taxi laufe, dann wird das auf gepflasterten Bürgersteigen sein.«

»Lucy?« fragte Bertie.

»Ich hab das Dinner in Vorbereitung, zu dem Kate hoffentlich bleiben wird. Warum geht ihr zwei nicht, und Archer und ich zechen in der Küche?«

»Ich glaube, Kate geht lieber allein«, sagte Bertie. »Darf ich mich dem Gelage anschließen?«

Kate lächelte sie an und versprach, in einer Stunde zurück zu sein.

Wieder einmal überquerte sie den Campus. Wahrscheinlich schon morgen früh würden Archer und sie diesen Ort verlassen, und sie freute sich auf ihren letzten Spaziergang um den schönen See. Da er Patrice das Leben gekostet hatte, hätte er ihr eigentlich zuwider sein müssen. Aber Gewässer sind eigenartig unschuldig an den Leben, die ihnen geopfert werden. Kate hatte einst die Uferwiesen erforscht, auf denen Virginia Woolf mit ihrem Hund spazierenging und über ihre Bücher nachsann. Sie war sogar die kleine Böschung zu dem Fluß hinuntergeklettert, in dem Woolf sich ertränkt hatte. Im Grunde war es gar kein Fluß, sondern ein Meeresarm, salzig – Kate hatte das Wasser gekostet – und mit einer so starken Strömung, daß die beiden Schwäne, die gerade vorübergezogen waren, sich treiben lassen konnten. Auch damals hatte Kate nicht das Gefühl gehabt, der Fluß habe Virginia Woolfs Leben gefordert.

Heute schenkte Kate den Dozentenhäusern am See mehr Aufmerksamkeit. Sie standen weit voneinander entfernt, und die meisten hatten kleine Uferstege, bestimmt, um Boote ins Wasser zu lassen, denn das Schwimmen war ja verboten. Vielleicht, dachte Kate, schwimmen doch manche Leute in ihm, nachts, oder im Sommer, wenn die Studentinnen fort sind. War es denkbar, daß jemand Patrice zum Schwimmen verleitet hatte? Aber zu jener Zeit war der Campus nicht leer gewesen, im Gegenteil, es hatte vor Ehemaligen und den Familien der Examenskandidatinnen gewimmelt. Vielleicht hatte trotzdem jemand eine geheime

Schwimmparty veranstaltet? Aber war es vorstellbar, daß Patrice mitgemacht hätte? Sehr unwahrscheinlich, dachte Kate. So etwas paßte weder zu Patrice noch zu den mittleren Jahren, und schon gar nicht zu den fortgeschrittenen mittleren Jahren.

Sie hatte den Pfad vor dem Haus der Geddes erreicht, wo es nicht erlaubt war, sich bei der Gastgeberin fürs Essen zu bedanken. Kate grinste vor sich hin und ging ein wenig schneller. Sie wollte nicht von dem Ehepaar gesehen werden, falls es gerade zum Fenster hinausblickte. Was hatte Patrice wohl von Gladys Geddes gehalten? Kate schien sich immer neue Fragen auszudenken, statt eine der alten zu beantworten. Unter einem Baum blieb sie stehen und betrachtete den Rasen, den die Rektorin erwähnt hatte. In der Tat, er war dicht und glatt und erstreckte sich bis zum Uferpfad. Der Rasen verlieh dem Anwesen etwas übermäßig Gepflegtes und Künstliches, eine Wirkung, die Kate nicht besonders schätzte.

Als sie zurückkehrte, sah sie, daß die anderen ihre Zechpläne wahr gemacht hatten. Nach der frischen Luft und dem strammen Gang betrachtete sie die drei einen Moment lang mit dem Blick, den wohl alle Abstinenzler für Alkoholtrinker haben. Kate stellte fest, daß ihr dieser Blickwinkel nicht gefiel und noch weniger der Gemützustand, in den er sie versetzte. Der rektorale Martini zeigte keinerlei Wirkung mehr, und als Kate in die angeheiterte Atmosphäre der Küche eintauchte, war ihr ein zweiter sehr willkommen.

»Der Schein trügt«, sagte Archer, der sie ins Wohnzimmer schob, während die Gastgeber die Dinnervorbereitungen abschlossen. »Ich bin ganz deprimiert und in einer Jetzt-geh-ich-in-den-Garten-und-eß-Würmer-Laune. Ich habe mit Herbert gesprochen. Er ist so halsstarrig, daß er sich weigert, auch nur eine Schauspieleragentur im Telefonbuch nachzuschlagen. Er sagt, kein Schauspieler würde eine solche Rolle übernehmen, und wenn, dann nur für einen Haufen Geld und als höchst privates

Arrangement. Kein Mensch würde einfach eine Agentur anrufen und sagen: ›Schicken Sie mir einen Schauspieler für eine kleine kriminelle Inszenierung; wichtig ist, daß er weiß, wie man eine Blutprobe nimmt‹. Und ich muß Herbert recht geben. Sie nicht? Außerdem, welcher Schauspieler hat schon gelernt, Blutproben zu nehmen? Bei Proben für ›M.A.S.H.‹ vielleicht? Wo wollen Sie hin?«

»Nach oben. Telefonieren«, sagte Kate. »Mir ist etwas eingefallen. Sagen Sie Lucy, ich bin gleich wieder da, ja? Wenn etwas bei dem Telefonat herauskommt, werde ich es Ihnen sofort erzählen. Archer, kümmern Sie sich nicht um mich, ich bin sehr unruhig.«

Im Schlafzimmer entdeckte Kate ein Telefon, wählte Dr. Myers Nummer und ließ den Anruf über ihre Kreditkarte laufen. Von ihrer Ehrlichkeit ganz abgesehen – sie wollte nicht, daß aus Berties Rechnung zu ersehen war, mit wem sie gesprochen hatte. Dirk Myers hatte ihnen seine Privatnummer gegeben. Als er den Hörer abnahm, wollte er sich gerade zum Abendessen hinsetzen. »Ich werde Sie nicht lange aufhalten, ich verspreche es«, sagte sie. »Denken Sie gründlich nach, bevor Sie antworten: Hat Patrice unmißverständlich davon gesprochen, daß der Betrüger ein Mann war?«

Am anderen Ende der Leitung trat ein langes Schweigen ein. Kate sah Dirk Myers förmlich vor sich, wie er in Gedanken das ganze Gespräch noch einmal ablaufen ließ. »Ich bin einfach davon ausgegangen«, sagte er. »Aber offen gestanden, ich kann mich nicht erinnern, ob sie tatsächlich sagte, es sei ein Mann gewesen. Aber hätte sie das weibliche Pronomen benutzt, wäre es mir bestimmt aufgefallen.«

»Patrices Tochter ist Ärztin, und Patrice gehörte wohl ohnehin nicht zu den Leuten, die es eigens erwähnen, wenn der Arzt eine Frau ist«, erinnerte Kate ihn.

»Lassen Sie mich nachdenken. In meiner Phantasie handelte

es sich so eindeutig um einen Mann, daß es mir schwer fällt, mich zu erinnern. Und dann hat sie natürlich überhaupt nicht viel über ihn – oder über sie – gesprochen. Als sie anrief und ich am Telefon war, sagte sie: ›Ihre Vertretung erklärte mir, ich hätte Bauchspeicheldrüsenkrebs. Und ich überlege ...‹ So ungefähr. Ich fiel ihr ins Wort und forderte sie auf, sofort zu kommen. Sie klang ziemlich aufgeregt, was ja nicht verwunderlich war. Ich stellte ihr keine Fragen über die Vertretung, erst später, und da ... warten Sie einen Moment. Sie sagte: ›Ich möchte nicht darüber sprechen, Dirk. Es war eine entsetzliche Erfahrung.‹ Und da ich mir nicht sicher war, jedenfalls zu dem Zeitpunkt nicht, ob sie das Ganze nicht erfunden hatte, wollte auch ich nicht zu viel darüber sprechen. Was bringt Sie auf diese Frage? Ich komme«, rief er jemandem in einem anderen Zimmer zu.

»Eine Bemerkung Archers. Ich erzähle es Ihnen später. Nur noch eine kurze Frage. Als Patrice Blut abgenommen wurde, blieb doch eine Einstichstelle zurück. Hätte diese Stelle Monate oder gar Jahre später für eine Injektion benutzt werden können – um sie zu vertuschen, meine ich?«

»Mein Gott, Sie sind wirklich eine Detektivin! Aber Ihre Hypothese kommt nicht hin. Die Einstichstelle wäre schon lange unsichtbar gewesen. Und hätte es wirklich eine solche Stelle gegeben, wäre sie dem Pathologen aufgefallen. Offenbar hat er aber nichts bemerkt.«

»Da haben Sie recht. Ich habe mich gerade in Pentothal verliebt. Ich rufe Sie bald wieder an.«

Nach dem Dinner, und als alles wieder aufgeräumt war, gingen Kate und Archer hoch in Archers Zimmer, um sich zu unterhalten. Kate erzählte ihm von ihrem Gespräch mit Dr. Myers. »Ich kam auf die Frage, als Sie mir von Herberts sehr logischem Einwand erzählten, der falsche Doktor könne kein Schauspieler gewesen sein. Viel naheliegender ist, daß es eine Frau war, die gelernt hat, Blutproben zu nehmen. Ganze Heerscharen von Frauen lernen das schließlich: Arzthelferinnen, medizinisch-technische Assistentinnen, Sie wissen schon, die Sorte, die zu einem ins Zimmer kommen, wenn man im Krankenhaus liegt, und einem ständig Blut abnehmen, das der Arzt dann, da war ich mir schon immer sicher, für seine eigenen Forschungszwecke benutzt. Und dann noch die vielen Frauen in den Blutspendezentren und natürlich die Krankenschwestern. Irgendwie erschien es mir plötzlich viel logischer, daß es eine Frau war, die irgendwann in ihrem Leben gelernt hatte, Blutproben zu nehmen und sich später anderen Dingen zuwandte. Ich fragte Dr. Myers, ob er sicher sei, daß Patrice von einem Mann gesprochen hatte. Und er war sich nicht sicher, meinte aber, es wäre ihm aufgefallen, wenn Patrice ein weibliches Pronomen benutzt hätte. Das Ganze bringt uns auch nicht viel weiter, was meinen Sie?«

»Ich finde, es bringt uns überhaupt nirgends hin. Es erweitert höchstens das Spektrum unserer Verdächtigen. Und das hat uns gerade noch gefehlt.«

»Armer, lieber Archer! Sind Sie mit Ihrer Biographie überhaupt nicht weitergekommen hier? War alles nur Zeitverschwendung und Frust?«

»Nicht alles. Aber wir haben uns so in Patrices Tod verbissen, daß wir ihr Leben aus dem Blick verloren. Und dann hat dieser Ort etwas an sich, das einen dazu bringt, am liebsten vom Erdboden verschwinden zu wollen. Ehrlich, noch zwei Wochen länger hier, und *ich* würde wahrscheinlich ins Wasser gehen; dabei hab ich noch nie vorher an Selbstmord gedacht.«

»Warum fahren Sie nicht nach New York zurück? Sie könnten sogar noch den letzten Flug heute abend schaffen.« Kate sah auf ihre Uhr. »Nun, das wär doch ein bißchen knapp. Aber der erste Flug geht morgen in aller Herrgottsfrühe.«

»Kommen Sie mit?«

»Ich weiß es nicht, Archer. Ich hatte es fest vor. Aber ich überlege, ob ich nicht noch bleiben soll und ein oder zwei Punkte klären.«

»Ich bin mir sicher, zu Hause, zusammen mit Reed, können Sie die viel besser klären.«

»Vielleicht haben Sie recht. Ich werde ihn anrufen – jetzt gleich, das Telefon bei der Rektorin mag ich nicht riskieren. Nicht, daß ich von Natur aus mißtrauisch wäre, aber ich würde mich über jedes Klicken in der Leitung wundern.«

Archer hatte das Zimmer schon fast verlassen, als Kate ihn zurückrief. »Tut mir leid«, sagte sie. »Aber fassen wir das Ganze doch einfach nochmal zusammen: Als Patrice starb, kamen ihre Kinder her und sortierten, soweit sie es sehen konnten, all ihre Manuskripte und Papiere aus. Um Patrices Geschäftsordner kümmerten sie sich nicht weiter – erst viel später, als Sarah umzog, ließ sie sich diese aushändigen. Alle Papiere gingen an die Sammlung Berg. Warum übrigens nicht an die Bibliothek des Clare oder an die Sophia-Smith-Sammlung am Smith College?«

»Genau das habe ich mich auch gefragt. Sarah ist New Yorkerin und kennt Lola Szladits, die hervorragende Frau, die die Berg-Bibliothek leitet. Da diese großes Interesse an den Papieren zeigte, erschien es Sarah als das Naheliegendste, sie ihr zu geben. Außerdem gingen Sarah und ihr Bruder ja davon aus, daß Patrice sich am Clare das Leben genommen hatte – wohl kaum ein Zeichen von großer Zuneigung zu dem Ort. In ihrem Testament stand jedenfalls eindeutig, daß ihre Kinder mit ihrem Nachlaß tun sollten, was sie wollten, und das taten sie – was nicht heißt, daß George irgendwelche Gefühle und Meinungen hatte in der Angelegenheit.«

»George haben wir bisher völlig ignoriert, Archer. Sie halten es nicht für möglich, daß er einen psychotischen Schub hatte und Mama eins überzog? Wir müssen schließlich alle Möglichkeiten in Betracht ziehen.«

»Ob Sie's glauben oder nicht, Herbert und ich haben auch

daran gedacht. Wir gingen sogar so weit, bei ihm das zu überprü-
fen, was man gemeinhin wohl Alibi nennt. Und zur fraglichen
Zeit war George auf einer Geologenkonferenz oder -zusammen-
kunft, oder was Geologen sonst haben mögen, und ständig unter
den Augen von mehreren hundert Leuten und außerdem dreitau-
send Meilen vom Tatort entfernt. Was Sarah betrifft, nun, rein
technisch hätte sie es tun können, was immer ›es‹ auch sein mag –
das heißt, sie war nicht mit unzähligen unvoreingenommenen
Zeugen an irgend einem weit entfernten Ort. Aber ich glaube
keine Sekunde lang, daß sie es war, und Sie glauben es auch nicht.
Und hier am Clare herrschte ein solches Gedränge, daß wohl niemand etwas für sich beanspruchen kann, was auch nur entfernt
einem Alibi ähnelt. Es war genau wie in ›Gaudy Night‹, wenn
Sie's genau wissen wollen.«

»Da wir gerade von Kriminalromanen sprechen – Veronica
gehört eindeutig zum Kreis der Verdächtigen. Ich meine, ihre Gefühle Patrice gegenüber waren so leidenschaftlich und zwiespältig;
nicht auszuschließen, daß sie die Frau tötete, gegen die sie ja auch
schon einen Prozeß geführt hatte. Aber warum sollte sie dann
ständig darauf herumreiten, daß es Mord war, wo alle anderen
schon längst mit der Selbstmordversion zufrieden waren?«

»Warum jemanden vor Gericht schleppen, dann um Verge-
bung bitten und sich wieder mit ihm anfreunden?«

»Archer! Glauben Sie, es war Veronica?«

»Im Augenblick bin ich so weit, daß ich glaube, Dr. Myers war
es. Schließlich haben wir nur sein Wort als Beweis für die ganze
Geschichte.«

»Hat Patrice über die Sache mit dem Bauchspeicheldrüsenkrebs nichts in ihr Tagebuch geschrieben?«

»Nein. Kein Wort. Aber andererseits hätte es auch nicht zu
ihr gepaßt, darüber zu schreiben. Sie schrieb ja auch nichts über
ihren Brustkrebs – oder jedenfalls erst, als die Sache ausgestanden
war. Ich habe das Gefühl, sie schrieb nur über die Dinge, die sie

durchs Niederschreiben auf irgendeine Weise zu bewältigen hoffte. An ihre wahren Ängste rührte sie nicht, oder erst, wenn diese sich ein wenig gelegt hatten. Da bin ich mir ziemlich sicher.«

»Wahrscheinlich haben Sie recht. Aber hätte unsere verwünschte Patrice ihren eigenen Mord geplant – sie hätte ihrem Mörder nicht besser in die Hand spielen können. Nirgendwo und von nichts auch nur das kleinste Fitzelchen eines Beweises.«

»Gibt es sonst noch Neuigkeiten? Tut mir leid, Kate, aber ich denke, ich ziehe mich zurück und stell meinen Wecker auf Sonnenaufgang. New York und Herbert – ich komme! Und machen Sie sich nicht verrückt. Wie ich Herbert andauernd sage, wir müssen zu der seligen Unbekümmertheit unserer Treffen im chinesischen Restaurant zurückkehren. Wichtig ist, daß wir mit der Biographie vorankommen und endlich aufhören, darüber zu grübeln, wie Dickens seinen ›Edwin Drood‹ hätte enden lassen. Das scheint mir ein ähnliches Problem.«

Nachdem sie sich von Archer verabschiedet und von Lucy und Bertie die Erlaubnis hatte, in deren Schlafzimmer zu telefonieren, ging Kate nach oben und rief Reed an.

»Kate«, rief er. »Mit welchem Flugzeug kommst du? Ich habe schon einen großen Vorrat an erforderlichem Zubehör für eine Feier angelegt. Na, wie findest du meinen Versuch in der neuerdings angesagten gestelzten Ausdrucksweise? Kate? Bist du noch da? Geht's dir gut?«

»Reed. Kannst du mir einen Mann besorgen? Oder eine starke, forsche Frau, die sich nicht vor schwerer Arbeit fürchtet? Fürs Wochenende?«

»Ich nehme an, ich bin nicht der Geeignete, sonst hättest du es vielleicht erwähnt.«

»Es muß jemand sein, der absolut zuverlässig, vertrauenswürdig und schweigsam ist. Er darf keinerlei Interesse an dem Fall haben oder irgendeine Verbindung zu den darin verwickelten Personen. Vielleicht sollte ich dir noch sagen, daß diese Person und ich wahrscheinlich vor Gericht landen und wegen tätlicher Bedrohung, Hausfriedensbruch und was es sonst noch gibt angeklagt werden.«

»Kate, du hast doch nicht etwa vor, jemanden zu überfallen oder gar mit der Pistole zu bedrohen? Mein Liebling, bitte, hör mir zu . . .«

»Natürlich nicht. Aber möglich, daß ich irgendwo mehr oder weniger einbreche. Ja, das trifft die Sache ziemlich genau. Reed, mach dir bitte keine Sorgen. Kannst du mir jemand beschaffen?«

»Was hältst du von einem Polizisten a.D. oder einem Kripobeamten?«

»In Anbetracht dessen, daß mein Vorhaben ein ganz kleines bißchen illegal ist, wäre ein Detektiv oder Polizist a.D. wohl das beste. Aber zu lange darf er noch nicht im Ruhestand sein. Denn, wie gesagt, es handelt sich um Schwerarbeit.«

»O Gott. Und wenn ich dir niemand besorge, dann findest du ganz bestimmt jemanden, der viel ungeeigneter ist. Also gut, gib mir ein bißchen Zeit. Wo kann ich dich zurückrufen?«

»Hier, innerhalb der nächsten Stunde. Wenn du bis dahin niemanden finden kannst, rufe ich dich später an. Ich muß nachdenken.«

»Gib mir die Nummer. Wie ich es hasse, wenn du anfängst, nachzudenken. Versprich mir, daß du keine Waffen einsetzt. Vergiß nicht: Ich stehe kurz davor, Professor für Strafrecht zu werden.«

Kate gab ihm die Nummer und legte auf. Im Wohnzimmer akzeptierte sie einen Kognak von Lucy und stellte ein paar Fragen über das College. Wie sie sich schon gedacht hatte, hielt das ihr Gespräch viel länger in Gang, als Reed für seinen Rückruf brauchte. Er hatte einen Mann für sie und die Nummer, unter der sie ihn erreichen konnte.

»Du brauchst dir wirklich keine Sorgen zu machen«, versicherte Kate ihm. »Vielleicht ändere ich sogar meine Meinung. Es ist kein bißchen gefährlich. Ich komme höchstens vor Gericht.«

»Nun«, sagte Reed, »das ist in der Tat beruhigend. Mit deiner Erlaubnis werde ich sofort einen Anwalt engagieren. Gibt es irgendeine Kanzlei, die in deiner besonderen Gunst steht?«

Am nächsten Abend traf Kate um halb acht vor dem geschlossenen Verwaltungsgebäude den Mann, den Reed ihr besorgt hatte. Er hieß O'Malley und bat darum, Bob genannt zu werden. Obwohl er darauf bestand, daß sie Bob sagte, redete er Kate mit Mrs. Amhearst an, und Kate beschloß, darüber nicht mit ihm zu streiten. Sie hatte genug andere Sorgen. Es war klar, daß er ein alter Bekannter Reeds war, der sich aus reiner Gefälligkeit zu dieser Kapriole hatte hinreißen lassen. Und wenn diese Gefälligkeit darin bestand, seiner Frau die Chance zu einer Dummheit zu geben, so war das Mr. Amhearsts Angelegenheit. In seinen Augen war Kate Mrs. Amhearst, und wäre sie das nicht, so wäre er nicht hier.

»Müssen wohl warten, bis es dunkel wird, oder?« sagte er. »Wollen wohl was ausbuddeln, wie?« Er deutete auf Schaufeln und Spitzhacke, die Kate angeschleppt hatte.

»Ja – auf beide Fragen. Wie lang es dauert, bis es dunkel wird! Gottlob ist es ein normaler Abend. Die Sonne ist ohne ein großes Theater untergegangen.« Der letzte Satz war ein wörtliches Zitat von Sylvia Townsend Warner, deren Briefe immer noch in Kates Kopf herumschwirrten, wenn Patrice dazu überredet werden konnte, in den Hintergrund zu treten. Aber Kate hielt es nicht für angebracht, diese Tatsache Bob O'Malley gegenüber zu erwähnen. Er sah nicht so aus, als mache er sich viel aus Zitaten oder könne sie auch nur tolerieren.

»Müssen wir diese Schaufeln weit tragen?«

»Ziemlich weit. Ist eine zu schwer für Sie? Ich trage die andere und die Spitzhacke.« Kate fragte sich allmählich, ob er vielleicht in einer Gewerkschaft war.

»Ich kann sie schon tragen. Aber warum fahren wir nicht nah ran an den Ort, wo wir hin müssen?«

»Ich habe kein Auto. Haben Sie eins?«

»Ja. Aber ich dachte, Sie hätten eins.«

»Ich glaube, es ist besser, den Fußweg über den Campus zu nehmen. Das erregt weniger Aufsehen, als nachts hier mit dem Auto herumzufahren. Sind Sie bereit?« Kate sah ihn streng an. Eigentlich hatte sie auf jemanden gehofft, der ein wenig kooperativer war. Trotzdem, tröstete sie sich, im Zeugenstand würde sich Bob O'Malley wunderbar machen.

Sie brauchten fünfzehn Minuten, um ihr Ziel zu erreichen, aber Kate kam es viel länger vor. Bobs Laune war nicht besser geworden. »Graben ist eine Sache – tragen 'ne andre«, sagte er. Jetzt war Kate überzeugt, daß er Gewerkschaftsmitglied war.

»Nun«, sagte sie. »Jetzt geht's ja ans Graben.«

Bob blickte hoch zu dem dunklen Haus. »Woher wissen wir, daß die nicht gleich zurückkommen und uns erwischen?«

»Weil ich ihnen Karten für ein Galakonzert des Bostoner Sinfonie-Orchesters geschenkt habe.«

»Das machen Einbrecher immer«, sagte Bob finster. »Schicken den Leuten Theaterkarten und räumen die Bude aus, solange sie fort sind.«

»Ich hab ja nicht behauptet, daß meine Idee originell ist«, sagte Kate. »Aber sie ist effizient. Wir graben hier.«

»Gut, daß Sie die Spitzhacke mitgebracht haben. Der Boden ist noch gefroren. Und wonach graben wir, wenn ich fragen darf?«

Kate sagte es ihm.

O ja, ich glaube, zwischen 50 und 60

werde ich, wenn ich lebe,

einige sehr besondere Bücher schreiben.

(Virginia Woolf)

Wenn auch in unterschiedlichem Ausmaß – die folgende Woche war für alle eine Qual. Rektorin Norton, die sich sowohl mit den Empfehlungen der Forschungsgruppe als auch mit Kates inzwischen auf Hochtouren laufender Untersuchung des Falles Patrice herumzuquälen hatte, fand nur in einem Trost: daß Ferien waren und keine Studentinnen das unerhörte Geschehen mitbekamen, das in der Ankunft der Polizei gipfelte, der das Auftauchen mehrerer Beamter in Zivil vorausgegangen war. Ob sie eine Verhaftung vorhatten oder, wie sie behaupteten, lediglich Fragen im Zusammenhang mit ihrer Untersuchung hatten, das war eine feine Unterscheidung, die der Rektorin ihren Seelenfrieden nicht zurückgab.

Archer und Kate waren an ihre Großstadtuniversitäten zurückgekehrt, wobei die Frage, ob ihre Gedanken auch ganz bei ihren pädagogischen Aufgaben waren, lieber nicht gestellt werden sollte. Aber Herbert stellte sie trotzdem. »Ich merke«, antwortete Kate, »wie ich vor den Studenten stehe, ihnen etwas erzähle und gleichzeitig meine Gedanken bei einer anderen Sache sind. Leidenschaftliche Bridgespieler haben mir erzählt, daß es ihnen mit dem Bridge ebenso ergeht. Vielleicht ist das immer so, wenn einen etwas ganz gefangenhält. Aber davor und danach sind meine Gedanken ganz bei Ihnen, Herbert.«

Jetzt, da seine Ferien begonnen hatten, war es natürlich Herbert, der die ganze Detektivarbeit auf sich nehmen mußte. Mit dem Flugzeug pendelte er zwischen New York und Boston, und einmal flog er sogar nach St. Louis, mietete auf Kates Kosten – Herberts Meinung nach totale Verschwendung – Autos, die ihn zwischen Flughäfen und seinen verschiedenen Bestimmungsorten hin- und herbefördern sollten.

Kate und Archer munterten ihn auf – in Person, wenn er, noch außer Puste von seinem letzten Ausflug, in New York ankam, oder per Telefon, wenn er seine Berichte von der – wie er sich inzwischen ausdrückte – »Front« abgab. »Sie wollen der Sache auf den Grund gehen. Sie haben doch selbst das größte Interesse daran«, sagte Kate. »Und danach setzen Sie und Archer sich wieder mit klarem Kopf an die Biographie.«

»Nie wieder werde ich einen klaren Kopf haben«, stöhnte Herbert. »Warum überlassen wir das Ganze nicht der Polizei? Zu gegebener Zeit wird sie schon handeln. Das sagte selbst Reed.«

»Warum sehen Sie beide es nicht einfach so«, sagte Kate. Denn insgeheim stimmte Archer Herbert zu, die Dinge lieber den langsam mahlenden Mühlen der Polizei zu überlassen. »Wenn Sie an den Punkt kommen, wo Sie über das verblüffende Ende von Patrices Leben schreiben müssen, wollen Sie doch sagen können: Wir waren an Ort und Stelle und berichten aus erster Hand. Das ist doch viel, viel überzeugender als die Vermutungen und Ratespiele der meisten Biographen.«

»So wird's wohl sein«, sagte Herbert und war schon wieder auf dem Sprung zum Flughafen.

Reed war abwechselnd hilfreich und besorgt. Kate hatte das Gefühl, als sei er schon jahrelang Professor für Strafrecht. »Wie oft bist du ins Auto gesprungen und zu irgendwelchen Morden gerast, zumindest in deiner Jugend, ehe du der große Strafverteidiger wurdest? So hast du es mir jedenfalls erzählt.«

Reed stöhnte und versuchte, den Weg für die drei zu ebnen, so gut er konnte. Hier, wie in jedem anderen Beruf, waren die richtigen Beziehungen und Kontakte von großem Nutzen.

»Und vergiß nicht«, bemerkte Reed von Zeit zu Zeit, »dir steht eine Anklage wegen Einbruchs bevor.«

»Ich bin nicht eingebrochen«, sagte Kate. »ich bin bloß durch ein Badfenster eingestiegen, das sich von außen öffnen ließ. Und wäre ich nur ein Pfund schwerer, hätte ich es nie geschafft. Ich habe nichts mitgenommen, mich nur ein bißchen umgesehen.«

Reed stöhnte. »Und wenn du's genau wissen willst«, sagte Kate, entschlossen, den Disput zu beenden, »ich war sehr froh über die kleine Aktivität. Ich hatte mich gerade bei Madeline beschwert, daß ich nichts anderes tue als reden, reden, reden.«

»O'Malley sagt, für eine Frau wärst du sehr schweigsam gewesen. Ich hätte mir denken können, daß das ein schlechtes Omen war. Ist dir übrigens schon aufgefallen, daß du eine sonderbare Vorliebe für Verbrechen in Massachusetts entwickelt hast?«

»Kein bißchen sonderbar. Dort sind ja schließlich die meisten Colleges. Um Northhampton und Amherst herum gibt es gleich fünf, wo ich noch nie gewesen bin.«

»Ob die wissen, was für ein Glück sie haben?«

Zum Schluß fuhr Kate noch einmal ans Clare, um der Rektorin zu berichten. Die arme Frau – so sah Kate sie allmählich – hatte eine Stunde von ihrem Terminkalender abgeknapst, was alles andere als leicht war. Kate entschuldigte sich.

»Es ist ja nicht Ihre Schuld«, sagte die Rektorin. »Ich bin Ihnen dankbar für das, was Sie getan haben. Zumindest glaube ich, daß ich das bin. Das Ärgerliche bei einer Terminplanänderung ist bloß, daß immer die angenehmen Dinge gestrichen werden. Man kann einen Kollegen vertrösten, aber nie einen Kurator oder einen aufgebrachten Spender. Wollen wir ganz von vorn anfangen? Ich meine, bei Ihrem ersten Besuch hier?«

»Darin sehe ich nicht viel Sinn«, sagte Kate. »Zu Anfang bin ich ja nur herumgestreift, hab mit Leuten geredet und dumme Fragen gestellt. Erst zum Schluß hatten wir, Archer und ich, ein bißchen Glück, aber nicht viel. Trotzdem: wären wir nicht so beharrlich gewesen, sie wären wahrscheinlich ungeschoren davon gekommen. Sie hatten es sehr schlau eingefädelt.«

»Die Geddes.«

»Ja. Alle beide, glaube ich. Aber das werden ihre Anwälte auseinanderklamüsern müssen. Die Psychologen nennen so etwas wohl eine *folie à deux*. Meiner Meinung nach ist das keine schlechte Beschreibung für die meisten Ehen: ein Neurosenverschnitt. Entschuldigen Sie, ich schweife schon wieder ab, aber ich habe noch nie einer Collegerektorin Bericht erstattet. Ich werde mir Mühe geben, bei der Sache zu bleiben.«

Rektorin Norton lächelte nicht. Sie wartete. Dann sagte sie: »Vielleicht können Sie mit dem Freitag beginnen, an dem Sie den Rasen der Geddes aufgruben. Wieso hatten Sie die überhaupt in Verdacht?«

»Merkwürdig, aber ich verdächtigte sie überhaupt nicht, jedenfalls nicht zu Anfang. Eine Menge anderer Leute schienen mir viel mehr in Frage zu kommen: Veronica, mehrere Dozenten aus verschiedenen Fachbereichen, ein Arzt. An irgendeinem Punkt hatte ich mich fast selbst überredet, daß Patrice den erstaunlichen Entschluß gefaßt habe, sich mitten in der Nacht zu ertränken und einen Abschiedsbrief zu hinterlassen, der auf den ersten Blick überzeugend wirkte, auf den zweiten jedoch völlig unglaubwürdig war. Irgendwann während meiner Woche hier kam ich dann zu der Überzeugung, daß sie ermordet wurde. Und einer der Punkte, der mich davon überzeugte, war, daß schon zuvor jemand, wenn auch auf sehr indirekte und riskante Weise, versucht hatte, sie umzubringen. Den Beweis dafür hat der arme Herbert ausgegraben.«

»Ich kann Ihnen nicht folgen«, sagte die Rektorin. »Welcher Mordversuch? Und wer ist Herbert?«

»Verzeihung. Herbert ist der andere Biograph – neben Archer. Seine Ferien begannen, als wir alle wieder an die Arbeit gehen mußten. Der erste Mordversuch war die Inszenierung eines vermeintlichen Arztes, der Patrice einreden wollte, sie habe unheilbaren Krebs, der wahrscheinlich schnell zum Tod führe. Es war ein schlauer Plan, und bei Patrices Ansichten über den Tod hätte er leicht funktionieren können. Ich bin mir fast sicher, daß der Abschiedsbrief schon zu dem Zeitpunkt geschrieben wurde – von ihren Mördern.«

»Der, den wir fanden, in dem Charlotte Perkins Gilman zitiert ist.«

»Ja. Das war sehr raffiniert. Es ging darin um eine Frau, die Patrice bewundert hatte, und es ging um Krebs. Und noch mehr: das Zitat ersparte es ihren Mördern, Patrices Stil zu imitieren, was bei einem längeren Text sehr riskant gewesen wäre. Ich vermute, sie hatten den Plan, irgendwelchen Selbstmordabsichten, die Patrice nach der Krebsdrohung möglicherweise hegte, nachzuhelfen. Aber das werde ich nie beweisen können. Trotz allem steckt die ganze Episode aber voller Ironie und ist ein wahres Lehrstück über das Kausalitätsprinzip oder dessen Versagen. Denn wie sich herausstellte, hatte Patrice wirklich Krebs gehabt, Brustkrebs. Aber außer ihren Kindern, und später ihrem Arzt, wußte niemand davon. Ihre Mörder setzten auf Patrices Überzeugung, daß der Tod vorzuziehen ist, wenn das Leben aufhört, lebenswert zu sein. Sie wußten gar nicht, wie das Schicksal ihnen in die Hände spielte und wie leicht Patrice glauben würde, der Krebs sei an anderer Stelle wieder ausgebrochen.«

»Ich hatte keine Ahnung, daß sie Brustkrebs hatte«, sagte die Rektorin, »ich wünschte, ich hätte es gewußt.«

»Nun, wie so oft, riet ich einfach drauf los«, fuhr Kate fort. »Außerdem lasse ich mich gern von der Literatur inspirieren. Archer sagte, wie dieser Fall ausgehen würde, sei so unmöglich zu erraten wie der Ausgang von ›Edwin Drood‹. Ein Roman, von dem Dickens dreiundzwanzig Kapitel schrieb und den er nie beendet hat. Darüber zu spekulieren, wie er den Roman hätte enden lassen, ist eines der beliebtesten literarischen Spiele, fast so beliebt wie das Erfinden von Fortsetzungen zu ›Stolz und Vorurteil‹.«

»Irgendwo bei Ihrer Anspielung auf Dickens habe ich, glaube ich, den Faden verloren.«

»Verzeihung. Der Punkt bei ›Edwin Drood‹ ist, daß es dort einen Mann namens Datchery gibt, der eindeutig als jemand anderer auftritt als er ist. Wer er wirklich ist, werden wir natürlich nie erfahren. Dann kommen noch Zwillinge vor, ein Junge und ein Mädchen, und das Mädchen spielt eindeutig...« Die Rektorin sah inzwischen so aus, als wäre sie mit einer reichen Ehemaligen im Zimmer eingeschlossen, die sich nicht nur als entlaufene Irre entpuppt, sondern auch noch als verarmt.

»Gut, ich will Ihnen meinen ganzen Gedankengang ersparen«, beeilte sich Kate. »Jedenfalls dachte ich über Verkleidungen nach, die Eigenheiten der Geschlechter, was ja auch das Thema des Forschungsprojekts war, und...« Kate hielt inne. »Mir wurde plötzlich klar, daß das Problem darin lag, wie Patrice tot im See gefunden wurde – ohne jede Druckstelle am Körper, ohne Drogenspuren im Blut. Und doch war es Mord. Wie befördert man eine große und kräftige Frau in die Mitte eines recht großen Sees? Hätte man ihr ein Mittel gegeben oder sie bewußtlos geschlagen, so wäre das bei der Autopsie ans Licht gekommen. Da, und nirgendwo sonst, lag das Problem.«

Die Rektorin nickte und sah erleichtert aus. Man war zu den Fakten zurückgekehrt. »Und dann plötzlich«, sagte Kate, »traf es mich wie ein Donnerschlag. Der neu ausgesäte Rasen, den Sie erwähnten. Der Swimmingpool. Geddes' Langzeitstudie. Ich machte einen Spaziergang und beschloß zu graben, oder vielleicht faßte ich den Entschluß auch schon, nachdem Archer Dickens erwähnt hatte. Eins jedenfalls wußte ich: fänden wir keinen Beweis, blieben wir für alle Zeit im Ungewissen. Und sollte ich mich irren, sagte ich mir, würde ich mich entschuldigen, für den angerichteten Schaden zahlen, und so tun, als wäre ich betrunken gewesen und hätte mich aus Gründen, die nur mich etwas angehen, mit Mr. O'Malley amüsiert. Aber, wie Sie wissen, habe ich mich nicht geirrt.«

»Sie fanden ein Rohr. So viel habe ich erraten.«

»Ja, es führte vom See zum Swimmingpool, so daß Geddes ihn mit Seewasser vollpumpen konnte. Er mußte den Rasen neu einsäen, um sein Graben zu vertuschen. Und das Rohr natürlich. Jedenfalls – er hat Patrice im Pool ertränkt. Er mußte ja dafür sorgen, daß in ihren Lungen Seewasser gefunden würde. Das übliche Chlorwasser hätte nicht funktioniert. Und natürlich ist es einfacher, jemanden in einem Pool zu ertränken, als ihn in die Mitte des Sees zu schleppen, wo es wahrscheinlich zu einem Kampf gekommen wäre, man leicht gesehen werden konnte, et cetera. Der Pathologe stellte eindeutig Tod durch Ertrinken fest. Die medizinischen Details dieser Todesart will ich Ihnen ersparen. Sie – wahrscheinlich waren es alle beide – drückten Patrice im Pool unter Wasser, wobei sie darauf achteten, ihr keine Prellungen zuzufügen. Vielleicht hatten sie sie betrunken gemacht. Bei der Autopsie wurde zwar nur eine geringe Menge Alkohol festgestellt, aber etwas eben doch. Ich habe mich in die Pentothal-Theorie verliebt, aber die ist problematisch. Jedenfalls, im Verlauf dieser ganzen Untersuchung lernte ich eine Menge über Swimmingpools. Der Pool der Geddes ist aus Beton und muß jeden Herbst geleert und im Juni wieder gefüllt werden, damit das Becken im Winter nicht platzt. Es gibt auch Plastikpools, die das Wasser von einem Jahr zum anderen behalten, aber das gehört wohl kaum hierher.«

»Kaum. Und warum sind Sie ins Haus eingebrochen? Wonach haben Sie gesucht?«

»Oje. Die Sache sollten Sie lieber vergessen. Ich suchte nach zwei Dingen, das heißt im Grunde nur nach einem: dem Manuskript des Buches, an dem Patrice gearbeitet hatte. Das fand ich zwar nicht – aber darauf werde ich gleich zurückkommen. Ist

Ihnen schon einmal aufgefallen, wie schwierig es ist, eine Geschichte der Reihe nach zu erzählen?«

»Ja, doch«, sagte die Rektorin und verkniff sich, wie Kate deutlich spürte, den Zusatz: »In der letzten Zeit.«

»Als ich im Haus war«, sagte Kate, die diesen Beinahe-Geistesblitz mit einem Lächeln belohnte, »meinte Bob O'Malley, ›Warum suchen wir nicht nach der Pumpe?‹ ›Pumpe?‹ fragte ich. ›Er mußte das Wasser doch hochpumpen‹, sagte O'Malley. ›Freiwillig ist es nicht hoch in den Pool gelaufen. So was tut Wasser nicht, wissen Sie.‹ Und im Keller fanden wir dann eine Wasserpumpe, von der O'Malley meinte, sie habe den Zweck gut erfüllen können. Sie wollten es ja so genau wissen«, fügte Kate hinzu. Sie sehnte sich nach einer Zigarette, hatte aber das Gefühl, die Rektorin habe schon genug zu ertragen.

»Den Rest der Woche habe ich dann die verschiedensten Punkte geklärt, zum Beispiel, daß Gladys Geddes vor ihrer Ehe Krankenschwester war. Ich ging sogar so weit, mit Perücke, Brille und Sandalen in meinen Fachbereich zu spazieren – niemand erkannte mich. Dieser Teil war wirklich spaßig. Ein solches Spiel funktioniert natürlich besonders gut, wenn man älter ist und, wie in unserer Gesellschaft üblich, einen die Leute kaum noch beachten. Dann mußten wir natürlich rekonstruieren, was hier an dem Tag los war, an dem Patrice starb. Mit Ihrer freundlichen Hilfe taten wir eine Ehemalige auf, die um sechs Uhr an jenem Abend mit Patrice gesprochen hatte, und wir konnten niemanden ausfindig machen, der sie danach gesehen hatte. Die Einladung zu einem Dinner der Ehemaligen hatte Patrice unter dem Vorwand abgelehnt, sie sei müde und müsse früh zu Bett. Wie die Geddes sie zu sich lockten – ›O, schauen Sie doch grad auf ein Gläschen Ihres geliebten Laphroaig herein‹ – werden wir vielleicht nie erfahren. Um die Abendessenszeit war niemand in der Nähe des Hauses der Geddes; wen hätte es auch dorthin ziehen sollen? Sie ertränkten sie und versteckten die Leiche im Haus, und spät in der Nacht ruderten sie sie wahrscheinlich mit dem Boot in die Mitte des Sees und steckten ihr Steine in die Taschen, aber das taten sie vielleicht auch schon vorher. Sie legten den Abschiedsbrief in ihre Wohnung – hineinzukommen war ein Leichtes; wahrscheinlich haben sie sich Schlüssel nachmachen lassen. Alles war von langer Hand geplant.«

»Aber warum?«

»Das Motiv eines Verbrechens muß man nicht nachweisen; das sagt Reed mir immer wieder. Aber ich kann es erraten. Zum einen haßten sie Patrice; sie haßten sie einfach. Ja, ich weiß, so etwas zählt vor Gericht nicht, zumal Professor Geddes immer darauf bedacht war, freundlich über Patrice zu reden; und Gladys machte aus ihrer Abneigung gegen alle Akademikerinnen so wenig Hehl, daß ihr Haß auf Patrice nicht weiter auffiel. Während seiner vielen Stunden im Flugzeug las der gute arme Herbert den ersten Band von Geddes' Langzeitstudie. Ich habe zwar immer noch nicht alle Fakten beisammen, glaube aber, daß Geddes in der Klemme steckte. Forschungsgelder werden an allen Ecken und Enden gekürzt, ganz besonders bei den Sozialwissenschaften. (Für die Geisteswissenschaften gab es natürlich noch nie irgendwelche nennenswerten Gelder.) Viele von Geddes' Studentinnen waren zu Patrice übergewechselt, die in seine Domäne eingedrungen war, wissen Sie, und: sie hatte völlig neue Theorien über die mittleren Jahre entwickelt. In ihrem Tagebuch erwähnt sie nur einige wenige. Patrice hat festgestellt, daß, besonders bei Frauen, das Leben in den mittleren Jahren nach völlig neuen Mustern zu verlaufen beginnt. Zu einem Zeitpunkt, wo vermeintlich alles vorüber ist, wagen viele einen Neuanfang, ein Leben, das weder von den sexuellen Leidenschaften der Jugend noch dem häuslichen Joch danach beherrscht ist. Die Gruppe, die Geddes für seine Untersuchung ausgewählt hatte, brachte ihn zu der Annahme, die späten mittleren Jahre seien für Frauen eine äußerst trostlose Zeit. Und da war Patrice – schon berühmt, eine Frau, auf die man hörte –, und er fürchtete wohl, ihr Buch könne ein Renner, eine Art Lebenshilfe für die mittleren Jahre werden, obwohl ich es bezweifle. Patrices Arbeit hatte überhaupt nichts Journalistisches an sich. Ich bin mir nicht sicher, ob er Patrices Arbeit zerstören oder stehlen wollte. Denn gleich, was er erzählt, es muß ja nicht die Wahrheit sein. Aber wir wissen jetzt, daß er ihr Manuskript entweder zerstört oder nicht gefunden hat. Aber er stahl ihre Disketten.«

»Ihre Disketten?«

»Ja. Patrice arbeitete am Computer. Ihre Tochter hielt es nicht für wichtig, das eigens zu erwähnen – warum auch? Sie und ihr Bruder verkauften den Computer zusammen mit anderen Dingen, da beide ihn nicht haben wollten. Sarah hatte nirgends Disketten entdeckt und sich darüber, gelinde gesagt, gewundert, nahm dann aber an, ihre Mutter habe sie zerstört, ehe sie sich das Leben nahm. Sie haben nicht zufällig eine Flasche Laphroaig irgendwo versteckt?«

»Eine Flasche was?« sagte die Rektorin und sah ganz ängstlich drein. Kate kam zu dem Schluß, daß sie nun lang genug hier war.

»Es war mir eine Freude, Ihre Bekanntschaft zu machen«, sagte sie, stand auf und gab der Rektorin die Hand. »Ich bin sehr gespannt, wie sich das Versuchsprogramm für feministische Studiengänge entwickeln wird.«

»Und in Anbetracht all dessen«, sagte sie zu Lucy und Bertie, als sie auf deren Couch niedersank, »muß ich wirklich sagen, daß ich mich sehr gut benommen habe.«

»Was Sie brauchen«, sagte Bertie, »ist ein Drink. Und dann müssen Sie *uns* alles erzählen.« Kate jaulte auf.

Noch eine Woche später, die Ferien aller waren vorüber, saßen Archer, Herbert, Kate und Reed in dem chinesischen Restaurant, in dem Kate und die Biographen sich zum ersten Mal getroffen hatten.

»Und jetzt«, sagte Kate zu ihnen, »können Sie genau da weitermachen, wo Sie aufgehört haben. Alle Probleme sind gelöst. Sie brauchen nur noch die Biographie schreiben.«

»Die um so mehr Aufsehen erregen wird, wenn Patrices Arbeit über die mittleren Jahre erschienen ist«, sagte Reed. »Ich selbst bin schließlich der beste Beweis, wie genial ihre Theorien über diese Zeit sind. Und so exzentrisch ihre Haltung zum Tod auch gewesen sein mag, eines wissen wir jetzt: hätte sie ihn mit siebzig vielleicht freiwillig gewählt, mit achtundfünfzig tat sie es jedenfalls nicht.«

»Wie auch?« sagte Kate. »Bei ihrem Enthusiasmus für das Buch, an dem sie gerade arbeitete und auf das sie in ihrem Tagebuch mit einem Zitat Virginia Woolfs anspielt. Ich glaube, irgendwie wußte ich von Anfang an, daß es kein Selbstmord war.«

»Ich kann nicht anders«, sagte Archer, »aber ich mache Sarah doch einen kleinen Vorwurf. Mein Gott, hätte sie doch bloß Mamas Sachen gründlicher durchgesehen, so wie es sich für eine anständige Tochter gehört. Wir hätten viel früher von dem letzten Tagebuchteil erfahren und von den Disketten, auf denen ihr neues Buch war.«

»Unfair«, sagte Kate. »Ich glaube, Sarah hätte schon irgendwann alles durchgesehen; sie hatte ja schon damit begonnen. Daß wir alle Patrice lieben, heißt schließlich nicht, daß es einfach war, sie zur Mutter zu haben. Ich glaube, Sarah wollte etwas Zeit verstreichen lassen, was immer weise ist, wenn man durch Hast und blinde Aktivität nur Katastrophen anrichten kann. Außerdem ist sie eine vielbeschäftigte Frau mit Beruf, Mann und Baby.«

»In mancher Hinsicht«, sagte Herbert, »finde ich die jungen Frauen von heute wirklich erstaunlich. Ich habe nichts weiter als einen Job und eine Biographie und bin dadurch schon völlig überfordert.«

»Na, sehen Sie«, sagte Kate. »Keine Zeit, Ordner nach Disketten zu durchsuchen. Disketten sind sehr dünn, stecken in diskreten kleinen Hüllen und können unauffällig in einen Ordner zwischen irgendwelche Briefe geschoben werden. So viel weiß ich inzwischen.«

»Aber warum?« fragte Reed.

»Sarah würde sagen, weil Patrice gern Geheimnisse wahrte: typisch für ihre Generation. Ich verstehe das. Und Patrice hatte völlig recht. Geddes fand das Manuskript und den ersten Satz Disketten. Welch ein Segen, daß sie Kopien davon in einem ihrer Geschäftsordner aufbewahrte.«

»Trotzdem ist es merkwürdig«, sagte Reed. »Sie machte ein Geheimnis aus ihrem Buch, was ich gut verstehe. Ich kenne die Scheu, über wichtige Dinge zu reden; und über einen langwierigen Schaffensprozeß nichts auszuplaudern, finde ich um so verständlicher. Aber wenn sie nie über ihr Buch sprach – wie hat Geddes davon erfahren?«

»Das habe ich mir auch schon überlegt«, sagte Kate. »Aber es liegt nahe, daß man fachliche Fragen mit Kollegen bespricht, die auf dem gleichen Gebiet arbeiten. Und Lebenszyklen waren Geddes' Spezialität. Es war also ganz natürlich, daß sie ihn als Gesprächspartner wählte. Ob sie ihm tatsächlich von ihrem Buch erzählt hat oder ob er es erahnte, werden wir vielleicht nie erfahren.«

»Aber stellen Sie sich vor«, sagte Archer, »ein ganzes Buch auf drei Disketten.«

»Dreieinhalb-Zoll-Disketten«, sagte Kate mit Expertenmiene. »Darauf passen fünfhundert Seiten, vielleicht sogar mehr.«

»Es sieht fast so aus«, sagte Reed, »als hättest du Computer-Forschung betrieben. Heißt das, daß wir bald die stolzen Besitzer eines Computers sein werden, oder geschah alles nur deiner geheiligten Untersuchung zuliebe?«

Kate grinste ihn an. Sie war bester Laune. Reed hatte seine Krise überwunden, von der sie wußte, daß sie tiefer gewesen war, als seine beiläufigen Anspielungen hatten vermuten lassen. Und sie hatten Patrice zurückbekommen. Das neue Buch, natürlich unvollendet, war ein Gewinn. Aber es war nicht die Hauptsache, dachte Kate. Die Hauptsache war Patrice selbst, integer, wie nur ein Mensch sein kann, und das Bild, das Kate schon immer von ihr hatte, war durch die Untersuchung nicht angekratzt.

»Ich muß an Veronica denken«, sagte Archer. »Wie sie zum Schluß doch nichts mit der ganzen Sache zu tun hatte. Dabei wäre ich jede Wette eingegangen, daß sie auf irgendeine Weise darin verstrickt war.«

»Ich glaube, das war sie auch«, sagte Kate. »Wenn ich an unsere erste Begegnung denke: sie war nervös, ängstlich und forderte mich geradezu heraus, sie zu verdächtigen. Und dann behauptete sie hartnäckig, eine Frau habe Patrice umgebracht. Ob sie das wirklich glaubte oder nur als Herausforderung eingesetzt hat, weiß ich nicht. Auch ihr Prozeß gegen Patrice spielte eine Rolle bei dem Ganzen. Wahrscheinlich brachte er Geddes erst auf die Idee. Wenn er Patrices Arbeit stähle und nach ihrem Tod irgendjemand behaupten sollte, es sei ihr Werk, so würde er einfach sagen, sie hätte ihm die Idee dazu gestohlen. Und wenn gleich *zwei* Leute eine solche Behauptung aufstellten, hätte das sehr verdächtig ausgesehen. Wind in den Segeln all jener Anhänger der Ohne-Feuer-kein-Rauch-Theorie, ganz zu schweigen von den vielen, die nur allzugern von Patrice schlecht dachten.«

»Ich wünschte, wir hätten auch einen neuen Roman gefunden«, sagte Herbert.

»Durch ihren gewaltsamen Tod haben wir sehr viel verloren«, sagte Kate. »In den dreizehn Jahren, die sie sich, wie wir annehmen dürfen, noch Zeit gelassen hätte – wer weiß, was sie noch alles geschrieben hätte. Wie ich zu Archers Ärgernis erwähnt habe, schrieb Sylvia Townsend Warner ihre Biographie von T. H. White mit siebzig; und manche Leute halten dies für die beste Biographie, die je geschrieben wurde. Auch Sylvia Townsend Warner ist T. H. White nie begegnet«, sagte Kate zu Herbert. Sie hatte das Gefühl, Herbert brauche ein wenig Aufmunterung nach all seinen detektivischen Anstrengungen. Außerdem gehörte er zu den Professoren, die gern mit Dokumenten und Fakten arbeiten – so etwas wie ein Verbrechen hatte nie in seinem Gesichtsfeld gelegen, und ganz gewiß hätte er sich nie träumen lassen, daß ein Mord einmal Thema seiner Arbeit sein würde.

»Sie hatten mir feierlich versprochen«, sagte Archer, »diese Sylvia Townsend Soundso nie mehr zu erwähnen. Die Frau erinnert mich ans Clare College. Hundsgemein von mir, denn sie war ja nie dort, aber wer vermag schon den Assoziationen zu entfliehen, die das Leben einem beschert.«

»Obwohl ich gestehen muß«, sagte Reed, »daß ihr alle drei, und besonders Kate, mir ein paar schlimme Momente bereitet habt, finde ich, ihr könnt stolz auf euch sein. Meine einzige Sorge ist«, sagte er, als das Essen kam und vom Oberkellner elegant serviert wurde, »daß ihr euch zu lange auf euern Lorbeeren ausruht.«

»Keine Gefahr«, sagte Kate. »Wie Lytton Strachey sagte: ›Der Erfolg kam zu spät, um uns noch wie die Hühner zum geruhsamen Schlaf auf unsere Stangen hüpfen zu lassen.‹«

»Wo sagte er das?« fragte Herbert.

»Zu Virginia Woolf natürlich«, sagte Kate.

»Ich halte es lieber mit Martin Buber«, antwortete Herbert. »›Auf die ungerichtete Fülle müssen wir zugunsten der einen straffgespannten Saite, zugunsten des einen sich klar zeigenden Richtungsstrahls verzichten.‹«

»Iß dein Zitronenhühnchen, Herbert«, sagte Archer.